KB009742

황태자비의 남자

Crown Princess's Man

황태자비의 남자

1판 1쇄 찍음 2020년 4월 16일
1판 1쇄 펴냄 2020년 4월 23일

지은이 | 진 숙
펴낸이 | 고운숙
펴낸곳 | 봄 미디어

기획 · 편집 | 김민지, 김지우
표지 디자인 | 우물

출판등록 | 2014년 08월 25일 (제387-2014-000040호)
주소 | 경기도 부천시 길주로 64, 1303(굿모닝 오피스텔)
영업부 | 070-5015-0818 편집부 | 070-5015-0817 팩스 | 032-712-2815
E-mail | bommedia@naver.com
소식창 | http://blog.naver.com/bommedia

값 12,000원

ISBN 979-11-5810-918-9 03810

황태자비의 남자
Crown Princess's Man

진숙 장편 소설

Contents

1. 황태자는 죽었다   007

2. 남자 아니면 친구   037

3. 황태자비 후보, 차이수   075

4. 남자, 윤강욱   108

5. 우리의 관계   148

6. 잠자리 파트너   187

7. 중심을 잃다   224

8. 좋은 사람의 의미   264

9. 다시, 입궁   304

10. 경고 따위는 안 해   341

11. 또 다른 황태자비   378

12. 황태자비가 될 거예요   416

13. 차이수답게   452

14. 황태자비의 남자   489

15. 대한제국 그리고 차이수   526

외전. 완벽하게 아름다운   562

1
황태자는 죽었다

두 사람의 거리는 겨우 한 뼘. 강욱은 뜨겁게 숨을 내뱉었다.

"눈물, 닦아 줘도 됩니까."

그러자 이수는 기다렸다는 듯 작게 고갤 끄덕인다. 젖은 그녀의 눈이 느른하게 풀려 있다. 취기가 가시지 않은 걸까. 아니면 꿈속을 아직 헤매고 있는 것일까. 하지만 아무래도 좋았다. 눈물을 닦아도 좋다는 그녀의 허락이, 그의 명치끝을 저릿하게 만들었으니까.

강욱이 망설임 없이 손을 뻗어 그녀의 눈물을 훔쳤다. 손끝에 닿는 액체가 뜨겁고도 차갑다.

"아."

그리고 이수 역시 기다렸다는 듯 그의 손목을 쥔다. 두 사람은 서로의 시선을 뜨겁게 탐했다.

"조금만 더 같이 있어 줬으면 좋겠어요."

"그럴게. 근데…… 미안."

"네……?"

"미안해, 차이수."

상황과 어울리지 않는 이질적인 말이 강욱의 입에서 흘러나왔고 동시에 그는 무너지듯 그녀의 얼굴 위를 덮쳤다. 그의 달아오른 입술이 그녀의 여린 입술을 집어삼킨다.

강욱이 자신의 입술을 덮치는 그 순간, 이수는 기다렸다는 듯 자신의 팔을 그의 목에 두른다. 마치 오래전부터 갈망했었던 사람들처럼 키스했다.

서로를 내리눌렀던 두 사람은 욕망을 터뜨리듯 순식간에 엉겨 붙었다. 금방 불이 붙어 피어오른 불씨였지만 밤하늘의 달처럼 빛을 잃을 줄을 몰랐다.

하지만 그 순간에도 이수는 끝없이 눈물을 흘렸다. 눈물의 이유를 알 수 없던 강욱은 그녀의 눈물에 다정히 굴었다. 강욱은 본능적으로 그녀의 뺨을 쓸며 또다시 뜨거운 눈물을 닦아 냈다.

'울지 마.'

온 힘을 다해 그녀를 위로하는 그였다.

사고일까, 실수일까.

아니면 서로를 향해 기우는 이 마음을 주체 못해 욕망에 무릎을 꿇고 만 것일까.

이수는 울면서 그의 품속으로 더 파고들었고 강욱 역시 그녀를 달래듯 다정히 보듬었다. 후회하지 않았다. 아니, 키스의 끝이 후회라고 할지라도 두 사람은 이 순간만큼은 아무런 생각도 하고 싶지 않았다.

원초적 상태로 돌아간 듯, 나체로 서로를 바라본다 해도 부끄러움 따윈 못 느낄 듯했다.

"하……읏."

이수는 그의 입술을 받아들이고 삼키면서도 끝없이 고뇌했다. 강욱은 그런 그녀의 갈등을 해소시키듯, 시리고 따뜻하게. 혹은 다정하고 거칠게 그녀를 감싸 안았다.

황태자비 후보로 살아온 지난 시간 동안 이수는 행동 하나하나를 조심해야 했다. 지극히 개인적인 연애도 포함됐다. 교제하는 사람이 있다고 해도 대내외적인 황태자비 후보였기에 그녀는 사생활도 관리당해야만 했다. 그녀는 오로지 황태자비 후보로서 살아왔다. 그런데 키스라니.

이수는 스스로도 자신이 건전하고도 건조한 사람이라 생각했었다. 그랬기에 지금 이 순간, 이수는 한 번도 해 보지 못한 자신의 행동에 묘한 일탈감마저 느끼고 있다.

고작 이게 뭐라고.

이 입맞춤 한 번이 뭐가 어려웠을까.

막상 그와 입을 맞추고 보니, 별거 아니란 생각도 들면서도 무서웠다.

참, 우습다. 평생 자신을 끝없이 괴롭혔던 황태자비란 고고한 타이틀이 무자비하게 허물어지고 있는 순간이다. 이렇게 허무하고 황망하게.

"······하."

두 사람의 입술이 잠깐 떨어졌다. 터지듯 참았던 숨이 그와 그녀의 잇새에서 터지고 서로는 서로를 분주히 바라보았다.

무슨 말이라도 해야 할까, 그렇다면 무슨 말을 해야 할까.

이수가 그 찰나에 고민했지만, 이내 그녀의 말 따위는 필요 없다는 듯 강욱이 그녀를 다시 삼켰다. 오히려 다행이란 생각도 들었다.

자신의 첫 일탈이, 이 남자라서. 아니, 어쩌면 이 남자였기에 가능한 탈선일지도 모르겠다.

강욱은 이수의 입술을 살금살금 담 위를 걷는 고양이처럼 예민하고 가볍게 빨아들이다가 깊은 파도 속을 유영하는 물고기처럼 보드랍게 훑었다. 키스 하나에 고통뿐이었던 지난 나날을 위로받는 기분이 든다.

정말 위로받고 싶은 밤이었는데…….

끝을 잡고 싶은 밤이, 끝없이 깊어 간다.

✤　　　✤　　　✤

내일은 입헌군주국 대한제국의 제29대 황태자의 국혼이 열리는 날이었다. 어둠이 내린 궐엔 모처럼 묘한 설렘이 내려앉아 있었다.

태자궁과 가까이 맞닿은 별궁의 불은 늦은 밤이 되도록 꺼질 줄을 몰랐다. 그 속엔 황태자 이강(李江)과의 국혼을 앞둔 황태자비 후보, 차이수가 있었다.

"황태자비마마 내일의 국혼을 위하여 속히 침소에 드는 것이 어떠하십니까."

별궁의 김 상궁은 고개를 조아리며 이수의 수발을 들었다.

시선을 고정하고 책의 페이지를 넘기던 이수는 조용히 그것을 덮으며 화장기 없는 입술을 앙다물었다. 환한 조명이 이수의 얼굴 위로 쏟아지자, 그녀의 하얀 피부가 반짝였다.

"김 상궁님."

"예, 마마?"

"저는 아직 국혼을 치르지 않은 몸입니다."

"아…….."

"첩지 또한 받지 못한 처지인데 어찌 황태자비마마라는 칭호를 제게 붙이십니까."

"하나, 마마……. 날이 밝는 대로 곧 국혼이 진행될 것이고 마마 또한 첩지를 받으실 것이온대……."

"저는 아직 후보일 뿐입니다. 태자 전하께 인사조차 여쭙지 않은 몸이니, 섣부른 언행은 삼가셨으면 합니다, 김 상궁님."

고고하고도 도도했다.

명문가 A&J 그룹의 장녀답게 그녀는 외면도 내면도 모두 빛나는 아름다운 여인이었다.

쇄골에 닿는 풍성하고 까만 머리칼은 드라이를 넣은 듯 굴곡진 결이 자연스럽고도 우아했다. 또한, 결점 없이 새하얀 피부는 그녀의 붉은 입술을 더욱 탐스럽게 했다. 살짝 올라선 눈꼬리가 짐짓 도도한 고양이를 떠올리게 했지만, 커다랗고 우수에 찬 눈망울은 '아기 고양이'에 가까웠다.

그리고 크지도 작지도 않은 적당한 키와 악착같은 자기 관리로 만들어진 군살 하나 없는 몸매 또한 그녀만의 매력 포인트였다.

미소가 매혹적일 것 같은 단아하면서도 고귀한 분위기의 여자였지만 애석하게도 그녀의 웃는 얼굴은 보기 힘들었다.

이수는 그런 여자였다. 명문가의 여식답게 품격 있는 자태를 잘 갖추고 있었지만 단 하나, 웃을 줄을 몰랐다. 그녀에게서 뿜어져 나오는 차가움과 도도함은 내면의 깊은 상처로부터 비롯된 것이었으므로.

"하오시면…… 소인 먼저 물러가겠나이다. 편히 침소 드시옵소서."

"예, 수고 많으셨습니다. 김 상궁님."

김 상궁은 정해진 시각에 이수에게 올렸던 빈 찻잔을 치우며 물러났다. 그녀를 향해 고개를 조아리는 김 상궁을 따라 이수 역시 깊이 고개 숙였다.

홀로 남겨진 별궁.

그리고 홀로 남겨진 국혼 전날 밤이었다.

이수는 다시금 소파에 앉아 무릎 담요를 끌어안았다. 지독한 외로움이 익숙하게 이수를 덮쳐 왔다. 개의치 않다는 듯 그녀는 느리게 눈을 깜빡이며 별궁의 중앙 등을 껐다. 그러곤 곁에 놓인 스탠드를 켜며 흘러내리는 머리칼을 쓸었다.

은은한 빛이 별궁을 휘감았다. 살짝 열어 둔 창틈으로 달빛이 흐드러지게 쏟아졌다. 이수는 지그시 눈을 감았다. 차분해 보였지만 눈꺼풀은 파르르 떨리고 있었다.

"······원하시는 대로 전 황태자비가 됩니다. 이젠 제 목을 조르고 있던 그 손을 놓아주실 건가요, 아버지."

조금 잠긴 듯한 그녀의 음성이 이루 말할 수 없을 만큼 슬펐다.

이수는 오로지 황태자비가 되기 위해 살아온 여자였다. '차이수'라는 이름이 있었지만, 그녀는 어린 시절부터 영원한 태자비 후보였다. '이수'라는 이름으로 자신의 삶을 살아 본 적이 단 한순간도 없었다.

어린 시절, 누구나 가슴에 하나쯤은 품고 살았던 그 흔한 장래 희망도 그녀에겐 사치였다. 그녀는 어렸을 때부터 '황태자비'가 되어야만 했고 그것이 자신의 장래 희망이라 말해야만 했다. 태자비가 되기 위해 태어났고 태자비가 되기 위해 교육을 받아 왔다. 오직 그 목표 하나만을 위해 A&J 그룹의 경영학을 배웠다.

그 때문에 이번 국혼은 어쩌면 이수가 태어날 때부터 정해진 숙명과도 같았다.

"내일이면 제29대 황태자 전하의 국혼이 열리는 날입니다. 품격 있는 황태자비마마와 새로운 황실이 시작되는 역사적인 날입니다······."

듣기 싫었다.

앞다투어 소식을 내보내는 뉴스들도 싫었고 그 기사 속에 자신의 이름이 아무렇지 않게 오르내리는 것 또한 싫었다. 황실과 '차이수'란 이름이 이질감 없이 나란히 나오는 것도 지겨웠다.

세상은 이수, 저 혼자만 내버려 둔 채 분주히 움직이는 것 같았다.

이수는 감았던 눈을 떴다. 물기를 머금은 이수의 까만 눈동자가 뜨겁게 젖어 갔다.

어지러웠다. 헛구역질도 났다.

이골이 나도록 맡았던 이 궐만의 특유의 퀴퀴한 냄새도 싫었고 세상과 단절되는 듯한 저 높은 궐의 담벼락도 싫었다. 전각 하나를 벗어나기 위해 무수히 넘어야 하는 문턱도 신물이 났다. 하물며 이제부턴 자신의 지아비가 될 태자가 기거하고 있는 '태자궁'으로 향하는 길 또한 어렵고 멀기만 했다.

가까이에 위치한 태자궁이었지만 그곳은 이수가 쉬이 당도할 수 있는 곳이 아니었다. 궐이란 예나 지금이나 갑갑하고도 지독히 외로운 감옥과도 같았다.

"치치, 보고 싶어."

문득 국혼을 치르기 위해 몇 주 전 입궐을 하면서 본가에 떨어뜨려 놓고 온 치치가 그리웠다. 치치는 자신의 유일한 친구이자 반려견이었다.

이수는 작게 몸을 떨며 휴대폰을 꺼냈다. 지금쯤 치치와 산책 중일 자신의 동생에게 전화를 걸었다. 몇 번의 신호음이 갔다.

—응, 언니.

"치치는?"

—어휴, 오랜만에 전화해서 한단 소리가 치치 얘기야? 잘 있어. 지금 산책 중이고. 어때, 궁 생활은 할 만해?

"별궁에서 국혼 준비만 하고 있는데, 뭐. 치치 간식은 조금만 줘. 사료 자꾸 안 먹으려고 하더라."

그때였다.

"앗······!"

순간 별궁의 스탠드가 깜빡깜빡. 불이 꺼졌다, 켜지기를 반복하고 있었다. 가만히 휴대폰을 쥐고 있던 이수가 가만히 자리에서 일어났다.

―언니 무슨 일이야?

그녀의 다급한 음성에 휴대폰 너머의 동생은 흠칫 놀랐다.

"아니, 잠깐 정전이었나 봐······."

그녀는 문을 열어젖히고 별궁 테라스로 나갔다. 그러곤 별궁 주변을 급히 훑었다. 전각 여기저기 은은히 밝힌 불이 그대로인 것을 보니 잠깐 정전이 된 모양이었다.

이수는 본능적으로 태자궁 쪽을 바라보았다. 아직 침소에 들지 않은 듯 태자궁은 그 어느 전각보다 환히 밝혀져 있었다. 그녀는 저도 모르게 입술을 질끈 깨물었다.

―황실에서도 정전이 돼? 우리 집에서도 보기 드문 일인데.

"그러게······. 아무튼 치치 양치 꼭 시키고 알았지?"

별일이 아니라는 것을 확인한 이수가 별궁 안으로 들어서기 위해 몸을 돌렸다.

그때였다.

"······!"

다시금 궐의 모든 빛이 거두어지고 암흑으로 변했다. 단순한 정전일 수도 있었지만 어쩐지 이수의 몸을 감싸는 냉기가 비릿하고도 기분 나빴다.

일순, 평화롭던 궐에 음산한 기운이 감돌았다.

이수의 호흡이 위태롭게 흔들렸다. 그녀는 그대로 태자궁을 돌아보았다. 태자궁도 그리고 궐의 모든 전각도 빛을 잃은 후였다. 몇 시간 같은 몇 초의 정적이 흘렀다. 휴대폰을 쥔 그녀의 온몸이 딱딱하게 굳어 갔다. 수화기 너머로 그 기색을 느낀 동생은 다급하게 그녀를 불렀다.

—언니! 무슨 일이야. 무슨 일 있지!

이수가 급히 별궁을 나서기 위해 어둠을 헤집었다.

"마마! 마마……! 갑자기 정전이!"

어디선가 김 상궁의 다급한 목소리도 들려왔다.

목을 죄는 듯한 갑갑함에 이수가 더듬더듬 테라스 문을 쥐었는데, 그 순간.

"으악! 으아아악!"

찢어지는 비명이 태자궁 쪽에서 들려왔다.

흡사 늑대 울음 같은 처절한 비명이었다. 이수는 망설임도 없이 휴대폰의 불빛을 의존한 채, 단층이었던 테라스 담을 넘었다. 그러곤 그대로 침소 의대와 침실 슬리퍼를 신은 채 태자궁을 향해 달렸다. 여전히 빛은 돌아오지 않고 있었고 그녀의 발바닥에 닿는 찬 기운이 제법 스산했다.

"마마, 어디 계시옵니까, 마마!"

어렴풋이 김 상궁이 그녀를 찾는 음성이 들려왔다. 하지만 소복을 움켜쥔 채 태자궁으로 향하는 그녀의 발걸음이 더욱 빨라졌다.

황태자비로 간택이 되어 입궐해 딱 한 번 인사를 나눈 적 있는 태자였다. 하지만 이수는 알 수 있었다. 태자궁에서 들려온 그 비명은 황태자, 이강의 비명이었다는 것을.

"마마! 어디 계시옵니까!"

그녀를 찾는 외침이 사방에서 들려왔지만 이수는 멈출 수 없었다. 어둠도, 그리고 스산한 기운도 이수를 막지 못했다.

비명을 들은 궁인들도 모두 혼비백산이 되어 태자궁으로 달려가고 있었다. 그 무리에 이수가 포함되었다.

"황태자비마마!"

소복 차림의 이수가 태자궁으로 헐레벌떡 달려오자, 우왕좌왕하고 있던 태자궁의 궁인들은 모두 고개를 조아렸다.

"무슨 일입니까. 대체 방금 그 소리는 무엇이었사옵니까."

이수는 태자궁 앞에 막아서는 궁인들을 향해 소리쳤다.

"아무래도 태자 전하께 변고가 생기신 것 같은데!"

소복 자락을 꾹 쥔 채, 태자궁을 헤집고 들어섰다. 이수가 막, 굳게 닫혔던 태자궁의 문을 여는 순간.

"아……."

거짓말처럼 궐이 밝아졌다. 그녀는 거친 호흡을 내뱉으며 황태자를 찾기 위해 연신 두리번거렸다. 그때, 이수의 눈앞에는 호위대에 둘러싸인 황태자의 모습이 나타났다.

"태, 태자 전하! 황태자 전하……!"

이수는 호위대를 뿌리치고 황태자에게 다가갔다. 하지만 그녀의 시야에 담긴 태자는 온전한 모습이 아니었다. 피범벅이 된 채 바닥에 널브러진 그를 이수가 끌어안았다.

"전하! 전하 정신 차리시옵소서! 태자 전하!"

이수의 소복에 태자의 검붉은 피가 얼룩지기 시작했다. 이 상황이 믿기지도 않고, 너무 놀라 눈물도 나오지 않았다.

"황태자비마마……. 으악!"

뒤이어 들어온 궁인들 역시 충격적인 모습에 모두 바닥 위로 고꾸라지고 말았다.

"태자 전하! 눈을 뜨시옵소서, 태자 전하!"

이수는 칼에 찔린 듯 피가 넘쳐흐르고 있는 태자의 옆구리를 압박했다. 그제야 심각한 상황임을 깨달은 궁인들이 혼비백산해 황제와 황후, 그리고 어의를 부르기 위해 달음박질쳤다.

"전하, 눈을 뜨셔야 합니다, 전하!"

이수의 절규에도 그의 숨소리는 희미해지고 있었다.

태자를 직접 대면한 것은 이번이 두 번째였다. 그런데 이런 처참한 모습이라니.

믿을 수 없었다. 내일이면 국혼인데.

허망하게 눈을 감으려는 태자를 이수가 품에 끌어안으며 절규했다.

"제발! 눈을 뜨세요, 전하!"

"차……이수……."

온몸을 파르르 떨며 태자를 끌어안고 있던 이수의 귓전에 그의 음성이 희미하게 들려왔다. 이수는 황급히 태자의 얼굴에 귀를 갖다 대었다.

"……도망 가."

"예, 예?"

"도망 가……. 제발."

생사의 그 아슬아슬한 경계에서 태자는 힘겹게 그 말을 내뱉고 있었다. 두 사람의 숨이 격렬하게 섞이는 순간이었다.

"궐에서…… 멀리멀리……. 그래야 네가…… 살아."

"전하! 전하를 이리 만든 자가 누굽니까! 누구냐구요, 대체!"

이수를 힘겹게 쥐고 있던 그 손이 툭, 찬 바닥 위로 떨어졌다. 그녀가 끊임없이 그의 몸을 흔들어 보았지만 태자는 그렇게 눈을 감고야 말았다.

다급히 달려온 의료진이 의식을 잃은 태자를 에워쌌지만, 그녀는 알수 있었다. 이것이 태자의 마지막 모습이라는 것을.

그녀는 그대로 무릎을 꿇었다. 그러곤 허망한 듯 그의 피로 범벅이 된 소복을 내려다보았다. 이수의 눈에서 눈물이 톡, 떨어져 내렸다.

"흑……. 전하, 태자 전하."

때마침 태자궁을 찾은 황후와 황제는 피범벅이 된 채 의료진에게 둘러싸인 태자와 그 앞에서 오열하고 있는 이수를 발견했다. 황후는 그대로 바닥에 쓰러지고 말았다.

"황후마마!"

그녀는 무릎을 꿇은 채 눈물을 흘리고 있었다. 황제는 믿을 수 없다는 듯 태자를 향해 달려갔다.

"태자! 태자!"

"폐하, 흐윽……. 전하께서, 전하께서!"

내일은 대한제국 황태자의 국혼이 성대하게 열리는 경사스러운 날이다.

그런데…… 황태자의 국혼 하루 전날 밤, 제29대 황태자 이강이 살해당하고 말았다.

모든 것은 단 30분 만에 종료되었다.

태자의 마지막 비명이 태자궁을 흔들고 정확히 30분 뒤, 밤 10시 5분에 태자의 사망 선고가 내려졌다.

그 비보는 대한제국을 넘어 전 세계에 '특보'로 퍼져 나갔다. 태자의 죽음은 대한제국을 넘어 온 세계를 혼란과 충격에 빠뜨리기에 충분했다.

한때 전시에 따르는 데프콘을 발령하기도 했다. 하지만 태자의 사망 원인이 테러가 아닌 궐내에서 일어난 단순 살해라는 것이 드러나자 반포되었던 데프콘은 거두어졌다.

궐 앞은 해외 특파원을 포함한 취재진과 국민으로 인산인해를 이루고 있었다. 궐 안팎으로 울음소리가 끊이질 않았다.

희붐한 어둠 사이로 곡소리가 처연하게 울려 퍼졌다. 한마디로 대한제국은 아비규환이었다.

✛　　✤　　✛

그 시각, 궐 안.

삼엄한 분위기 속에서 감찰 궁인을 포함한 경찰들이 궐 안을 빽빽하게 메우고 있었다.

황실은 살벌한 긴장감으로 잔뜩 예민해진 상태였다. 걸음을 재촉하는 궁인들의 얼굴엔 저마다 비통함과 참혹함이 번졌다.

긴급으로 마련된 감찰궁 안에서는 태자를 살인한 용의자를 찾기 위한 대대적인 수사를 벌이기 시작했다.

대한제국 건국 이래, 궐 안에서 살인 사건이 일어난 것은 처음이었다.

게다가 황태자 살인 사건이라니. 이것은 가히 충격과 혼란의 소용돌이를 일으키기 충분했다.

'황태자 살인 사건'은 그 타이틀 만큼이나 수사 또한 타이트하게 이루어졌다. 경찰이 아닌 검찰이 직접 사건을 맡는 직수 사건으로 수사의 방향이 결정되었다. 감찰부와 서울중앙지검이 협력하여 수사가 진행되었다.

"모든 살인 사건이 그렇듯, 초동 수사가 가장 중요합니다. 정전되기 직전까지의 CCTV, 최근 한 달여간 궐 내를 출입한 외부인, 내부인 명단, 증인, 증거 최대한 오염되지 않게 확보 부탁드립니다."

검찰 총장의 진두지휘 아래 서울중앙지검의 에이스들로 팀이 긴급으로 꾸려졌다. 무거운 책임감을 느끼며 담당 부장 검사가 입을 열었다. 그 말을 들은 이들은 모두 고개를 숙인 채 한숨만 푹푹 내쉬고 있었다.

"죄송합니다."

서울중앙지검의 천재 검사로 알려진 윤강욱이 흐트러진 넥타이를 고쳐 매며 감찰궁 안으로 황급히 들어섰다.

퇴근 후, 모처럼 집에서 휴식을 취하던 그는 갑작스러운 호출에 다급하게 입궐하였다. 채 말리지도 못한 검은 머리칼은 바람에 한껏 흐트러져 있었다. 촉촉이 젖은 자연스러운 컬은 어쩐지 강욱의 차갑고도 시니컬한 이미지와 제격이었다.

"왔나, 윤 검."

그는 동료들에게도 인정받는 에이스였다. 매번 현장을 직접 확인하며 일을 하며, 혀를 내두를 정도의 냉철함과 고도의 심리전으로 사건을 해결했다.

하지만 그가 가진 것 중 제일 반짝반짝 빛나는 것을 꼽으라면 모두가 하나를 일컫곤 했다. '얼굴 천재'란 별명이 말해 주듯 그의 황홀한 외모였다.

강욱은 붉은 자신의 입술을 질끈 깨물며 시계를 확인했다.

"태자 전하의 최후를 최초 목격한 사람은 누구입니까."

매끈한 그의 입술 사이로 딱딱한 음성이 흘러나왔다.

"태자궁의 호위대가 먼저 발견했어."

"우선 호위대 모든 인원들의 알리바이를 사건 시각 전후로 빠짐없이 조사해야겠네요."

말을 마치며 강욱이 셔츠 소매를 걷으며, 노트북 앞에 앉았다.

"태자궁 1차 수사는 마쳤을 거고……. 거기서 발견한 증거물은 없었습니까?"

그러자 곁에 서 있던 수석 검사가 머뭇거리며 강욱의 눈치만 보고 있었다.

"왜죠?"

미묘하게 달라지는 공기에 강욱의 반듯한 눈썹이 일그러졌다. 무언가를 숨기고 있었다. 하지만 매서운 강욱의 눈빛에 수석 검사가 어쩔 수 없다는 듯 고개를 저었다.

"그게……. 증거품이라기보다는 태자 전하의 근처에 있던 이상 물건이."

"말씀하세요."

"혼례를 앞둔 예비 황태자비인 차이수 씨의 소지품이거든."

뜻밖의 말에 강욱은 일순 굳어지고 말았다.

"그게 무슨……."

"태자궁에서 발견되지 말아야 할 물품이었다. 황태자와 한 번도 접촉한 적 없었던 차이수 씨의 립스틱이 발견되었어."

"립스틱이라면……."

강욱의 붉은 입술이 힘없이 일그러졌다.

"그 자리에서 차이수 씨는 본인 것이라고 증언했고."

동료 검사의 말에 이상하게도 감찰궁 안의 공기가 미묘하게 차가워지고 있었다. 강욱이 침착하게 입을 열었다. 그의 탐스러운 잇새로 흘러나온 음성은 차갑기 그지없다.

"사건 현장에서 발견된 이상 물건이 의미하는 바가 뭔지는 다들 아시죠."

강욱은 사건을 요약 정리한 파일을 거칠게 거머쥐며 동료 검사들과 감찰 궁인들을 돌아보았다. 모두 그 얼굴들이 딱딱하게 굳은 채였다.

강욱 역시 평소와는 사뭇 다르게 말을 힘 있게 내뱉지 못했다.

그가 말하는 게 무엇인지 잘 알고 있지만 아무도 강욱의 질문에 답을 하지 못한 채, 눈치만 보고 있었다.

이상 물건이 의미하는바.

길어지는 침묵에 냉정을 되찾은 강욱이 모두가 꺼리는 그 말을 씹어 뱉었다.

"용의자가 남긴 치명적인 실수라는 것."

수석 검사는 잠시 멍해진 강욱 곁으로 다가가며 곤란하다는 듯 이마를 매만졌다.

"근데 문제가 있어. 태자 전하께서 살해당하기 직전에 궐의 모든 전기가 나갔다는 거야."

"그렇다면 당연히 CCTV에는 살해 장면이 찍히지 않았겠고."

용의자를 잡을 수 있는 유일한 증거물이 공중으로 증발했다는 데도 강욱은 동요하지 않았다. 그저 묵묵히 고개만 끄덕이며 사건을 정리한 파일만 뒤적일 뿐이었다.

감찰 궁인들은 모두 참담한 얼굴로 검사들을 바라보고 있었다. 그때, 감찰부를 이끄는 김 팀장이 무겁게 입을 열었다.

"저희 쪽에서 확보한 증언은…… 사건 당시, 별궁에 계셔야 할 황태자비마마께서 태자궁에 있었단 것입니다."

"별궁?"

강욱이 무심한 얼굴로 감찰 김 팀장을 돌아보았다.

"태자궁에서 멀리 떨어져 있지 않은 곳에 위치한 궁입니다. 당시 별궁의 김 상궁은 정전이 되자마자 황태자비마마를 급히 찾았지만 보이지 않았다고 합니다."

"태자궁의 궁인들도 어둠 속에서 황태자비마마가 갑자기 나타났다고 다들 입을 모았습니다. 별궁 쪽에서 왔다는 말도 있고, 태자궁 안에서 뛰쳐나왔단 말도 있고……. 정전이 된 상태라 다들 정확히 본 것은 아닙니다."

그 말에 곁에 있던 동료 검사들도 한마디씩 거들었다.

"태자의 시신을 직접 끌어안은 것도 황태자비마마라고……."

"당시 소복을 입고 계셨는데 그 소복에 황태자의 피가 잔뜩 묻어져 있었거든. 그게 처음부터 묻어 있었는지조차 확실치 않아. 궁인들 모두, 경황이 없어 우왕좌왕할 때라. 아무래도 용의자로 의심해 볼 만해. 태자를 살해하고 소복에 묻은 피를 감추기 위해 시신을 끌어안은 정황일 수도……."

동료 검사의 말에 강욱이 입술을 질끈 물었다.

"추측일 뿐이잖아."

"어? 아, 뭐 그렇지."

"물증 없이 함부로 추측하지 마. 여기 궐 안의 모든 사람이 유력 용의자고 동시에 목격자가 되는 거니까."

"그건 그렇지만."

"냉정하게 하자고. 그런 추측, 지금은 이런 상황에선 수사에 혼란만 더 할 뿐이라는 거 잘 알잖아."

강욱은 파일을 거칠게 덮으며 감찰 궁인들을 돌아보았다. 그의 잘 뻗은 눈매가 매섭게 빛났다.

"그래서 지금 황태자비마마께선 어디에 계십니까."

그의 물음이 끝나자마자 감찰궁 안으로 한 여자가 휘적휘적 들어섰다. 그녀는 강욱 앞에 반듯이 서서는 고개를 숙여 보이곤 곧 입을 열었다.

"황태자비마마라뇨!"

"……?"

"국혼도 치루기 전에 황태자 전하께서 승하하셨으니 태자비 후보일 뿐이지요."

싸늘한 음성에 강욱은 헛웃음이 일 것만 같았다. 검사들 또한 심상 찮은 분위기를 풍기며 등장한 인물을 똑바로 응시했다.

"안녕하십니까. 황후전의 비서 팀장이자 황실 궁인들을 총괄하는 최미연입니다."

그녀의 붉은 입술이 일정하게 벌어졌다, 오므려지기를 반복했다. 강욱은 그런 최 실장을 뚫어지라 바라보았다. 머리카락 한 톨도 흐트러지지 않은 반듯한 외양만큼이나 그녀의 성격도 꽤 깐깐할 것 같았다.

"그럼 뭐라고 불러야 합니까."

하지만 이 상황에서 그런 것은 중요하지 않았다. 그는 다시금 건조하게 입을 열었다. 그러자 수석 검사를 바라보고 있던 그녀가 강욱을 돌아보았다.

"차이수 아가씨겠죠? 황태자비의 교지를 받지 못하였으니."

"그래서 어디에 계십니까, 지금 그분."

미사여구는 듣기 싫다는 듯 강욱이 최 실장의 말허리를 잘랐다. 순간 최 실장의 이맛살이 슬쩍 찌푸려졌다.

"별궁에 계십니다. 외부인과의 접촉은 금지된 상황이고요."

"격리되어 있단 말씀입니까?"

"예. 어찌 되었든 태자 전하의 마지막을 함께한 목격자이시고 또한 아가씨의 물품이 그곳에서 발견되었으니……."

더 이어져야 할 그 말을 채 잇지 못한 채 그녀가 머뭇거렸다. 감찰궁 안의 공기는 삽시간에 싸늘해지고 말았다. 끝맺지 못한 말을 감찰궁 안의 모든 사람은 쉽게 예상할 수 있었다. 그 모습을 보던 강욱이 건조하게 최 실장을 향해 말을 건넸다.

"지금 상황으로는 안타깝게도 태자비 후보였던 차이수 씨께서 용의자 후보로 전락하였네요."

어쩐지 그 말을 하는 강욱의 음성에 비웃음이 슬쩍 묻어나 있는 것도 같았다. 최 실장의 기분이 이상하게 언짢아지고 있었다.

"유감이지만 현재 궐은 차이수 아가씨를 보호해야 하는 의무를 실행 중입니다."

"유일한 증인을 보호하겠다는 것입니까, 아님."

"……?"

"유력한 증거를…… 훼손시키지 않겠다는 것입니까."

유력한 증거 앞에 '살해 용의자의'라는 말이 삭제됐다는 걸 그녀는 눈치챘다. 또한 말하지 않아도 알 수 있었다. 강욱이 저를, 그리고 이수를 용의자로 생각하고 있는 궁인 모두에게 일침을 가하는 것이라고.

고고하던 최 실장의 귀 끝이 빨개졌다.

"제가 만나 보죠."

"수사는 내일부터라고 전해 들었습니다만."

"그럼 해가 뜰 때까지 차이수 씨는 물 한 모금도 마시지 못합니까?"

"그런 것이 아니오라……."

"그런 것이 아니면 제가 가겠습니다, 별궁에."

"외부인과 접촉을 금하라는 황제 폐하의 명이 있으셨사옵니다."

"아, 그렇다면 제 소개가 늦었군요."

"……?"

"저는 이번 황태자 전하의 살인 사건을 수사 맡은 서울중앙지검 특별팀 윤강욱 검사라고 합니다."

"예?"

"자, 이제 그럼 전 내부인이 되었겠죠?"

싸늘하게 그 말을 남긴 강욱이 그녀를 두고 걸음을 옮겼다.

그를 바라보고 있던 검사들은 벌겋게 달아오르는 최 실장의 얼굴을 보며 웃음을 참았다. 평정심을 유지하려 애를 쓰는 그녀의 모습이 꽤 볼만했다.

"제가 차이수 씨를 만나고 오겠습니다."

"정식 수사는 내일이야. 결례되지 않게 간단하게. 알았나?"

"예, 부장님."

강욱이 부장 검사를 향해 고개를 숙이고선 감찰궁을 나섰다. 떠나는 그의 뒷모습을 한 시선이 따라갔다.

"어……. 난 괜찮아요, 엄마."

어둠은 걷혔지만 이수의 세상은 여전히 정전, 그 암흑 속이었다.

휴대폰을 애써 쥐고 있는 그녀의 손이 파르르 떨렸다. 채 씻어 내지 못한 피와 비극의 흔적이 이수의 몸 곳곳에 남아 있었다.

—살인이라니……! 대체 이게 무슨 상황이니!

수화기 너머의 이수의 계모인 조 여사는 악을 질렀다. 그 고함을 모두 받아 내고 있는 이수의 얼굴엔 어쩐지 한 점 동요도 없었다.

"저는 괜찮아요……."

이수는 앵무새처럼 같은 말만 반복하고 있었다. 어쩌면 몸서리치게 무서운 이 상황에서 괜찮아지려고 그 말만 반복하고 있는 것도 같았다.

—널 왜…… 별궁에 가두었단 거니? 걱정하지 마, 이수야. 지금 네 아버지께서 궐로 가셨어. 곧 나올 수 있을 거야.

"저도 이유는 모르겠지만 제 립스틱이 태자궁에서 발견이 되었어요."

─지금 황제 폐하와 황후마마는 널 용의자로 몰고 있어.

"그러실 분들 아니세요. 아시잖아요, 얼마나 이성적이시고 현명한 분들이신지."

─우리 그룹이 가진 권위와 명예를 이용하려 들 땐 한없이 현명하고 이성적인 사람들이지. 하지만 이용 가치가 없어진 건 가차 없이 버리는 이들이야. 교활하게 굴 거야.

"어머니."

─그들은 널 비참하게 버릴 거다. 태자의 죽음에 이유가 또렷하게 드러나지 않은 이상 너는 그들의 원망과 원성을 받아 내야 할 거야. 왜냐고? 태자를 죽인 용의자가 잡히지 않았으니까! 이용 가치 없는 네가 사건의 범인이 되어서 비난을 받도록 조작할 거다. 그들은 지금 그럴 대상이 필요하니까!

흥분한 조 여사가 다시금 악을 내질렀다.

그 이야기를 모두 예상한 이수는 흥분하지 않았다. 고요한 그녀의 눈망울에 뿌옇게 눈물이 차올랐다. 무섭지도 두렵지도 않았지만, 그냥 가슴이 너무 아팠다.

"엄마."

─걱정하지 마라. 넌 황태자비가 되기 위해 태어난 아이야.

"……그게 지금."

─A&J 그룹이 황실에 어떤 존재인지……. 다시금 깨닫게 해 줄 거야. 범인을 잡고 이강의 장례 절차가 끝나면 곧 다른 인물이 황태자로 올라갈 테지. 황제의 자리를 이을 후계자는 존재해. 그때를 노리면 돼.

"엄마, 태자 전하께서 돌아가셨어요."

―…….

"전 어제까지 태자 전하의 비(妃)가 되려 했던 사람이에요. 제가 어떻게 다시 황태자비가…….."

이수가 더듬거리며 그 말을 내뱉었다. 가슴이 부서지고 무너져 자꾸만 목이 메어 왔다. 비릿한 피 냄새가 이내 그녀의 코끝을 찔렀다. 이수는 피로 물든 소복을 천천히 내려다보았다.

―국혼은 치러지지 않았다. 합방도 이루어지지 않았지. 한데 네가 왜 황태자비가 될 수 없어?

"어머니!"

―잊었니? 황태자비가 되면 네가 이룰 수 있는 것. 그걸 영영 놓고 싶은 거야?

"태자 전하께서 죽었다구요, 엄마. 그럼 저를 여기서 꺼내 주셔야죠. 엄마라면 그래야 하잖아."

―이수야!

"전하를 제가 온몸으로 받아 냈습니다. 제 품에서 전하가 피를 흘리며 죽어 갔다고요!"

그제야 이수는 소리를 내질렀다.

"죽을 것 같아요! 나도 곧…… 태자 전하처럼 죽어 버릴 것만 같아 무섭다구요!"

―이강이 죽은 거지.

"엄마!"

―황태자가 죽은 것은 아니다.

"그게 대체…… 무슨 말씀이세요!"

―이안(李安). 제2의 후계자, 그의 비가 되어라.

"어머니! 제발 그만 좀 하세요!"

—너는 아직 황태자비가 될 수 있단다. 그러니까……

이수는 그대로 전화를 끊어 버렸다. 뜨거운 눈물이 그녀의 양 볼을 거칠게 할퀴었다. 피에 젖은 무릎을 끌어안으며 그녀는 숨죽여 울고야 말았다. 감찰 궁인들이 별궁 밖을 경호하고 있을 것이니, 소리 내 울 수조차 없었다. 태자의 피가 고스란히 말라비틀어진 자신의 손바닥을 내려다보며 그녀는 입술을 악물었다.

"누가 나 좀 꺼내 줘. 궐에 있기…… 싫단 말이야."

덜컹. 굳게 닫혔던 별궁 문이 열렸다. 이수는 화들짝 놀라며 자신의 입을 틀어막았다.

"누구……!"

눈물에 젖어 뿌옇게 흐려진 시야 사이로 한 남자가 휘적휘적 들어섰다.

그녀는 벌벌 떨며 더욱 움츠러들었다. 그러곤 남자의 얼굴을 확인하기 위해 젖은 눈가로 손바닥을 가져다 대었는데.

"피 묻었잖습니까."

갑작스럽게 나타난 남자는 이수의 손목을 턱 쥐었다. 놀란 그녀는 입술을 파르르 떨며 남자를 올려다보았다.

"누구세요."

"윤강욱, 내 이름입니다."

"아……."

"나가고 싶으시면 같이 가 드리겠습니다."

이수라는 고적한 섬 하나에 강욱이란 나룻배 하나가 닿는 순간이었다. 소슬하던 그녀의 가슴에 깊숙한 파동이 일고 말았다. 정지한 시간 속에 이수 홀로 세상을 더듬고 있는 느낌이었다.

심장이 덜컥 내려앉았다, 끝없이 치솟기를 반복하고 있었지만 이수는 움직일 수 없었다. 자신의 눈앞에 덩그러니 서 있는 낯선 남자와 자신을 감싸고 있는 별궁의 스산한 기운이 그녀를 얼어붙게 했다. 깜빡이는 그녀의 눈꺼풀이 처절하게 떨렸다.

"혼자 나가기 어려우시다면 같이 나가 드리겠습니다."

아무래도 남자가 오해한 모양이었다. 간단한 산책이 하고 싶어서 나가고 싶다 말한 것이 아니었는데.

이수는 느리게 고개를 저었다.

"윤강욱, 처음 듣는 이름입니다만. 누구시죠? 여긴 무슨 일로⋯⋯."

숨통을 조이는 듯한 적막을 깨고 그녀가 입을 열었다.

낯선 남자를 경계하고 싶었다. 아니, 절로 경계하게 되었다. 아직도 가슴속엔 태자의 죽음이 잔인하게 남은 상태라 떨지 않을 수 없었다.

"우선 씻는 게 어떻겠습니까. 혼자 공포 영화 찍고 계신 것 같은데."

강욱은 그녀의 손목을 조심스레 놓았다. 아무래도 검사라고 자신을 밝히면, 그녀가 더 놀랄 것 같았다. 대개 사건이 발생하면 피해자든 가해자든 목격자든, 사건과 닿아 있는 사람들은 검사라는 존재를 두려워했다. 자신을 심문하러 온 것일까, 의심을 받고 있지는 않을까.

그 찰나에 오만 가지의 직업이 강욱의 머릿속을 떠다녔지만 그렇다고 거짓말을 할 수는 없는 노릇이었다.

얼굴이 하얗게 질린 그녀는 자신의 손바닥을 지그시 내려다보았다. 그녀는 강욱에게 누구냐고 기민하게 물었던 것을 순간 잊은 듯했다.

"씻어도⋯⋯ 되나요?"

이수가 숙였던 고갤 들었다. 두 사람의 시선이 제법 대담하게 부딪혔다.

"왜 못 씻습니까?"

"⋯⋯태자 전하의 피."

망설이듯 그녀가 입을 열었다.

"증거 아닐까 싶어서."

"……."

"내가 무고하다는."

그 말끝에 잠시 어긋났던 둘의 시선이 다시금 교차했다. 이수를 바라보는 강욱의 눈빛에 연민 같은 것이 서렸다. 그것을 읽어 낸 그녀가 고개를 푹 숙이고 말았다.

"그렇게 보실 것 없습니다. 정황이 나를 지목하고 있으니 나도 방어는 해야 하니까요."

"억울합니까?"

직설적으로 묻는 그가 왠지 모르게 원망스러워졌다. 이수는 손등으로 눈가를 더듬으며 자리에서 일어났다.

웅크리고 있던 그녀가 일어서자 옷 곳곳에 묻은 혈흔이 사건의 처참함을 말해 주고 있었다. 또한, 이수가 입었을 마음의 상처 역시 깊을 것을 짐작할 수 있었다.

이수는 작게 한숨을 내쉬며 소복 자락을 쥐었다.

"검사이신가요?"

강욱은 대답 대신 그녀를 직시했다.

"내 직업을 묻는 거라면 맞습니다. 그런데 오늘은 검사로서 온 건 아닙니다."

"알아요, 나 역시 직업을 물은 거예요. 수사는 내일부터 시작이라고 전해 들었어요."

그녀는 당황스러울 수 있는 상황임에도 감정의 고조 없이 침착하고 덤덤했다. 브라운관 속에서, 그리고 기사 속에서 또는 가십거리 속에서 비쳤던 그녀의 모습은 언제나 차분했다. 웃음기 없이 건조한 표정이 특유의 분위기를 만들어 내는 것도 같았지만 '차이수'라는 사람 자체가 메마른 거란 생각이 들었다.

강욱은 조금은 지쳐 보이는 그녀를 내려다보며 생각했다. 살인 사건이, 더군다나 자신의 남편이 될 사람이 결혼을 하루 앞두고 칼에 찔려 죽었는데 저렇게까지 차분하고 덤덤할 수 있을까. 정말 사람들의 말처럼, 그녀가 태자를 살해한 진범일까.

하지만 강욱은 이내 고개를 가로저었다.

"날이 밝는 대로 정식으로 감찰궁에서 저와 이야기를 나누실 겁니다. 미리 인사드리러 왔습니다, 윤강욱 검사입니다."

머뭇거리는 그녀를 향해 강욱이 손을 뻗었다. 그 커다란 손을 내려보고 있자니, 불현듯 이수의 가슴이 저렸다. 잡아도 될까, 잠깐 고민되었다. 그러다 결심한 듯 입술을 조금 세차게 앙다물며 그를 올려다보았다.

"잡아도 돼요?"

"왜 못 잡습니까?"

"역시나 피 때문에."

이수는 슬그머니 태자의 피가 묻은 자신의 손을 허리 뒤로 감추었다. 강욱은 그런 그녀의 손을 덥석 잡았다. 생각지도 못한 행동에 그녀의 눈이 커졌다.

"조사가 끝나는 대로 궐을 나가실 수 있을 거니, 오늘은 푹 주무시는 게 좋을 겁니다."

높낮이 없는 톤으로 강욱이 그녀를 향해 말했다. 맞잡았던 두 사람의 손이 떨어졌다. 담담하기만 했던 그녀의 커다란 눈동자가 강욱의 말이 끝나자마자 미묘하게 떨렸다.

"나갈 수 있나요?"

이번에도 뜬금없는 질문을 하는 그녀를 강욱이 한참 바라보았다.

세상의 모든 것을 다 알고 있을 듯한 똑똑한 얼굴로 왜 자꾸만 바보스러운 질문을 하는 건지. 강욱은 이수에게서 눈을 뗄 수가 없었다.

"왜 못 나간다고 생각합니까? 집, 안 갈 겁니까?"

자꾸만 그의 말끝에 물음표를 달게 되는 자신이 한심하다는 걸 그녀도 알고 있었다. 그래도 이수는 물을 수밖에 없었다. 자신은 지금 잠깐 밖을 나가는 것조차 독단적으로 할 수 없는 처지였으니까.

"날 도와줄 수 있나요?"

"무엇을 말이죠?"

"집에 갈 수 있게."

"진범으로 의심받는 걸, 도와 달란 말입니까. 아니면 무고를 증명할 수 있게?"

"……."

"죄송하지만 저는 차이수 씨의 변호인이 아닙니다."

"……."

"이번 살인 사건의 진위를 수사하고, 진범을 잡아 정의를 구현해야 하는 검사로서 온 겁니다. 만약 차이수 씨가 진범이 아니라면 당연히 집으로 돌아갈 수 있을 거고요."

호흡 한 번에 말을 모조리 내뱉고 나니, 그제야 강욱은 눈앞에 있는 이수가 걱정되었다.

하지만 강욱은 원래 타인의 기분을 위해 제 생각을 숨기는 친절한 사람도, 배려심이 넘치는 사람도 아니었다. 그래서 지금 제 머릿속을 돌아다니는 생각이 더욱 이상했다. 강욱은 녹록지 않은 상황에 부딪친 그녀가 마음에 걸렸다.

"검사는 내일 한다면서요."

"예?"

"오늘은 검사로 온 거 아니라더니 철벽 방어시네요."

기분 탓이었을까. 말을 내뱉는 이수의 얼굴과 목소리에서 알 수 없는 서운함이 엿보이는 것 같았다. 강욱은 할 말을 잃은 듯 입술을 꾹 다물었다.

"저에 관한 지라시나 좀 전의 통화 내용을 대충 들어 아시다시피……. 상황이 좀 그래요. 황태자비가 되지 못했다고 해서 집으로 그냥 돌아갈 수 있는 처지가 아니에요. 더군다나 전 지금 태자 전하의 죽음과 깊이 연루되어 있으니까요."

조곤조곤 그 말을 이어 가는 이수의 안색이 한층 더 어두워졌다. 이번엔 이수가 그의 표정을 살폈다. 그는 여전히 딱딱한 얼굴 그대로였다.

"제가 태자 전하를 살해했다고 생각하세요?"

갑작스럽게 질문을 하는 이수의 모습에 당황했지만, 강욱은 애써 포커페이스를 유지했다. 그의 반듯한 어깨가 조금 곤란하다는 듯 들썩였다.

"그건 수사를 해 봐야 알겠죠. 차이수 씨가 태자 전하의 마지막 순간을 함께했다는 것만 보고 받은 상태입니다."

"검사니까 있으실 거 아니에요. 촉 같은 거. 그 촉이 날 진범이라 지목하고 있느냐고."

"검사는 무속인이 아닙니다. 촉으로 수사를 하지 않습니다."

"그럼 바꿔서 질문할게요."

조금 돌아섰던 이수가 강욱을 정면으로 바라보았다. 꽤 가까이 닿은 두 사람의 거리가 아슬아슬했다.

"날 얼마나 믿어요?"

"차이수 씨."

"날…… 믿어 주긴 할 거예요?"

그녀는 지금 떨고 있었다. 그리고 그 떨리는 감정을 고스란히 드러내고 있었다. 강욱은 아랫입술을 지그시 깨물며 이수를 응시했다. 고요하고도 위태로운 모습이었다.

"대부분 살해 용의자들은 피해자를 살해하고 난 뒤, 가장 첫 번째로 사건 현장을 수습할 때 뭘 하는지 아십니까?"

자신을 빤히 바라보고 있는 그녀의 눈가가 촉촉했다.

"손을 씻죠."

"아……."

"아무리 사이코패스라도 자신의 몸에 묻은 피해자의 혈흔은 지워 내는 게 보통입니다. 자신이 죽였지만, 그 사실을 숨기고 싶어서 혹은 꺼림칙하니까."

일리 있는 그의 말에 이수의 고개가 절로 끄덕여졌다.

"하지만 차이수 씨는 본인 손에 묻은 피를 씻어 내지 않고 있었죠."

"그건……."

"자신의 무고를 증명할 수 있는 증거가 되지 않을까 해서. 맞죠?"

"……."

"용의자들은 그렇게 덤덤하지 않아요. 피 묻은 손으로 검사를 바라보며 '이 피가 나의 무고함을 증명해 줄 증거가 되지 않을까요?' 하고 대범하게 묻지 않습니다. 뭐, 정말 천재적인 두뇌를 가진 살해범이라면 이야기는 달라지겠지만."

이수는 논리정연하게 말을 내뱉는 그의 모습에서 시선을 뗄 수 없었다. 강욱이 말을 마치자, 굳게 다문 그녀의 입매가 슬쩍 움직였다.

"날 믿느냐 물었는데 되레 제게 믿음을 주네요."

"모든 가능성을 열어 두고 수사를 하겠단 뜻이죠. 누구 하날 진범으로 잡아 두고 수사를 하는 것만큼 위험하고 멍청한 짓은 없으니까."

그의 말이 이상하게 위로가 되고 있다. 이 사람이 이 사건을 맡아 준다면 위태로운 자신의 앞날이 완전히 무너지진 않을 것 같았다. 적어도 빛 한 점 스밀 공간은 열어 줄 듯했다.

"그럼…… 죄송한데요."

소복 자락을 굳게 움켜쥐는 그녀의 손끝이 떨렸다. 강욱이 느리게 고개를 끄덕인다.

"저 씻고 올 동안만 여기 계셔 주시면 안 될까요?"

그녀의 물음이 강욱의 가슴으로 훅 들어섰다. 자신을 향해, 본인이 태자를 살해했다고 생각하느냐는 질문을 들었을 때보다 더 황당했다. 강하게 얻어맞은 듯 강욱의 명치끝이 얼얼했다.

"그게 무슨……."

"별궁 밖에 감찰 궁인들이 절 비호하고는 있지만 사실 무서워요. 태자 전하께서도 갑자기 그런 끔찍한 일을 당하셨으니."

거칠게 휘몰아쳤던 마지막 호흡에 자신더러 도망가란 말을 섞던 태자가 떠올라 이수는 부르르 떨고야 말았다.

"누구라도 믿고 싶고 의지하고 싶은 그 마음을 알지만. 날 어떻게 믿고 본인 샤워하는 걸 지켜 달란 말을 하는 겁니까."

어처구니없다는 듯 그가 낮게 실소했다. 하지만 이수는 이 순간, 모든 게 진지할 수밖에 없었다.

"황태자비 후보랑 원나잇이라도 할 생각이에요?"

이 여자, 무슨 생각으로 이런 소리를 하는 걸까.

2
남자 아니면 친구

"그런 사람 아니라는 거, 제 얼굴에 쓰여 있지 않습니까."

"맞아요, 쓰여 있어요. 그래서 좀 서 있어 달라고 한 거예요."

표정 변화 하나 없이 엉뚱한 말을 또박또박 내뱉는 이수가 신기했다. 강욱은 어이없다는 듯 헛웃음을 터뜨렸다.

"제가 불편해서요. 원하시면 다른 궁인이라도 불러……."

"윤강욱 씨였으면 좋겠어요."

"뭐라고요?"

그녀는 정확하게 그를 지목했다

"이상하게 들리겠지만 몇 개월 동안 봐 왔던 궁인들보다 윤강욱 씨를 더 믿을 수 있을 것 같아요."

"차이수 씨."

"그렇게 되어 버렸네요, 제가."

"……."

"눈앞에서 이 나라의 황태자가 죽어 가는 걸 봤어요. 그것도 황태자가 나고 자란 이곳, 궐에서."

어떤 순간에도 냉정을 잃지 않던 강욱이 조금 흔들리는 순간이었다. 온몸의 열이 얼굴로 오르는 것 같았다. 그는 곤란하다는 듯 이마를 매만졌다.

"오래 걸리지 않을 거예요. 10분 정도면 충분할 것 같습니다."

"그렇게까지 말하면 나더러 어떻게 거절하라고."

"네?"

"아니요, 저도 10분 정도면 괜찮을 것 같네요."

퉁명스러운 강욱의 말에 이수가 느리게 돌아섰다. 익숙하게 갈아입을 옷을 꺼내기 위해 드레스룸으로 들어갔다. 마치 처음부터 이곳의 주인이었던 것처럼, 모든 행위가 자연스럽다. 아직 당혹감을 걷어 내지 못한 강욱은 그런 그녀를 빤히 바라보았다.

괜히 멋쩍어져 손목시계를 힐끗 보다 고개를 돌렸다. 그러다 탁자 위에 올려진 액자에 꽂혀 있는 그녀의 가족사진을 발견했다. 빛바랜 사진 속엔 이수의 어린 시절인 듯, 작고 예쁜 여자아이와 젊은 시절의 A&J 그룹 부부의 모습이 담겨 있었다.

문득, 좀 전에 누군가와 통화하며 언성을 높이던 그녀의 모습이 떠올랐다.

"전 어제까지 태자 전하의 비(妃)가 되려 했던 사람이에요. 제가 어떻게 다시 황태자비가……."

말끝을 차마 잇지 못하며 눈물을 터뜨리던 모습에 강욱은 고개를 절레절레 흔들었다.

"끝까지 황태자비가 되려는 건가."

자신이 상상했던 황태자비 후보, 차이수의 모습이 처음으로 어긋나는 순간이었다. 온순하고 차분한 그녀에게 '황태자비'라는 뜨거운 욕망이 존재하리라곤 생각도 못 했다.

강욱은 주머니에 손을 넣으며 이수를 돌아보았다.

"하나만 물어도 되겠습니까."

화장품을 챙기던 이수의 손이 뚝, 멈추었다. 그리고 무표정한 얼굴로 강욱을 쳐다보았다.

"말씀하세요."

"그렇게까지 황태자비가 되어야만 하는 이유가 뭡니까?"

역시나 색깔 없는 강욱의 얼굴이었다. 밀랍 인형 같은 두 사람이 서로를 응시했다.

"그렇게까지 해서 태자비가 되지 못하면…… 난 영영 이 궐을 벗어날 수 없으니까요."

"예?"

쓸쓸함만이 남은 이수의 눈동자가 강욱을 집어삼킬 듯 강렬해졌다.

"궐을 벗어나기 위해 입궁했습니다."

"조선 시대도 아닌데 원하지 않는 국혼을 꼭 해야만 합니까?"

"원하진 않지만 거부할 이유 또한 없었으니까요. 내 삶을 이리저리 휘둘릴 만큼 나, 멍청한 사람 아니에요."

좀처럼 이해할 수 없는 대답으로 인해 강욱은 몇 번이고 그 말을 되짚었다. 그럼에도 머릿속에서 쉽게 이해되지 않았다.

"생각했던 것보다 차이수 씨, 당신이란 사람 꽤 복잡해 보입니다."

"의외로 간단하게 살아왔어요, 난. 황태자비, 그거 하나만 보고 여기까지 왔으니까 어려울 게 없었거든요."

"……."

"물론 큰 어려움 없이 황태자비 후보까지 되었지만."

말을 차근하게 잇는 순간에도 그녀의 얼굴은 단조로웠다. 오히려 그녀를 바라보는 강욱의 머릿속이 뒤죽박죽되고 말았다.

하고 싶은 말을 모두 마쳤는지 그녀는 욕실 안으로 들어섰다. 강욱의 시선은 닫힌 욕실 문을 연신 더듬었다.

잠시 뒤, 쏴아 하는 물줄기 소리가 뻗쳐 왔다. 잔잔하던 별궁 안이 축축이 젖어 간다. 그는 팔짱을 끼며 이수가 굳게 걸어 잠갔던 테라스의 문을 활짝 열어젖혔다. 희붐한 어둠 사이로 밀려오는 달빛이 불필요하게 밝았다. 강욱은 저도 모르게 그녀가 들어선 욕실을 돌아보았다.

일분일초가 민감하게 흘렀다. 깊은 생각에 잠길 때쯤, 테라스의 난간 밑으로 수상쩍은 그림자 하나가 후다닥 사라졌다.

"거기 누구야!"

날카로운 그의 음성이 어둠을 관통했다.

잠시 멈칫거리던 그림자가 좀 전보다 더 빠르게 난관 아래를 통과하고 있었다. 강욱은 그대로 테라스를 뛰어내렸다.

"거기서!"

그러고는 가차 없이 수상한 그림자를 쫓았다. 육상 선수 출신에 검도 유단자인 강욱은 큰 힘을 들이지 않고 단숨에 그림자를 제압했다.

"윽!"

"누구야! 뭐야!"

검은색 슈트를 입은 건장한 남자 하나가 흙바닥 위를 굴렀다. 가슴팍엔 궁인 전용 배지도 달려 있었다.

"경호! 궁 경호팀입니다, 경호팀!"

그는 다급하게 흙바닥을 내리쳤다. 경호팀이란 말에 강욱은 압박하고 있던 손을 풀었다. 거칠게 숨을 내뱉으며 자리에서 일어났다.

"경호팀이 무슨 일로 테라스 난관 밑을 기어 다닙니까."

눈빛이 무척이나 매서웠다. 강욱의 거친 호흡이 새벽 공기를 분주히 갈랐다.

"황후전에 명을 받고 순찰 중이었습니다."

경호팀이라 정체를 밝힌 남자가 멋쩍은 듯 자신의 옷에 묻은 흙을 털어 냈다. 몸을 일으킨 그는 강욱을 똑바로 바라보지도 못한 채, 시선을 자꾸만 아래로 떨어뜨렸다.

"순찰을 왜 굳이 숨어서 합니까? 의심 사기 딱 좋게."

"죄송합니다."

"아니, 뭐 나한테 죄송할 건 없고."

여전히 의심의 빛을 거두지 못한 강욱이 남자를 응시했다. 그러다가 별궁에 홀로 샤워 중일 이수가 생각나 문득 고개를 돌아보았다.

"황후전에서 별궁을 뭘 그렇게까지 샅샅이 수색하란 명을 내렸나 모르겠지만."

"시국이 시국인 만큼……."

"그래서 의심을 합리적으로 하시겠다?"

"그게……."

"수사는 우리가 합니다. 과잉 수사로 괜한 혼선 주지 마시고. 앞으로 순찰은 빛 잘 들어오는 밝은 곳 위주로 도세요. 그럼."

그 말을 툭, 던지듯 내뱉고 강욱은 돌아섰다. 자신의 옷에 묻은 흙을 털어 내며 강욱이 다시금 별궁 안으로 들어섰다.

안으로 들어서니 어느덧 머리를 수건으로 감싼 이수가 놀란 듯 떨고 있었다.

"무슨 일 있어요? 왜요? 누가 왔었어요?"

샤워를 끝내지 못한 모양인지 수건으로 동여맨 이수의 머리에서 얼굴로 물방울이 뚝뚝 흐르고 있었다. 연신 테라스 밖을 훑는 그녀의 시선이 파르르 떨렸다. 이 모습이 무척이나 애처로워 보이기까지 했다.

"경호팀과 잠시 해프닝이 있었습니다."

별거 아니라는 것처럼 강욱은 일부러 대수롭지 않게 말을 내뱉었다.

"다행이네요……. 씻고 있는데 검사님 고함이 들려서 급하게 나왔어요."

멍한 얼굴의 이수가 가만히 대리석 바닥을 내려다보다 힘겹게 돌아섰다. 새 옷으로 갈아입은 말끔한 모습의 그녀가 터덜터덜 소파에 앉았다. 그러고는 자신을 뚫어지라 응시하는 강욱을 느리게 바라보며 고개를 숙였다.

"감사합니다. 그럼 내일 뵙겠습니다."

"씻다 나온 거 아닙니까? 아직 10분 안 지난 것 같은데."

강욱은 손목시계를 들여다보며 까딱, 고갯짓했다.

"괜찮습니다."

묘한 긴장감이 두 사람 사이를 메웠다. 괜찮다는 그 말에도 강욱은 별궁을 벗어나지 못한 채 머뭇거렸다. 이상하게 마음이 쓰였다.

"정말 괜찮겠습니까? 다른 상궁이라도 불러서 같이 있는 게 낫지 싶은데."

"절 감시하기 위해서 별궁 근처를 계속 배회할 겁니다. 태자 전하를 살해한 진범이 아직 궐에 남아 있다 하더라도, 쉽게 저를 노리지 못할 거예요."

"……."

"더군다나 내가 어쨌든 지금은, 자기의 죄를 대신 뒤집어쓴 유력 용의자니까."

차분한 그녀의 어조에 강욱은 고개를 끄덕거리며 수긍의 뜻을 내비치고 발걸음을 옮겼다.

"그럼 내일 뵙겠습니다."

괜히 마음 한구석이 찜찜했지만, 강욱은 돌아설 수밖에 없었다. 호의도 배려도 이유가 있어야 베풀 수 있는 것이었으니까.

돌아선 강욱의 뒷모습을 그제야 이수의 눈빛이 바뀌었다. 가지 않았으면 하는 이상한 바람이 순간 그녀의 마음을 흔들었다. 하지만 그녀 역시, 그에게 무언가를 더 요구하는 것은 민폐라는 사실을 알았다. 그저 묵묵히 돌아서는 모습을 바라보다, 시선을 거뒀다.

강욱이 막 별궁을 나서기 위해 문고리를 쥐었다.

"감히 누가 황태자비를 별궁에 가둔단 말이오! 누가 나를 막아서는 것이야! 비켜서지 못해?"

누군가가 소란을 피우며 맹렬하게 별궁으로 들어섰다. 그러다 그 앞을 지키고 서 있던 경호팀에 막혀 고함을 내질렀다. 강욱도 이수도 모두 놀란 얼굴로 별궁을 나섰다.

"아버지!"

의외의 단어가 그녀의 입에서 흘렀다. 강욱의 이맛살이 저도 모르게 찌푸려졌다.

경호팀과 격렬하게 대치하고 있던 중년의 남성은 다름 아닌 이수의 부친이었다. A&J의 수장이자 대대로 황실과 연이 닿았던 명문가의 후손, 차성준.

차 회장은 별궁에서 헐레벌떡 뛰어나오는 자신의 딸을 발견하곤 그대로 굳었다.

"이수야. 괜찮은 것이야?"

"아버지, 왜 오셨어요."

그녀는 애써 울음을 참으며 차 회장에게 가까이 다가갔다. 하지만 경호팀에게 막혀 더는 다가가지 못한 채 먼발치에서 차 회장을 바라볼 뿐이었다. 얼떨결에 그 곁에선 강욱은 안면이 있는 차 회장을 향해 고개를 숙였다.

"이번 사건을 맡은 윤강욱 검사라고 합니다."

차 회장은 눈을 번뜩이며 강욱을 찬찬히 훑었다. 이미 궐에 오기 전, 이번 황태자 살인 사건을 조사할 수사팀의 명단을 보고 받았다.

"윤강욱 검사……?"

강욱이 서울중앙지검에서 알아주는 천재 검사라는 것을 차 회장 역시 잘 알고 있었다. 못내 그가 이번 수사를 맡은 것이 못마땅했다.

"그럼 저는 이만."

강욱은 차 회장과 이수를 향해 반듯하게 고갤 숙이며 돌아섰다.

차 회장은 멀어지는 강욱의 뒷모습을 보며 이를 악물었다. 하필이면 왜 저 검사가 이번 사건을 맡았을까. 이수가 조금만 허튼 모습을 보인다면, 사정없이 그녀의 목덜미를 물어뜯고도 남을 사람이었다. 차 회장은 핏발이 선 눈을 치켜떴다.

"왜 저 검사가 너와 별궁에서 함께 나오는 것이냐."

그의 물음에 이수가 무감한 얼굴로 멀어지는 강욱을 바라보았다.

"가까이해서는 안 돼. 저 검사는 우리 집안과는 상극이다. 언제든 네 목덜미를 물어뜯어 죽일 아주 위험한 인물이야."

어쩐지 그의 반듯한 뒷모습을 바라보는 이수의 눈이 깊어진다. 해소되지 않은 감정이 그녀의 가슴에 찌꺼기처럼 달라붙어 있다.

아이러니하게도 강욱은 그런 사람이었다.

이수를 죽일 수도 또한, 살릴 수도 있는 사람.

그래서 위태로운 걸 알면서도 이수가 쉽게 놓을 수 없는 사람.

지금, 그녀는 그것이 낭떠러지인 줄 알면서도 걸음을 멈추지 못하고 있었다.

이 끝은 정말 절벽, 그 아래로 추락하는 것일까.

멀어지는 강욱을 바라보는 차 회장의 눈빛이 날카롭게 빛났다. A&J 그룹은 서울중앙지검에서 꾸린 특별팀에 비견될 만큼 화려한 변호인단을 고용했다. 쉽게 끝나지 않을 싸움이라고 예상한 차 회장은 자신의 모든 인생과 가문의 힘을 쏟아부을 생각이었다.

그것이 황실의 몰락을 예견하는 일일지라도 차 회장은 괘념치 않을 것이었다. 황실만큼이나 몇 백 년을 화려하게 이어 온 차 가(家)의 위엄이었기에 차 회장은 자신의 딸이 살인자라는 누명을 안게 내버려 둘 순 없었다.

"걱정하지 마라, 이수야. 내가 황제 폐하와 황후마마를 만날 것이야."

"제 걱정은 마세요. 저는 괜찮습니다."

그녀는 의연해지려 애썼다. 두 주먹을 꾹 움켜쥔 채 떨지 않기 위해 이를 악물었다.

"대체 황태자비인 널 왜 이런 취급을 하는 것이야, 왜!"

"아버지 저는 황태자비가 되지 못했습니다. 하니 이대로 출궁을 해도 이상할 것 하나 없지요. 황태자 전하께서 변고로 승하하셨으니 저 또한, 황태자 전하의 사람으로서 이번 비극을 겸허히 받아들여야 합니다."

"황태자비가 되어라. 하면 네가 원하는 것을 내가 주마."

이수가 막 걸음마를 떼기 시작할 때부터 주위 친구들이 제 짝을 찾아 단란한 가정을 꾸미기 시작할 때까지. 이수가 무던히도 들어야만 했던 말이었다.

그녀는 만인의 축복 속에 태어났다. 그리고 그녀가 태어나던 해, 재계와 황실은 미래의 황후가 탄생했다며 환호했다.

다스릴 이(理), 머리 수(首).

대한제국의 머리인 황제를 기꺼이 다스릴 정비가 되어야 한다는 섬뜩한 뜻이 담긴 이름. 그렇게 그녀는 '차이수'란 아름답고도 고귀한 이름을 갖게 되었다.

그 이름대로, 그리고 가문의 숙원대로 이수는 황후가 되기 위한 절차를 하나씩 밟아 갔다. 황실과 측근들만 다닐 수 있단 황실 학교에 입학해 완벽한 '황후'를 위한 준비 과정을 철저히 배웠으며 해외 각 나라의 정서와 문화 교류를 이해하고 이끌 수 있도록 문화와 스포츠도 섭렵했다. 또한, 6개 국어를 익힘으로써 황후가 가져야 할 조건을 하나씩 채워 나갔다.

그렇게 황후라는 자리 하나만을 보고 달려왔다. 이제 그녀에게는 황후가 되기 위한 발판인 '황태자비' 그 단계 하나만을 남겨 두고 있었다.

"무슨 소리야. 너는 황태자비가 되어야만 한다."

그런데 그 발판을 올라서기 직전 자신을 황태자비로 만들어 주어야 할 황태자가 죽고야 말았다.

이수는 결국 포기했지만, 그의 가문은 끝까지 그녀를 놓지 못했다. 정통을 이어 오며 조선 시대부터 '황후'를 여럿 배출했던 그녀의 가문은 이수를 끝까지 황후로 만들 셈이었다.

그래야 세계 최초로 황실 거래를 할 수 있으니까. 그렇게 해야 A&J 그룹이 아시아를 넘어 세계로 뻗어나갈 수 있으니까.

"이제 그만하고 싶습니다."

"차이수. 투정 부리지 말거라! 거의 다 왔지 않느냐. 별궁까지 입성했으니 태자비전이 코앞이다."

"저는 태자 전하의 사람입니다!"

"29대 태자가 죽었을 뿐이다. 30대 태자의 비가 되면 되질 않으냐!"

"아버지!"

소름이 끼쳤다. 자신의 계모와 똑같은 소릴 하는 그가 과연 자신의 아버지가 맞나 싶었다. 그녀의 몸에서 열기가 뿜어져 나오는 것 같았다.

"그래서 우리 엄마를 버렸어요?"

"뭐……?"

"지금까진 황태자비가 딱히 되지 말아야 할 이유가 없었으니까. 눈 뜨니 나는 이미 황실 사람이 되기 위한 교육을 받고 있었고 내가 무엇을 좋아하는지, 뭐가 하고 싶은지, 진로를 결정할 새도 없이 황실 학교에 다니며 감당하기 힘들 정도의 교육을 받았습니다."

"……!"

"무슨 대학을 갈까, 나는 뭐 하면서 살아갈까, 무슨 직업을 가질까……. 그딴 거 생각할 겨를도 없이 태자비가 되기 위해 살고 있었습니다."

고저 없이 침착하게 말을 이어 가는 이수의 표정을 싸늘했다.

"할 줄 아는 건 대한제국에서 제일 많았던 제가, 고작 할 수 있는 일은 황태자비가 되는 것뿐이라는 게. 네, 처음엔 억울하고 아버지가 미웠어요."

"……."

"게다가 그런 날 두고 홀로 프랑스로 가 버린 엄마도 미웠죠. 이제는 알아요. 엄마가 왜 그런 선택을 해야 했는지."

"뭐?"

"제가 평범하고 행복하게 살기 바랐던 엄마는 딸을 황태자비로 만들려는 아버지와 가문에 의해 강제적으로 떠날 수밖에 없었겠죠. 조선 시대였다면 그건 유배예요."

"차이수, 너!"

"엄마가 가진 모든 것을 빼앗고, 그 가문을 몰락시키고 내게서 멀리 멀리 떠나길 종용했죠, 아버지께서. 아니 정확히 말하자면 A&J 그룹이."

그녀는 여전히 당당하게 고갤 치켜든 채였다. 오히려 그녀의 대범함에 차 회장의 기세가 한풀 꺾인 듯 보였다.

"그때부터 엄마를 구해야겠다는 생각만 하고 살았어요. 내가 보고 싶어도 아버지와 아버지의 가문이 무서워 나를 보러 와 주지도 못하는 엄마가 불쌍해서. 한땐 모든 걸 가졌던 A&J 그룹의 안주인인 엄마가 이젠 빈털터리가 되어 프랑스에 쫓기듯 내버려진 것이 가엾어서."

"……!"

"그래서 황태자비가 되려고 했던 겁니다."

"이수야!"

"기억하시죠. 황태자비가 되면 제게 주시기로 한 것."

차 회장과 이수가 국혼을 거래하며 은밀히 주고받았던 무거운 비밀이 그녀의 입에서 흘러나온 순간이었다.

차 회장은 아차, 싶었다.

그녀의 눈가엔 작게 맺혔던 물기가 어느덧 빠르게 번져 가고 있었다.

"조용히 하지 못해!"

"원하시는 대로 했습니다. 황태자비가 되기 위해 별궁까지 왔고요.

그런데 태자 전하께서 승하하셨습니다. 이건 제 뜻대로 할 수 없잖아요. 차기 태자의 비가 되라는 건, 국민을 그리고 황실을 기만하는 행위입니다."

그녀는 부서지라 움켜쥐었던 주먹을 풀었다. 그러곤 허탈하게 어깨 늘어뜨리며 등을 돌렸다.

"저와 약속했던 것 역시, 반드시 지키셔야 할 겁니다."

"황태자비가 되면 주기로 한 것이었다."

"……아버지!"

끝까지 기세를 꺾지 않는 차 회장의 아집에 이수는 버럭 소리를 지를 수밖에 없었다.

"얻어 내고 싶다면 반드시 황태자비가 되어라. 너한테 손해 가는 일은 아닐 테니."

그녀의 눈동자가 요동쳤다. 넋이 나간 이수를 두고 차 회장이 먼저 등을 보였다. 언제나 냉정한 모습만 보여 주던 아버지였다. 오늘도 그 모습은 변하지 않았다.

한참 별궁 뜰에 서 있다, 이내 생각이 많은 얼굴로 그녀가 느리게 돌아섰다.

아직 밤이 남았다는 것이 그녀를 더욱 처절하게 했다.

다음 날, 10시.

어떻게 흘러갔는지 모를 시간이 지나고 해가 밝아 왔다.

황실은 최대한 조용히 움직였고, 국민들의 슬픔에 귀 기울여 황태자 이강을 추모할 수 있는 장소를 만들었다. 그곳을 찾는 사람들의 손엔 하얀 국화가 들려 있었다.

아침이 되니, 간밤의 비극은 알 수 없는 루머로 눈덩이처럼 불어났고, 극비로 궐 안을 오갔던 황태자 살인 사건의 진범이 황태자비 후보였던 차이수라는 소문 역시 빠르게 퍼져 나갔다.

사건의 진상을 규명하란 목소리가 곳곳에 울려 퍼졌다. 하루아침에 '황태자비 후보'가 '황태자 살인 사건의 유력한 용의자'로 전락해 각종 기사의 헤드라인을 장식하고 있었다.

A&J 그룹은 이 치욕스러움을 더는 두고 볼 수 없다며 악성 루머를 법적으로 강력히 대응하겠단 입장문을 발표했다.

A&J 그룹의 입장문이 발표되고 30여 분 뒤, 이수는 검은색 슈트 차림으로 감찰궁에 들어섰다.

"오셨습니까, 차이수 아가씨."

자신의 수발을 들던 김 상궁이었다. 자신의 만류에도 꼿꼿하게 '황태자비마마'라며 꼬박꼬박 아뢰던 김 상궁의 당황스러운 태세 전환이었다. 하지만 놀랄 것도 없었다. 그저 헛웃음만 치밀어, 이수의 입꼬리가 옅게 떨렸다.

이수는 감찰 궁인들에게 둘러싸여 강욱이 먼저 와 기다리고 있던 수사실 안으로 들어섰다. 밀폐된 공간이 주는 갑갑함보다 차가운 강욱의 얼굴이 왠지 모르게 그녀를 압박해 오고 있었다.

"앉으시죠."

간밤의 조금은 유연해 보이던 그와는 사뭇 다른 모습이었다. 말끔하게 차려입은 짙은 네이비 색의 슈트와 깔끔하게 넘긴 머리가 한 치의 흐트러짐도 없는 모습이었다. 게다가 굳은 얼굴 위를 덮고 있는 은테 안경이 강욱의 냉정하고 차가운 이미지를 더욱 시리게 만들었다.

두 사람이 마주 보고 앉았다. 문이 닫히고, 밀폐된 수사실 안엔 강욱과 이수 둘만이 남겨졌다.

"구면입니다. 그렇죠?"

서류를 휙, 휙 넘기던 강욱이 그녀가 착석하자 입을 열었다. 그의 붉은 입술에 윤기가 흘렀다. 질문을 던졌지만 그의 시선은 여전히 서류를 응시하고 있었다.

"네. 차이수입니다."

"담당 검사, 윤강욱입니다."

강욱은 고갤 들어 무심히 이수를 바라보았다.

"수사실의 모든 상황은 녹화되고 있으며 수사실 밖에선 다른 수사관들이 차이수 씨와 제가 나누는 이야기를 지켜보고 있습니다."

"……."

"차이수 씨는 지금 제29대 황태자 이강의 살인 사건 참고인으로 조사받을 겁니다."

차갑기 그지없는 그의 음성이 사정없이 수사실 벽면에 부딪혔다. 강욱은 서류를 넘기며 이수를 응시했다. 두 사람의 시선이 냉랭하게 부딪혔다.

"조사에 앞서 검사님께 부탁드리고 싶은 게 있습니다."

"말씀하세요."

"5분만, 녹화를 멈춰 주시겠습니까. 그리고 밖에서 지켜보고 있는 수사관들도 잠시만 자리를 비켜 주셨으면 합니다."

그녀가 차분하게 제안했다.

잠시 곤란한 듯 이마를 매만지던 강욱은 이내, 오른손을 들어 녹화를 중지시켰다. 동시에 밖에서 지켜보고 있던 수사관들도 모두 자리를 비켜났다.

"이제 말씀하시죠. 5분 뒤엔 영상 녹화 재개합니다."

강욱이 싸늘하게 말하며 바짝 책상 앞에 기울였던 상체를 들었다. 그러고는 의자에 허릴 기대며, 자신을 지그시 응시하고 있는 이수를 바라보았다. 그녀의 붉은 입술이 떨리고 있었다.

"내 남자 친구 해 줄래요?"

뒤통수를 세게 가격하는 듯한 허무맹랑한 소리가 그녀의 입술 사이를 비집고 흘러나왔다. 무심하게 그녀를 바라보던 강욱의 곧은 눈썹이 일순, 강하게 찌푸려졌다. 무슨 꿍꿍이일까, 그의 머릿속이 뒤죽박죽되었다.

하지만 그것도 잠시였다. 곧 강욱의 잘 뻗은 입술이 벌어졌다.

"남자 아니면 친구, 확실히 정해."

덤덤하게 물었는데, 돌아오는 그의 대답에 이수는 굳고 말았다. 남자 친구란 단어를 두 가지로 나누리란 생각도 못 했기에.

머뭇거리는 이수를 지그시 응시하던 강욱은 바투 그녀에게 상처를 기울였다.

"3분 15초 남았네요."

건조하게 말을 내뱉던 강욱이 그녀의 옅게 떨리는 붉은 입술을 바라보았다. 그의 건조하지만, 힘 있는 시선이 자신의 입술을 훑고 있는 것이 느껴지자 이수는 슬쩍 입술을 말아 물었다.

"5분 안에 날 유혹해 보겠다는 겁니까. 내가 그쪽 이상형, 뭐 그런 거였나."

여전히 냉정하고 차가운 그의 음성에 이수의 속이 바짝바짝 탔다. 더듬거리듯 곁에 있는 생수통을 쥐고는 벌컥벌컥 들이켰다. 속이 답답해진 그녀는 얼굴에서 당황스러움을 지우고 이성을 찾았다.

"이혼을 전제로 한 국혼이었습니다."

의외의 말이 그녀의 잇새로 자꾸만 흘러나왔다. 강욱은 곤란하다는 듯 이마를 문지르며 팔짱을 꼈다. 싸늘한 냉기가 수사실 안을 감돌았다.

"그리고 그 국혼을 거래로 제안한 것 역시…… 태자 전하셨습니다."

강욱의 표정 없던 얼굴에 어둠이 슬쩍 스몄다.

"태자 전하껜 교제하던 분이 계셨거든요. 황실의 극비는 아니었습니다. 이건 조금만 검색해 보면 그것과 관련된 이야기들을 쉽게 인터넷에서 찾을 수 있었으니까요."

이수의 입술이 기계처럼 벌어졌다, 오므려지기를 반복했다. 그것을 응시하던 강욱의 미간이 조금 찌푸려져 있었다.

"그래서 지금 나더러 차이수 씨의 세컨드라도 하란 말입니까. 국혼을 앞두고도 애인을 정리하지 못한, 황태자에 대한 복수심 뭐 이런 거로."

"저도 그렇게 한가하고 유유한 사람 아닙니다."

"그럼 이 말을 하는 저의가 뭡니까."

강욱이 눈빛을 반짝였다. 그의 예리하게 뻗은 눈매가 이수를 정확히 겨냥했다.

"도와주세요, 날."

"뭔가 착각을 하시는 모양인데, 전 차이수 씨의 변호인이 아닙……."

"살인 누명을 벗겨 달란 부탁을 하는 게 아닙니다."

"그럼 뭡니까."

"궐을 벗어날 수 있게 도와 달란 겁니다."

"차이수 씨."

"내가 그날 밤, 태자 전하를 죽이지 않았다는 증거는 제 휴대폰 하나만 검찰 측에 제출해도 쉽게 알 수 있을 겁니다. 제 립스틱이 어떻게 태자궁에 있었는지, 그 경로만 수사하시면 될 거예요."

이수의 말에 강욱이 고갤 슬쩍 갸웃했다. 그러자 이수는 가방 속에서 휴대폰을 꺼내 손에 쥐었다.

"태자 전하가 살해되던 그 시각, 제 동생과 통화 중이었고 내용은 휴대폰 안에 고스란히 녹음되어 있을 겁니다. 또한."

"……?"

"황실은 매뉴얼 대로 움직입니다. 매시간마다 정해진 스케줄이 있지요."

"……!"

"그 시각 저는 별궁에 있었습니다. 저를 마지막으로 본 것은 별궁의 김 상궁이었고 그분이 제게 차를 내왔습니다. 그 찻잔에 제 DNA가 묻었을 것이니 그것 역시 검찰 측에서 조금만 조사해 보면 알 수 있는 일이죠."

강욱은 쓰고 있던 안경을 벗으며 두 손을 모았다. 그러고는 그녀의 변함없는 곧은 자세를 바라보며 혀끝을 입안에서 굴렸다.

일순, 매서운 긴장감이 둘을 쥐고 흔들었다.

"그래서. 뭘 도와 달란 말입니까. 차이수 씨 말처럼 곧 다 알아서 해결될 텐데."

"나는 누명을 벗고 30대 태자의 비가 될 겁니다."

"가능한 일입니까."

강욱의 사고로는 도저히 이해되지 않는 일이었다. 29대 태자의 비가 되려 했던 이수가 어떻게 다음 태자의 정비가 될 수 있단 말인가. 미간을 찌푸린 강욱이 의뭉스레 물었다. 그러자 이수는 대수롭지 않게 입술을 열었다.

"황후마마의 슬하엔 이강 태자 전하, 단 한 분만 계셨죠."

"……."

"그러니 황제 폐하의 뒤를 이을 태자는 황후마마 쪽에서 나올 수 없습니다. 그렇게 되면 승하하신 이율 황제의 장자이자 선위를 포기했던 지난 황태자, 환희 대군."

"환희 대군이 있었군요."

"이안이 제30대 황태자가 될 것입니다."

그대로 굳은 강욱이 덤덤하게 말을 이어 가는 이수를 바라보았다.

"그렇게 되면 주가는 물론이고 재계, 황실에 연을 닿은 정치계 쪽에선 죄다 환희 대군 쪽으로 몰려들겠죠. 어쩌면 지금 이 순간에도 황후마마가 아닌 차기 황태자의 모후가 될, 해연궁마마를 황후로 추대하는 움직임이 있을 수도 있고요."

궐이란 언제나 뒤죽박죽, 어려운 곳이었다. 강욱은 마치 오래전부터 황실 사람이었다는 듯 덤덤하게 황실 족보를 읊는 그녀에게 묘한 거리감이 느껴졌다.

"지금의 황제 폐하와 황후마마께선…… 물러나지 않기 위해 다른 선택을 하시게 될 겁니다. 아들을 잃었단 슬픔을 채 씻기도 전에, 비어 있는 황태자의 자리에 자신 쪽의 사람을 양자로 삼아 앉힐 것입니다."

꼭 궐에서만 국한된 이야기는 아니었다. 권력과 명예가 닿은 곳 어디에서도 이런 주도권 싸움은 끊이질 않았다. 정치계, 재계 하다못해 연예계에서도 누가 주도권을 쥐느냐, 줄곧 이어진 싸움이었으니까. 그리고 언제나 승자와 패자를 나누는 잣대가 되었다.

"그런데 지금의 황제 폐하나 다음 황태자의 유력 후보인 환희 대군 쪽에서 차이수 씨를 황태자비로 맞으려 할까요. 국혼이 이루어진 것은 아니나, 그분의 황태자비가 되기 위해 입궐한 게 차이수 씨 아닙니까."

도저히 이해할 수 없다는 얼굴로 강욱이 바투 다가섰다. 그러자 이수는 느리게 고갤 끄덕였다.

"어느 곳에서나 약점 하나씩은 있기 마련입니다. 두 세력 모두 그렇죠."

석연치 않은 표정을 한 강욱이 그녀의 굳은 얼굴을 찬찬히 뜯어보았다. 도움을 요청하면서도 우아하고도 기품 있는 얼굴이었다. 강욱은 손끝을 어루만지며 말을 이어 가는 그녀의 매끈한 입술을 응시했다.

"선위를 스스로 포기했던 전 황태자 이안과 정통성을 잃은 황제의 양자가 벌이는 싸움입니다. 약점을 드러내고 시작한 싸움에…… 승자가 되기 위해선 그 약점을 지울 만한 권력이 필요합니다."

"그 권력은 차이수 씨네 가문이 되겠군요."

"맞아요. 기꺼이 황실의 가문이 되길 원하는 A&J 그룹은 무슨 일이 있어도 날 황태자비로 세울 것입니다. 그리고 두 세력 모두 우리 그룹을 원할 거예요. 대한제국에서 A&J만큼 강력하고 뼈대 있는 가문은 없으니까요."

문득 그녀에게 연민의 감정이 일었다. 가엾었다. 정략결혼이었지만 자신의 남편이 될 사람이 죽었다는 충격이 가시지도 않았을 텐데 또 다른 결혼을 준비해야 한다니. 그것도 당사자는 원하지 않는.

"그럼 그쪽은 상관없습니까."

"이혼을 전제로 한 국혼이었습니다. 상관이 없을 거라 생각했습니다."

"태자비가 되어야 한다고 했죠, 차이수 씨도."

"그래야 힘이 생기니까요. A&J 그룹이 내 배경에서 사라지게 되면 난 그저 똑똑하기만 한 평범한 여자가 되고 말아요. 엄마와 나를 지킬 힘 따위는 없는."

이수의 뜨거운 눈동자 속에 강욱이 담뿍 담겼다. 고요하고도 슬픔의 빛이 뜨겁게 타오르는 그녀의 검은 눈동자. 속에 빨려 들어갈 듯 강욱은 한참이나 시선을 뗄 수 없었다.

"황태자비란 명예를 거머쥐면 저절로 권력이 따른답니다. 그것이 대한제국에서 볼 수 있는 마법이죠."

"……."

"또한 그것이 내가 부릴 수 있는 마술이고. 딱 2년. 2년 후에 나는 황태자와 이혼을 하고 엄마가 있는 프랑스로 갈 예정이었어요. 그곳에서 엄마를 다시 데리고 한국으로 와 보란 듯이 잘 사는 모습을 모두에게 보여 줄 생각이었는데……."

한참 그녀의 말을 듣고 있던 강욱의 마음이 씁쓸해졌다.

"그게 제가 황태자비가 되어야 하는 유일한 이유였거든요."

딱딱한 그의 얼굴 위로 씁쓰레한 기운이 번져 갔다. 어느덧 강욱은 수사 중이었단 사실을 잊은 듯 무거운 마음으로 책상 위에 팔을 기댔다.

"사랑은."

자못 진지한 그의 음성이 이수의 가슴에 박혔다. 차분하기만 하던 이수의 눈빛이 별안간 흔들렸다.

"그럼 그쪽 사랑은."

"조선 시대 때부터 그랬겠지만 황실에…… 사랑이란 감정을 가지고 오는 것만큼 어리석고 멍청한 짓은 없어요. 모두 거래로 시작되어 거래로 끝이 나는, 강한 자만이 승자가 될 수 있는 약육강식의 세계니까."

"가엾잖아. 그쪽 인생이."

조금 흔들리던 그녀의 눈빛이 이내 정곡을 찔린 듯 툭 무너지고 말았다. 이수는 저도 모르게 고개를 숙여 슬쩍 얼굴을 묻었다.

때마침 자리를 비웠던 수사관들이 돌아온 듯 밖이 분주해졌다. 강욱은 그녀에게 기울였던 상체를 유지한 채 말을 이어 갔다.

"누구의 아내가 되어도 상관없다는 듯 말하는 그쪽이 난 이해가 되지 않아. 그리고."

"……."

"왜 나더러 남자 친구가 되어 달라고 한 건지, 그것 역시도."

밖에서 수사관이 문을 두드리는 소리가 들려왔지만 강욱은 개의치 않았다. 또한 이수 역시, 묵묵히 그를 바라보며 떨지 않기 위해 애를 쓰고 있었다.

"누구의 아내가 아닌 어느 황태자의 비가 되느냐의 문제였으니까."

"……!"

"그런데 그런 내가 당신에게 남자 친구가 되어 달란, 멍청한 소릴 지껄인 이유는."

그 말을 함과 동시에 둘의 시선이 절묘하게 부딪혔다. 야릇하고 뜨거운 무언가가 둘의 가슴을 훑었다.

"이젠 그만하고 싶으니까."

"……!"

"이혼도 국혼도 다, 그만하고 싶으니까."

"차이수 씨."

"그러려면 완벽한 황태자비의 모습을 갖춘 내 모습에 흠집을 내어야 하니까."

그리 밝지 않은 조명 아래에 있는 이수의 모습이 그 어느 때보다 유약해 보였다. 태자의 피를 묻히고도 흐트러지지 않던 그녀가, 권력욕에 치달아 자신을 거래 상품으로 취급해도 무너지지 않던 그녀가 그 말을 하는 지금 그 어느 때보다 흔들리고 있었다.

그는 마주 잡은 손을 풀어 책상 위에 던져 놓았던 안경을 다시금 썼다. 수사 파일을 넘기며 이수에게서 시선을 거두었다.

"그런 거라면 친구보단 남자가 좋겠고."

"……!"

"나보단 다른 사람이 더 낫겠습니다. 감성적이면서도 감정으로 차이수 씨를 대할 수 있는."

언제나 딱딱한 그의 음성이 이수의 가슴을 할퀴었지만 그녀는 피식, 헛웃음을 흘리고 말았다.

"그래서 당신이어야 해요."

"뭐?"

"감성적이면서도 날 감정적으로 대하는 남자완 그런 거 하면 안 되죠. 정말 사랑에 빠지면 어떡해."

고개를 드니 금방이라도 눈물이 쏟아질 듯한 눈망울이 보였다. 강욱은 반듯한 입술을 어처구니없다는 듯 일그러뜨리더니 그녀에게 바짝 상체를 기울였다. 제법 가까운 둘의 거리가, 위태롭다 못해 야릇한 분위기까지 풍겼다.

"당신, 나에 대해 많이 압니까."

그가 책상에 두 팔을 올려 손을 모은 채 딱딱한 어투로 말했다.

"날 똑바로 보시죠, 차이수 씨."

어쩐지 그 눈길을 외면하게 된 이수.

"그걸 어떻게 장담하지? 나랑 하면 사랑에 빠지지 않을 수 있다는 거?"

"……."

"내가 작정하고 차이수 씨를 감성적이고 감정적으로 흔들면, 안 흔들릴 자신 있습니까."

묵직한 그의 한 방에 이수는 목구멍이 탁, 틀어 막히는 듯했다. 그녀가 아무 대답도 하지 못하고 머뭇거리자 그가 곧바로 말을 덧붙였다.

"그런데 생각해 보니, 그걸 내가 거절하면 차이수 씨는 기꺼이 황태자 전하의 살인 용의자로 남으려 할 수도 있겠네요."

그러자 이수는 담담한 표정으로 느리게 눈을 깜빡이며 입을 열었다.

"그래야만 궐을 벗어날 수 있으니까요. 내 처지가 절박하다는 걸, 내가 여태 위태로운 길을 걸어왔다는 걸 이제야 알았습니다. 그걸 깨닫고 나니 하루라도 빨리 궐을 벗어나고 싶어요. 차이수란 내 이름을 찾고 싶습니다."

여전히 그녀는 홀로 위태로운 외나무다리 위에 서 있었다. 강욱은 그런 그녀를 빤히 바라보았다. 그녀만의 세계에서 이수는 홀로 외로운 사투를 벌이고 있는 것 같았다.

위태로웠고 또, 가엾었다.

강욱은 그녀의 '남자'가 될 생각이 추호도 없었다. 또한, 흠집이 되고 싶은 생각도 없었다. 완벽한 황태자비의 모습에 흠집을 내기 위해 제안한 스캔들이라.

"그쪽이 조금 더 내 이상형에 가까웠다면 기꺼이 스캔들을 내 볼 순 있었을 텐데. 아쉽네요."

강욱이 안경을 추어올리며 입술을 물었다.

"그럼 내가 노력해 보죠, 그쪽 이상형에 가까워지도록."

이수가 지지 않고 대답했다. 당황하는 기색 하나 없이 당당한 말에 그가 피식, 차가운 미소를 터뜨리고야 말았다.

"내가 뭘 좋아할 줄 알고, 노력한다는 거죠."

"들어나 보죠."

"내가 벗으라면 벗을 기세네. 이 여자, 뭐지."

강욱이 입술을 검지로 어루만졌다. 하지만 이수는 그의 비아냥거림에도 당황하지 않고 그를 직시했다.

"난 섹시한 여자 좋아합니다."

"……."

"벗지 않아도 나의 가슴을 자극시킬 수 있는 매혹적인 그런 여자 말입니다."

강욱의 음성이 어느 때보다 싸늘했다. 그러곤 마치 이수는 해당 사항이 아니라는 듯 연신 그녀에게 향했던 시선을 거둔 채였다.

"그럼 섹시해져 볼게요."

그녀의 소담한 입술이 반듯하게 벌어졌다. 그것을 말없이 응시하던 강욱은 입꼬리를 살짝 비틀었다.

"내가 그쪽의 국혼을 깨기 위한 약점이 되어 주면."

"……?"

"그쪽은 내 어떤 것에 강점이 되어 주실 생각입니까."

"그건……."

머뭇거리는 그녀를 향해, 강욱은 다시금 상체를 기울였다. 순간, 그의 나른하고도 자극적인 음성이 멍한 이수의 귓가를 할퀴었다.

"나의 가슴을 자극시키든지, 아니면 나의 이 욕망을 채우든지."

"뭐, 뭐라고요?"

"어때, 해 보겠습니까?"

말끝에 따라붙던 예법은 이미 사라진 뒤였다. 때마침 수사실 안으로 들어선 수사관이 녹화 재개를 알렸다.

수사가 시작되자, 이수의 얼굴은 변함이 없었다. 처음 수사실을 들어서던 그대로, 아니 처음 그녀를 마주했을 그때처럼. 미묘한 열기와 야릇한 그의 음성만이 수사실에 잔해처럼 남았을 뿐이었다.

조사는 오래 걸리지 않았다. 하지만 그럼에도 날 선 질문들에 쉬지 않고 답을 해야 했던 이수는 조금 지친 얼굴로 감찰궁을 나섰다.

감찰궁 앞에 웅성웅성 모여 있던 궁인들은 이수의 등장에 약속이라도 한 듯 입을 다물었다. 급격히 내려앉는 공기에 이수는 이를 악물었다.

"차이수 씨."

어디선가 냉랭한 음성이 들렸다. 이수의 고개가 무의미하게 돌아갔다.

"얘기 좀 하죠."

쌀쌀맞은 음성이 짧은 단발머리의 여자 잇새에서 흘렀다. 한유미, 죽은 황태자 이강의 숨겨 둔 애인이자 그의 지독한 첫사랑. 보호 본능을 자극하는 여린 이미지의 여자였다.

고요하던 이수의 얼굴이 무자비하게 찌푸려졌다. 동시에 조사가 끝나고 곧바로 감찰궁을 나서던 강욱이 두 사람의 모습을 발견하곤 자리에 멈췄다.

"여기서 하시죠."

이수의 주먹에 절로 힘이 들어섰다.

곧 유미의 귀여운 눈망울에 뿌옇게 눈물이 차올랐다. 그러곤 말릴 새도 없이 이수의 어깨를 거칠게 붙들었다.

"우리 오빠 왜 죽였어?"

"죽이긴 누가 죽였다고 그럽니까?"

"네가 죽였잖아. 차이수, 네가! 황태자비가 되기 싫어서! 벗어나고 싶어서!"

눈물을 가득 머금은 유미가 이수의 가슴팍을 거칠게 내려치다, 그만 스르륵 주저앉고 말았다.

그를 지켜보는 강욱의 미간이 순식간에 구겨졌다.

"정확하지 않는 말로 궐을 혼란스럽게 하지 않았으면 합니다."

하루아침에 사랑하는 이를 잃은 슬픔을 세상 무엇에 견줄까.

이수 역시 알고 있었다. 두 사람은 지독하게 사랑했지만 가문과 보이지 않는 신분의 차이를 넘지 못하고 서로를 놓아야 했다는 것을.

하지만 태자는 2년 뒤, 자신과 이혼을 하고 그녀에게 돌아갈 예정이었다. 그가 모든 것을 걸고 지키고 싶을 만큼, 지독하게 질긴 사랑이었다.

"황태자 전하의 부고는 저 역시도 유감입니다."

"슬프긴 해? 아프긴 해? 잘됐지? 잘 죽었다 싶지? 이제…… 이 지긋지긋한 궐에서 벗어날 수 있게 되었으니까!"

"그런 말이 태자 전하를 더욱 욕되게 하는 것이란 걸, 정녕 모르는 것입니까?"

자신을 몰아붙이는 말에도 이수는 끝까지 이성을 잃지 않았다. 궁인들도, 그리고 강욱도 한없이 당당한 그녀의 고고함을 멍하게 바라보았다.

바닥에 널브러져 가슴을 치던 유미는 이를 악물었다.

"나는 기필코 밝힐 거예요."

"……."

"태자 전하를 그렇게 만든 진범을."

"저 역시 애쓸 겁니다. 진범이 잡히기를요."

"부디 그 법정에 차이수, 당신이 서지 않길 바랍니다."

의미심장한 말을 남기며 유미가 휘청 일어났다. 그때, 이쪽으로 오고 있던 황제가 싸늘한 분위기의 둘을 발견하곤 걸음을 멈추었다.

"황제 폐하 납시오!"

비서 실장의 음성에 궁인들은 모두 고개를 조아렸다. 이수와 눈물범

벽의 유미 또한 얼굴을 추스르며 고개를 조아렸다.

"황제 폐하를 뵈옵니다."

이수가 나지막이 황제를 향해 일렀다. 그러자 황제는 느리게 고갤 끄덕이며 이수의 손을 잡았다.

"이수, 네가 고생이 많구나."

그를 바라보던 유미는 이를 악물고야 말았다. 훨씬 오래전부터 강을 사랑한 건 자신이었건만 황제와 황후는 언제나 그녀를 투명인간 취급했다. 아니, 태자의 곁을 그림자처럼 맴도는 그녀가 떠나 주길 종용했었다. 어쩌면 그녀를 태자에게서 영원히 지워 내기 위해 황실은 이수와 태자의 국혼을 서둘렀을지도 모를 일이었다.

황제는 곁눈질로 고개를 조아리고 있는 유미를 바라보다 이수에게 시선을 돌렸다.

"오늘 차 회장을 만났다. 네 일로 걱정이시더구나."

"아닙니다, 심려 끼쳐 드려 송구하옵니다, 폐하. 황후마마께선 좀 어떠신지요. 조사 때문에 미처 찾아뵙지를 못하였나이다."

"황후께서도 좀 전에 기력을 되찾았네. 마음에 입은 상처까지 추스르진 못했지만 점점 나아지도록 노력해야지."

"소인 또한 황후마마의 회복을 위하여 만전을 가하겠나이다."

황태자비가 되지 못했지만 이수는 이미 황제에겐 며느리와 다름없는 존재였다. 아들을 잃어 이수를 자신의 며느리로 받아들일 수 없는 처지였지만, 황제는 놓고 싶지 않았다. 이수와 그녀의 가문을.

그렇기에 제 아들의 죽음에도 오래도록 슬퍼할 수 없었다. 이수의 예상대로 차기 태자를 올리기 위해 황제는 은밀히 손을 쓰고 있었다. 곧 조카를 양자로 삼아 태자 자리에 앉힐 예정이었다.

"며칠 쉬다 다시 입궐하겠느냐. 너도 이번 일로 놀랐을 터이니."

황제의 말에 궁인들은 흠칫 얼어붙고 말았다. 강욱 역시 저도 모르게 한숨을 푹, 내쉬고 말았다. 그녀의 예상이 맞았다. 이수는 영원한 황태자비 후보였다. A&J가 그녀의 뒤에 있는 이상, 누구도 대체할 수 없는 자리였다.

강욱의 가슴이 어쩐지 뻐근해졌다. 다시 입궐하란 말은, 이수를 다시 황태자비로 맞이하겠단 말과 같은 의미였다.

고개를 숙인 채 그 말을 듣던 유미의 입꼬리가 덜덜 떨렸다. 무례인 줄은 알았지만 도저히 참을 수 없어 고개를 번쩍 들고 황제와 시선을 마주했다.

"폐하, 정말 너무하십니다!"

"유미 아가씨!"

황제를 향해 소리치는 유미를 앞에 있던 상궁이 막아섰다. 소란을 일으켰지만 황제는 그녀에게 눈길 한 번 주지 않았다.

"태자 전하께서…… 참변을 당하신 지 채 하루도 되지 않았습니다."

"……."

"한데 어찌 다시 차이수 씨를 황태자비로……. 승하하신 황태자 전하를 생각하시더라도 이러시면 안 되는 거 아니십니까?"

유미의 얼굴이 눈물로 젖어 갔다. 그제야 정면만 응시하던 황제가 발악하는 유미를 슬며시 돌아보았다. 그러곤 얼음보다 더 차가운 표정으로 입을 열었다.

"너보다 내가 더 슬프고."

"……!"

"너보다 내가 더 아프다. 태자와 잠시 만난 사이라 해서 감히 내 아픔과 내 슬픔을 짐작할 수 있을 성싶으냐."

"폐하……!"

"널 다시 보지 않았으면 했다. 이수에게나 나에게나 너는 불편한 존재라는 걸 잊었느냐."

"너무하세요……. 정말."

"태자가 널 아꼈다는 것, 우리 역시 알고 있다. 해서 그 마지막만큼은 배웅하라 네 입궐을 윤허했지만 두 번은 없을 것이다. 알겠느냐."

싸늘한 음성을 끝으로 황제는 돌아섰다. 유미는 다시금 바닥에 주저앉고 말았다. 이수는 그녀를 차갑게 내려다보다 비통에 잠긴 그녀에게 손을 내밀었다.

"뭐 하는 거예요?"

유미가 앙칼지게 이수를 올려다보았지만 그녀는 동요하지 않았다.

"잡아요. 이건."

"……?"

"황태자비 후보로 그쪽을 경계하고 억압하기 위해 내민 손이 아니라."

"……."

"내 남편이 될 사람을 나보다 더 사랑해 준 여자에 대한 고마움과 배려로 내민 거니까."

"이봐요!"

"유감입니다. 진심이에요."

"차이수 씨!"

"나보다…… 더 아플 거고 더 슬플 거니까. 당신이."

고저 없는 음성이 날카롭게 들리는 것은 처음이었다.

그 모습을 보고 숙덕대는 궁인들의 음성이 커졌다. 그 속엔 차마 입에 담지 못할 말들이 은밀히 오갔다. 황제에겐 이수가 아직 '황태자비'였지만 궁인들에게 이수는 더 이상 황태자비가 아니었다.

궁인들이 내뱉는 날카로운 말들을 모조리 듣던 강욱은 이수 곁으로 다가갔다. 이를 악물며 세차게 노려보는 유미를 가로막으며 이수의 손을 덥석 잡았다.

따뜻한 강욱의 손이 훅 들어오자 한 점 동요 없던 이수의 얼굴에 당황함이 밀려왔다. 싸늘한 눈초리로 이수를 노려보던 궁인들도 모두 굳었다.

"지금 뭐 하는……."

"이건 배려 아니고 연민."

"……?"

"그리고 내가 보기엔 더 슬픈 사람은 이쪽이겠지만 더 아픈 사람은 그쪽."

"윤 검사님."

"배려가 하고 싶으면 그냥 지나치죠. 여기서 더하면 비참해지는 건 이쪽이 아니라 그쪽이니까."

자신보다 한 뼘이나 더 큰 강욱을 올려다보는 이수의 눈이 젖어 갔다. 맞잡은 두 사람의 손이 달아올랐다. 그리고 순간, 강욱은 이수를 잡아당겼다.

둘은 감찰궁에서 멀어졌다. 한참을 걸어 별궁 근처에 다다르자 강욱은 이수의 손을 놓았다. 그녀의 눈가가 여전히 촉촉했다.

"누구도 잡아 주지 않을 손, 함부로 내미는 거 아닙니다."

"……."

"그쪽도 그 여자가 그쪽 손, 잡아 주지 않을 거 알면서 내밀었잖아. 그게 무슨 배려야. 스스로를 비참하게 만드는 꼴이지."

그의 차분하고도 날카로운 말이 이수의 목덜미를 더듬었다. 시선이 닿은 곳곳이 뜨겁게 달아오르는 것 같았다.

"그럼 그쪽은 왜 내밀었죠?"

"……."

"어젯밤. 먼저 손 내민 건 검사님이십니다."

뜻밖의 말에 강욱의 조금 격앙되었던 호흡이 잦아들었다.

"내가…… 그쪽 손 잡을 거라 생각했나요?"

어젯밤 처음 만났을 때. 태자의 피가 흥건히 묻은 이수에게 손을 먼저 내민 강욱이었다. 두 사람 모두 그때의 장면이 눈앞에 그려졌다. 일순, 말 못 할 긴장감이 둘을 감쌌다. 강욱은 질끈 깨물고 있던 자신의 입술을 툭, 놓았다. 선명했던 잇자국이 사라지며 그의 매끈한 입술이 더욱 붉어졌다.

"아니."

"그럼 왜 내밀……."

"안 잡아 줄 거 알아서 내가 잡았잖아."

"……."

"직접 잡을 용기 없으면 내밀지 마. 기다려도 잡아 주지 않을 거 알면서도 내미는 거, 멍청한 짓입니다. 세상 똑똑하고 당당한 사람이 왜 그걸 몰라."

"검사님."

"효율적으로 삽시다. 내미는 손도 아프고 그 손, 기다리는 시간도 아깝고."

"……!"

"그리고 제일 무의미한 건, 그럴 필요가 없는 사람에게 그런다는 거. 그럴 시간에 그 손으로 이 궬에 잡초나 하나 더 뽑는 게 나을 것 같네요."

그 말을 남기고 강욱이 이수의 곁을 스쳤다. 그녀는 뒤통수를 크게 가격당한 듯 멍해졌다. 그의 온기가 가시지 않은 자신의 오른손을 절로 내려다보게 되었다.

무어라 말을 던지며 그를 잡고 싶었지만, 이수는 차마 그럴 수 없었다. 그의 말대로 어쩌면 그녀는 강욱을 잡을 용기가 없었다. 호기롭게 남자 친구가 되어 줄 거냐, 불과 몇 시간 전에 물었던 자신의 모습이 눈앞에 그려져 볼이 빨갛게 물들고 말았다. 이수는 멀어지는 강욱을 바라보았다.

"그래도 처음이었는데…… 남자 친구 되어 줄 거냐, 먼저 고백한 건……."

✝   ✤   ✝

조사를 받은 날부터 보름의 시간이 흘렀다.

늘 그렇듯 시간은 흘렀고 사람들은 각자의 삶을 분주히 살아갔다. 황태자 살인 사건이라는 충격에서 대한제국은 서서히 벗어나고 있었다.

이수는 보름의 시간이 흐른 뒤에야 황태자 살인 사건의 유력 용의자에서 벗어날 수 있었다. 그녀의 말대로 그 시각 동생과 나누었던 통화와 황실 스케줄이 따라 티타임을 가졌다는 것, 그리고 찻잔에 이수의 DNA가 검출되었다는 것. 그 모든 것이 그녀의 무고를 증명했다.

하지만 여전히 이수의 립스틱이 태자궁까지 닿게 된 경로는 오리무중이었다. 유력 용의자에서 벗어 났지만 그녀는 아직 검찰에게서 완벽히 의심을 벗진 못한 상태였다.

이수는 선글라스를 고쳐 쓰며 다리를 꼬았다. 모처럼 궐 밖에서 즐기는 여유였다. 아이스 아메리카노 컵을 손에 쥔 채, 1층으로 내려갔다.

선글라스를 쓴 그녀가 한동안 세상을 떠들썩하게 만들었던 차이수라는 것을 전혀 눈치 못 챈 사람들은 곁을 무심코 지나쳤다. 왠지 이수의 가슴이 짜릿해졌다.

1층에 다다라 밖으로 나서려 문을 여는 순간이었다.

"어라, 비 오네."

쏴아—

빗줄기가 제법 굵었다. 소나기인 듯했다. 멀지 않은 곳에 차가 있었지만 비를 뚫고 지나기엔 무리였다. 슬쩍 자신이 입고 있던 옷을 쳐다봤다. 애석하게 하얀색 셔츠였다. 더워서 슬립도 입지 않고 나왔는데, 난감했다.

그때였다.

"어, 차이수 아냐?"

갑자기 그녀를 알아보는 듯한 소리가 들리자 이수의 가슴이 철렁 내려앉고 말았다.

마음속에 작은 파동이 일어 고요했던 이수의 세상이 어지러워지고 말았다. 머뭇거리던 그녀는 저를 두고 숙덕거리는 목소리들이 커지자 두 눈을 질끈 감고 말았다. 어쩔 수 없이 가방 하나를 머리 위로 올리며 빗속을 달렸다.

하필이면 높은 힐을 신은 탓에, 속력을 내지 못했다. 빗줄기에 온몸이 젖어 갔다. 굵은 빗줄기로 이수의 시야가 잔뜩 흐려졌다. 조금만 더 가면 자신의 차가 있었다. 이수의 마음이 급해졌다.

"하아, 하아……."

젖은 그녀가 뜨거운 날숨을 내뱉었다. 그러고는 차 문을 휙 열어 망설임 없이 몸을 구겨 넣었다. 운전석에 올라타자마자 젖은 자신의 셔츠를 내려다보았다. 역시나 검은 속옷이 적나라하게 드러났다. 본의 아니게 대범한 시스루를 연출했다.

그녀는 얼굴을 찌푸린 채, 티슈를 찾기 위해 손을 뻗었다. 그런데 차 내부가 낯설었다. 놀란 이수가 주위를 휘휘 훑었다. 설마 했는데 역시였다.

"내 차가 아니잖아."

백미러를 바라보니, 그 뒤에 자신의 차가 있었다. 비를 피한다고 정신없이 뛰다 보니 색깔이 비슷해 착각을 한 모양이었다. 놀란 이수가 다시금 운전석 문을 열기 위해 손을 뻗었는데.

"……!"

운전석의 문이 거칠게 열리고 놀란 이수 눈앞에 익숙한 남자의 얼굴이 나타났다.

"뭐야."

"……어라."

강욱이었다.

그는 깔끔하게 머릴 넘긴 채, 황당하단 얼굴로 그녀를 내려다보고 있었다. 이수는 화들짝 놀라며 손사래를 쳤다. 아니라고, 무조건 아니라고 말하려 입술을 달싹이는 순간.

"욕망이 아니라, 가슴을 자극시키는 쪽으로 방향을 잡았나 봅니다, 그런데."

"네, 네?"

"내가 분명 말했을 텐데요. 벗지 않아도 섹시한 여자가 이상형이라고."

"아니, 그게 아니라, 아……!"

그의 의미심장한 말에 놀란 이수는 자신의 적나라하게 드러난 상체를 황급히 가렸다. 그러자 강욱이 건조한 얼굴로 입매를 비틀었다.

"아. 그래서 안 벗고 젖어서 온 건가. 역시, 똑똑하네. 차이수 씨."

"아닙니다. 아니에요."

그녀를 물끄러미 내려다보고 있던 강욱이 피식, 헛웃음을 흘렸다.

그가 반듯하게 들고 있는 우산 위로 굵은 빗방울이 떨어졌다. 이수의 가슴도 무자비하게 발아래로 떨어져 내렸다.

"뭐가 아니란 거지."

"아니, 그러니까. 다요."

"그러니까 뭘 말합니까."

"다 아니라고요. 말 그대로 전부 다."

그렇게 확실하게 아니라고 말했지만 홧홧하게 달아오른 그녀의 얼굴은 진정되지 못했다. 뭐가 아니란 건지, 모호한 부정을 그에게 내뱉어도 진정되지 않는 건 오히려 그녀의 가슴이었다.

하지만 그런 그녀를 내려다보는 강욱의 얼굴엔 한 점 동요도 없었다. 괜스레 홀로 달아오른 자신이 민망해지는 순간이었다.

"실, 실례 많았습니다."

얼버무리며 차에서 내리려 했지만, 그 앞을 단단히 가로막고 선 강욱 때문에 이수는 더 움직일 수 없었다.

"왜 남의 차에 있는 겁니까. 난 아직 이유 못 들었는데."

"그러니까 그게……"

"그리고 뭐가 아니란 겁니까. 옷을 벗지 않았다는 겁니까, 아니면."

"네?"

"날 유혹하지 않았다는 겁니까."

"검사님!"

"물론 전자든 후자든. 저의 대답도 별로라는 것, 그 한 가지뿐이고요."

적나라한 그의 말에 다시금 그녀의 얼굴이 달아올랐다. 시원스레 쏟아지는 빗줄기 사이로 어쩐지 묘한 열기가 피어오르는 듯했다.

"비…… 들어와요."

멋쩍은 듯 이수가 말을 돌리며 입술을 말아 물었다. 우산을 맞고 튀기듯 떨어지는 빗방울이 이수의 얼굴 위로 고스란히 떨어지고 있었다. 그녀의 매끈한 입술 위에 비 한 방울이 톡 튀었다.

하지만 그는 물러날 생각이 없어 보였다. 하는 수 없이 이수가 다시 입을 열었다.

"그러니까 내 차인 줄 알았어요. 갑자기 비가 쏟아지는 바람에 우산도 없었고……. 시야가 흐려져서 이런 실수를 한 것 같네요."

"……"

"죄송합니다. 실례 많았어요."

깔끔한 사과를 하며 그녀가 다시금 강욱을 올려다보았다. 하지만 여전히 그는 표정을 굳힌 채 서 있었다.

그녀의 자초지종이 머릿속에 와 닿자, 그는 슬쩍 고갤 끄덕이며 한 걸음 비켜났다.

"네. 그럼 살펴 가세요."

예의가 바른 듯하지만 냉정한 그의 음성에 그녀가 자신의 볼에 닿은 빗방울을 닦아 냈다. 그러고는 다리 하나를 차 밖으로 디디며 일어섰다. 다시금 비를 뚫고 차까지 달려야 했다.

막막함에 잠시 머뭇거리던 이수는 머리 위가 아닌 가슴 위를 가리며 빗속에 우두커니 서 달리기 위해 슬쩍 상체를 숙였다.

"……?"

그때 이수의 머리 위로 그림자가 졌다. 고개를 드니 우산을 들고 있는 강욱의 모습이 보였다. 그녀는 의외라는 듯 그를 돌아보았다.

"모레 감찰궁에서 마지막 조사 있을 예정이죠."

"……네?"

"그때 돌려주세요. 어차피 난 바로 중앙지검으로 가니까."

그녀가 느리게 눈을 깜빡이며 자신보다 한 뼘이나 키가 더 큰 강욱을 올려다보았다. 이수의 젖은 눈망울에 굳은 그의 얼굴이 담뿍 담겼다. 뜻밖의 호의가 의구심으로 닿는 순간이었다.

"안 받습니까?"

"아, 괜찮은데."

비에 젖어 파르르 떠는 그녀를 흘깃 본 강욱은 이수의 손을 덥석 잡았다. 홀딱 젖어 있는 그녀의 손에 자신의 우산을 쥐여 주었다. 심드렁한 말도 잊지 않고 그녀에게 흘렸다.

"내가 안 괜찮아서 그럽니다."

"……?"

"그 꼴로 사진이라도 찍히면 안 그래도 수사로 뒤숭숭한데 황실 해프닝을 하나 더 만드는 겁니다."

"……감사합니다."

"지금도 충분히 골치 아픕니다. 복잡한 일 만들지 마세요."

그대로 차에 올라탄 그는 싸늘하게 돌아섰다. 하지만 냉랭하게 자신을 대하고 사라지는 그와 대조적으로 남은 공기는 따스했다. 이수는 자신의 손에 넘어온 그의 우산을 들여다보며 저도 모르게 헛웃음을 흘리고 말았다.

"뭐야……. 진짜 이상한 남자야."

3
황태자비 후보, 차이수

집으로 돌아온 이수는 우선 젖은 옷가지를 벗어 냈다. 곧바로 욕실로 돌아가 젖은 자신의 몸을 깨끗한 물로 씻어 냈다. 따뜻한 물이 닿자, 긴장감이 와르르 무너져 내렸다. 이수는 모처럼 편안하게 웃으며 욕조에 몸을 담갔다. 몽글몽글한 거품이 몸을 감싸자 몸이 녹는 것 같았다.

그때 고요함을 깨뜨리는 벨 소리가 들렸다. 이수는 손을 뻗어 휴대폰을 쥐고 액정을 확인했다. 모르는 번호가 떠 있었다. 받을까, 받지 말까 망설일 때, 몇 번 울리던 벨 소리가 꺼지고 문자가 도착했다. 나른하게 기댔던 이수가 상체를 들어 휴대폰을 두 손으로 쥐었다.

〈윤강욱입니다. 전화 부탁드리겠습니다. 수사 관련 문의드릴 게 있습니다.〉

그의 이름이 보이자 이상하게 이수의 입꼬리가 피식, 솟았다.

한 손으로 그에게 전화를 걸며 스피커폰으로 전환했다. 자신의 곁에 휴대폰을 올려 둔 채, 다시금 욕조에 몸을 기댔다. 몇 번의 신호음이 가고 달칵, 그의 음성이 욕조에 울려 퍼졌다.

"네, 말씀하세요. 차이수입니다."

그녀의 음성이 어쩐지 나른했다.

—뭡니까.

순식간에 그의 날카로운 음성이 욕조를 흔들었다. 고요하게 눈을 감으며 목욕을 즐기고 있던 그녀가 슬쩍 입술을 말아 물었다.

"뭐긴요. 전화하라면서요."

—그러니까. 전화하라고 했잖습니까, 내가.

무슨 말이지? 지금 통화 중인데…….

이수는 신경질적인 그의 음성에 손을 뻗어 휴대폰을 쥐었다. 자신의 목소리가 잘 안 들리는 건가 싶어 휴대폰 쪽으로 가져다 댔다.

"잘 안 들려요? 메시지 받고 전화드리는 겁니다."

몸을 움직이자 어깨가 뻐근한 것 같아 슬쩍 상체를 들어 자세를 고쳐 앉았다. 곧 그의 목소리가 들렸다.

—눈 뜨시죠.

"네?"

—하……. 눈 뜨라고.

짙은 한숨이 그녀의 가슴을 울렸다. 그런데 눈을 뜨라니?

무슨 말인가 싶어, 이수는 눈을 지그시 감은 채 열심히 머릴 굴렸다. 자기는 지금 눈을 감고 있는 것이 맞았다. 그런데 왜 이 남자가, 그걸 알고 있는 거지?

생각이 거기까지 미치던 찰나였다.

—차이수 씨. 벗지 말라고 했을 텐데. 뭘 자꾸 보여 줍니까, 그렇게?

"네? 그게 무슨……? 아악!"

번쩍 눈을 뜬 이수의 눈앞엔 애석하게도 조금은 화가 나 보이는 강욱의 얼굴이 보였다. 자신의 망할 손가락이 스피커 전환이 아닌 영상 통화 전환 버튼을 누른 모양이었다.

"어떡해! 어떡해!"

당황한 이수는 그대로 휴대폰을 쥔 채 거품 속으로 사라지고 말았다. 동시에 뿌연 거품이 휴대폰 액정 위로 몽글몽글 피어나자 그의 어처구니없다는 음성이 물속에 피어났다.

—뭐야. 이번 콘셉트는 인어공주야?

〈휴대폰 고장 났습니까? 요즘 방수 잘 된다던데. 메시지 보는 대로 전화 주세요.〉

이수는 그대로 침대 위에 얼굴을 묻고 말았다. 머리칼에서 물기가 뚝뚝 떨어졌지만 말릴 새도 없었다. 밀려오는 창피함과 수치심에 고개를 들 수조차 없는 그녀였다.

"아니 왜 자꾸…… 그 남자한테만 그런 꼴을 보여, 왜?"

그녀는 발을 동동 구르며 몸을 돌려 천장을 올려다보았다.

"보였을까?"

그러다 목욕 가운에 가려진 자신의 가슴을 내려다보았다. 거품에 가려 다는 안 보였겠지만 그래도 골 정도는 보였을 것이었다.

하……. 그녀의 입술 사이로 끝없는 한숨이 이어졌다.

그때, 전화가 다시금 울렸다. 이수는 입술을 악물었다. 화면을 확인해 보니 역시 강욱이었다. 그녀의 가슴이 부산스레 뛰기 시작했다. 하지만 언제까지 피할 수는 없는 노릇이었다. 당장 모레, 입궐해 그와 대면해야 한다.

요동치는 심장을 애써 가라앉히며 그녀가 벌떡 몸을 일으켰다. 아까처럼 영상 통화도 아닌데 괜히 옷매무시를 다시금 가다듬었다.

덜덜 떨리는 손가락으로 통화 수락 버튼을 꾹 눌렀다.

"네…… 검사님."

가느다랗게 떨리는 숨결이 고스란히 강욱에게 닿는 것 같아 저절로 얼굴이 달아올랐다. 애써 숨을 진정시키며 어렵사리 강욱을 불렀는데 웬일인지 묵묵부답이었다.

적막한 정적 속에서 묘한 긴장감이 스몄다. 그 짧은 시간이 어쩐지 이수에겐 고역이었다.

한참이나 흘렀는데도 여전히 답이 들리지 않자 또 실수로 영상 통화 버튼을 눌렀을까 싶어, 슬그머니 휴대폰을 귀에서 떼었다. 다시 휴대폰을 귀에 대자 마침 수화기 너머로 그의 목소리가 들렸다.

―이런 경우가 처음이라 매우 당황스럽습니다.

"네? 아 네. 저도요. 저도 많이 당황스럽……."

이수의 말허리를 똑 자르며 강욱이 말을 이어 갔다.

―나한테 원하는 게 뭡니까.

조금은 신경질적인 그의 음성이었다. 어쩐지 억울했다. 무엇을 원해서 한 행동이 아니었는데, 그가 다짜고짜 화를 내니 자신이 꼭 그런 계략을 꾸민 사람처럼 느껴져 억울하기까지 했다. 이수는 목욕 가운을 꾹 쥐었다.

"없습니다. 그런 거."

―그럼 왜 자꾸 보여 줍니까?

"뭘, 뭘요"

―뭐긴. 그쪽이 보여 주고 왜 나더러 그게 뭔지 말하라고 합니까?

"예? 아니, 그런 뜻이 아니라요!"

―그런 뜻인지, 그쪽의 뜻인지 나는 알 바 아니고. 아무튼, 주의 좀 해 주십시오. 그런 거 싫어합니다.

"……하."

나도 싫거든요?

한마디 쏘아붙이고 싶었지만 어쩐지 핑계를 대는 것 같아 어떤 말도 덧붙일 수 없었다. 시무룩해진 그녀가 어깨를 축 늘어뜨린 채 멍하니 거울을 들여다보았다. 한껏 흐트러진 자신의 머리칼이 어쩐지 엉망진 창이 된 자신의 마음 같았다.

―섹시한 여자가 이상형이라고 말한 거, 지금 되게 후회 중인 거 아 십니까?

"그런 거 아니에요. 아무튼 죄송하게 되었어요. 낮에 있던 일과 방금 있던 것 모두 실수였습니다."

―실수를 밥 먹듯이 하는 스타일은 아닌 것 같은데. 왜 나한테만 이 러는 거지?

"그러게요. 왜 그쪽한테만 그럴까요? 저 또한 그쪽 이상형을 들었던 그날을 후회하고 있으니 쓸데없는 신경전은 그만하죠."

두 사람의 기류가 살짝만 건드려도 끊어질 정도로 팽팽했다. 잠시의 침묵이 흐르고 강욱이 먼저 입을 열었다.

―아무튼, 본론으로 돌아가서. 그 시각, 차이수 씨의 알리바이가 정 확하게 입증됨에 따라 수사는 다시 원점으로 돌아갔습니다.

"네."

무미건조하게 대답하며 그녀가 자리에서 일어났다. 창가로 향한 이 수는 답답한 공기를 내보내기 위해 창을 힘껏 열어젖혔다. 밖에는 여전히 내리는 빗줄기가 시원하게 도심을 적시고 있었다.

　─하지만 이상하게 자꾸만 사건의 모든 정황이 차이수 씨를 가리키고 있습니다. 마치 꼭 범인이 차이수 씨여야만 한다는 듯이요.

　"나한테 원한 산 사람은 없을 텐데요. 재벌이긴 하지만 애초에 그 권력을 쓸 시간도 없었을뿐더러, 황태자비가 되기 위한 교육을 받느라 바빠서."

　─그런 거 아니라도 원한 살 사람들은 다 삽니다. 하다못해 소녀 가장들도 미움을 받으니까.

　"그래서 어떤 정황이 또 저를 범인으로 지목하고 있나요?"

　이수가 조금 착잡한 음성으로 이마를 매만졌다.

　─이강 씨 몸에서 검출된 신경을 마비시키는 마취제가 별궁에서 발견되었습니다. 방금요.

　어처구니없는 말에 이수가 그만 피식, 웃음을 터뜨리고 말았다.

　"나 정말 원한 샀나 봐. 누구지?"

　─원래 모레가 마지막 조사였는데 그것 때문에 몇 번 더 출석하셔야겠습니다, 차이수 씨.

　"네, 뭐 그건 어렵지 않지만. 정말 누굴까 싶네요. 나 그렇게 못되게 살아오진 않았는데."

　그녀의 눈길이 연신 굵은 빗줄기로 향해 있었다. 듣도 보도 못한 마취제가 자신이 머물렀던 별궁에서 발견되었다는 것에 그녀의 가슴이 몇 번이고 무너져 내렸다.

　─그런 짓을 할 만한 사람이 주위에 누가 있나 잘 생각해 보세요.

　"없어요. 늘 교육만 받아 와서 누구랑 부딪힐 일도 없었어요."

　─단정 짓지 마시고요. 늘 실수는 그 안일한 생각에서 나오는 거니까.

　프로다운 생각이었다. 당당한 강욱의 얼굴이 떠오르자 이수는 입꼬리를 살짝 올리고 고갤 끄덕이며 빙그르르 돌아섰다.

마침 켜져 있던 TV 속에서 황궁에 입궐하는 이안의 모습이 잡혔다. 막 서울에 도착한 모양이었다.

"황태자비마마, 아쉽네요. 내 스타일인데."

잊고 있던 안의 음성이 이수의 귓전을 달구었다. 황실 행사 때 마주한 적 있던 안이 자신에게 은밀히 일렀던 말이 생각났다.

"지금이라도 늦지 않았으니 말해요. 어차피 황태자 전하껜 진심으로 사랑하는 연인도 있고, 사랑 없이 하는 국혼인 거 세상 사람 다 아는데⋯⋯. 차라리 나랑 시작해 보는 것도 나쁘지 않을걸요? 물론, 나와 함께한다 해도 황태자비 자린 유지할 수 있을 겁니다."

이수의 목울대가 작게 꿈틀거렸다.

"검사님. 원한 산 사람 말고⋯⋯. 황태자 자리에 야망을 품은 사람은 하나 아는데요, 내가."

─누굽니까, 그게?

이수의 젖은 시선이 TV 속 비통에 잠긴 안의 얼굴 위에 머물렀다.

"이안."

그 이름을 내뱉는 이수의 음성이 싸늘했다. 깊은 악몽을 꾸고 난 후의 찜찜함도 스며 있었다. 말을 내뱉는 이수의 안색이 순식간에 하얗게 변했다.

─해연궁의 장자, 선위를 포기했다던 그 환희 대군 말씀하시는 겁니까.

"네. 그분요."

예상 가능한 인물이었을 것이다. 강욱의 진범 리스트에 분명 올라간 이름일 거라 이수는 생각했다.

환희 대군. 제30대 황태자로 거론되고 있는 화제의 인물.

29대 황태자로 이강이 지목되기 전까지, 황위 계승이 유력했던 인물.

그날의 비극만 없었더라면, 아마 이안은 황태자 자리에 올랐을 것이고 무난히 황위를 계승 받았을 것이었다.

—이유를 물어봐도 되겠습니까. 지금 내게 그분의 이름을 말하는 이유.

언제나 이성적인 음성이었다. 잔잔한 호숫가 같은 그 목소리에 이수는 저도 모르게 강욱의 얼굴을 떠올렸다.

반듯한 눈썹, 균형 있게 잘 자리 잡은 콧대.

게다가 마음먹은 것은 꼭 해내고야 말겠다는 듯한 크고 깊은 눈.

"제게 그런 말을 한 적이 있었어요."

—어떤……?

"자신의 황태자비가 되지 않겠냐는."

—경거망동이었군요. 대군마마답지 않은.

"황실은 어찌하였던 권력과 힘만이 중요시되는 곳이니. 쓸데없는 말로 책잡힐 일을 만들지 말아야 하는 곳이죠. 그렇게 생각해 보면…… 그날의 그 말은, 제게 하지 말았어야 했던 말이 아닐까 싶어서."

가라앉은 그녀의 음성에 강욱이 입을 열었다.

—혹은 그만큼 그쪽이 마음에 들었다던가.

피식, 웃음이 새고 말았다. 바람 빠진 웃음을 내뱉던 이수가 창문을 닫고 발걸음을 재촉했다. 침대에 걸터앉아 다시금 TV 속에 나오는 이안을 쳐다봤다.

"제가 가진 힘이 너무 매력적이라 그럴 수도 있겠어요."

맞받아치는 그녀의 목소리에 힘이 없었다. 조금은 지친 듯한 기색이 역력했다.

—우선 모레 수사는 내일로 앞당겨질 겁니다. 최대한 언론은 통제할 예정이지만 워낙 보는 눈과 듣는 귀가 많은 곳이 궐이라 오늘 저녁쯤엔 차이수 씨가 또 한 번 특보로 대한제국을 뒤흔들 수도 있겠습니다.

"네. 예고 감사합니다."

이수는 그렇게 전화가 끊긴 휴대폰을 한참이나 내려다보았다. 마음이 먹먹해졌다. 다시 한번 대중의 날카로운 관심을 받아야 한다는 것이 부담스럽기도 했지만, 자신을 범인으로 만들려 한 누군가의 정체가 그녀의 마음을 무겁게 했다.

"일이 점점 복잡해지고 있어요, 엄마. 올해 안엔 꼭…… 엄마한테 가고 싶었는데."

어느덧 시월을 향해 가는 달력을 돌아보며 그녀가 입술을 굳게 말아 물었다.

"황태자비 후보였던 차이수 씨."

사무실로 돌아온 강욱은 피곤한 듯 재킷을 던져 버리며 의자에 쓰러지듯 앉았다. 그러자 그를 기다리고 있던 박 계장이 파일을 손에 쥔 채 성큼성큼 다가왔다.

"무슨 비밀이 있는 걸까요? 왜 그 단정하고 반듯한 여자를 못 잡아먹어서 안달인 거죠?"

"누가 말입니까?"

“예, 검사님?”

“누가 차이수 씨를 못 잡아먹어 안달이냐고요.”

강욱이 한숨을 내쉬며 눈을 감았다. 그러곤 한숨처럼 그 말을 하며 타이를 거칠게 풀었다. 조금 흐트러진 듯한 그의 앞머리가 이성적인 이미지를 헝클어뜨리고 있었다.

박 계장은 눈을 게슴츠레 떴다.

“범인이요. 진범.”

“그러니까 그 진범은 누구냐고요.”

강욱이 감았던 눈을 떴다. 조금 신경질적으로 튀어나온 음성이 평소보다 격양되어 있었다.

“……검사님. 밖에서 안 좋은 일 있으셨어요? 왜 또 저한테 히스테립니까?”

박 계장은 불쌍한 표정을 하며 입술을 꾸물거렸다. 그를 건조하게 바라보고 있던 강욱이 핏, 웃음을 흘리고 말았다.

“누가 우리 박 계장님한테 히스테리를 부린다고요. 가슴이 좀 답답해서.”

“네, 알아요. 검사님. 자꾸 진범은 미궁으로 빠지고 알리바이가 정확한 차이수 씨만 진범에 가까워지고 있으니까 그러시죠?”

“우선 차이수 씨 주변 인물부터 조사해 보려고요. 김 검사님 아직 퇴근 전이시죠?”

“넵. 오늘 야근이라며 입이 댓 발 나오셨던데요?”

“우리도 오늘 야근입니다.”

“네……?”

강욱이 기댔던 허릴 펴 자리에서 일어나 거울 앞에 서서 흐트러뜨렸던 타이를 고쳐 매며 피식 웃었다.

"입 댓 발은 사양입니다?"

"아, 검사님!"

곧바로 검사실을 나서는 강욱의 발걸음이 제법 무거웠다. 얼마 떨어지지 않은 김 검사의 방 앞에서 똑똑, 문을 두드렸다.

"어, 윤 검."

"야근, 축하드립니다. 선배님을 본받아 저도 야근하려고요."

"뭘 쓸데없는 것까지 본받아. 내 자체를 본받는 것만으로도 과부하일 텐데."

시답잖은 농담을 주고받는 둘의 얼굴은 가볍지 못했다. 강욱은 낮게 한숨을 쉬며 의자에 앉았다. 그러자 그 모습을 바라보던 김 검사가 피식, 웃었다.

"부탁 있구나?"

"역시 귀신이라니까."

"뭔데?"

"이안."

"이안? 환희 대군?"

"네. 조사해야 할 것 같아서요."

조심스럽게 그 이름을 내뱉었다. 이안의 이름이 나오자마자 분주히 움직이던 김 검사의 손이 멈췄다. 그 순간 둘의 시선이 부딪힌다.

"뭐, 황실 사람이라 조사에 제약이 있겠지만. 시국이 시국인 만큼, 적당한 이유만 있으면 불가능할 것 같지도 않고?"

"아뇨. 대놓고 말고……. 뒤에서 말입니다."

"뒤에서? 몰래?"

"예. 그럴 일이 좀 있어서."

"이유는 말해 줘야지. 그래야 내가 도울 수 있나, 없나 판단이 서니까."

김 검사는 쥐고 있던 파일을 놓으며 팔짱을 꼈다. 강욱을 내려다보는 눈이 제법 진지했다.

"차이수 씨와 관련해서 좀 알고 싶은 게 있어서요."

"……아. 그 황태자 후보, 별궁에서 약 나왔다더라? 갈수록 가관이야."

"그 가관에 이안 씨가 개입되어 있는 건 아닌지 좀 알아야 하거든요."

"뭐 어떻게 도와줄까."

"선배, 그분하고 친하죠."

"친하지."

"공적 말고 사적으로."

원하는 대답을 들을 수 있단 기대에 강욱의 눈동자가 부풀었다. 사적이란 두 글자를 연신 입안에 머금던 김 검사가 슬쩍 고갤 끄덕였다.

"그래. 뭐."

"나 좀 만나게 해 줘요."

"황실 사람, 쉽게 못 만나. 더군다나 너 지금 황태자 살인 사건 직수로 맡은 검사잖냐."

"그러니까 부탁하는 거잖아요, 선배님."

"이럴 때만 선배지? 밥 먹을 땐 김 검, 김 검, 하면서."

"에이 내가 언제 버릇없게 김 검, 했어요. 김 검사님 했지."

"그거나 그거나."

"어떻게 좀 해 주세요, 선배님."

얼음장 같던 그가 해사하게 웃으며 아양을 떨었다. 같은 남자가 봐도 이럴 땐, 속절없이 마음을 뒤흔드는 영혼의 애교였다. 머뭇거리던 김 검사가 마지못해 입을 열었다.

"그래. 뭐 어떻게든 마련해 볼게. 대신 식사 자리로."

"오케이. 좋습니다."

"이번 사건과 관련된 직접적인 질문은 삼가야 할 거다. 지금 차기 황태자로 이안이 거론되고 있는 시국인 만큼 그를 따르는 경호원들의 귀가 모두 그 자리에 걸려 있을 거야. 자칫 말실수라도 하게 되면 너 찍혀, 황실 사람들한테."

"도청 장치 안 달리는 게 어디야. 그거만으로도 감지덕지죠."

능청스레 웃으며 강욱이 일어났다. 약속이 잡히면 다시 연락해 달란 말을 남기며 강욱이 막 방을 나서려는데 김 검사가 그를 잡았다.

"그런데 너."

"……?"

"차이수 씨. 어떻게 할 거냐? 의외의 복병이다?"

그 말을 하는 김 검사를 덤덤하게 돌아보는 강욱이었다.

"어떻게 하긴. 열심히 조사해야죠."

"용의자 후보로 열어 두고 있긴 한 거지?"

"아뇨. 함께 조사할 겁니다, 황태자 살인 사건을."

"뭐?"

"차이수 씨는 끝까지 목격자 신분으로 조사에 임할 거고요."

"너 지금 아무도 티 안 내서 그렇지. 황실, 검찰청 사람들 모두 차이수 주목하고 있다."

"……"

"괜한 구설수 만들지 마. 총장님까지 나서게 하지 말란 말이야. 내 말 무슨 뜻인지 알지?"

김 검사의 얼굴이 잔뜩 굳어 있었다. 하지만 강욱의 얼굴은 여유로웠다. 슬쩍 올라간 입매에도 그의 여유로움이 한껏 묻어 있었다.

"무슨 뜻인지는 알겠는데 그냥 눈치 없는 검사 하려고요."

"야, 윤강욱."

"그렇다고 해서 죄 없는 사람 죄인 만들 수는 없잖아?"

"내 말은 모든 가능성을 열어 두고 조사하란 거야."

"모든 가능성을 열어 두어도 그 여잔 가능성조차 없어요, 선배."

"네가 웬일로 장담을 하냐?"

강욱의 의외의 모습에 김 검사가 눈을 동그랗게 떴다. 그는 웃음을 흘리며 돌아섰다. 강욱의 커다란 등이 오늘따라 더 커 보였다.

"그 여자는 범인이 아니니까."

곧바로 몇 걸음 내디디던 그가 다시금 멈추었다.

"그리고 웬만하면 그 여자 안 건드리는 게 좋을 건데. 혹시 총장님과 마주할 일 있음 전해 줘요, 선배가."

"⋯⋯뭐?"

"총장님보다 힘센 사람이 차이수 씨라고."

"어?"

"그 여자가 가진 힘, 그거 꽤 치명적이더라고요. 잘못 건드리면 치명상 입어."

✝   ⚜   ✝

두 시간 남짓 자고 감찰궁으로 향하는 길.

밤새 추적추적 내리던 빗줄기는 아침이 되자 다시금 굵어져 있었다. 강욱은 그 어느 때보다 찌뿌둥한 몸으로 궐 입구에 다다랐다.

시계를 들여다보니 조사 시간까지 30여 분 남았다. 먼저 들어가 조사 준비를 할까 하던 그는 차 시트를 젖혀 눈을 감았다.

"조사 때문에 겨우 몇 번 들락날락한 게 단데……. 왜 이렇게 갑갑하냐, 궁은."

입구부터 위용이 가득한 모습에 주눅이 드는 듯한 느낌이었다. 화려하고 휘황찬란한 자태가 조선 시대부터 이어진 황실의 위엄과 정통을 고스란히 담아내고 있었지만, 어딘가 모르게 위압감을 조성하기도 했다.

문득 이런 궐을 제집 드나들 듯하며 황실 사람으로 살아가기 위한 준비를 해 온 그녀, 이수가 대단하단 생각도 들었다. 물론 대단함보단 안쓰러움이 더 짙었지만.

막 발걸음을 옮기려는데 웅성거리는 소리가 모처럼 고요를 즐기던 강욱의 귀에 꽂혔다. 감았던 눈을 뜨는 그의 이맛살이 찌푸려져 있었다.

"차이수다! 차이수!"

자신과 같은 색의 차 한 대가 궐 앞에 서 있었다. 차에서는 반듯한 차림의 이수가 내렸다.

황실 사람들을 제외한 일반인의 차 출입은 금기된 궐이었기에 이수 또한 걸어서 입궁하는 게 옳았다. 평소 같았으면 황태자비 후보였으니, 마땅히 그녀의 차를 제지하지 않았겠지만 지금은 사정이 달라졌다.

황실 방문객 차량 주차장에 정차한 이수가 채 한 걸음도 떼기 전에 이미 그녀의 주변은 인산인해를 이루고 있었다. 그녀를 바라보는 강욱의 눈이 깊어졌다.

"뭐 어쩌려고 맨몸으로 와. 경호도 없이?"

덤덤한 얼굴로 사람들을 마주한 이수가 격렬한 스포트라이트는 익숙하다는 듯 고갤 슬쩍 숙이며 몇 걸음 걸었다.

저 멀리 '차이수 타도', '황태자 살인범 차이수'란 팻말을 든 무리가 다가오는 것이 보였지만 고개를 숙인 탓에 그들을 보지 못한 그녀는 그저 앞으로만 무작정 걷고 있었다.

그것을 발견한 강욱의 얼굴이 딱딱하게 굳었다. 개입하고 싶지 않았는데 또다시 그녀의 세상에 끼어들 수밖에 없는 상황이 피곤했다. 짜증스럽게 입술을 악물던 강욱이 그녀에게 다가가기 위해 차에서 내렸다.

"아……."

그런데 미처 말릴 새도 없이 그녀는 달걀 테러를 당하고 있었다. 그들이 던진 달걀에 이수의 얼굴이 엉망이 되었다. 그녀를 동물원 원숭이 보듯 에워쌌던 시민들이며 기자들은 마치 약속이라도 한 듯 달걀 테러를 당하는 그녀에게서 물러났다.

너무 예쁘다며, 사진 한 번만 찍어 주면 안 되겠냐는 말을 남발하며 그녀에게 호감을 보이던 시민들 역시 모두 재빠르게 어디론가 사라졌다. 그렇게 곤경에 처한 이수는 홀로 버려졌다.

"저 살인마!"

"무슨 낯짝으로 궐에 다시 발을 들여? 뻔뻔한 년!"

"황태자 전하 잡아먹고 이젠 환희 대군까지 잡아먹게?"

이안과 그의 모후를 추종하던 세력들의 반발과 황태자 이강과 서민 한유미의 사랑을 지지하던 팬들의 합심이 일으킨 테러였다. 혹은, 아직 진범이 잡히지 않은 상황에서 분풀이 대상이 필요했던 사람들의 분기일 수도 있었다.

그들의 분기를 홀로 받아 내던 이수는 쓰러지지도 무너지지도 않은 채 꼿꼿하게 고갤 들었다. 그러곤 저를 향해 수없이 날아드는 달걀을 손으로 쳐 내며 두 주먹을 굳게 쥐었다.

"이러지 마십시오."

작은 목소리가 이수의 입술 사이에서 새어 나왔다. 하지만 그녀의 음성이 그들에게까지 닿을 리가 없었다.

비참함에 두 다리가 자꾸만 땅바닥 위로 곤두박질치려 했지만, 그녀는 이를 악물었다. 그 모습이 취재진의 카메라에 고스란히 담겼다.

절대, 무너지지 않을 거야.

절대, 비참해지지 않을 거야.

파르르 떨며 두 눈을 꾹 감은 그녀 앞에 일순, 커다란 그림자 하나가 드리워졌다. 자신의 온몸을 거칠게 파고들던 달걀 세례가 한시적으로 멈춘 듯한 느낌이었다. 왠지 모를 포근함마저 드는 이상 기운도 느껴졌다. 이수는 감았던 눈을 떴다.

"왜 이러고 있습니까."

강욱이 재킷으로 자신을 감싸고 있었다.

"왜 이러고 있냐고요."

"검사님."

"원래 차이수 씨 이렇게 멍청한 사람입니까?"

노기 어린 강욱의 음성이, 그리고 그의 눈빛이 이수를 세차게 뒤흔들었지만 어쩐지 그의 분노마저 그녀에겐 안심이 되는 순간이었다. 멍청하냔 그의 호통에 이수는 달걀 범벅이 된 입술을 열었다.

"보면 몰라요? 난 내 방식대로 최선을 다하고 있는 겁니다."

"그쪽이 뭘 잘못했다고 이런 취급을 받아야 하는 겁니까?"

"까라면 까고 물러나라면 물러나고."

"······?"

"벗으라면 마지못해 벗는 여자, 그거라도 해야 하니까."

그 말을 하는 이수의 입술이 처량하게 떨렸다. 하지만 그 눈빛만큼은 강건했다.

"뭐라고요?"

"그래야 내가 지금은 저 사람들한테 덜 미움 받을 거니까. 내 처지가 그러니까."

"지금 무슨 말을 하는……!"

"하지만 절대…… 무릎은 꿇지 않습니다. 그쪽 말대로 잘못한 건 없으니까."

"차이수."

"저들의 노여움은 마음껏 분통을 터뜨리고 나서야 가라앉을 수 있는 겁니다. 지금 내가 손이 발이 되도록 빌거나, 나는 무고하다 저들을 고소한다 해도…… 풀리지 않아요."

"……!"

"내 방식대로 무고함을 증명하고 있는 겁니다. 나아가 처참한 이 꼴이 언론에 나오는 순간, 내 무고함은 빛날 거고."

강욱은 그런 그녀가 가엾다는 생각이 들지 않았다.

"멋있는 짓을 하네, 차이수."

이상하게 이런 엉망진창인 상황 속에서도 대범한 그녀가 멋있어 보이는 강욱이었다. 이수를 보호하고 있는 것은 강욱이었지만 오히려 그녀의 당당함에 당황스러웠다. 그녀의 흐트러짐 없는 눈빛이 강욱의 가슴에 닿았다.

강한 힘이 가녀린 그녀에게서 뿜어져 나왔다. 강욱은 허탈하다는 듯 고개를 저어 보인 뒤 재킷을 그녀의 어깨에 걸쳐 주었다. 곧바로 자신의 셔츠 자락을 팔 끝까지 잡아당겨 진득하게 흘러내리는 달걀을 닦아 냈다. 그의 얼굴엔 어쩐지 속상함이 묻어나 있었다.

"그래도 다행이다."

먹먹한 눈길로 자신의 얼굴을 닦아 내는 그를 바라보며 이수가 입을 열었다.

"내 편이 하나쯤은 있어서."

"나는."

"알아요, 그쪽 검사인 거."

"차이수 씨."

"매번 그래. 내가 무슨 말만 하면 검사래. 방금도 그 말 하려 했죠?"

웃음을 지을 수 있는 상황이 아니었는데, 그녀는 옅은 미소를 짓고 있었다. 이상한 여자였다.

"그쪽은 검사, 나는 목격자. 그런 거 말고."

"……."

"내 남자 친구가 힘들면. 그냥 친구는 어때요?"

웅성거리는 사람들의 틈 속에서 둘은 오로지 서로만 응시하고 있었다. 둘을 제외하고 모든 것이 암전된 듯했다.

"정말 그냥 내 편 같은 친구."

"이 상황에서 할 소리는 아닌 것 같은데."

강욱은 건조한 얼굴로 입을 열었다. 잠시 매무새를 정리하더니 그녀의 어깨를 바투 잡아 이끌었다.

"들어가시죠. 카메라 앞에서 나랑 너무 친한 거 티 내면 뇌물 수사니 유착 관계니 잡음 나오는 거 한순간이니까. 친구를 하더라도 안 보이는 곳에서 합시다."

강욱은 이수를 앞장세웠다. 두 사람은 웅성거리는 사람들을 뒤로한 채 궐 안으로 들어섰다. 이미 궁에 들어선 순간부터 달걀로 엉망이 된 그녀를 보며 감찰 궁인들은 삼삼오오 모여 숙덕대기 바빴다.

그 모습을 알지만 모르는 척, 두 사람은 감찰궁으로 들어왔다. 조사실에 들어선 이수가 조금은 낯선 분위기에 서둘러 자리에 앉았다.

이수의 모습을 흘깃 본 강욱은 익숙한 듯 서류를 넘기며 그녀 앞에 앉았다. 오늘은 다른 검사가 동석해 이수를 함께 조사할 예정이었다. 곧 강욱의 옆에 처음 보는 여검사 한 명이 자리를 잡았다. 처음 보는 인물에 긴장을 했는지 이수는 굳은 얼굴로 손을 모았다.

그가 그 모습을 넌지시 올려다보았다. 미처 닦지 못한 달걀의 잔해가 그녀의 얼굴과 손, 그리고 옷깃에 군데군데 묻어 있었다. 강욱은 서류를 넘기던 손을 멈추고 입을 열었다.

"차이수 씨. 좀 씻고 오시죠."

"조사 끝나고 씻으려 했는데……."

제집 드나들 듯 드나들며 편하게 지냈던 궁이었지만 '황태자비 후보'도 뭣도 아닌 신분으로 전락하고 보니 화장실조차 쉽게 갈 수 없었다.

그 걸음 하나에도 궐의 모든 시선이 그녀에게로 향했고, 그 몸짓 조금에도 궐의 모든 이목이 그녀를 집중했기에.

이수는 그 불편한 진실을 깊숙이 감추며 괜찮다는 듯 고개를 저었다.

"괜찮습니다. 시작하세요."

하지만 그는 알았다. 괜찮지 않았다는 것을.

그저 어쩔 수 없는 현실 때문에 괜찮은 척하고 있다는 것을.

그는 깊이 한숨을 내쉬며 서류를 손에서 놓았다. 곁에 앉아 있던 여검사는 터지는 웃음을 참으며 그녀의 엉망이 된 모습을 곁눈질로 훔쳐보고 있었다. 강욱은 짜증스럽게 이마를 매만지며 쓰고 있던 안경을 벗었다.

"원래 잘 안 씻으십니까."

"네? 그럴 리가……."

"괜찮을 리가 없는 몰골로 괜찮다고 하니, 묻는 말입니다."

감정하나 스미지 않은 딱딱한 음성이었다. 그녀는 자신이 잘못한 것도 아니었는데 괜히 강욱의 눈치를 보게 됐다.

갑자기 강욱이 자리에서 벌떡 일어났다.

"어디 가요, 선배."

그러자 옆에 앉아 있던 여검사가 그를 올려다보았다.

"1분만."

말 한마디만 덩그러니 남겨 둔 채, 그가 조사실을 나섰다. 그녀의 가슴에 커다란 구멍이 뚫린 것만 같았다. 처음 보는 검사와 단둘이 남겨진 이수는 괜히 어색해 옷에 묻은 달걀 자국을 문질렀다.

이수의 모습을 빤히 바라보고 있던 검사가 입을 열었다.

"어쩌다 그렇게 되신 거예요?"

"입궐하는 길에 조금 곤란한 상황이 있었습니다."

"돈도 많으시면서 왜 맨몸으로 오셨어요. 경호원이라도 달고 오시죠. 그리 좋은 상황도 아닌데?"

빈정대듯 그 말을 하는 검사의 입꼬리가 미묘하게 비틀어지고 있었다. 이수는 건조한 얼굴로 그녀를 바라보았다.

"그러게요. 돈 많은 티 내면 더 욕먹을 줄 알고 검소한 척 좀 해 봤는데."

"……?"

"다음부턴 그냥 하던 대로 재벌 짓이나 해야겠네요."

재수 없는 말을 담담히 내뱉는 그녀의 얼굴은 여전히 반듯했다. 역으로 당한 것 같은 느낌에 검사가 입을 떼려는 순간이었다.

벌컥, 굳게 닫혔던 조사실의 문이 활짝 열렸다. 여전히 무표정한 얼굴로 조사실을 들어서는 강욱의 오른손엔 무언가가 들려 있었다.

"닦으시죠."

물티슈였다. 아무렇지 않게, 아무렇지 않은 얼굴로 이수에게 물티슈를 준 강욱은 자리로 돌아와 앉았다. 옆에 앉아 있던 검사의 눈이 동그래졌다. 타인을 향한 그의 친절이 익숙하지 않아 그녀는 의문을 떨칠 수 없었다.

"선배."

검사가 강욱을 부르며 당황스러움을 숨기지 않았다.

"조사 시작하겠습니다."

하지만 강욱은 아무런 말도 덧붙이지 않고 곧바로 서류를 펼쳤다.

이수는 얼떨떨한 얼굴로 물티슈를 받아 손에 꼭 쥘 수밖에 없었다. 그가 물티슈를 건네는 순간 심장이 쿵, 내려앉은 듯했지만 그녀는 평정심을 되찾으려 애썼다.

곤경에 처한 사람에게 조금의 호의를 베푸는 행동에 가슴이 떨리는 것을 티 내는 건 주제넘은 행동 같았다. 곧 고개를 숙인 그녀가 곧 티슈 한 장을 꺼내 들어 자신의 볼에 묻은 달걀을 닦아 냈다.

어쩐지 그 모습을 못마땅하게 바라보고 있던 검사가 말문을 열었다.

"사건이 일어나던 시각, 차이수 씨가 통화했던 내용, 기록. 그리고 황실 지침에 따라 티타임을 가졌던 증거가 모두 입수되었으며, 알리바이가 확실합니다."

아무런 표정도, 행동도 없이 말을 덤덤하게 듣고 있던 이수는 물티슈를 놓으며 여검사를 바라보았다. 강욱은 그 곁에서 열심히 서류만 들여다보고 있었다.

"그런데 차이수 씨가 머물던 별궁에서 황태자 살인 사건에 쓰였던 수면 유도제가 발견되었습니다. 어떻게 생각하십니까?"

"그게 왜 거기에 있는지 잘 모르겠습니다."

"그렇겠죠. 몰라야, 그 알리바이들이 모두 사실이 되는 거니까 대부분 그렇게 말합니다."

비아냥거리듯 그 말을 내뱉는 검사를 이수가 조금은 불쾌하단 얼굴로 바라보았다.

"정말 모릅니다. 어떤 약이 발견되었는지 모르겠지만 궐 내에서 사사로이 약품을 소지하는 것은 불가합니다."

"궐 내에서 일어나지 말아야 할, 황태자 전하 살인 사건도 일어난 마당에."

"……."

"그저 소지 불가 약물이 발견된 것이 무슨 대수라고."

중얼거리듯 말을 내뱉는 여검사의 음성엔 비아냥거림이 잔뜩 묻어나 있었다. 무례한 듯한 행동에 묵묵히 서류만 바라보고 있던 강욱이 입을 열었다.

"최 검사님. 지금 우린 차이수 씨를 용의자로 조사하고 있는 게 아니라 사건 목격자로 소환했습니다."

"선배, 다시 용의자로 지목이 된 상태예요. 사건에서 중요 단서로 나온 약물이 차이수 씨가 머물렀던 곳에서 발견되었다고요."

조금 상기된 듯한 그녀의 음성에 강욱은 이맛살을 찌푸렸다. 안경을 벗으며 날카롭게 검사를 바라보았다.

"선배가 아니라 윤 검사."

"……네?"

"공과 사는 구분합시다. 최 검사님. 지금 우리 사건 조사 중입니다."

"죄송합니다."

"그리고 수사에 가장 기본인 무죄 추정의 원칙. 모릅니까."

고저 없는 그의 음성에 이수의 고개가 자석에 끌리듯 들렸다. 하지만 여전히 의중을 알 수 없는 표정이었다.

"하지만, 윤 검사님."

"모든 피고인 혹은 피의자는 유죄 판결이 확정되기 전까진 무죄로 추정한다는 원칙."

"……."

"내가 이런 기본적인 것까지 알려 주어야 합니까."

화가 난 것 같았지만 그 목소리에도 얼굴에도 전혀 노기를 찾을 수 없었다. 검사는 아무런 말도 잇지 못한 채 고개를 숙였다. 그러다 울컥, 억울함이 치미는지 다시금 숙였던 고갤 들어 강욱이 아닌 이수를 바라보았다.

순간, 이수와 그녀의 시선이 부딪혔다.

"하지만 유력 용의자입니다."

"용의자가 아니라."

"……?"

"후보겠지."

"별궁에서 약물이 발견된 이상 영장 발부, 어렵지 않습니다."

"영장 발부는 확실한 증거와 그 증거가 가리키는 용의자 후보가 확실시될 때 받는 것입니다, 최 검사님."

그제야 그의 음성이 조금 흐트러지고 있었다. 차오르는 분노를 애써 억누르는 게 이수에게도 보였다.

"약물 말고 더 확실한 증거가 또 있나요?"

하지만 물러서지 않는 건 상대 검사도 마찬가지였다.

"고작 수면 유도제가 같다고 해서 이것을 유력 증거라고 확정 지을 수 있습니까? 하다못해 황태자를 살해한 범행 도구가 나온 것도 아니고."

"하지만, 윤 검사님."

"조사실에서 말할 수 있는 증거는 증거 능력이 있고, 적법한 증거 조사를 거친 후의 것을 의미합니다. 아직 검출된 DNA도 없고, 그것이 황태자 살인 사건에 쓰였다는 것 역시, 불명확합니다. 심증만 있는 상태에서 영장 발부란 말을 쉽게 합니까? 여기가 지금 연수원입니까, 최검?"

결국, 버럭 소리를 내지르고 만 그였다. 그의 호통에 그제야 여검사는 입을 꾹 다물었다. 동시에 이수는 지그시 눈을 감으며 입을 열었다.

"황태자를 살해한 용의자든, 유일한 목격자든. 날 뭐라 부르든 상관없습니다."

관자놀이가 지끈거렸다. 이수는 당장이라도 이곳을 벗어나고 싶었다. 황태자가 살해되고 황태자비였던 그녀가 후보로 전락하면서 궐에서 쫓기듯 내쳐졌을 때, 이루 말할 수 없는 고통도 밀려왔지만 한편으론 속이 시원했다. 자신을 옭아매던 덫에서 그제야 벗어난 느낌이랄까.

용의자로 지목당하며 정신적인 스트레스도 많이 받았지만, 그녀 홀로 궐에서 벗어나 지냈던 근래의 시간만큼 평온하고 행복했던 날들은 없었다.

하지만 다시 원점으로 돌아온 것 같았다. 겨우 벗어난 줄 알았던 올가미에 다시 묶이고 만 그녀였다.

황태자 살해에 쓰였던 수면 유도제.

그것이 왜 그녀가 머물렀던 별궁에서 발견이 된 것일까.

누가, 무엇 때문에 그녀를 다시 올가미에 묶어 둔 것일까.

"괜찮습니까."

힘겨워 보이는 그녀를 조용히 바라보던 강욱이 물었다. 이수는 쉽게 대답하지 못하고 한숨만 내쉬고 있었다.

"차이수 씨."

"용의자든 용의자 후보든 상관없습니다."

"……."

"진범만 찾아 주세요. 그럼, 그때까지 제가 무엇이라 불리든 다 참아 낼 수 있습니다."

조사를 마친 이수가 지친 얼굴로 감찰궁을 빠져나왔다. 무거운 발걸음을 재촉하더라도 얼른 집으로 돌아가 씻고 싶었다. 어깨를 축 늘어뜨린 이수가 가방을 고쳐 멨다. 그리고 고개를 숙인 채 한 발, 한 발 앞으로 나아가고 있었다.

퍽.

"앗."

어디론가 황급히 향하는 근위대 무리에 부딪힌 그녀가 힘없이 바닥으로 고꾸라졌다. 덕분에 단정하던 그녀의 옷매무새가 흐트러지고 말았다.

거친 아스팔트 바닥 위에 넘어진 그녀가 미안하단 말, 한마디 없이 사라지는 근위대를 돌아보았다. 허벅지가 쓰라려 급하게 내려다보니 찢긴 스타킹 사이로 피가 흘러나오고 있었다.

"차이수, 처지 한번 가관이네."

그녀는 허탈하게 그 말을 내뱉으며 자리에서 일어났다. 조금 쓰리고 따가웠지만 견딜 만했다.

찢어진 스타킹은 금 간 유리병처럼 걷잡을 수 없이 올이 나가고 있었다. 짧은 치맛자락을 억지로 끌어 내리며 그녀가 걸음을 옮겼다.

"어쩐지 이 재킷."

뒤에서 익숙한 목소리가 들려 고개를 돌렸다. 강욱이었다.

"나보다 그쪽이 더 잘 어울린다 했더니."

그가 휘적휘적 걸어오더니 입고 있던 재킷을 휙 벗어 그녀의 품에 던지듯 주었다.

"검사님."

"급한 대로 써요. 또 저기까지 가야 하잖습니까."

건조하게 퀄 밖을 가리키며 그가 어깨를 으쓱했다. 별일 아니라는 듯한 말을 툭, 내뱉은 그가 고맙다는 말을 하기도 전에 돌아섰다.

강욱은 매번 이수가 안 좋은 상황일 때마다 순식간에 나타났다가 구해 주고 사라졌다. 이번에는 꼭 고맙다는 인사를 해야 할 것만 같았다.

"감사합니다. 재킷도…… 물티슈도."

그녀는 서둘러 감사 인사를 전했다.

"감사할 것 없습니다. 매번 이렇게 도움이 필요한 차이수 씨를 보고도 그냥 지나칠 사람은 없으니까."

그녀의 목소리에 다시금 몸을 돌린 강욱이 별일 아니라는 듯 웃어 보였다.

"옷은 드라이해서 드리겠습니다."

"그런데 하나만 묻죠."

돌아서던 그가 문득 걸음을 멈추었다.

"나한테만 그럽니까."

"무엇을 말이죠."

"세상 제일 똑똑한 차이수 씨가, 어쩐지 자꾸만 허점을 보여서."

"……."

"꼭 내 도움이 필요한 사람처럼 말입니다."

조금은 차가운 강욱의 음성이 그녀의 한껏 예민해진 감성을 두드렸다. 이수는 입술을 꾹 깨물었다. 그러곤 돌아서는 그를 향해 목구멍에 힘을 주었다.

"정말 도움이 필요하면…… 도와주실 건가요?"

무슨 말인가 싶어 그가 다시금 그녀를 돌아보았다.

"그때 물으셨죠. 남자 아니면 친구 중에 확실히 하라고."

"차이수 씨."

"네, 필요합니다. 친구 말고. 남자로서."

"……"

"윤강욱, 당신이."

"이보세요."

"도와주세요. 윤강욱 씨가."

처음이었다. 검사가 아닌 강욱, 그의 이름을 직접 부른 것은.

그때처럼 그는 여전히 떨지 않았다. 애처로이 그 말을 내뱉는 그녈 향해, 그가 성큼성큼 다가왔다. 이수가 어정쩡하게 손에 쥐고 있던 자신의 재킷을 다시금 들었다.

"정말 말 안 듣네, 이 여자."

"윤강욱 씨."

"이 재킷, 허리에 두르라고 준 겁니다. 대신 들어 달라고 준 거 아니고. 찢어진 스타킹 사이로 흐르는 피, 이거."

"……"

"누가 보면 강압 수사한 줄 알겠네. 그러다 강압 수사 검사라고 이번엔 내가 달걀 맞으면 그쪽이 나 지켜 줄 겁니까."

실없는 그의 농담에 잔뜩 날이 섰던 그녀는 그만 피식, 헛웃음을 터뜨리고 말았다.

"그리고 남자한테 고백하는 거 처음인 것 같아 충고 하나 해 드리는데."

깊은 그의 음성에 이수가 그를 올려다보았다.

"남자로서 내가 필요한 거면 도와주세요, 가 아니라."

"……."

"라면 먹고 갈래요, 가 더 적당할 것 같은데."

"네?"

"메모해 두시죠."

이수는 장난기 가득한 목소리와는 다르게 무표정한 얼굴을 유지한 채, 여유 있게 돌아서는 모습을 한없이 바라볼 수밖에 없었다.

터덜터덜 집으로 돌아온 이수는 쓰러지듯 바닥에 고꾸라졌다.

물티슈로 다 닦이지 않은 달걀의 잔해와 올이 나간 스타킹이 처참했던 오늘의 하루를 대변해 주고 있는 듯했다.

이수는 그대로 바닥에 드러누워 버렸다. 일어날 힘도, 자신의 허릴 감싸고 있는 강욱의 재킷을 풀 힘도 없었다.

머리도 여전히 지끈거렸다. 몸살 기운이라도 감도는 걸까.

"하……. 씻어야 하는데."

끝없는 나른함이 몰려왔다. 이수는 느리게 눈을 깜빡이며 천장을 올려다보았다. 유독 높아 보이는 하얀 천장이 점점 아득해졌다. 지그시 눈을 감는 이수의 귀에 날카로운 벨 소리가 날아들었다. 손을 뻗어 휴대폰을 쥐는 이수의 손엔 힘이 하나도 없었다.

겨우 쥔 휴대폰을 눈앞에 들었는데.

이안

뜻밖의 이름이 액정에 떠 있었다. 이수의 심장이 고동쳤다.

"왜……."

그녀는 그대로 휴대폰을 자신의 배 위에 엎었다. 개인적으로 전화할 이유가 없는 인물이었다. 이수의 머릿속이 뒤죽박죽 어지러워졌다. 몇 번의 벨 소리가 적막을 찢어 놓더니, 이내 잠잠해졌다.

"나한테 왜 전화를 해?"

자문하며 이안의 전화에 대해 곰곰이 곱씹어 보았지만 가늠할 수가 없었다. 이수는 그대로 자리에서 일어나 욕실로 향했다.

자신에게 전화를 걸었다면 환희 대군 쪽이 A&J그룹에 연락을 취했을 거라는 생각이 들었다. 자신의 아버지에게서 곧 연락이 올 것을 직감한 이수는 힘겹게 옷을 벗었다. 그녀의 허리에 단단히 묶여 있던 강욱의 재킷이 스르륵 풀어져 바닥에 툭, 떨어졌다.

동시에 알림음 소리와 함께 메시지 한 통이 도착했다.

〈이안입니다. 서울 왔는데, 내일 잠깐 만나죠. 차이수 씨.〉

다음 날.

밤새 야근한 강욱은 날이 밝자 타이를 느슨하게 풀며 서류를 집었다. 마침 사무실로 출근한 박 계장이 어제와 같은 옷을 입고 있는 강욱을 보고 놀란 표정을 지었다.

"검사님, 설마 철야하셨어요?"

새삼스러운 질문에 강욱이 피식 웃음을 터뜨리며 뻐근한 목을 문질렀다.

"설마가 사람 잡죠?"

"안 피곤하세요? 어휴, 우리 잘생긴 검사님 얼굴 완전 상하셨네."

"상해도 잘생겼다던데. 참, 국과수 자료는요?"

"아, 여기. 국과수에 넘겼던 립스틱에서 차이수 씨의 DNA가 검출되었습니다."

박 계장은 기다렸다는 듯 그에게 보고했다.

"그 외에는."

"황태자 이강의 지문 외에 검출된 것은 없었습니다."

"그럼 이강이 차이수의 립스틱을 들고 있었단 건가."

어느새 자리에 앉아 강욱을 바라보고 있던 박 계장은 턱을 만지작거리며 벌떡 일어나 강욱의 곁으로 다가왔다.

"그런데 진짜 이상하죠?"

"뭐가요?"

"이강은 연인이 있었다는 게 확실하고. 게다가 차이수 씨랑은 국혼이라고 해도 뻔한 정략결혼이었다는 거 국민이 다 아는 사실인데……."

"그런데요."

"두 사람. 접촉 한 번 없었다는데 어떻게 립스틱이 거기에 있을 수가 있죠?"

박 계장이 의뭉스레 고갤 까딱이며 강욱을 바라보았지만 묵묵부답이었다. 서류만 지그시 내려다보더니 이내 서랍에서 안경을 꺼내 쓰고 있었다. 그를 멋쩍게 바라보던 박 계장은 자리로 돌아왔다. 아무래도 공적인 부분 없이 '차이수'란 주제로 얘기를 나누는 것엔 흥미가 없어 보였다.

"남녀 사이란 알 수 없죠."

"……예?"

그런데 얼마의 시간이 지난 뒤에 강욱의 음성이 들려왔다. 고개를 돌려 그를 쳐다보았지만 강욱의 시선은 여전히 서류 위에 머물러 있었다.

"뭐 겉으론 정략결혼이다, 그다지 사이가 좋지 않다고 말하고."

"······?"

"여러 말들이 오고 가겠지만. 정작 둘의 관계는 둘만 아는 거니까?"

말을 마친 그가 서류를 덮고 박 계장을 쳐다보았다. 선득하고도 날카로운 시선이었다.

"뭐, 그렇겠죠. 그래서 그런지 갈수록 재미있어요, 수사가. 그렇지 않나요?"

"······."

"립스틱도 그렇고, 수면제도 그렇고······. 차이수 씨가 진범이 아닌 게 확실해질수록 자꾸 아니라는 듯 증거품이 나오잖아요."

"재밌으시면 오늘은 계장님이 저 대신 야근, 콜?"

"어휴, 아니에요!"

강욱이 장난스레 미소를 지었다. 그러자 박 계장이 손사래를 치며 돌아섰다. 동시에 강욱의 방문을 누군가가 똑똑 두드렸다.

"네."

강욱은 안경을 벗으며 문을 바라보았다. 김 검사가 문 앞에 덩그러니 서 있었다.

"윤 검. 그때 부탁했던 거."

"아, 혹시 이안 씨······?"

"어. 약속 장소 정했는데, 오늘밖에 시간이 안 된다고 하네? 내일 다시 급하게 출국해야 한다고 해서."

"좋죠. 쇠뿔도 단김에 빼랬다고."

"오늘 오후 6시 반. 엘투 호텔 레스토랑."

"선배는요?"

"아무래도 같이 가야겠지? 둘이선 어색할 테니."

"편하신 대로요."

"부탁도 들어줬는데 커피나 한 잔 사지?"

"그러시죠."

셔츠에 타이만 맨 채로 강욱이 방을 벗어나자, 김 검사가 의뭉스레 강욱을 바라보았다.

"너 근데 재킷은? 그러고 보니 어젯밤부터 안 보이는 거 같다?"

강욱은 걷던 걸음을 멈추곤 자신의 상체를 내려다보았다. 어제, 이수에게 건넸던 재킷이 떠올랐다. 동시에 차이수, 그녀의 하얗고 예쁜 얼굴이 그려졌다. 그의 입꼬리가 옅은 곡선을 그렸다.

"뺏겼어요."

"뭐? 누구한테."

뺏겼단 말에 김 검사가 눈을 동그랗게 떴다. 강욱은 휘적휘적 복도를 지나가며 한마디를 남겼다.

"연애 고자한테요."

석양이 지자, 하얀 레이스 원피스를 곱게 차려입은 이수가 엘투 호텔 앞에 도착했다. 미처 말리지 못한 머리엔 여전히 물기가 촉촉하게 남아 있었다.

〈엘투 호텔 레스토랑, 6시 반. 환희 대군과 해연궁마마의 입궐로 이사들과 급하게 나눌 이야기가 있다. 참석하도록.〉

차 회장의 메시지는 어느 정도 예상했던 부분이었다. 안이 자신에게 개인적으로 연락할 이유는 없었으니까. 아무래도 황태자 후계 때문에 환희 대군 세력이 A&J를 동아줄로 잡을 요량인 듯했다.

6시. 약속 시각까진 아직 넉넉했다.

호텔 내부로 들어가 엘리베이터 앞에 멈춰 선 이수는 여전히 부재중으로 남아 있는 '이안'의 번호를 꾹 눌렀다. 몇 번의 신호음 끝에 수화기 너머에서 안의 음성이 들렸다.

―이수 씨. 통화하기 왜 이렇게 어려워요?

여전히 다정하고 살가웠다. 1여 년 만의 통화였지만, 어색함이 없어 보이는 그와 달리 이수는 한껏 긴장한 채였다. 그녀는 굳은 얼굴로 반듯하게 서서 전화를 받고 있었다.

"오랜만입니다. 대군마마."

격식을 차린 채, 예를 갖추어 대답하는 이수로 인해 안이 소리 내어 웃었다.

―뭘 그렇게까지 격식을 차려요. 편하게 불러요. 그러기로 했잖아요? 이수 씨.

그런 말을 한 적은 없었다. 그가 일방적으로 제안했을 뿐. 안의 호쾌한 웃음에도 이수는 그저 묵묵히 정면만 응시하고 있을 뿐이었다.

"아……. 식사 제안하셨는데 선약이 있어 힘들 것 같아서 연락 드렸습니다."

―나도 지금 약속이 있어 밖인데. 선약, 언제쯤 끝날 것 같아요?

"글쎄요. 가족 모임이라 꽤 길어질 수도 있을 것 같아, 확답드리기 어려울 것 같습니다."

애써 긴장을 풀기 위해 남은 한 손을 쥐었다 펴며 대답한 이수가 알림음과 함께 문이 열린 엘리베이터에 올라섰다. 곧 엘리베이터의 문이 스르륵 닫혔다. 이수는 작게 한숨을 내쉬며 거울을 들여다보았다. 큰 보석이 박힌 귀걸이를 걸었는데, 막상 조명 아래에서 보니 과한 느낌이 드는 것 같았다.

그녀는 휴대폰을 귀와 어깨 사이에 걸친 채, 클러치를 들었다. 가방 안에 임시로 들고 다니는 알이 작은 진주 귀걸이가 들어 있었을 텐데…….

그때, 닫혔던 엘리베이터 문이 다시금 활짝 열렸다. 동시에 이수의 휴대폰 너머에서 안의 목소리가 흘러나왔다.

—기다릴게요. 끝날 때까지. 나 오늘 이수 씨 보려고 입궐한 거였습니다. 그런데 출궁하고 안 계시더라고요.

단도직입적인 안의 말에 이수의 가슴이 철렁, 내려앉았다. 그 순간 당혹감이 채 사라지기도 전에 열린 엘리베이터 문 쪽으로 시선을 던졌다.

강욱이 주머니에 손을 찔러 넣은 채, 이수를 바라보고 있었다.

뜻밖의 장소에서 뜻밖의 인물을 마주친 이수가 화들짝 놀라며 기울이고 있던 고갤 들었다. 그러자 그녀의 어깨와 귀 사이에 고정되어 있던 휴대폰이 아래로 곤두박질쳤다.

—여보세요?

강욱은 성큼성큼 엘리베이터 안으로 들어와 떨어질 뻔한 휴대폰을 한 손으로 턱, 잡아챘다. 휴대폰을 꽉 쥔, 그의 손등에 힘줄이 도드라졌다.

"뭐예요?"

이수의 눈이 반짝였다. 그 속엔 당혹감이 짙게 묻어났다.

"뭐긴. 윤강욱이죠."

"아니, 그러니까. 왜 엘리베이터 문이……."

이수가 또르르 눈동자를 굴리며 강욱의 모습을 위아래를 훑었다. 강욱은 이수가 엘리베이터에 타 있다는 걸 알았던 사람처럼 태연하게 닫힘 버튼을 꾹 누르고 곧이어 14층을 눌렀다.

"안 눌렀네요, 그쪽이. 나 기다리고 있었나?"

강욱은 어깰 으쓱하며 멍한 이수에게 휴대폰을 건넸다. 어안이 벙벙해진 이수는 그에게서 시선을 떼지 못했다. 그러나 곧 휴대폰 속에서 자신을 부르는 소리에 정신을 차렸다.

—여보세요? 차이수 씨?

이수는 흐트러진 옷매무시를 가다듬으며 휴대폰을 다시금 귀에 가져다 댔다.

"네. 언제 끝날지는 모르겠는데……. 선약이 끝나는 대로 연락드리겠습니다."

그녀는 황급히 전화를 끊었다. 강욱은 여전히 주머니에 손을 넣은 채, 정면만 응시하고 있었다.

"검사님, 여기서 약속…… 있으세요?"

이수는 그의 눈치를 살피며 겨우 물었다. 강욱은 대답 대신 고개만 위아래로 끄덕였다.

"아. 나돈데. 14층."

갑자기 나타난 그가 놀랍긴 했지만, 반가운 것도 사실이었다. 하지만 어쩐지 냉랭한 분위기에 뭐라 말을 건네기에도 민망한 상황이었다. 이수는 슬그머니 그에게서 시선을 거두곤 정면을 바라보았다.

9층, 10층…….

엘리베이터는 적막 속에서 14층을 향해 올라가기 시작했다.

그때였다.

"남자 있습니까?"

"네?"

남자가 있냐는 뚱딴지같은 질문에 이수의 고개가 돌아갔다. 주야장천 앞만 보고 있던 강욱이 자신을 돌아보고 있었다. 그 시선이 이수의 턱을 세게 움켜쥐는 것만 같았다. 외면할 수 없는 눈길이었다.

"남자라뇨?"

"방금 전화, 남자였던 것 같은데. 그것도 젊은 남자."

저게 무슨 말이지? 그의 말이 이해가 되지 않는 이수가 잠시 고민했다. 아, 이안과의 통화를 두고 하는 소리구나.

이수는 가로로 고개를 저으며 입술에 힘을 주었다.

"아, 그런 거 아닙니다. 남자가 맞기는 한데……."

"남자가 있으면서 나한테 남자 친구가 되어 달라고 제안했다라……."

"아니, 그거는."

"연애 고자인 줄 알았는데, 고수인 건가."

그의 중얼거림에 어쩐지 웃음기가 묻어나 있었다. 왠지 억울해지는 그녀였다. 이수는 황급히 손사래를 치며 그를 올려다보았다.

"정말 아니에요, 그런 거."

"맞네, 그럼."

"네, 뭐가요?"

"내가 세컨드?"

"……아니!"

설명을 마치기도 전에 엘리베이터 문이 스르륵 열리고 말았다. 애석하게도 강욱은 이미 긴 다리를 이용해 엘리베이터를 나서고 있었다.

"이봐요, 윤 검사님."

이수가 급하게 그를 잡아 세웠다. 그 목소리에 강욱의 늘씬한 다리가 멈춰 그녀를 돌아보았다. 일관되게 굳은 얼굴의 그였다.

"이용하려면 그 남자 이용하시죠, 나 말고. 난 그런 거에 취미 없어서."

그의 탐스러운 잇새로 읊조리듯 말을 내뱉자 이수의 가슴이 뜨거워지고 말았다. 강욱의 나른하지만 굵은 음성이 그녀를 뜨겁게 적시는 듯했다.

아무런 대꾸도 하지 못한 채 이수가 강욱만 바라보고 있었고 엘리베이터 문이 다시금 닫히고 있었다. 순간, 닫히는 엘리베이터 문을 강욱이 한 손으로 열어젖혔다.

"뭐 합니까, 안 내려요? 14층인데."

"아, 내려요."

엘리베이터 문을 잡고 있는 그의 곁을 이수가 스쳐 내렸다. 그에게서 좋은 향이 났다. 온종일, 그녀 곁을 맴돌던 그의 체취.

어쩐지 이수는 그 순간에도 자신을 그윽하게 내려다보고 있는 그를 제대로 바라볼 수 없었다. 결국 이수는 고개를 푹 숙이고 레스토랑 입구까지 강욱과 나란히 들어서야 했다.

"여기서 약속 있으신가 봐요. 나도 저녁 약속 있는데."

이수가 느리게 말했다. 그러다 자신에게 재킷을 준 탓인지, 셔츠에 타이만 맨 그를 발견했다. 그녀는 입술을 슬쩍 말아 물었다.

"중요한 약속이에요?"

묵묵히 걷던 강욱이 걸음을 멈추곤 이수를 돌아보았다. 오늘따라 유난히 그의 입술이 붉었다.

"안 중요하면 약속을 잡지 않았겠죠?"

당연한 말이었다. 언제나처럼 그의 대답에 말문이 막히는 쪽은 이수였다. 이수는 사뿐히 고갤 끄덕이며 어색한 웃음을 지었다.

돌아서려던 강욱이 걸음을 멈추곤 그녀를 돌아보았다.

"웬만하면 경호원 대동해서 다니시죠."

"경호원이요?"

"오늘 아침에 그런 일을 겪고 또 맨몸으로 옵니까."

걱정이 되어서 하는 소린지, 아니면 이렇게 사람이 무감각할 수 있나 어처구니가 없어서 그런 것인지, 이수는 알 수 없었다. 간단한 그 말에도 이수는 속에 담긴 의미를 찾고 있었다.

"네, 그럴게요."

"그럼 저는 이만."

가볍게 묵례를 한 그가 앞서 걸었다. 창가 쪽에 자리를 잡고 앉는 모습을 넌지시 바라보다 이수도 곧, 룸을 찾아 안으로 들어섰다.

"차이수입니다. 6시 반에 예약되어 있을 겁니다."

"아, 안내해 드리겠습니다."

직원을 따라 이수가 레스토랑 깊숙이 향했다. 또각또각, 무의미한 구두 굽 소리가 레스토랑 안을 울렸다. 그 모습을 강욱 역시 조용히 응시하고 있었다.

강욱은 자신도 모르게 입술을 꽉 깨물었다. 자신과는 다른 세계에 사는 여자임은 분명했다. 늘 상대해 오던 그룹 인사들과 다름없는 재벌 2세였지만 그녀에게선 왠지 모를 기품이 흐르고 있었다. 단지 재력에 따르는 기품이 아니었다. 그건 내면 깊숙이에서 나오는 그녀의 진면모였다.

"황태자비가 되기 위해 교육을 받아서 그런 건가."

강욱은 타이를 고쳐 매며 휴대폰을 집어 들었다. 액정을 터치하려던 순간, 그림자 하나가 하얀 테이블 위에 드리워지더니 시원한 향이 퍼졌다. 강욱의 고개가 돌아갔다.

"안녕하세요. 이안입니다."

자신을 이안이라고 소개한 남자는 말끔하게 머리를 넘긴 모습으로 강욱을 향해 손을 내밀고 있었다. 한눈에 봐도 잘생긴 얼굴이었다.

한땐 황태자였던 환희 대군.

강욱은 자리에서 일어나 그 손을 맞잡았다.

"안녕하십니까. 윤강욱 검사입니다."

"오래 기다리셨네요. 아직 30분은 안 된 것 같은데."

살짝 손을 흔들고 놓은 안은 편안하게 미소를 지어 보이며 자리에 앉았다. 강욱 역시 가볍게 미소를 얼굴에 띤 채 대답했다.

"아뇨. 저도 방금 왔습니다. 선배님은요?"

"아, 잠깐 급한 전화가 와서 통화하고 오신다고 하네요."

안의 시원스레 뻗은 입매가 호쾌하게 휘었다. 첫인상만으로도 강욱은 그가 살해당한 29대 황태자 이강과는 다른 성격의 소유자임을 알 수 있었다. 기사나 TV 속에서 웃음 한 번 보기 드물었던 강과는 달리 안은, 이름만큼이나 편안한 매력을 지닌 것 같았다.

어쩌면 그날의 비극만 없었더라면 28대 황태자 이안은 무사히 황제가 되었을 것이었다.

"어휴, 검사님. 남자가 봐도 참 잘생기셨어요. 검사하시기 아까운 비주얼입니다."

하지만 안은 이미 그날의 비극은 지워 버렸다는 듯 밝고 다정한 모습이었다. 강욱은 안의 칭찬에 작게 웃어 보인 뒤 고갤 끄덕였다.

"뵙고 싶어서 제가 먼저 선배한테 부탁했습니다. 당황스러우셨다면 죄송합니다."

강욱은 반듯하게 고갤 숙여 보였다. 그러자 안은 손사래를 치며 물잔을 쥐었다.

"아니에요. 저도 뵙고 싶었습니다, 윤 검사님을요."

인사치레일 수도 있는 그 말이 어쩐지 귀에 거슬렸다. 강욱의 건조한 눈동자가 번뜩, 빛났다.

"저를요?"

여유 있는 웃음을 입가에 매단 채 강욱이 넌지시 물었다. 앞에 놓인 물 잔을 쥐며 안에게서 시선을 옮기지 않았다.

그 모습에 마주 앉은 안의 얼굴이 미묘하게 굳어졌다.

"묻고 싶었던 것이 있었거든요."

그제야 강욱은 직감할 수 있었다. 부러 건넨 인사치레가 아니었다는 것을. 그의 뇌리를 무언가가 스치고 지났지만 강욱은 티 내지 않았다. 그저 묵묵히 고갤 끄덕이며 여유 있는 미소를 잃지 않았다.

"뭐가 궁금하셨을까요."

최대한 감정을 숨긴 강욱이 안을 향해 물었다.

"어······?"

안이 그에게서 시선을 거두며 강욱의 뒤를 바라보았다. 누군가를 본 듯 반색하며 자리에서 슬그머니 일어났다. 덩달아 강욱도 자신의 뒤를 확인했다.

"아, 대군마마."

고개를 돌리자마자 그는 멍한 얼굴의 이수와 마주치고 말았다. 순간 강욱의 얼굴이 딱딱하게 굳고 말았다.

"이수 씨, 여긴 어쩐 일이에요?"

강욱과 달리 안은 그녀를 발견하자마자 반갑게 맞이했다. 하지만 이수는 강욱이 왜 안과 독대하고 있는 것일까, 그 짧은 순간 머릿속이 복잡해지고 말았다. 재빠르게 두 사람을 번갈아 쳐다보며 이게 도대체 무슨 상황인지 파악하기 시작했다.

"내가 아까 말한 선약이 윤 검사님하고 만나는 거였는데. 이수 씨는요?"

이수를 향해 안이 살갑게 말을 건넸다. 그 순간에도 이수는 안이 아닌 강욱을 바라보고 있었다.

강욱은 안의 말에 엘리베이터 안에서 그녀와 통화를 나누었던 남자가 다름 아닌 안이었다는 걸, 단번에 알아차릴 수 있었다.

안이 짧은 탄식을 내뱉으며 그녀와 함께 강욱을 바라보았다.

"두 분 아시는 사이죠? 이수 씨 담당 검사가 윤 검사님이었다고 들었는데."

"아, 네……. 대군마마. 그런데 대군마마께서 어떻게 검사님과."

아직 얼떨떨한지, 이수의 시선이 미세하게 떨렸다. 그 모습을 물끄러미 바라보고 있던 강욱이 자리에서 일어나 이수 앞으로 성큼, 다가갔다.

"어쩐 일이시죠. 선약 있다고 하시지 않았습니까."

"네. 저기 룸 안에…… 이거 드려야 할 것 같아서."

머뭇거리며 이수가 강욱에게 내민 것은 다름 아닌 강욱의 재킷이었다.

"재킷."

낮에 그에게 받았던 재킷을 금세 드라이 해 차에 걸어 두었다. 중요한 약속 자리를 자신 때문에 재킷도 없이 나온 것이 여간 신경 쓰였다. 그래서 강욱이 자리에 앉자마자 발걸음을 돌려 차에 다녀온 참이었다.

자신의 재킷을 조심스럽게 내미는 이수를 강욱은 한참 바라보았다.

"……이거 주려고 온 겁니까."

"네, 중요한 자리인 것 같은데 저 때문에 망칠 수도 있을 것 같아서요."

그녀의 말에 곁에 서 있던 안의 얼굴이 묘하게 일그러졌다. 둘 사이에 무슨 일이 오갔던 것일까, 왜 강욱의 재킷이 이수의 손에 쥐어져 있는 것일까.

그의 표정을 순간적으로 캐치 한 강욱의 눈이 서늘하게 빛났다.

"괜찮았는데. 어쨌든 감사합니다."

강욱은 이수에게서 재킷을 건네받았다. 목적을 달성했다는 듯 그들을 향해 고개를 꾸벅 숙이고 돌아서려는 이수를 안이 잡았다.

"이수 씨."

"네?"

"끝나고 로비에서 기다릴게요. 와인 한잔해요."

안의 말에 이수는 난감하다는 듯 자신의 팔을 잡고 있는 그의 손을 내려다보았다. 그리고 그런 둘을 말없이 응시하던 강욱의 얼굴에는 아무런 표정도 없었다.

"언제 끝날지 몰라서……."

"차 회장님하고 저녁 약속이죠? 안 그래도 오늘 차 회장님께서 여기 6시 반까지 올 수 있으면 오라고 하셨어요."

아버지께서 왜…….

순간, 이수의 동공이 흔들렸다.

"아마 저희 어머니께서 저 대신 참석하셨을 거예요."

그 말에 강욱도 이수도 예상할 수 있었다. A&J가 선택한 차기 황태자는 현 황제의 조카가 아닌 황실의 적통인 '이안'이라는 것을. 이수는 차성준이 자신의 아버지이기 전에 철저히 A&J 그룹의 회장이라는 것을 실감하는 순간이었다. 예상하지 못했던 건 아니지만, 생각했던 것보다 빨리 진행되는 상황에 이수는 멍해지고 말았다.

그녀를 넌지시 내려다보는 안의 얼굴이 어쩐지 나른해 보였다. 마치 모든 게 제자리로 조금씩 돌아가고 있다는 듯 편안한 얼굴이었다. 두 사람의 모습을 조금도 놓치지 않고 응시하는 강욱의 심장이 요동쳤다.

어쩌면, 정말 어쩌면.

황태자 살인 사건의 용의자로 '이안'이 지목될 수 있을 것이란 생각이 강욱의 뇌리를 스치고 있었다.

"오래 끌지 않을 것 같은데."

"네?"

"고리타분한 정치 얘기, 황실 얘기. 식사 자리까지 끌고 와서 오래 얘기 나누고 싶어 하시는 분들이 아니니까요. 기다릴게요, 끝나는 대로 내려와요."

순식간에 이수의 생각을 안이 정리해 버렸다.

강욱은 그런 이수를 묵묵히 바라만 보고 있었다. 이런 상황에서 그녀는 어떤 반응을 보일까. 자신에겐 황실을 벗어나기 위해 남자 친구가 되어 달라, 대범하게 말하던 그녀였다.

자신에게 악, 소리 낼 틈도 없이 돌진하는 안의 직진에는 어떤 반응을 보일까. 언제나처럼 느릿느릿 대답하며 그 까맣고 커다란 눈만 깜빡이고 있을까.

강욱의 반듯한 눈길이 이수의 하얀 얼굴 위에 닿았다. 마음을 가늠할 수 없을 만큼 담담하고 건조한 그녀의 표정이 보였다. 곧 이수의 빨갛고 탐스러운 입술이 벌어졌다.

"사적으로 보잔 얘기십니까. 경호원 혹은 비서를 대동하지 않은 채로."

"황실의 인연을 떠나서 그저 이안과 차이수로 보자는 말입니다. 그래서 입궐한 것이었습니다."

둘만 있는 것도 아니었는데, 안은 거침없이 대답했다. 이수의 까만 눈동자가 흔들렸다.

"그런 용건이라면 따로 자리를 만들 수 없습니다, 대군마마."

강욱은 시원스런 그녀의 대답이 이상하게 마음에 들었다. 하지만 그녀의 완강한 거절에도 안은 당황하지 않았다. 오히려 늘 있던 일이라는 듯 익숙하게 고갤 끄덕였다.

"역시. 이수 씨는 날 대군, 그 이상으로 생각하지 않으시군요."

"그 이상으로 생각할 필요가 없으니까요. 저도 대군마마를 뵙고 싶

었습니다. 황실 행사 때 뵙고 통 뵙질 못하였으니까요. 하지만 그 이상
은 아니라고 생각합니다."

다부진 그녀의 음성이었다. 그렇지만 무례하지도 건방지지도 않았
다. 표정 하나 변하지 않고 담담하게 말을 이어 가는 그녀의 모습에선
황실의 위엄도 엿볼 수 있었다.

강욱은 저도 모르게 주먹을 세게 쥐고 말았다.

"하지만 이젠 그 이상을 생각하셔야 할 것 같은데요, 이수 씨."

"대군마마."

여전히 안은 이수를 놓을 줄 몰랐다. 그녀의 맨살을 쥐고 있는 안의
손엔 어쩐지 힘이 들어서고 있었다. 그 이상을 생각하라는 의미심장한
말을 강욱은 충분히 헤아릴 수 있었다.

'곧 자신이 황태자 자리를 탈환하고 차이수를 태자비 자리에 앉히겠
단 심상인데.'

이상하게 강욱의 가슴이 뻐근해지는 것 같았다.

"아시잖습니까. 황실의 연으로 닿은 남녀는 여느 사람들과는 다르다
는."

억압하는 듯한 말은 이수를 다시금 궐이란 지옥으로 우악스럽게 잡
아채고 있었다. 이수의 심장이 콱, 막혔다.

"차이수 씨가 대군마마의 여자는 아니잖습니까."

강욱은 이수의 팔을 쥐고 있는 안의 손을 잡았다. 그 손엔 이루 말할
수 없는 힘이 담겨 있었다.

"윤 검사님."

"이강 전하의 여자셨죠. 하지만 이젠 그마저도 아닌."

"……?"

"황실의 수식어가 더는 따를 필요가 없는 평범한 재벌 2세라 생각하

는데. 차이수 씨는 어떻게 생각하십니까?"

강욱의 시선이 물기 어린 이수의 눈동자에 닿았다.

"내 생각이 틀렸습니까?"

그리고 동시에, 그녀의 가슴엔 확신이 일었다.

이 남자를 절대, 놓아선 안 되리라는.

"윤 검사님."

"아, 혹시 제가 오지랖이 넓었습니까."

두 남자는 미묘하게 신경전을 벌였다. 오히려 그 사이에 낀 이수만 당황스러운 시선으로 두 사람을 바라볼 뿐이었다.

그때, 통화를 마치고 돌아온 김 검사가 묘한 분위기에 멍한 얼굴로 이 상황을 지켜보고 있었다.

"차이수 씨?"

이수는 갑자기 등장한 그의 모습에 당황하며 한 걸음 물러났다. 그러곤 그들을 향해 꾸벅 고갤 숙이곤 반듯한 입술을 열었다.

"그럼 저는 이만 가 보겠습니다. 실례 많았습니다."

안은 돌아서는 이수를 아쉽다는 듯 바라보았다.

그리고 상황을 모르는 김 검사는 이수가 이 자리에 나타났다는 것이 놀라워, 그녀에게서 눈을 떼지 못하고 있었다.

돌아서서 또각또각, 사라지는 그녀의 뒷모습에서 눈을 떼지 못하는 세 남자였다.

"차이수 씨가 여긴 무슨 일로……."

김 검사는 눈을 반짝이며 강욱을 돌아보았다. 그는 무심한 얼굴로 자리에 앉으며 재킷을 의자에 걸쳤다.

"뭐 좀 받을 게 있어서."

말을 내뱉은 강욱을 보는 안의 눈길이 심상치 않았다. 두 사람 사이로 흐르는 기류가 묘했다.

"아까 제게 묻고 싶었던 것이 있었다 하셨죠."

강욱은 자리에 앉는 안을 올려다보며 말문을 열었다. 이 자리에서 이수를 더 끌어들이고 싶지 않다는 듯 화제를 돌리고 있었다. 그 의도를 알아차린 안이 의자를 끌어당기며 강욱을 응시했다.

"네. 그런데 지금 바로 여쭤봐도 되겠습니까."

"물론이죠."

그의 대답 끝에 안이 한쪽 입꼬리를 가뿐히 비틀어 올렸다.

"10년 전."

"……."

"제 아버지이신 이율 황제 폐하의 자살 사건과 관련된 일입니다."

10년 전, 대한제국을 발칵 뒤집어 놓았던 그날의 비극이 안의 잇새에서 다시금 흘러나오는 순간이었다. 물 잔을 쥔 강욱의 손이 떨렸다.

✝   ✛   ✝

"안녕하세요, 차이수입니다."

"어머! 아가씨가 다 되었네요, 저 기억하시겠어요?"

하얗고 맑은 얼굴을 가진 중년의 여자가 자리에서 일어났다. 이수는 그녀가 한땐 황후였던 해연임을 단번에 알아차렸다.

"네, 마마. 강녕하셨습니까?"

반듯하고 정갈한 이수의 자태에 해연은 함박웃음을 지었다.

10년 전, 궐을 떠나기 전 황실을 오가던 어린 이수를 본 적 있는 해연이었다. 기껏해야 갓 고등학생이 된 이수에겐 또래에게선 찾아볼 수 없는 총기가 넘쳐흘렀다.

황태자 후보로 언급될 만한 아이란 생각이 들었었다. 이수를 응시하는 해연의 눈이 그윽했다. 한땐 자신의 며느리가 될 뻔했던 사람이라 그런가 이수에게서 눈을 떼지 못하는 해연이었다.

"저는 잘 지냈지요. 이수 씨는 잘 지냈어요?"

해연이 맑게 웃으며 이수에게 손을 내밀었다. 이수 역시, 그 손을 다정하게 맞잡으며 웃었다.

"네, 잘 지냈습니다. 오랜만에 뵙는데 얼굴이 더 좋아지셨어요, 마마."

"우리 이수 씨도 너무 예쁘게 컸는데요? TV에서 몇 번 봤는데 실물로 보니 비교할 수도 없네요."

"아, 감사합니다."

두 사람이 서로 덕담을 나누는 모습을 흐뭇하게 보고 있던 차 회장과 조 여사는 나지막이 웃으며 자연스럽게 자리를 안내했다.

"자, 앉으시죠."

어쩐지 해연은 이수가 마음에 들었다. 해연의 눈길에 애정이 담뿍 담겨 있는 것을 느낀 차 회장은 입꼬리를 살짝 올렸다가 내렸다.

"참으로 애석한 인연이 아닙니까."

갑작스럽게 말문을 여는 차 회장을 이수가 불안하게 바라보았다. 곧이어 그의 입에서 흘러나온 말에 그녀는 입술을 질끈 깨물고야 말았다.

"이수가 해연궁마마님의 가족이 될 뻔하지 않았습니까. 우리 그룹과 마마님의 가문이 사돈이 되려 했으니까요."

"그랬었죠."

"근데 뭐, 아예 늦은 건 아니지요. 허허허."

차 회장의 노골적인 말에 조 여사가 수습하듯 입을 열었다.

"제주도 생활은 어떠십니까, 마마."

그녀가 한껏 예를 갖추어 해연에게 물었다.

"조용한 생활이 생각보다 저한테 맞더라고요. 처음엔 외롭지 않을까 생각했는데. 북적대는 궐을 벗어나……. 안이랑 조용히 둘만 사는 것도 나쁘지 않다, 요즘 그런 생각 많이 들어요."

대답을 잠자코 듣고 있던 차 회장이 다시금 의미심장한 얼굴로 해연을 바라보았다.

"이제 원래 자리를 찾으셔야지요, 마마."

"아버지!"

실례가 될 수도 있는 차 회장의 말에 묵묵히 대화를 듣고 있던 이수가 화들짝 놀랐다.

"그러려고 모인 자리가 아닙니까."

하지만 그는 개의치 않다는 듯 말을 이어 나갔다. 놀란 이수만 마음이 다급해져, 해연과 차 회장을 번갈아 쳐다보고 있었다. 당황한 모습을 눈치챈 해연이 오히려 이수를 다독였다.

"괜찮습니다, 이수 씨."

"마마……."

"차 회장님께선 여전히 화통하시군요. 직설적인 화법은 언제나 논란과 또 많은 지지의 대상이 되었죠."

해연의 말에 이수의 뺨이 붉어졌다. 그러곤 원망스러운 눈길로 차 회장을 돌아보았다.

"황태자 전하께서 그리되신 것은 참으로 애통한 일이지만……. 우리 이수. 태자비가 되기 위해 지금까지 살아왔습니다. 국혼을 하루 앞두고 비극적인 일이 벌어져 우리 이수도 얼마나 마음의 상심이 클지."

곁에서 조 여사가 거들 듯 한마디를 보탰다.

이수는 노골적으로 마음을 드러내는 두 사람 때문에 얼굴을 푹 숙이고 말았다.

"이번 일로 이수 씨가 마음의 상처를 크게 입으셨을 것 같아요. 저도 그 소식 듣고 이수 씨 생각이 나 마음이 아팠습니다."

한때는 황후였던 그녀에게선 말 한마디, 눈짓 하나에서도 우아함이 흘러넘치고 있었다.

"차기 황태자로 우리…… 안이 거론되고 있습니다."

해연이 조심스럽게 입을 열었다. 원하던 이야기가 시작되었다고 생각한 차 회장과 조 여사의 눈이 번뜩였다.

이수는 그저 해연만 묵묵히 응시하고 있을 뿐이었다.

"물론 황후마마 쪽에서도 양자를 들여 황태자로 책봉할 준비를 하고 있다, 들었습니다."

"시대가 많이 바뀌었다고는 하나…… 여전히 황실은 적통을 중하게 여깁니다."

해연의 말에 힘을 실어 주겠다는 듯 차 회장이 말을 거들었다. 시선을 조금 아래로 내리깔고 있던 해연이 그를 냉정한 시선으로 직시했다.

"황후 자리는 욕심나지 않습니다."

"마마."

"황후 자리를 찾아, 태후가 되고 싶단 생각은 추호도 없습니다."

"……"

"다만 우리 안이…… 황태자 자리를 되찾아 선황제 폐하의 죽음에 관한 진실을 파헤쳐 주길 바랍니다."

"마마……"

"지금 우리에겐 힘이 없어요."

해연의 눈동자에 물기가 슬쩍 어렸다. 이수는 그런 해연을 물끄러미 바라보았다.

"선황제 폐하의 죽음이 잊히는 것이 두렵습니다."

"……."

"그래서 오늘 이 자리를 만들어 달라, 차 회장님께 부탁드린 것이고 요."

"무슨 말씀인지 잘 알겠습니다."

"저는 그날의 진실을 알아야겠습니다. 그러려면 우리 안이…… 황태 자가 되어야 그 진실을 파헤칠 힘이 생길 것입니다."

이수의 마음이 무겁게 가라앉았다.

간단한 식사를 끝내고 해연은 먼저 자리를 일어났다. 뒤이어 차 회 장도 조 여사와 함께 레스토랑을 떠났다. 그들이 떠나기 전 모처럼 만 났으니 본가로 들어와 자고 가라는 조 여자의 제안을 이수는 단번에 거 절했다.

홀로 룸에 남은 이수는 빈 그릇만 빤히 내려다보고 있었다.

"그날의 진실이라……."

마음이 무거웠다.

기사 속에서만 접해야 했던 그날의 정황들.

이율 황제는 거액의 뇌물 수수 혐의로 검찰로 소환된 유일한 '황제' 였다. 그것이 오명이든 진실이든, 어쨌든 황제의 신분으로 검찰청에서 조사를 받은 유일한 인물이었다.

그것으로 이율 황제에 대한 지지율은 급격히 하락하였고, 그의 입지 도 상당히 흔들렸었다. 결국 결백을 밝히겠다고 강력하게 주장하던 그 는 마지막 출석을 하루 앞두고, 비극적인 선택을 내렸다. 하여 여전히 '자살', '뇌물', '뇌물 혐의'라는 말들이 그의 이름 뒤에 수식어처럼 따 라붙었다.

그날의 비극은 점점 잊히고 있었지만, 대중들의 뇌리엔 이율 황제와 뇌물은 선명하게 자리 잡혀 있었다. 생각을 정리하던 이수의 입에서 저도 모르게 탄식이 흘렀다.

"10년 전의 일을 이제야 밝히시려는 이유가 뭘까."

약간의 의구심도 따랐지만, 이수의 마음은 끝없이 무겁게 가라앉았다.

그 순간 벨 소리가 울리며 액정에 '이안'의 이름이 떴다. 망설이던 이수는 휴대폰을 가방 속에 집어넣었다. 그러곤 빠른 걸음으로 룸을 나섰다.

손목시계를 매만지던 이수가 엘리베이터 앞에 섰다. 옆에 긴 그림자가 져 고개를 들어 보니 안이 있었다.

"전화 안 받네요."

"아, 대군마마."

그녀를 만났다는 것이 기쁜지 안이 밝은 얼굴로 이수를 내려다보고 있었다.

일부러 전화를 피한 것이 미안해, 이수의 얼굴이 붉어졌다. 하지만 안은 개의치 않다는 듯 밝게 웃었다.

"어머니는 먼저 가셨고 이수 씨도 회장님과 같이 간 줄 알았는데, 다행이에요. 혹시나 해서 기다리고 있었는데."

안의 말에 이수가 슬쩍 고갤 끄덕이며 그의 뒤를 살폈다. 어쩐지 그녀의 시선이 강욱을 찾고 있는 듯했다.

"와인 같이 안 먹어 줄 거죠?"

부담스럽지 않게 또다시 그가 이수에게 다가서고 있었다. 하는 수 없이 그와 와인을 마야 할 것 같았다. 그녀는 작게 미소를 지으며 고갤 끄덕였다.

때마침 도착한 엘리베이터에 두 사람이 올랐다.

"무슨 얘기 했어요? 보나 마나 황실 얘기했을 것 같은데. 지겨웠죠."

어색해하는 이수를 위해 그가 살갑게 말을 건넸다.

"뭐. 그렇죠. 근데 지겹진 않았어요. 해연궁마마님 오랜만에 뵈었는데…… 어쩜 세월을 고스란히 비켜 가세요. 너무 아름다우시더라고요."

"우리 엄만 이수 씨가 너무 예뻤다며 극찬을 하시던걸요?"

"아……. 통화하셨어요?"

"네, 자리 끝나자마자 전화 왔어요. 제일 먼저 했던 말이 이수 씨 너무 예쁘다는 말이었는데요?"

"아. 그러셨구나."

그의 말에 이수가 살포시 입술을 깨물었다.

"저희 어머니가 곤란한 말을 하진 않았죠?"

"네, 그런 건 없으셨어요. 그런데 조금 놀랐어요."

"어떤 거요?"

"대군마마의 황태자 복귀를 원하시더라고요. 마마께서."

이수가 조용히 말을 건네는 모습을 안이 지그시 응시했다. 그의 눈길이 담대했다.

"대군마마께서도 원하시는 일입니까?"

그리고 안의 눈빛을 마주하며 담담한 목소리로 이수가 물었다.

그 순간, 굳게 닫혔던 엘리베이터 문이 열렸다.

"환희 대군이다!"

"차이수 아냐?"

"야, 찍어, 찍어! 차이수랑 환희 대군이야!"

그리고 악, 소리를 낼 틈도 없이 기자들이 몰려들었다. 두 사람은 당황한 표정으로 엘리베이터 문을 재빨리 닫았다.

하지만 기자들의 손이 더 빨랐다. 순식간에 엘리베이터를 점령한 기자들은 두 사람의 모습을 서둘러 카메라에 담기 시작했다.

"아······."

이수가 곤란하다는 듯 고갤 숙였다. 안 역시, 당황해하며 어쩔 줄 몰라 하고 있었다.

"환희 대군의 황태자 복귀 소식이 들려오고 있습니다! 사실입니까?"

"환희 대군께서 황태자로 복귀하시면 차이수 씨는 그대로 황태자비 책봉을 받게 됩니까?"

이수와 안의 입장에선 대답하기 곤란한 질문들이 쏟아졌다. 어떻게 이 상황을 벗어나야 하나 고민하던 이수는 황급히 손바닥으로 얼굴을 가렸다.

둘의 모습은 가감 없이 카메라 앞에 노출되고 있었다. 당황함에 이수의 얼굴이 빨갛게 달아올랐다. 심장이 너무 쿵쾅거려 제대로 서 있을 수조차 없었다.

"이걸 어떡해."

그때였다.

"비키세요!"

어디선가 들려온 목소리 하나가 이수를 잡아 세웠다. 낯익은 그 음성에 두려움에 떨던 이수는 얼굴을 들었다. 그녀의 눈앞에 성난 얼굴을 한 강욱이 서 있었다.

"윤 검사님······!"

갑자기 나타난 그에게 놀란 것도 잠시였다.

"잠깐 돌아서 있어."

강욱은 굳은 얼굴로 이수의 어깰 잡아 돌려세웠다. 그러곤 기자들을 등진 채, 그녀를 자신의 몸으로 가렸다. 벽을 보고 서 있던 이수의 심장이 쿵쾅쿵쾅 요동쳤다.

그 순간, 거칠게 날숨을 내뱉던 강욱이 곁에 서 있던 안을 싸늘하게 바라보았다.

"책임지지 못할 거면."

강욱의 붉은 입술이 딱딱하게 벌어졌다. 처음 들어 보는 차가운 음성에, 안은 멍한 얼굴로 이수의 어깰 단단히 붙잡고 있는 강욱을 직시했다.

"아무것도 하지 마시죠, 대군마마."

마지막 말을 내뱉은 그가 엘리베이터 문을 닫았다. 문이 닫히자마자 시끄러웠던 세상과 단절된 느낌이었다. 그제야 다리에 힘이 풀린 이수가 스르륵, 주저앉고 말았다.

"괜찮습니까?"

안이 황급히 그녀를 부축해 주었지만 어쩐지 이수는 그 손을 거절하고 싶었다.

결국 그녀는 자신의 팔을 살며시 쥐는 안의 손을 조심스럽게 피하고 아까부터 제 어깨를 여전히 굳게 쥐고 있는 강욱의 팔을 잡았다.

"어떻게 알았어요? 여기 있는 거."

"1층 내려와 보니 벌써 기자들이 냄새 맡고 몰려왔더라고요. 아무래도 찜찜해서."

그 말을 하는 강욱의 서늘한 눈빛이 안에게 향해 있었다.

안은 지그시 입술만 깨문 채, 강욱의 팔을 쥐고 있는 이수의 손만 내려다봤다. 어쩐지 속이 쓰라린 그였다.

"놀라셨죠. 저도 너무 갑작스러운 상황이라 경황이 없어서."

돌발 상황에서 이수를 지키지 못했단 찜찜함이 몰려왔다. 안은 말끝을 흐리며 입술을 질끈 물었다.

그제야 이수가 옷매무시를 가다듬으며 쥐었던 강욱을 팔을 놓았다.

평소와 다름없는 온화한 표정을 지은 채, 안을 올려다보았다.

"괜찮습니다. 대군마마께선 놀라지 않으셨어요? 제가 보호해 드렸어야 했는데⋯⋯. 송구합니다."

그 말이 꼭 비수가 되어 안의 가슴을 할퀴는 듯했다. 안은 조심스레 주먹을 쥐며 이수를 바라보았다. 하지만 덤덤한 눈길이 돌아오자 괜스레 안의 가슴이 뻐근해졌다.

그녀는 안을 오로지 모셔야 하는 이로만 생각하는 듯했다. 하지만 이미 마음이 향해 가고 있는 그는 어쩐지 그녀의 곁에 서성이는 강욱이 신경 쓰였다. 안이 뭐라 말을 하기 위해 입을 떼려는 순간, 엘리베이터는 지하 3층에 멈춰 섰다.

강욱이 한 걸음 물러나며 이수를 에스코트했다. 그러곤 멍한 안을 돌아보며 건조하게 입을 열었다.

"대군마마의 차는 어디에 있죠?"

"지하 4층요."

"그럼 살펴 가십시오. 오늘 자리해 주셔서 감사했습니다."

짧은 인사가 오가고 두 사람이 엘리베이터에서 내렸다. 짙은 패색이 안을 향하고 있었다.

먼저 엘리베이터에서 내린 이수는 안을 향해 정중히 고갤 숙여 보였다.

"가 보겠습니다, 대군마마."

그녀의 인사에 안 역시, 그녀를 향해 고갤 숙였다. 그리고 그 순간 닫힌 엘리베이터 문. 혼자 남겨진 안은 엘리베이터 벽에 기댔다.

"남자로서 경계해야 해⋯⋯. 윤 검사, 당신을?"

실컷 성질을 부려 보았지만, 돌아오는 것은 적막뿐이었다.

"제 차도 여기 있어요."

때마침 이수의 차도 지하 3층에 있었다. 자신의 차로 데려주려던 강욱이 걸음을 멈췄다.

"이래서 경호원 대동하라고 했던 겁니다."

"무슨 말인지 알겠어요. 그러도록 할게요. 감사합니다."

이수는 살며시 웃어 보이고 자신의 차가 주차되어 있는 곳으로 가기 위해 가방을 고쳐 멨다. 그렇게 긴장을 풀고 몇 걸음을 갔을 때였다.

"지하 3층이라고 했지? 도착했어!"

"어디 있는 거야!"

뭐 하나라도 잡으려는 기자들이 지하 주차장에 들어오는 소리에 두어 걸음 앞서 걷던 이수는 화들짝 놀라며 굳고 말았다. 기자들의 웅성거림이 가까워지고 있었다.

이수는 저도 모르게 슬금슬금 뒷걸음질 쳤다.

"실례 좀 합니다."

강욱이 잽싸게 이수의 손을 잡더니 휙 잡아끌었다.

지하 주차장 안은 두 사람의 발소리와 기자들의 웅성거림으로 분주해졌다. 그때, 바로 코앞까지 나타난 기자들에 강욱은 이수를 잡아끌어 어딘가 안으로 들어섰다.

"하아⋯⋯. 하아⋯⋯!"

청소 용구를 담아 놓는 공간이었다. 한 평도 채 되지 않는 좁은 곳이라 성인 남녀 둘이 겨우 몸을 구겨야 들어갈 수 있었다.

그 안으로 이수를 잡아끈 강욱이 잽싸게 문을 닫고 그녀의 몸을 감쌌다. 이수를 문에 기대게 한 채, 강욱이 그녀를 덮치듯 감싸 안은 모습을 했다. 묘하게 야릇한 자세였지만, 둘의 신경은 온통 밖을 향해 있었다.

"잠시만요, 이수 씨."

강욱은 슬쩍 문을 열어 바깥 동태를 살폈다.

"미친."

좀 전까지 이수와 강욱이 있던 자리까지 들이닥친 기자들의 모습이 보였다.

"어디 있어?"

"분명 여기에 있었는데?"

그들의 웅성거림에 이수가 두 눈을 질끈 감고 말았다. 빛 한 점 없는 곳이었기에 슬쩍 열렸던 문을 닫자, 희미하게 들어오던 빛까지 거두어지고 말았다. 그제야 둘의 시선이 맞닿았다.

"아……."

짙은 어둠이 내렸지만 그의 눈빛이 선연하게 드러났다.

이수가 슬쩍 얼굴을 들자, 땀에 젖은 그가 자신을 빤히 내려다보고 있었다. 조금 놀란 그녀가 붉은 입술을 질끈 깨물며 시선을 피했다.

문을 짚고 있던 강욱의 팔에 힘이 들어섰다. 조금이라도 그녀에게서 떨어져야 할 것 같아서. 하지만 이수의 굴곡진 몸의 곡선이 적나라하게 가슴팍에 닿았다. 어찌할 도리 없이 그의 가슴이 요동치기 시작했다.

"아, 저……."

그의 심장 박동이 그녀에게 고스란히 닿았다. 이수는 놀란 얼굴로 강욱을 올려다보았다. 난감하다는 듯 그가 붉은 입술을 깨물고 있었다.

몸을 조금이라도 떼려는 움직임으로 인해 그의 목덜미에 그녀의 숨결이 훗훗하게 스쳤다. 강욱은 저도 모르게 주먹을 꾹 쥐었다. 어쩐지 문을 지탱하고 있는 팔에 힘이 쭉, 빠질 것만 같았다.

이수는 그에게서 눈을 떼지 못했다. 어둠 사이로 어렴풋이 보이는 얼굴이 미묘하게 굳어 갔기에. 그녀가 슬쩍 강욱의 옷깃을 쥐었다.

고스란히 전해지는 그녀의 숨결과 뜨거운 체온, 그리고 그녀의 말캉한 살결과 눈빛 때문에 강욱의 숨이, 저절로 턱 막혔다.

"저……. 차이수 씨."

그가 겨우 입술을 열었다. 신음 같은 소리가 잇새로 흘러나왔다.

이수가 고갤 들어 그를 직시했다.

"그만 좀 쳐다보면 안 됩니까."

"……아, 네?"

"민망해서."

말을 마친 그가 애써 그녀의 시선을 피했다.

그제야 이수도 말의 의미를 파악하고 얼굴이 달아올랐다.

'내가 너무 뚫어져라 쳐다봤나…….'

그녀 역시 반대쪽으로 고갤 돌리며 헛기침을 내뱉었다. 웅성거리는 바깥은 좀처럼 잠잠해질 틈이 안 보였다. 이대로 얼마나 더 있어야 할까, 이수가 낮게 한숨을 쉬며 문에 기댔다. 그녀의 몸이 물먹은 솜처럼 축, 가라앉았다.

"조금만 버티십시오. 곧 갈 것 같으니까."

바깥을 다시금 살피는 그의 이맛살이 조금 구겨져 있었다. 이수는 슬쩍 눈을 떠, 그를 올려다보았다. 좁은 공간에서 자신을 지탱하고 있는 게 힘이 드는지 굵은 땀방울이 그의 이마를 타고 흐르고 있었다. 그녀는 자신도 모르게 손을 뻗어 그 땀을 닦았다.

"아……. 죄송해요."

본능적으로 손을 뻗은 이수가 당황해하며 황급히 손을 거두었다. 그러자 강욱이 황급히 자신의 손등으로 땀을 훔치며 낮게 헛기침했다.

"아닙니다."

"근데 뭐 하나만 물어봐도 되나요?"

좀처럼 그녀를 똑바로 바라보지 못하고 있는 강욱의 시선을 이수가 한마디로 단숨에 사로잡았다.

주변을 감싸고 있는 어둠보다 더 짙은 색의 눈동자가 자신을 응시하고 있었다. 하지만 어둠 사이에서도 반짝, 빛나는 그녀가 어쩐지 예뻐 보였다.

"안 된다고 해도 물을 거잖습니까?"

"그러게요?"

어이없다는 듯 작게 웃음을 터뜨리는 그녀가 또 예뻐 보였다.

강욱이 입안에서 혀를 굴렸다. 아무래도 밀착된 공간에서 갑작스럽게 맞닿은 상황이라, 가슴이 제멋대로 뛰고 있었다. 원래 인간이란 그런 존재니까.

눈으로 읽는 것보다, 듣는 것에 약하고. 듣는 것보다 직접 보는 것에 약하고, 직접 보는 것보다 만지는 것에 약하니까.

그래서 그럴 것이었다. 자신의 심장이 이토록 요동치는 이유가. 그녀가 이토록 예뻐 보이는 이유가.

"자꾸 나 왜 도와줘요?"

강욱이 애써 피했던 시선을 다시금 그녀에게 돌렸다.

"도와줄 수밖에 없게 하잖습니까. 그쪽이."

"뭐……. 따지는 건 아니에요. 고마워서 그래요."

평소답지 않게 이수의 눈빛에 생기가 돌더니 그 어느 때보다 생글생글 웃었다. 지금 이 순간, 강욱은 그녀와 이렇게 좁고 어두운 곳에 함께 있는 자신이 원망스러웠다.

"고마우면 이제 그만하시죠."

"뭐를……요?"

강욱의 조금은 깊은 음성에 이수가 눈을 깜빡였다.

"1층에 지금 환희 대군 차가 빠져나가고 있답니다!"

"1층으로 가자, 뛰어!"

"차이수 차는?"

새로운 정보가 들어왔는지 기자들은 빠르게 주차장을 벗어나고 있었다. 살짝 열어 둔 문틈 새로 썰물처럼 빠져가는 사람들이 보였다.

강욱과 이수의 시선이 동시에 밖으로 향했다. 조금 더 잠잠해지길 기다리는 듯 숨죽여 밖만 바라보고 있었다.

그리고 잠시 뒤, 폭풍이 한바탕 휩쓸고 간 듯 조용해진 주차장이 보였다. 그제야 두 사람은 그곳을 비집고 나섰다.

"하……."

한껏 참았던 숨을 토해 내며 강욱이 이수를 돌아보았다.

그녀 역시 조금 민망한 듯 쭈뼛거리며 흐트러진 옷매무시를 가다듬었다.

"그런데…… 뭘 하지 말라고."

조금 멀어진 그를 향해 그녀가 서먹하게 물었다. 그러자 그는 열기로 달아오른 몸을 식히기 위해 셔츠 단추를 풀어 헤쳤다. 그러곤 진득한 눈길로 이수를 바라보았다.

"내 도움받을 일."

"……아."

"만들지 마세요. 내가 보지 못했던 차이수 씨의 날들은 매번 그렇게 위태로웠나요."

"그때도 얘기했지만, 이상하게 윤 검사님 앞에선 이런 모습만 보이네요. 유감입니다."

"도와주는 건 어렵지 않지만."

걱정되니까, 그쪽이. 그 말을 모조리 내뱉지 못한 그가 무슨 말을 하려 입술을 달싹이다 이내 굳게 다물고 말았다.

이수는 혹시 자신 때문에 매번 난처한 상황에 빠지는 것이 화가 나 이러는 걸까, 멍하니 그를 바라보았다. 그러다 그녀가 느리게 고갤 끄덕이며 반듯하게 강욱을 쳐다봤다.

단정하게 뻗은 그녀의 목이 보였다. 그는 괜히 먼 곳을 응시하며, 그녀의 시선을 피했다.

"죄송했어……."

그러자 대뜸 고갤 숙이며 사과하는 그녀를, 그가 휙 돌아보았다.

"하지 말죠, 사과."

"……!"

"사과 듣자고 한 말 아니니까."

"윤 검사님."

"화난 거 아닙니다. 그냥 차이수 씨가 안 위험해졌으면 해서."

"……."

"이젠 차이수 씨 인생에서 퀄이란 단어를 지워 냈으면 해서."

"검사님."

"압니다. 오지랖인 거. 나 지금 굉장히 선을 넘고 있는 거. 그런데 그런 생각이 들어서 그래요. 그쪽도 물론 노력 중인 거 압니다. 그러니 내게 도와 달라고 했던 거겠죠."

담담한 표정으로 말하고 있는 강욱의 입가 근육이 미세하게 떨리고 있었다.

이수는 그 모습을 지그시 응시했다.

"도와줄 수 있습니다. 원한다면요."

"……."

"그런데 잘 모르겠습니다. 내가 왜 그쪽 인생에 끼어들어야 하는지."

서운할 법한 그 말을 듣고도 이수는 수긍한다는 듯 고개만 끄덕이고 있었다. 그러다 그녀가 가만히 입술을 열었다.

"맞아요. 검사님께서 저를 도와주실 필요는 없어요. 하지만 도와주고 싶다면…… 도와줘요, 나. 그냥 검사님께서 이유 없이 베푸는 호의라도 염치없이 받을게요."

"……차이수 씨."

"절박한 건 나니까. 그러니까 도와주고 싶음, 도와줘요. 그런데 나도 노력해 볼게요. 검사님 도움 없이, 그곳을 벗어날 수 있게. 내 삶을 찾을 수 있게 해 볼게요. 그러기로 마음먹었으니까."

그녀의 말이 끝나기 무섭게 강욱의 휴대폰이 날카롭게 울렸다. 난감한 얼굴로 이수를 바라보고 있던 그가 등을 돌렸다. 강욱이 지친 낯빛을 하고선 휴대폰을 들었다.

"네, 윤강욱입니다."

─그날.

"네?"

─황태자 살인 사건이 일어나던 날, 환희 대군이 비공식적으로 입국했던 정황이 포착됐어. 지금 당장 지검으로 와.

"알겠습니다."

끊긴 휴대폰을 내려다보는 강욱의 눈빛이 묘하게 번뜩였다.

"어쩌면 여전히 차이수 씨를 짓누르고 있는 그 누명이 벗겨질지도 모르겠습니다."

막 사무실로 도착한 강욱은 그대로 긴급회의에 참석했다.

"그게 무슨 말이죠. 비공식 입국이라니."

밤 10시가 가까워진 시간. 강욱은 퇴근 후, 오피스텔 근처엔 가 보지도 못한 채 다시 검찰청으로 돌아와야 했다. 그의 얼굴엔 지친 기색이 역력했다.

"왔나, 윤 검."

심각한 얼굴의 검사들이 강욱을 바라보고 있었다.

어스름이 젖어 들던 하늘엔 완전히 어둠이 녹아내렸고 의자에 앉자마자 서류를 넘기는 강욱의 얼굴에도 순식간에 그늘이 졌다.

"살인 사건 발생 열 시간 전."

"……."

"브랜드 행사 때문에 이탈리아에 갔었던 선대 황후와 환희 대군이 새벽에 극비로 입국했었다는 정황이 있다."

부장 검사의 음성엔 옅은 긴장감이 스며 있다.

"그리고요."

그를 바라보는 강욱은 감정에 휩쓸리지 않으려 애써 냉정을 유지한다.

"또, 오후 1시 반쯤 조용히 입궐을 하여 황태후를 접견한 흔적도 있다."

이어지는 그 말에 강욱의 심장이 쿵쾅쿵쾅, 뛰기 시작했다. 사건은 새로운 국면에 접어들고 있었다.

"황태후를……."

"정말 답답한 건, 황실 가계도야 우리도 어렵지 않게 알 수 있지만 사실상 그런 표면적인 가계도 말고……. 황실 안에서도 각자 편이 있을 거 아냐."

"그렇죠."

"실세와 그 실세를 쫓는 무리."

"……."

"그걸 모르니 어디서부터 확인해야 하는지 알 수 없다는 거야. 한눈에 알 수 있게 누가 좀 정리를 해 줬으면 좋겠는데 시국이 시국인 만큼 그게 가능한 사람들은 이미 어디론가 숨었거나 믿을 수 없는 이들 뿐이다."

부장 검사가 답답하다는 듯 이마를 매만졌다. 조용히 그의 말을 듣던 강욱이 입을 열었다.

"정보만 충분하다면 사건이 또 새로운 흐름을 타겠군요."

그가 자신의 매끈한 입술을 만지작거렸다.

"일단 입국했다는 것과 입궐했다는 것, 두 가지뿐이니 아직은 섣불리 판단할 순 없지. 더군다나 황실 사람들이니까."

"……정말 부장님 말대로 실세와 그 각 실세를 쫓는 무리만 한눈에 알아볼 수 있는 자료만 넘겨준다면 수사에 진척이 있을 텐데요. 황태자 이강을 배척하던 세력도 알 수 있을 테고."

그 순간, 강욱의 눈앞에 이수의 얼굴이 그려졌다.

이미 어린 시절부터 궐을 제집 드나들 듯하며 황실과 관련된 건 모르는 것이 없을 터였다.

그 이름을 떠올리자마자 지하 주차장에서 자신을 뚫어지라 응시하던 이수의 검고 맑은 눈동자가 떠올랐다. 도와주고 싶으면 도와 달라던, 기꺼이 염치없는 사람이 되겠다며 똑 부러지게 말하던 그녀가.

"환희 대군과 선대 황후를 중심으로 조사 시작하도록 해 보죠."

하지만 그녀를 끌어들일 순 없었다. 강욱은 서류를 쥐며 자리에서 일어났다.

〈이수야. 잘해 보자. 해연궁마마도 그렇고 환희 대군도 그렇고. 너만 그때처럼 애써 주면 너 다시 궐에서 살 수 있어.〉

오피스텔로 돌아가는 길, 그녀의 새엄마에게서 문자 한 통이 도착했다. 이수의 입가에 헛웃음이 일었다.

"내가 다시 궐에서 살 수 있다……. 원한 적이 없는데, 꼭 원했던 것처럼 말씀하시네요."

이수의 순박하고 맑은 눈동자가 위태롭게 요동쳤다. 그녀의 고즈넉하던 가슴에도 걷잡을 수 없는 열기가 퍼졌다.

주차장에 도착해 주차를 하자마자 마치 알고 있다는 듯 이수의 휴대폰이 울리기 시작했다. 아버지였다. 한숨을 한 번 참은 이수가 휴대폰을 들었다.

"네, 아빠."

─도착했니?

건조한 얼굴로 그녀가 차에서 내렸다. 또각또각, 주차장을 가로질러 엘리베이터 앞에 섰다.

"방금요. 잘 도착하셨어요?"

─어, 지금 문자로 해연궁마마의 번호 보낼 테니, 잘 들어가셨냐는 메시지 한 통 보내 두거라. 이럴 때 눈도장 확실히 찍어야지.

엘리베이터의 버튼을 누르던 이수의 손이 허공에서 멈칫했다. 뒤에서 왁자지껄한 인기척이 들려오자 이수는 서둘러 가방에서 선글라스를 꺼내 썼다. 최대한 엘리베이터 가까이에 붙어 자신의 얼굴을 숨겼다.

평소에는 자신을 숨기는 것에 거리낌 없었지만 지금 이 순간 만큼은 인생의 회의감이 들고 비참했다.

얼마 지나지 않아 엘리베이터가 도착했고 사람들 무리에 떠밀리듯 이수가 안으로 들어섰다.

"이제 그만하면 안 될까요, 아빠."

이수는 차분한 어조로 말을 내뱉었다. 언제부터인지도 모르게 가슴 속에서 싹튼 생각이, 간절히 바라고 원했던 그 기도가, 그녀의 입 밖으로 꺼내지는 순간이었다. 층수를 누르는 그녀의 손끝이 미세하게 떨렸다.

—무엇을 말이냐. 이대로 황태자비를 포기하겠다는 거냐.

"포기라……"

우르르 올라타는 사람들 틈에 끼인 이수의 마음이 착잡해졌다. 숨이 턱 막혔다. 곧이어 엘리베이터의 문이 닫히기 시작했다.

왜였을까. 한 번도 든 적 없던 충동이 이수의 마음을 헤집어 놓았다.

"잠시만요."

이수는 서둘러 버튼을 눌러 닫히는 문을 열었다. 그러곤 의뭉스레 자신을 바라보는 사람들의 틈을 헤치고 엘리베이터에 내렸다. 자신을 남겨 두고 스르륵 닫히는 엘리베이터 문을 응시하는 이수의 눈길이 어쩐지 편안해 보였다.

—여보세요?

무의식적으로 들고 있던 휴대폰에서 차 회장의 음성이 흘렀다. 정신을 차린 이수가 다시 엘리베이터 버튼을 눌렀다.

"포기는요, 아버지."

—…….

"원하는 걸 이루기 위해 무던히 노력하다가 이젠 그만해야겠다, 마음먹고 놓는 순간을 포기라고 하는 거죠."

—차이수.

"원한 적 없던 그 자리이니 놓는 것도 아니에요."

142

─네가 지금 지쳐서 그래. 지쳐서 그러는 거야.

"그럼 제가 왜 지쳤을까요."

─차이수!

그녀의 이름을 부르는 차 회장의 음성이 격해졌다. 하지만 그녀의 침착하던 눈동자도 자맥질하듯 어수선하게 흔들렸다. 이내 결심한 듯 눈을 감은 이수가 휴대폰을 꽉 쥐었다.

"황태자비, 한 번이면 족합니다."

─너는 황태자비가 되지 않았다!

"저는 이미 이강 황태자 전하를 모신 것과 다름없습니다. 두 번은 싫습니다."

─네 어미!

"……!"

─저대로 둘 셈이냐?

"아버지."

─너 이대로 여기서 그만두면, 모든 것을 잃는다는 거.

"……."

─명심해라.

그대로 전화는 끊겼고 이수 역시 차가운 벽에 등을 기댔다.

세상은 왜 이렇게 자신에게만 모진 걸까, 그녀는 쓰고 있던 선글라스를 벗으며 손바닥 위로 얼굴을 묻었다.

"자꾸 이런 식으로 엄마를 건드리면 나도 가만히 있지 않습니다."

집으로 돌아와 깨끗하게 샤워하고 편안한 옷으로 갈아입었다. 아직 채 마르지 않은 머리칼에선 물방울이 뚝뚝 떨어졌지만, 개의치 않았다.

홈 트레이닝복이 아닌 편안한 외출복.

대학교 때도 외출복으로는 입지 않았던 오버 핏의 맨투맨을 꺼내 입었다. 그 밑에 일자로 떨어지는 청바지를 입었다.

"됐다."

슈트나 원피스가 아닌 캐주얼한 복장은 정말 오랜만이었다. 고등학교 졸업하고 한 번도 입어 본 적 없는 차림을 한 제 모습에 이수는 괜히 마음이 들떴다.

"어색한……가?"

전신 거울에 비친 자신의 모습을 여러 번 돌아보던 이수가 살며시 입술을 깨물었다. 어색한 듯하면서도 오랜만에 제 몸에 맞는 옷을 입은 듯 편안하기도 했다.

아무리 그래도 이대로 나가기엔 무리인 듯싶어, 이수는 모자를 찾았다. 마르지 않은 머리칼을 손바닥으로 정리하고 지갑과 휴대폰도 챙겼다.

"그럼 나가 볼까?"

애써 가라앉은 그 마음을 다시 원상태로 끌어올리기는 무리였지만, 이수는 한 번 해 보기로 했다. 언제나 기분이 가라앉을 때면 가라앉는 대로 내버려 두거나 혹은 울며 마음을 다독였다. 언젠가는 좋아질 거라는 희망 하나를 의지한 채.

기분 전환으로 삼을 일거리를 만들 생각조차 하지 못한 그녀는 흐르는 시간 속에 자신을 방치했었다.

이젠 그러기 싫었다. 그 집에서 벗어나기로 마음을 먹었으니, 이젠 자신의 삶도 소중하다는 걸 스스로 깨우쳐야 했다. 신발장 앞에 선 그녀가 죄다 구두뿐인 현관 바닥을 응시하며 한숨을 푹 내쉬었다.

"이 차림에 구두는 아니잖아?"

문득 생일날 엄마가 선물해 주었던 스니커즈가 떠올랐다. 이수는 반색하며 드레스룸으로 뛰어 들어갔다. 아낀다고 몇 번 신지도 않고 보관

해 둔 것이었는데, 오늘 같은 차림엔 딱 맞을 것이었다.

"좋았어. 이젠 아낄 필요 없잖아? 곧 엄마 만날 수 있으니까."

그녀가 애써 미소 지었다. 정말 그럴 수 있을 거라 스스로를 다독이며.

완벽한 복장에 완벽한 신발까지. 출발이 순조로운 것만 같아 기분이 좋았다. 그런데 현관문을 열고 엘리베이터 앞에 서자 현실감이 물밀 듯 몰려왔다.

"근데…… 나 어디로 가야 하지?"

출발점은 있는데 도착점이 없었다.

'청담동 포장마차'

몇 번의 검색 끝에 청담동에도 포장마차 거리가 존재한다는 걸 알고 그곳으로 향한 이수였다.

모자를 깊게 눌러 쓰고, 홀로 포장마차 안으로 들어선 이수는 블로그 후기대로 닭똥집과 우동, 그리고 소주 한 병을 시켰다. 처음 해 보는 경험에 이수의 가슴이 쿵쿵, 요동쳤다.

"여기 있습니다, 맛있게 먹어요."

"감사합니다."

포장마차 안엔 몇몇 사람들이 무리를 지어 술을 먹고 있었다. 커플도 있었고 친구로 보이는 무리도 있었다.

생각했던 것보다 훨씬 더, 아늑하고 편안한 분위기의 포장마차에 이수는 괜히 기분이 좋아졌다. 먹음직스럽게 볶아진 닭똥집과 뿌연 김이 모락모락 나는 우동 한 그릇. 별것 아닌 음식들 앞에서 이수의 가슴이 벅차올랐다.

"포장마차에선 혼술도 많이 한다던데……. 거짓말이었나 봐."

그렇게 혼자 소주병 뚜껑을 따다, 괜스레 주위 눈치가 보였다. 분명 사람들은 속상한 일이 있으면 포장마차에서 혼술을 한다고 했는데.

이상했다. 혹시 몰라 다시 둘러본 포장마차 안엔 혼자서 술을 마시는 사람은 없었다. 이수가 입술을 삐죽이며 다시금 모자를 눌러썼다.

"뭐 어때. 자, 차이수, 한잔해."

그녀는 피식 웃음을 터뜨리며 빈 잔에 소주를 콸콸 부었다. 가득 찬 술잔을 보다 한숨을 푸욱 내쉬며 소주를 입에 털어 넣었다.

알싸한 알코올이 입안에 퍼지자, 이수가 황급히 닭똥집 한 점을 입에 넣었다. 고소하고 짭짜름한 양념이 혀를 자극했다. 이내 꼬들꼬들한 닭똥집의 식감에 이수는 저도 모르게 몸을 부르르 떨었다.

"맛있어!"

이래서 다들 포장마차, 포장마차 노래를 부르나 보다.

그녀는 흡족한 얼굴로 고갤 끄덕이며 이내 우동 국물을 마셨다.

"크······. 좋네."

계절은 가을에 성큼 다가섰고 덕분에 불어오는 바람도 시원하고 가벼웠다. 가슴을 찌르르 자극할 만큼 보드라운 바람결과 적당히 차가운 공기.

이수는 턱을 괴고 어둠이 내린 밖을 내려다보았다.

"기분 풀어, 이수야. 살다 보면 이런 일도 있고, 저런 일도 있는 거야."

생각해 보니 그녀는 살면서 단 한 번도 자신에게 괜찮다고, 위로를 건넨 적이 없었다.

이젠 이렇게 우울해질 때마다 자신을 위로해 줘야겠다, 다짐하며 다시금 술잔을 쥐었다.

"어라, 비 오네."

포장마차의 천막을 툭, 툭 치는 빗방울 소리에 이수가 그만 웃음을 터뜨렸다.

이수는 중얼거리며 술과 안주를 부지런히 먹었다. 기분이 조금 나아지는 듯도 했다. 마침 집도 근처이니, 오늘은 취할 때까지 마시고 알딸딸한 상태로 푹 자야겠다 싶었다.

아스팔트를 적시는 빗방울에 비 냄새가 훅 끼쳤다.

그때, 뒤에서 익숙한 목소리가 들렸다.

"누구는 우산 없어서 비 쫄딱 맞고 다니는데……. 내 우산 갖고 간 사람은 여기서 한가하게 닭똥집을 먹고 있네."

무슨 소리지?

알아들을 수 없는 말이 자신의 뒤에서 건너왔다. 황급히 뒤를 돌아보려고 상체를 들었는데 비에 젖은 듯한 강욱이 이수 앞에 덩그러니 섰다.

"내 우산 먹튀 하고 여기서 뭐 합니까, 황태자비마마?"

<u>5</u>
우리의 관계

놀란 이수가 우동 그릇을 쥐곤 그대로 굳었다. 강욱은 젖은 머리칼을 손으로 털며 그녀의 앞에 앉았다.

"아."

"혼술도 할 줄 압니까, 이런 곳에서?"

"검사님!"

괜스레 반가웠다. 자신의 세계에 무심코 들이닥친 남자가, 이상하게 반가웠다.

이수가 굳은 표정으로 그를 올려다보다, 이내 환하게 웃음을 지었다. 그 웃음에 강욱도 긴장을 풀고 말았다.

"한 잔 드려요?"

그녀가 빈 잔을 건넸다.

"지금 술 마실 때입니까, 차이수 씨."

그가 조금은 퉁명스럽게 말했지만 이수는 절레절레 고갤 저으며 웃었다.

"그럼 술 마실 때가 따로 있어요, 윤 검사님?"

"이러다 사진이라도 찍히면 어쩌려고 이러고 있습니까. 간도 크지."

어쩔 수 없다는 듯 잔을 받아 든 강욱이 재킷에 묻은 물기를 털어 냈다.

"비 많이 오나 봐요. 미안해요, 우산⋯⋯. 까먹은 거 잊죠. 검사님이 말 안 꺼냈으면 죽을 때까지 몰랐을 거예요."

"그럴 수 있죠. 그 뒤로 비가 오질 않았으니까."

취기가 슬쩍 오른 듯 이수의 볼이 빨갛게 달아올라 있었다. 언제나 또렷하던 검고 맑은 눈동자가 오늘은 조금 풀려 있었다. 헤실거리는 그녀가 어쩐지 귀여웠다. 처음 보는 그녀의 나른한 모습이 신기해 강욱은 그녀에게서 눈을 떼지 못했다.

"여긴 어떻게 찾아낸 겁니까?"

"검색했죠. 청담동 포장마차 치니까 바로 나오더라고요? 근데 검사님은 어쩐 일이세요, 여기는?"

"이 근처에 살아서."

"아, 그러시구나. 여기 종종 오세요, 검사님은?"

끊임없이 그녀의 물음에 강욱이 느리게 고개를 저었다.

"통 시간이 안 나서. 회식 아니면 따로 친구들하고 술 마실 시간도 없고요. 그러다 보니 이런 곳에서 혼술 해 볼 기회가 없었네요."

강욱의 말에 이수가 소주잔을 내밀었다.

"저도 오늘 첫 경험이었어요, 혼술. 그리고 포장마차."

그 말을 하는 이수의 목소리가 쓸데없이 은밀했다. 자신이 말하고도 민망했는지 피식, 웃음을 터뜨리며 그의 잔에 자신의 잔을 짠, 부딪치는 그녀였다.

그러고 보니 이수는 편안한 복장이었다. 푹 눌러쓴 캡 모자 밑으로 채 마르지 않은 머리카락, 헐렁한 맨투맨에 스니커즈까지.

강욱은 오늘 여러모로 그녀의 새로운 모습을 발견하는 것 같아, 기분이 묘해졌다. 그리고 그 모습이 의외로 잘 어울려, 그의 가슴이 이상하게 울렸다.

"제가 방해한 겁니까, 그 첫 경험을?"

"아뇨. 뭐 적당히 외로웠던 찰나에 검사님이 나타난 거라."

이수가 생긋 웃으며 닭똥집을 집었다.

닭똥집 한 접시와 우동 한 그릇, 그리고 소주. 포장마차. 혼술의 첫 경험치고는 꽤 괜찮은 메뉴 선택과 적절한 장소였다. 게다가 이렇게 편안한 복장까지. 나름 야무지게 준비해, 혼자만의 시간을 갖고 있던 그녀가 대견하기도 또, 귀엽기도 했다.

"이런 좋은 곳 있으면 공유해 줘요. 종종 이런 시간, 나한테 선물해 줘도 좋을 것 같아서."

"선물이라."

"검사님은 안주 중에서 뭘 제일 좋아해요? 나는 이런 닭똥집 볶음, 사실 처음 먹어 보거든요. 근데 너무 맛있는 거 있죠? 깜짝 놀랐어요. 여기 돼지 껍데기도 있던데, 다음엔 그거 먹어 볼까 봐요."

"……."

"그리고 우동도 진짜, 웬만한 우동 전문집 저리 가라야. 나만 왜 몰랐죠? 억울해."

그 말을 하며 피식, 웃어 버리는 그녀를 강욱이 지그시 응시했다.

이렇게 웃음이 헤픈 여자였나.

이렇게 수다스러운 여자였나.

평소랑 다른 그녀의 모습이 어쩐지 낯설기도 하지만 친근하기도 해, 그녀에게서 눈을 떼지 못했다.

강욱은 소주를 들이켜며 그녀의 빈 잔에 소주를 따랐다.

"무슨 일 있습니까?"

그러곤 대수롭지 않게 그렇게 물으며 자신의 잔에도 소주를 따랐다. 그런데 이상하게 재잘거리던 이수의 말소리가 끊겼다. 그의 눈길이 무심코 그녀에게 향했다.

"아."

울고 있었다. 모자를 푹 눌러쓴 고개를 한껏 숙인 채, 눈물을 흘리고 있었다. 갑작스러운 상황에 강욱은 그대로 굳고 말았다. 무어라 위로를 건네야 하나, 그저 이수의 눈물을 멍하니 바라만 보았다.

고개 숙인 그녀가 다시금 모자를 푹 눌렀다. 그가 저도 모르게 손을 뻗어 그녀의 머리를 쓰다듬어 주려다 멈칫했다. 한껏 뻗은 손을 강욱이 황급히 거두었다.

꽤 오래 고갤 숙인 채 훌쩍이던 그녀가 얼굴을 들었다.

"미안해요. 주책이야."

그러곤 황급히 눈물을 훔쳤다. 강욱은 아무런 말도 할 수 없었다.

여전히 눈가가 젖어 있는 그녀가 환하게 웃으려 애썼다. 하지만 또다시 눈물이 맺힌 모습을 보고 강욱은 그녀에게 휴지를 건넸다.

"뜻밖의 모습으로 뜻밖의 장소에서 혼자 술을 마시고 있길래 그냥 물었던 겁니다. 별다른 뜻을 갖고 물은 건 아니었는데. 미안합니다."

이수는 그가 내민 휴지를 빤히 내려다보다가 우동 국물을 그릇째 들고 벌컥벌컥 마시기 시작했다.

대답이 하기 싫은 걸까, 아니면 눈물을 들킨 것이 창피해 그런 걸까.

강욱은 아무 말 없이 그녀의 옆자리를 지켰다.

"크, 맛있다."

대답을 하기 싫은 건지, 이 상황이 난처한 건지 이수는 맥락에서 벗어난 혼잣말을 중얼거렸다. 그러곤 그녀가 편안하게 웃으며 여전히 강욱의 손에 들려진 휴지를 받아 들었다. 눈가가 아닌 입가를 닦으며 이수가 강욱을 바라보았다.

"왜 그런 거 있죠?"

"……."

"아무 일도 없는데. 그냥 무슨 일 있냐고 물으니까."

"……."

"나 꼭 무슨 일 있었던 것처럼 괜히 마음이 몽글몽글해졌어요."

"네, 압니다."

이수는 무표정한 얼굴로 대답하는 강욱을 보다 피식, 웃음을 터뜨렸다.

"거짓말, 모르면서."

젓가락을 집어 우동을 먹으려던 순간, 그녀의 등 뒤에 가지런히 넘어가 있던 머리가 스르륵 앞으로 흘러내렸다. 자신도 모르게 강욱이 손을 뻗어 그녀의 머리카락을 잡아 주었다. 허공에서 두 사람의 시선이 부딪혔다.

"아. 나도 모르게."

무심코 손을 뻗은 강욱이 놀란 이수와 눈이 마주치자, 황급히 손을 거두고 변명 같은 말을 내뱉었다. 묘한 분위기가 민망했던 이수도 숙였던 고갤 들어 멋쩍은 듯 자신의 머릴 손바닥으로 쓸었다.

"근데 머리카락 안 말렸습니까. 아직 축축하네요."

"네. 급하게 나오느라."

"거기, 젖었네요."

그가 손가락으로 이수의 어깰 가리켰다. 그녀의 맨투맨 위로 물기가 동그랗게 번져 있었다. 그녀가 개의치 않다는 듯 어깨를 툭툭 털었다.

어색한 듯 강욱이 헛기침하며 그녀에게 잔을 내밀었다. 이수 또한 서둘러 잔을 부딪치며, 술을 마셨다.

"그런데 무슨 생각 하면서 술 마시고 있었습니까. 원래 머릿속이 복잡하면 혼자서 생각 정리하느라 술을 마시는 경우가 많지 않습니까."

또 혹시 괜한 말로 그녀를 울릴까, 강욱이 조심스럽게 물었다.

입꼬리를 살짝 올렸다가 내린 이수가 젓가락을 놓으며 추적추적 비가 내리는 밖을 응시했다.

"위로요."

"네?"

"위로 중이었거든요."

"누구를……?"

"나요."

"아."

별것 아니라는 듯 이수가 다시 생긋 웃었다. 그녀의 미소가 쨍, 빛났다.

"그런데 검사님이 오셔서 더 위로되는 거 있죠."

알 듯 말 듯 한 말에 강욱이 그녀를 향해 상체를 슬쩍 기울였다. 취기가 오른 듯, 이수의 뺨이 좀 전보다 더 붉어져 있었다.

"위로가 됩니까, 내가?"

당연한 걸 묻는다는 듯 이수가 고개를 끄덕였다.

"그럼요. 혼자 술을 마셔 보는 것도 그리고 또 나를 위로해 보는 것도, 오늘이 모두 처음이었거든요."

"……."

"그런데 사실 적당한 외로움도. 결론적으로 외로운 건 마찬가지니까."

"……아."

"그래서 외로웠거든요. 뭐 외로웠다기보다는, 친구가 필요했던 걸지도 모르겠어요. 나 친구 없거든요. 그래서 검사님한테 친구 해 달라고

한 거였고요."

강욱의 검은 눈동자에 작고 여린 그녀의 모습이 담뿍 담기는 순간, 그가 이수에게 손을 내밀었다.

"네?"

어둠 속을 분주히 가르는 빗방울을 바라보던 이수의 눈동자가 흔들렸다. 하지만 곧 올곧은 눈빛으로 강욱을 직시했다.

"나 아무나랑 친구하고 그런 사람 아닌데."

"……"

"차이수 씨는 아무나가 아니니까."

그러곤 슬며시 손을 내밀고 미소 지어 보였다. 이수는 순간적으로 알 수 없는 감정에 휩싸였다. 아직 감정에 답을 찾진 못했지만 기다리게 할 수는 없어 그의 커다란 손을 한참 바라보다가 꽉 잡았다.

"지금 취해서 이러는 거 아니죠? 내일 되면 기억 안 난다고 하면서."

"고작 몇 잔에 취하지도 않을뿐더러, 몇 잔에 달아오른 취기에 마음에도 없는 소리 내뱉을 만큼 싱거운 사람도 아닙니다."

"와. 대박, 검사님은 안 취했네."

덤덤하지만 확고한 그의 음성에 이수가 혀를 내둘렀다. 필요 이상으로 이성적인 그였지만, 때로는 이렇게 자신의 감성을 맞춰 주기도 하니 고마운 사람이었다.

친구라는 말이 이상하게 그녀의 코끝을 시큰하게 했다.

"근데 나 궁금한 거 있었어요."

"뭡니까."

"라면요."

"……라면?"

"그때 메모하라고 했잖아요. 라면 먹고 갈래요."

그녀가 한쪽 손으로 턱을 괴고 자신을 빤히 내려다보고 있는 강욱을 한껏 올려다보았다. 취기 탓인지, 그녀의 가슴이 싱숭생숭해졌다. 뿐만 아니라 취하지 않으면 하지 않을 질문을 그에게 쏟고 있었다.

"라면 먹어 봤어요, 여자랑?"

뚱딴지같은 질문이 그의 눈동자를 흔들리게 했다. 이수는 잔뜩 볼을 부풀린 채, 강욱을 바라보다 취기가 올라오는지 눈을 지그시 감았다.

"여자가 라면 먹고 가자고 하면 그거 고백인가?"

"……."

"썸 타는 사이로 발전되고 뭐 그래요?"

눈을 감고 있었지만 그녀의 입을 쉬지 않았다. 원래도 이렇게 질문이 많은 사람이었나. 새로운 이수의 모습이 보기 좋아 강욱 역시 턱을 괸 채, 그녀를 면밀히 응시했다.

평소보다 더 청초한 얼굴.

선명한 선들을 지워 낸, 하얗고 붉은 기만 남은 그녀의 얼굴이 비 내리는 날, 포장마차와 참 잘 어울린단 생각이 들었다. 그리고 강욱이 그 생각을 하는 순간에도 그녀의 소담한 입술이 벌어졌다, 오므려지기를 반복했다.

"라면 먹으면 썸 타는 건가, 그럼?"

"……."

"그럼 우린 친구니까 라면 말고 우동 먹고 갈래요?"

그때, 이수가 느리게 눈을 떴다. 자신의 눈앞에는 취기가 오르는지 조금은 흐릿한 눈동자로 자신을 바라보는 강욱이 있었다.

그 순간, 이수의 심장이 쿵 떨어졌다. 바이킹을 탄 듯, 그녀의 명치 끝이 서늘해졌다가 아찔해지길 반복했다.

"나랑 먹고 싶습니까, 라면?"

무슨 말일까. 저 말에 담긴 뜻이 뭘까.

이수가 비스듬히 비틀었던 상체를 바로 세웠다. 여전히 깊고 아득한 그의 눈동자가 보였다.

"먹고 싶으면 같이 먹어 줘요?"

"그게 뭐라고. 그럼 우동 말고 라면도 시킬까요."

"피, 재밌네. 검사님 이렇게 재밌는 분인지 몰랐어요."

"앞으론 전화하세요. 차이수 위로받고 싶은 날, 적당히 혼술 하다 적당히 외로워질 때쯤."

"⋯⋯."

"그땐 우동 말고 돼지 껍데기랑 라면 시켜 놓고. 대신 라면은 불으니까 빨리 불러야 합니다."

가벼운 너스레로 분위기는 풀어졌지만 그의 시선이 그녀의 마음을 단단히 잡는 듯했다.

"그래도 될까요?"

무척이나 조심스러운 질문에 소주를 들이켜던 그의 미간에 주름이 잡혔다.

"그럼, 친군데."

추적추적 내리는 빗소리가 점점 더 선명해진다. 깊은 밤, 서로를 응시하는 둘의 눈길은 그보다 더 깊어졌다.

어디선가 두 사람을 바라보는 또 다른 시선 역시, 어둠 속에서 날카롭게 번뜩였다.

"혼자 갈 수 있습니까."

강욱이 휘청거리는 이수를 부축했다. 비틀거리는 모습을 보니 그녀는 영락없이 취했다. 강욱은 핏, 웃음이 터졌다.

"괜찮습니까?"

"괜찮죠. 그럼."

해실거리는 이수의 뺨은 필요 이상으로 붉게 달아올라 있어 강욱은 슬쩍 걱정되기 시작했다.

그때, 이수의 몸이 다시 한번 휘청였다. 그 순간을 놓치지 않고 강욱이 그녀의 팔을 잡았다.

"이봐요, 차이수 씨."

두 사람은 어느새 이수의 집에 다다라 있었다.

"비서 실장님들 말고 다른 사람 앞에서 이렇게 휘청거리는 거 처음이야. 후, 나 얼굴 되게 빨갛죠."

"차이수 씨, 많이 취했네요."

"아니, 사실은 이러케 비틀거릴 정도로 술에 취해 본 적이 없어. 흐……. 나 지금 어엄청 뜨겁죠?"

취기를 뿜어내려는 듯 그녀가 잔뜩 볼을 부풀렸다, 숨을 한번에 내뱉었다. 처음 보는 모습에 강욱도 당황하긴 마찬가지였지만, 비틀거리는 몸을 놓을 수 없어 그녀를 단단히 붙잡아 주었다.

그녀는 비틀거리는 자신의 걸음걸이를 내려다보며 신기해하고 있었다. 그 모습이 어쩐지 귀여워 보였다.

"봐봐! 나 자꾸 이케, 이케 걸어! 와……. 미쳤어, 차이수. 미쳤어!"

이수는 재미있다는 듯 손뼉을 치며 강욱을 돌아보았다. 모자를 깊게 눌러썼지만, 취기에 달아오른 그녀의 얼굴은 적나라하게 드러났다. 강욱은 이수의 모자를 더욱 깊게 눌러 씌워 주며 그녀를 감쌌다.

"이러다 사진이라도 찍히면 곤란해지겠습니다."

"아, 우산! 맞다, 우산! 우산 내가 들고 있잖아요!"

이수가 풀린 눈으로 강욱을 올려다보며 우산을 외쳤다.

"잠깐만 여기 있어 봐. 내가 갖다줄게!"

"됐습니다. 다음에 주세요."

"아니! 남의 것을 오래 들고 있으면 쓰나. 잠시만 기다려요!"

결국 이수의 고집 때문에 두 사람은 엘리베이터에서 나란히 내릴 수밖에 없었다.

비도 그쳤는데, 왜 자꾸 우산을 챙겨 주겠단 건지.

강욱은 이해할 수 없는 얼굴로 그녀를 바라보다 그냥 웃어 버렸다.

"보자⋯⋯, 우리 집. 우리 집."

자신을 잡고 있는 그의 손마저 귀찮아졌는지 이수가 강욱의 손을 뿌리친 채 비틀비틀 앞서갔다.

낯선 그녀의 모습이 어쩐지 싫지만은 않다. 가만히 그녀를 바라보는데 왠지 웃음이 났다.

원래 저렇게 귀여운 여자였나, 강욱은 그녀를 보며 자꾸만 차이수에 대해 알고 싶다는 마음이 생기고 있었다.

어느새 문 앞까지 걸어간 그녀가 도어록을 분주히 누르더니 강욱을 획, 돌아봤다.

"근데 있죠?"

갑자기 뭐가 있단 거지.

강욱은 팔짱을 낀 채, 담담히 이수를 내려다보았다. 그러자 이수가 풀린 눈으로 그를 빤히 올려다보고 있었다.

이상하게 명치끝이 저렸다. 언제나 단정하고 흐트러짐 없던 그녀의 이런 모습을 보이니, 기분이 이상해지는 것도 사실이었다. 그녀가 자신을 느른한 눈길로 바라보며 침묵을 유지하는 그 짧은 순간이, 꼭 사라지지 않을 신기루 같았다.

이내 이수가 그 붉은 입술을 달싹였다.

"난 윤 검사님이 좋아요."

"네? 지금 뭐라고 했습니까. 차이수 씨."

"근데 이거, 라면 먹고 가란 말 아니에요! 오해 금지야."

"참나."

"기다려요, 줄게. 우산! 꼭 기다려!"

상대방을 당황스럽게 할 말을 내뱉고는 자신은 아무것도 모른다는
듯 배시시 웃어 보였다. 결국 강욱은 아무 말도 하지 못한 채 그녀가 집
안으로 들어서는 걸 멀뚱히 보고만 있었다.

"난 윤 검사님이 좋아요."

잔잔한 그 말이 왜 강욱의 가슴을 울렁이게 하는 걸까.

닫힌 문을 오래도록 바라보는 강욱의 눈이 깊어졌다. 그때, 안에서
우당탕거리는 소리가 들려왔다.

"차이수 씨. 괜찮습니까?"

소리에 놀란 강욱이 현관문을 두드렸다.

"아, 괜찮아요! 괜찮아……. 아, 아파라."

"다쳤습니까?"

"아뇨! 괜찮아요! 우산은 잠시만. 아흑."

도대체 안에서 무슨 일이 벌어지는 걸까.

강욱이 현관문 앞에 딱 달라붙어 떨어질 생각도 하지 못하고 있었다.

그렇게 10분 정도 흘렀을까. 어쩐지 우산을 갖고 나오겠다던 이수는 감
감무소식이었다. 걱정되는 마음에 서둘러 그녀에게 전화를 걸어보았다.

몇 번의 신호음이 가고. 달칵, 전화가 연결됐다.

―우웅……. 여보세요.

잠이 덜 깬 이수의 음성이 흘러나왔다. 다행이다 싶어 강욱이 놀란 가슴을 쓸어내렸다.

"잡니까?"

―시간이 몇 신데요. 자요, 자. 얼른. 굿나잇!

매정하게 뚝, 끊겨 버린 전화를 보던 강욱은 어이없다는 듯 실소를 터뜨렸다. 동시에 그가 다시금 닫힌 현관문을 바라보았다.

한바탕 태풍이 휩쓸고 간 듯, 온몸에 힘이 쭉 빠져나가는 기분이었다. 강욱이 전화를 끊으며 흐트러진 옷매무시를 가다듬었다.

"참, 희한한 여자야. 차이수."

말과는 다르게 그의 입가엔 미소가 떠나질 않는다.

✛   ✛   ✛

"아, 머리야……."

이수는 지끈거리는 머릴 감싸며 눈을 떴다.

높은 천장이 웅웅 소리를 내며 낮아졌다, 높아지기를 반복하고 있었다. 절로 속이 울렁거렸다.

"우욱."

이수가 헛구역질을 하며 침대에서 몸을 일으켰다.

"뭐야, 이건 또."

그런데 제 품 속에서 긴 장우산 하나가 툭, 떨어졌다.

우산? 이거 윤 검사 님 우산 아닌가?

"잠깐만 여기 있어 봐. 내가 갖다줄게!"

"됐습니다. 다음에 주세요."

"아니! 남의 것을 오래 들고 있으면 쓰나. 잠시만 기다려요!"

몽글몽글 피어오는 어젯밤의 대화.

이수는 입을 떡 벌린 채, 헝클어진 머릴 더욱 헝클어뜨렸다.

"봐봐! 나 자꾸 이케, 이케 걸어! 와……. 미쳤어, 차이수. 미쳤어!"

비틀거리는 자신의 걸음새가 재미있다는 듯 바라보며 박수까지 치던 모습까지 연이어 떠올랐다. 이대로 꽉, 죽어 버리고 싶었다.

"으아아악! 차이수, 진짜 못 살아!"

이수는 그대로 침대 위에 쓰러져 다리를 방방 굴렀다. 아무리 생각해도 흑역사를 생성한 게 틀림없었다.

"아, 검사님한테 그런 모습을 보였다니. 미쳤어. 죽어, 차이수."

우산을 주기로 했으면서 품에 안고 잔 건 또 뭐야.

이수는 입술을 질끈 깨물며 휴대폰을 집어 들었다. 예상대로 강욱의 부재중 전화와 메시지가 가득 담겨 있었다.

"하아. 침착하자."

메시지 하나를 콕 눌렀다.

〈숙취는 좀 어떻습니까? 일어나는 대로 연락하세요. 심히 신경 쓰이니까.〉

심히 신경 쓰인단 그 말에 왜 그의 분노가 억눌러진 것 같을까.

이수는 더듬거리며 답장을 보냈다.

〈괜찮습니다. 우산은 꼭, 드릴게요.〉

그리고 엉금엉금 침대 위를 기어, 머리맡에 있는 커다란 창을 힘껏
열어젖혔는데 애석하게 비가 내리고 있었다.
그녀가 깊이 한숨을 내쉬며 고개를 내저었다. 아무래도 답장을 다시
보내야 할 것 같았다. 침대에 내려놓았던 휴대폰을 다시 들었다.

〈우산은 오늘 꼭, 드리겠습니다.〉

메시지를 보던 이수는 지끈거리는 머릴 붙잡고 욕실로 향했다. 아무
래도 출근 전에 검찰청부터 가야 할 듯싶다.
그런데 그 순간, 그녀의 휴대폰이 울렸다. 주섬주섬 옷을 벗던 이수
가 강욱인가 싶어 헐레벌떡 다시 옷을 집어 입고 휴대폰을 들었다.
"아."
아버지, 차 회장이었다.
왜 그 순간 아쉬움과 쓸쓸함과 왠지 모를 허망함이 밀려오는 건지.
이수는 목소리를 가다듬으며 전화를 받았다.
"네, 말씀하세요."
―생각이 있는 거냐, 없는 거냐!
"갑자기 그게 무슨 말씀이세요."
―황태자비 후보가 될 아이가!
"……."
―다른 남자랑 밖에서 놀아나는 사진이 찍혀?

"네……?"

―그것도 황태자 살인 사건 담당 검사랑?

분노하는 차 회장의 음성에 이수는 화들짝 놀라며 굳어 버렸다.

이게 무슨 말일까, 생각하던 것도 잠시 어젯밤 강욱과 포장마차에서 술을 마셨던 것이 떠올라 절망에 빠지고 말았다. 거기까지 생각이 미치자 이수는 짧은 탄식과 함께 이마를 짚었다.

"그게 어떻게."

―당장 회사로 들어와. 긴급 이사회 열리니까.

"아버지, 제가 다 설명 드리겠습니다. 그건 진짜 우연히…….."

―설명도 해명도 다 이곳에 와서 하거라. 지금 네가 무슨 짓을 벌인 줄 알아?

"언론은요. 아버지만 알고 계신 건가요?"

―급하게 막았다. 당연히 널 노린 게 아닌, A&J 그룹을 노린 거지. 거액을 요구했다.

"죄송합니다."

―황태자비가 될 사람이 그런 흠집을 내서야 되겠어? 서둘러 들어와라.

그리고 끊으려는 전화에 이수가 서둘러 그를 불렀다.

평화롭기만 했던 감정이 순식간에 일그러진다. 깊이를 가늠할 수 없는 슬픔도 타오른다. 울컥, 눈물이 날 것 같지만 울지 않으려 애썼다.

'울지 마, 울 것 없어. 이젠 울지 않기로 했잖아.'

스스로 마음을 다잡으며 그녀가 입을 열었다.

"그렇게 사진이 찍혀 회사에 막대한 손실을 입힌 건 죄송한 일이지만."

―…….

"저 사람이에요, 아버지."

―뭐?

"황태자비 아니에요. 저도 사람이에요. 마음 맞는 사람과 술 한잔하면서 흐트러지기도 하고 취하기도 하고. 그러면서 속에 있는 슬픔 내뱉기도 하고요."

—너 요즘 들어 왜 이렇게 속 편한 소리만 해? 네가 황태자비가 왜 아냐!

"안 하기로 했으니까요. 황태자비가 될 내 모습에 흠집 낸 거, 아니라고 생각합니다. 사람 차이수로서 충분히 있을 수 있는 일이었죠. 다만. 검찰 조사를 받고 있는 상황에서 언행이 신중하지 못했던 것은 잘못한 일이라 생각합니다."

—너 끝까지!

"안 하기로 했다고 말씀드렸습니다. 절 더 이상 황태자비로 생각하지 말아 주세요. 지금 회사 들어가겠습니다."

단호하게 말을 내뱉고 전화를 끊으려 귀에서 휴대폰을 떨어뜨렸는데 차 회장의 음성이 벼락같이 내려친다.

—무슨 사이냐, 두 사람. 윤 검이랑 무슨 사이냐고!

순간, 아무 말도 하지 못했다.

우린 무슨 사이일까. 생각이 깊어지려던 찰나, 지난밤 강욱의 음성이 하나의 손짓이 되어 그녀를 잡았다.

"친구가 왜 없어. 여기 있네."

그럼 나, 검사님이랑 친구 맞는 거죠.

"친구예요. 제가 너무너무 좋아하는 친구요."

이수가 질문에 답하는 것과 동시에 강욱에게서 메시지 한 통이 도착했다.

〈그럼 비 오는 거 뻔히 보고도 우산 없이 출근합니다.〉

✤   ✤   ✤

급히 준비를 하고 A&J그룹 앞에 도착한 이수는 떨리는 호흡을 가다듬었다.

윤 검사와의 밀회처럼 찍힌 사진을 이수 역시 메시지로 전달받았다. 다정한 듯하면서도 아닌 듯한. 미묘하게 가까운 사이로 보였다. 이수는 '황태자비'로 거론되고 있는 인물이었고 강욱은 그런 황태자비를 취조한 '검사'였다.

결코, 가까워서는 안 되는 위치에 있는 두 사람이었다.

이수는 단정히 차려입은 하늘색 블라우스를 손끝으로 매만지며 차에서 내렸다. 이수를 발견한 출근하던 사원들은 이수를 발견하곤 수군거리기 바빴다.

황태자 살인 사건이 있고 공식적으로 회사 입구로 출근하는 건 처음이었다. 때마침 비가 와 우산으로 얼굴을 조금이라도 가릴 수 있음에 감사했다.

"오셨습니까."

회사 앞에서 기다리고 있던 이수의 비서가 그녀에게 고갤 숙였다.

"우산 주세요, 제가 들게요."

"아닙니다. 괜찮습니다."

"이사님들 모여 계십니다. 곧 회의 시작할 것 같습니다."

이수는 간단하게 고갤 끄덕이며 건물 내부로 향했다.

조수석에 놓고 온 강욱의 우산은 이수의 머릿속에서 하얗게 지워진지 오래였다. 긴장감 가득한 얼굴로 걸음을 재촉하는이수의 얼굴이 더욱 굳어갔다.

어느새 회의실 앞에 도착했고 이수는 심호흡을 하며 문을 힘껏 열어젖혔다. 안에서 그녀를 기다리고 있던 이사장들과 차 회장의 모습이 보였다.

"안녕하십니까."

"안녕하겠냐."

차 회장은 기다렸다는 듯 자리에서 일어나 성큼성큼 그녀에게 다가왔다. 일촉즉발의 상황에 이사장들은 모두 숨을 죽인 채 차 회장만 바라보았다.

이수 앞에 다다른 차 회장은 오늘 새벽에 건네받았던 이수와 강욱이 담긴 사진을 거칠게 내밀었다. 그녀의 단정한 시선이 사진으로 향했다.

"해명해야지, 차 이사?"

"죄송합니다. 경솔했습니다."

"이 사진이 내 손에 먼저 들어온 게 아니라 언론에 먼저 퍼졌더라면?"

"죄송합니다. 할 말 없습니다."

이 순간만큼 이수는 차 회장의 딸이 아닌 A&J 그룹의 이사였다. 막중한 책임감을 안은 채 그녀는 그곳에 서 있었다.

"이 사진을 찍은 미디어와 우리 A&J그룹 사이에 오간 금액이 얼만지 알아?"

차 회장은 결국, 분노를 터뜨리고 말았다. 이수는 입이 열 개라도 할 말이 없었다. 친구와 술 한 잔 나눠 마신 게 뭐가 문제냐고 물을 수 있는 선의 이야기가 아니었다.

정말 친구였더라면 이수가 이렇게까지 미안해하지 않아도 될 일이었다. 그러나 강욱은 이사진들과 언론에 친구라고 말하기엔 애매한 부분이 많았다. 두 사람의 사이는 그를 향한 그녀의 마음만큼이나 모호하고 부정확한 것이었다.

"죄송합니다. 제가 책임지겠습니다."

"차 이사. 똑똑히 들어요. 지금 이사회에서 차 이사 경질 얘기까지 오갔다는 거."

경질이라는 말에 이수가 고갤 들었다. 그녀의 눈빛이 좀 전보다 더 단단해져 있었다.

"그렇지만 저도 묻고 싶네요."

그녀가 차 회장과 자신을 바라보고 있는 이사들을 향해 물었다. 어쩐지 이수에게서 뿜어져 나오는 위엄에 이사들은 슬쩍 시선을 거두고 있었다.

"내가 황태자비 후보가 아니었다면 경질 얘기까지 오갈 필요도 없었 겠죠. 그렇지 않습니까?"

"……."

"저는 이사장님들께 꼭, 한 가지 짚고 넘어가고 싶습니다."

"차 이사!"

"저, 차이수는 더 이상 황태자비가 아닙니다, 이젠."

"차이수!"

"상대가 윤강욱 검사라서 문제가 되는 건가요? 이 사진이 언론에 퍼지게 되면 황태자 살인 사건 용의자에서 벗어난 내가 윤 검사와 친분이 있어서. 혹은 연인 사이라서 용의자 후보에서 벗어나게 해 주었다, 그런 소리가 나올까 봐 이러시는 겁니까?"

이수가 소리쳤다. 울분을 토하듯 말을 내뱉는 이수의 표정은 어투와는 다르게 무서우리만큼 차분했고 차가웠다.

차 회장은 기함하며 얼어붙었고 이사들 역시 그녀를 똑바로 쳐다보지도 못하며 고개를 숙였다. 그녀는 거기서 멈추지 않았다.

"그런 거라면 사과드리겠습니다! 네, 이사 경질. 겸허히 받아들이겠습니다. 황태자 살인 사건에 연루된 것만으로도 A&J 그룹이 입어야 했던 피해, 막심했던 것 잘 압니다. 그렇기에 이 사진 한 장으로 다시 그 사건이 수면 위로 떠오른다면. 네, 제가 이사 자리 내어놓겠습니다. 하지만!"

이수의 싸늘한 시선이 이사 한 명, 한 명을 콕 집어 훑었다. A&J 그룹의 이사라는 직책에 걸맞은 위엄뿐만 아니라, 한땐 황태자비 자리에 오를 뻔했던 묵직한 카리스마가 넘쳐났다.

차 회장도 그런 그녀를 말없이 직시하고 있을 뿐이었다.

"황태자비가 될 인물에게 흠집이 날까 봐 이러시는 거면."

"……"

"못 물러납니다. 그리고 다시 한번 더 명확하게 말씀드리죠. 저는 황태자비 후보도 뭣도 아닙니다. 살해당하신 29대 황태자 이강의 정비, 황태자비가 될 뻔했지만 결국 국혼도 치르지 못한 사람입니다."

그러곤 그녀의 분노는 곧 차 회장에게로 향했다.

차 회장은 괴로운 듯 미간을 짜증스럽게 일그러뜨리며 두 눈을 감고 있었다. 이수와 강욱이 다정히 찍힌 사진을 한 손에 쥔 채, 파르르 떠는 그였다.

"그러니까 저를 두고 더 이상 황실과 연을 닿을 수 있으리란 생각은 버리십시오."

"……"

"또한 영국 황실과 거래를 해 보겠단 A&J 그룹의 오랜 숙원 사업, 저를 이용해 이루어 보겠단 계획 역시, 거두세요. 저는 황태자비도 아니며, 앞으로 그것에 닿아 가고자 어떠한 노력도 하지 않을 것입니다."

이수는 선득한 눈길을 거두었다. 그 말을 끝으로 자신의 자리에 돌아가 앉았다.

차 회장의 눈길엔 낙망함이 그득했다.

✛　　✤　　✛

서울중앙지검, 윤강욱 검사실.

비를 홀딱 맞고 출근한 강욱은 젖은 머리칼을 털며 재킷을 벗었다. 그러자 젖은 그를 바라보던 박 계장은 고개를 갸웃했다.

"비 오는 거, 몰랐어요?"

의뭉스레 묻는 박 계장을 향해 강욱이 작게 미소를 지어 보였다.

"몰랐습니다."

"비가 밤새 내렸는데요? 어제 윤 검사님 퇴근하실 때도 비 내리고 있지 않았어요?"

질문에 아무런 답변도 하지 않은 강욱이 재킷을 털어 의자 뒤에 걸며 자리에 앉았다. 산더미처럼 쌓인 서류에 혀를 내두르며 그가 타이를 느슨하게 푼다. 어쩐지 그의 눈길에 쓸쓸함이 묻어 있는 것 같다.

"그러게요. 밤새 내렸고 퇴근할 때도 내렸는데."

"……?"

"왜 몰랐을까."

말을 하던 그의 시선이 자신의 휴대폰으로 향했다.

그럼 우산을 안 챙기겠단 그 말에 답장도 없었고 우산을 가져다주지도 않았다.

숙취 때문에 다시 잠이 든 걸까. 오늘 분명 출근한다고 했는데.

온갖 생각이 강욱의 머리를 어지럽혔고 그 속에서도 '이수'의 얼굴이 선명하게 피어올랐다. 강욱은 분주히 서류를 펼치던 손을 멈추었다.

"잠시 그쳤었나, 비가?"

박 계장은 여전히 억수같이 쏟아지는 비를 바라보며 고갤 갸웃했고 동시에 강욱도 창밖을 바라보았다.

"순 거짓말쟁이네. 연애고자."

그때, 사무실에 노크 소리가 울렸다. 곧 문이 열리더니 동료 검사가 서류 하나를 들고 와 그의 앞에 내밀었다.

"윤 검. 기자들이 어떻게 냄새 맡고 해연궁과 환희 대군의 비공식 입국을 기사화했어."

그가 내민 서류에는 방금 속보로 뜬 두 사람의 비공식 입국 소식이었다. 이수에게 향했던 짙은 의심이 그들에게 기우는 순간이었다. 강욱은 한숨을 내쉬었다.

"어쩌면 잘된 걸지도 모르겠네요. 이 계기로 그 두 사람을 소환할 이유가 생겼으니."

"그렇지."

"준비해 주세요, 김 검사님."

"오케이."

강욱은 셔츠 단추를 풀어 걷으며 자리에서 일어났다. 그러곤 어제 밤까지 돌려보던 궐 안 모든 CCTV를 다시 돌려보기 위해 노트북을 켰는데, 자꾸만 시선이 휴대폰으로 향했다.

"진짜 먹튀야, 뭐야."

중얼거리던 그가 연신 신경 쓰이는지, 열심히 서류를 뒤적이고 있는 박 계장을 휙 돌아보았다.

"계장님."

"네."

"저한테 문자 한 통만 보내 보세요."

"문자요?"

"고장 났나 싶어서."

그의 말에 박 계장이 아무 생각 없이 휴대폰을 들다가 눈을 게슴츠레 떴다.

강욱은 안경을 끼다 말고 찝찝한 얼굴로 자신을 쳐다보는 박 계장을 마주 보았다.

"왜 그러십니까?"

"뭐 기다리는 문자라도 있으세요?"

"네? 아니에요. 무슨 그런 말을."

강욱은 멋쩍게 웃으며 손을 내저었다. 박 계장은 의미심장한 눈길을 쉽게 거두지 않았다.

"아니라니까요?"

"에이, 아닌 게 아닌데?"

"아니라니까, 왜 아니라는 사람 말을 못 믿습니까?"

언성을 높일 일도 아니었건만 대뜸 언성을 높이는 강욱의 모습이 더 수상쩍었다. 박 계장이 다시금 입을 떼려고 할 때였다. 내선 전화가 울렸고 박 계장은 서둘러 전화를 받았다.

"네, 윤강욱 검사실입니다."

긴 한숨을 내쉰 강욱은 고개를 절레절레 내저으며 자리에 앉았다. 전화를 받고 있는 그를 힐끔 보고는 서류를 확인하고 있는데 박 계장이 불렀다.

"검사님. 1층에 손님이 오셨다고 하는데요."

"손님이요?"

손님이란 말에 강욱은 퍼뜩 이수의 얼굴을 떠올렸다. 아무래도 우산을 가져다주러 온 모양이었다. 생각이 거기까지 미치자 강욱의 얼굴에

171

미소가 번졌다.

재킷을 입을까, 하다 다시 벗어 놓은 그가 서둘러 거울 앞에 서서 젖은 머리칼을 매만졌다. 기대감에 부푼 낯선 모습에 박 계장은 정말 수상하다며, 혼자 중얼거렸다.

강욱은 황급히 방을 나섰다. 그러곤 왠지 모르게 가벼운 발걸음으로 1층 로비로 향했다.

로비에 도착하자 저 멀리 입구에 한 여자가 장우산을 손에 든 채 정면을 바라보고 있었다. 강욱의 반듯한 입매가 휘어졌다.

"하도 안 줘서 우산 도둑인 줄 알았네. 어?"

그가 반갑게 여자의 어깨를 잡았는데.

"누구세요?"

이수가 아니었다.

놀란 강욱이 낯선 여자를 향해 서둘러 고개를 숙였다.

"아, 죄송합니다. 제가 아는 사람인줄 알고."

당황한 그가 어찌할 바를 모른 채, 쭈뼛쭈뼛 뒷걸음질 쳤는데.

"나, 기다렸어요?"

뒤통수에서 들리는 낯익은 음성에 강욱이 반사적으로 뒤를 돌아보았다. 그러자 무표정한 얼굴의 이수가 강욱을 바라보고 있었다.

"아, 기다린 건 아니고."

그가 멋쩍은 듯 젖은 머리칼을 만지며 말끝을 흐렸다. 이수는 그 모습에 핏, 작게 미소를 지으며 그에게 우산을 내밀었다.

"이거 엄청 아끼는 우산인가 봐요? 어휴, 나 이거 안 돌려줬음 고소장 받을 뻔했네요."

"그런 거 아닙니다."

그녀의 너스레에 강욱은 당황하며 시선을 회피했다. 그러자 이수는 편안한 얼굴로 두 손을 모았다. 여전히 그녀의 얼굴엔 미소가 떠나질 않았다.

"고마웠어요. 우산도, 술도……. 그리고 친구도."

아무렇지 않게 그 말을 전하는 이수의 코끝이 이상하게 빨개져 있었다.

강욱은 바로 알 수 있었다.

아, 울었구나. 이 여자.

그러고 보니 그 눈도 참, 슬프게 빛난다.

우산을 쥔 강욱의 손에 힘이 들어갔다.

"무슨 일 있습니까?"

그가 물었다. 어쩌면 아무것도 아닌 물음 하나에 지난밤처럼 그녀가 울지도 모를 일이었다. 이젠 그녀가 자신 앞에서 울어도 당황하지 않고 그녀를 위로해 줄 수 있을 것 같았다. 친구가 되어 주기로 했으니까.

"아니요, 없어요."

그의 생각을 읽기라도 한 걸까. 이수는 눈물을 흘리지도, 무슨 일이 있다고 대답하지도 않았다. 그저 차분하게 고개를 저을 뿐이었다.

"그러니까 윤 검사님도 아무 일 없어야 해요."

오히려 담담하게 그를 걱정하고 있었다.

"아무 일이라는 게 무슨 말입니까."

강욱이 얼떨떨한 얼굴로 이수를 내려다보았다. 이수는 그에게서 눈길을 거둔 채 창밖에 내리는 비만 하염없이 바라보고 있었다. 그녀의 눈빛이 쓸쓸해 보였다. 기분 탓일까.

"그런데 나, 아무래도 검사님이랑 친구 못 할 것 같아서요."

여전히 그녀의 눈길은 허공을 머물고 있었다.

친구 못하겠다는 간단한 그 말이 강욱의 가슴에 닿자, 걷잡을 수 없을 만큼 무겁게 커져 가고 있었다. 강욱이 고개를 비스듬히 비틀어 그녀를 바라보았다. 곧 그녀의 먹먹한 눈이 강욱을 담는다.

"가만히 생각해 보니까 그렇더라고요."

"뭘 생각해 본 겁니까."

"우리 사이가 친구라는 단어로 맺어질 수 있는 사이일까."

"……."

"적어도 친구라면 서로에게 약점이 되지는 말아야 할 텐데."

이렇게 마주하고 있는 잠깐의 순간에도 이수는 혹시 또 사진이 찍히진 않을까 염려해야 했다.

이건 아니었다. 매번 이런 식으로 걱정하게 된다면 둘은 친구가 될 수 없을 것이다. 자신의 상황 때문에 이수는 그와 친구조차 하지 못할 것 같았다.

알아들을 수 없는 이수의 말에도 강욱은 재촉하지 않고 그저 묵묵히 그녀만 내려다보았다.

언제나 그랬듯 그는 그녀에게 감정을 내비치지 않았다.

"우리의 첫 만남 장소가 별궁이 아니었더라면, 혹은 그날이 황태자 전하의 살인 사건이 일어나던 날이 아니었더라면."

그녀의 안색이 어두워졌다.

강욱은 그녀를 묵묵히 내려다보다, 살며시 입을 열었다.

"그랬더라면 친구가 될 수 있었을 텐데, 그러지 못해 아쉽고 서운하다."

"……아."

"그 말이 하고 싶은 겁니까?"

강욱 역시 굳은 얼굴이었다.

그가 쏟아 내는 말에 이수는 차분하게 고갤 들어 그를 바라보았다.

기대고 싶은 사람, 함께하고 싶은 사람. 같이 있을 때 슬프면 울어 버릴 수 있는 사람. 아프면 아프다고 할 수 있는 사람.

강욱은 이수에게 그런 사람이었다. 안 지는 얼마 되지 않았지만, 그렇게 되어 버렸다. 그래서 무서웠다. 더 욕심이 날까 봐, 계속 이 사람과 친구로 남고 싶을까 봐.

이수는 쓰라린 속을 삼키며 느리게 고갤 끄덕였다.

"네. 그 말이 하고 싶어요."

그러자 강욱이 조금 심각한 얼굴을 하며 자신의 턱 끝을 쓸었다. 그의 눈빛이 묘하게 반짝였다.

"아쉽고 서운하다면 해야지, 친구."

"네?"

"친구라는 건 그렇게 어렵고 복잡한 문제가 아닙니다, 차이수 씨."

그 말이 어쩐지 이수의 쓰린 속을 보듬어 주는 듯했다.

이수는 강욱을 담담하게 응시했다. 누군가와 친구가 된다는 것이 복잡한 문제가 아니라는 것쯤은 알지만, 그녀가 지금 하고 있는 걱정을 강욱은 이해할 수 없을 것이었다.

당장 이수는 그와 찍혔던 그 사진에 대해서도 이야기를 나누기도 버거웠다. 강욱은 당황해하고 그녀와 멀어지기 위해 애쓸 것이었다.

더는 그를 곤란하게 하고 싶지 않았다. 그것이 지금 이수가 그에게서 멀어지려는 가장 큰 이유였다.

"농담이고 바빠질 것 같아서 엄살 좀 부려 봤어요."

"바빠진다라."

"우리 그룹에서 곧 새 제품이 출시될 건데 제가 그걸 전담하게 됐거든요."

"……."

"황태자비가 되려던 내가, 그걸 거부했으니 회사에 안 잘리려면 뭐라도 해야 하거든요."

이수가 애써 무거운 기운을 지워 내려는 듯 가볍게 웃었다. 하지만 강욱은 그녀의 얼굴을 말없이 바라보았다. 아무래도 무슨 일이 생긴 모양이라고 어렵지 않게 짐작할 수 있었다.

"얼른 들어가세요. 바쁘실 텐데."

그리고 이수는 고개를 숙여 보인 뒤 서둘러 돌아섰다. 몸을 돌리자마자 코끝이 찡해져 왔다. 괜스레 슬펐다.

오랜만에 자신의 진심을 내보여도 괜찮을 사람을 만난 것 같았는데. 역시, 친구는 무리였나 보다.

여전히 그녀의 휴대폰 갤러리에는 그와 찍혔던 사진이 담겨 있다. 좋은 추억이 될 수도 있던 그 사진은 다른 사람들의 시선들로 더럽혀지고 있었다. 그럴 여지가 충분한 사진이기에, 이수는 이 관계를 더 지속시킬 수 없었다.

돌아서는 이수의 등 뒤에서 강욱의 음성이 들려왔다.

"점심시간인데 식사 전이면 같이 드시죠."

아무래도 오늘은 그와 멀어지기 어려울 것 같단 생각이 들었다.

"이수가 탐이 나기 시작한 거니?"

강욱과 이수가 나란히 찍힌 사진을 한참 들여다보는 안을 향해 해연이 물었다. 그러자 안은 미소를 지은 채, 사진을 손에서 내려놓았다.

그 사진을 찍은 미디어가 환희 대군과 해연궁을 지지하는 선황제 쪽 사람들이었기에 어쩌면 당연한 수순이었다.

해연이 장미꽃 차를 안의 앞에 내려놓으며 팔짱을 꼈다. 순간적으로 안의 얼굴이 슬쩍 일그러졌다, 펴진다.

"탐이라기보다는 우리에게 필요한 사람이니까요."

"황태자가 되고 싶다고 한 이유는 뭐니."

"어머니."

"뜬금 네가 황태자가 되고 싶다고 해 궁금했었어. 궐이라면 이골이 난다던 너인데, 왜일까. 갑자기 마음을 바꾼 이유가 궁금하구나."

해연이 편하게 미소를 지으며 안의 앞에 앉았다.

"어렸을 땐 몰랐으니까요."

평온하던 안의 동공이 증오로 요동치기 시작했다.

"아버지의 죽음이 타살일 수도 있겠다는 생각."

"그래서 황태자가 되어서 아버지의 죽음을 파헤칠 생각이니?"

"네, 어머니. 전 아버지가 쉽게 목숨을 내려놓으실 만큼 나약한 분이 아니란 생각이 들어요."

"그건 나도 마찬가지란다. 그랬기에 네가 다시 그 지옥 같은 궐로 돌아가겠다고 했을 때."

"……."

"네 의견을 존중해 주었던 것이지. 그리고 네가 궐에 무사히 입성할 수 있게 도운 것이고."

마주 보는 두 사람의 눈이 번뜩였다.

"안타깝지만, 때마침 이강이 죽어 기회가 생겼네요."

"기회라고 생각하니?"

그녀는 느긋하게 차를 한 모금 들이켰다. 어쩐지 바람 한 점 불지 않던 고즈넉한 언덕에 때아닌 먹구름이 몰려오는 듯했다. 해연의 얼굴이 묘하게 일그러진다.

그녀의 얼굴을 빤히 응시하던 안의 가슴이 요동치기 시작했다.

"그게 무슨 말이에요, 어머니."

"때론 말이다."

"……."

"사람은 기회를 잡기 위해서 손수 기회를 만드는 경우도 있단다."

"어머니?"

의미심장한 말에 안이 해연의 얼굴을 뚫어지라 응시했다.

때마침, 검찰청에서 소환 연락을 받은 뒤라 마주 보는 두 사람의 눈빛이 무서우리만큼 무거웠다.

"이강의 죽음은 우연치고는 참으로 고맙고 기특한 우연이지."

"……."

"황태자 이강을 추종하고 사랑하는 이들에겐 이루 말할 수 없을 만큼 비극적인 일이지만 우리에겐 그의 죽음이 다르게 다가오지 않니?"

해연의 말에 안이 알 듯 말 듯한 미소를 짓는다.

마주 보는 두 사람 사이에 묘한 기류가 흘렀다.

"네, 다르게 다가오죠."

안이 화답하듯 입을 열었다. 그러곤 다시금 강욱과 이수가 찍힌 사진을 내려다보며 씁쓸한 표정을 지었다. 그의 눈가가 어쩐지 축축하게 젖어 가는 듯하다.

"그런데 이 두 사람."

안의 음성에 조용히 차를 들이키던 해연이 얼굴을 들었다.

"무슨 사이일까요."

단순한 호기심을 넘어선 감정이었다. 딱히 말로 형용할 수 없는 기분이 일었다. 질투라고 하기엔 너무 과했고 단순한 호기심이라기엔 마음이 가볍지가 않았다.

그 모습을 덤덤히 지켜보던 해연이 미소를 지으며 입을 열었다.

"좋은 사이겠지."

"아, 좋은 사이."

"그 아이가 그렇게 편안하게 미소를 짓는 건."

"……."

"처음 보지 않니?"

"그러고 보니 차이수 씨 참 예쁘게 웃네요."

안은 애써 감정을 드러내지 않으려고 애썼지만 눈빛에 담긴 씁쓸함을 모두 지워 낼 순 없었다.

"예쁘지, 그 아이."

"몰랐어요. 이렇게 예쁜 여자인 줄은."

"탐날 만하지. 같은 여자가 봐도 참 예쁜데."

해연은 찻잔을 조심스레 내려놓으며 안의 얼굴을 살폈다.

"하지만 차이수는 아내가 아닌 황태자비가 되어야 하는 거잖아요."

그의 입가가 딱딱하게 굳어진다.

"그런데 말이에요. 차이수를 아내든 황태자비든 내 곁에 꼭 두고 싶어요. 그러고 싶어졌어요, 어머니."

✝   ✠   ✝

"먹고 싶은 게 이거였습니까?"

"이게 뭐 어때서요?"

비까지 추적추적 내리는데 굳이 식당이 아닌 차 안에서 먹겠다고 우기더니.

길거리 음식을 잔뜩 사 와서는 자신의 차에서 먹자는 이수의 행동에 강욱은 고개만 갸웃했다.

"비도 오고 좋잖아요, 운치 있게?"

이수가 웃어 버리자 강욱도 대수롭지 않게 생각하며 봉지를 풀었다. 봉지에서는 길거리 토스트와 떡볶이, 순대, 만두가 줄지어 나왔다.

"이런 게 먹고 싶었으면 김밥 나라라도 가자고 하지. 이것보다 더 편하게 먹을 수 있잖습니까."

조수석에 앉은 강욱이 운전석에 반듯하게 앉아 있는 이수를 돌아보았다. 이수는 뭐가 문제냐는 듯한 표정으로 어깨를 으쓱하며 나무젓가락을 뜯어 강욱에게 건넸다.

"이렇게 먹는 것도 꽤 재미있지 않아요?"

혹시 또 사진이 찍힐까 봐.

이수는 그 걱정을 강욱에게 내비치지 못한 채, 혼자 끙끙 앓고 있었다.

함께 점심을 먹자는 강욱의 말에도 이수는 대답하지 못하고 자신의 차 근처를 서성일 수밖에 없었다.

그러다 결국, 생각해 낸 방법이 차 안에서 먹는 것이었다. 이런 번거로움을 감수하면서라도 이수는 그의 곁에 조금이라도 더 머물고 싶었다. 자신의 처지가 슬프면서도 우스워 이수는 고개를 숙였다.

"먹읍시다, 뭐. 나름 괜찮긴 하네요. 이것도."

강욱은 어깨를 으쓱거리며 나무젓가락을 받아 들었다. 그러곤 별생각 없이 토스트 하나를 집었는데.

지이잉.

그의 주머니에서 진동이 울렸다. 토스트를 내려놓고 휴대폰을 꺼냈다. 막 메시지 한 통이 도착해 있었다.

강욱은 대수롭지 않게 화면을 열어 메시지를 확인했다.

그리고 말없이 메시지를 내려다보던 강욱이 입술을 질끈 물며 이수를 돌아봤다.

조금은 먹먹한 눈길로 비 내리는 창밖만 하염없이 바라보는 이수를 향해 강욱이 굳게 다물었던 입술을 열었다.

"그래서 울었구나."

뜻밖의 말에 이수가 놀란 눈으로 그를 돌아보았다.

그 순간, 마주친 시선 한 번에 두 사람의 가슴은 동시에 무너져 내리고 말았다.

"윤 검사님."

"이런 이유로 친구 못 하겠다고 한 겁니까."

"네?"

"근데 어떡합니까. 난 차이수 씨랑 계속해서 그거 할 생각인데."

"검사님."

조금은 화난 듯한 그의 음성이 이수를 압박한다. 야릇하지만 외면하고 싶지 않은 눈빛이었다.

"황태자비 후보, 그 후보를 조사했던 검사. 이 계급장 떼고 우리 더 친하게 지냅시다, 차이수 씨."

갑작스러운 그의 말에 그리고 그의 눈짓에 이수는 말을 잃고 말았다.

벅차오르는 감정 속에 무엇이 담겨 있는지, 헤아릴 수도 없었다. 자신의 가슴에 무언가 뜨거운 것이 차오르고 있는데 이것이 감동인지, 안도감인지 알 수 없었다. 그도 아니면 그 손을 놓지 못하는 자신에 대한 미련함과 원망감일까.

제 감정이지만 이수는 어렴풋이 짐작조차 할 수 없었다.

"더 꽉 잡으면 어떡해요."

그녀가 자신 없다는 듯 웃어 버렸다. 그러곤 이 상황을 무마시키려는 듯 고개를 돌려 버렸다.

강욱은 자신의 휴대폰을 그녀에게 내밀었다. 고갤 돌리던 그녀의 시선이 그 휴대폰 액정 속에 머무른다.

그 순간, 그녀의 가슴이 밖으로 튀어나올 것처럼 떨리고 말았다.

"이거⋯⋯."

자신을 끝없이 고민하게 만들었고 한없이 보잘것없는 사람으로 만들었던 그 사진이.

친구조차 될 수 없게, 우정도 감히 넘볼 수 없을 만큼 잔인하게 관계를 짓밟았던 강욱과의 그 사진이.

그의 휴대폰 액정에 버젓이 띄워져 있었다. 놀란 얼굴의 이수가 강욱을 기함하며 바라보았다.

"친구 못 하겠다며 엄살 부렸던 게 이것 때문입니까?"

"윤 검사님."

"왜 혼자 하려고 해. 저지른 건 우리 두 사람이잖습니까."

건조했지만 지독하게 차가웠다. 하지만 그 차가움 속엔 이수를 향한 애틋한 걱정과 염려도 담겨 있었다.

이수는 아무런 말도 잇지 못했다. 가슴이 너무도 먹먹해져서, 그리고 뜨끔해져서 그저 다물어지지 않은 입을 벌린 채, 그를 바라보고만 있었다.

"지키고 싶었는데. 그래도 우리 추억은."

"⋯⋯."

"추억이랄 것도 없지만 그래도 좋은 기억이 대부분인 우리 사이가. 이런 사진 하나로 서로에게 손해를 입히며 멀어지긴 싫었어요."

"차이수 씨."

"알아요, 참 바보 같은 거. 그런데 어쩔 수 없었어요. 그리고 어쩔 수 없어요. 멀어져야만 우리가 서로를 조금 더 좋은 사람으로 기억할 수 있는 거니까."

그녀의 말에 강욱이 휴대폰에 저장되어 있는 사진을 내려다보며 피식 웃고 말았다.

그 어이없다는 웃음이 이수의 가슴을 할퀸다. 죄인이 된 것 같은 마음에 그녀가 조용히 고개를 숙이고 말았다.

"고개 들어요, 차이수 씨."

"……검사님."

"무슨 죄를 지었는데, 그쪽이. 왜 그런 얼굴로 고갤 숙입니까."

그녀는 묻었던 고개를 들어 눈물이 그렁그렁 맺힌 얼굴로 그를 바라보았다.

"할 말이 없어서요. 검사님 제대로 볼 용기가 안 나요. 속상하고 마음이 아파요."

그녀가 호흡 한 번에 그 말을 모조리 뱉었다. 아픔이 고스란히 느껴져, 강욱의 가슴도 저릿해진다.

"뭐요?"

"친구하고 싶은데. 계속해서 검사님 보고 싶은데. 또 술도 마시고 싶고, 그때 못 먹은 라면도 먹고 싶고, 포장마차도 또 가고 싶은데."

"……."

"못 그러니까. 이젠 이런 사진이 언제 어느 때 찍힐지 모른다는 생각 때문에 검사님 제대로 보지도 못할 거니까."

속에 꾹꾹 눌러 담은 말을 쉼없이 내뱉던 그녀의 눈물샘도 함께 터지고 말았다. 눈물을 뚝뚝 흘리던 이수는 다시 창밖으로 시선을 던지고 말았다.

"그런 사진 또 찍힐까 봐 무서워요. 오늘 우울해서 꿀 고르곤 졸라에 꿀 잔뜩 찍어서 먹고 싶었어요. 근데 현실은 차 안에서 김밥이네요. 김밥 먹기 싫은데."

푸념하듯 그녀가 잔뜩 가라앉은 음성으로 말을 이었다. 아니, 스스로의 마음을 강욱에게 내어놓은 것이었다. 그 누구에게도 말하지 못했던 사소한 진심을.

아무 말 없이 이야기를 듣고 있던 강욱은 이수를 한 번 보고 대뜸 차에서 내렸다. 그러곤 멍한 얼굴로 자신을 바라보고 있는 이수에게 성큼성큼 다가가 운전석의 문을 냅다 열었다.

"내리시죠."

우악스럽게 내리는 비를 모조리 맞으며 그가 그녀를 내려다보았다. 강욱의 머리와 얼굴과 옷이 젖어 가는 걸 본 그녀는 서둘러 차에서 내려 우산을 펼쳐 들었다.

"타요, 얼른. 오늘 나 때문에 비 맞고 출근했을 텐데, 감기 걸려요."

"고르곤 졸라 먹으러 갑시다."

이수는 그에게 우산을 씌워 주며 그를 올려다보았다.

두 사람의 시선이 서로를 묶고 있었다. 이내 주변은 분주한 빗소리만 가득하다.

"맛있는 음식 먹으러 가잔 사람 얼굴이 그럼 어떡해. 고르곤 졸라한테 억하심정 있는 사람처럼."

그녀는 애써 웃음을 띠우고 있었다. 슬픔이 역력한 아픈 미소다.

"먹고 싶으면 먹읍시다. 하고 싶으면 해 버리고. 황태자비는 친구 못 사귄답니까? 황태자도 대놓고 비밀 애인 만들어 만나는 마당에."

그가 이해할 수 없다는 듯 화를 냈다. 그러자 이수는 작게 웃음을 터뜨린다.

"오기 부리지 말아요, 우리. 괜히 그러다 사진 더 찍히고 국민 욕받이 될 수도 있어요."

직설적인 말에도 고개를 저어 보인 강욱이 손을 내밀었다.

그날, 포장마차에서처럼.

선뜻 손을 잡지 못한 이수는 그가 내민 손을 우두커니 내려다보았다. 비에 젖은 그의 커다란 손이 잡고 싶을 만큼 따스해 보였다. 이수의 눈 속에 요란스러운 파동이 일었다.

"욕받이라도 같이 하면 덜 억울할 거 아닙니까."

"그거 해 보지 않은 사람은 못 견딜 만큼 힘들어요."

"패소할 때마다 먹는 게 욕입니다. 때론 이겨도 국민적으로 광분을 사기도 하고. 검사라는 내 직업만큼 욕 많이 먹는 직업도 없죠. 개의치 않습니다."

"그거랑 이거는 달라요. 스캔들이란 건 너무 치명적이에요. 더군다나 일반인과 공인 사이의 스캔들은 더더욱."

차마 손을 잡지 못하고 조근조근 자신의 의견을 전달하는 이수를 물끄러미 보던 강욱이 더는 참지 못하고 그녀의 손을 덥석 잡아 버렸다.

"윤 검사님."

그의 눈은 그녀에게 자신만 믿으라는 듯 확신을 주고 있었다. 당신이 그렇게 보면 자꾸 믿고 싶어지잖아. 자꾸 기대게 되잖아.

확고하게 다잡았던 마음이 어느새 형체도 없이 사라질 것만 같았다.

"말했을 텐데. 난 잡을 수 있는 손만 내민다는 거."

"그래도요. 아닌 건 아닌 거잖아요."

"그리고 당신과의 스캔들 걱정을 왜 합니까. 차이수 씨가 원했던 상황 아닙니까? 그래서 내게 세컨드 해 달라고 했던 거 아닌가요."

"그거는……."

"스스로 흠집을 내 황태자비가 되지 않기 위해 나에게 남자 친구가 되어 달라 허무맹랑한 소릴 했던 거 아닙니까."

화가 난 걸까.

가 봐도 화난 얼굴로 자신을 세차게 내려다보고 있었다. 순간 이수의 가슴이 얼어붙고 말았다.

"나도 모르겠어요. 결국 내가 원하던 대로 됐는데. 정말 검사님 말대로 이게 내가 원하던 거였는데."

울음을 삼키는 듯한 그녀의 음성은 금방이라도 물기가 뚝뚝 떨어질 듯 애처롭기까지 했다.

그런 그녀를 바라보는 강욱은 여전히 건조하다.

"이렇게는 싫어요. 싫어졌어요."

그녀가 미안함을 가득 담은 눈으로 강욱을 바라보았다. 하지만 강욱은 굳은 얼굴을 풀지 않은 채 그녀를 직시했다.

저 색깔 없는 표정이 무얼 말하고 있는 걸까. 그녀는 끊임없이 고뇌했다.

"왜 싫어졌는데."

싫어졌다고 말하는 그녀를 향해 그가 단호하게 물었다. 쉽사리 무어라 답을 내놓지 못하는 이수를 바라보며 강욱이 입을 열었다.

"진심이라는 게, 생겨 버렸습니까?"

입을 꾹 다물고 있는 그녀 대신 그가 말을 했다. 예상치 못한 질문에 이수가 작게 입술을 말아 물며 그를 올려다보았다.

"안 생길 수 있다 자부하던 감정이 생겨 버렸습니까. 근데 어떡하지. 나는 차이수 씨를 감정적으로도 흔든 적이 단 한 번도 없는데."

그가 그녀에게 가까이 다가갔다. 위험하다는 생각이 들자마자 순간적으로 이수는 움츠러들고 말았다.

"왜 혼자 무너뜨린 겁니까, 그 벽을."

6
_
잠자리 파트너

"차이수, 그 아이는 지금 무엇을 하고 있는가."

궐 안.

빗방울이 분주히 내리는 창밖을 바라보던 황후는 뜨거운 차를 한 모금 마셨다. 황태자가 죽은 뒤로 황궁 병원에 입원해 있던 그녀는 이제야 겨우 정신을 차리고 궐로 돌아올 수 있었다.

그녀가 건조하게 입술을 열며 황후전 비서 팀장인 최 팀장이 고개를 조아렸다.

"업무에 복귀한 듯싶습니다, 마마."

"아무렇지 않게 복귀를 했다고."

"네, 마마."

최 팀장의 말에 황후는 냉소를 터뜨리며 이를 악물었다. 그녀의 눈동자가 어쩐지 분노로 타오르는 듯했다.

"내 아들은 그렇게 허망하게 죽었는데. 그 아이는 일상생활을 하고 있다고."

"어쨌든 용의선상에서는 벗어난 황태자비 후보 아닙니까."

"그놈의 후보, 후보, 후보!"

진절머리 난다는 듯 황후는 소리쳤다. 그녀의 표독스러운 음성이 황후전을 가득 채웠다. 묘한 냉기가 뿜어져 나와 그녀의 주변을 감쌌다.

"그 아이를 이 궐에 들이는 것이 아니었다! 어떻게 해서든 황제 폐하의 뜻에 맞서 싸워야 했다. 그 아이가 들어와서 우리 태자가 죽은 것이야!"

전부터 이수가 황태자비로 간택된 것이 마음에 들지 않았던 황후였다. 당장은 A&J 그룹 때문에 이수를 황태자비로 간택하였지만, 황실 사람보다 더한 권력을 지닌 그들은 황후에겐 부담, 그 자체였다.

궐을 발아래에 두고 마음대로 종용하려 드는 A&J 그룹이 언젠간 황실을 배반하고 이득을 취할 것만 같았다. 그래서 황후는 늘 불안했다.

황실보다 더한 권력을 지닌 재벌계의 며느리. 이수가 못마땅한 것은 어쩌면 당연한 이유일지도 몰랐다.

"하지만 폐하께선 다시 차이수 씨를 황태자비로 생각하고 계시지 않습니까."

황후의 갈증을 이미 알고 있다는 듯 최 팀장이 눈을 가늘게 치켜뜨며 그녀에게 은밀히 다가가 속삭였다. 그러자 찻잔을 쥔 황후의 손이 부들부들 떨렸다.

"어째서 매번 힘없는 황실이 되길 자처하시는 것인지."

황후는 느리게 고갤 저으며 한숨을 깊이 내쉬었다. 아직도 억울하게 죽임을 당한 태자를 떠올리면 눈물이 앞을 가렸다. 눈을 감았다가 뜬 그녀는 두 주먹을 굳게 말아 쥐며 최 팀장을 돌아본다.

"해서 해연궁은."

"검찰 측에서 소환을 요구하였다 하옵니다. 아마 내일쯤 검찰청에 출두할 것입니다.”

“비공식 입국이라. 것도 모자라 태후를 접견하였다니. 궐의 안주인인 내가 그 사실을 기사로 알게 되다니. 참으로 어이없는 일이 아닌가.”

“마마…….”

“태후가 해연궁을 아꼈던 것은 사실이 아니던가. 한데, 태자가 살해당하기 바로 직전에 비공식으로 입궐을 하여, 비밀스러운 만남을 가졌다니.”

“하나 궐 안에서 태후마마는 이 빠진 늙은 호랑이랑 다를 것 없는 존재이지 않습니까? 게다가 권력 하나 없는 해연궁마마가 무엇을 할 수 있다고요.”

“……이가 빠져도 호랑이는 호랑이지.”

애써 평정심을 유지하며 화를 억누르던 황후는 도저히 못 참겠다는 듯 우악스럽게 의자를 젖히고 일어섰다.

“마마!”

“태후전에 가야겠다. 길을 잡아라.”

“하, 하지만 지금 해연궁마마의 검찰 출석 건으로 태후마마께서도 극도로 예민…….”

“듣기 싫다. 아들을 잃은 어미의 앞길을 막는 것이냐! 당장 길을 잡아라, 태후를 만날 것이다!”

소리치는 황후의 음성엔 걷잡을 수 없는 분노가 터지고 있었다.

“태후마마, 황후마마 드셨사옵니다.”

통 발걸음을 하지 않던 황후의 등장에 태후전의 궁인들은 모두 긴장한 채 서로를 바라보고 있었다.

문 앞에 고고하게 선 황후의 얼굴은 금방이라도 울분을 토할 듯 시뻘겋게 달아올라 있었다. 그 옆엔 최 팀장이 일촉즉발의 상황을 홀로 버겁게 견뎌 내려 애쓰고 있었다.

"마마. 지금이라도……."

최 팀장이 말을 채 끝맺기도 전에 태후전 안에서 태후의 근엄한 음성이 들려왔다.

"드시게나."

황후의 얼굴이 묘하게 일그러졌다.

굳게 닫혔던 태후전의 문이 열리고 소복 차림으로 누워 있던 태후가 끙, 소리를 내며 앉았다.

당의 안으로 손을 집어넣은 채 터벅터벅 태후전으로 들어서던 황후는 머리에 흰 띠를 두르고 있는 태후와 눈이 마주치자 조소를 흘리고 말았다.

"웬일입니까, 황후께서."

"물을 것이 있었습니다."

"심신은 좀 회복하였습니까."

태후는 궐의 제일 어른답게 근엄을 유지하며 황후를 바라보았다. 그러나 황후는 불편한 심기를 적나라하게 드러내며 얼굴을 일그러뜨렸다.

"회복하였겠습니까?"

"황후."

"언제까지 모르쇠로 일관하실 것이옵니까? 온 국민이 다 압니다. 한데, 궐의 안주인인 저는 정작 기사를 보고 알았습니다. 황실의 위엄이 이리 바닥에 떨어져서야 되겠습니까, 태후마마!"

"무엇을 말입니까."

"무엇이겠습니까! 해연궁의 입궐 말입니다!"

버럭 소릴 지르는 황후를 향해 태후가 눈을 치켜떴다. 그러곤 자리에서 일어나 자신에게 소릴 지르는 황후에게 얼굴을 굳혔다.

"황후, 어느 안전이라고 언성이 높이는 것입니까! 체통을 지키세요!"

"아들을 잃었습니다! 직위를 떠나 아들이 죽임을 당했습니다, 그것도 집인 궐 안에서요! 태후마마가 제 심정이라면 체통을 지키고 이성적으로 상황을 보실 수 있으십니까?"

황후의 울분에 태후는 조소를 터뜨리며 고개를 저을 수밖에 없었다. 지켜야 할 이를 잃은 두 사람의 시선이 날카롭게 교차했다.

"황후는 태자의 어미이기도 하지만 이 나라의 어미이기도 합니다. 그 슬픔은 이해한다만 내게 와 패악을 부리는 것은 도리가 아니지요! 나도 태자의 할미입니다!"

반박하는 태후의 말은 듣기 싫다는 모양새로 황후가 입을 열었다. 그 눈빛엔 살기가 감돌았다.

"해연궁은 왜 들이셨습니까? 입국도 비공식, 입궐도 비공식이라니요? 그것도 태자가 변고를 당하기 전에!"

"해서 지금 황후께서 이리 화를 내시는 것이 태자의 죽음이 나와 해연궁과 관련이 있다, 그리 생각해서 이러는 것입니까?"

태후도 더는 못 들어주겠다는 듯 소리를 질렀다.

질 수 없다는 듯 그에 맞서는 황후의 기세도 만만치 않았다. 황후는 오히려 화를 내는 태후를 싸늘하게 바라보며 입꼬리를 비틀었다.

"그럼 아무 관련이 없는 해연궁을 왜 검찰에서 소환했겠습니까?"

"순전히 해연궁과 나의 개인적인 일로 입궐한 것이었습니다."

"조사를 해 보면 알겠지요. 해연궁의 비정상적인 행보가 과연 개인적인 일이었을지, 아니면 우리 태자의 죽음과 조금의 관련이 있는지."

"황후! 말 가려서 하세요! 그 말은 해연궁을 들인 내게도 태자의 죽음과 관련이 있다는 말입니다!"

기가 찬다는 듯 태후가 핏대를 세우자 황후가 깊게 날숨을 내쉬며 돌아섰다.

그녀의 무례한 태도에 태후는 냉가슴이 되고 말았다. 제아무리 사이가 좋지 않은 고부지간이라고 해도 엄연히 자신이 그녀의 시어머니였고, 어른이었다.

황후는 몸을 돌린 뒤에도 나가지 않고 잠시 서 마지막 말을 건넸다.

"어쩌면 태후마마께서도 검찰의 연락을 받게 되실지도요."

"뭐라?"

그 모습에 태후는 코웃음을 쳤다.

"어찌 황후는 변한 것이 없습니까."

"뭐요?"

"이수를 태자비로 들일 때도 그렇게 그 아이를 내치기 위해 없는 흠집을 내어 가며 못살게 굴더니."

"……."

"이번에는 누굴 희생 삼아 이 일을 황후에게 유리한 쪽으로 돌릴 것입니까."

"태후마마!"

"김 팀장! 밖에 있는가!"

태후의 표독스러운 음성에 태후전을 나서기 위해 걸음을 재촉하던 황후가 걸음을 멈추었다.

"예, 태후마마."

자신을 부르는 소리에 태후전 비서실 김 팀장이 서둘러 들어섰다.

"이수는."

차이수라는 말에 황후의 고개가 절로 돌아갔다.

"아직이라더냐!"

"예, 태후마마. 아가씨께서 지금 그룹 일 때문에 바빠 입궐이 지체되고 있다고 손수 연락을 주었사옵니다."

김 팀장의 말에 황후의 눈가가 파르르 떨리고 말았다. 차이수를 궐로 부르다니.

황후는 차이수라는 이름을 듣고 신경질적으로 태후를 돌아봤다. 두 사람의 시선이 또다시 거칠게 부딪혔다.

"저게 무슨 소립니까."

"그 아이. 내가 입궐하라 명했습니다."

"차이수는 왜요!"

"이번 일로 그 아이 역시 큰 상처를 받았을 것입니다. 한데 어찌 황후는 본인 생각만 합니까."

"태후마마. 그 아이는 태자의 살해 용의자로 지목되었던 인물입니다. 지금도 조사를 받고 있고요. 어쩌면 정말 용의자일지도 모르지요! 한데 그 상처까지 황실에서 다독여야 합니까?"

황후의 고함에 태후는 혀를 끌끌 차며 고개를 저었다. 그러곤 그 눈빛을 한결 누그러뜨린 뒤 벌떡 일어서서 황후에게 한 걸음 바짝 다가섰다. 묘한 긴장감이 태후전을 감돌았다.

"그래서 황후가 매번 황후 자격이 없다, 선 황후인 해연궁을 다시 황후로 추대하는 인물이 생기는 것입니다."

"태후마마!"

자신의 아킬레스건을 건들자, 버럭 소리치는 그녀였다.

황후는 태후에게 악랄하게 소릴 질렀다.

"생각해 보세요. 해연궁이 웃전으로서 황후에게 어찌 대하였는지. 그리고 이 같은 일이 해연궁에게 생겼다면 어찌하였을지."

"……!"

"지금의 황후처럼 다시 자신의 권력을 모으기 위해, 상처 받은 이들을 짓밟고 그들을 희생 삼아 오르진 않지요."

"말씀이 지나치십니다."

"황후께선 지금 이수를 용의자로 지목할 생각 아닙니까."

누구 하나 물러나지 않는 팽팽한 기 싸움이 지속되었다. 초반과 다르게 기세는 황후가 아닌 태후에게 넘어가고 있었다. 애초에 승기를 두고 싸울 상대조차 안 된다는 듯.

"부디 우리 태자의 죽음을 욕되게 하지 마세요, 황후."

"태후마마!"

어느덧 두 사람의 눈엔 알 수 없는 눈물이 그렁그렁 맺혀 있었다. 서로는 서로의 슬픔을 바라보며 이를 악문다.

"비극을 비리로 덮어서는 결코 아니 됩니다."

"……!"

"태자를 향한 애도를 부디, 아름답게 지켜 주세요."

비는 아직 추적추적 내리고 있었다.

차에서 식당으로 이동한 이수와 강욱은 아무런 말도 없이 마주 보고 앉았다.

괜스레 머쓱해진 이수는 창밖만 부지런히 바라보고 있었다. 강욱이

했던 말이 자꾸만 이수를 깊은 생각에 빠지게 했다.

"장담하던 내게 먼저 진심이 생긴 건가, 그 벽을 허문 것은 정말 나일까."

복잡해 보이는 그녀의 얼굴을 넌지시 바라보던 강욱은 피식, 웃음을 터뜨린다.

"내외합니까. 왜 자꾸 밖만 보는 거죠."

그제야 이수가 그를 돌아보았다. 하지만 여전히 그의 시선이, 이 자리가 어색하기만 하다.

"……아. 검사님과 이런 자리 어색해서."

강욱은 그녀의 솔직함에 미소를 거두지 못한 채 고갤 끄덕였다.

그때 주문한 음식이 나왔다. 한껏 기대했는지 이수는 그제야 정면을 바라보았다.

"먹읍시다."

강욱이 먹기 좋게 잘라져 나온 고르곤 졸라 피자를 한 조각 들어 그녀의 접시 위에 놓았다.

제 접시에 놓인 피자 조각을 멀뚱히 보던 이수는 자몽 에이드를 홀짝홀짝 마시며 강욱의 눈치를 살폈다.

"그렇게 내 눈치를 보는 이유는."

"음. 그게요."

"차이수 씨, 이제 황태자 살인 사건의 용의자 후보에서도 제외되었습니다. 그때 차이수 씨가 머물렀던 별궁에서 발견된 약물과 립스틱의 경로는 아직 불투명하지만."

"……."

"차이수 씨가 입궐할 때, 별궁 나인들이 차이수 씨의 몸을 수색했다 들었습니다. 그 과정과 전후의 정황이 모두 CCTV에 담겼습니다. 그리고 차이수 씨의 짐도 검색대에서……."

주절주절 설명을 늘어놓는 강욱을 쳐다보던 이수가 그만 핏, 웃음을 터뜨리고 말았다. 이번엔 그녀가 피자 한 조각을 잘라 그의 접시에 놓았다.

애써 분위기를 풀어 보려 주절주절 이야기를 늘어놓던 강욱이 말을 멈추고 그녀를 바라보았다.

자신을 보고 웃어 보이는 이수가 예뻐 보여 그가 아랫입술을 윗니로 지그시 눌렀다.

"안심시켜 주려고 그러죠?"

그녀의 은은한 체리 빛이 도는 입술이 탐스럽게 빛났다. 강욱의 시선이 어쩐지 매끈한 입술 위에 한참 머물렀다.

그녀의 얼굴을 자세히 바라보고 있으니, 자신이 생각했던 황태자비의 얼굴은 없었다. 그저 그 나이 또래의 여자에게 볼 수 있는 맑은 순수함이 가득할 뿐.

"안심이라니."

"내가 위축되어 있는 것 같으니까. 어깨 펴라고."

이수는 언제 울었냐는 듯 다시 씩씩한 모습을 돌아와 있었다. 어쩐지 그 모습이 더, 강욱의 심장을 두근거리게 했다.

"알면 펴죠. 내 눈치 그만 보고."

"알겠어요. 먹어요."

자신을 걱정해 주는 행동에 그녀는 배시시 웃었다.

강욱은 물 잔을 쥐고 무심코 고갤 돌렸는데 이수와 자신을 카메라에 열심히 담고 있는 한 사람을 발견했다.

얼굴이 잘 알려진 이수의 등장에 식당 안이 잠깐 술렁였지만 대놓고 사진을 찍는 사람은 없었다. 그런데 휴대폰 카메라도 아닌 전문적으로 찍기 위한 카메라라니. 눈치를 못 챌 수가 없었다.

어처구니가 없어 헛웃음을 흘린 그는 자리에서 느릿느릿 일어났다. 그러곤 입고 있던 재킷을 벗어 손에 들고 이수를 내려다보았다.

"잠깐 고개 돌리시죠, 차이수 씨."

여유롭게 미소를 지은 그가 속삭이듯 말을 건넸다. 이수가 이유를 묻기도 전에 그가 휘적휘적 어딘가로 걸음을 옮겼다.

그녀는 놀란 얼굴로 포크를 놓고 강욱이 향하는 곳을 눈으로 좇았다.

"사람 봐 가면서 해, 이딴 짓도."

"아, 그게……."

"내 직업도 모르고 이런 짓 한 거 아닐 거 아냐. 콩밥을 절차 생략하고, 다이렉트로 먹고 싶어?"

강욱은 자신의 재킷을 그의 카메라 위에 툭 던져 시야를 가렸다. 그러자 두 사람의 사진을 몰래 찍고 있던 사람이 화들짝 놀라며 자리에서 일어났다.

"저기, 저는 그러니까."

"그러니까 내가 지금 검사가 권력을 남용하면 어떻게 되는지, 보여 드릴까. 그러길 원해요?"

이수의 눈이 요란스럽게 흔들리고 만다. 역시 우려했던 일이 눈앞에서 펼쳐지고 말았다. 그런데 대담한 강욱의 처사에 그녀는 순간적으로 아무런 생각도 할 수 없었다.

강욱을 바라보고 있는 자신의 표정이 다른 사람들 눈에 어떻게 보일까, 본능적으로 감정에 따라 지어지는 표정마저 머릿속으로 거르는 자신이 싫었다. 점점 그녀의 얼굴이 부자연스럽게 달아올랐다.

"어떻게 할까요, 내가. 바로 영장 발부를……."

"죄송합니다, 검사님. 사진 지울게요."

사진을 찍던 남자는 곤란하다는 듯 얼굴을 구기며 카메라를 슬쩍 내려놓았다. 그러곤 자신의 카메라 위에 걸쳐져 있는 재킷을 들어 그에게 예의를 갖추어 내밀었다.

강욱은 여전히 어처구니없다는 조소를 지우지 않은 채 기자를 빤히 내려다보았다. 누가 봐도 화난 얼굴로 그가 냉랭한 음성으로 입을 열었다.

이수의 눈길은 그 순간에도 강욱을 분주히 응시한다.

"이보세요. 지운다고 될 일이었음 내가 유치하게 권력을 으스댔겠습니까. 촌스럽게 내 직업 운운하면서?"

"다른 의미는 없었습니다. 그냥 재미있는 조합이라."

"아. 재미있습니까, 이거?"

재미라는 단어가 강욱의 귀에 툭, 걸린다. 그의 얼굴이 더욱이 무표정하게 변했다. 절로 몸을 움츠러들게 하는 냉대였다.

이내, 강욱은 그가 내밀고 있는 자신의 재킷을 한 손으로 쳐 낸다. 옷은 순식간에 바닥에 널브러졌다. 상황이 악화되고 있음을 직감한 이는 입술을 지그시 깨물었다.

"그럼 더 재미있는 조합을 내가 만들어 줘요?"

"네?"

"SH 미디어 기자죠, 그쪽. 미디어가 국내 최초로 소속 기자 옥바라지할 수 있는 기회를 드릴까. 재미는 그게 더 있을 것 같은데."

강욱의 어이없다는 듯 일그러진 잇새로 차가운 음성이 흘렀다.

검사로서 강욱이란 사람이 얼마나 악랄하고 혹독한지 잘 알고 있기에 남자는 아무런 말도 잇지 못했다. 그저 침묵으로 일관하며 이 폭풍 같은 상황이 끝나길 바라고 있었다.

"그쪽 어차피 황실 전문 파파라치 아닙니까."

"검사님, 그게 저도."

"황실 전문 파파라치면 황실 사람 찍으세요. 왜 일반인을 찍습니까. 차이수 씨가 아직도 황실 사람이라 생각하는 모양인데. 이거 엄연한 불법 촬영인 거 모릅니까? 시국이 어느 땐데 이런 위험한 짓을 해?"

고저 없는 음성으로 강욱이 남자를 짓눌렀다.

그 상황을 담담하게 지켜보고 있던 이수는 강욱의 분노 어린 모습에 어쩐지 위안을 받고 있었다.

그에게 묘한 위안을 받으며 이수는 주먹을 말아 쥔다.

"뭐 당신에겐 갱생의 기회가 몇 번 씩이나 주어져? 그래서 현재의 생은 막살기로 한 겁니까?"

"검사님, 그런 게 아니라요. 제 말 좀……."

"그런 게 아니면 그쪽에게 갱생의 기회를 주겠다며 누군가가 종용했나? 그렇다면 일 더 커지는 거 알죠. 배후가 누구인가, 내가 그거 하나 못 파헤칠 것 같습니까?"

강욱의 말이 그저 이 상황을 무마시키기 위해 허세로 위협을 가하고 있는 것은 아닌 것 같았다. 기자는 곤란하다는 듯 이마를 매만지더니 카메라에 찍힌 사진 모두를 지웠다. 그러곤 강욱에게 카메라를 주며 다시금 고개를 숙였다.

식당 안의 사람들은 모두 놀란 얼굴로 두 사람을 바라보고 있었다. 남자의 얼굴이 수치심으로 엉망이 되어 가고 있었다.

"죄송합니다."

SH 미디어는 황실 전문 파파라치 기자들로 구성된 회사였다. 베일에 가려진 황실의 적나라한 모습을 국민에게 드러내겠다는 취지에서 생겨난 황실과는 천적의 미디어.

하지만 황실의 독주와 비리를 막기 위해 생겨난 그 회사 역시 최근 들어 황실의 일원과 은밀한 거래를 주고받으며 건립 취지에 어긋나는 행보를 보이고 있었다.

대표적인 예가, 10년 전 황제 자살이라는 비극으로 몰고 간 '이율 황제 뇌물' 사건이었다. 그 사건 역시 SH 미디어의 손끝에서 번져 나갔다.

그러나 파격적인 시작과 달리 그 끝은 찜찜하게 막을 내리고 말았다. 결백을 주장하던 이율 황제는 결국 자살이라는 극단적인 선택을 내렸고, 끝까지 이율 황제의 무고를 지지하던 쪽의 국민들은 SH 미디어를 향한 비난을 숨기지 않았다.

한쪽에선 SH 미디어가 차기 황제를 추종하는 세력에게 돈을 받고 거짓 기사를 퍼뜨려 이율을 죽음에 이르게 했단 주장도 터져 나오고 있었다. 그 일이 있고 SH 미디어의 이미지는 초기와 달리 점점 더러워지고 있는 것은 사실이었다.

"누굽니까. 이런 저급한 짓을 시킨 사람."

"아시다시피 저희 미디어는 황실의……."

무어라 변명을 늘어놓는 그 남자의 말허리를 강욱이 뚝 잘랐다.

"말해. 짜증나게 하지 말고."

강욱은 그의 말장난을 더는 못 들어주겠다는 듯 짜증스럽게 얼굴을 구겼다. 그러자 남자는 목구멍이 콱, 막히는 듯 헛기침을 하며 냉수를 마셨다.

한참 동안 말없이 상황만 지켜보던 이수가 자리에서 느긋하게 일어나 강욱의 뒤로 걸어왔다. 그녀의 얼굴은 의외로 편안해 보였다.

이수의 움직임에 식당 안 사람들도 그녀에게 시선을 옮겼다.

"검사님."

이내 강욱의 뒤로 도착한 이수가 그를 나지막이 불렀다.

강욱은 성난 얼굴로 남자를 쏘아보다, 그녀의 목소리에 고갤 돌렸다. 잔뜩 성이 나 날카롭게 곤두섰던 그의 눈길이 그녀에게 닿자 숨이 죽는다.

"차이수 씨."

"됐습니다. 지운 거 확인했으면 됐어요."

그녀가 편안하게 미소를 지었다. 그러다 자신을 뚫어지라 응시하고 있는 남자를 향해 꼿꼿하게 허릴 폈다. 이수의 시선이 어쩐지 매섭게 빛나는 듯했다.

"저기, 기자님."

다소곳하게 다물어져 있던 그녀의 탐스러운 입술은 꽃이 만개하듯 팟, 터진다.

"거액의 돈을 요구해서 조용히 쥐여 드렸으면 거기서 그치셔야죠."

꽃 같은 그녀의 입술 사이로 흘러나온 독 같은 말은 강욱의 이맛살을 절로 찌푸리게 했다.

"돈까지 요구했었어? 이 새끼 완전 쓰레기네."

이수에게 고정되어 있던 느른한 강욱의 눈길이 다시금 남자에게 날아가 꽂힌다.

"돈을 더 요구하실 생각인가요? 이번엔 얼마를 요구하실 건가요."

"그게 무슨 소립니까, 차이수 씨? 도, 돈이라뇨! 저희 쪽에선 그런 것을 요구한 적이 없습니다만."

남자가 강욱의 눈치를 살피며 아니라고 발뺌하기 시작했다. 하지만 이수는 개의치 않다는 듯 말을 이어 나갔다.

"아니면 이번엔 내가 요구해 볼까요."

"……!"

"SH 미디어 기자들 머릿수 제거로."

"차이수 씨."

"못 할 것 같습니까. 한 번 뽑아 먹었으면 됐지 왜 자꾸 건드리세요. 내가 언제까지 고고한 척하는 황태자비 후보일 것 같습니까. 아니면 태자 전하께서 그리 허망하게 변을 당하시니 쫓겨난 내가 우습습니까."

이수의 나지막한 음성이 남자의 목을 지그시 옥죄는 듯했다. 남자는 불편한 얼굴로 연신 헛기침만 내뱉었다.

곁에 선 강욱은 그녀의 여린 몸에서 뿜어져 나오는 거센 열기를 느끼며 묵묵히 바라보고 있었다.

"한 번으로 그쳤어야지요. 기자님 때문에 나는 이사 자리를 내어놓을 뻔했습니다. 아, 물론 이사 자리 따위 없어도 기자님들 책상 치우는 건 별일 아니니까, 그건 걱정 하지 마시고요."

"……!"

"자꾸 이러시면 이젠 제가 화를 안 내기도 뭣한 상황 아닙니까?"

차분하게 말을 쏟아 내던 그녀가 남자가 들고 있던 카메라를 들었다.

"이건 제가 들고 가겠습니다."

"저기!"

"투철한 직업 정신을 존중은 하지만 포커스 잘못 맞추셨습니다. 저는 이제 황실 사람이 아니니까요. 포커스 못 맞추는 무능한 카메라는 제가 잘 버리도록 하겠습니다."

카메라를 들고 빙그르르 도는 이수의 허리를 남자가 턱, 잡았다. 그의 강한 힘에 이수의 몸이 무자비하게 뒤로 젖혀졌다.

"차이수 씨, 이봐요!"

불쾌한 스킨십에 미간을 한껏 찌푸린 강욱이 반사적으로 손을 거세게 쳐 내며 꺾는다. 이수는 불쾌하다는 듯 남자가 더듬었던 자신의 허리를 내려다보았다.

"형법 제298조 강제 추행죄."

그러곤 싸늘한 말을 내뱉고 강욱이 남자 앞에 바짝 다가섰다.

남자는 아아, 소리를 내며 강욱을 세차게 노려보았다.

"형법 제316조 비밀 침해죄."

"이보세요, 검사님!"

"형법 제283조 협박죄, 형법 제311조 모욕죄."

"검사님, 제 말을 좀 들어 보시는 것이."

"그리고 여기에 조금 더 파고 들어가면 분명 형법 제129조 뇌물죄도 적용될 거라고 보는데."

무감한 얼굴로 남자에게 적용될 수 있는 형법 조항을 차례차례 읊어 내려가는 강욱이었다. 남자의 얼굴은 이미 붉으락푸르락, 표정 관리가 되지 않고 있었다. 강욱은 그를 무덤덤하게 내려다보며 다시금 입을 뗐다.

"다 감당할 수 있겠습니까."

남자는 깊이 한숨을 내쉬며 자리에서 일어났다.

"죄송합니다. 앞으론 이런 일 없게 하겠습니다."

그러곤 두 사람을 향해 깊이 고개를 숙이며 사과했다.

이수의 눈은 어쩐지 자신의 곁을 단단히 지키고 선 강욱에게서 떨어질 줄을 몰랐다. 안도감이 일었다. 이 순간, 자신의 곁에 선 사람이 다른 이도 아닌 이 남자라는 사실이 그녀의 마음을 안정시켰다.

이수는 티 나지 않게 작게 한숨을 내쉬며 돌아섰다. 그녀의 손엔 버겁게 무거운 카메라가 쥐어져 있다. 돌아가는 대로 이 카메라부터 부숴 버려야겠다, 마음먹은 그 순간.

"이리 주시죠, 카메라."

강욱이 그녀가 가지고 있던 카메라를 대신 들었다.

"검사님."

"증거물이거든요."

강욱이 자신만 믿으라는 듯 어깨 으쓱했다. 여전히 굳은 얼굴로 두 사람을 바라보는 남자를 돌아보았다.

"나도 담보로 이거 하나 잡고 있어야지. 뭘 믿고 그렇게 플래시를 터뜨려 대는지 모르겠지만 이젠 그쪽 입지가 좀 힘들어졌다는 건 자각해야 할 겁니다."

말을 마친 강욱이 휙, 돌아섰다. 다정함이라곤 찾아볼 수 없는 이 남자에게서 이수는 이상하게도 포근한 느낌을 받고 있었다. 따스하게 그리고 숨 막히게.

강욱은 이수의 가슴을 두드리고 있었다.

강욱을 검찰청에 내려 주고 다시 회사로 돌아가는 길. 이수는 끊임없이 내리는 빗속을 뚫고 A&J 그룹 지하 주차장으로 향했다.

주차장에 들어선 이수는 서둘러 주차를 하고 차에서 내렸다. 아까부터 마음이 불안했다. 분명 차 회장에게 연락이 올 때가 되었는데 휴대폰은 꺼진 것처럼 조용했다.

서둘러 가방을 챙기고 물기로 축축한 자신의 재킷을 털어 내며 차 문을 쾅, 닫았다.

"차이수 씨."

귀에 익은 음성이 이수를 불렀다. 그녀의 고개가 느리게 돌아갔다.

자신을 부른 음성의 주인공을 확인한 순간, 이수의 무표정했던 얼굴이 놀라움과 난처함으로 물들었다.

"대군마마."

그러다 이내 작위적인 미소를 띠며 고개를 조금 숙여 보였다.

환희 대군, 이안이 조금은 지친 듯한 표정으로 그녀에게 다가섰다. 그의 얼굴이 평소와 다르게 딱딱하게 굳어 있다.

"이런 걸 질문 할 자격 없는 거 아는데. 누구랑 있다가 왔어요, 이수 씨?"

"갑자기 그건 왜 물으시는 거죠?"

"혹시 지금 만나고 오는 사람이 윤 검사님이에요?"

그의 입에서 흘러나온 윤 검사라는 말이 이상하게 듣기 싫었다. 그녀가 그 반듯한 이마를 슬쩍 구기며 그에게 다가갔다.

"루머라는 거 압니다. 그래도 이건 아닌 것 같아서."

"무슨 말씀인지 차근차근 말해 주시면 좋을 거 같은데요."

"황태자비 후보의 잠자리 파트너가."

"잠자리 파트너라니. 그게 무슨……."

"중앙지검 윤강욱 검사다, 이런 말이 황실에서 흘러나오고 있어요. 이수 씨도 알고 있는 사실입니까?"

겨우 산 하나를 넘고 강욱의 손을 놓지 않아도 되는구나, 안심했는데.

더 큰 산이 그녀를 가로막고 있었다.

같은 시각, 황후전.

태후와 한바탕 입씨름을 벌이고 난 뒤라 황후의 컨디션은 바닥을 치고 있었다. 황후는 앓는 소리를 내며 침대에서 일어나지 못하고 있었다.

최 팀장에게 일러둔 일이 어찌 진행되는지 궁금해 목이 바짝바짝 탔다.

그때, 단비 같은 음성이 황후전 밖에서 들려온다.

"마마, 소인이옵니다."

"어서 들어오시게!"

황후가 눈을 크게 뜨며 몸을 일으켰다. 안에서 들려오는 소리에 최 팀장이 입술을 굳게 다문 채 조심스럽게 들어섰다. 기다리고 있던 이를 만난 듯 울상이던 황후가 반색했다.

"어찌 되었어."

"소문이 퍼지고 있습니다. 궐 밖으로 나가긴 시간문제일 듯합니다."

최 팀장의 말에 황후가 고갤 주억이며 창문을 힘껏 열어젖혔다.

황후전 마당의 소나무들이 비에 흠뻑 젖어 있었다.

"그 아이에게 큰 흠집을 내 다신 이 궐에 발을 들일 수 없게 해야 한다."

"하지만 아무리 못마땅해도 황후마마에겐 더할 나위 없이 필요한 사람이 아닙니까. 그래서 마마께서도 그 아이의 손을 잡은 것이었고요."

"이젠 구역질이 난다. 황실 위의 권력을 지닌 재계를 사돈으로 들이는 일."

"……."

"물론 그땐 내게 필요한 권력이었으니 그들을 불러들였지만, 이젠 아니다. 그들에게 나 역시 보상을 주려고 했어, 하지만 일이 이렇게 된 것을 어찌하느냐. 또한, 그들이 내 갈증을 해소해 준 것은 맞다만 동시에 내 숨통을 옥죄는 올가미이기도 했으니."

"마마."

"오늘의 황실이 이토록 권위가 떨어진 것이 그 때문이 아니겠는가. 황실보다 더한 재력과 권력을 지닌 가문의 여식을 들여 몰락하길 자처한 것."

한시적인 흔들림이 아니었다. 사실 황실의 위엄은 나날이 추락하고 있었다. 그에 따른 이유는 셀 수 없이 많았지만 황후는 그저 자신의 눈엣가시인 차이수와 같은 인물들로 꼽았다.

예로부터 황실에게 잘 보이려 줄을 대는 정재계의 인물들은 꽤 많았다. 어느 순간부터, 두 세력의 입장이 바뀌고 있었다. 추락하는 황실은 어떻게 해서든 살아남기 위해 더 높은 곳에 위치한 재계 가문을 찾았고 인수 합병을 하듯 그들과 연을 맺었다.

그렇게 황실은 대한제국의 중심에서 조금씩 밀리고 있었다.

"차이수를 황태자비로 삼으면 물론 우리 쪽에서 세운 황태자의 권세는 단단해지겠지. 전과 다를 것이 무엇 있겠느냐. 현재는 탄탄할지 몰라도 미래를 보장받을 순 없다."

"마마."

"모든 일을 우리 멋대로 할 수 없어. A&J와 차 회장의 눈치를 살피고 사사건건 그들의 의견을 물어야겠지. 그들의 반응을 살피며 전전긍긍하기 바쁠 거고. 황실의 권위? 위엄? 그저 그들의 손아귀에 잡혀 숨조차 제대로 쉬지 못할 것이다."

황후의 가슴이 뜨겁게 타올랐다. 창밖으로 소나무를 바라보는 그녀의 눈길은 이미 걷잡을 수 없는 욕망으로 젖어 가고 있었다.

그녀의 눈동자에 담기는 것이 화원을 적시고 있는 빗물인 줄 알았는데, 아니었다. 가슴 깊숙한 곳에서부터 뿜어져 나오는 습한 욕망이 내

뿜는 물기였다.

오랜 시간 묵혀져 그녀의 가슴에 이끼처럼 달라붙은 욕망.

그녀는 젖은 눈가를 더듬으며 죽은 태자를 떠올렸다.

"내가 찾을 것이야, 내 손으로 내가 직접 만들 것이야. 나의 아들을 죽게 한 원흉을 그들에게 돌릴 것이야. 해서 꼭 되찾을 것이다, 황실의 권위를. 그리고 그것의 첫 단추는 내가 꿰어야만 한다, 내게서부터 시작되어야 한다."

욕망에 휘둘리는 황후를 바라보는 최 팀장의 눈도 심상치 않았다.

"하면 앞으론 어찌하실 계획입니까."

"차이수가 못마땅하긴 해도 김 팀장의 말처럼 강력한 가문을 가진 1순위 황태자비 후보지. 여전히 국민의 지지를 받고 있기도 하고. 그러니 더욱 경계하여야 하지 않겠느냐."

"그 말씀은."

"우리 세력에서 태자가 나오지 못한다면 결국, 해연궁의 장자 환희 대군이 황태자 자리에 앉게 될 것인데."

"……."

"그들이 A&J를 업고 황실을 장악한다면 폐하와 나의 결말이 어찌 될 거 같으냐."

"마마."

"내가 갖지 못하는 것은 그들도 가질 수 없게 만들어야 한다."

황후는 두 주먹을 움켜쥐며 창문을 우악스럽게 닫았다.

"황태자 살인 사건을 조사했던 담당 검사와 황태자비 후보의 섹스 스캔들."

"……."

"재기할 수 없을 것이다. 그것이 누가 되었든. 그를 계기로 더한 소문이 퍼져 나가겠지. 차이수는 이제 궐에서 볼 수 없어."

✛   ✛   ✛

"그게 무슨 소립니까, 대군마마."

그러지 않으려 애썼는데도 이수의 음성은 누가 들어도 알 수 있을 정도로 떨리고 있었다. 하마터면 주저앉을 뻔했다.

잠자리 파트너라니. 듣고도 믿지 못해 이수가 다시 이야기해 달라는 듯, 안을 응시했다.

안 역시 자신이 내뱉고도 망측해 다시 입에 담기가 민망할 지경이었다.

"반응을 보니 몰랐던 일인가 봐요, 이수 씨도."

"무슨, 뭐라고요? 제가 누구와 뭐라고요?"

당황한 그녀의 음성이 턱, 턱 끊긴다. 숨이 한꺼번에 너무 많이 내뱉어져 안정적이던 호흡도 흐트러지고 있었다. 뒷머리를 크게 가격당한 것보다 더한 고통과 충격이 그녀를 엄습했다. 마른하늘에 떨어진 날벼락을 온몸으로 받아 낸 기분이다.

"잠자리 파트너 말입니다."

아직 믿기지 않는다는 멍한 얼굴의 이수에게 안이 쐐기를 박듯 말했다. 그제야 이수는 자신이 들은 저급한 단어가 헛것이 아니었음을 깨닫곤 입술을 힘없이 일그러뜨렸다. 심장이 너무 두근거려 헛구역질이 날 정도였다.

"어째서 그런 말이 궐에 도는 거죠? 그걸 대군마마께선 어찌 아셨습니까. 오늘 입궐을 하셨습니까? 입궐해서 직접 들으셨습니까?"

숨도 쉬지 못하고 말을 내뱉는 모습이 그녀답지 않게 흥분한 듯했다. 늘 말수를 아끼던 이수는 온데간데없었다. 말도 안 되는 소리의 근원을 자신이 먼저 찾아 없애야겠다는 듯 이수는 질문을 쏟아 냈다.

"입궐하지 않아도 궐의 소식을 전해 줄 궁인은 많아요."

"기사는, 기사는요. 궐 밖을 기어이 타고 흐른 소문입니까?"

그녀의 입술이 애처롭게 떨렸다. 순간, 안의 가슴이 걷잡을 수 없이 뛰기 시작했다. 예쁘게 웃던 그녀가 아파하는 모습을 보니 이상하게 속이 상했다.

"아직 궐 밖까지는. 하지만 시간문제겠죠. 소문의 근원을 서둘러 잡아야 하겠지만. 궐에서 먼저 퍼진 소문이니 아무래도 이수 씨의 이미지에……."

걱정스럽게 이수를 올려다보는 안의 눈이 깊어진다. 하지만 이수는 그 눈길을 애써 외면하며 마음을 다잡았다.

몇 번이고 곤두박질치는 심장이 그녀를 위태롭게 흔들었지만, 버틸 것이다. 버텨야만 했다.

"저는 상관없습니다. 황태자 전하를 살해했단 누명까지 뒤집어쓴 마당에 그깟 섹스 스캔들 따위는 거칠 것 없지요."

그녀의 적나라한 표현에 오히려 안이 움츠러들었다.

"황태자비가 되길 거부하는 제게 참으로 적당하고도 강력한 흠집이 아니겠습니까."

황태자비가 되길 거부한다는 문장이 안을 더 안달 나게 했다.

그녀를 위해, 그리고 자신을 위해 하나씩 그려 가던 황실에서의 미래가 삐걱대는 순간이다. 안은 저도 모르게 주먹을 움켜쥐었다.

"하지만 검사님은 아무것도 아닌 사람이 아닙니다."

안은 두 사람에게서 단지 검사와 증인이 아닌 그 이상의 깊은 무언가가 존재한단 생각을 떨칠 수 없다. 이수를 바라보는 눈이 깊고 또 아득하다.

"황태자비가 되지 못하게 치명적인 상처를 입힌다는 건 저의 입궐을 막으려는 자들의 소행일 것이고 궐에서 저와 저의 가문이 황실의 일원이 되지 않길 바라는 사람은."

"……."

"단 한 사람뿐이죠. 황후마마."

그녀의 말에 안 역시, 예상했다는 듯 무표정한 얼굴로 고개만 끄덕였다.

"누가 그 소문을 냈느냐는 중요하지 않습니다. 그건 대군마마께서도 아시겠죠. 황후마마께서 그러길 원하신다면 그렇게 될 겁니다. 그리고 전 별다른 저항 없이 그 소문을 받아들이겠어요. 하지만."

"……이수 씨."

"이제까진 그래 왔지만 이젠 그럴 수 없습니다. 그 사람을 위해서요."

이수는 가방을 단단히 쥐고선 성큼성큼 안의 앞으로 다가갔다. 그녀의 눈이 슬프게 빛나고 있었다. 손을 뻗어 그녀를 위로해 주고 싶었지만 그럴 수 없어 목이 바짝바짝 탔다.

이수는 목소리에 힘을 주어 자신을 슬프게 바라보는 안을 올려다보았다.

"최대한 궐 밖으로 퍼지지 않게 힘써 주세요, 대군마마. 부탁드립니다."

그녀가 간절하게 원하고 있었다. 안은 아무런 말도 잇지 못한 채 그녀만 내려다보았다.

"황태자비로 저를 받아들이지 않겠다고 선고가 내려진 것입니다. 황실의 뜻이겠지요."

"폐하의 뜻은 아닐 겁니다, 이수 씨."

"황후마마의 뜻을 거스르고 폐하의 뜻을 받잡으면 윤 검사님은 평생 오명을 뒤집어쓰고 살아야 해요."

"무엇을 어찌 도와 달란 거죠."

안의 음성이 차분하게 가라앉았다.

그 사람을 아프게 할 순 없어. 나 때문에 그의 명예를 더럽혀서는 안 돼.

이수의 가슴이 끝없이 울렁거리고 있었다. 하지만 곧 결심이 선 듯 그녀가 그 입술에 힘을 주어 목소리를 냈다.

"황태자비가 되지 않겠습니다. 그러니 저의 뜻을 존중해 주세요. 대군마마."

안은 그만 말을 잃고 말았다. 이 여자, 차이수. 정말 똑똑하고 영민한 여인이었다.

더러운 소문을 잠재울 방법은 딱 한 가지. 강력한 차기 황태자 후보, 안이 이수를 황태자비로 받아들이지 않겠다 거부하면 되는 것이었다.

황후의 뜻은 오로지 그것뿐이었다. 자신이 가지지 못할 카드인 차이수를 적의 손에도 쥐어 주지 않겠다는 것. 이수는 황후의 가려운 곳을 정확하게 알고 있었다.

뜻을 존중해 달란 그녀의 말에 안은 더 말을 잇지 못했다. 그저 눈을 반짝이며 자신을 올려다보고 있는, 욕심나게 아름다운 이수를 바라보고 있을 뿐이었다. 그녀와 맞추고 있는 시선 한 번에도 안의 가슴은 널을 뛰고 있다.

속수무책이다.

"대군마마께서 저를 버리셔야 해연궁마마께서도 저희 그룹을 놓으실 수 있습니다. 그렇게 되면 모두가 평화로워요. 물론 대군마마께서 원하신다면 차기 황태자의 자리에 오를 수 있게 저와 A&J 그룹이 힘쓰겠습니다."

거래를 하자는 말일까. 안의 눈이 분주히 움직이기 시작했다.

이수는 그의 미묘한 흔들림을 포착하곤 쐐기를 박듯 다시 입을 열었다.

"필요하다면 거래를 하겠습니다. 물론 대군마마께 전적으로 득이 될 수 있는 사안으로 말이에요."

"그런데 왜."

"……."

"내가 당신을 지킬 수 없다, 생각하는 거죠? 내가 지키면 되는 것 아닌가요."

"대군마마."

"그리고 내가 원하는 게 그게 아니라면."

순식간에 반전되는 공기.

이수가 입술을 떨며 그를 올려다봤다. 눈빛이 그의 눈빛이 예사롭지가 않다. 이수가 마른침을 꼴깍 삼켰다.

"나는 차이수, 당신을 원해요."

"대군마마!"

"황태자비로서 차이수 말이에요."

이건 이제 막 피어난 사랑일까.

아니면 버려질 것을 예감한 자의 비겁한 오기일까.

안은 이수를 갈망하고 있었다. 그리고 이수 역시 그 감정을 고스란히 느끼고 있었다.

그녀가 당황스러움에 잠시 그에게서 시선을 거두며 힘없이 입술을 벌렸다. 하지만 그 음성은 그 어느 때보다 강한 힘을 내뿜고 있다.

"거래가 성사될 수는 없겠군요."

조금 고민을 하는 모습이라도 보였더라면 이렇게 비참하진 않았을 텐데. 곧바로 내뱉어진 그 말에 안은 상처 받은 얼굴을 하고 말았다.

그녀 역시, 그의 얼굴에 드러나는 적나라한 감정을 읽어 냈지만 개의치 않았다.

"대군마마와 함께할 수 없을 것 같네요."

더 고민할 필요도 없다는 듯, 이수는 다시금 자신의 의사를 전했다. 그러자 안이 야속하다는 듯 얼굴을 굳히며 입을 열었다.

"이수 씨와 이수 씨의 그룹을 노리고 퍼뜨린 악성 루머예요. 황실에서 흘러나온 소문을 무슨 수로 막으려고요?"

너무도 무모한 모습에 안은 다시금 그녀를 설득했다.

"그렇다고 해서 대군마마께서 저를 도와주실 건 아니잖아요."

"이수 씨."

"저와 A&J를 지켜 주기 위해, 대군마마께선 정면 돌파를 하실 생각이겠죠. 그리고 이 일을 계기로 대군마마께선 황태자로 그리고 대군마마의 황태자 즉위를 바라는 A&J를 등에 업고, 나를 황태자비로 만들겠죠."

이수의 눈은 절망 속에서도 무너지지 않은 채 은은히 빛나고 있었다. 그녀는 말보다는 글로 자신의 감정을 표현하는 것에 익숙한 사람이었다.

언제나 말수를 아껴야만 했다. 그것은 A&J 그룹의 수장이 되기 위해서도, 황태자비가 되기 위해서도 필요한 일이었다.

말보다는 글로.

글보다는 침묵으로.

그렇게 언제나 그녀는 A&J의 얼굴로 그리고 영원한 황태자비 후보로 품격을 갖추어야만 했다. 하지만 지금의 그녀에게는 모두 무가치한 것들이었다.

스스로의 삶을 찾기로 마음을 먹었으니까.

거기에는 그룹도 황실도 포함되지 않은 오로지 '차이수'만을 위한 길이었으니까.

"맞아요. 이수 씨가 말한 그대로입니다. 난 그렇게 이수 씨를 구할 생각이에요."

안도 물러나고 싶지 않았다. 황태자라는 자리에 가까워지기 위해서 그녀가 필요했다. 하지만 무엇보다 오롯이 자신을 봐주는 차이수가 필요했다. 자신의 곁에 머물러 주길 원하고 있었다.

"그 방법으로는 누구도 구할 수 없어요. 제가 저번 국혼을 감행했던 이유가 저의 목표를 위해서였어요. 그게 가장 빠른 길이었으니까요."

"……."

"하지만 이젠 굳이 나를 희생하지 않아도 그 목표로 갈 수 있는 길을 찾은 것 같아요. 그러니 이혼을 전제로 한 국혼이라도 제겐 필요가 없어졌다는 겁니다."

"이수 씨."

"죄송합니다, 대군마마."

그녀는 그를 향해 예를 갖추어 인사를 올린 후 미련 없이 그를 지나쳤다.

"나는 예전의 이안이 아닙니다."

"대군마마."

안이 돌아서는 그녀를 설득하듯, 입을 열었다.

"이수 씨를 그리고 이수 씨의 모든 사람을 지킬 수 있는 힘이 있어요. 그러니 생각 바뀌면 연락 주세요. 연락 기다리겠습니다."

하지만 멀어지는 그를 바라보는 그녀의 얼굴엔 여전히 감정이 스미지 않았다.

"기다리지 마세요. 연락이 갈 일은 없을 겁니다, 대군마마."

✢　　✤　　✢

검찰청으로 돌아온 강욱은 곧장 업무에 복귀했다.

어느새 황태자 살인 사건 외에 이율 황제의 이야기까지 언론이 지적하고 나서자 검찰은 기존의 수사팀을 보강했다. 강욱도 새로 꾸려진 사무실로 이동했다.

회의실에 꾸려진 내부는 이제 막 터진 기사들로 정신이 없는 상태였다.

"A팀, A팀 연락했어? 보고는!"

"결과 보고 아직입니다!"

"누가 기사를 낸 거야! 그렇게 조심하라고 일렀는데, 공식 발표보다 기사가 먼저 나와? 일을 도대체 어떻게 처리하고 다니는 거야!"

"죄송합니다."

황태자 살인 사건 제2의 용의자로 환희 대군의 친모인 '해연궁'이 지목됐고 출입 기자들이 냄새를 맡아 검찰의 공식 발표가 나오기도 전에, 기사를 내보낸 것이었다.

이제 황태자 살인 사건의 용의자가 '이수'에서 '해연'에게로 넘어간 것이었다. 확실히 이수보단 해연이 범행 동기 및 정황이 더 설득력 있었다.

강욱은 어느새 회의실에서 자료를 정리하고 있던 박 계장을 둘러 돌아보았다.

"별궁에서 발견됐다던 약물에서 발견된 지문 감식 결과는요."

박 계장은 서류를 넘기며 입을 열었다.

"차이수 씨 DNA와 일치하지 않습니다."

"좋습니다. 부장님은요?"

"긴급회의 들어가셨습니다. 검사님도 가셔야 합니다."

"알겠습니다. DNA와 일치하는 궁인이 있나 확인 부탁드립니다."

"네, 감찰궁에 협조 자료 넘긴 상태입니다."

강욱은 셔츠의 단추를 풀며 타이를 느슨하게 풀었다. 그러곤 안경을 끼며 긴급회의에 참석하기 위해 빠르게 걸음을 옮겼다.

그때, 강욱의 주머니에서 작은 진동이 일었다. 그는 미간을 찌푸리며 휴대폰을 귀에 가져다 댔다.

"네, 윤강욱입니다."

상투적인 음성이 그의 굳은 잇새로 흘렀다. 하지만 어쩐 일인지 상대방은 묵묵부답이다. 엘리베이터가 도착할 때까지 수화기 너머에서는 아무런 답이 없었다.

안 그래도 수사에 진척은커녕 황태자 살인 사건의 유력 용의자 역시 갈팡질팡 하고 있는 검찰의 무능함을 꼬집는 여론들이 들썩이는 터라 강욱의 신경은 극도로 날카로워져 있었다. 강욱이 엘리베이터에 올라서며 휴대폰을 내려다보았다.

"아, 차이수 씨?"

'차이수'라는 세 글자가 휴대폰 화면을 꽉 메우고 있었다. 강욱은 서둘러 다시금 휴대폰을 귀에 가져다 대었다. 조금은 가라앉은 듯한 그녀의 목소리가 들렸다.

—검사님. 바쁘세요?

"조금요. 회사 잘 들어가셨습니까?"

윤강욱입니다, 하고 말할 때와는 달리 부드러운 어투였다. 아무래도 이수라는 이름이 그의 굳은 마음을 어루만진 듯했다.

—네. 저 근데 괜찮아요? 기사가 떴던데.

"보셨습니까."

—안 그래도 그것 때문에 저희 쪽에서도 긴급 이사회가 다시 열릴 참이에요. 저희 그룹이 황실과 깊은 연이 있는 곳이라, 무시할 수 없는 기사더라고요.

"차이수 씨도 꽤 혼란스럽겠습니다."

—제가 그럴 게 뭐가 있겠어요. 그냥 윤 검사님이 걱정되어서.

"아닙니다. 걱정, 감사합니다."

자신이 걱정되었다는 말이 강욱의 가슴에 선명하게 박힌다. 하지만 강욱의 목소리에서 긴장감과 예민함만 뚝뚝 묻어났다.

그리고 어쩐지 강욱의 말이 끝나자, 수화기 너머에서 이수의 목소리가 들려오지 않았다. 깊은 생각에라도 잠긴 걸까, 이수의 침묵이 길어졌다.

그는 묘한 긴장감을 느끼며 입매에 힘을 주었다.

"내 걱정돼서 전화 건 겁니까?"

—네. 검사님 생각이 먼저 나더라고요.

그 말을 하는 이수의 목소리에 묘한 떨림이 묻어나 있다.

어쩐지 그 작은 떨림이 강욱의 신경을 자극하는 것 같다. 피식, 웃음도 절로 지어졌다.

"좋네, 누군가가 날 걱정해 준다는 게."

—힘내세요, 검사님. 잘될 거예요. 그렇죠?

"말로는 힘이 안 나는데."

—네?

"힘나게 마치고 소주 한 잔 어떻습니까. 차이수 씨."

때마침 엘리베이터의 문이 열리고 굳은 얼굴의 검사들이 강욱을 바라보고 있다. 이제 또다시 시작이다.

강욱은 여전히 전화를 끊지 못한 채, 이수의 대답을 기다리고 있었다.

그녀의 침묵이 길어질수록 강욱은 이상하게 긴장하게 됐다. 그때, 이수의 작은 목소리가 들려왔다.

—아, 오늘은 안 될 것 같아요. 밀린 업무가 많아서. 다음에요. 다음에 꼭 마셔요.

그녀의 대답에 강욱이 저도 모르게 자신의 아랫니를 지그시 깨물었다.

어쩔 수 없지, 그의 마음이 그를 다독였지만 어쩐지 피어오르는 씁쓸함을 감출 길이 없다.

"윤 검, 뭐 해! 해연궁 소환 날짜 정해졌어!"

강욱은 재촉하는 음성에 서둘러 등을 돌렸다.

"아쉽네요. 그럼 나중에 다시 연락드리겠습니다."

전화를 끊는 강욱도, 그리고 끊긴 전화를 내려다보는 이수도 모두 마음이 불편해졌다.

꼭 같은 세상에 있지만 다른 곳을 바라보는 듯한 두 사람.

강욱 역시 알고 싶었다. 그녀에게 먼저 술을 먹자 제안한 이유도 그리고 그러지 못하게 된 지금 왜 아쉬워하는지에 대해서도.

결국 그는 조금 지친 얼굴로 엘리베이터에서 내렸다. 그러곤 휴대폰을 주머니에 집어넣으며 전쟁터와 다를 바 없는 회의장 안으로 들어선다.

다섯 시간 넘은 긴급회의가 끝났다.

강욱은 기진맥진해져선 검사실로 돌아왔다. 강욱을 기다리고 있던 박 계장이 에너지 음료를 그에게 건네며 걱정스러운 얼굴을 했다.

"와. 무슨 회의를 그렇게 강행합니까?"

"비상이잖습니까. 무능한 검찰, 기사 타이틀에 뜨는 거 무진장 싫어하시는 부장님이시니까."

강욱이 애써 미소를 지으며 재킷을 쥐었다. 온몸이 딱딱하게 굳은 듯, 피곤함이 밀려왔다.

"내일부터 야근이니까 마음 단단히 먹고 오세요, 계장님."

"넵! 오늘 밤이라도 푹 쉬세요, 검사님."

"네. 수고하셨습니다."

그는 서둘러 가방을 챙기며 검사실을 나섰다. 강욱이 저벅저벅 엘리베이터에 올라섰다.

어느덧 9시. 깊은 어둠이 이미 도시를 집어삼킨 뒤였다. 강욱은 차고 있던 메탈 시계를 풀어 가방에 넣었다. 몸에 걸쳐진 무엇 하나라도 지금 그에겐 쇳덩이보다 더한 무게감으로 와 닿았다. 그는 느리게 눈을 깜빡이며 뻐근한 목을 주물렀다.

그때, 엘리베이터는 고요한 1층 로비에 멈추어 섰고 문이 활짝 열렸다.

강욱은 무표정한 얼굴로 로비를 가로질렀다. 차가운 구두 굽 소리만이 로비를 꽉 채웠다.

온종일 내리고 있던 비는 언제 그쳤는지 축축한 물기만 남긴 채였다. 지친 몸을 이끌고 검찰청 건물 앞 계단을 휘적휘적 내려섰다.

"……?"

그 앞에 웬 여자 하나가 등을 돌리고 서 있다.

깔끔하게 하나로 묶어 틀어 올린 머리 아래에 은은히 빛나고 있는 진주 귀걸이, 베이지색의 단정한 롱코트에 까만색 터틀넥 원피스를 차려입은 여자.

강욱이 무표정한 얼굴로 여자의 뒷모습을 지그시 응시했다. 이내 여자가 조심스럽게 몸을 돌렸다.

"차이수 씨?"

그의 눈앞에서 이수가 이 세상의 빛을 모두 훔친 듯 웃고 있었다. 그대로 굳어 버린 강욱은 그저 입을 벌린 채 그녀를 응시했다.

"생각해 보니까 안 바쁜 것 같기도 해서요."

이내 이수가 강욱이 늘 자신에게 그랬던 것처럼 조그마한 손을 척 내밀었다.

"낮엔 고르곤 졸라 먹었으니까. 밤엔 닭똥집 어때요?"

오랜만이었다. 언제나 여자라는 존재에 무감하던 그가 한 여자를 바라보며 이토록 가슴을 떠는 것이.

그녀에게 넋을 빼앗겨 멍하니 서 있던 강욱이 곧 정신을 차리곤 그녀의 손을 단단히 잡았다.

"원래 이렇게 서프라이즈에 능합니까?"

"그래 보여요?"

"왜지."

"……."

"뭐가 이렇게 반갑지, 당신이."

그의 말에 이수가 환하게 웃어 보였다. 반가운 건 그녀도 마찬가지였다.

겨우 몇 시간 만에 다시 마주하는 건데도 이상하게 반가웠다. 두 사람은 맞잡은 손을 반갑게 흔들며 서로를 응시했다.

"피곤해 보여요. 괜찮아요?"

"좀 전까지 그랬는데 지금은 괜찮습니다. 누구 덕에."

두 사람 사이에 흐르는 기류가 이상하게 들떠 있는 듯하다. 이수는 자신 덕에 괜찮아졌단 말에 괜스레 기분이 좋아져 덩달아 즐거워졌다.

그런데 강욱이 대뜸 얼굴을 슬쩍 숙이며 그녀와 눈을 맞추었다. 자꾸만 이렇게 자신과 눈을 맞추는 그의 모습에 이수는 한 걸음 뒤로 갈 수밖에 없었다.

이 남자의 시선이 왜 이토록 다정하게 느껴질까. 늘 자신을 바라봐
주던 사람처럼 다정하고 인자하고 따뜻하다. 그녀는 강욱의 검은 눈동
자에 비친 자신의 얼굴을 바라봤다.

"안 춥습니까?"

코끝이 조금 빨간 이수를 바라보며 강욱이 물었다. 그러자 그녀는
생긋 웃으며 고갤 끄덕였다.

"괜찮은데? 추워 보여요?"

"아니, 코가 빨개서."

그가 눈짓으로 그녀의 코를 가리켰다. 이수가 멋쩍은 듯 머리카락을
매만지더니 씩, 입꼬리를 끌어올렸다.

"아⋯⋯. 울어서 그래요."

그냥 말해도 좋을 것 같았다. 어차피 우는 모습을 그에게 몇 번이나
보인 뒤니 애써 숨기고 싶진 않았다.

울었다고 아무렇지도 않게 얘기하는 그녀의 모습에 되레 놀란 것은
강욱이었다.

그가 눈을 커다랗게 뜨고선 그녀의 눈동자를 직시했다. 듣고 보니
그녀의 검은 눈동자가 반짝반짝 물기를 머금은 듯도 하다. 그가 얼굴을
굳힌 채, 슬쩍 숙였던 상체를 들었다.

반듯한 얼굴에 적나라하게 나타난 놀라움과 당혹스러움을 느낄 수
있었다. 이수가 붉은 입술을 작게 말아 물며 그의 손을 놓았다.

"미안, 나 지금 좀 놀란 얼굴입니까?"

덩달아 얼굴을 조금 굳히는 이수를 향해 그가 물었다. 이수는 거두
었던 미소를 다시 끌었다.

"조금요. 그런데 울었다고 고백한 거니까 놀라는 건 당연한 거겠죠?"

조금 쌀쌀한 바람이 등 뒤에서 불어왔다. 강욱은 그녀 곁에 바짝 다

가서며 찬 바람을 막았다.

"이유는?"

건조한 듯했지만 그 속엔 그만이 담을 수 있는 따뜻함이 녹아 있었다. 세 글자를 무미하게 뱉는 강욱의 시선은 여전히 그녀의 두 눈동자로 향했다.

"여기서 말하고 싶진 않은데. 자리 옮길까요?"

그가 잠시 고민하는 듯하더니 고갤 끄덕였다.

"차 가지고 왔습니까?"

"아뇨, 술 먹을 거라 놔두고 왔어요."

"작정하고 왔네. 내가 피곤해서 안 된다고 하면 어쩌려고?"

피식, 웃어 보인 강욱은 여유 있게 머리를 한번 쓸어 넘기며 그녀에게 물었다. 이수는 어깰 으쓱해 보이며 그의 곁을 바짝 따랐다.

"윤 검사님께서 가르쳐 주셨잖아요. 잡을 것 같지 않은 손은 내밀지 않기."

"이걸 이렇게 써먹는 겁니까?"

"안 잡아도 내가 잡을 수 있는 손만 내밀기."

"우등생이네, 차이수 학생."

그녀가 뿌듯해하며 눈을 반짝이자 강욱이 다시 피식, 웃음을 터뜨렸다.

도시를 데우는 태양도 이미 어둠 뒤로 사라진 후였지만, 낮보다 뜨거운 밤이다. 고즈넉한 어둠 위로 솟은 달도 어제보다 따스한 기운을 잔뜩 머금고 있었다.

"포장마차에서 닭똥집은 다음에 먹고 오늘은 이거. 찬 바람 계속 쐬면 감기 걸릴 것 같아서요."

그의 차가 도착한 곳은 한 삼겹살 가게였다. 이수가 눈을 빛내며 차에서 내렸다. 강욱도 시동을 끄며 차 문을 힘껏 닫았다.

"삼겹살엔 소주라던데."

그녀가 방긋 웃으며 그를 돌아보았다.

"정확하게 알고 계시네."

이내 그가 작게 미소를 지으며 안으로 들어섰다. 그녀도 조금 쭈뼛거리다, 그의 뒤에 바짝 붙어 가게 안으로 들어섰다.

고소한 돼지 냄새가 홀에 가득했다. 행여 사람들이 자신을 알아보진 않을까, 이수가 터틀넥 위에 얼굴을 슬쩍 묻었다.

그녀의 머뭇거림을 느꼈는지 강욱이 터틀넥을 잡아당기는 그녀의 팔을 조심스레 쥐었다.

"안쪽으로 갑시다. 거기 룸 있거든요."

자신을 이끄는 그의 모습이 어쩐지 낯설었다. 언제나 그녀의 곁을 보호하던 경호원들과는 사뭇 다른 느낌을 풍겼다.

이수가 멍한 얼굴로 뒷모습을 빤히 쫓다가 그가 이끄는 곳으로 걸음을 옮겼다.

이내 두 사람은 서둘러 룸 안으로 들어섰고 강욱은 자연스럽게 주문을 하고 문을 닫았다.

"여기 삼겹살 3인분하고 소주 한 병요."

룸 안에 들어와서야 이수의 팽팽하던 긴장감이 느슨해졌다.

"이런 곳도 처음이겠죠."

낯선 얼굴로 룸 안을 살피는 이수를 향해 그가 물었다. 답을 들을 생각은 없었는지 곧바로 코트를 벗어서 달라는 듯 손을 뻗었다. 이수는 조심스레 코트를 벗어 그에게 건넸다.

"네. 삼겹살 가게는 처음이에요. 근데 많이 먹어 봤어요. 집에서만."

이런 상황이 자연스러운 그와 달리 이수는 눈빛부터 부자연스러웠다.

"공주님은 공주님인가 봅니다."

"……네?"

"그냥요. 이런 삼겹살집도 낯설어 하는 모습을 보니까."

그녀의 코트를 옷걸이에 건 강욱이 자리에 앉았다.

공주님이란 말에 그녀가 얼굴을 붉히고 말았다. 사실이었다. 이수는 공주처럼 자라왔다.

어린 시절부터 주위에서 '황태자비' 혹은 '공주님'이란 말을 줄곧 들으며 성장해 왔다. 익숙해질 만한 단어임에도 매번 들을 때마다 이수의 낯을 붉히게 만들었다.

"공주님은 무슨요. 그냥 얼굴이 좀 알려진 일반인이라고 해 주세요."

"일반인은 아니지. 일반인치고는 돈이 너무 많으니까?"

"그럼 돈 많은 일반인으로 할게요."

도란도란 이야기를 나누다 보니 어느새 이내, 주문한 삼겹살과 밑반찬들이 나왔고 함께 시켰던 소주도 테이블 위에 올려졌다.

이수는 강욱이 건넨 앞치마를 목에 걸며 눈을 반짝였다. 이상하게 반가운 음식들이다. 종종 먹는 삼겹살이었지만 강욱과 마주 보고서 삼겹살을 구워 먹을 줄은 몰랐다. 그래서 그런가. 무척이나 이 시간이 즐거웠다.

이수는 두 손을 가지런히 모은 채, 소주잔을 집었다.

"공주님처럼 자란 건 맞지만 공주인 적은 단 한 번도 없었어요. 그러니까 그런 말은 정말 궐에 계신 공주님께 하도록 해요. 자."

그녀가 빈 잔에 소주를 콸콸 부은 뒤 강욱에게 건넸다. 요즘 들어 부쩍 소주를 자주 마시는 것 같단 생각을 하며 그녀가 그의 잔에 자신의 잔을 짠, 부딪힌다. 그러곤 망설임 없이 쓴 소주를 입에 털어 넣었다.

"수고했어요, 오늘. 우리 그룹에서도 꽤 파급력이 큰 기사였는데. 검찰청에선 더 했겠죠?"

이수가 밑반찬으로 나온 소시지볶음 하나를 들어 그의 앞 접시에 슬쩍 얹었다.

티슈로 입을 닦던 강욱은 그녀의 배려에 피식, 웃음을 흘렸다.

"제가 할 일이니까요. 파급력이 크든, 작든. 우리가 열심히 해야 무고한 사람이 억울함을 풀 수 있으니까."

"멋있는 일을 하네요."

"차이수 씨도 멋있는 사람입니다."

"제가요?"

"보면 볼수록 그렇습니다. 그쪽."

그가 웃으며 그녀가 건넨 소시지볶음을 먹었다. 그 순간 이수의 얼굴이 묘하게 반색이 된다.

"삼겹살집에선 처음 듣는다, 나 멋있단 소리."

"저도 처음 해 봅니다, 멋있단 소리."

두 사람이 서로의 눈을 바라보며 기분 좋게 웃고 말았다. 이수가 가만히 그를 바라보다, 다시 그의 빈 잔에 소주를 따랐다.

조금 서두르는 듯한 모습을 빤히 바라보던 강욱이 자신의 잔에 소주를 따르는 그녀의 손을 제지했다. 작은 그녀의 손을 감싸는 커다란 강욱의 손이 따뜻하다.

"아까 운 이유."

"······."

"취하지 않으면 하지 못할 말입니까."

느른한 그의 눈길이 긴장감으로 콩닥거리던 그녀의 가슴을 다독이는 듯했다. 이수가 작게 탄성을 뱉으며 소주병을 테이블 위에 내려놓았다.

그러나 여전히 자신의 손등을 포개고 있는 그의 따뜻한 손.

"역시 검사님이시네요. 어쩜 그렇게 정곡을 찔러요? 사람의 마음을 읽는 능력이라도 있는 건가."

아무렇지 않은 척해 보는 그녀의 눈가가 파르르 떨리고 있었다. 울었다고 말하던 그때처럼 그녀의 코끝은 여전히 빨개져 있다.

애써 추슬렀던 그 감정이 다시금 일었을까. 어떤 갈등이 이 여자를 울게 했을까.

강욱은 그녀의 손등을 다독였다. 혹시 금방이라도 그 커다란 눈에 물기라도 어릴까, 그는 그녀를 침착하게 달랬다.

"서두르지 않아도 됩니다."

"······."

"나 여기에 있고, 소주도 많습니다. 천천히 해도 되니까 서두르지 마세요. 무엇이든 서두르면 탈 나는 법이니까."

말을 마친 것과 동시에 강욱의 손이 그녀에게서 떨어졌다. 이수가 고갤 들어 그를 바라보았다. 그러곤 턱 끝을 조금 치켜들어 그의 얼굴을 가득 담았다.

"취한 건 아닌데 나 지금부터 하는 소리, 조금 헛소리 같아도 들어 줘요."

황태자 살인 사건으로 취조하던 그때처럼.

강욱이 숙였던 상체를 꼿꼿하게 세우며 두 손을 모았다. 그러곤 검고 깊은 눈을 이수에게 고정한 채, 손에 힘을 주었다.

"무슨 얘기든 다 들어 줄 테니까, 긴장하지 말고 얘기하십시오."

무조건 그녀의 편이 되어 주겠다는 듯한 어투였다. 이수가 잔뜩 긴장한 채 말문을 열었는데 생각보다 그의 반응이 따뜻해 마음을 놓을 수 있었다.

한참 머뭇거리던 그녀가 자신의 빈 잔에 소주를 부었다. 그 순간에도 강욱은 시선을 이수에게 고정한 상태로 움직이지 않았다. 이내 그녀가 소주를 들이켜고 잔을 탁, 소리 나도록 상에 올려 두었다.

"검사님."

결심한 듯 그녀가 붉은 입술을 벌렸다.

"우리가 함께 밤을 보낸다면, 어떨 것 같아요?"

갑작스러운 말은 교통사고와도 같았다. 무방비 상태의 강욱에게 이수라는 차가 돌진한다.

"그게 무슨 말입니까, 차이수 씨."

그의 반듯하던 미간이 순간적으로 일그러졌다.

"파트너로서 나, 마음에 들어요?"

적나라한 그녀의 말에 강욱이 무어라 대꾸를 해야 할지 몰라 입술만 자꾸 달싹이기만 했다.

무어라 말을 해야 했는데.

아무리 입을 벙긋거려도 무슨 말을 생각하며 목구멍에 힘을 주어야 할지 감이 잡히지 않았다. 뺑소니를 당한 것처럼 강욱은 멍한 눈으로 이수만 바라볼 뿐이었다.

"별로예요?"

이수가 침묵을 깼다. 애써 담담한 척하며 말문을 열었다고 해도, 그녀 역시 목소리에 옅은 떨림이 묻어나고 있었다.

센 척, 아무렇지 않은 척, 괜찮은 척.

아무리 갖은 척을 해도 실은 이수 역시 가슴이 너무 뛰어 표정 관리가 되지 않고 있었다.

"내가 어떻게 해석해야 합니까."

그가 침착하게 물었다. 어쩐지 조금은 화가 난 듯한 얼굴이었다.

슬쩍 얼굴을 찌푸린 그가 이수를 뚫어지라 응시한다. 혹여나 이수가 취기에 건넨 말인 걸까, 그의 눈동자가 부지런히 그녀를 훑었다.

저번에 포장마차에서는 꽤 술을 잘 받아 마시는 것 같았는데, 오늘은 컨디션이 좋지 않아 취기가 빨리 올랐을까. 속으로 여러 가지 생각을 하면서 그는 이수에게 시선을 놓지 않는다.

"말 그대로 들으시면 됩니다. 잠자리 파트너로서 전 어떨 것 같으냐 그 말 그대로요."

"저번엔 남자 친구를 해 달라더니 이젠 밤 친구라니."

"……밤 친구."

"하고 싶단 말입니까, 아니면 해 달라는 겁니까."

강욱이 작게 한숨을 내쉬며 그녀의 눈을 똑바로 쳐다보았다. 하지만 어쩐지 이수는 올곧은 그 눈길을 피하고만 싶었다. 이수가 슬쩍 시선을 돌렸다.

"나 봐."

"검사님."

"마음대로 내뱉은 건 차이수 씨입니다."

집요하게 그녀의 눈동자를 좇는 시선이 꽤 거칠다. 가슴을 후벼파는 듯한 그의 선득한 눈길이 이수의 심장을 할퀸다.

설렌다는 말로는 부족한 떨림이다. 벅찬 떨림이 이수의 가슴을 그리고 온몸의 세포를 자극하고 있다. 이수가 조금 아래를 바라보다 조심스럽게 눈동자를 올렸다. 그러자 강한 힘으로 자신을 몰아붙이는 눈길이 날아와 박힌다.

"고작 눈도 이렇게 맞추지 못하는데 나랑 입을 맞출 수 있겠습니까?"

불씨를 만든 건 이수라면 불을 키우는 건 강욱이었다.

"입만 맞춰? 아닐 텐데? 말할 땐 과감하더니 왜, 적나라하게 파고드니 아닌 것 같습니까?"

"그런 게 아니라."

"후회하는 얼굴이네. 뭐지."

그 순간 강욱이 자신의 목을 죄고 있던 타이를 느슨하게 풀었다. 타이를 잡아당기는 그의 모습이 이상하게 뇌쇄적으로 보여 이수가 부자연스럽게 침을 삼켰다.

"그런 말을 꺼냈을 땐 내게 듣고자 한 대답이 있을 건데. 말하세요. 내가 뭘 해 주면 됩니까."

부러 그러는 걸까. 더 딱딱하게 굳어 가는 그의 어투에 이수는 괜히 그의 눈치를 살피게 됐다.

"눈치 보지 말고."

또 들키고 말았다. 시선을 일부러 외면했던 것도, 그리고 이렇게 그의 안색을 살피는 것도. 검사라서 그럴까. 유난히 그는 날카롭고도 예민한 감각을 지닌 것 같았다.

이수는 잠시 머뭇거리다 그를 바라보았다. 정확히는 그의 슬쩍 벌어진 붉은 입술을. 잔뜩 성이 난 듯 부풀어 있는 입술은 쉽게 다물어질 생각이 없어 보였다.

"그냥 검사님 생각이 궁금해요. 나와 그런 관계라는 말을 들었을 때 검사님은 어떨지."

"그러니까 내가 어떨지는 차이수 씨가 매력이 있나, 없나도 포함되어 있는 겁니까."

"그렇게 대놓고 묻진 않았는데."

"난 그렇게 들리는데."

그가 눈빛을 반짝였다. 차분하면서도 농염한 눈빛이다.

이수가 그를 빤히 바라보다, 입을 슬쩍 열었다.

"그럼 괜찮은 여자예요, 나?"

"괜찮다는 말이 본인한테 너무 무례한 말이란 생각은 안 듭니까."

"네?"

"괜찮지. 그쪽 꽤 괜찮은 여자야. 이런 말로 당신을 평가하고 싶진 않은데. 당신에게 너무 예의 없이 구는 것 같으니까."

그가 빈 잔을 소리 나게 내려놓았다. 이수의 시선이 그에게 집중된다.

"자고 싶습니까, 나랑?"

"그건 아닌데."

"그럼 내 의견을 묻는 겁니까?"

"……."

"네, 자고 싶습니다. 그쪽 매력적이고 예쁜 여자고. 한 번쯤은 자고 싶어. 남자라면 탐날 만한 사람입니다."

"……아."

농염한 입술을 연 그는 미사여구를 떼어 낸 나체 같은 문장 덩어리를 쏟아 냈다. 하지만 이내 강욱은 좀 전보다 더 굳은 얼굴로 말을 이었다.

"그런데 그러고 싶지 않습니다. 하룻밤을 격렬히 나누는 파트너라면 더더욱. 차라리 진심을 나누고 싶다고 했다면, 내 마음이 동했을까. 그런데 그건 아닌 것 같네요. 죄송합니다."

왜 안심이 되는 걸까.

원한 적도 없던 그것이었지만 그걸 거부하는 모습에 이수는 다시 한 번 자신의 마음이 움직이는 느낌이 든다.

단호한 얼굴의 강욱을 바라보았다.

"죄송해하지 않아도 돼요, 그건 내가 해야 하는 거니까."

처음 패기롭게 말을 했던 것과 다르게 예의 바른 모습으로 돌아온 그녀가 휴대폰을 꺼내 사진 한 장을 액정에 띄웠다. 그러곤 묵묵히 자신을 바라보는 강욱에게 내밀었다.

"뭡니까."

"내가 그런 말을 했던 이유, 그리고 내가 검사님께 죄송해야 하는 이유."

"그게 무슨 말인지."

"우선 사과부터 할게요. 저 역시, 이런 말로 검사님께 무례하게 굴고 싶진 않았어요."

변명 같은 말을 쏟으며 이수가 고개를 들었다. 그녀의 말에 강욱이 휴대폰 속 사진을 내려다보았다. 단체 메신저 방의 대화 일부를 캡쳐한 사진이었다.

강욱의 눈이 사진 속 대화를 분주히 읽어 내려갔다.

　—차이수, 중앙지검 윤XX 검사랑 섹스 파트너래.

　—헐, 대박. 그래서 차이수 용의자 후보에서 빨리 제외시킨 거야?

　—감찰 궁인들 사이에선 소문 쫙 퍼졌어. 숨겨 둔 남친이란 얘기도 있는데, 그건 아닌 거 같고. 둘이 밤마다 만나서 호텔 들어가는 거 누가 봤다던데?

　—섹스 파트너 맞음. 내가 아는 사람이 중앙지검에서 일하는데 그 검사랑 차이수랑 섹파래.

　—고귀한 척은 다하더니, 차이수 진짜 응큼하다ㅋㅋ

　—어쩌면 윤 검사랑 차이수랑 짜고 황태자 죽인 건 아니야?

몇 장의 사진 속에 담긴 대화는 강욱을 충격에 빠뜨리기에 충분했다. 이수도 이미 겪었던 상황이기에 고개를 숙이고 있었다.

강욱은 기다란 검지로 툭, 툭 사진을 넘겨 가며 대화 내용을 모조리 읽어 내려갔다.

대화를 모두 읽은 후, 강욱은 조심스레 휴대폰을 내려놓았다. 그의 얼굴은 대화를 읽는 동안 잠시 일그러지는 듯했는데, 어느새 무표정하게 바뀌어 있었다.

강욱이 움직이는 소리에 이수가 고갤 들었다.

"그래서 물었던 겁니까. 섹스 파트너로서 어떠냐고."

"궐에선 이미 그렇게 소문이 퍼지고 있어요. 사실 여부를 떠나 서로의 잠자리 상대가 되었죠. 막을 순 없을 것 같아요. 이젠 제가 궐 안에서 무엇을 할 수 있는 자격이 없거든요.”

세상이 무너진 듯한 얼굴로 그를 바라보았다. 아니, 정확하게는 미안해 죽겠다는 얼굴로.

그녀의 입술이 힘없이 일그러졌다, 일자로 펴지길 반복했다. 강욱은 아무런 대꾸도 하지 않은 채 그녀를 응시했다.

무슨 생각을 하는 걸까. 절망감이 그의 목구멍을 틀어막은 걸까. 불안해졌다. 침묵이 길어질수록. 이수는 작게 한숨을 내쉬며 손을 모았다.

“그래서 제가 말하지 않아도 윤 검사님의 귀에 이 단어가 들어갈 것 같았어요. 묻고 싶었어요.”

“······.”

“내가 없는, 그리고 그 상황에 따른 설명을 미처 듣지 못한 상황에서 이런 무자비한 말을 듣게 되었을 때 검사님께서 무슨 생각을 할지. 당연히 기분 나쁘고 수치심 느끼시겠지만······.”

변명 같은 말을 쉴 새 없이 이어 갔다. 하지만 이수의 말허리를 자른 건 강욱이었다.

“아니.”

두 글자가 이수의 입을 틀어막는다.

“좋은데, 난.”

“······검사님.”

“그런 소문이 나면 당연히 기분이야 더럽겠지만. 상대가 차이수 씨라면 웃어넘길 수 있을 것 같습니다만.”

태평한 소리에 이수가 눈을 동그랗게 떴다.

“듣고 싶었던 대답이 이거 아니었습니까. 난 괜찮다는, 상대가 당신이라서 웃어넘길 수 있다는.”

"죄송합니다, 검사님. 자꾸만 검사님한테 나는 미안을 말해야만 하는 사람이 되는 것 같아서. 그래서 속이 상하기도 해요."

"죄송하단 말은."

그가 빈 잔을 내밀었다. 술을 따르란 소린가, 이수가 소주병을 쥐었다.

"자작이라도 했단 말입니까?"

그 순간 의미 모를 말이 강욱의 입에서 흘러나왔다.

"네?"

"단체 메신저 방의 궁인이 차이수 씨라도 되는 건가. 왜 차이수 씨가 죄송하다고 하는 거죠. 그 소문 차이수 씨가 냈습니까?"

퉁명스럽게 말을 내뱉고 머뭇거리는 이수를 향해 소주를 따라 달라는 듯 고갤 까딱해 보이는 그였다.

이수가 그의 빈 잔에 소주를 꽉 채웠다. 투명한 액체가 투명한 잔에 찰랑, 담겼다.

"그런 건 아니지만, 미안하죠. 나랑 엮여서 자꾸만 이런 일이 생기니까."

"차이수 씨가 미안하다고 해서 해결될 일은 아무것도 없죠. 이건 그 누구도 책임질 수 없는 상황 아닌가요?"

"책임지라면 질게요. 어떻게든 제가 수습을 해 볼 수 있을 것 같……."

강욱이 손을 뻗어 그녀의 하얗고 가느다란 손목을 쥐었다.

쿵. 그의 온기가 닿는 순간 이수의 가슴도 그리고 눈앞도 아찔해지고 말았다. 뒷덜미가 홧홧하게 달아올랐다.

"어떻게 책임질 건데."

홀로 소주를 따르려는 그녀의 손을 제지한 그가, 이수의 손에 들린 소주병을 빼앗았다.

모든 행위를 멈추게 하는 그의 위압감에 그녀가 명한 얼굴을 하고 말았다. 일분일초가 버겁다. 침묵이 길어질수록 그녀의 목이 바짝바짝 타들어 간다.

"진짜 파트너라도 할 겁니까."

"검사님."

그가 그녀의 잔에 소주를 따른다. 하지만 이수는 잔을 내려다볼 수가 없다. 긴장감이 그녀를 휘감았고, 시선을 강욱에게 고정시켰다.

"소문을 진실로 짓밟아 버리려면 그게 딱인데. 쿨 하게 인정하고 해 버려요?"

"그건……."

이수가 다음 말을 선뜻 내뱉지 못했다.

인정. 간단한 그 말이 지닌 무게를 잘 알기에, 이수는 선뜻 무어라 대꾸할 수 없었다.

그녀의 머뭇거림에서 깊은 갈등을 느낀 강욱이 느리게 고개를 저었다.

"그런 거 아니면 책임진단 말, 함부로 하지 마세요. 당신이 책임져야 할 일이 얼마나 많은데 왜 지지 말아야 할 책임까지 어깨에 짊어집니까. 이성적으로 생각합시다, 우리."

"네, 이성적으로 생각해요. 그런데 내가 검사님께 미안해하지 않아도 돼요? 원래 소문이란 건 내게 있어선 또 다른 내 모습과도 같았어요. 그래서 난 괜찮아요. 이깟 소문, 조금 황당하긴 하지만 또 늘 그랬던 것처럼 지워 낼 수 있어요. 그런데 검사님은……."

미안한 마음에.

강욱의 명예에 자신이 먹칠을 하는 것 같아 극심하게 밀려오는 죄스런 마음에, 이수가 중얼중얼 말을 늘어뜨렸다. 그러자 그는 아무렇지 않게 그녀의 잔에 자신의 잔을 짠, 부딪혔다.

들숨과 함께 남은 말을 삼켜 버린 이수.

"나는 다르다? 그쪽하고?"

"……."

"배려해 주는 겁니까. 아니면 나라는 사람은 당신이란 세계의 사람들과 다르다, 배척하는 겁니까."

"그런 뜻이 아니에요."

"멀어질 핑계 만드는 거라면 그만두죠. 이미 늦었으니까."

그는 소주를 삼켰다.

"또 미안하단 말로 한 걸음 물러날 거면 그만하자고."

"……."

"집어넣죠, 사과 같은 건. 받을 생각도 없고 할 이유도 없고. 무의미한 그런 것들, 하지 마세요. 자꾸만 미안해하지도 말고. 난 그쪽 편하게 오래 보고 싶습니다."

편하게 오래라는 건, 무슨 뜻일까.

그것이 내포하고 있는 사이는 어떤 사이일까.

그녀도 그를 따라 소주를 마셨다. 눈앞의 잔을 모두 비워 낸 두 사람이 서로를 바라보았다.

"책임지란 소리 안 하니까 멀어질 틈 보지도 말고."

그가 턱 끝으로 이수를 가리킨다.

"나 너무 겁쟁이예요? 이런 걸 두고 고구마라고 하는 건가."

"고구마는 본인이 고구마인 거 몰라, 그리고 겁날 수 있죠. 압니다."

"보이거든요. 이 소문의 끝이 무엇일지. 섹스 파트너는 곧 공범이 될 수도 있을 겁니다."

"검사와 황태자비 후보의 합작이, 황태자 살인이다?"

그가 옅게 웃었다. 전혀 겁나지 않는단 얼굴로 강욱이 말문을 연다.

"해 보자, 그럼. 그 소문의 끝이 뭔지."

그리고 한마디를 덧붙인다.

"그리고 세상 강해 보이는 차이수란 여자가 자꾸만 내겐 한없이 약하기만 한 여자로 보이는 이유."

"네?"

"계속해서 약해 보기만 한다면 이젠 내가 어떻게 해야 할까, 내 감정의 끝도 이젠 알고 싶어졌으니까."

✝　　　✥　　　✝

한편, 환희 대군과 해연의 서울 사가.

해연이 굳은 얼굴로 집으로 들어서는 안을 바라보았다.

"안아, 얘기 좀 할까."

안은 느리게 안으로 들어서다, 해연을 바라보았다. 그녀의 안색이 밝지 못했다. 안은 그 이유를 조금은 알 것 같아 침묵했다.

무거운 정적이 두 사람을 휘감았고 해연이 소파에 덩그러니 앉았다.

"어딜 다녀오는 길이니."

"그냥, 친구 좀 봤어요."

"너 궐에도 친구가 있었니? 몰랐구나."

해연의 말에 안이 주춤하고 말았다. 모든 걸 다 알고 있구나, 싶어서 안도 반쯤 포기한 얼굴로 그 앞에 앉았다.

서먹한 얼굴로 서로를 바라보는 두 사람.

해연이 느리게 입을 열었다.

"이수에 관한 소문. 너도 알고 있겠지."

"어머니."

"황실에선 아무래도 이수와 A&J 그룹을 버릴 모양이다."

"막아 주세요. 어머니라면 하실 수 있잖아요."

안이 애원하듯 얼굴을 구겼다. 하지만 어쩐지 그 애원은 단단한 벽에 가로막혀 튕겨지는 기분이었다. 해연은 짐작할 수 없는 얼굴로 안을 지그시 바라보았다

"왜 그래야 하지?"

싸늘한 음성이 돌아왔다.

"차이수의 도움으로 황태자가 되어야 하니까요."

"황태자가 되고 싶긴 하니?"

"되고 싶으니 이러고 있는 거잖아요."

당연하다는 듯 그가 대꾸했는데 돌아오는 해연의 질문은 난감하기만 하다.

"뭐를 위해서? 이수를 갖기 위해서?"

정곡을 찔린 듯 그의 얼굴에 뜨끔 작은 경련이 일었다. 그러자 해연은 그 얼굴을 더 굳히며 자신의 아들, 안을 바라보았다.

"정확하게 선을 그어 주렴. 네가 원하는 것이 황태자의 자리인지, 아니면 황태자비의 왕관을 쓴 그 아이의 옆자리인지."

해연의 반듯한 이맛살이 찌푸려졌다.

"무언가를 얻기 위해 그 자리를 탐하는 거라면 그럴 수 있어. 아니, 의미를 부여해야 그 자리가 더 가까워지는 법이니 나쁘지 않은 방법일 수도 있지. 하지만 목적이 사람이 되는 순간, 모든 것이 파멸에 닿아 간다고 했을 텐데."

그녀가 모처럼 자신의 아들이 아닌, 차기 황태자 후보인 환희 대군

으로 안을 대했다.

그녀의 강경하고 냉정한 시선에 안이 무언가 말하려다 입을 닫고 말았다.

사람을 탐내지 마라. 그녀에게 끝없이 들었던 말이었다. 사람을 욕심내는 순간, 무너지는 것은 스스로라고. 안은 어린 시절 유난히 자신에게 혹독했던 어머니, 해연의 얼굴을 떠올렸다.

"황태자가 되려는 네 생각, 존중해. 자리에 대한 욕심은 없지만 나역시, 내 아들이 황태자가 되어 주었으면 했어. 네가 좀 더 높은 자리에서 보호 받으며 살길 원했으니까."

"어머니."

"실은 선위를 포기했던 지난날의 네가 참 많이도 원망스러웠단다."

혹시나 제 욕심일까, 한 번도 아들 앞에서 보인 적 없던 그녀의 진심이 서서히 드러났다. 안은 그녀를 빤히 바라보았다.

"네가 조금은 더 권력에 욕심을 내어서, 네 아버지의 죽음에 대한 적극적인 행동을 취해 주었으면. 하지만 그건 네 삶이니 조금은 떨어져서 널 바라보았지. 네 선택을 존중해 주고 싶었어."

하지만 이젠 걱정이 되는 해연이었다. 조금은 머리가 굵어져, 이젠 자신의 삶의 방향에 대해 스스로 가닥을 잡아가는 안이 대견하면서도 안쓰러웠다.

어린 시절부터 궐에서 자라, 철저한 통제 속에서 유년 생활을 보낸 그였기에 궐 밖으로 나선 그는 이제 막 알을 깨고 나온 새끼 새에 불과했다.

이제 새로운 세상에서 적응하고 있었는데 다시 궐이라니. 그것도 권력을 얻기 위해 서로의 목덜미를 호시탐탐 노리는 이들이 도사리고 있는 곳으로.

잘 싸우는 것보다 잘 지켜 내는 것이 더 어려운 곳이 궐이었다.

"그런 네가 이젠 황태자가 되고 싶다고 하니, 반가우면서도 이 어미는 무섭기만 하구나. 궐은 누구에게도 기대어선 안 된다. 네 스스로 지키고 이길 힘을 길러야 해."

"……."

"네 사람을 지키기기도 벅찬데, 새로운 사람을 원한다? 그건 몰락을 자처하는 것이야."

"……나의 사람으로 만들고 입궐할 거예요. 그럼 되지 않습니까?"

자신을 황태자로 만들어 줄 조력자라서가 아니라 여자로서 그녀가 탐이 났다. 차이수가 미치도록 욕심났다.

"이미 흠집이 난 사람이다. 너에게 힘을 줄 수 없어. 오히려 위험에 빠뜨릴 수 있는 사람이지. 궐에서 그 아이를 버리기로 마음먹었다면 우리도 다른 방향을 잡아야 해."

"어머니, 황후가 이수 씨를 건드린 건 우릴 경계하기 위함도 있습니다."

"그걸 내가 모를 것 같니?"

"어머니……!"

"지금 대한제국의 황제와 황후는 너의 작은아버지와 작은어머니시다."

그 말이 꼭 자신의 위치가 여기까지라는 걸 말해 주는 것 같아, 가슴이 따끔거렸다.

"그들이 차지한 궐에서 차이수를 배척하기로 마음먹었다면 우리도 그에 따라야 해. 그걸 일그러뜨릴 힘은 없어. 어찌하였던 저들은 궐의 주인이니까."

이수를 놓으려는 해연과 그러기 싫은 안 사이엔 묘한 긴장감이 감돈다.

"전 차지할 겁니다. 이수 씨도 그리고 궐도, 아버지의 명예도."

"어떻게?"

"A&J 그룹은 황실이 필요합니다. 그것을 쥐기 위한 유일한 방법인 차이수의 발목이 꺾이고 있으니, 당연히 그들은 우릴 선택할 것이고요."

다짐하듯 그 말을 내뱉고 일어서는 안을 향해 해연이 지그시 눈을 감았다.

"그런데 이수, 그 아이는 원하니?"

"어머니."

감았던 눈을 떠, 정면을 응시하는 해연의 눈동자가 이상하게 뜨겁다.

"원하냐고."

"……."

"너도, 그리고 궐도."

그건 생각해 본 적 없다. 그녀보단 이안, 자신의 욕망이 더 우선이었으니까. 해연의 말에 안은 스스로 강해지려는 듯, 이를 악물었다.

"중요하지 않아요."

그리고 돌아서는 그의 뒷모습을 바라보며 해연이 말을 이었다.

"그렇다면 그 아이의 마음은 얻기 힘들겠구나. 사랑은, 포기해야겠어."

조금 서먹해진 채로 두 사람이 삼겹살 가게를 나섰다.

강욱과 이수, 모두 조금 취기가 올라, 살짝은 비틀거리며 발을 내디졌다. 밤이 깊어졌고 냉기도 짙어졌다. 이수가 조금 더 몸을 웅크리며 빨간 볼을 손바닥으로 감쌌다.

"으, 춥다."

어쩐지 정면만 응시하는 강욱의 고개가 빳빳하게 굳어 있는 듯해 이수가 그의 팔을 톡, 톡 두드렸다.

"검사님."

"아, 네."

"무슨 생각해요?"

그녀가 빨개진 볼을 한 상태로 그에게 물었다. 그러자 강욱은 아무것도 아니라는 듯 느리게 고개를 저으며 추워하는 이수에게 자신의 재킷을 벗어 주었다.

"아, 괜찮아요."

당황한 이수가 빠르게 손사래 쳤지만 그는 개의치 않다는 듯 재킷을 그녀의 어깨에 걸쳐 주었다. 그러곤 허둥대지 못하도록 단단히 단추를 잠가 버렸다.

이수는 조용히 자신에게 옷을 입혀 주는 그를 올려다보았다. 다정한 손길이었지만 자신을 한 번도 쳐다보지 않는 강욱의 시선이 얄미웠다.

하지만 이상하게 무심한 그에게 시선을 떼지 못했다. 야속하단 말이 옳을까.

할 말도, 들을 말도 없지만 이유 없이 그가 자신을 바라봐 주었으면 하는 마음이 일었다. 안달이 났다. 그래, 사실은 그의 시선이 이상하게 욕심난다.

"뭘 그렇게 봅니까."

갑작스런 물음에 이수는 철렁, 가슴에 커다란 파도가 덮치는 느낌이다.

여전히 자신을 곁눈질로도 보지 않고 있었다. 제 시선이 너무 노골적이었나, 잠시 고민을 하던 그녀는 곧 고개를 저어 보였다.

"아뇨, 안 보는데."

이수는 그를 빤히 직시하던 눈동자를 데구루루 굴렸다. 그러자 강욱이 그제야 얼굴을 들어 시선을 마주쳤다.

붉게 열이 오른 뺨. 하얀 피부 탓인지 이수의 뺨은 열기를 고스란히 드러내고 있었다. 보기만 해도 뜨거울 것만 같아, 강욱은 손을 뻗어 볼을 감싸 주고 싶었다.

하지만 그녀와 자신의 거리는 딱 여기까지.

그저 바라보며 걱정하고 속으로 상상하는 게 전부였다.

"왜……요?"

이수가 그의 눈치를 보며 슬쩍 물었다.

어쩐지 자신을 외면하는 시선까지 귀엽게 느껴진 강욱은 피식, 힘없이 웃음을 터트리고 말았다.

"봤잖아요. 것도 빤히."

"……아닌데?"

"느껴지던데."

"안 봤어요. 나 저기 빌딩 위에 반짝거리는 거 보고 있었는데?"

"거짓말이 자연스럽네요. 특기인가 보죠."

그러면서 이수가 손가락으로 빌딩 위를 가리켰는데 그 손가락을 강욱이 포근하게 감쌌다. 이수가 시선을 떨며 그를 바라봤다.

"미안해하지 말고 푹 잡시다, 오늘은."

그가 눈으로 그녀를 위로한다.

위로를…… 받을 사람은 내가 아니라 검사님인걸요.

그의 평범하고도 평화로운 일상을 어그러뜨린 느낌이라, 이수는 미안한 마음을 떨칠 수 없었다.

"네, 검사님도요."

애써 여러 말을 삼키고 피어오른 여러 감정을 억누르며 대답했다. 하지만 어쩐지 강욱은 손을 놓을 생각이 없어 보였다.

"신경 잔뜩 쓰면서 푹 못 잘 거 아는데."

그가 주머니에 양손을 집어넣으며 그녀를 빤히 내려다보았다. 둘 사이에 잠깐의 침묵이 흘렀다. 꼭 닿은 시선만으로도 서로의 온기가 나눠지는 듯하다.

그리고 얼마의 시간이 지나고 이수가 작게 미소 지으며 입을 열었다.

"어떤 방식으로 소문에 반박할지 정도는 생각하고 자야 할 것 같아요. 언제 당장 기자들이 우리 집 앞에 들이닥칠지 모르니까."

충분히 일리 있는 말에 강욱이 음, 작게 소릴 내며 고갤 끄덕였다.

다시금 이어지는 침묵. 서로의 숨소리가 고스란히 닿을 만큼 가까운 거리.

하지만 애써 삼킨 뜨거운 심장 박동 소리는 차마 닿지 않는 면.

서로의 감정과 소리에 집중하던 강욱이 그녀의 머리 위에 커다란 손을 얹었다.

"쉬엄쉬엄합시다. 차이수 씨 머리 터지겠네요. 오늘 밤은 그냥 편하게 눈 감는 걸로."

그러자 이번엔 이수가 그의 손목을 지그시 쥐었다.

"그렇게 걱정되면 아주 푹 자 버리게 한잔 더 해 버릴까요?"

고개가 젖히고 강욱을 올려다보던 그녀가 예쁘게 웃어 보였다. 그 모습에 이상하게 그의 가슴이 뛰기 시작했다.

예쁘니까. 차이수는 예쁜 사람이니까.

그는 자신의 고동치는 심장의 이유를 이수의 외면적인 아름다움에서 찾으려 했다.

취기 때문일까. 지금이라도 자신의 손목을 쥔 그녀의 손을 따뜻하게 잡고 싶었다. 애써 꿈틀대는 욕망을 삼키며 그가 입을 열었다.

"그런 눈으로 그런 미소 지으면서 그런 말 하지 말죠."

"……."

"친구라도 난, 남자니까."

웃음기 가신 얼굴로 그가 상체를 숙였다. 제법 가까워진 두 사람 거리.

"내가 차이수 씨한테 마냥 친구여야 하는지, 아니면 남자여도 되는지. 헷갈릴 것 같으니까."

취하지 않았다면 하지 않았을 말이다. 아니, 어쩌면 마음에도 없는 소릴 내뱉을 만큼 취하지 않았음에도 불구하고 취기를 빌려 해 본 말일 수도 있다.

이수에게 뿐만 아니라 자신에게 묻는 질문이었다. 과연 헷갈리기 시작하는 마음이 정말 취기 때문일까.

서먹서먹한 기운이 감돌았다. 취기도 좀 가신 듯, 찬 공기가 고스란히 피부에 닿았다.

강욱과 이수는 서로를 바라보지 못하고 적정 거리를 유지하며 걷고 있었다.

"흠, 흠흠."

이수가 헛기침을 하며 힐끗 강욱을 바라보았다. 그러자 움찔거리던 강욱이 한 손을 주머니에 찔러 넣고 바닥을 보면서 다시 걸음을 옮겼다.

침묵 속에서 얼마나 걸었을까. 두 사람은 이수가 사는 오피스텔 앞에 다다랐다. 약속이라도 한 것처럼 두 사람은 걸음을 멈추고 서로를 올려다보았다.

"들어가시죠."

"아, 네. 오늘 수고하셨어요."

이수가 애써 미소를 그리며 꾸벅 고갤 숙였다. 그대로 돌아서서 집으로 올라가려다 멈춰 섰다.

"아, 이거. 검사님 재킷."

"입고 가셔도 괜찮은데요."

손사래를 친 이수가 재킷을 주섬주섬 벗었다. 손바닥으로 탁, 탁 털어 강욱에게 전달했다.

"그럴 순 없죠. 그때도 한 번 신세졌었잖아요."

예의 바르게, 하지만 전보단 격식을 조금 뺀 유한 모습으로 그녀가 강욱을 올려다보았다. 그러자 그가 이수에게서 자신의 재킷을 받아 들어 손에 쥐었다.

언제나 반듯하고 감정을 실지 않던 강욱의 눈빛에도 무언가 작은 변화가 일었다. 어쩐지 그윽했고 어쩐지 깊었다. 이수는 미묘한 변화를 읽어 내지 못한 듯 그의 눈동자를 빤히 바라보았다.

"좀 충격적이긴 한데."

강욱이 서슴없이 자신을 올려다보는 그녀를 향해 입을 열었다.

"잠자리 파트너요?"

그냥 충격적이라고 했는데, 이수가 생략된 주어를 찾아냈다. 혹여 불편하진 않을까, 말을 하면서도 강욱은 이수의 얼굴을 살폈다.

"네. 근데 차이수 씨는 의외로 담담해 보이긴 하네요. 정말 무성한 소문을 안고 살아가는 돈 많은 일반인이라서 그런가?"

가볍게 농담조로 말을 건네자 이수가 느리게 고갤 끄덕였다.

"자꾸만 머릿속을 맴맴, 맴도나 보죠?"

"아."

"난 괜찮아요. 안 괜찮은 걸 가지고 괜찮다고 거짓말을 하진 않아요."

제법 어른스러운 말이다. 강욱은 나지막이 미소를 지으며 대견하리만큼 단단한 그녀를 바라보았다. 어쩐지 이 순간만큼은 언제나 먼발치서 바라보았던 멋있고 씩씩한 '차이수'의 모습이었다.

"하지만 안 괜찮은 건 있어요."

"뭡니까, 그게."

"……검사님이 엮인 일이니까. 그건 괜찮지가 않아요. 그래서 검사님이 소주 마시자고 얘기했을 때도 망설여져서 거짓말한 거예요."

이해한다는 듯 강욱이 고개를 주억거렸다. 거짓말을 했다는 것보다는 그럼에도 불구하고 자신을 만나러 와 주었다는 것에 초점이 맞춰져 좋았다.

강욱은 피식, 가볍게 웃음을 터뜨리며 고개를 슬쩍 묻었다.

"용기…… 낸 거네요. 그럼에도 불구하고."

"이기적인 게 아닐까, 많이 생각했었어요. 검사님 보러 오는 게 맞을까."

"어쨌든 와서 다 이야기해 주었잖아요. 그럼 된 겁니다. 난 차이수 씨가 와 줘서 반가웠고 무척이나 고마웠고 그리고 즐거웠으니까."

"……"

"그럼 다 된 겁니다."

여전히 딱딱한 어조였지만 말을 내뱉는 강욱의 얼굴이 유순해졌다.

이수도 편안하게 미소를 지어 보이더니 그의 말에 공감한다는 듯 고개를 열심히 끄덕였다.

그런데 그때, 이수의 뒤로 자전거 한 대가 쌩, 하고 달려오고 있었다. 놀란 강욱이 손을 뻗어 그녀를 잡아당겼다.

너무 갑작스러운 스킨십에 소스라치게 놀란 이수는 어떤 소리도 못 지른 채 강욱의 품으로 안겨들었다.

안겼다기보다는 뛰어들었다는 것이 맞는 표현이었다.

"어……. 어?"

동시에 자전거가 이수의 등 뒤를 위협적으로 지나갔고, 더욱 몸을 웅크리며 그에게 기댈 수밖에 없었다.

이수가 자신에게 안겨드는 반동으로 인해 중심을 잃은 강욱이 휘청거리다가 뒤로 넘어졌다.

"어, 검사님!"

넘어지는 순간에도 품에 안겨 있는 이수를 보호하기 위해, 그가 허공에서 몸을 틀었다. 두 사람의 몸이 무자비하게 땅 위로 곤두박질쳐졌다.

동시에 강욱의 이마가 구겨지고 말았다.

"윽."

이수는 그가 감싸 준 덕분에 다친 곳 하나 없이 멀쩡했다. 하지만 강욱은 고통스러운 얼굴로 자신의 발목을 감싸 쥐었다.

"검사님, 괜찮으세요?"

놀란 그녀가 자리에서 벌떡 일어나 그를 부축했다. 그러나 발목을 삐끗해 일어나기 불편한지, 발목만 내려다보고 있었다. 아무래도 넘어지면서 근육이 비틀린 모양이었다.

"검사님……! 저 잡고 일어나 보세요."

강욱이 연신 이맛살을 찌푸리며 혼자 일어나 보려 낑낑댔다. 한참을 노력하다가 무리인 걸 깨달았는지 이내 포기한 채 이수가 내민 손을 잡는다.

"좀 삐끗했나 봅니다."

"어떡해. 나 때문에, 일어날 수 있겠어요?"

괜스레 미안해진 이수가 볼을 붉히며 그를 부축했다. 절뚝거리며 겨우 자리에서 일어난 강욱은 혼자 힘으로 중심을 잡기 어려워 보였다. 이수는 망설임 없이 그의 팔을 자신의 어깨에 둘렀다.

"기대세요, 검사님."

"무거울 텐데."

"그게 대수예요? 어깨 안 내려앉으니까 편하게 기대요."

그러곤 자연스럽게 강욱의 허리에 자신의 팔을 두르며 부축했다. 망설이던 강욱은 혼자 낑낑대는 그녀를 바라보다 이내 어쩔 수 없었는지 몸을 기댔다.

아무리 살짝만 기대려 해 봐도 다친 발목이 아파 이수에게 부담을 줄 수밖에 없었다. 그녀 또한 체구 차이 때문에 강욱의 무게가 실리자 휘청거렸다.

"괜찮습니까."

강욱 역시 미안해져 그녀에게 물었다. 이수는 하나도 괜찮지 않은 얼굴로 이를 꽉 물었다. 그러더니 씩씩하게 웃어 보였다.

"네, 괜찮아요……. 읏!"

하지만 힘을 가득 주고 있어 얼굴은 이미 열이 올라 시뻘게져 있었다. 그 모습이 무척이나 귀여워 보여 강욱은 자신도 모르게 웃음이 났다.

"안 괜찮아 보이는데……."

"괜찮으니까 안심하고 기대세요!"

"안 괜찮으면 안 괜찮다고 한다더니, 그것도 거짓말이었나 봅니다."

강욱이 그녀의 어깨에 두른 팔에 슬쩍 힘을 뺐다. 애써 무게 중심을 삐끗하지 않은 다리에 실으며 이수에게서 떨어졌다.

오른발의 상태가 여간 심상치 않다. 욱신거리는 통증이 시간이 흐를수록 심해졌다. 아무래도 넘어지면서 크게 삐끗한 모양이었다.

"어때요? 걸을 수 있겠어요?"

여전히 얼굴이 빨갛게 달아오른 채로 그녀가 걱정스럽게 물었다.

그녀를 구해 주려다가 이렇게 된 것인데.

어쩐지 멋쩍어진 강욱은 괜찮다는 듯 고개를 끄덕였다.

"어떡해…… 안 괜찮은 것 같아. 검사님, 이래서 내일 출근은 어떻게 해요? 아니다, 출근이 뭐야. 당장 집은 어떻게 가죠?"

그녀답지 않게 호들갑을 떠는 모습이 퍽, 귀엽다.

하지만 그녀의 걱정이 유난스러운 것은 아니었다. 발을 내디딜 때마다 발목이 여간 시큰거리는 것이 아니었기에, 삼겹살집 근처에 있는 차까지 가는 것도 무리지 싶었다.

강욱이 무어라 선뜻 말을 하지 못한 채, 절뚝거리기만 하자 이수가 이대론 안 되겠다 싶었는지 입을 열었다.

"안 되겠다, 검사님."

그를 부르는 그녀의 얼굴이 제법 진지하다.

"잠깐 쉬었다 가세요."

"……네?"

"별 뜻 없어요. 이대론 너무 무리인 것 같고. 시간이…… 별로 늦진 않았으니까."

그녀가 이맛살을 찌푸린 채 손목시계를 들여다보았다. 11시가 조금 넘은 시간, 별로 늦지 않았다고 하기엔 자정이 가까워진 시간에 이수는 조금 당황했다.

"흠흠. 아니, 좀 늦긴 했지만. 잠깐만 찜질이라도 하고 가요. 걱정돼서 안 되겠어."

말을 마친 그녀가 그를 슬그머니 올려다보았다. 강욱은 뜻밖의 제안에 조금 당황한 듯 머뭇거리고 있었다.

쉬었다 가라는 그 말에 다른 의미가 내포되어 있는 것도 아니었는데. 왜 그 말에 강욱의 머리엔 소문 속의 저급한 단어가 떠오르고 말았을까.

실은 내색하지 않으려 해도, 타인의 시선이 신경 쓰이는 그였다. 이 순간에도 제법 가까이 붙어 있는 이수와 자신의 모습을 보고서 무어라 숙덕대진 않을까. 그의 감각이 아무도 없는 허공과 그 허공 속의 틈으로 향해 있었다.

"괜찮습니다. 일단 차까지만 가면……."

"30분 정도만 찜질하면 괜찮아질 것 같아요. 집 가서 혼자 찜질하기도 귀찮아서 안 하실 것 같은데……."

"파스 붙이면 됩니다."

"파스 한 장으로는 내일까지 무리일 거예요."

더는 거절하기도 미안한 상황이었다.

강욱이 하는 수 없다는 듯 고갤 끄덕이자 이수는 차로 향하던 몸을 돌려 자신의 집 쪽으로 걸음을 옮겼다.

여전히 그를 부축한 채 낑낑대는 그녀와 그런 이수를 말없이 내려다보는 강욱의 눈이 점점 깊어진다.

"그럼 조금만 있다가 가겠습니다."

"알겠어요, 안 잡아먹으니까 긴장할 것 없어요."

대수롭지 않다는 듯 그녀가 중얼거리며 엘리베이터 앞에 섰다. 버튼을 누르고 엘리베이터가 1층에 도착하는 걸 기다리는데, 길어지는 침묵이 이상하게 가슴속을 간질이는 것 같았다.

강욱과 이수는 딱 달라붙은 채, 정면만 응시했다.

여기까지 올 땐, 낑낑대며 오느라 몰랐는데 막상 움직임을 멈추고 가만히 있자니 서로 닿은 몸이 뜨겁게 달아올라 있는 걸 단번에 느낄 수 있었다.

꿀꺽.

두 사람은 꼭 처음 침을 삼키는 사람처럼 부자연스럽게 목울대를 움직였다. 그리고 삐거덕대는 움직임은 서로에게 고스란히 전해졌다.

"차는…… 뭐, 뭘로 드실래요?"

벌써부터 차라니. 엘리베이터가 1층에 도착하지도 않았는데, 이수의 머릿속은 벌써 전기포트에 물을 끓이고 있었다. 사실은 어색함을 견딜 수 없어서 무슨 말이라도 해야 했는데 생각나는 말이 그것밖에 없었다.

뜻밖의 질문에 강욱이 시선을 내려 그녀를 보았다. 그러다 여전히 그녀의 가냘픈 어깨에 척 둘러진 자신의 팔을 내려다보며 작게 한숨을 내쉬었다.

"괜찮겠습니까?"

"뭐가요?"

마실 차 종류를 물었는데, 그가 또 괜찮겠냐고 묻는다.

"이러다 이웃이라도 마주치면."

"이 오피스텔 사는 사람들, 대부분 일찍 잠들어요. 늦게까지 술 마시고 술주정 피우면서 귀가하는 사람은 나밖에 없을걸요?"

그녀가 작게 웃었다.

이제 보니 그녀가 웃을 때마다 왼쪽 뺨에 인디언 보조개가 슬쩍 패었다. 웃는 모습을 자주 봤는데 이런 예쁜 보조개는 처음이다.

그가 작게 웃음을 삼키며 정면을 응시했다.

때마침, 열린 엘리베이터의 문.

기다렸다는 듯 두 사람이 앞다투어 발을 내디뎠다. 그러자 하나로 엉켜 있던 두 사람은 그만 엘리베이터 안으로 쏟아지듯 들어섰다.

"앗!"

순간적으로 휘청이는 강욱의 무게가 그녀에게 실리자 이수 역시, 갑작스러운 무게에 맥없이 흔들리며 엘리베이터 벽에 쾅, 부딪혔다.

동시에 이수의 몸 위로 쏟아지듯 고꾸라지던 강욱은 넘어지지 않기 위해 엘리베이터의 벽을 손바닥으로 겨우 짚었다.

하지만 그의 입술이 이수의 이마에 뜨겁게 닿은 뒤였다.

"⋯⋯!"

그 순간, 닫혀 버린 엘리베이터의 문은 분위기를 더욱 고요하게 만들었다.

여전히 강욱의 붉은 입술은 그녀의 하얗고 동그란 이마 위에 머물러 있고 놀란 이수의 숨결은 그의 목덜미에 깊숙이 각인된다.

밀폐된 공간 속에서 서로에게 무너지듯 안긴 두 사람의 자세가 꽤 위험하다.

분명 서로에게 떨어지는 게 맞는데.

뜨거운 것에 덴 사람처럼 화들짝 놀라며 튕겨져 나가는 것이 정상인데.

이상하게 두 사람은 서로의 뜨거운 열기에 얼어붙고 말았다.

"아⋯⋯."

겨우 정신을 차린 강욱이 서둘러 입술을 떼었다. 이미 그녀의 소담한 이마 위에 이미 자신의 온기를 깊이 새긴 후였다.

넋이 나간 사람처럼 멍한 이수 또한 너무 당황한 나머지 아무런 말을 할 수 없었다.

"저, 차이수 씨."

"……."

"죄송합니다. 중심을 잃는 바람에."

처음이었다.

처음이라고 하면 민망할지도 모르겠지만.

남자에게 이마 키스를 받아 본 것이 처음이었다.

생경한 느낌이다. 이마에 닿은 감촉이 마냥 부드럽고 뜨겁기만 했다.

"이수 씨."

여전히 멍한 얼굴로 넋이 나간 상태인 그녀의 어깨를 작게 흔들었다. 그러자 이수가 고갤 들어 텅 빈 눈동자에 강욱을 담았다.

"놀라 가지고……."

눈은 그대로 진지한데 이상하게 입꼬리만 호선을 그린다. 우스꽝스러운 표정에 강욱이 작게 웃으며 그녀에게서 떨어졌다.

그의 웃음소리에 정신을 차린 이수는 서둘러 손을 뻗어 층수를 눌렀다. 그러곤 어색한 웃음을 지으며 흐트러진 옷매무시를 가다듬었다.

"……분위기 어색해졌다. 큰일이네."

멋쩍게 소리 내어 웃음을 터뜨리는 그녀의 얼굴이 화끈하게 달아올라 있다. 솔직한 그녀의 말에 강욱 역시, 표정을 풀며 정면을 응시했다.

"그게 하필 넘어져도 왜 거기로 넘어져선."

그 역시도 멋쩍은지 말끝을 흐지부지 흐리며 엘리베이터의 벽을 짚었다. 이어지는 침묵이 어딘가 묘했다.

엘리베이터 문이 열리자 이수가 다시금 옆으로 다가가 강욱의 허리에 손을 둘렀다.

처음보다는 많이 조심스러워진 손놀림이었다. 강욱 역시 그녀의 어깨에 마지못해 손을 올리며 헛기침을 작게 내뱉었다.

"……꽉 잡아요."

알아들을 수조차 없이 작은 말소리를 내뱉은 이수는 그를 부축하며 엘리베이터에서 내렸다. 곧 그녀가 분주히 현관문을 열었고 두 사람이 동시에 집 안으로 들어섰다.

그녀의 집에 들어서자 자신의 집과는 따뜻한 공기가 강욱을 맞이했다.

"아, 잠시만요. 검사님."

이수가 손님용 슬리퍼를 그의 앞에 내려놓았다. 그러곤 이마에 송골송골 맺힌 땀을 닦으며 그를 다시금 부축했다.

절뚝이며 슬리퍼를 갈아 신고 그녀의 집 안으로 들어서자, 부드러운 로즈 향이 은은히 퍼졌다. 장미로 우려낸 욕조 물에 몸을 담그고 있는 듯 포근하고도 향긋한 향이었다.

"여기, 이쪽으로요."

이수가 그를 소파에 조심스레 앉혔다. 그 순간에도 강욱은 발목에 이는 통증 때문에 눈살을 찌푸릴 수밖에 없었다.

"많이 아프시죠."

이수가 거칠게 숨을 내뱉으며 그를 내려다보았다. 그녀의 작고 가녀린 몸이 날숨으로 오르락내리락했다.

이내 무언가가 생각난 듯 이수는 갑자기 거실의 불을 켜고선 어딘가로 급히 달려갔다.

"검사님, 잠시만요!"

무언가를 가지고 오는 듯, 부스럭거리는 소리가 들렸다. 강욱은 소파에 앉아 이수의 집을 둘러보았다. 모노톤의 깔끔하게 정리된 가구들.

정갈하게 놓인 액자와 장식품.

깔끔하고도 이지적인 그녀의 성품과 닮은 인테리어였다.

강욱은 허릴 굽혀 무릎을 짚었다. 여자 친구가 아닌 다른 여자의 집에 들어선 것은 처음이었다. 왠지 모를 긴장감에 그는 숨소리를 내는 것조차 조심스러웠다.

"검사님, 이거요!"

코트를 벗은 이수가 품에 무언가를 한 아름 안고 거실로 나왔다.

"그게 다 뭐예요?"

"파스랑 찜질기요."

심지어 파스도 종류별로 다 들고선 나타났다. 강욱은 귀여운 면모에 피식 웃으며 이수를 올려다보았다.

"어떤 파스가 편하실 것 같으세요?"

"약사가 꿈이었어요?"

"파스는 달고 살거든요. 워낙 컴퓨터 앞에만 앉아 있다 보니까, 손목이며 허리며 안 쑤시는 곳이 없어서."

"전 그냥 붙이는 파스로요."

그의 말에 이수가 소파 앞에 자리를 잡고 앉았다. 그러곤 붙이는 파스를 옆에 놓으며 찜질기를 켰다.

"어디가 아파요? 발목? 복숭아 뼈?"

"제가 하겠습니다."

"올려만 둘게요."

이수가 무릎을 꿇고 앉은 채로 올려다보고 있었다. 그러자 강욱이 잠시 머뭇거리다 바짓단을 걷었다.

"발목이 좀 시큰……."

그의 말이 떨어지기가 무섭게 이수가 찜질기로 그의 발목을 감쌌다.

강욱이 거절할까 봐 서두르는 그녀의 모습이 우스웠다. 강욱은 소리 나지 않게 웃음을 삼키며 그녀의 머리를 내려다보았다.

"이걸 이렇게 해서…… 이렇게 하면……."

혼자 중얼거리며 열심히 꼼지락거리는 그녀를 강욱이 지그시 응시했다. 소파 팔걸이에 팔을 올려 턱을 괸 채, 이수를 멍하니 관찰했다. 많이 사용해 보지 않은 듯, 찜질기를 만지작거리는 이수의 손길이 서툴렀다.

"이게 아닌가……."

"제가 할까요."

"아뇨, 그래도 몇 번이라도 해 본 제가 하는 게……."

이수는 머리를 찜질기에 넣을 기세로 열중하고 있었다. 절로 미소가 그려지는 광경이라 강욱은 그녀가 하고 싶은 대로 내버려 두기로 했다.

낑낑대던 이수가 전기 코드를 꽂았다, 켰다를 반복하던 그때.

"아……. 물을 안 넣었구나?"

그녀가 바보같이 방긋 웃으며 얼굴을 들었다. 얼마나 열중했는지, 온 얼굴이 시뻘게져 있다. 두 사람의 시선이 한곳에 얽힌다.

시선 한 번 부딪혔을 뿐인데 묘하게 피어오르는 긴장감에 두 사람은 이상하게 숨을 죽이게 됐다.

서로를 바라본 채 꼼짝없이 흘러가는 시간. 정신을 차린 이수는 티 나게 당황해하며 자리에서 일어났다.

"물, 물 받아 올게요……!"

서둘러 욕조로 향하는 그녀의 뒷모습을 바라보며 강욱도 가슴을 쓸어내렸다. 날숨을 옅게 내뱉는데, 그의 숨에 턱 밑까지 차올랐던 열기가 묻어 있다.

뭐라도 해야겠다는 생각에 이수가 만지작거리던 찜질기로 시선을 돌렸는데 물이 없어 작동이 되지 않는다던 찜질기에 꽂힌 콘센트엔 불이 들어오지 않고 있었다.

"뭐지."

강욱은 손을 뻗어 메인 콘센트의 불을 켰다. 그러자 찜질기에도 빨간불이 들어왔다.

아무래도 저 여자의 매력은 빈틈인 것 같다.

몇 시간이 흘렀을까.

깜빡 잠이 든 강욱이 기지개를 켜며 눈을 떴다. 정신을 차리니 깜깜한 어둠 속이다.

이곳이 어딜까…….

고민해 보기도 잠시, 이내 강욱은 자신의 코끝에 머물러 있는 향을 들이마시자마자 이곳이 이수의 집임을 깨달았다.

"잠들었네……. 아."

그가 아직 찜질 중인 듯한 자신의 발목을 내려다보며 스탠드의 불을 켜기 위해 손을 뻗었다. 그러다 자신의 곁에서 곤히 잠들어 있는 이수는 발견했다.

이수는 바닥에 앉은 자세로 소파에 얼굴을 기대 잠들어 있었다. 아무래도 자신을 간호하다가 잠든 모양이었다.

그녀가 깨지 않게 슬쩍 몸을 움직여 발목 위에 올려진 찜질기를 내려놓았다. 언제 양말을 벗긴 것인지, 그의 발목엔 파스까지 섬세하게 붙여져 있었다.

취기가 오른 상태에 따뜻함이 밀려오자 쏟아지는 졸음을 이기지 못하고 잠이 든 듯싶었다.

난감한 상황에 곤란하다는 듯 자신의 이마를 문지르며 삐끗한 발목을 살짝 움직여 봤는데 아직 얼얼한 것만 빼면 움직이는데 별 무리는 없을 것 같았다.

"안에 들어가서 눈 좀 붙이지."

그는 여전히 소파에 얼굴을 묻은 채, 쌕쌕 고른 숨을 내뱉는 이수를 바라보았다. 잠시 그 모습을 보다 자리에서 조심스럽게 일어났다.

재킷이 어디에 있지.

이제 보니, 재킷도 그리고 목을 죄고 있던 타이도 모두 사라져 있었다. 강욱이 주섬주섬 물건들의 행방을 찾는데, 아무래도 이수가 신경에 쓰였다.

찬 바닥에 쓰러지듯 앉아 불편하게 소파에 기대 잠든 모습.

강욱은 하는 수 없이 발걸음을 옮겨 그녀 곁으로 다가갔다. 깨워 방안으로 보내려는 심상으로 손을 조금 뻗었는데.

"⋯⋯아?"

이수가 울고 있었다. 무슨 슬픈 꿈을 꾸는 것일까. 그녀의 얼굴은 뜨거운 눈물로 젖어 있었다.

강욱은 뻗었던 손을 멈추고 그녀의 얼굴만 하염없이 내려다보았다. 자신도 모르는 본능이 자꾸만 이수의 얼굴을 보라고 재촉하는 것 같았다.

"소리 내서 울지. 왜 안으로 삭혀."

표정 하나 변함없이, 눈물만 뚝뚝 흘리고 있는 모습에 강욱은 가슴이 사무치게 저려 왔다.

손을 뻗어 그녀의 눈물을 닦아 주고 싶었다.

하지만⋯⋯.

자신에게 그럴 자격이 있을까. 자조적인 미소를 지은 강욱은 서둘러 손을 거둘 수밖에 없었다.

가엾었다. 이 여자가 살아온 삶을 반의반도 헤아리지 못하겠지만 그래도 이수가 걸어온 길이 꽃길만은 아니었으리란 생각이 들었다.

한참을 고민하던 강욱이 결심한 듯 조심스럽게 그녀를 안아 올렸다. 깊은 잠에 빠진 듯, 이수가 그의 품에 축 늘어졌다.

생각보다 가벼웠다. 강욱은 이수를 품에 안은 채, 거실을 가로질렀다.

"침실이…… 어디야."

커다란 거실을 가로지르자 여러 문이 눈에 들어왔다. 모두 다 열어 볼 수도 없는 노릇이었다. 그가 거실 한가운데에서 이수를 안은 채 우두커니 섰다.

여전히 테라스에서는 희고 고운 달빛이 쏟아지고 있었다. 그는 작게 한숨을 내쉬며 이수를 다시 고쳐 안으며 아래를 내려다보았다.

잠이 깬 그녀가 살며시 눈을 떠 강욱을 올려다보고 있었다. 젖은 눈으로, 그리고 뜨거운 숨으로 그를 빤히 응시하고 있다.

놀라기도 잠시, 강욱은 이내 말로 형용할 수 없는 슬픔에 동화되고 말았다. 그 순간에도 이수는 계속해서 눈물을 흘리고 있었기에.

"왜 그렇게…… 웁니까."

달빛만큼이나 은은하고 부드러운 음성이다.

"가지 마요."

잠이 덜 깬 이수가 애절한 목소리로 강욱에게 말했다. 가지 말란 네 글자가 그의 가슴을 애태운다. 그대로 힘이 풀려 바닥에 주저앉을 것만 같아, 강욱은 온몸에 힘을 주었다.

"조금만…… 있다가 가요."

어린아이처럼 칭얼대는 모습을 한참 바라보던 강욱이 하는 수 없이 그녀를 다시금 소파에 눕혔다. 엄마를 잃은 아이같이 이수는 그 순간에도 강욱의 셔츠 자락을 놓지 못했다.

"왜 울어. 울지 마."

갈 생각이 없다는 듯 강욱이 그녀의 곁에 머물렀다. 그리고 이수가 그랬던 것처럼 양 무릎을 바닥에 붙인 채, 그녀에게 상체를 기울였다.

소파에 누워 그를 올려다보는 이수와 그녀를 지그시 내려다보는 강욱. 두 사람의 거리는 겨우 한 뼘, 강욱은 뜨겁게 숨을 내뱉었다.

"눈물……. 닦아 줘도 됩니까."

그러자 이수는 기다렸다는 듯 작게 고개를 끄덕인다. 그녀의 눈은 느른하게 풀려 있다.

취기가 가시지 않은 걸까. 아님 꿈속에서 아직 헤매고 있는 것일까.

아무래도 좋았다. 눈물을 닦아도 좋다는 허락이, 그의 명치끝을 저릿하게 한다. 강욱은 망설임 없이 손을 뻗어 그녀의 눈물을 쥐었다. 손끝에 닿는 액체가 뜨겁고도 차갑다.

"아……."

그리고 이수 역시 기다렸다는 듯 그의 손목을 쥔다. 두 사람은 서로의 시선을 뜨겁게 흡입하고 탐한다.

"조금만 더 있어 줬으면 좋겠어요."

"그럴게. 근데."

"……."

"미안."

"네?"

"미안해, 차이수."

상황과 어울리지 않는 이질적인 말이 강욱의 입에서 나왔고 동시에 그는 무너지듯 그녀의 얼굴 위를 덮쳤다. 그의 달아오를 때로 달아오른 입술이 그녀의 여린 입술을 집어삼킨다.

당황스러울 법도 할 텐데 강욱이 자신의 입술을 덮치는 순간, 이수는 기다렸다는 듯 자신의 팔을 그의 목에 두른다.

마치 오래전부터 갈망했었던 사람들처럼 키스했다. 이미 한계치까지 꾹 참았다, 욕망을 터뜨리듯 둘은 엉겨 붙었다. 금방 불이 붙어 피어오른 불씨는 밤하늘의 달처럼 빛을 잃을 줄 몰랐다.

하지만 그 순간에도 이수는 그 순간에도 끝없이 눈물을 흘렸다. 눈물의 이유도 모르면서 강욱은 그녀의 눈물에 다정히 굴었다. 강욱은 본능적으로 그녀의 뺨을 쓸며 뜨거운 눈물을 닦아 냈다.

'울지 마.'

온 힘을 다해 입술로 위로하는 그였다.

사고일까, 실수일까. 아니면 서로를 향해 기우는 이 마음을 주체 못해 욕망에 무릎을 꿇고 만 것일까.

이수는 울면서 그의 품속으로 더 파고들었고 강욱 역시 그녀를 달래듯 다정히 보듬었다. 후회하지 않았다. 아니, 이 키스의 끝이 후회라고 할지라도 두 사람은 이 순간만큼은 아무런 생각도 하고 싶지 않았다. 그것은 이 이후의 일이니까. 지금은 서로를 탐하는 것에만 집중하고 싶었다.

원초적 상태로 돌아간 듯, 나체로 서로를 바라본다 해도 부끄러움 따윈 못 느낄 듯했다.

"하……읏."

이수는 그의 입술을 받아들이고 삼키면서도 키스를 끝없이 고뇌한다.

하지만 강욱은 그런 그녀의 갈등을 해소시키듯 시리고 따뜻하게 혹은 다정하고 거칠게 그녀를 감싸 안았다.

황태자비 후보로 살아온 지난 시간 동안 이수는 모든 행동 하나하나를 조심해야 했다. 거기엔 지극히 개인적인 연애도 포함됐다.

더군다나 키스라니.

이수는 스스로도 자신이 건전하고도 건조한 사람이라 생각했었다. 그랬기에 이 순간, 이수는 한 번도 해 보지 못한 자신의 행동에 묘한 일탈감을 느끼고 있다.

이게 뭐라고. 고작 입맞춤 한 번이 뭐가 어려웠을까.

막상 그와 입을 맞추고 보니, 별거 아니란 생각도 들면서도 무서웠다. 평생 자신을 끝없이 괴롭혔던 황태자비 후보란 고고한 타이틀이 허물어지고 있는 순간이었다.

이렇게 허무하고 황망하게.

"……하."

두 사람의 입술이 잠깐 떨어졌다. 터지듯 참았던 숨이 서로의 잇새에서 터지고 그 순간 시선이 마주쳤다.

무슨 말이라도 해야 할까, 아니 무슨 말을 해야 할까.

이수가 고민했지만, 이내 그녀의 말 따위는 필요 없다는 듯 강욱이 그녀를 다시 삼켰다. 오히려 다행이란 생각도 들었다.

자신의 첫 일탈이, 이 남자라서. 아니, 어쩌면 이 남자였기에 자신이 흔들린 걸지도 몰랐다.

강욱은 이수의 입술을 살금살금 담 위를 걷는 고양이처럼 예민하고 가볍게 빨아들이다, 깊은 파도 속을 유영하는 물고기처럼 보드랍게 훑었다.

키스 하나에 이수는 자신의 고통이었던 지난 나날을 위로받는 기분이 든다.

✟　　✤　　✟

날이 밝자 이수는 더듬거리듯 자신의 입술을 훑었다. 그와 나눈 키스가 꿈인지, 아닌지 분간이 되지 않는 건 아니었다. 이제 그를 어떻게 대해야 할까, 그것이 조금 곤란했다.

이수는 지끈 거리는 머리를 감싸며 몸을 일으켰다. 햇살이 앞다투어 이불 위로 쏟아진다.

그는 키스의 흔적만 남겨 둔 채 집을 나섰고 이수는 잠이 들었다. 눈을 떴을 때는 강욱은 이미 사라진 뒤였다.

"아쉽니, 차이수?"

그녀는 피식, 헛웃음을 흘리고 말았다. 왜였을까. 눈을 떴을 때, 이수는 손을 뻗어 자신의 옆을 더듬거렸다. 그가 있길 바랐을까.

"미쳤네, 차이수."

느리게 고개를 저은 이수가 생수를 들이켰다.

그때, 침대 위에 내버려 두었던 휴대폰이 울렸다. 그녀는 생수를 들이켜며 침실로 다시 들어섰다.

그녀의 머릿속이 마구마구 헝클어지고 말았다. 깊은 한숨도 절로 뿜어졌다. 이렇게 출근 전, 자신에게 전화를 걸 사람은 회사 사람 아니면 차 회장일 터였다.

벌컥벌컥 생수를 계속 들이켜며 그녀가 휴대폰을 무심하게 쥐었다. 그러곤 입에 물을 가득 머금은 채, 귓가에 전화를 가져다 대었는데 밤부터 새벽, 그리고 아침까지 그녀의 세포를 자극하던 목소리가 들려온다.

—잘 잤어요?

푸흡. 그녀는 입에 머금고 있던 물을 내뿜고 말았다.

—당황했나 봅니다, 물 뿜는 소리가 나는데.

그녀의 얼굴이 홧홧하게 달아오르고 말았다. 뭐라고 대답해야 하지. 어떤 음성을 내야, 키스의 여운에서 벗어난 것처럼 보일까.

잠시 고민하는 그녀를 향해 강욱의 음성이 날아들었다.

—생각 중입니까? 뭐라 대답할지.

자신의 머릿속을 꿰뚫고 있는 듯하다. 이수는 은은한 미소를 띤 얼굴로 침대에 걸터앉았다. 그러곤 슬쩍 열어둔 창을 돌아보며 그제야 입을 열었다.

"햇살 참 좋다. 그렇죠."

차가운 듯하면서도 부드러운 바람이 앞다투어 방 안으로 들어왔다. 이수는 느리게 미소를 지으며 그를 떠올렸다. 그 역시도, 이 바람을 느끼고 있겠지.

이수는 그의 모습을 상상해 봤다.

같이 있지 않아도 같이 있는 것 같은 착각이 인다.

—그래, 좋네. 햇살. 출근 준비 안 합니까?

강욱의 목소리에 은은하고도 시원한 미소가 담긴 것 같았다. 이수는 가슴이 간질간질해졌다.

침대 위에 두 다리를 올려 무릎을 감싸 안고선 눈을 감았다. 밀려오는 바람도, 햇살도, 그리고 그의 그윽하고도 낮은 음성도 모두 극대화되어 이수의 온 감각을 자극하고 있다.

"해야 하는데 침대 위에 그냥 앉아 있어요."

—농땡이 부리네. 이사라고 막 지각하고 그래도 되나 봅니다?

"그럼 잘려요. 요즘 미운털 박힌 이사라서……."

이상하게 좋다. 그저 평범한 일상에 강욱이라는 사람이 하나 깃들었을 뿐인데. 이상하게 심장도 두근거리고 기분도 간질간질 좋아지고 있었다.

—그럼 농땡이 부릴 때가 아닌 것 같은데. 얼른 일어나서 씻으러 가시죠.

"나 잘릴까 봐 걱정해 주는 거예요?"

—진짜 백수 되면 내가 어마어마하게 놀릴 건데, 어떻게 감당하려고.

"놀릴 생각부터 하는 거 봐. 얄미워."

이수는 감은 눈을 떠 피식 웃었다. 그러곤 슬쩍 시계를 올려다봤다. 더 늦장을 부리면 정말 지각할 시간이었다.

—그래도 일어났네. 술 어마어마하게 먹어서 아직 뻗어 있을 줄 알았는데.

아무렇지 않게 어제의 이야기를 꺼냈을 뿐인데 이수는 그와의 키스를 상상하고 말았다. 순간적으로 그녀의 머릿속이 새하얗게 되었다.

질려 버린 백지 위에 그의 뜨거운 숨과 끝없이 자신의 뺨과 허리를 쓰다듬던 손이 따라붙는다. 백지는 이내 어제의 기억으로 젖고 만다.

"술 약한 사람 아니에요. 알잖아요?"

—아니까 한 말인데. 그럼 저번엔 우산 주겠다고 한 거, 거짓말이었

습니까? 줄 맘도 없었는데 사람 설레게?

"……아, 검사님."

이수가 입술을 작게 물며 웃었다. 그러곤 자리에서 일어나 욕실로 향했다.

—어제보다 추워졌습니다. 겉옷 더 두꺼운 걸로 입고 출근하세요.

이 남자가 원래 이렇게 다정한 사람이었나. 아니면 원래 이런 사람이었는데, 내가 그의 모든 것에서 다정함을 찾아내는 걸까.

이수는 가슴을 떨며 새 수건을 집었다. 이미 출근을 하고 있을 그를 상상하며 입을 열었다.

"네. 좋은 하루 되세요, 검사님."

—차이수 씨도요.

별거 없는 아침이었다. 하지만 이렇게 기분 좋은 아침은 오랜만인 것 같다.

이와 비슷한 감정을 느껴 본 때가 언제였을까, 마지막 기억을 더듬으며 이수는 전화를 끊었다.

✝   ⚜   ✝

서울중앙지검 앞은 이미 기자들로 인산인해였다. 오늘은 해연궁과 환희 대군이 검찰청에 조사를 받으러 출두하는 날이었다.

강욱은 굳은 얼굴로 차에서 내렸다. 이수를 향해 끝없이 뻗치는 의혹을 오늘이면 갈무리를 지을 수 있을까. 그의 어깨가 무겁기도 하면서 가볍다. 그녀도 곧 그럴 수 있길 강욱은 또다시 이수의 얼굴을 그려본다.

"왔나, 윤 검."

"네, 좋은 아침입니다."

"좋은 아침일지, 나쁜 아침일지는 나중에 판단하자고."

건물 안은 묘한 긴장감이 감돌고 있었다. 서로 말은 하지 않았지만, 그 긴장감 속에는 드러내지 못한 감정들이 숨어 있다.

그때, 검사실 안으로 들어서던 강욱의 휴대폰이 작게 떨렸다. 서둘러 전화를 내려다보니, 액정 속엔 뜻밖이 이름이 떠 있다.

"……환희 대군?"

강욱은 괜스레 주위를 훑게 됐다. 하지만 박 계장도 없는 사무실은 고요했다.

하지만 언제 사람이 들이닥칠지 모르는 상황이기에 강욱은 서둘러 휴대폰을 귓가에 가져다 대며 옥상으로 향했다.

"네, 윤강욱입니다."

―통화 가능하십니까?

앞뒤 말을 모두 생략한 채 대뜸 통화 가능 여부를 묻고 있었다. 때마침 강욱은 옥상에 도착했고, 아침이라 인적이 드물었다. 강욱은 얼굴을 굳히며 옥상 위를 다시금 살폈다.

"말씀하십시오."

―오늘 검찰청을 가게 되었습니다, 제 어머니와요.

"압니다."

―한 가지 말씀드리고 싶은 게 있어서요.

"……뭐죠."

처음 만났을 때와 달리 안의 목소리는 한껏 굳어 있었다. 언제나 유하던 그의 이미지와는 다른 음성이다.

―외압이 있었습니까.

"외압이라니요."

―다음 용의자로 나와 내 어머니를 지목하기까지의 과정 속에.

"……."

―황실의 외압이 있었나, 하는 물음입니다.

"뭐가 그렇게 적나라하죠. 난 기자가 아니라, 검사입니다."

―질문 같아 보입니까, 검사님?

"언제부터 물음이 감탄이 되었죠? 분명 환희 대군께선 제게 물음을 하신 것 같은데."

―차라리 나였으면 좋겠습니다.

강욱의 반듯한 이마가 한순간에 구겨졌다.

―차이수 씨가 아닌 나를 용의자로 몰고 가란 지시가 있었기에 검찰과 언론이 이렇게 움직이는 것이라면 좋겠단, 말입니다.

"……여기서 차이수 씨 얘기가 왜 나오는 거죠."

―윤강욱, 당신.

"……."

―최선을 다해 진범을 찾아야 할 겁니다.

"환희 대군께서 이렇게 친히 전화를 주시지 않아도 저는 언제나 최선을 다합니다."

―그렇지 않으면…… 차이수와 당신이 다음 타깃으로 지목될 거니까.

그 말에 강욱의 뇌리에 '섹스 파트너'란 단어가 떠올랐다. 그리고 그것은 여과 없이 그의 잇새로 흘러나왔다.

"지목의 이유가 혹시 차이수 씨와 내 사이에 언급되는 섹스 파트너란 불건전한 글자 때문입니까."

―검사님.

"아……. 그것 때문은 아니겠군요. 순전히 그것은 다음 타깃으로 우릴 지목하기 위해, 만들어진 단어니까."

—……

"하지만 어쩌죠. 그딴 거 없이도 차이수 씨는 무고하고 내 마음도 무구하니까."

강욱은 찜찜함을 떨칠 수 없었다. 때마침 검찰청 앞이 떠들썩해졌다. 아무래도 이안과 해연이 도착한 모양이었다.

검사실로 돌아온 그는 굳은 얼굴로 창밖을 바라보았다. 포토라인에 선 두 사람이 기자들을 향해 반듯하게 고개를 조아리고 있다. 그 입에서 흘러나오는 말들은 뻔할 것이었다.

충분히 유추해 볼 수 있는 말들을 내뱉으며 무고함을 호소하며 차기 황태자와 황태자의 모후로서의 반듯한 이미지를 메이킹 하고 있을 터였다. 강욱은 자신도 모르게 이맛살을 찌푸렸다.

그는 서둘러 수사팀이 꾸려진 회의실로 향했다. 회의실에 도착하자마자 부장 검사의 벼락같은 말이 떨어졌다.

"차 검! 진 검! 서둘러!"

회의실 안도 이내 분주해지기 시작했다. 강욱 역시 서류를 챙겨 자리에서 일어났다.

"검사님."

박 계장이 그를 불러 세웠다. 조금 어두운 얼굴로 강욱이 고갤 돌렸다.

"안 좋은 일이라도 있으세요? 표정이 너무 어두워서."

그가 강욱의 안색을 살피며 느리게 입을 열었다. 그러자 강욱은 피식 웃으며 괜찮다는 듯 서류를 흔들어 보였다.

"안 좋은 일은 여기에 다 들어 있죠."

그때 김 검사가 급하게 강욱을 찾았다.

"윤 검, 윤 검!"

"네, 여기 있습니다."

"아, 부장님이 급하게 찾으셔."

"부장님께서……요?"

의외라는 생각이 강욱의 머리를 스쳤다. 아까 이미 한차례 다른 검사들을 대동하고 나간 부장 검사였다.

딱히 부장님의 호출을 받을 만한 일이 없었는데. 강욱은 떨떠름한 얼굴로 부장 검사실을 찾았다.

"부장님."

"앉게."

굳은 얼굴로 자신을 맞이하는 부장 검사를 강욱이 넌지시 바라보았다. 자리에 앉D,S 부장 검사가 강욱을 서늘한 눈으로 돌아보았다.

"윤 검. 내가 자네를 왜 불렀는지 짐작하겠는가."

그 말에 강욱이 고갤 들어 부장 검사의 얼굴을 빤히 살피는데 얼굴이 노골적으로 굳어 있었다. 무언가 불만이 가득한 얼굴에 강욱의 가슴이 서늘해졌다. 그리고 이유를 조금은 알 것 같아마음이 무거워져 버렸다.

"조금은 알 것 같습니다."

"황태자 살인 사건, 왜 차이수를 진범 후보에서 빨리 제외시켰지? 자네가 적극적으로 차이수의 무고를 주장하고 나섰다던데."

어렴풋이 짐작했던 그 이유가 맞아떨어지는 순간이었다. 강욱은 저도 모르게 주먹에 불끈, 힘이 들어섰다.

"제외시켰다는 표현은."

부장 검사의 말에 동의할 수 없다는 듯 강욱이 고개를 치켜들었다. 채 완성시키지 못한 문장이지만 그것에 실려 있는 단단한 힘이 그의 불만을 보여 주고 있었다.

두 사람의 시선이 날카롭게 교차했다.

"조금 아닌 것 같습니다, 부장님."

"무슨 뜻이지?"

"제외시킨 것이 아니라, 제외할 만해 내린 결정이었습니다."

"윤 검. 자네 왜 이렇게 융통성이 없나?"

부장 검사가 미간을 슬쩍 찌푸리고 입을 열었다. 하지만 강욱의 심기도 그다지 편치만은 않았다.

"이런 말씀을 꺼내신 이유가 뭡니까."

"황실에서는 차이수를 용의자로 지목하고 있다. 감찰궁에서도 여전히 차이수에 대한 의심을 거두지 못하고 있는데 검찰은 애초에 차이수를 배제시키고 수사를 하고 있다 하더군."

"네, 사실입니다."

"이유가 뭐지?"

"차이수 씨는 진범이 아니기 때문입니다."

강욱은 거리낄 것 없이 당연하다는 듯 당당하게 말을 내뱉었다.

그러자 부장 검사의 미간이 다시금 짜증스럽게 구겨졌다. 원했던 대답이 그의 입에서 흘러나오지 않자, 그가 노골적으로 불편한 심기를 드러냈다.

"왜 진범이 아니라고 확신하는 거지."

부장 검사의 반박에 강욱은 자기도 모르게 한숨을 푹 내쉬었다.

"그럼 부장님은 왜 차이수 씨를 진범이라고 생각하시는 겁니까."

"진범이 아닐 이유는 없으니까."

"네, 저 역시도 그렇습니다. 차이수 씨가 진범일 이유도 없죠."

"윤강욱 검사!"

"황실에서 차이수를 진범으로 몰고 가란 지시가 있었습니까?"

"그래, 있었네. 그러면 다시 재조사에 응할 텐가? 사람이 어찌 그렇게 융통성이 없어! 오죽하면 A&J 그룹과 검찰청과의 내부 거래가 있었던 것이 아니냐 말이 나돌아!"

부장 검사는 서류를 책상 위에 내리치며 자리에서 벌떡 일어났다. 그럼에도 강욱은 그에게서 시선을 떼지 않았다.

"이런 말을 하시는 부장님이야 말로 황실과 거래라고 있으셨습니까?"

"뭐라고?"

"번복할 생각 없습니다. 이건 저 혼자만의 결정이 아니라 팀의 결정이었습니다. 다른 검사들과 함께 의논하고 결정한 겁니다. 그러라고 특별팀 꾸려서 수사 진행한 것 아니었습니까? 공정하고 정의롭게 수사하라고. 아니었습니까?"

강욱 역시도 음성이 높아졌다. 부장 검사는 두 주먹을 굳게 말아 쥔 채, 그를 빤히 바라보았다.

그때, 누가 온 듯 밖에 노크 소리가 들렸다.

"일 크게 만들지 말게."

"크게 만들게 뭐가 있습니까. 환희 대군과 해연궁의 소환은 국민이 원하던 것입니다."

"차이수, 재조사해야 할 거야. 원칙대로 하게."

"부장님께서 말씀하시는 원칙은 무엇입니까. 전 원칙대로 하지 않은 적이 없었습니다."

"원칙대로 차이수, 재조사하란 말이야."

"명분은요."

한마디도 지지 않는 강욱이 못마땅해 부장 검사는 그의 뺨을 한 대

갈길 기세로 노려보고 있었다. 엄청난 압박에도 강욱의 눈길은 더욱이 불타올랐다.

"명분이라고 했나."

"이미 진범에서 제외시킨 인물을 다시 용의 선상에 끌어올 명분이요."

"그렇다면 내가 묻지. 차이수를 용의 선상에 끌어오지 못할 명분은 뭔가."

"태자궁에 떨어진 차이수 씨의 립스틱과 차이수 씨가 머물렀던 별궁에서 발견됐다는 약물만으로는 진범으로 몰기 어렵습니다. 또한 물건들에서 차이수 씨가 진범이라는 증거를 발견할 수도 없었습니다."

"그것들만큼 명확하고 날카로운 증거도 없지 않나. 아직 다른 증거품도 나오지 않은 마당에, 사건 현장에서 소지품이 나온 차이수를 재수사하지 않는 게 말이 된다고 생각하나?"

부장 검사의 호통에도 강욱은 차분하게 말을 이어 갔다.

"차이수 씨의 지문 외에는 아무것도 발견된 것이 없는태자궁에서 발견된 립스틱, 그것도 태자궁에는 가 본 적도 없는데 말입니다."

"……."

"차이수 씨의 지문조차 없는 별궁에서 발견된 약물, 본인 것도 아닌 증거물이었죠."

"그, 그건 조사를 더……!"

"더 설명해야 합니까."

"지금…… 말 다 했나?"

"제가 방금 말한 것들은 추측이 결코 아닙니다. 황실의 매뉴얼대로 진행된 절차를 모두 감찰부와 함께 확인했고 그에 따른 CCTV와 서류, 모든 기록들을 검토했습니다."

차마 반박할 말이 없던 부장 검사는 할 말을 잃은 채 그를 바라보기만 했다.

"기록 검토 결과, 차이수 씨의 알리바이는 증명되었고 이번 사건에서 발견된 그 물건들은 진범이 남긴 증거품이 아닌 차이수 씨를 진범으로 몰기 위한 계략인 걸로 밝혀졌습니다."

강욱의 말은 부장 검사의 자존심을 건드리기에 충분했다. 하지만 강욱을 노려보는 것 외엔 부장 검사는 아무것도 할 수 없었다.

"그렇기 때문에 차이수 씨를 다시 용의자로 끌고 와 재수사를 하는 것은 시간 낭비고 진범에게 증거들을 은폐할 수 있는 시간을 벌게 해 주는 것입니다."

부장 검사가 단호하게 말하는 그에게 다가갔다.

"만약 차이수가 진범이라면."

"기꺼이 비난을 받아야겠죠. 원하시는 것이 검사복을 벗는 거라면, 그렇게 하겠습니다. 하지만 부장님."

강욱이 허리를 꼿꼿하게 폈다.

밖에서 웅성거리는 소리가 들렸지만 강욱은 개의치 않았다. 아마도 해연궁과 환희 대군이 도착한 모양이었다.

"차이수 씨를 계속해서 진범으로 몰아붙이고 전담팀 외의 팀을 꾸려 수사를 펼치신다면, 혹은 전담팀에게 압박을 가한다면 저도 가만히 있지 않겠습니다."

"뭐라고?"

"아무래도 부장님께서 황실의 지시를 받은 듯한데. 차이수 씨, A&J 그룹의 장녀입니다. 차이수 씨도 황실 못지않게 어마어마한 권력을 쥐고 있는데 굳이 힘없는 황실을 왜 뒤에 두시려 합니까. 차라리 더 큰 권력을 좇겠다면 대한제국 최고의 그룹이 낫지 않겠습니까?"

비아냥거리는 듯한 강욱의 말이 부장 검사의 가슴을 할퀴었다. 강욱은 그에게서 한 걸음 물러나며 정중하게 고갤 숙여 보였다.

마침 밖에선 더 못 기다린다는 듯 다시금 노크 소리가 들려왔다.

"저는 최선을 다해 정의로운 수사를 펼쳐 진범을 잡을 것입니다. 그러려고 검사가 됐습니다. 그럼 가 보겠습니다."

그가 부장 검사실을 휘적휘적 나섰다. 그 뒷모습을 바라보는 부장 검사의 눈이 번뜩였다.

✛   ✤   ✛

"환희 대군하고 해연궁 조사 시작 됐대."

직원들의 재잘거리는 소리를 들으며 이수가 점심을 먹기 위해 회사를 나섰다.

이수가 코트를 여미며 몸을 조금 움츠렸다. 강욱이 그 둘을 직접 조사하진 않을 테지만, 그 역시도 이번 수사에 온 촉각을 세울 것이다.

두 사람의 검찰 소환은 큰 화두로 떠오르고 있었고 국민의 관심은 온통 그들에게 향해 있다.

"차이수다, 차이수!"

그때, 이수가 홀로 회사 밖을 나서자 직원들과 지나가던 사람들이 그녀를 보곤 숙덕대기 시작했다. 그녀는 그 순간 밖으로 나온 것을 후회하게 됐다.

"환희 대군이 솔직히 차기 황태자로 내정된 거 아냐?"

"그러니까 지금 황제랑 황후가 견제하려고 환희 대군하고 해연궁을 경계하는 거잖아."

"……진짜 누가 황태자 죽였는지 너무 궁금하지 않아?"

"환희 대군은 아닌 것 같은데."

"그치? 나도. 근데 나는 차이수 같아. 황태자한테 내연녀 있었던 건 온 국민이 알던 사실이잖아?"

이수는 무표정을 유지하려 애썼다. 하지만 들려오는 말들이 너무 날카롭고 따가워 그녀의 미간이 슬쩍슬쩍 구겨졌다.

"그러니까. 콧대 높고 도도한 A&J 그룹이, 그리고 차이수가 내연녀 있는 황태자의 정비가 되고 싶었겠어? 어차피 지금 환희 대군이 차기 황태자가 된다고 해도 A&J가 황태자비 집안이 되는 건 변하지 않는 사실인데?"

"그래, 내 말이. 그러니까 자기 말 안 듣는 황태자는 죽여 버리고 차라리 새 황태자 세워서 새로운 황태자의 아내가 되겠다는 거잖아."

강욱에게 전화라도 걸어 볼까. 수사 때문에 바쁠까.

이수는 저들의 숙덕대는 소리를 더 듣고 있기 힘들어 애써 다른 생각으로 머리를 바쁘게 하는 중이었다.

"근데 만약 차이수가 아니라 환희 대군이 진범이라면……? 난 근데 환희 대군일 수도 있겠단 생각이 들어."

"너무 소름이다. 아니면 정말 완전 생각하지도 못한 사람이 진짜 용의자인 거 아냐?"

"예를 들면…… 해연궁마마?"

이수의 눈앞에 강욱의 얼굴이 그려졌다. 이상하게 힘든 순간 그려지는 그의 얼굴에 이수의 가슴이 작게 뛰었다. 보고 싶다는 생각이 머릿속을 잠식한다. 그런데 이수의 눈앞에 정말 뜻밖의 얼굴이 나타났다.

"차이수 씨?"

이수가 무표정한 얼굴로 고갤 들었다. 유미가 새초롬한 표정으로 그녀를 빤히 바라보고 있었다. 이수는 주머니에 푹 집어넣었던 손을 빼며 그녀를 떨떠름하게 바라보았다.

"저 만나러 오셨어요?"

이수가 느리게 물었다. 의외라는 듯, 그리고 이유가 뭐냐는 투로 그녀가 묻자 유미가 피식 웃는다. 그 웃음이 꼭 자신을 비웃는 것 같아, 기분이 확 상하고 말았다.

"연락도 없이 회사 앞엔 어쩐 일이시죠."

"저 이야기들 안 들리시는 건가요, 아니면 안 들리는 척하시는 건가요."

유미의 얼굴이 어쩐지 엉망이다. 그리고 그 말을 하는 목소리와 얼굴에는 이수를 향한 원망 혹은 저주가 지독하게 서려 있는 것 같았다.

이수는 작게 한숨을 내쉬었다. 여태까진 그럴 만도 하겠다, 싶었지만 이젠 아니다.

이수가 그녀를 향해 한 걸음 다가갔다.

"그 얘기가 하고 싶어 저를 기다리고 있었습니까."

"어쩜 사람이 그렇게 뻔뻔하죠? 오빠 저렇게 된 지 얼마나 됐다고 벌써 차기 황태자의 아내가 될 생각을……."

무례인 줄도 모르는지 유미가 말을 이어 가자 이수가 그녀의 손목을 덥석 잡았다. 갑작스런 행동에 당황한 유미가 그녀를 바라봤다.

"그만하시죠. 여기서 그쪽이 황태자 이강의 내연녀였다는 거 홍보할 일 있어요? 아님 그러고 싶어 나 이용하는 겁니까?"

"뭐라고요?"

"당신 말대로 당신 오빠."

"……!"

"죽어서도 우습게 만들고 싶지 않으면 그 입 다물어요."

"이봐요!"

"할 말 남았으면 조용히 나 따라오고."

이수가 그녀의 손을 우악스럽게 내려놓았다. 그러곤 다시 회사로 들어가기 위해 등을 돌렸다. 그 모습을 보던 유미가 달려가 그녀의 앞을 가로막았다.

"멈춰요."

"우리 두 사람 사이에서 나눌 이야기. 세상 사람들이 들어서 좋을 것 없는 이야기들입니다."

"두려워요? 사람들의 시선이? 그래서 그래?"

악다구니를 쓰는 유미를 향해 그녀가 무감하게 얼굴을 굳혔다.

"두려웠으면 숨었겠죠. 궐 안으로."

"뭐……?"

"저 사람들의 말이 들리지 않는 궐로 들어가, 황태자비인 내 앞에선 아무 말도 할 수 없는 궐 안에 들어가 숨어 나오지 않았겠죠."

"……."

"두렵다고 했나요?"

이수가 물었다.

그녀의 반듯하고도 은은한 빛이 감도는 입술이 벌어졌다. 유미는 그녀에게서 눈을 떼지 못했다. 화를 내고 있는 것 같은데 참 평온하다. 그 모습마저 너무도 우아해 슬퍼졌다.

이 여자에게서 풍기는 우아함과 고귀함 때문에 자신이 황태자비가 될 수 없었을까. 황제와 황후의 인정을 받지 못했을까.

다시금 그녀의 가슴이 분노로 꽉 차고 말았다.

"차라리 내게 두려움을 찾고 싶다면 그날이겠죠."

"……."

"태자 전하께서 승하하시던 그날 밤. 국혼을 하루 앞뒀던 그 밤."

"이봐요."

"내 품에서 온통 피범벅이 된 채 호흡을 멈추던 태자 전하를 오롯이 내려다보아야만 했던 그 밤."

"그만두지 못 해?"

"그 밤이 두려웠으니 돌아가지 않으려 하는 겁니다. 한 번이면 족하니까요."

"뻔뻔해, 우리 오빠가 널 얼마나 증오했을까."

"그럴까요. 날 증오했을까요?"

유미의 호흡이 거칠어졌다. 그녀의 눈에 맺히는 눈물은 슬픔일까, 분노일까. 이수가 가만히 유미를 살폈다.

"네가 죽이지 않았다고 해도 오빠는 널 증오하다 갔을 거야. 너 때문에 우리 오빠가 불행해졌으니까."

악에 받쳐 말을 쏟아 내는 그녀에게선 불필요한 감정들이 내비치고 있었다. 순간 이수의 눈살이 찌푸려지고 말았다. 저 말의 뜻은 무엇일까.

이수가 유미에게 한 걸음 다가갔다.

"그렇게 말하는 이유가 뭐죠."

유미는 눈물을 닦아 냈다. 그러곤 주먹을 꽉 쥐며 그녀를 한껏 올려다보았다.

"네가 황태자비가 되지만 않았어도 우리 오빤 행복했을 테니까."

"당신이 태자 전하의 곁을 지킬 수 있었으니까?"

"그래. 내가 황태자비가 될 수 있었다면. 너만 아니었다면……."

순간 이수가 그녀의 말허리를 잔혹하게 잘랐다.

"아뇨, 미안하지만 내가 아니라고 해도 당신은 황태자비가 될 수 없어요."

"……!"

"한유미란 이름을 가진 당신은 죽었다 깨어나도 그 자리에 앉을 수 없어요. 내 말이 너무 잔인하게 들리겠지만 그게 현실이고 그게 권력입니다."

이수가 그녀에게서 한 걸음 떨어지며 코트에 얼굴을 슬쩍 묻었다. 바람의 틈에 섞여 나부끼는 은행잎은 이미 빛을 바랜 지 오래였고, 이수의 눈동자 역시 감흥을 잃은 듯 건조하기 짝이 없었다.

눈물을 닦으며 유미가 떨리는 입술을 깨물었다.

"착각하지 마."

"……."

"너라고 나와 다를 줄 아니? 남들이 황태자비, 황태자비 해 주니까 정말 네가 황태자비가 될 수 있을 거라 믿는 모양인데. 꿈 깨."

"……."

"너는 죽었다 깨어나도 그 자리에 앉지 못해. 우리 오빠가 죽어서도 널 원망할 테니까."

싸늘하게 말을 내뱉고 돌아서는 가엾을 그녀를 향해 이수가 무겁게 입을 열었다.

"유감이지만 황태자비는."

그녀가 느리게 눈을 깜빡이며 말을 이어 간다.

"제가 꾼 꿈이 아닙니다."

두 사람을 휘감는 늦가을의 바람이 시리기만 하다.

황태자 살인 사건으로 검찰청에 출두한 환희 대군과 해연궁을 상대

로 한 조사는 밤이 깊어도 끝날 줄 몰랐다. 이번 살해 사건의 수사를 맡은 강욱이 포함된 특별 수사팀은 강도 높은 조사를 벌이고 있었다.

잠깐의 휴식 시간, 강욱은 안경을 벗으며 수사실을 나섰다. 그제야 밀어 두었던 휴대폰을 살필 수 있었다. 여러 부재중 통화와 보관함에 쌓인 메시지들.

마른세수를 한 강욱이 무심하게 메시지들을 바라보았다. 일일이 다 답을 취해 주기엔 무리가 갈 만큼 많은 양이다. 그런데 그중 건조한 눈동자를 사로잡는 이름 하나가 있다.

'차이수'

강욱의 시든 잎 같던 입술에 살며시 미소가 스민다.

〈열심히 수사 중이겠죠. 읽지도 못할 거 알면서 문자 보내 보는 건, 나 검사님이 보고 싶은 건가.〉

피식, 그가 웃고 말았다.

"혼잣말도 예쁘게 하네, 차이수는."

그가 뻐근한 목을 주무르며 잠깐 옥상으로 올라갔다. 그러곤 자신을 보고 싶어 하는 건지, 아닌 건지 몰라 하는 이수에게 곧장 전화를 걸었다.

밤공기가 꽤 쌀쌀하다. 깊은 어둠이 내려앉은 도시를 위에서 바라보니, 분주해 보이면서도 여유로워 보인다.

몇 번의 신호음이 가고 달칵, 이수가 전화를 받았다.

—검사님!

그녀의 음성에서 반가움이 한껏 묻어났다. 강욱은 절로 그린 미소를 거둘 수 없었다.

"보고 싶었습니까?"

강욱이 대뜸 물었다. 그의 얼굴에 어쩐지 장난기가 뚝뚝 묻어난다.

아무런 대답도 없는 걸 보니 무척이나 당황한 것 같았다. 얼굴이 빨개진 그녀의 모습이 얼핏 상상이 가 강욱은 코끝을 문질렀다.

"보러 갈까요?"

다시금 짓궂게 그가 물었다. 그제야 그녀가 작게 숨을 몰아쉬며 입을 열었다.

—아뇨, 뭐. 꼭 보고 싶었다기보다는.

그녀가 말을 얼버무렸다. 강욱은 피식 웃음이 났다.

"섭섭하네."

—네?

"보고 싶었는데, 난."

그 말을 하는 순간, 고르던 이수의 숨결이 흐트러지는 것을 강욱이 느꼈다.

당황한 걸까. 너무 적나라하게 감정을 드러낸 탓일까. 강욱도 조금 긴장한 채로 이수의 대답을 기다렸다.

—조사는…… 다 끝났어요?

강욱이 옥상 난간에 등을 기댄 채, 하늘을 올려다보았다.

"왜 말 돌리지? 난 분명 차이수 씨가 보고 싶다고 했는데."

씨익, 웃어 보인 강욱은 그녀의 반응이 재미있는지 자꾸만 이수를 놀렸다.

그 말에 수화기 너머의 이수 역시 웃음을 참지 못하고 터뜨리고 만다.

—네, 보고 싶어요. 실은 아까도 보고 싶었고 지금도 보고 싶어요. 근데 되게 창피해서.

"……."

―전화니까 이렇게 말해 보는 거예요. 얼굴 보고는 못 하니까.

"왜 얼굴 보고는 말 못 합니까?"

강욱이 웃음을 참으며 그녀에게 물었다. 분명 양 뺨을 붉힌 채, 얼굴을 슬쩍 숙이고 있을 것이었다. 이수는 도도하고 당당한 모습이 참 매력적인 멋있는 여자였지만, 수줍어하며 볼을 붉히는 모습도 꽤 예뻐 보였다.

몇 시간 내내 조사를 강행했던 탓에 그는 피곤할 법도 한데, 지친 기색이 없는 얼굴이다. 물론 이수와의 통화 덕이 크다.

―음, 얼굴 보고 얘기하면 너무 진심인 게 티가 날까 봐?

그녀가 작게 웃는 소리가 들렸다.

"티 나면 안 됩니까?"

―너무 질척대는 것 같아서. 그날 밤 이후로 내가 자꾸만 검사님과의 관계에 무언가를 바라는 것 같아서. 이거 되게 질척대는 거거든요.

이렇게 또 상대의 속마음을 노골적으로 들어 보기는 처음이다. 게다가 실수라 치부할 수 있는 그날 밤의 키스를 대범하게 꺼내고 있었다. 강욱이 알면 알수록 더 궁금한 그녀의 모습에 다시금 피식 웃어 버렸다.

"질척이라는 말도 할 줄 압니까?"

―난 뭐, 아무것도 모르는 줄 알아요?

"네, 황태자비 교육만 평생 받아 온 것 같아서."

―그렇게 말하니까 내가 섭섭한데?

"왜죠. 반듯하고 정직하고 예의 바르단 말이었는데?"

―재미없단 말로 들리는데? 시시하고 고리타분하고 앞뒤 꽉 막힌 조선 시대 사람 같단 말로 들려요.

"하하, 그렇게 들렸다면 오해입니다."

가슴에 묵혔던 체증이 풀리는 느낌이다. 조사 내내, 무기력은 도돌이표처럼 강욱을 괴롭혔다. 그런데 그녀와의 이 짧은 통화가 큰 위로가 되고 있었다.

강욱은 가만히 그녀의 음성을 듣고 있다가 손목시계를 들여다보았다. 곧, 조사실로 돌아가야 할 시간이었다.

"차이수 씨."

—네?

"이제 가 봐야 할 것 같네요."

—피곤하시겠어요. 몇 시 쯤 끝날 것 같아요?

"지금 10시니까, 12시 정도에는 끝날 것 같은데."

—힘들어서 어째요.

"괜찮습니다. 생각보다 빨리 끝날 것 같아서 좋습니다."

강욱은 이마를 매만지며 애써 피곤함을 떨쳐냈다.

—조금 더 힘내세요. 그래도 검사님이 힘들어야 국민들이 원하는 답이 나오지 않을까요?

"네, 그렇죠. 차이수 씨는 집입니까?"

강욱은 난관에 기댔던 상체를 들어 슬쩍 풀었던 셔츠의 단추를 잠갔다.

—네, 안 자고 있을게요. 끝나면 연락 주세요.

무척이나 달콤한 말에 그가 걷던 걸음을 멈추곤 붉은 입술을 슬쩍 깨물었다.

"그 말, 참 고마우면서도 설레네."

—네……?

그는 기분 좋은 미소를 입매에 그리며 다시금 하늘을 올려다보았다.

"근데 보고 싶단 말, 막 할 수 있는 사이는 어떤 사이입니까?"

슬쩍 웃음 짓는 그의 머리 위로 시원한 바람이 인다. 조금 쌀쌀한 것도 같은데 기분 좋은 시원함이다.

—고작 키스 한 번에, 나의 보고 싶은 감정을 함께해 달라고 하고 싶지 않아요. 매달리는 것 같아서, 내 자존심이 상해.

"……."

—근데 사실 지금 이런 말 하는 것도 솔직하게 좀 창피해요. 이런 내 맘, 알아 달라 호소하는 것 같아서.

강욱은 눈을 지그시 감는다.

"호소해야만 느껴지나."

—무슨…… 뜻이에요?

"고작 키스라고 말하는 차이수 씨 때문에 상처 받고 있는 난, 안 느껴집니까."

그녀의 날숨에 고스란히 스민 떨림이 강욱의 귓가에 닿았다.

"보고 싶단 말, 할 수도 있지. 안 그렇습니까? 그리고 그날 밤 키스는."

이수가 숨을 죽이고 그의 다음 말을 기대했다.

"난 고작 아니었는데."

기대한 보람이 있다. 그녀는 피식, 웃음을 짓고 말았다.

—고작 아니면요?

"기대하는 대답이 있습니까?"

—그걸 내가 말해 주면 어떡해.

"되도록 차이수 씨가 원하는 대답을 해 주고 싶어서."

—음, 글쎄요.

빙글빙글 말을 돌리는 그녀가 퍽, 귀엽다. 강욱은 미소 지으며 옥상을 나왔다.

"난 차이수 씨가 참 좋은 사람인 것 같아서 오래 보고 싶습니다."

그 말을 하면서도 강욱은 자신이 말하는 좋은 사람이란 뜻이 뭔지, 오래 보고 싶단 것도 무엇을 의미하는지 알 수 없었다. 하지만 말 그대로 이수는 좋은 사람이었으니 오래 보고 싶었다. 그래서 그는 솔직하게 그녀에게 말했다.

"저 이제 들어가 봐야 할 것 같아서요."

그 말에 이수가 네, 하고 작게 대답했다.

─힘내세요. 많이 피곤하실 텐데.

"아닙니다. 오늘도 수고하셨습니다, 차이수 씨."

그렇게 끊긴 전화. 강욱도 이수도 무언가 해소되지 않은 감정을 안고 각자의 자리로 돌아갔다.

"수고했어, 윤 검."

"수고하셨습니다."

"수고하셨어요."

자정이 넘어서야 끝이 난 조사에 환희 대군과 해연궁은 먼저 검찰청을 나섰고 강욱과 동료 검사들도 뒤이어 검찰청을 빠져나왔다.

강욱은 지친 얼굴로 타이를 느슨하게 풀었다. 제법 쌀쌀해진 날씨에 긴 코트를 걸쳤다.

"윤 검, 바로 집으로 가나?"

"이 시간에 그럼 어딜 갑니까?"

강욱이 피식 웃으며 수석 검사를 돌아보았다.

"밥도 허술하게 먹었는데 야식 어때?"

"그래 가요, 선배. 우리 다 국밥 한 그릇씩 하고 들어갈 건데."

동료 검사들의 말에 강욱이 낮게 미소를 지었다. 그러곤 고개를 절레절레 저으며 뻐근한 목을 주물렀다.

"아뇨, 전 괜찮습니다. 먹고 가. 내일 봅시다, 수고하셨어요."

그가 그들을 향해 인사를 하며 돌아섰다.

검찰청 앞엔 아직도 기자들이 인산인해를 이루고 있었다. 강욱은 벌써 한숨이 터져 나왔다. 그는 서둘러 자신의 차에 올라탔다. 눈도 뻑뻑하고 어깨도 욱신거렸다. 얼른 따뜻한 물로 샤워하고 침대에 눕고 싶었다.

안전벨트를 매고 시동을 걸었다. 기다리고 있을 이수에게 연락하기 위해 주머니 속 휴대폰을 꺼내 메시지 함을 보는데 배터리가 다 되어 버리고 말았다. 까맣게 먹통이 된 휴대폰을 내려다보며 강욱은 작게 한숨을 내쉬었다.

"아……. 차이수한테 연락해 줘야 하는데."

강욱이 난감하다는 듯 머릴 긁적였다. 다시 자신의 방으로 올라가 보조 배터리를 챙겨올까, 고민하던 그는 이내 포기했다.

이미 검찰청 앞을 장악한 기자들을 뚫고 다시 그 안으로 들어갈 자신이 없었다.

"집으로 얼른 가는 게 더 빠르겠다."

강욱은 핸들을 꾹 쥐었다. 그러곤 자신의 오피스텔을 향해 속력을 냈다.

가는 길 내내, 라디오에선 환희 대군과 해연궁의 조사에 관한 이야기가 흘러나오고 있었다. 강욱은 아랫입술을 지그시 깨물며 창문을 열었다.

"태후마마와 이야기를 나누려 입궐한 것이었습니다. 태후마마와 나눈 이야기는 지극히 사적인 이야기라 말하고 싶지 않습니다. 하지만, 태후전에 CCTV와 황실 내 CCTV를 모두 보면 알겠지만, 환희 대군과 저는 정말 태후마마를 뵈러 입궐한 것입니다."

미심쩍은 부분이 있었지만, 해연의 말은 모두 사실이었다. 미리 검토한 CCTV의 족적과 해연이 말하는 시간대의 행적은 모두 일치했다.

다만 은밀히 나누었다는 지극히 사적인 이야기는 끝내 알지 못했다. 사건과 관련 없는 이야기니 굳이 파고들 이유는 없었지만 강욱은 찜찜함을 떨칠 수 없었다.

비공식 입국과 비공식 입궐, 그리고 태후와 해연궁 사이에 오간 이야기. 그 후 일어난 황태자 살인 사건. 분명 그사이에 무언가가 존재할 것이라 강욱은 생각했다.

─해연궁과 환희 대군은 연신 물의를 일으켜 죄송하게 생각한다며 최선을 다해 조사에 임했고, 앞으로도 언제든 검찰이 소환을 요청한다면 기꺼이 응할 것이라 입장을 밝혔습니다.

그는 라디오의 볼륨을 낮추었다.

자정이 넘은 서울의 도심은 그 어느 때보다 평온하다. 강욱의 차는 검은 도로 위를 빠르게 가로질렀다.

"어, 벌써 나가신 건가."

이수는 머뭇거리다 운전석의 문을 열었다. 그러곤 모자를 더 깊숙이 눌러쓰며 후드티를 코끝까지 잡아당겼다.

12시 반, 분명 끝났을 시간인데.

포털 사이트에서도 모두 해연궁과 환희 대군의 조사가 끝났다고 했는데, 강욱의 모습은 보이질 않는다. 자신의 메시지를 보지 못한 탓일까.

이수는 휴대폰만 만지작거렸다. 전화를 걸어 볼까 고민했지만 조사가 끝나고 급한 회의가 소집될 수도 있겠다 싶어 망설이고 있었다.

자신의 얼굴을 기자들이 알아볼까, 가까이 가지도 못한 채 주차장에서만 어슬렁거리고 있는데 누군가가 그녀의 어깨를 톡톡 두드렸다. 놀란 이수가 한껏 몸을 웅크리며 고갤 돌렸다.

"차⋯⋯이수 씨?"

정장 차림의 한 남자가 이수를 알아본 듯 반색했다. 이수는 곤란하다는 듯 입술을 깨물며 얼굴을 묻었다.

"아, 아닌데요."

그녀가 서둘러 등을 지며 차 쪽으로 몸을 돌렸는데, 남자가 집요하게 알은척을 했다.

"맞는데? 혹시⋯⋯."

그녀의 등골이 오싹해졌다.

"윤강욱 검사님 기다리시나요?"

이수의 눈이 동그래졌다. 숨겨야 했는데, 얼굴에 다 드러나고 말았다. 그만큼 지금 그의 행방이 궁금했으니까.

"아⋯⋯, 저 그게."

"근데 차이수 씨 맞죠? 윤강욱 검사님 기다리시는 거고."

난감해하는 그녀를 빤히 바라보던 그가 사람 좋게 웃어 보였다. 그러곤 안주머니에서 명함을 꺼내 그녀에게 건넸다. 아무래도 놀란 것 같아 그가 이수에게 명함을 내밀었다.

서울중앙지검 박철수 계장

이수가 여전히 경계심 가득한 얼굴로 그를 바라보았다.

"안녕하세요, 저는 윤강욱 검사님과 함께 일하고 있는 박철수계장입니다."

"아······. 네, 차이수라고 해요. 저 근데······."

자신을 소개하니 이수도 더 숨기지 못하고 자기소개를 했지만, 여전히 경계심을 늦출 순 없었다. 두 사람의 상황을 알고 있는지 박 계장이 안심하라는 듯 웃어 보였다.

"윤 검사님께 많이 들었습니다."

"저를요······?"

"걱정 안 하셔도 됩니다! 다른 사람들한텐 절대, 절대 얘기하지 않을 거니까요."

"아······. 그런데 제가 윤 검사님을 기다리는 건 어떻게 알고."

"척하면 척이죠. 계장 일을 몇 년 했는데!"

실은 지난날, 이수가 강욱에게 우산을 돌려주기 위해 검찰청 앞에 왔을 때 두 사람이 함께 있는 모습을 봤다. 그래서 그날 아침, 강욱이 비를 쫄딱 맞고 출근했다는 것과 오전 내내 기다리고 있던 연락이 이수의 연락이었다는 것도 눈치챘다.

"그런데 어쩌죠? 윤 검사님 아까 집 가셨는데."

"네······? 집 가셨다니요?"

이수는 그의 말에 주머니에 넣었던 휴대폰을 다시 꺼냈다. 아무런 연락도 없었다. 자신이 오늘 종일 너무 귀찮게 굴었던 탓일까, 괜히 걱정되기 시작했다.

"연락 안 되시나요? 이상하네. 아까 가셨는데?"

"……가셨나 보네요."

"전화 한 번 해 보세요!"

"네, 그럴게요. 고맙습니다."

이수가 은은하게 미소 지으며 고개를 꾸벅 숙여 보였다.

"아, 맞다. 오늘 윤 검사님 생일이신데!"

그러다 돌아서는 이수를 향해 그가 말했다.

"생일이요?"

"아……. 12시가 지나 버렸네. 오늘 생일이셨는데 친구분들이랑 늦게나마 한잔하시려나. 그래도 전화라도 해 보세요. 이렇게 오셨는데."

그의 말에 이수가 느리게 고갤 끄덕였다. 아무래도 친구들과 생일 파티라도 하는 모양이었다.

"네, 감사합니다."

꾸벅, 인사를 해 보인 이수는 조금은 허탈한 얼굴로 돌아서서 차에 올라탔다.

"생일이라니."

하지만 그에게선 연락이 없다. 혼자 너무 앞서간 탓일까.

오늘이 그의 생일이라는 말에 왠지 그녀는 섭섭해졌다.

"미리 말해 주지……. 축하해 주고 싶은데."

그녀는 작게 한숨을 내쉬며 모자를 벗었다. 휴대폰을 들어 자신이 보냈던 메시지를 다시 들여다보았다.

〈언제 끝나요?〉

그냥 여기에서 그쳤어야 했을까. 괜히 검찰청 앞까지 온 건가 싶어 그녀는 입술을 살포시 물었다.

시간을 보니 새벽 1시가 다 되어 간다. 이수는 허탈한 웃음을 지었다. 아무래도 조사가 끝나는 대로 친구들을 만나러 간 모양이었다. 섭섭하긴 했지만, 이런 감정을 느끼는 자신이 이상하단 생각도 들었다.

이수는 자신의 입술을 검지로 천천히 훑어보았다.

"키스 때문이니."

이수가 자신에게 작게 물었다. 정말 그것 때문일까. 아무것도 아닌 일상이 울렁거릴 정도로 설레기도 하고 아무것도 아닌 거에 하늘이 무너진 듯 상실감을 느끼기도 한다.

단지 그가 나타났을 뿐인데. 아니, 그와 입을 맞췄을 뿐인데.

이수는 여전히 강욱의 온기가 남아 있는 듯한 입술을 훑었다. 부드럽고도 따뜻한 그의 감촉이 이수의 가슴 끝을 저릿하게 했다.

그날의 키스를 떠올리니, 다시 그때로 돌아간 듯 그녀의 온몸이 달아올랐다. 이수는 한숨을 내쉬며 눈을 감았다.

"그럼 뭐 해……. 좋은 사람이라 오래 보고 싶다고 하잖아."

그녀는 휴대폰을 다시 들었다. 포털 사이트에 검색했던 기록이 고스란히 남아 있다.

좋은 사람 의미
이성이 오래 보고 싶다고 하면

하지만 모두 같은 답들이 나왔다.

"친구로 남고 싶다는……. 역시 그거겠지."

이성이 아닌 동성으로 느낀다는 말, 달리 말해 연인 사이보다는 친구로 남고 싶다는 뜻이라고들 했다.

이수는 서글픈 마음에 창문을 힘껏 열었다. 그러곤 차 시트에 등을 기대며 두 눈을 지그시 감았다.

친구로 지내고 싶진 않았다. 키스를 했으니, 책임지란 뜻은 아니었지만 그러고 싶지 않았다.

"그러기엔 나는 너무…… 설렌다고요, 윤강욱 씨."

그렇게 얼마나 흘렀을까.

좀처럼 해소되지 않는 여러 감정에 이수는 느리게 눈을 떴다. 마음을 잡고 집으로 향하기 위해 그녀가 다시금 핸들을 쥐었다.

"많이 기다렸습니까."

기다렸던 강욱이 나타났다. 숨을 거칠게 몰아쉰 그가 열린 창문을 짚었다. 이수가 화들짝 놀라며 그를 돌아보았다.

두 사람의 시선이 맞부딪히자 이수의 온몸이 파르르 떨렸다. 심장은 당연히 발아래로 떨어졌고 평온하던 그녀의 숨결도 흐트러지고 말았다. 고요하던 그녀의 세상이 강욱의 등장으로 뒤흔들어지는 순간이다.

"배터리가 다 되었었습니다. 전화라도 하지 그랬어요. 대체 언제부터 기다린 겁니까."

그가 속상하다는 듯 이마를 찌푸렸다. 그럼에도 기다렸던 강욱의 얼굴을 마주하자 이수는 기뻤다. 기쁘고 설레었으며 심장도 콩닥콩닥, 수줍게 뛰기 시작했다.

"조금, 조금요."

그녀는 자신의 입술을 살포시 깨물었다. 강욱이 자신의 얼굴을 뚫어지라 응시하고 있다는 사실이 그녀를 못살게 굴었다. 이수는 숨을 가다듬으며 시선을 거뒀다. 더 바라보고 있다가는 자신의 온 감정을 들킬 것만 같아 불안해졌다.

"왜 말 안 했습니까. 기다리고 있으면 기다리고 있다고 말해야죠."

강욱은 미안한 얼굴로 이수를 바라보았지만, 이수는 그를 외면하고 만다.

"아뇨, 뭐 그냥······. 검사님 기다리려던 건 아니고 이 앞에 볼일이 있어서······."

이수가 자신 없다는 듯 말끝을 흐리자 강욱이 그녀의 어깨를 짚었다. 자신의 어깨에 닿는 그의 온기가 여전히 그녀를 찌릿하게 만들었다.

"얼굴 마주하고 있어서 거짓말하는 겁니까?"

무표정한 얼굴로 그리고 아무 감흥 없는 음성으로 그가 물었다.

맞아요, 거짓말. 그렇게 대꾸하며 그를 바라보고 싶지만, 이수는 정말 자신이 없어졌다.

'좋은 사람. 오래 보고 싶은 사람.'

그가 전화로 얘기했던 말이 자꾸만 이수의 머릿속을 맴맴 맴돌았다.

하긴······. 친구 사이에도 보고 싶다는 말을 자유자재로 할 수 있다. 남자와 여자 사이에도 친구라는 관계가 존재할 수도 있다. 그 모든 걸 알지만, 이해할 수 없는 것도 아니었지만.

이수는 자꾸만 속이 상했다. 이해하고 싶지 않았다. 억지인 걸 알면서도 그녀는 부정하고 싶었다.

"아뇨. 조사는 잘 끝나셨어요?"

그녀는 애써 가슴에 피어오르는 모든 감정을 숨긴 채 강욱을 바라보았다. 이수에게 닿는 그의 눈빛이 무겁기만 했다.

"네, 잘 끝났습니다. 저녁은 드셨습니까?"

조금 지친 얼굴의 그를 바라보고 있자니, 쉬어야 할 시간을 뺏는 것만 같아 마음이 무겁다. 이수는 부러 환하게 웃으며 고개를 끄덕인다.

"네. 먹었어요. 검사님은요? 참…… 생일이시라면서요. 친구분들 하고 있던 거 아니었어요?"

"생일인 거 어떻게 알았습니까?"

그가 조금 의외라는 듯 허릴 펴며 물었다. 그러자 이수는 작게 입술을 말아 물며 어깰 으쓱했다.

"제가 여기에 있는 걸 알려 주신 분이…… 말해 주셨을 걸요?"

이내 박 계장의 존재를 깨달은 강욱이 아, 낮은 탄성을 내뱉으며 웃고 말았다.

조금 헝클어진 앞머리가 그녀를 찾기 위해 애썼다는 걸 보여 주고 있었다. 그런 모습도 이수의 가슴을 적셨다.

"생일이 뭐 별거인가요. 평범했던 어제보다 조금 더 특별하다는 거지?"

"그래도 특별한 거잖아요. 친구분들은 안 만나요?"

그녀는 대수롭지 않은 것처럼 물었다.

"네. 안 만납니다."

"……아."

아무도 만나지 않는다는 그의 말에 이수는 '그럼 밥이라도 먹을래요?' 하고 말하고 싶었다. 하지만 좀처럼 말이 입 밖으로 꺼내지질 않았다.

사실 지금 두 사람의 관계는 친구, 그 이상도 아닌 사이다. 그런데 연락도 없이 그의 직장 앞에서 기다리고 있었다는 사실만으로도 이수는 자신이 오버한 거라는 생각이 들었다.

아무 말도 하지 않은 채 이수가 어색하게 고개만 끄덕이자 강욱이 피식 웃으며 허리를 굽혔다. 그러곤 주머니에 손을 넣은 채 그녀를 지그시 바라봤다.

"밥 먹을래요?"

차마 꺼내기 어려운 그 말을 강욱은 무척이나 쉽게 꺼냈다. 이수는 강욱의 음성에 고갤 돌려 그를 바라봤다.

자신은 어렵고 강욱은 쉬운 것 같아 속상하기만 하다.

근처 분위기 좋은 술집.

"미리 알았더라면 선물이라도 준비했을 텐데……."

이수가 화장실을 다녀온다며 잠깐 술집을 나서 케이크를 하나 사 왔다. 늦은 시간 탓에 근처 빵집이 모두 문을 닫아 편의점에서 사 온 케이크였다.

이수가 멋쩍은 듯 케이크를 꺼내 초에 불을 붙이자 강욱이 피식 웃으며 턱을 괬다.

"그러고 보니 오늘 처음 받는 생일상이네요. 12시가 넘었으니 이젠 생일이 아니구나."

"늦어서 빵집도 없더라고요. 케이크가 좀 작긴 한데……. 괜찮죠?"

"당연하죠. 고맙습니다, 차이수 씨."

그녀는 수줍게 웃으며 강욱을 향해 케이크를 내밀었다. 강욱은 촛불을 불지 않고 그저 입술을 굳게 다문 채 케이크를 바라보았다.

"소원 빌고 초 꺼요."

이수가 눈을 반짝이며 그를 바라봤다. 강욱이 초를 끄는 대신 이수에게 술잔을 내밀었다.

"안…… 꺼요?"

"소원 빌라면서요."

이수가 의뭉스레 그를 바라보자 강욱이 어서 잔을 부딪치라는 듯 고개를 까딱해 보였다. 그녀는 잔을 들어 조심스레 그의 잔에 부딪혔다.

"원 샷 해요."

이수는 입매를 끌어 올리며 술을 들이켰다.

"취하지 않으면 말하지 못할 소원이라도 되나요?"

작게 웃어 보인 이수가 그를 바라봤다. 질문에 대답을 하려는 듯 술맛을 채 느끼기도 전에 강욱이 이수를 향해 불쑥 상체를 숙였다.

제법 가까워진 둘의 사이.

이수는 한껏 긴장한 채 그를 바라봤다. 하지만 강욱은 아무 말도 하지 않은 채 그녀만 직시했다.

"왜……요?"

그의 뜨거운 시선에 그녀가 멋쩍은 듯 볼을 쓸며 물었다.

"직접 보니 별로 안 보고 싶어진 겁니까?"

"……네?"

"눈을 잘 안 마주치는 것 같아서."

그 말에 그녀의 볼이 촛불처럼 뜨겁게 달아올랐다.

"아뇨, 하하. 뭐 그런 건 아니고요."

그녀는 작게 웃었다. 집요한 시선이 이수의 눈을 잡아챘다.

"아닌데. 뭐가 있는데."

이수는 눈을 바라보는 대신 그의 입술을 바라봤다. 이상하게 자꾸만 강욱의 입술 위에 시선이 머문다. 그녀는 입술을 작게 말아 물며 고개를 저었다.

"아니에요, 그런 거."

그리고 어깨를 아무렇지 않게 으쓱하며 빈 잔에 술을 따랐다.

"할 말 있죠. 있는 것 같은데."

"아니에요, 없어요."

두 사람의 사이가 묘하게 달아오르고 있었다.

"그거 압니까? 차이수 씨, 아까부터 지금까지 쭉. 내 눈 안 쳐다보고 있는 거."

들켰구나, 싶어 이수의 속이 뜨끔해졌다. 하지만 애써 평정심을 유지하며 그의 눈을 바라봤다. 아니, 실은 눈언저리만 훑으며 시선을 빙빙 돌렸다.

"왜 그럴까? 이유가 뭐지."

영문을 모르겠다는 듯 그가 자신의 입술을 느리게 만지작거리며 다시 술잔을 들어 술을 비웠다. 그녀도 따라 술을 단숨에 들이켰다.

곧 그가 빈 잔을 테이블 위에 조심스레 내려놓으며 초를 후, 불어 껐다. 갑작스럽게 초를 불어 버린 탓에 이수는 놀란 얼굴로 그를 바라봤다.

"소원…… 빌었어요? 뭐야, 좀 말해 주고 끄지. 축하 제대로 해 주게."

이수는 눈을 동그랗게 뜨며 뒤늦게 손뼉을 쳤다. 그 모습을 잠시 보던 강욱은 이수를 향해 구부렸던 상체를 펴며 미소를 지었다.

"내가 뭐라고 소원 빈 줄 알아요?"

"글쎄요?"

모르겠다는 듯 고개를 갸웃거리자 강욱이 주저 없이 입을 열었다.

"차이수 나한테 하고 싶은 말, 속 시원하게 말해 달라고."

그러자 이수가 낮게 탄성을 내뱉으며 금세 달아오른 얼굴을 숙였다. 다시금 잠재웠던 감정이 순식간에 일었다. 가슴이 콩닥콩닥 뛰기 시작했고 이수의 숨결도 조금씩 흐트러지고 있었다.

그녀가 입술을 달싹이며 잔을 쥐었다. 사실 하고픈 말은 많은데, 정리가 되질 않아 무슨 말로 시작을 해야 할지 감이 안 잡혔다.

이수의 애꿎은 손만 만지작거리며 꺼진 초만 바라보았다. 두 사람을 감싸는 정적이 어색하기만 했지만, 이수는 쉽게 입을 못 열었다.

"내가 너무 어려운 소원을 빌었나."

그의 너스레에 이수가 마지못해 입을 열었다. 그녀의 눈은 여전히 그를 응시하지 못한 채, 테이블 언저리만 맴돌았다.

"어……. 그러니까."

그렇게 어렵사리 말문을 열고선 그녀가 빈 잔을 내밀었다.

"오늘도 조금 취해야 말할 수 있을 것 같아서요."

그 말에 강욱이 자신의 잔에 술을 따라 마셔 버렸다. 이수는 이해할 수 없는 행동에 의아하게 바라보았다. 강욱은 입가에 묻은 술을 닦아 내며 그녀를 바라봤다. 이수에게 닿는 그의 눈빛이 따뜻하기만 하다.

"그럼 내가 취한 사람으로 하죠. 차이수 씨는 하고 싶은 이야기만 하세요."

배려일까. 아니면 원래 그의 성격이 이런 걸까. 강욱이 아무렇지 않게 툭툭 내뱉는 말과 보여 주는 행동이 이수에겐 크게 다가왔다. 자꾸만 기대게 했고, 예민하게 만들었다. 무언가를 기다리게 됐고, 기대하게 됐으며 바라보게 했다.

하지만 그의 마음은 자신과 다른 것 같으니, 이수는 아마 짝사랑일 거라고 생각했다. 머뭇거리던 그녀가 씁쓸한 미소를 지으며 그를 바라봤다.

"좋은 사람이니까 오래 보고 싶다는 검사님 말."

"……."

"……사실 조금 슬펐어요."

애써 짓는 미소인 것 같은데 예쁘기만 하다. 강욱은 그녀의 반듯하게 올라선 입꼬리에서 눈을 떼지 못했다.

"검사님도 제게 좋은 사람이고 저 역시도 오래 보고 싶긴 하지만."

"⋯⋯."

"무언가 지금 이 상태로는 힘들지 않을까 해서요."

어렵게 말을 내뱉었지만 강욱은 그녀의 마음을 단번에 알아차린 눈치다.

"이 상태가 뭐죠."

매번 직설적으로 다가오는 그의 질문이 이수에겐 버겁기만 하다.

"그러니까 그게."

"친구 사이?"

"⋯⋯."

"친구 하자고 한 건 차이수 씨였고. 그래서 알겠다고 한 건데."

단호한 말에 이수가 아랫입술을 지그시 물었다.

"그게 싫으면 내 생일 선물은 그걸로 하죠."

"네?"

"미리 말 안 해 줘서 선물 못 사 왔다고 했잖습니까."

"네, 뭐⋯⋯. 지금이라도 갖고 싶은 게 있으시면."

그녀가 얼떨떨한 얼굴로 휴대폰을 쥐었는데, 강욱이 손을 덥석 잡는다.

"차이수."

"⋯⋯!"

"내 생일 선물, 당신으로 하면 안 될까."

단도직입적인 그의 말에 이수가 멍한 얼굴을 하고 말았다.

생일 선물로 나를……?

이수가 당황한 기색으로 강욱의 얼굴을 분주히 살폈다. 언제나처럼 단정하고 차분한 그의 얼굴이 단순한 농담이 아님을 말해 주고 있었다. 하지만 이수는 그의 말을 어떻게 받아들여야 할지 난감했다.

그렇기에 선뜻 대답하지 못한 채, 가만히 있을 수밖에 없었다. 그 마음을 알기라도 하는 건지 강욱이 잡은 이수의 손을 더욱 꼭 쥐었다.

"내가 말한 좋은 사람은 차이수 씨 당신이고."

"……."

"오래 보고 싶다는 건 친구로 오래 보고 싶단 말이 아니었습니다."

그제야 그녀가 꼭 다물었던 입술을 슬쩍 벌리고 말았다.

"그날 키스. 나에겐 고작 아니었고 차이수 씨한테도 고작 아니었으면 싶고."

"윤 검사님."

"친구가 되어 달란 당신 말에 그러지 않으면 당신을 지켜 주지 못하고 보지도 못할 거니까 알겠다고 대답했지만, 사실은 나 역시도 그러고 싶지 않았고."

"······아."

"그런데 당신이 그러고 싶지 않다고 하니까 가슴이 터질 만큼 기쁘고."

조금 멍한 얼굴의 이수가 슬쩍 미소를 짓는다. 저 말이 사실이었으면 좋겠다.

그를 향했던 설렘과 떨림, 그리고 처음 느껴 보는 간질간질한 기분이 혼자의 몫이 아니라니 이수는 마냥 기쁘기만 하다.

이수가 아무 말도 내뱉지 못하고 있자, 강욱이 그녀에게 답을 달라는 듯 눈을 반짝이며 응시했다.

이수는 강욱이 자신을 바라보는 그 눈빛에 너무도 설레었다.

"그러니까 검사님 그 말은."

"친구 하기 싫다고."

한 번 더 그녀의 가슴에 빵, 총을 겨눈다.

"그럼······ 애인해요?"

이수가 환하게 웃으며 물었다. 그러자 강욱은 웃음기를 머금은 채 붉은 입술을 벌렸다.

"해 줄래?"

처음이었다. 언제나 그녀를 향해 정중하게 예의를 차리며 존댓말을 하던 그의 모습은 온데간데없었다. 지난밤, 그녀를 키스로 달아오르게 했던 그날의 강욱만 남아 있을 뿐이었다.

이수는 입가에 배시시 그려지는 미소를 감출 수 없었다. 그제야 긴장감에 애써 억누르고 있던 취기가 폭죽 터지듯 팡, 터지고 말았다.

그녀의 얼굴이 붉게 물들어 갔다.˚ 강욱은 여전히 대답을 기다리며
그녀와 눈을 맞추고 있었다. 이수는 떨리는 마음을 다잡고 입술을 달싹
였다. 입을 여는 것만으로도 야릇한 열기가 뿜어져 나왔다.

"하고…… 싶었어요, 검사님 애인."

그 말이 끝남과 동시에 강욱이 자리에서 일어나 그녀의 뒷덜미를 한
손으로 따뜻하게 감쌌다. 자연스레 이수의 고개가 젖혀졌다. 강욱은 이
수를 지그시 내려다보며 그녀의 뒷목을 더 따뜻하게 감쌌다.

"고마워, 차이수."

그리고 그가 이수를 향해 점점 다가왔다. 그녀의 가슴이 쿵쿵쿵 요
동치기 시작했다.

강욱의 눈이 느른하게 풀리더니 이수의 얼굴 가까이에서 얼굴을 비
스듬히 꺾었다.

"좋아한다고 말해 주고 싶어서, 미치는 줄 알았거든."

안으로만 맴돌던 열기를 터뜨리듯 그가 말을 내뱉으며 야릇하게 입
매를 끌어 올렸다. 그러곤 집어삼키듯 그녀의 입술을 물었다.

도톰하면서도 뜨거운 그녀의 입술이 보드랍게 강욱의 입안으로 들어
왔다. 두 사람은 전보다 더 애틋하게 그리고 더 달콤하게 키스했다.

✛　　　✛　　　✛

"차이수……랑 윤강욱 검사가?"

유미는 믿을 수 없다는 듯 자신의 휴대폰을 움켜쥐었다. 휴대폰 너
머에서는 더 믿을 수 없는 말이 흘러나오고 있었다.

―섹스 파트너란 말도 돌고 있어. 황태자비 자리는 아예 포기한 건
지.

"A&J가 그걸 포기할 곳으로 보여? 그 말은 어디서 흘러나온 소리야?"

―어디겠어, 황태자비 차이수를 극도로 싫어하는 황후전이지.

"황후마마께서……?"

유미는 피식 코웃음을 쳤다. 희붐하게 밝아오는 도심을 내려다보며 그녀가 이를 악물었다. 모두가 잠든 듯 텅 빈 세상을 내려다보는 그녀의 눈빛이 이상하게 날이 서 있다.

"내가 꼭 차이수 발목 잡고 말거야."

―하지만 상대는 A&J 그룹이야. 황실도 어쩌지 못하는 그룹이라고.

"궁인들 사이에서 소문에 대한 반응은 어때. 황후가 퍼뜨린 그 말을 믿는 눈치야?"

―반은 믿고 반은 믿지 않아. 차이수가 워낙 이미지 메이킹이 잘 되어 있는 사람이잖아.

"그렇겠지. 오직 황태자비가 되기 위해 잘 꾸며진 삶을 살아왔으니까."

―그래도 영 뜬소문은 아닐 거야. 두 사람이 워낙 가깝게 지낸다는 말들이 궁인들 사이에서도 오가니까.

깊게 날숨을 내쉬는 유미의 가슴이 파르르 떨렸다. 어떻게 해서든 차이수가 차기 황태자의 비가 되는 것은 막아야만 했다. 이를 악무는 유미의 얼굴이 어쩐지 처연하기까지 했다.

"궁인들 사이에선 어떤 말들이 오가는지, 유심히 듣고 말해 줘."

―승산이 있긴 해? 그러다 더 큰일이 나면…….

"죽은 오빠를 위해서라도 내가 막아."

―한유미…….

"불쌍하잖아, 이강 황태자가."

유미의 말에 휴대폰 너머의 목소리가 잠잠해지고 만다.

그녀는 활짝 젖혔던 커튼을 힘껏 닫았다. 다시 방 안을 차지한 어둠, 유미는 이것이 익숙하다는 듯 편안한 얼굴로 침대에 앉았다. 침대 옆 조그마한 서랍장 위에 놓인 이강의 사진을 바라보며 입술을 꾹 깨물었다.

"섹스 파트너라……. 황후가 급하긴 어지간히 급했던 모양이야. 그러니까 애초에 날 황태자비로 허락만 해 주었으면 이렇게 번잡한 일을 만들지 않아도 됐잖아?"

그녀가 이맛살을 구겼다. 온몸이 돌덩이에 깔린 듯 무지근했다. 유미가 침대 위에 몸을 반듯하게 눕혔다.

가슴이 이상하게 서늘했고, 시선에 들어오는 천장이 오늘따라 높기만 했다.

✣　　✤　　✣

다음 날, 다른 날보다 더 일찍 눈이 떠진 이수는 천장만 바라본 채 눈을 느리게 깜빡였다.

"뭐지……?"

그녀는 길게 숨을 내뱉으며 심장에 손을 얹었다. 두 손바닥에 고스란히 전해지는 심장 박동. 이수는 피식, 입꼬리를 씰룩거리다가 입술을 깨물었다.

"해 줄래?"

자꾸만 그의 달콤한 음성이 그녀의 귓전을 맴돈다. 온몸을 나른하게 하는 그의 음성이 이수를 끝없이 아늑하게 만들었다. 덮고 있는 이불보다 연기처럼 남은 그의 음성이 더 포근했다.

"좋아한다고 말해 주고 싶어서 미치는 줄 알았거든."

연이어 들리는 그의 목소리.

이수는 이불을 머리끝까지 끌어 올리며 발을 동동 굴렸다.

"어떡해, 어떡해……!"

두 눈을 질끈 감은 채, 호들갑을 떨던 그녀가 벌떡 몸을 일으켰다. 그러곤 넋이 나간 얼굴로 정면을 응시했다.

"너무 좋아……. 윤강욱."

속삭이듯 말하고 나서 밀려오는 수줍음에 이수는 두 손을 얼굴을 포갰다. 하지만 곧 울리는 휴대폰 때문에 그녀는 이불을 뻥 걷어차며 일어나야 했다. 분명 소리는 들리는데 보이진 않아 급하게 휴대폰을 찾기 시작했다.

"검사님일지도 모르는데, 어디 갔어. 어디 있는 거야."

아무래도 이불 속으로 말려 들어간 것 같은데 도통 찾을 수가 없다. 이수는 울상을 지으며 분주히 이불 속을 헤집었다.

"찾았다!"

그리고 휴대폰을 찾음과 동시에 벨 소리가 끊겼다. 이수는 서둘러 액정을 켰다. 역시나 부재중 전화에 강욱의 이름이 올라 있다.

"속상해."

그녀는 입술을 삐죽이며 휴대폰을 멍하니 내려다보았다. 곧 휴대폰에 다시금 전화가 오기 시작했고 이수는 반색하며 수신자 이름도 확인하지 않은 채, 곧바로 휴대폰을 귀에 가져다 댔다.

"검사님!"

평소 그녀답지 않은 들뜬 목소리였다.

이수는 콩닥콩닥 두근거리는 가슴을 진정시키며 침대에 걸터앉았다. 그런데 휴대폰에서 들려오는 건 강욱의 목소리가 아니었다.

—차이수 씨.

유력한 차기 황태자, 이안이었다. 그의 목소리가 들려오자 이수는 그대로 얼굴을 굳히고 말았다. 그러곤 멋쩍은 듯 머릴 긁적이며 자리에서 일어났다.

"네……. 대군마마."

—윤 검사 전화 기다리고 있었나 봐요.

"네, 할 이야기가 있어서요. 그런데 무슨 일이시죠?"

—태후마마께서 이수 씨를 보고 싶어 하세요.

태후마마란 말에 이수가 그대로 얼어붙고 말았다. 황실의 제일 어른이자 이수를 남다르게 아꼈던 태후.

그녀는 선뜻 대답하지 못한 채, 휴대폰만 들고 있었다. 이수의 침묵이 뜻하는 바를 안은 알고 있었기 때문에 그 역시도 쉽게 다음 말을 잇지 못했다.

두 사람 사이에 무거운 정적이 흘렀다.

"대군마마와 함께 입궐하시라 하던가요."

그녀는 태후의 부름이 무얼 말하는지 짐작할 수 있다는 듯 말했다.

—네.

"오늘 당장 말인가요."

—오늘 봤으면 하시던데, 이수 씨 편한 시간대를 말씀해 주시면 다시 문의해 보겠습니다.

"아뇨, 그럼 오늘 입궐하도록 하죠."

피하고 싶지 않았다. 언젠간 한 번은 부딪혀야 할 산이었다. 그 산을 넘고 말고는 전적으로 자신에게 달린 문제였다. 이수는 오늘 그 산을 넘어 보고 싶었다.

—그럼 오늘 그룹 일정 마무리되는 대로 연락 주세요. 데리러 갈게요.

단번에 태후를 만나러 가겠다는 그녀의 말에 무언가 희망을 엿보았을까. 데리러 온단 안의 음성이 좀 전보다 밝아져 있었다. 하지만 이수는 차갑게 대꾸했다. 그런 호의마저 이젠 필요하지 않다는 듯.

"아니요, 대군마마. 따로 입궐하시죠. 제가 회사 일 마무리 짓고 메시지 드리도록 하겠습니다."

—이수 씨.

단호하게 선을 긋는 그녀의 태도에 안이 섭섭하다는 듯 입을 열었다.

"네, 말씀하세요."

—태후마마의 부름이 무얼 뜻하는지 아시잖아요?

"네, 압니다. 대군마마."

—그런데 저와 함께 입궐해 태후마마를 뵙겠다는 대답이 뭘 말하는지.

"……."

—잘 아시지 않습니까?

조심스럽게 묻는 그의 물음에 이수가 작게 미소 지었다.

"네, 알고 있습니다. 하지만 대군마마께서 기대하시는 일은 없을 겁니다. 그럼 나중에 뵙도록 하죠."

샤워를 하고 화장을 하고 옷을 입는 순간에도 이수의 머릿속은 온통 뒤죽박죽이었다. 강욱에게 전화를 해 주어야 한다는 생각도 하지 못할 정도로 그녀는 패닉 상태가 되고 말았다.

태후의 부름이 무얼 뜻하는지, 누구보다 잘 알고 있었기에 직접 부딪히기로 마음을 먹고서도 가슴이 진정되질 않았다.

29대 황태자, 이강의 모후인 황후와 달리 태후는 언제나 신중하고 차분한 사람이었다. 태후전으로 황실 내의 인물 외에는 불러들이지 않기로 유명한 인물이기도 했다.

그런데 그런 태후가 궐을 떠났던 해연과 이안을 불러들여 파장을 일으키더니 이젠 이수를 부르고 있었다. 그것도 차기 황태자로 거론되고 있는 이안과 함께. 그 말은 언제나 중립을 지키던 태후가 이수를 차기 황태자비로 선택한 것이었다.

"……어쩜 좋지."

이수의 손끝이 파르르 떨렸다.

누구보다 그 소식을 기다렸고 기뻐할 A&J 사람들의 연락이 왔다. 차 회장과 그녀의 계모 또한 이 사안을 그냥 넘기지 않았다.

점점 쌓여 가는 부재중 전화와 잘됐다며 그녀의 입궐 소식을 반기는 뉘앙스의 메시지들.

이수는 넋이 나간 얼굴로 화장대 앞에 앉아만 있다.

모든 준비를 끝냈지만, 쉽사리 집을 나설 수가 없었다. 명치끝이 아려 왔다. 아침에 먹은 거라곤 고작 생수 한 잔뿐인데 체한 듯 가슴도 답답했다.

"잘할 수 있을까."

그녀는 여전히 멍한 얼굴로 휴대폰을 쥐었다. 그 순간에도 이수의 휴대폰은 끊임없이 울려 댔지만 눈길조차 주지 않았다.

아이보리색의 롱코트를 꺼내 입고 언제나처럼 단정한 구두를 꺼내 신었다. 그러곤 무표정한 얼굴로 지하 주차장으로 향했다.

그녀는 조금 정신을 차리고 지하 주차장을 둘러보았다. 멀지 않은 곳에 그녀의 차가 있었다. 이수는 터덜터덜 힘없이 차로 향했다. 그러곤 아무 생각 없이 운전석의 문고리를 쥐었는데.

"아……. 차 키."

자동으로 열려야 할 문이 꼼짝도 하지 않았다. 이수는 낮게 한숨을 내쉬며 머리카락을 흐트러뜨렸다.

"정신 좀 차리자, 차이수."

그녀는 이맛살을 찌푸리며 집으로 돌아가기 위해 몸을 돌렸다. 그때였다. 익숙한 얼굴이 이수의 눈에 들어온 건.

"잘 잤어?"

강욱이 웃음을 지은 채, 그녀를 바라보고 있었다.

"검사님……!"

그제야 이수의 깜깜하던 머릿속이 환해진다. 어제보다 더 근사한 모습의 그가 이수를 지그시 내려다봤다. 한껏 굳었던 이수가 그를 마주하고서야 겨우 미소 지을 수 있었다.

"무슨 일 있어? 왜 그래. 아파?"

하루 만에 그는 다정한 남자 친구로 변해 있었다. 눈앞에서 자신의 이마를 짚으며 걱정스러운 얼굴을 하고 있는 강욱을 바라보면서도 이수는 믿기지 않았다.

언제나 거리를 두며 조금은 냉소적인 어투로 그녀를 정중히 대하던 모습은 온데간데없었다. 기분이 묘하면서도 정말 그의 여자 친구가 된 것 같아, 이수의 가슴이 작게 뛰었다.

"아뇨, 그런 건 아닌데."

"봐. 볼이 좀 빨간 거 같기도 하고. 열도 좀 있는 것도 같은데?"

강욱이 이수의 이마를 짚으며 허리를 굽혔다. 하지만 이수는 괜찮다는 듯 아까보다 환하게 웃으며 그의 손을 잡았다.

"괜찮아요."

"정말 괜찮아? 병원 안 가 봐도 돼?"

"네, 근데 여긴 어쩐 일이에요! 놀랐잖아요."

이수가 방긋 미소 지으며 그를 올려다보았다. 다정하게 그녀의 뺨을 쓸던 강욱이 고개를 비스듬히 비틀었다.

"보고 싶어서."

"뭐야……. 완전 선수."

그녀는 피식, 웃음을 터뜨렸다.

강욱이 그녀의 손을 따뜻하게 잡으며 자신 쪽으로 잡아당겼다. 그러더니 망설임 없이 자신의 품에 이수를 끌어안았다.

"전화는 왜 안 받았어?"

그녀의 오피스텔로 오는 길에 전화를 걸었지만 이수는 받질 않았다. 걱정되기도 했지만 사정이 있겠거니 생각하고 아무 말 없이 주차장에서 그녀를 기다렸다. 30여 분을 기다렸을까, 이수가 터덜터덜 지하 주차장에 나타났지만 어딘가 표정이 어두워 보였다.

분명 무슨 일이 있는 모양인데 꽤 심각한지 그녀는 강욱이 자신의 뒤를 따르는 것도 인지하지 못한 채 걷기만 했다.

묻지 말까, 하다가 자신을 마주한 그녀의 얼굴이 아까보단 심각해 보이지 않자 강욱은 넌지시 물었다.

"아……. 그게."

이수는 그의 허리를 끌어안으며 머뭇거렸다.

"말하기 싫으면 하지 마. 괜찮으니까."

"그런 건 아닌데, 조금 있다가요. 조금 있다가 다 끝나고 나면 말해 줄게요."

"그래. 무슨 일인지는 모르겠지만 잘 해결하고. 아프면 말하고."

"검사님……."

자신의 마음을 녹여 주는 다정함에 이수가 입술을 깨물며 그를 올려다보았다. 두 사람의 시선이 애틋하게 마주했다.

"언제까지 그렇게 부를 거야?"

그가 피식 웃으며 그녀의 머리칼을 쓰다듬었다. 검사님이란 호칭이 입에 붙었는데 생각해 보니 이제 강욱은 자신의 남자 친구였다. 이수는 그의 말에 작은 탄성을 뱉으며 고갤 갸웃했다.

"뭐라고 부르지?"

그러자 강욱이 기분 좋게 웃으며 그녀의 손을 꽉 잡았다.

"자기야?"

자기야, 라는 말에 이수가 순간적으로 웃음을 터뜨렸다. 아무리 생각해도 그건 아니다 싶어 그녀가 고개를 절레절레 저었다.

"미안해요, 웃으려던 건 아닌데 그건 좀 그래요. 닭살이야."

민망한 듯 몸을 부르르 떨며 강욱의 어깨에 머릴 기댔다.

"그럼 오빠? 내가 오빠니까."

"오……빠?"

그녀의 작고 탐스러운 입에서 '오빠'라는 두 글자가 흘러나오자 강욱의 가슴이 저릿해진다.

"좋네. 그렇게 불러. 이수야."

강욱도 그녀의 이름을 다정하게 불렀다. 그러자 이수는 두 사람의 관계가 더 실감이 났다.

아, 정말 이 근사하고 멋진 검사님이 내 남자 친구구나.

그녀가 예쁘게 미소를 그리며 강욱의 앞에 섰다.

"나 근데 차 키 두고 와서 다시 올라가 봐야 하는데."

"오늘은 내 차로 가. 내가 데려다줄게. 그러려고 왔어."

"아니에요! 번거롭게. 어제 잠도 얼마 못 잤잖아요."

"그건 그래. 누구 때문에 설레서 못 잤지."

"뭐야……."

이수는 양 볼을 감싸 쥔 채 몸을 비비 꼬았다. 그러자 강욱이 그녀의 손 위에 자신의 손을 포개며 피식 웃었다.

"근데 정신을 어디 두고 다니는 거야. 차 키는 왜."

"아, 그게……."

"끝나면 말해 주겠다던 일과 관련 있어?"

"네, 좀 그래요."

"뭔지 모르겠는데 걱정된다. 내가 걱정 안 해도 되는 거야?"

"네, 괜찮아요."

이수는 편안하게 웃으며 잠시 망설였다. 다시 올라가 차 키를 가져와야 하는 게 맞는데, 그와 함께 출근을 하고 싶기도 하다.

하지만 오전 업무만 보고 곧장 입궐할 생각이라 차를 가져가는 게 편하긴 할 것이다. 그녀의 망설임은 길어졌지만, 강욱은 재촉하지 않고 묵묵하게 기다려 주었다.

"출근도 내가 시켜 주고 퇴근도 내가 시켜 주면 되잖아? 뭐……. 문제 있어?"

그의 물음에 이수는 오늘 입궐한다는 얘기를 할까 말까, 망설여졌다. 그러다 괜히 걱정할까 싶어 말을 꾹 삼켰다.

"아뇨. 그럼 되겠다. 난 검사님 괜히 번거롭게 할까 봐."

"번거롭긴. 오히려 더 좋지. 그럼 가자, 데려다줄게."

"늦은 거 아니에요?"

"어, 아직. 괜찮아."

그가 피식 웃으며 이수의 어깨에 손을 둘렀다.

두 사람은 다정하게 차에 올라탔다. 좀 전까지만 해도 심각해져 자꾸만 멍한 표정을 짓게 되었는데 새삼 그를 이렇게 마주하니 언제 그랬냐는 듯 걱정거리들을 잊고 만다.

강욱은 언제나 이수를 편안하게 만들었다. 자신의 친아버지와 계모이지만 자신을 키워 준 어머니가 있는 집이라고 해도 편안함과 안락함을 느껴 본 적 없었는데. 만난 지 얼마 되지 않은 그의 곁이 이렇게 편할 줄이야.

그래서 그랬을까, 자꾸만 강욱에게 기대고 싶었고 그리워하게 되었던 이유.

이수는 편안한 미소를 지으며 안전벨트를 맸다.

"근데 검사님 소리는 입에서 잘 안 떨어지나 봐?"

강욱이 핸들을 쥐며 웃어 보였다.

"습관이라. 것보다 오빠라는 말이 입에 더 안 붙어서요."

"그럼 편할 대로 불러. 난 이수가 편하니까 이름 불러도 되지?"

"네, 괜찮아요."

"그래도 검사님 소리는 지긋지긋하게 듣는 거라 너한텐 좀 다른 게 듣고 싶긴 한데."

그의 말에 이수가 조금 고민에 잠긴 얼굴을 했다. 그를 뭐라고 부르면 좋을까. 어떤 호칭이 유난스럽지 않으면서도 다정해 보이고 그에게 다르게 들릴 수 있을까.

그때, 이수가 무언가 생각난 듯 눈빛을 반짝였다.

"강욱…… 씨는 어때요?"

그 말을 하면서 이수가 강욱의 눈치를 살폈다. 마음에 들었는지 강욱이 입꼬리를 부드럽게 끌어올리며 핸들에 팔을 괴고 이수와 눈을 맞추었다.

"좋아."

"……괜찮아요?"

"네가 뭐라고 부르든 다 좋아, 난."

"어, 입에 좀 익으면 오빠라고 해 볼게요."

그녀가 수줍게 웃으며 볼을 붉혔다. 강욱은 다시금 기다란 손가락을 뻗어 그녀의 뺨을 살살 어루만졌다. 이수의 뺨에 닿는 손끝이 솜털처럼 보드랍다.

"수줍어할 때마다 빨개지는구나. 아픈 게 아니라."

"네?"

"볼. 어쩐지 어느 순간부터 항상 볼이 붉어져 있다, 생각했었는데."

"……!"

"차이수, 귀엽네."

아무렇지 않게 내뱉는 말에 역시 가슴을 떨게 된다.

그와 함께할 일상이 벌써부터 기대가 되었다. 아무리 그녀 앞에 커다랗고 단단한 산이 버티고 있다 하더라도, 곁에 그 산을 함께 넘을 든든하고 다정한 강욱이 있으니 걱정되지 않는다.

"점심 같이 먹을래?"

그가 시동을 걸며 정면을 응시했다.

아마 궐에서 태후와 환희 대군과 함께 점심을 먹을 것이었다. 순간 이수의 숨이 턱 막히고 말았다.

"왜 약속 있어?"

돌아오는 답이 없자 그가 의뭉스레 물었다. 그에게 말 못 할 비밀이 생긴 것 같아 이수의 마음이 착잡해졌다.

"이사장들이랑. 대신 저녁 먹어요, 우리."

아무렇지 않게 그를 향해 웃어 보였다.

"그래. 그러자. 맛있는 거로 먹자."

하지만 아무렇지 않게 웃어 보이는 강욱을 보니 이수는 더 가슴이 쓰렸다.

"차 이사님. 회장님께서……."

이사실에 들어서자마자 그녀의 비서가 차 회장의 호출을 알려왔다. 조금 무거운 얼굴의 비서를 바라보던 이수는 애써 표정을 밝게 만들었다. 예상했던 일이라 놀랍지도 않았다. 아침 내내 그의 전화를 피했으니, 직접 호출은 당연한 일이었다.

"네, 알겠습니다."

그녀는 코트를 벗어 걸어 두며 의자에 앉았다.

처리해야 할 일도 산더미인데 황실 문제까지 엮여 있으니 그녀의 머릿속이 다시 무거워지고 말았다. 관자놀이가 지끈거리는 것 같아 두통약을 꺼냈다. 빈속이었지만 두통을 참아 내기 힘들어 그녀는 약을 삼켰다.

그때, 이사실 밖이 소란스러워졌다.

"차 이사 출근했지."

"아, 회장님……! 이사님 지금……."

"차이수."

이사실의 문이 벌컥 열렸다.

이수는 굳은 얼굴로 의자에서 일어났다. 차 회장이 약간은 상기된 얼굴로 그녀를 바라보았다.

"왜 이렇게 전화를 안 받는 거냐."

"아침에 좀 늦어서 서두르는 바람에."

"환희 대군께 연락은 받았겠지? 태후전에서 너와 환희 대군의 동반 입궐을 청했다."

역시 이수의 예상대로 차 회장은 웃고 있었다. 그럴수록 그녀의 마음엔 납덩이를 매단 듯 무거워졌다. 끝없이 가라앉다 못해 소멸될 것 같았다.

"네, 들었습니다."

"환희 대군께서 직접 사옥으로 올 것이다."

"이곳으로요? 그럴 필요 없다고 제가 말했는데."

"내가 오라고 했다. 어차피 세상에 알려져야 할 사람들이 아니더냐."

"아버지……."

"지금부터 조금씩 세상에 너희의 모습을 보여 주는 것도 나쁠 것 없지. 차기 황태자가 누구인지도 각인시켜 줄 필요도 있고."

이수의 가슴은 끝없이 무너졌지만 그렇게 참담하지는 않았다. 차 회장은 항상 이수에게 아버지이기 이전에 끝없는 권력을 쥐고 싶어 하는 사업가였기에.

그녀는 무언가 대꾸하려다, 입술을 꾹 깨문다. 이수의 비서만이 문 앞에 서서 눈치를 살폈다. 이수는 웃는 것도, 그렇다고 우는 것도 아닌 얼굴로 담담히 차 회장을 바라보았다.

"나도 가고 싶지만. 오늘은 너희 내외만……."

"아버지. 다 좋은데."

"……."

"내외라는 말은 싫습니다."

확고한 그녀의 말에 차 회장이 주춤하고 말았다. 언제나 차 회장의 뜻을 거스른 적 없는 그녀였지만 적어도 지켜 주었으면 하는 선이 존재했다. 무덤덤하게 굴었지만 이수의 눈빛이 날이 서 있다.

차 회장은 헛기침을 하며 뒷짐을 졌다.

"듣기 싫어도……."

다시 한번 강조하려 차 회장이 입을 열었지만, 그녀가 다시금 단호하게 바라보았다.

"아버지."

"그래, 알겠다."

"그리고 환희 대군께 제가 다시 연락드리겠습니다."

"뭐……? 왜."

"데리러 오실 필요 없다고요."

"이수야."

"저도 차 있고, 기사님들도 있고. 하다못해 택시도 있고 버스도 있습니다."

"내가 네 이동 수단을 걱정해 대군을 부른 건 줄 아느냐?"

"아뇨, 왜 부르셨는지 알지만 이젠 그냥 이동 수단 걱정에 부를 정도의 사람으로만 생각해 주세요."

"뭐……?"

"죄송합니다, 아버지."

"너."

대화가 이어질수록 차 회장의 이맛살이 점점 찌푸려진다.

그의 대적할수록 어쩐지 그녀의 속이 쓰려 온다. 그녀는 이를 악물었다.

"태후마마와 만나 뵙고 이야기를 나눠 보도록 하겠습니다."

"너, 태후마마께서 너와 환희 대군을 왜 보자고 하신 줄 정말 몰라서 이렇게 말하는 거냐?"

요즘 들어 자꾸만 자신의 뜻을 거스르려는 이수 때문에 차 회장의 속이 바짝바짝 타들어 갔다. 차 회장은 얼굴을 굳힌 채, 그녀를 무언의 눈빛으로 압박했다.

그러나 이수는 차 회장의 시선을 피하지 않았다.

"압니다. 잘 알아서 아버지께 미리 죄송하다고 하는 거고요."

"입궐 후에 보자꾸나. 난 네가 현명한 선택을 하길 바란다. 지금까지처럼."

싸늘하게 말을 남긴 채 차 회장이 돌아섰다. 그러자 이수가 온몸에 힘을 주었다.

"또 어머니를 인질 삼아 저를 겁박하시는 건가요."

언제나 회피했던, 그리고 외면했던 부분을 정면 돌파했다. 그녀의 솜털이 쭈뼛 솟았다. 자신이 내뱉고도 너무도 차가운 음성이라 흠칫 놀랄 수밖에 없었다. 그녀를 돌아보는 차 회장의 눈빛이 서늘하다 못해 차가웠다.

저런 눈빛으로 엄마를 바라봤겠지. 그래, 이용 가치가 없어진 나도 버려질 거야.

이수는 잔뜩 힘주었던 눈빛을 풀었다. 백 마디의 말보다 한 번의 극단적인 행동이 지금 그녀에겐 절실했고 차 회장을 뒤흔들 수 있을 무기일 터였다. 그녀는 하고픈 말을 다시 억눌렀다.

"네가 지금 무슨 말을 하려는 거냐."

"……입궐하면 연락드리겠습니다."

"실망시키지 마. 차이수. 너는 우리 가문을 일으킬 유일한 황태자비이자 이 대한제국의 국모가 될 아이다."

참 허망하고도 허황된 말인데. 왜 그걸 아직 놓지 못해 스스로 못살게 구는 걸까.

그녀는 대답 대신 차 회장에게 돌아섰다. 그러곤 비를 흩뿌릴 것만 같은 희뿌연 하늘을 올려다보며 입술을 굳게 다물었다.

"아버지께서 부디 실망하지 않으셨으면 좋겠습니다."

그녀의 말에 차 회장은 굳은 얼굴로 고갤 끄덕인다.

"그래. 그래야지."

하지만 이수는 차마 그 뒤에 생략된 말을 모조리 내뱉지 못했다.

'제가 어떤 선택을 내리든 말이에요.'

딱 울고 싶은 마음이었는데 하늘도 그런가 보다. 이수는 이 순간 강욱이 몹시도 보고 싶어졌다.

✝   ✧   ✝

"환희 대군과 해연궁 2차 조사 날짜를 조금 앞당기죠. 더 끌어 봤자 시간만 버릴 것 같은데."

강욱은 안경을 추켜올리며 동료 검사들을 바라보았다. 그의 말에 수석 검사도 고갤 끄덕이며 서류를 넘겼다.

"내가 생각해도 수사 방향을 다시 잡아야 할 것 같다. 이번 조사에서도 알 수 있었다시피 차이수 씨와 마찬가지로 해연궁과 환희 대군의 알리바이는 정확하다. 살해가 일어났던 시각에도 서울 황실 호텔에서 머물렀던 것도 확인했고……."

수사는 난관에 봉착했다. 이번 환희 대군과 해연궁의 검찰 소환으로 정확한 단서가 나오길 국민들은 기대했지만, 결국 또 제자리였다. 이번 수사에서도 이렇다 할 결과물을 내놓지 못하면 여론의 비난을 면치 못할 것이었다.

강욱은 신경질적으로 서류를 넘기며 이를 악물었다.

"그런데 진범을 찾는 것도 중요하지만 차라리 미심쩍은 부분을 모아 살해를 종용한 제3의 인물이 있을 수도 있다는 가능성도 열어 두고 수사를 해야 할 때인 것 같습니다."

그의 말에 동료 검사들이 침묵했다. 그렇다면 수사는 더 어려운 방향으로 빠질 것이었다. 수석 검사 역시 깊은 한숨을 내쉬며 괴로운 듯얼굴을 감쌌다.

"차이수는."

그러다 수석 검사가 무겁게 입을 열었다. 동료 검사들도 부장 검사의 압박을 익히 알고 있었다. 강욱이 볼펜을 소리 나게 내려놓으며 수석 검사를 바라보았다.

"왜 수사에 사적인 감정을 이입하는 겁니까."

강욱이 못마땅하다는 듯 얼굴을 구겼다. 어쩐지 가슴이 답답해졌다. 어떻게 해서든 그녀를 범인으로 몰려는 황실 사람들이 이젠 궁금해질 지경이었다. 그는 타이를 느슨하게 잡아당기며 입술을 깨물었다.

"윤 검, 사적인 감정이 아니라."

"또 합리적인 의심입니까. 왜 배제했던 최초의 인물을 다시 끌고 와서 혼선을 주는 거죠?"

"그건……."

"부장님의 특별 요구 사항입니까?"

"……!"

"언제부터 검찰이 이렇게 오염됐죠."

그의 눈이 번뜩였다. 아무도 강욱의 말을 막지 못했다. 수석 검사마저도 뭐라 말을 잇지 못하고 한숨만 내쉬었다.

검찰청의 윗선과 황실에선 차이수의 재조사를 끊임없이 요구해 왔다. 하지만 팀장과 팀원들 모두 알고 있었다. 차이수는 진범이 아니라는 것을.

강욱이 어깰 으쓱하며 안경을 벗었다. 그러곤 자리에서 일어나며 의자를 거칠게 밀어냈다.

"환희 대군, 해연궁 2차 조사 시기만 앞당기는 걸로 하죠. 회의 끝났죠. 먼저 일어나겠습니다."

조금 화난 어투의 그가 나가자 동료 검사들은 신경 쓰였다. 수석 검사 역시 곤란하다는 듯 이마만 만지작거렸다.

"검사님, 검사님!"

방으로 돌아오자 박 계장이 기다렸다는 듯 강욱에게 달려왔다.

"어제 차이수 씨는 잘 만나셨어요?"

"아, 네. 박 계장님 덕분에요."

강욱이 낮게 웃으며 자리에 앉았다. 밀린 서류들을 하나씩 살피며 뻐근한 뒷목을 주물렀다. 박 계장은 뭐가 궁금한지 자꾸만 그의 곁을 맴돌았다.

"왜요, 궁금한 거 있으세요?"

느긋하게 의자에 등을 기댄 강욱이 물었다.

"차이수 씨랑 무슨 사이예요? 아, 물론! 아무에게도 말 하지 않을 겁니다."

그의 너스레에 강욱이 팔짱을 끼며 흥미롭게 올려다보았다. 강욱의 반듯한 입술이 유쾌하게 곡선을 그리고 있다.

"아무에게 말하지 않을 거면 차이수 씨와 내 사이가 평범한 사이는 아니라고 느끼시는 건데. 그럼 나도 말하지 말아야 하는 거 아닙니까?"

"아, 검사님."

"차이수 씨랑 저랑 연락하고 있는 거. 어떻게 알았습니까."

강욱이 웃음기를 머금은 얼굴로 고개를 치켜들었다. 박 계장은 그의 물음에 빙글빙글 웃으며 몸을 비비 꼬았다.

"척하면 척이죠?"

"저 미행하셨습니까, 박 계장님?"

"에이, 설마 제가 검사님을요?"

"그럼 그 척이 어떻게 그렇게 척 들어맞을 수 있죠."

"실은 비 오는 날. 차이수 씨가 검사님께 우산 건네주는 거 봤거든요."

박 계장이 수줍게 웃자 강욱은 그럼 그렇지, 낮게 읊조리며 고개를 저었다.

"그나저나 두 사람…… 정말 무슨 사이입니까?"

박 계장이 눈을 게슴츠레 뜨며 은밀히 묻자 강욱은 웃음기 머금은 얼굴로 그를 바라봤다. 그때였다. 강욱의 방문이 벌컥 열리고 옆 방, 김 검사가 후다닥 들어섰다.

"윤 검! 그거 들었어? 지금 차이수랑 환희 대군이랑 동반 입궐한다는데!"

환하게 웃고 있던 강욱이 순간, 굳고 말았다.

"최대한 기사는 안 나게 해 주셔야죠."

이수는 식은땀을 닦으며 이를 악물었다.

'차이수, 환희 대군과 동반 입궐. 태후전에서 점심 식사.'

'제30대 황태자는 결국 환희 대군?'

'내정된 제30대 황태자 내외(內外)?'

데리러 오겠다는 안의 호의도 거절, 두 사람의 투 샷을 기어이 세상에 드러내겠다는 차 회장의 욕심도 차단. 이수의 단호한 고집에 차 회장은 결국 언론을 이용하고 말았다.

그녀와 환희 대군의 입궐을 공론화시킨 것이었다. 이미 포털 사이트엔 두 사람의 이름이 오르락내리락하고 있었다. 연관 검색어엔 국혼, 황태자, 황태자비라는 단어들이 따라붙었다. 차 회장과 A&J 그룹이 원하던 대로 이루어진 것이었다.

이수는 입술을 지그시 깨물며 차가워진 손을 어루만졌다.

"그게, 저희 쪽에서 지금 최대한 막고는 있지만……."

최 비서가 직접 차를 몰며 이수의 안색을 살폈다. 어쩐지 그녀는 오전보다 더 파리해져 있었다.

"다 터진 후에 막으면 무슨 소용입니까. 정말 어쩌자고 이런 일을 벌이는 건지."

둘의 동반 입궐이 기사화되자, 포털 사이트를 비롯해 국민들 사이에선 두 사람의 국혼을 사실화시키기 시작했다. 또한 차기 황태자가 환희 대군으로 내정된 게 아닌가 하는 목소리도 터져 나왔다.

그녀는 이를 악물며 속을 감싸 쥐었다. 빈속에 두통약을 먹은 탓도 있지만 극심한 스트레스에 위경련이 일어나는 것 같았다.

"차 이사님……."

비서가 걱정스레 그녀를 불렀지만 이수는 단호하게 고개를 저었다.

"괜찮으니 서둘러서 가 주세요. 기자들 더 몰려오기 전에 입궐하여야 합니다."

속이 뒤틀리듯 아려 옴에도 이수는 곧장 궐로 향해야만 했다. 환희 대군과 자신의 동반 입궐 소식이 기사화되자 이수는 그 무엇보다 강욱이 제일 먼저 걱정됐다. 이사장들과 점심 약속이 있다고 말한 게 거짓말이라는 걸 그가 알아 버렸을 것이다.

이수는 깊은 한숨을 내쉬며 휴대폰을 들었다.

"차라리 무슨 말이라도 하지."

그에게선 아무런 연락이 없었다. 그 사실이 이수를 더 초조하게 했고, 죄책감에 들게 했다. 때마침 비가 쏟아졌다. 아침 내내 하늘이 흐리더니 결국, 비를 흠뻑 뿌리고 있다. 그녀의 무거운 마음처럼.

"병원 안 가 보셔도 됩니까? 주사라도 맞고 입궐하시는 게 좋을 것 같은데요."

"그럴 시간 없는 거 아시잖아요. 핫 팩 있으면 좀 주시겠어요?"

스트레스성 위염을 달고 사는 이수였기에, 그녀의 회사 차엔 핫 팩이 늘 구비되어 있다. 몸이 따뜻하면 경련이 조금 덜 한 느낌이라, 급할 때마다 찾고 있었다.

비서가 급하게 핫 팩을 꺼내 그녀에게 건넸다. 그녀는 마른침을 삼키며 핫 팩을 배 위에 가져다 댔다.

"주치의에게 연락해 놓겠습니다. 퇴궐하시는 대로 병원으로 가시죠."

"그럼 좀 부탁할게요."

한두 방울씩 내리던 빗방울은 도시를 집어삼킬 듯 우악스러운 장대비가 되어 있었다. 궐로 향하는 이수의 차는 거대한 물보라를 헤집는 듯 위태로웠다. 그 속에서 이수의 마음 역시 속절없이 젖어 갔다.

"비가 많이 오네요."

와이퍼는 빗물을 걷어 내기 위해 분주히 움직였다. 이수는 멍하니 움직이는 와이퍼를 바라보다 두 눈을 감고 말았다.

강욱이…… 뭐라고 생각할까. 그가 너무 신경 쓰여 속이 더 아픈 것 같다.

그녀의 마음을 읽기라도 한 듯 잠잠하던 이수의 휴대폰에 작은 진동이 인다. 이수는 황급히 휴대폰을 내려다보았다.

〈점심 맛있게 먹어.〉

왜…… 아무것도 묻지 않는 거야.

속상함에 이수의 눈동자에도 물기가 어렸다. 그에게 너무 미안했고 자신이 너무 한심스러웠다. 어떻게 해서든 피하고 싶은 입궐이었지만, 언젠가 한 번은 부딪혀야 할 난관이었다. 피치 못할 사정이었다고, 이건 자신의 힘으로 막을 수 없는 것이었다고 그녀가 변명이 되어 버린 말을 삼켰다.

차라리 그에게 솔직하게 털어놓을 걸 그랬나.

이수는 그에게 무어라 답장을 보낼지 몰라 애꿎은 키패드만 만지작거렸다.

그때 강욱에게서 또 다른 메시지가 도착했다.

〈비 많이 오니까 옷 따뜻하게 입고.〉

복통이 점점 심해졌다.

아무렇지 않게, 아무 일 없는 척 그녀를 대하는 강욱의 태도는 분명 배려일 텐데.

어쩐지 이수에겐 비수 같아 괴로움에 얼굴을 감싸고 말았다.

✦ ✦ ✦

"미친 거야. 노망이 난 거야!"

이수와 환희 대군의 입궐 소식에 황후는 진노했다. 분노를 억누르지 못해 잡히는 대로 물건을 집어 던지는 황후를 상궁들이 힘겹게 제지하기 바빴다.

"마마……! 이러시면 옥체 상하옵니다!"

"황후마마!"

그녀는 거칠게 숨을 몰아쉬며 상궁들의 손을 떨쳐 냈다.

"놓아라, 이것들아! 지금 내 몸에 상처가 나는 것이 문제인 게야? 감히…… 그것들을 내 궐에 들이다니! 감히……!"

그러다 황후는 제 분에 못 이겨 풀썩, 주저앉고 말았다.

"마마! 황후마마!"

황후전 밖에서 최 팀장이 다급한 음성으로 황후를 찾았다.

반쯤 정신을 잃은 사람처럼 괴성을 지르던 황후는 최 팀장의 목소리에 눈빛을 번뜩였다. 이내 황후전의 문이 열리고 최 팀장이 굳은 얼굴로 고개를 조아렸다. 엉망진창이 된 황후전의 모습에 최 팀장이 두 눈을 질끈 감고 말았다.

"왜. 그년이 기어이 입궐을 하였더냐?"

"예. 황후마마. 지금 환희 대군과 함께 입궐해 태후전으로 향하고 있다 하옵니다."

"……하, 감히 내 아들을 살해한 용의자 후보 둘이 뻔뻔하게 입궐을 해? 내 이것들을 당장!"

황후는 눈물까지 그렁그렁 맺힌 얼굴로 자신을 가로막은 궁인들을 우악스럽게 밀어냈다. 당장 태후전으로 달려갈 기세로 치맛자락을 꾹 움켜쥐었는데 황후전 밖에서 뜻밖의 음성이 들려왔다.

"황제 폐하 납시었사옵니다, 황후마마."

황후는 그대로 굳고 말았다. 하지만 그녀의 눈에서 흐르는 뜨거운 눈물은 그칠 줄 몰랐다. 황후는 원망스러운 얼굴로 열리는 문을 바라보았다.

"황후, 체통을 지키시오. 대체 이것이 무슨 추태입니까."

황제는 얼굴을 한껏 구기고 휘적휘적 황후전으로 들어섰다. 그러곤 엉망이 된 황후를 안타까운 얼굴로 바라보았다.

환희 대군과 이수의 동반 입궐 소식은 황제에게도 못마땅한 일이었다. 이수를 자신 쪽에서 올릴 황태자의 비로 만들 계획이었는데, 갑작스럽게 환희 대군이 끼어들다니.

강력한 차기 황태자 후보인 환희 대군과 막강한 권세가의 장녀인 차이수의 만남은 황실 내의 모든 사람들을 긴장하게 만들기에 충분했다.

"폐하. 그리 담담하게 구실 일이 아닙니다. 차이수를 기어이 황태자비로 맞으실 생각이십니까? 말려야 합니다. 태후마마를 말려야 해요!"

"황후께서는 지금 잘못된 시선으로 이 문제를 바라보고 있소. 황태자비를 바꾼다는 것은 우리에게 아주 치명적인 일임을 정녕 모르시오?"

"폐하!"

"환희 대군이 황태자가 되든, 우리 쪽 사람이 황태자가 되든……. 황태자비는 차이수, 그 아이 말곤 누구도 대신할 수 없소."

황제의 말에 하늘이라도 무너진 듯 황후는 주저앉고 말았다. 아니, 차라리 하늘이 무너지는 게 나을 것도 같았다. 그녀는 부서진 가슴을 부여잡으며 고개를 들었다.

황후의 얼굴이 눈물로 젖어 있었다. 그녀가 황제를 원망스럽게 바라보았다. 하지만 황제 역시, 그녀를 원망스럽다는 듯 내려다보고 있었다.

"그렇게 A&J 그룹에게 핍박당하고도 그 아이를 못 버리십니까? 차이수를 황태자비로 앉히면 황실은 고스란히 그들에게 넘어가고 맙니다. 그들은 우릴 이용하는 거라고요."

"그럼 그들 말고 우리 황실을 지켜 줄 이가 어디 있소, 황후."

황제의 말에 황후는 동의할 수 없다는 듯 고개를 저었다. 하염없이 눈물만 흘리는 황후의 얼굴이 종잇장처럼 구겨지고 있었다.

"우리는 우리가 지켜야지요. 언제까지 다른 이들에게 기댈 것입니다, 폐하."

"우리의 힘으로 회생할 시기는 지났소."

"황실이 왜 이렇게 됐는데요. 황실의 권위를 잃어가게 된 계기가 바로 재계를 황실에 끌어들인 이후부터입니다. 어차피 이렇게 된 이상 국민의 지지를 받는, 오직 황실의 힘으로 차기 황태자와 황태자비를 세워야 합니다."

"가능하다고 생각하오?"

"왜 불가능하다 생각하십니까, 폐하. 제발 신첩과 뜻을 함께해 주소서."

황후는 애원하듯 황제에게 빌었다. 하지만 그럴수록 그는 얼굴을 더더욱 굳힌 채 그녀를 물끄러미 바라보기만 했다.

지금쯤 이미 이수와 환희 대군이 태후전에 닿았을 것이었다. 태후와 그들 사이에 무슨 말이 오갈지 불 보듯 뻔했기에 그녀의 속은 바짝바짝 타들어 갔다.

"이미 늦었소, 황후."

묵묵히 황후를 내려다보던 황제가 비아냥거리듯 입을 열었다.

"폐하!"

"차라리 그 아이를 황태자비로 맞으시지 그랬소. 그랬으면 우리 태자도 조금은 더 행복한 시간을 보내다 눈을 감을 수 있었을 것인데, 황후께서도 두 발 벗고 막지 않았습니까?"

황제의 말에 황후는 입술을 꾹 깨물고 말았다. 그가 말하는 이는 태자의 내연녀였던 한유미를 말하는 것이었다. 황후는 핏발이 선 눈을 치켜떠 황제를 바라보았다.

"아무리 그래도 조실부모하고 학력도 제대로 갖추지 못해 그럴 듯한 직업조차 없던 그 아이를…… 황태자비로 세운다니요! 그것은 아니지요. 폐하께서도 눈에 흙이 들어가도 아니 된다며 국혼을 막으신 것 아닙니까?"

황후가 피를 토하듯 말을 내뱉자, 황제의 얼굴도 싸늘하게 굳어 갔다.

그때, 황후전 밖에서 또 다른 목소리 하나가 날아들었다.

"황, 황후마마……!"

"무엇이냐!"

"태후마마께서…… 황제 폐하와 황후마마를 급히 태후전으로 모시란 전갈을 보냈사옵니다."

마주친 황제와 황후의 시선이 바람 앞의 등불처럼 위태롭게 떨리기 시작했다.

"태후마마. 환희 대군, 차이수 아가씨 들었사옵니다."

이수는 창백해진 얼굴로 태후전 앞에 섰다.

환희 대군 역시 그녀 옆에 반듯하게 선 채 두 손을 모았다. 오랜만의 입궐이라 이수는 잔뜩 긴장했다. 굳게 닫힌 태후전 문이 열리고 인자한 얼굴의 태후가 이수와 안을 맞이한다.

"어서들 오세요. 이 할미가 기다리고 있었습니다."

두 사람은 태후를 향해 고개를 조아렸다. 태후의 시선이 이수에게 향했다. 언제나 고고하고 기품 있는 자태에 태후는 흐뭇한 얼굴로 이수의 손을 맞잡았다.

"이수야. 마음고생 얼마나 많았니. 아휴, 손은 또 왜 이렇게 차가운 것이냐."

그 순간에도 이수의 복통은 그칠 줄 모르고 있었다. 뒤틀리는 듯한 아픔에도 그녀는 웃음을 잃지 않고 태후를 반듯하게 바라보았다. 그저 얼굴빛만 창백해졌을 뿐, 아픈 사람이란 생각이 들지 않을 정도로 평온한 얼굴이었다.

"태후마마, 그간 강녕하시었습니까. 제가 종종 들러 태후마마의 말동무도 되어 드리고 안마도 해 드리고 했는데…… 경황이 없어 태후마마를 자주 찾지 못하였습니다. 저의 불효를 용서하여 주세요."

그녀의 말에 태후가 기분 좋은 웃음을 지으며 고개를 저었다.

태후는 언제나 이수를 어여쁘게 생각했다. 이강의 아내로 국혼을 앞두고 별궁에 입궐하였을 때도 아니, 그전부터 이수가 황태자비 후보로 궐을 오고 갈 때부터 그녀를 예뻐했다.

여덟 살이던 이수는 열세 살이 될 때까지 태후를 할머니라고 불렀다. 정작 그녀의 친손자인 이강과 이안도 그녀를 '태후마마'가 아닌 할머니라 부른 적 없었는데. 특별히 이수에겐 할머니라 부르게 허락한 것이다. 그만큼 태후는 이수를 손녀로서, 손자며느리로서도 아끼고 사랑했다.

"얼굴이 어찌 이리 반쪽이 되었어. 태자께서 그리 변을 당하시고 너도 마음고생 많았을 터인데…… 여전히 네 아버지는 널 못살게 굴지?"

"아니에요, 태후마마. 제 마음고생을 어찌 태후마마 앞에서 이야기할 수 있겠습니까."

그리고 태후는 이수를 아끼는 만큼 A&J 그룹을 싫어했다. 정확히는 자식을 이용해 욕망을 채우려는 차 회장을 싫어했다.

이수가 어린 나이부터 제 또래 아이들과 다르게 반듯하고 황태자비로서의 기품을 지니게 된 것은 차 회장의 욕심 때문일지도 몰랐다. 그런 이수가 대견하면서도 한편으론 안타까운 마음이 들었던 태후는 차라리 그녀를 위해 다른 가문의 여식을 황태자비로 맞이해야 하나 싶기도 했다.

"어서 오세요. 이 할미가 특별히 부탁해 맛있는 음식을 잔뜩 차려 놓았습니다."

태후가 이수와 환희 대군의 손을 맞잡으며 태후전으로 들어섰다.

이수는 웃고 있었지만 속은 바짝바짝 타들어 가고 있었다. 복통 때문에 죽도 제대로 못 넘길 것 같은 상황이었다. 그렇다고 해서 태후 앞에서 깨작깨작 식사할 수도 없는 노릇이었다.

태후전으로 들어서니 상다리가 휘어지게 음식이 차려져 있었다. 그녀가 쭈뼛쭈뼛 들어서자, 태후가 그녀의 손을 잡아끌었다. 인자하게 웃는 태후의 얼굴에 조금 불편했던 이수의 가슴이 조금 편안해졌다.

"뭐 해? 윤 검, 어디 아파?"

점심시간, 동료들과 검찰청 근처 식당에 들른 강욱은 좀처럼 밥을 먹지 못했다.

〈미안해요, 강욱 씨.〉

그녀에게서 온 답장에 강욱은 굳은 얼굴로 한동안 액정이 꺼진 휴대폰을 응시했다. 동료 검사들은 가라앉은 그의 모습에 하나둘 걱정하기 시작했다. 그러자 강욱은 애써 웃음을 지으며 괜찮다는 듯 고개를 저었다.

"아뇨, 그냥."

하지만 도통 입맛이 없다.

그녀가 자신에게 거짓말을 해 기분이 언짢은 게 아니었다. 그녀는 혼자 애쓰고 있을 텐데, 정작 자신은 해 줄 수 있는 것이 없다는 게 속상했다.

이수가 사는 세상은 강욱이 아는 것보다 훨씬 더 외롭고 잔인하고 무자비한 곳이었다.

강욱은 어렴풋이 짐작만 할 수 있는 세상.

TV와 언론 매체를 통해 보는 것이 다인 세상.

자신과는 별개라고 생각해, 늘 방관자처럼 바라보기만 했던 그 세상 속에서 이수는 외롭게 살아가고 있었다. 그래서 마음이 아팠다. 아프다 못해 부서지는 기분이었다.

"근데 오늘 환희 대군이랑 차이수 입궐한 거 봤어? 대박이지 않아?"

"그러게. 아직 조사 중인데 환희 대군을 궐로 불러들이다니. 그것도 차이수랑 함께 말이야. 태후마마 대단하셔."

"……이게 다 A&J 그룹의 힘 아니겠어? 차이수랑 동반 입궐이라니. 환희 대군하고 해연궁을 용의자로 몰고 있는 여론에 그만하라는 무언의 경고 아니겠어?"

강욱의 속도 모른 채 동료 검사들은 이수와 환희 대군의 이야기를 옮기기 바빴다. 그럴수록 그의 젓가락질이 느려졌다.

"정말 차기 황태자는 환희 대군이 될 건가 봐. 그럼 지금 황후랑 황제는 어떻게 되는 거야? 이런 전례가 있었나?"

"있었지. 두 분은 그대로 있고 대신 해연궁마마가 입궐해 황태자의 모후로서 권력도 쥐고 대우도 받겠지?"

"……그럼 허울뿐인 자리가 되는 거네?"

"그러니 지금 황제랑 해연궁이랑 차이수 두고 싸운단 소문이 돌잖아."

이수의 이름이 거론될 때마다 강욱의 가슴이 철렁 내려앉고 있었다.

강욱은 젓가락을 놓으며 냉수를 들이켰다. 아무리 차가운 물로 가슴을 식혀도 까맣게 타들어 가는 속은 좀처럼 진정이 되지 않았다.

그는 마른 입술을 질끈 깨물며 애써 창밖으로 시선을 돌렸다. 답답한 가슴을 탁 트여 주듯, 장대비가 거세게 내리고 있었다.

"황제는 어떻게 해서든 자기가 세운 황태자의 정비를 차이수로 세우려 하는 거고 해연궁도 환희 대군의 짝으로 차이수를 두려는 거잖아."

"맞아. 힘이 어마어마하니까. 차이수를 먼저 차지하는 쪽이 권세를 쥐는 거랑 마찬가지겠지."

"하여튼 그 여자도 되게 고고한 척하더니, 다 가식인 것 같아. 두 남자 쥐고 뭐 하는 거야?"

"그치. 궁금하지 않아? 차이수, 누구한테 시집갈지?"

"그러게. 내기할래? 내기할래요, 우리?"

"그래, 그러자! 나는 환희 대군 쪽에 한 표!"

어디서든 가십거리가 되는 그 여자. 그리고 가십거리가 되어도 개의치 않아 하는 여자.

이수가 그런 대상이 되는 게 싫었다. 그녀의 남자 친구가 되기로 했으니까. 이수를 제 사람이라고 말하고 지켜 주고 싶었다.

하지만 강욱은 그녈 위해 아무것도 해 줄 수 없다. 이렇게 이수를 두고 수군거리는 사람들을 향해 그만하란 소리도 못 내고 있다.

그는 입을 꾹 다문 채 지끈거리는 머리를 쥐었다. 그러나 한 가지는 확실해졌다. 이수를 위해 자신이 해 줄 수 있는 일이 당장 무엇인지 애매했지만, 그럴수록 자신의 마음은 선명해져 갔다.

"차이수 씨가 물건은 아니잖아."

그녀를 반드시 자신이 지켜 내겠다는 것.

강욱의 싸늘한 음성에 재잘재잘 떠들던 동료 검사들이 쥐죽은 듯 조용해졌다. 기분이 안 좋아 그런 걸까, 슬금슬금 그의 눈치를 살폈다.

"황실 사람들이 그렇게 생각한다고 해서 우리까지 그럴 필요 없지 않나."

"장난인데 뭐 어때? 왜 이렇게 예민하게 굴어, 윤 검?"

동료 검사 한 명이 어깨 으쓱하며 강욱을 이상하게 바라보았다. 그러자 강욱이 피식, 냉소를 흘리며 상대방을 서늘하게 응시했다. 날이 선 시선이 그를 지그시 억누른다.

영문을 모르는 눈빛에 무어라 대꾸하고 싶었지만, 동료 검사는 쉽사리 입을 열지 못했다. 잘못 건드렸다간 그가 꼭 폭발할 것 같단 생각이 들었다.

"예민하게 군다?"

그가 작위적으로 짓던 냉소를 거두었다. 그러곤 느리게 고개를 저으며 티슈로 입을 닦았다.

"차이수 씨 앞에서도 똑같이 말할 수 있나."

"뭐……?"

"차이수 씨 앞에서도 지금처럼 똑같이 말할 수 있으면 장난이지."

"그런 의미가……!"

"근데 아니지 않을까. 내가 예민한 게 아니라 최 검이 타인의 감정에 무감한 것 같은데."

강욱의 일침에 동료 검사의 얼굴이 달아올랐다. 함께 시시덕거리던 동료 검사들은 서로를 바라보며 입술을 삐죽였다.

"다 먹은 것 같은데. 나 먼저 일어나도 되는 거지? 바빠서."

싸늘한 얼굴로 자리에서 일어나 자리를 뜨려고 하자 그 모습을 빤히 지켜보고 있던 검사 한 명이 의뭉스레 강욱을 올려다보았다.

"윤 검."

그는 돌아보지 않은 채, 멈춰 섰다.

"왜 그래? 예민하게 구는 거 맞잖아. 우리랑 관련 없는 사람, 뒤에서 그냥 이런저런 얘기 하는 건데, 차이수랑 사겨? 아님 좋아해, 그 여자?"

그녀의 비아냥거림에 강욱이 헛웃음을 터뜨린다. 그러곤 주머니에 손을 넣은 채, 빙그르르 몸을 돌려 의뭉스럽게 자신을 바라보는 그녀를 눈빛으로 눌렀다.

"그런 넌. 뭔 관심이지, 나한테?"

"뭐……?"

"사귀면 어쩔 거고 좋아하는 거면 어쩔 건데. 차이수 씨가 내 여자 친구면 그 입 다물 건가."

"윤 검사. 차이수에 대해 뭐 잘 알아? 그 여자가 뭐 대단한 여자라고 감싸?"

"……"

"세상 사람들 거의 다 그 여자 놓고 누구랑 결혼할까, 수군거려. 고고한 황태자비 후보도 다 옛날 얘기잖아. 권력 때문에 두 남자 쥐고 흔드는 꼴 아냐?"

그녀는 꿀 먹은 벙어리처럼 입을 꾹 다문 채로 무감한 얼굴의 강욱을 바라봤다.

그 순간 강욱은 갈등했다. 차이수가 자기 여자이니 이딴 불쾌한 소리 집어 치우라고 해야 할까. 그렇게 되면 이수가 곤란해질 것이었다. 강욱은 그녀의 가슴에 더 큰 상처를 내기 싫어, 이를 악물었다.

그리고 대신 그 눈빛을 더욱이 번뜩이며 붉은 입술을 비틀었다.

"그럼 내가 차이수 씨를 좋아하는 걸로 하면 그만할래?"

"뭐?"

"좋아해, 내가. 차이수 씨를."

1o

경고 따위는 안 해

별다른 이야기 없이 서로의 근황을 주고받으며 비교적 화기애애한 분위기 속에서 식사가 이어졌다.

다행히 밥이 아닌 전복과 매생이로 끓인 영양전복죽이 상 위에 올라와 이수도 부담 없이 수저질을 할 수 있었다. 하지만 평소처럼 편안하게 죽을 삼키기엔 무리가 있었다.

이수가 수저질을 몇 차례 하다 숟가락을 내려놓자, 태후가 걱정스레 그녀를 돌아보았다.

"입에 맞질 않으냐? 왜 벌써 숟가락을 놓아."

"아침을 너무 많이 먹어서 그래요. 맛있어요, 태후마마."

그녀의 말에 안이 이수에게 따뜻한 물을 건넸다.

"안색이 안 좋아 보여요, 이수 씨. 따뜻한 물이라도 드세요."

"네, 감사합니다. 대군마마."

도란도란 이야기를 나누고 있을 때 밖에서 황제의 등장을 알리는 소리가 들려왔다.

"태후마마, 황제 폐하 드셨나이다."

그 말에 이수는 바짝 긴장한 상태로 자리에서 일어났다. 안 역시 숟가락을 놓고 자리에서 일어나 두 손을 반듯하게 모았다.

태후는 무덤덤한 얼굴로 입을 닦으며 등받이에 등을 기댔다. 어쩐지 밝던 그녀의 얼굴에서 웃음기가 사라지고 있는 듯했다. 이수는 조아렸던 고개를 들어 태후의 안색을 살폈다. 그러다 두 사람의 시선이 부딪히자, 태후는 괜찮다는 듯 고갤 끄덕여 보였다.

"들라 하세요."

태후의 말에 태후전의 문이 열리고 황제가 환한 얼굴로 안으로 들어섰다.

"황제 폐하를 뵈옵니다."

이수와 안이 그를 향해 정중하게 고개를 숙여 보였다. 황제는 사람 좋게 웃으며 두 사람의 어깨를 토닥였다.

"그래, 입궐하였느냐."

"예, 폐하."

"환희 대군은 오랜만이구나. 요즘 조사받느라 정신이 없다고 들었다."

"아니옵니다, 폐하."

"그래, 검찰의 소환을 너무 곡하게 생각하지는 말아라. 우리 이수도 맨 처음 조사를 받았으니까."

황제가 조금 슬픈 얼굴로 이수를 돌아보았다. 이수는 괜찮다는 듯 고개를 숙이며 은은한 미소를 지었다.

얼추 인사가 마무리되자, 태후가 자리에서 일어나며 황제를 바라보았다. 부딪힌 두 사람의 시선이 묘하게 떨린다. 이내 이어진 침묵이 어쩐지 기묘하게 긴장감을 자아내고 있었다. 태후전에 있는 그 누구도 쉽사리 입을 열지 못했다.

"황후께선 안 보이십니다."

태후가 아무렇지 않게 먼저 입을 열었다. 황제는 담담한 얼굴로 태후를 바라보았다.

"예, 몸이 조금 좋지 않다고 합니다. 태후마마."

"그래요? 아쉽네요, 함께 이야기를 나누었으면 좋았을 법한데. 그럼 폐하께서도 오셨으니 차라도 한잔할까요? 김 팀장."

"예, 준비하겠사옵니다."

"미화당으로 갑시다. 마침 비도 내리니 정원과 못을 바라보면서 따뜻한 차 한잔하면 좋을 것 같습니다."

태후가 슬쩍 미소를 지어 보이고 이수의 곁에 섰다.

그 모습을 보던 황제의 얼굴이 묘하게 반전되고 있었다. 드러내지 않으려 했지만 불편한 기색이 얼굴에 슬쩍슬쩍 피어났다.

"이수야, 할미를 좀 부축해 주련."

"예, 태후마마."

다정하게 이수의 팔짱을 끼는 태후를 바라보는 환희 대군의 얼굴이 반색된다. 그와 반대로 황제는 태후가 완전히 돌아서자 작위적으로 지었던 미소마저 거둔 채, 싸늘히 얼굴을 굳혔다.

태후와 이수 뒤를 따르는 황제와 환희 대군의 얼굴이 민망하리만큼 대조적이다.

"그래요, 이제 본심을 꺼내 볼까 합니다."

사소한 이야기를 나누며 차를 마시길, 20여 분이 흘렀을까.

태후가 식은 찻잔을 내려놓으며 황제를 바라보았다. 그 역시 기다리고 있었다는 듯 찻잔을 놓으며 태후를 응시했다.

정원을 적시는 빗줄기는 좀처럼 잦아들 줄을 몰랐다. 이수는 착잡한 마음으로 잔을 꼭 쥐었다. 온기라도 느끼지 않으면 그대로 쓰러질 것만 같았기에, 이를 악물고 버텼다.

"차기 황태자."

태후는 거침없었다. 아무리 나이가 들어 예전의 기세는 찾을 수 없다고는 하나 그녀는 황실의 제일 어른이고 오랜 시간 온갖 풍파를 견뎌 온 황실 역사의 산증인이었다.

오히려 태후의 직설적인 말에 황제가 주춤하며 시선을 떨었다.

"가슴 아픈 이야기이긴 하나, 황태자의 자리를 오래 비워 둘 수는 없는 노릇이지요."

"예, 태후마마."

"우리 태자가 그리 된 것은 할미로서도 참 가슴 아픈 일입니다. 대한 제국에서 아니, 세계에서 있을 수 없는 비극이 일어난 것이지요. 황실 역사에 오래도록 기록될 아픔입니다."

"……."

"하나, 우리는 또 황실을 지켜 나가고 이어 가야 하지요."

"……."

"폐하, 지금의 아픔이 너무도 크고 깊어 상실감이 크겠지만 이겨 내셔야 합니다."

"예, 태후마마. 소자 역시 이 자리의 책임을 통감하고 있사옵니다."

황제는 그날의 충격에서 벗어나지 못한 듯 여전히 고통스러운 얼굴이었다. 그의 슬픔을 누구도 공감할 수도, 위로할 수도 없었다.

이수가 힘겹게 고갤 들어 황제를 응시했다. 어쩐지 그의 아픔이 이수에겐 책임으로 다가온다.

"차기 황태자를 한 번쯤은 논해야 할 것 같아. 자리를 마련했습니다.”

“……예, 편히 말씀하소서.”

“나는 황실의 전례를 들어 환희 대군을 황태자로 세울까 합니다. 하지만 나 혼자만의 생각으로 세울 수 있는 자리가 아니니, 폐하와 황후의 의견을 들어 보려 합니다.”

이수는 묵묵히 고개를 숙인 채, 황실 두 어른이 나누는 이야기만 듣고 있었다. 하지만 그녀의 머릿속엔 온통 강욱만이 존재했다.

그가 있는데. 자신에겐 사랑하는 그가 있는데…….

다른 이와의 결혼을 이야기해야만 하는 이 상황이 이수는 못 견디게 괴로워졌다. 이강과의 국혼을 논할 때도 이렇게 괴롭지는 않았다. 그때 그녀에겐 국혼이 지옥으로 들어가는 길이면서도 동시에 유일한 탈출구였다.

이젠 아니었다. 자신이 사랑하는 그를 위해서도, 스스로 지옥을 탈출해야만 했다.

“예, 하지만 환희 대군의 의견이 가장 중요하겠지요.”

그 말에 환희 대군이 멋쩍은 듯 미소를 머금으며 고개를 조아렸다.

“송구하오나……. 폐하, 소인 황태자 전하께서 변고를 당하시고 참으로 비통하고 참담하였나이다. 해서 소인이 비통에 잠긴 황실을 위해 무슨 일을 할 수 있을까, 끝없이 고민하며 괴로웠사옵니다. 태후마마께서 감히 미천한 소인에게 태자 전하의 빈자리를 채울 수 있는 기회를 줄 수 있노라, 말해 주셨나이다.”

“…….”

“소인, 제게 과분한 자리임을 알면서도 지난날의 무책임했던 선언을 부끄럽게도 번복하고자 하옵니다.”

그의 말에 황제의 얼굴이 노골적으로 어두워졌다. 황제의 기색을 눈치챈 태후는 나지막한 음성으로 타일렀다.

"우리 피하지 말고 부딪혀야 합니다. 폐하와 나의 의견이 일치하지 않다는 건, 이미 예상하고 있는 일입니다."

"환희 대군이 황태자를 포기하고 출궁을 했기에 더는 황실의 뜻을 이어 갈 의지가 없다 판단하여 소자, 황후의 오라비이신 형님의 장자를 양자로 삼아 황태자로 책봉하려 하였습니다."

예상했던 말에 환희 대군이 조아렸던 고개를 들어 황제를 바라보았다. 그의 시선은 반듯하고도 정중했지만, 묘하게 날카로웠다.

이수는 여전히 아무 말도 하지 않은 상태로 입술만 앙다물고 고개를 숙이고 있었다.

태후는 은은한 미소를 머금고 고개를 위아래로 끄덕였다. 작은 미소를 지어 보이고는 식은 찻잔을 들어 한 모금 음미했다.

"역시, 황후와 폐하께서 따로 생각해 둔 황태자의 후보가 있으리라 생각하였습니다. 예, 그리하셔야지요. 마땅히 이 나라의 황제와 황후로서 슬픔을 딛고 황실의 안위를 헤아릴 줄도 알아야지요. 잘하셨습니다. 많이 아프고 슬펐을 텐데, 이리 황실을 위해…… 차기 황태자까지 생각하고 있었다니."

"……."

"폐하의 내외가 이리 황실의 웃어른으로서 자리를 굳건히 잡아가시니 이 어미는 이제 눈감아도 여한이 없습니다."

태후의 말에 황제는 슬픈 얼굴로 '어찌 그런 말씀을 하십니까, 태후마마'라고 말하며 고개를 가로저었다.

그때, 태후의 눈이 가만히 고개를 조아리고 있는 이수에게 향했다.

"그럼 황태자의 빈자리에 얼른 새로운 사람으로 채우는 것엔 생각이 동일하니……. 이제 우리 셋이서 의견을 모아 황태자를 정하기만 하면 되겠습니다."

말은 쉬웠지만 전쟁은 이제부터였다. 빤히 보이는 황실의 피바람에 이수는 벌써부터 냉기가 스미는 듯했다. 그 순간에도 그녀는 끊임없이 조여 오는 복통에 식은땀이 흘렀다.

"오늘 이수를 부른 것은 차기 황태자 사안과 연장되는 일이라 입궐하라 명하였습니다."

그제야 이수가 고개를 들어 자신의 앞에 있는 태후를 쳐다봤다. 그녀의 검은 눈동자가 어쩐지 텅 빈 듯 쓸쓸해 보였다.

"차기 황태자를 책봉하는 것은 조금 더 상의를 나눈 후, 결정하면 될 일."

"······."

"하나 우리 이수. 대내외적으로 여전히 황태자비 후보로 거론되고 있습니다. 지난 황태자의 정비로 책봉될 예정이었으나 불의의 사고로 첩지도 받지 아니하고 국혼도 치러지지 않은 몸입니다. 이대로 전 황태자의 비로 남아 비극에 홀로 살게 할 순 없지요."

"예, 소자도 같은 생각입니다. 여전히 충분한 자격을 가진 대한제국에서 유일무이한 후보입니다. 나라 안팎에서도 이수를 차기 황태자의 비로 책봉을 하는 것에 대해 큰 무리가 없다는 의견을 보이니, 당연히 이수를 거두어야지요."

태후와 황제의 따스한 배려에 이수의 가슴은 절절해졌다.

하지만······ 그것이 무엇이든 이수는 태후의 그리고 황제의 의견을 따를 수 없었다. 그녀가 무겁게 입을 열었다.

"태후마마와 폐하의 은혜가 하해와도 같사옵니다."

그때, 황제가 조급하게 입을 열었다.

"해서 소자, 이수를 양자로 삼을 형님의 장자와 국혼을 치르게 하면 어떨까 생각하고 있습니다.”

숨을 고를 타이밍이라고 생각한 때에 훅, 들어오는 황제로 인해 태후와 환희 대군의 눈이 커졌다. 황제가 이수를 뺏길까, 선수를 친 것이었다.

“어찌하였든 형님의 장자인 수혁은 황태자로 책봉되든, 대군으로 입궐하든 곧 황실의 일원이 될 것이니 이수와 사돈을 맺고자 합니다.”

황제는 검은 속내를 감추며 인자한 미소를 얼굴에 그렸다. 그 순간 이수는 소담한 입술을 힘들게 열었다.

“말씀 중에 송구하오나…… 폐하, 부디 그 명을 거두어 주시옵소서.”

“이수야……?”

“소인은 더 이상 황실과 연을 맺을 수 없습니다. 소인은 결혼을 생각하는 다른 사람이 있습니다. 하니 태후마마, 폐하, 부디 통촉하여 주시옵소서.”

이수의 말은 자리를 함께한 모두에게 마른하늘에 벼락과도 같았다. 그러나 폭탄 발언과도 같은 그 말을 내뱉은 이수의 얼굴은 야속하리만큼 평온했다.

“이수야. 참인 것이야?”

태후는 믿을 수 없다는 듯 고개를 저었다.

황제 역시, 그녀의 말을 받아들일 수 없다는 듯 깊이 한숨을 내쉬었다.

“태후마마와 폐하께서 소인을 생각해 주시는 마음은 너무도 감읍하고 벅차옵니다만, 소인은…… 황실의 사람으로 남아 있을 수 없을 것 같습니다.”

“어찌 그리 생각하느냐.”

“첩지도 또한, 국혼도 치르지 않았다고는 하지만 이강 황태자 전하와 국혼을 약속한 저입니다. 그 약속을 피치 못한 일로 지키지 못하였다고는 하나 없던 일로 할 수는 없습니다. 제가 다른 황실 일원과 국혼을 치른다면."

"……."

"그것이야말로 전하를 욕보이는 일이 아니겠나이까."

이수가 조곤조곤 그 말을 이어 갔다.

비는 여전히 거세게 내렸고, 그녀의 차분한 음성이 꼭 처연하게 비 내리는 을씨년스러운 날씨와 어울렸다. 그녀의 얼굴에 음울함이 한껏 내려앉아 있었다.

그녀의 진심 어린 눈빛을 보자, 태후가 느리게 고갤 끄덕였다. 그러나 황제는 여전히 그녀의 결심을 믿을 수 없다는 듯 비통한 얼굴이었다.

태후가 이수를 향해 조심스럽게 입을 열었다.

"너의 뜻이 정 그렇다면 강제로 국혼을 치르게 할 수는 없는 일. 그렇지만 다시 한번만 생각해 줄 수는 없겠느냐."

태후의 말에 잠자코 이수만 바라보던 안이 입을 열었다. 그의 얼굴이 그다지 밝지 않았다. 이수의 말이 안의 가슴엔 비수처럼 꽂혔다. 어느 정도 예상했던 일이었지만 눈앞에서 직설적으로 이야기를 들으니 이수가 그저 원망스러웠다.

"저 역시 차이수 씨의 결정을 존중하나, 이대로는 제가 억울할 듯하여 감히 한마디 올리겠나이다."

이수가 천천히 고갤 들어 안을 바라보았다. 자신을 바라보는 그의 시선이 서글프기만 했다.

"예로부터 국혼이란 황실과 그 가문의 오랜 약속이라 하였습니다. 아무리 감정이 스미지 않은 관계라 할지라도 약속이니, 국혼을 치르곤 했지요. 소인 역시 대군으로서 언젠간 국혼을 하겠지만……."

안이 채 말을 잇지 못하고 끝을 흐리고 말았다. 잠깐의 침묵이 이어졌다. 빗소리만이 요란스레 그들 사이를 메웠다. 이수는 그를 끊임없이 바라보았다.

그가 자신을 놓지 못하는 건 미련일까. 아니, 그것은 갖지 못한 것에 대한 자조적인 슬픔에 가까웠다.

"말씀해 보세요, 대군."

태후가 그를 따뜻한 눈길로 다독였다.

"그 상대가…… 이수 씨였으면 늘 바랐습니다."

늘 바랐다는 말에 황제의 미간이 일그러지고 말았다.

이수 역시 아차, 하는 얼굴로 입술을 질끈 깨물었다. 놀란 것은 태후도 마찬가지였다. 그녀는 전 황태자의 비로 간택되어 국혼을 준비하던 사람이었다. 지금 안의 말은 제수씨가 될 뻔한 여인을 마음에 품었다는 말이었다.

위험하고도 무례한 말이었다. 놀란 황제와 태후가 황급히 이수를 돌아보았지만, 그녀의 얼굴은 좀 전과 다르지 않았다. 지친 듯 낯빛이 어두워져만 있을 뿐이었다.

두 사람은 이수와 안의 사이에 무언가 있었음을 직감했다.

"대군. 그것이 무슨……."

"이수 씨만 괜찮다면 태후마마와 폐하께 이수 씨와의 국혼을 윤허하여 달라 청이라도 드릴 참이었습니다."

"……!"

"저 역시 폐하의 뜻대로 저의 황태자 책봉 여부와는 상관없이 말이에요."

황제는 난감하다는 듯 볼을 쓸었다. 이수 한 명을 두고 두 권력이 맞붙은 것이었다. 하지만 정작 본인은 관심에도 없는 국혼.

어지러워진 상황에 태후가 수습하듯 입을 열었지만 얼굴이 썩, 밝지는 못했다.

"그런…… 생각이 있었다면 내게 먼저 말을 해 주지 그랬어요, 대군. 이 할미가 놀라지 않았습니까."

분위기를 이완시켜 보려 태후가 애썼지만 황제의 얼굴은 더 굳어져만 갈 뿐이었다. 순간, 태후는 안이 원망스러워졌다. 아무리 마음이 급해도 이렇게 나서는 것은 아니었다. 상황이 더 어렵게 되었다는 생각에 고개를 절레절레 저을 수밖에 없었다.

가만히 안을 바라보던 이수가 그에게서 시선을 돌리며 깊은 한숨을 내쉬었다. 그녀의 작은 어깨가 파르르 떨렸다.

"송구하옵니다, 대군마마. 대군마마의 제안 역시 제겐 감읍한 일이지만……. 앞서 말씀 드린 대로 소인은 대군마마와 국혼을 치를 수 없습니다."

단호하고도 냉정했다. 오히려 이수가 일관되게 나오니 황제와 태후는 한숨을 돌릴 수 있었다.

아쉽기는 했지만 태후는 전적으로 이수의 의견을 따를 것이었다. 그랬기에 이 자리에 그녀를 부른 것이었다. 마음에 걸리는 건 이수가 내린 결정을 A&J 그룹과 차 회장이 받아들일 수 있느냐였다.

하지만 황제의 생각은 달랐다. 그녀를 '차이수'라는 사람으로 바라보기엔 그녀의 뒤에 있는 권세와 힘이 너무도 탐이 났다.

그녀는 완벽한 황태자비가 될 수 있는 인물이었다. 이수를 위해서라면 기꺼이 결정을 존중하고 응원해 주어야 했지만, 황제의 내면은 끊임없이 그녀를 갈구하고 욕심내고 있었다.

제 며느리로 이수를 들여야 황제 자리도, 황실도 모두 지켜 낼 수 있을 것이었다.

"걱정인 건 이수, 네 생각을 차 회장님께서도 허락해 주실까."

황제는 이수를 걱정하는 투로 입을 열었다.

그녀가 애써 밝은 얼굴로 황제를 응시했다. 그녀는 아무 말도 하지 않았지만 그 자리에 앉은 다른 세 사람은 이수의 입에서 흘러나올 대답을 잘 알고 있었다.

그들만큼이나 이수의 친부, '차 회장'은 탐욕스러운 인물이었기에 순순히 받아들일 리가 없었다. 그것을 잘 아는 이들이었기에 기꺼이 그녀를 놓아줄 수 없었다.

이수의 바람은 그저 헛된 꿈일 뿐, 현실은 아니었다. 차이수는 그 누구도 대신할 수 없는 대한제국의 황태자비였다.

"아버지는 제가 설득할 수 있습니다."

"과연 그렇겠느냐."

"장담할 순 없지만, 노력할 것입니다. 제겐 선택의 여지가 없습니다. 폐하."

"갑자기 마음을 바꾼 계기가 있느냐."

폐하의 물음에 태후도 안도 모두 귀를 세웠다. 모두 이해할 수 없다는 얼굴이었지만, 이수는 오히려 그들이 이해가 가질 않았다.

그녀가 무어라 대답을 해야 할까, 자꾸만 머뭇거리게 됐다.

이들은 자신을 이해해 줄 수 있을까. 아니 이해하려 하기는 할까. 의구심이 자꾸만 그녀의 가슴 깊이에서 차고 올라 선뜻 입이 떨어지지 않았다.

그때, 잠자코 있던 태후가 황제를 바라보았다.

"이수의 마음도 이해해 줘야지요, 폐하. 마음의 상처가 얼마나 크겠습니까. 자신의 지아비가 될 뻔한 태자께서 그리 황망하게 떠나셨는데요."

"하지만 태후마마. 국혼이라는 것이 원래 그렇습니다. 사람 뜻대로 되지 않는 것, 마음먹는 대로 되지 않는 것. 소자 역시 이수를 아끼기는 하나…… 이것은 황실의 중대 사안입니다. 사적인 감정으로 국혼을 다루는 것만큼 위험한 일은 없다 생각하옵니다."

그의 말에 이수는 홀로 외딴 섬에 떨어진 듯 외로움이 피어났다. 함께 있어도 혼자인 것 같은 기분.

하지만 이수는 늘 몰랐다. 자신을 옥죄는 무거움이 외로움이라는 것을.

언제나 무지근하게 자신을 누르던 것이었기에 이수는 그것이 외로움인지도, 자신이 이 세상을 외톨이처럼 살아가고 있는지도 알지 못했다. 이제야 자신이 늘 짊어지고 살아왔던 그 무거운 짐이 외로움이란 걸 깨닫고야 말았다. 그리고 그것을 알게 해 준 것은 바로 강욱이란 사람이었다.

"폐하, 그리고 태후마마."

이수는 강욱의 얼굴을 떠올리며 힘겹게 입을 열었다.

"송구하지만 소인은 제가 왜…… 다시 국혼과 연관 지어져야 하는지, 이해할 수가 없사옵니다."

이수의 발언에 자리에 있던 세 사람 모두 눈을 동그랗게 뜨고 그녀를 쳐다보았다.

"폐하께서 하문하셨지요. 소인이 왜 갑자기 마음을 바꾸었는지."

"그래, 그리 물었다."

"마음을 바꾼 것이 아니오라 세상이 바뀌어 가고 있으니 소인 또한, 그 이치를 따라야 하지 않겠사옵니까."

"세상이…… 바뀌고 있다."

"태자 전하께서 비명에 가시었으니 새로운 해가 폐하를 뒤이어 떠오를 것이지요. 소인은 새로운 태자 전하의 반려가 아닌 억울하게 눈을 감으신 황태자 전하의 사람입니다. 하오니 어찌 소인이 또다시 새로운 세상에 발을 들이겠나이까."

"……아."

"부디 바라옵건데, 소인에게 바라시는 국혼의 명을 거두어 주시옵소서."

말을 마치자마자 이수는 고개를 조아리며 황제와 태후에게 다시금 애원했다.

"황후마마 납시었사옵니다."

최 팀장의 목소리가 들려오더니 황후가 미화당으로 들어섰다. 네 사람 모두 갑작스럽게 등장한 황후를 놀란 눈으로 바라보았다.

깊은 분노가 스민 황후의 눈빛이 이수의 목덜미를 단단히 움켜쥔다. 홀린 듯, 이수가 자리에서 일어나 고개를 조아렸다.

"황후마마를 뵈옵니다."

그 순간이었다.

"……!"

황후가 거침없이 이수의 하얀 뺨을 세차게 내려쳤다. 이수는 힘없이 바닥 위로 널브러지고 말았다. 그녀의 작은 몸은 소리 낼 틈도 없이 처참하게 떨어진다.

"황후!"

"황후마마……!"

아플 만도 한데, 아니 그보다 그 가슴에 상처가 클 법도 한데. 갑작스럽게 날아든 황후의 손바닥에도 이수는 침착함을 유지했다.

그녀의 뺨이 빨갛게 부어올랐다. 그 자리에 있던 모두가 기함하며 황후를 바라봤다. 그러자 황후는 바닥에 쓰러진 이수를 향해 말을 씹어 뱉듯 내뱉었다.

"감히 네까짓 게 무엇인데 국혼의 명을 거두라, 말라 하는 것이냐! 네 아비와 가문을 믿고 그리 방자하게 구는 것이야?"

이수가 얻어맞은 뺨을 감싸 쥐며 힘겹게 자리에서 일어났다.

"황후, 이게 지금 무슨 추태요!"

"태후마마께서도 이러시면 안 되지요! 대놓고 이리 환희 대군과 이 아이를 함께 입궐하라 명하시어 궁인들에게 차기 황태자 내외는 이 두 사람이라는 것을 상기라도 시켜 주려는 것입니까?"

황후의 기세가 만만찮았다. 태후는 혀를 끌끌 차며 이수를 자신의 뒤로 잡아당겼다.

그녀는 얼떨떨한 얼굴로 태후의 뒤에 숨어 황후를 바라봤다. 자신을 탐탁지 않아서 한다는 걸 알고는 있었지만, 이리 증오하리라고는 생각하지도 못했다.

이수를 바라보는 황후의 눈빛이 점점 날카로워진다.

"황후. 내 지난날 그대에게 했던 조언이 크게 와 닿지 않은 모양입니다? 대체 어느 안전이라고 이런 추악한 짓을 보인단 말이오!"

참지 못하고 태후가 호통을 치자 황제가 참담하다는 듯 얼굴을 찌푸린 채, 고개를 조아렸다.

"태후마마, 부디 노여움을 거두시지요."

하지만 황후는 빳빳하게 치켜든 고개를 조아릴 줄 몰랐다. 오히려 좀 전보다 더 형형한 눈으로 이수를 세차게 훑고 있을 뿐이었다.

"난 그래도 네가 황실을 발아래에 두려는 네 아비와는 다를 줄 알았다."

"황후마마, 오해십니다."

"듣기 싫다! 황실을 우습게 보아도 유분수지. 감히 국혼을 거부해! 국혼이 어디 사사로운 감정으로 맺고 무르는 사가의 결혼인 줄 아느냐?"

황후의 호통에 이수는 어떤 변명도 하지 않은 채 고개만 조아릴 뿐이었다. 더는 그녀의 만행을 볼 수 없던 태후는 황후의 앞을 단단히 가로막아 섰다. 동시에 황제가 황후의 손을 잡아끌었다.

"황후! 갑시다. 대체 왜 이러시는 겁니까!"

"놓으세요, 폐하! 누가 누구의 국혼을 관둔다, 만다를 논한답니까! 태후마마께선 알고 계십니까? 차이수, 이 아이를 두고 궐에 무슨 흉흉한 소문이 나도는지 말입니다!"

아무래도 강욱과의 '섹스 스캔들'을 말할 모양이었다. 감히 황후의 말을 가로막을 수 없어, 이수는 입술만 질끈 깨물었다.

"흉흉한 소문이라니요?"

태후가 의뭉스레 눈을 반짝이며 이수를 돌아보았다. 그러자 황후가 비열하게 입꼬리를 비틀며 태후를 바라봤다.

아찔한 순간이었다. 황후는 많은 이들이 지켜보고 있는 이곳에서 그 소문을 말할 참이었다.

"황후마마……!"

그런데 그녀가 입을 떼려는 순간, 안이 황후의 앞을 가로막고 섰다. 황후가 눈빛에 날을 세우고 안을 쳐다보았다.

"소인 역시 황후마마께서 말씀하시는 소문을 들은 적이 있사옵니다. 그것은 너무도 터무니없고 차이수 씨를 욕보이게 하려는 의도가 다분히 보이는 루머였습니다."

"대군."

"한데 그런 소문을 어찌 황실의 윗전이신 황후마마께서 입에 담으신

단 말입니까."

"뭐라?"

"황후마마께서도 이미 그 소문을 들으셨다면, 거짓을 궁궐에 떠벌리고 다니는 이들의 벌하기 위해 소문의 출처를 낱낱이 파헤치도록 명하시는 게 옳을 줄로 아옵니다."

안의 음성에 여느 때와 다르게 힘이 실려 있다. 이수도 놀란 눈으로 안을 돌아보았다. 한 번도 본 적 없는 반항 어린 모습이었다. 언제나 해맑게 웃으며 자신의 의견을 피력하는 것보다 남을 존중하던 그였는데, 지금은 영 딴판이다.

언제나 선하고 둥글둥글하던 그 눈빛마저 다른 사람의 것처럼 잔뜩 날카로워져 있었다.

황후는 어이없다는 듯 헛웃음을 터뜨리며 그에게 한 발짝 다가갔다. 황후의 기세가 강했기에 그 누구도 선뜻 두 사람의 사이를 파고들 수 없었다.

"대군, 지금 대군께서 황후인 나를 가르치려 드는 겝니까?"

"황후마마. 어찌 소인이 감히 황후마마를 가르칠 수가 있겠사옵니까."

"하면 감히 어찌 대군께서 내 말을 가로막는 것입니까!"

그녀가 소리치자 황제가 그만하라는 듯 황후의 손을 잡아끌었다.

"그만하세요, 황후!"

"태후마마. 그리고 폐하. 현실을 똑바로 직시하여야 합니다. 예, 태후마마와 폐하께서 아끼시는 차이수는 대한제국의 유일한 황태자비 후보였습니다! 하지만 지금은 아니지요! 이제 이 아이에게 국혼은 당연한 것이 아닌, 황실의 배려가 되었습니다."

황후의 울분에 잠자코 물러나 있던 이수가 아린 속을 부여잡고 한 걸음 나섰다. 뺨이 퉁퉁 부어올라 있지만, 그녀의 얼굴은 평온하기 그지없었다. 황후는 자신을 향해 다가오는 그녀를 차갑게 돌아보았다.

빨갛게 부은 뺨이 신경 쓰였지만, 그것보다 뺨을 맞고도 조금도 흐트러지지 않은 이수의 자태가 더 가슴을 긁었다.

"황후마마."

이수의 낮고도 선명한 음성이 그들의 이목을 잡아끌었다.

"마마의 말씀이 모두 옳습니다."

그 말에 황후의 얼굴이 순식간에 일그러졌다.

"하니 이젠 그 자격과 품격을 잃은 소인에게."

이수는 조아렸던 고개를 반듯하게 들었다. 어쩐지 그녀의 붉은 입술에 여유로운 미소가 걸린 것처럼 느껴졌다.

황후가 고갤 비스듬히 꺾어 그녀를 눈빛으로 억눌르려 했지만그러지 못했다.

"감히 국혼이라는 은덕을 내리지 말아 주시옵소서. 이젠 소인이 가질 수 없는 고귀한 자리이옵니다. 마땅히 자격을 갖춘 여인에게 그 자리의 주인이 될 기회를 주시옵소서."

내뱉는 단어 하나하나에서 품격 있는 이수의 모습에 궁인들은 넋을 놓고 바라보았다.

황후도 태후도, 그리고 황제도…….

탐이 날 만큼 빛나는 여인.

이수는 황태자비를 거부하고 있지만, 실은 그녀 외엔 누구도 가질 수 없는 자리였다.

강욱은 서둘러 검찰청을 빠져나왔다. 아무래도 이수가 걱정되어 일에 집중을 할 수가 없었다. 그녀에게 메시지를 남겨 놓았지만, 무용지물이었다.

그는 우산을 챙겨 서둘러 주차장으로 향했다. 비는 억수같이 쏟아졌고 그의 마음도 빗줄기에 모두 부서져 내릴 만큼 유약해져 있었다. 강욱은 운전석에 올라타 옷에 묻은 물기를 닦지도 못하고 곧바로 시동을 걸었다.

—환희 대군과 A&J 그룹의 장녀이자 전 황태자의 비로 간택되었던 차이수 씨가 동반 입궐을 하는 모습을 보였는데요. 국민은 이 두 사람의 모습을 보며 갖가지의 추측을 내어 놓고 있습니다.

쉴 새 없이 떠들어대는 라디오를 우악스럽게 껐다. 이수의 이야기를 다른 사람의 입을 통해 접할 때마다 조금씩 조금씩 가슴이 무너지고 부서지고 있었다.

결국 화를 누르지 못한 강욱은 주먹으로 핸들을 쾅, 내리쳤다.

"차이수, 너 혼자 아프게 내버려 두지 않아."

진작 그녀를 보듬을걸. 더 일찍 그녀의 아픔을 돌아볼걸.

강욱은 처음 이수를 만났던 때를 떠올렸다. 황태자의 피를 온몸에 묻힌 채, 자신을 바라보던 그녀의 처연한 눈빛. 그리고 자신의 남자 친구가 되어 줄 수 있느냐고 묻던 그녀의 황망한 눈빛까지. 그녀의 아픔을 외면했던 지난날의 자신이 너무도 원망스러웠다.

강욱의 차는 오래 걸리지 않아, 궐 앞에 도착했다. 그는 화난 얼굴로 이수가 들어 있을 궐을 올려다본다.

가슴도, 눈동자도 뜨거운 눈물로 점점 젖어 갔다.

반듯하게 우산을 쥔 이수가 빗속을 또각또각 헤집었다.

쓰러지지 않기 위해 이를 악문 그녀의 얼굴은 궐에서 멀어질수록 심하게 일그러지고 있었다. 애써 참아왔던 복통도, 그리고 황후에게 맞은 뺨도 모두 견딜 수 없을 만큼 고통스러웠다.

힘겹게 걸음을 내디디던 그녀가 가슴을 움켜쥐며 멈추어 섰다.

"엄마……."

프랑스에서 홀로 외롭게 살아가고 있을 자신의 엄마가 그리워졌다. 아니, 늘 그리웠지만, 이수는 내색하지 않았다. 엄마를 향한 그리움은 자신이 감당할 수 있는 범위의 일이 아니었으니까.

한 번 터지면 걷잡을 수 없이 커져만 갔기에 그녀는 그리움을 삼키는 법만 터득하며 살아왔을 뿐이었다.

그러나 지금은 달랐다. 아픈 뺨 위를 타고 흐르는 뜨거운 눈물이 이수의 가슴을 자극할 때마다 눈앞엔 엄마의 얼굴이 그려졌다.

참기 힘든 고통이 가슴을 짓눌렀다. 아니, 참기 힘든 그리움이 그녀를 뒤흔들었다.

"너무…… 힘들어, 엄마."

무너질 순 없었다. 이수는 아직 궐 안에 있었다. 조금만 더 버티면 궐을 빠져나갈 수 있었다. 쓰러지더라도 궐 밖에서 쓰러지고 싶었다.

이수는 이를 악물고 걸었다. 입술에 피가 날 정도로 입술을 질끈 깨물며 버텼다. 마침 궐 밖 주차장이 보였다.

"저기까지, 저곳까지만……."

그녀는 아슬아슬하게 쥐고 있던 우산을 떨어뜨리고 차가운 빗속에 버려지듯 쓰러졌다.

"아……."

이수의 떨리는 잇새로 신음이 흘렀다. 빗물인지 눈물인지 식은땀인지 모를 물이 그녀의 얼굴과 온몸을 적시고 있었다. 젖어 가는 그녀의 몸에선 위태로운 열기가 피어났다.

비로 인해 인적이 없어 아무도 쓰러진 그녀를 발견하지 못한 상태였다. 그때, 이쪽으로 향하고 있던 안이 쓰러진 이수를 발견하곤 소스라치게 놀랐다.

"차⋯⋯이수 씨!"

흙바닥 위에 널브러져 고스란히 세찬 빗줄기를 모두 맞고 있는 그녀.

안의 가슴이 무너지는 듯했다. 그는 그녀의 이름을 외치며 서둘러 달려가고 있을 때였다.

어디선가 나타난 강욱이 그녀를 와락 끌어안는다. 안은 그대로 멈칫굳고 말았다.

강욱은 들고 있던 우산마저 바닥에 내팽개친 채 망설임 없이 그녀를 품에 안았다. 그녀의 몸을 아프게 때리는 빗줄기를 그가 온몸을 막는다.

"차이수⋯⋯! 이수야!"

그가 이수를 품에 안고 그녀의 몸을 흔들었다. 흐느끼듯 아픔을 내뱉던 이수가 힘겹게 눈을 떠 강욱을 올려다본다. 그녀의 시야에 흐릿하게 들어오는 강욱의 얼굴. 그도 자신처럼 빗물에 젖어 가고 있다.

꿈일까⋯⋯. 너무 아파서 헛것이라도 보는 걸까.

이수는 느리게 눈을 깜빡이며 그의 젖은 얼굴을 올려다보았다.

"강욱 씨⋯⋯."

꿈속이라 할지라도 그를 놓치기 싫었다. 힘겹게 손을 뻗은 이수가 강욱의 뺨을 쓸었다.

그는 서둘러 자신의 얼굴을 쓰다듬는 이수의 손을 쥐었다. 차가웠다. 살아 있는 사람의 것이라곤 믿기지 않을 정도로 식어 있었다. 강욱의 가슴이 덜컥, 내려앉는다.

"차이수, 정신 차려. 내 말 들려?"

머뭇거릴 시간이 없다는 걸, 직감한 강욱은 그대로 이수를 안아 올렸다.

빗속에서도 소문이 난 걸까. 어디선가 하나둘씩 나타난 사람들의 시선이 둘에게 자연스레 꽂혔지만, 강욱에게는 그런 시선들 따위 안중에도 없었다.

오직 불덩이처럼 뜨거운 이수만이 온 신경을 지배하고 있었다. 강욱은 그녀를 안아 들고 빗속을 뚫고 달렸다.

"차이수, 내 목소리 놓지 마. 내 목소리 놓으면 안 돼."

이수는 아득해지는 정신을 움켜쥐었다. 아니, 멀어지는 낮고도 따뜻한 그리고 너무도 그리웠던 그의 목소리를 단단히 잡았다.

"보고…… 싶었어, 윤강욱."

그리고 그녀는 스르륵 강욱의 품에서 쓰러졌다.

"열이 39도예요. 큰일 날 뻔했네요. 급성 위경련까지 있는 것 같아, 급하게 진통제와 해열제를 썼습니다. 링거 좀 맞다 보면 의식이 돌아올 거예요."

의사의 말에 강욱은 화가 난 듯 미간을 찌푸렸다. 이렇게까지 아팠으면, 입궐을 미뤘어야지. 그는 입술을 질끈 깨물며 미련한 이수를 내려다보았다.

의사가 돌아가자 강욱은 자신의 젖은 옷을 닦을 새도 없이 그녀의 창백한 얼굴을 수건으로 닦아 냈다. 잠시도 쉬지 않고 혹여나 열이 더

오를까 싶어 분주히 이수의 얼굴 위를 쓸었다.

링거를 체크 하러 온 간호사가 의뭉스러운 얼굴로 강욱을 돌아보았다.

"……근데 차이수 씨랑 어떤 사이시죠?"

그녀의 머뭇거리는 음성에 강욱이 무감한 얼굴로 고갤 돌렸다.

"보호자입니다만."

딱딱한 그의 말에 간호사는 미소를 지으며 돌아섰다. 그녀의 미묘한 웃음기에 강욱의 신경이 바짝 곤두섰다. 강욱은 그 웃음이 무얼 뜻하는지 알 수 있었다. 이내 그는 돌아서는 간호사를 기분 나쁘다는 듯 딱딱하게 불렀다.

"저기요."

차갑고도 단단한 음성에 간호사가 놀란 눈으로 몸을 돌린다.

"네……?"

강욱이 주머니에 손을 찔러 넣은 채, 간호사를 차갑게 내려다보고 있다.

"왜 물으신 겁니까."

"아. 그, 그게."

"당연히 환자 옆에 있으면 보호자지. 보호자세요, 하고 묻는 것도 아니고 어떤 사이인지는 왜 묻는 거죠."

"아, 저. 불쾌하셨다면 죄송해요. 차이수 씨가 워낙 유명한 분이시니까, 저는 그냥 궁, 궁금해서……."

변명을 내뱉은 간호사가 황급히 커튼을 치고 돌아서려는데, 강욱이 다시금 간호사를 불러 세웠다.

"병원은 환자의 신상 정보를 보호할 의무가 있습니다. 그건 알고 계시겠죠."

간호사는 굳은 얼굴로 황급히 고갤 끄덕이며 강욱을 향해 고개를 꾸벅 숙였다. 그리고 서둘러 커튼을 황급히 쳤다. 그제야 강욱은 깊은 한숨을 몰아쉬며 성난 표정을 풀었다. 침대 옆에 놓인 의자에 털썩, 앉으며 젖은 재킷을 벗었다.

이수만큼이나 그도 홀딱 젖어 있었지만 강욱은 자신이 젖은 것보다 이수의 온몸이 비에 젖은 것이 더 마음 아팠다.

그는 손을 뻗어 그녀의 파리하게 질린 얼굴을 쓰다듬었다. 그녀의 왼쪽 뺨에 선명하게 남은 생채기를 발견했다. 누군가에게 뺨을 맞으면서 쓸린 자국이었다. 그의 심장이 쿵, 내려앉았다.

"뭐야, 차이수."

그의 눈이 다시금 이수의 뺨을 살폈다. 자리에서 벌떡 일어난 강욱이 반대편 뺨도 서둘러 살폈다.

"맞았어? 맞은 거야, 너?"

강욱은 허탈한 얼굴로 그녀의 뺨을 조심스레 감쌌다. 그러자 굳게 다문 이수의 잇새로 신음이 흘렀다. 대체 궐에서 무슨 일이 있었던 걸까, 그의 가슴이 처참하게 부서졌다.

속상한 마음에 당장이라도 궐로 쫓아가 누가 이 여자 얼굴을 이렇게 만들었냐고 따지고 싶을 지경이었다. 그는 치밀어 오르는 분노를 가라앉히기 위해 천장을 응시했다. 차라리 보지 않는 편이 나을 것 같았다.

그녀의 여린 뺨에 선명하게 남은 잔인한 자국만큼이나 강욱의 가슴에도 쉽사리 가시지 않을 아픔이 새겨졌다. 차라리 자신의 뺨에 남는 것이 덜 아플 법한 생채기였다. 그의 가슴에 뜨거운 불덩이가 떨어진 듯, 참기 힘든 고통이 밀려왔다.

결국, 그는 두 눈을 질끈 감고 말았다.

"차이수……. 아프려면 내 앞에서 아파, 제발. 나 없는 곳에서 다치지 마."

그때, 옅은 신음만 내뱉던 이수가 무어라 웅얼거리기 시작했다. 강욱
은 황급히 고개를 숙여 그녀의 얼굴에 귀를 가져다 댔다.

"아……."

악몽이라도 꾸는 듯, 그녀의 작은 이마가 연신 찌푸려졌다. 괴로운
듯, 가녀린 몸도 파르르 떨리고 있었다. 강욱은 서둘러 그녀의 어깨를
짚었다.

"이수야."

강욱이 이수의 이름을 따뜻하게 불렀다. 악몽이라면 어서 그 어둠
속에서 깨어나라는 듯, 다독였다. 그녀는 아직도 꿈속에 있는 듯 그저
웅얼거리기 바빴다.

"엄마……."

의외의 단어가 흘러나왔다. 하지만 짐작할 수 있는 아픔이다. 왜 그
녀만 이렇게 아파야 할까. 그는 이수의 세상이 원망스러웠다.

엄마를 찾으며 어린아이처럼 눈물을 뚝뚝 흘리기 시작하는 이수의
애처로운 눈물을 내려다보며 생각했다. 지금 그가 해 줄 수 있는 건, 고
작 이 눈물을 닦아 주는 것뿐일까.

강욱은 말없이 그녀를 껴안았다.

"차이수, 이제 그만 그 세상에서 나와."

차라리 강욱이 그녀의 세상이 되어 주고 싶었다. 언제나 지옥이었을
이 여자의 하늘이라도 되고 싶었다. 땅이라도 좋고 물이라도 좋았다.
어떻게 해서든 그녀에게 이제라도 행복한 세상을 만들어 주고 싶었다.

그의 간절한 온기가 닿았을까, 그녀의 떨림이 잦아들고 있었다. 강욱
을 끝없이 슬프게 만들던 흐느낌도 줄어들었다. 안도의 한숨을 내쉬며
그녀의 머리칼을 끊임없이 쓰다듬었다.

품에 껴안은 이수의 몸은 불덩이처럼 뜨거웠지만 그는 놓을 생각이 없었다.

"하……."

그녀가 뜨거운 숨을 내뱉으며 작게 움직였다. 서둘러 이수를 바라봤다.

"정신이 들어?"

이수는 작게 몸을 떨더니 느리게 눈을 떴다. 아직 온전히 정신을 차리지는 못한 듯 그녀가 눈을 감았다, 뜨길 반복하고 있었다.

강욱은 그녀의 부은 뺨을 천천히 쓸었다. 울컥, 눈물이 차올랐다. 금방이라도 눈물을 쏟을 듯 그의 눈시울이 붉어졌다.

"검사님……."

그녀가 희미하게 강욱을 불렀다.

"어, 이수야. 나 여기 있어."

그가 아기 다루듯 그녀를 품에 안고 조심조심 쓰다듬었다. 이수도 손을 뻗어 젖은 그의 얼굴을 만지작거렸다.

"젖었……다. 검사님."

"괜찮아? 정신이 좀 들어?"

"감기 걸리면…… 어쩌려고요."

"내 걱정 할 때야? 나 봐, 차이수."

"꿈에 검사님이 나왔어요……. 근데 꿈 아니었나 봐."

이수가 피식, 힘겹게 입술을 터뜨렸다. 강욱의 젖은 눈이 이수의 부르튼 입술 위에 닿았다.

"누구 마음대로 아프라고 했어. 왜 말없이 아파."

"……나는 괜찮아. 하나도 안 아파. 괜찮아, 나."

괜찮다는 말을 내뱉으면서도 이수의 부은 뺨 위로 눈물이 흘렀다.

강욱은 그녀의 눈물을 보자마자 속상함이 터지고 말았다. 애써 꾹꾹 억누르고 있던 분노도 함께 터졌다.

"아니, 너 아파."

"안 아파요, 나."

"더는 참지 마."

그는 망설임 없이 그녀의 입술을 삼켰다.

이수가 처한 상황에 대한 안타까움에 그리고 자신이 케어할 수 없는 곳에서 당한 아픔이라는 사실이 주는 분노에 그는 애써 쥐고 있던 이성의 끈을 놓아 버리고 말았다.

"읏……."

이수는 꿈속인 듯, 그곳을 헤매는 듯 그의 입술을 받아들였다. 첫 키스를 나누던 그날 밤처럼 이수는 울고 있었고 그는 그녀를 위로하고 있었다.

오늘은 강욱도 울고 있었다. 속상함에 그리고 아픔에. 이수를 대신해 아프고 싶단 바람에 그는 눈물을 흘릴 수밖에 없었다.

부드럽고 따뜻하게 입술을 끝없이 삼키다, 그가 이수의 입술을 놓아 주었다. 이수의 젖은 눈은 여전히 감긴 상태였다. 강욱은 그녀를 자신의 가슴팍에 묻었다.

"참지 말고 울어, 차이수."

강욱은 한숨을 내쉬며 담배를 껐다.

다시 이수에게 가기 위해 몸을 돌렸는데, 그의 앞에 의외의 얼굴이 서 있다. 강욱의 반듯한 이마가 일그러진다.

"여긴 어쩐 일이시죠."

안이 강욱을 물끄러미 바라보고 있었다.

"차이수 씨, 상태 어떻습니까."

"어쩐 일이시냐고요. 먼저 물었는데."

강욱은 표정 하나 변하지 않은 채, 그를 쏘아보았다.

"그렇게 경계하실 것 없습니다. 차이수 씨 걱정되어서 온 거니까."

애써 날이 선 강욱을 향해 정중하게 말했지만 안의 얼굴 역시 엉망이었다. 변명 같은 말에 강욱은 냉소를 터뜨리며 주머니에 손을 넣었다.

비는 여전히 세차게 내렸고 둘 사이에 감도는 기류도 심상찮았다.

"걱정하실 필요 없습니다만."

"궐에서도 내내, 안색이 안 좋았습니다."

궐이란 말에 강욱의 눈빛이 번뜩였다.

"이수에게 무슨 일이 있었죠?"

자연스럽게 그의 입에서 '이수에게'라는 말이 흘러나오자 안의 심장은 철렁 내려앉고 말았다. 우려했던 일이 생긴 것만 같았다. 이수와 강욱 사이에 전과는 다른 무언가가 생긴 모양이다. 안은 가슴이 착잡해져 헛웃음을 터뜨리고 말았다.

"이수에게라……."

쉽게 대답하지 않고 안이 헛웃음만 짓자 강욱이 그에게 바짝 다가섰다.

"누가 뺨을 때린 겁니까."

강욱의 날카로운 목소리에 바닥만 응시하고 있던 안이 고개를 들어 정면을 바라보았다. 이미 강욱의 이마가 분노로 잔뜩 일그러져 있었다.

"감히, 누가."

안이 쉽게 대답하지 못하자 강욱이 다시금 목울대에 힘을 주었다. 안은 강욱의 물음에 답을 않은 채, 그의 시선을 회피했다.

"황실 병원으로 옮기겠습니다."

그리고 안이 제멋대로 돌아서자 강욱이 그의 어깨를 세게 잡아챘다.

"대답하시죠. 누가 때렸냐고."

"황후마마께서 그러셨습니다. 윤 검사님께서 어쩔 수 있는 범위의 일이 아닙니다."

"⋯⋯뭐?"

"이건 황실의 문제입니다. 검사님께서 아무리 차이수 씨를 아끼고 남다르게 생각한다 할지라도, 이건 해결할 수 있는 일이 아닙니다."

가뿐히 강욱을 무시하고 다시금 안이 돌아서려 했는데, 강욱이 그의 앞을 가로막아 버렸다. 안을 내려다보는 강욱의 눈빛이 매섭게 빛났다.

"황실의 문제라고 했습니까, 대군마마?"

강욱이 주먹을 꽉 쥐자, 손등에 핏줄이 도드라졌다.

"이수가 왜 그 집 사람들 문제에 엮여야 하지? 뺨까지 맞아 가면서?"

"이봐요, 윤 검사님!"

"이수는 더 이상 대군마마의 세상에 엮일 필요도, 아픔을 받을 이유도 없습니다."

"뭐⋯⋯라고?"

"경고 아니라, 조언입니다."

안의 숨통을 금방이라도 끊어 놓을 듯한 강욱의 거센 눈빛에 안은 할 말을 잃고 말았다.

"난 경고 따위 안 해. 때려야 되겠다 생각하면 바로 때려."

안은 무어라 대꾸조차 하지 못하고 강욱을 올려다보기만 했다. 그의 눈빛이 너무도 거셌기에 안의 머릿속이 새하얗게 되고 말았다. 빗소리만이 두 사람의 무거운 침묵을 대신하고 있었다.

강욱은 여전히 주먹을 꽉 쥔 채, 안을 싸늘하게 내려다보고 있었고 안은 무의미하게 그 눈빛을 받아 내고 있었다.

"이수가 있는 곳이라면 내가 못 갈 이유 없고, 이수 일이라면 내가 해결 못 할 것 없습니다."

"두 분 사이가 꽤 많이 발전한 것 같아, 기분이 좋지 않네요."

"지금 이런 말을 듣는 내 기분은 좋을 것 같습니까."

"윤 검사님께는 죄송하지만 차이수 씨는 국혼을 피할 수 없을 겁니다."

"대군이라고 불러 주니까, 여기가 대한제국이 아니라 조선 시대라고 생각한 모양인데."

"이보세요."

"정신 차리셔야 할 겁니다, 대군마마. 이곳은 21세기고 대한제국입니다. 본인이 원하지도 않는 불가피한 혼인은 없습니다."

강욱의 단호하고도 냉정한 목소리에 안은 무어라 더 말하려다 입술을 굳게 다물고 말았다. 마주하고 있는 강욱의 눈빛은 좀 전보다 더 칠흑 같았고 차가웠다. 안은 하는 수 없이 한 걸음 물러났다.

"무슨 말씀을 하고 싶은 건지 잘 알겠습니다."

안은 응급실 내부로 시선을 돌렸다.

"차이수 씨는 저희가 데려가도록 하겠습니다. 민간인이 치료받는 곳에서 더 노출시킬 수 없습니다."

안이 응급실 밖을 지키고 있던 경호원을 향해 고갯짓을 해 보이자 장정들이 우르르 응급실 안으로 들어섰다. 하지만 그대로 내버려 둘 강욱이 아니었다. 그가 어이없다는 듯 냉소를 터뜨리며 경호원들 앞을 가로막았다.

경호원들은 갑작스럽게 그들의 앞을 가로막는 강욱을 난감하다는 듯 바라보았다.

"무슨 말을 하는지, 잘 못 알아 처먹은 것 같은데요. 대군마마?"

지금까지 예의를 갖추던 것과 달리 그의 입이 거칠게 변했다. 눈빛 역시, 금방이라도 주먹을 날릴 기세로 사나워져 있었다.

"그쪽들이 뭔데 차이수를 데려가. 이수가 민간인이 아니면 뭐죠? 군인인가?"

"윤 검사!"

"가서 똑바로 전해. 황후든, 황제든."

강욱은 조금도 물러서지 않고 안의 눈을 똑바로 응시했다.

"자꾸 이런 식으로 현실을 받아들이지 못하고 차이수 괴롭히면 법이 가만히 있지 않을 거라는 거."

단호한 말에 안은 할 말을 잃고 말았다. 이내 강욱이 말을 이었다.

"특히 환희 대군, 당신이 명심해야 할 거야."

"……."

"법은 황실 위에 존재해. 그게 황실의 주인인 황제라고 해도 봐주지 않아."

그 말을 끝으로 강욱이 차갑게 등을 돌렸다. 아무도 그를 제지하지 못했고 또한, 누구도 강욱의 기세를 누르지 못했다.

안은 그저 멀어지는 강욱의 뒷모습만 바라보며 가슴을 태워야만 했다.

✛　　✚　　✛

서울의 사가로 돌아온 안은 지친 얼굴로 거실을 가로질렀다. 그러자 때마침 외출 준비를 마치고 집을 나서던 해연이 안을 발견하곤 걸음을 멈추었다. 아무래도 궐에서 무슨 일이라도 있었던 모양인 듯, 안의 얼굴이 한껏 굳어 있다.

"얼굴이 안 좋네?"

숄을 걸치던 해연이 허릴 숙여 안의 얼굴을 들여다보았다. 그의 눈가가 젖어 있었다. 놀란 해연은 서둘러 안의 어깨를 쥐었다.

"황후랑 무슨 일 있었니?"

"어머니."

"그래, 편하게 말해. 괜찮아."

"저는 정말 가질 수 없습니까, 차이수?"

또 그 이야기인가 싶어 안의 어깨를 쥐었던 해연의 손이 맥없이 툭, 떨어지고 말았다.

"이수, 태후마마 앞에서도 소신 있게 자신의 뜻을 말했겠지. 그러고도 남을 아이지. 참, 황태자비가 되기엔 아까운 아이야."

"짐작하고 계셨어요, 어머니께선?"

"그럼. 그 아이, 진심이었거든. 진심으로 자신의 아버지를 경멸하고 있었고 궐에서 벗어나고 싶어 했어."

해연은 담담하게 말을 하며 들었던 가방을 놓았다. 아무래도 외출을 미뤄야 할 것 같았다.

"어째서죠? 차이수……. A&J의 사명을 짊어진 그룹의 이사예요. 또 황태자비가 되기 위해 지금까지 살아왔다고요. 그런데 왜 이제 와서 그 뜻을 꺾으려 하는지 저는 이해가 안 돼요."

이해할 수 없다는 듯 안이 입술을 뭉그러뜨리자 해연이 느리게 고개를 저었다. 해연의 얼굴엔 안타까움이 뚝뚝 묻어났다.

"이젠 행복해질 수 있는 법을 깨달은 거겠지."

"……어머니."

"그땐 몰랐던 방법을 이수가 알게 된 거야."

"……!"

"난 그 아이를 응원하고 싶구나."

해연의 말에 안의 동공이 커졌다. 응원이라니, 안은 해연이 지금 무슨 말을 하는 건가 어안이 벙벙해지고 말았다. 그녀를 응원하겠다는 말은 이수를 며느리로 삼지 않겠다는 말이었다. 그건 황태자가 되려는 안의 발목을 잡을 수 있는 일이었다.

모든 것을 다 알고 있는 해연인데. 그걸 모를 리가 없는 그녀인데 이제 와서 왜 그런 소리를 하는 건지, 안은 가슴이 답답해졌다.

그의 원망스러운 눈빛을 읽은 듯 해연이 힘없이 미소를 지었다.

"당장은 나의 말을 이해할 수 없겠지."

"차이수 없인 우리도 없는 겁니다, 어머니."

"그랬지. 해서 차 회장을 만났던 거고 이수를 며느리로 삼으려 했던 거야. 그런데 안아, 이젠 아니란다."

해연의 복숭앗빛 입술이 소담하게 벌어졌다.

"그 아이가 원하지 않잖니."

"……!"

"너 그 아이를 진심으로 사랑하게 된 것 아니니?"

"그렇지만."

"그러면 놓아주어야지. 그 아이의 행복을 위해서."

"그럼 우리의 꿈은요? 우리의 대의는 누가 이루어 줍니까?"

안이 따지듯 말을 쏟아 내며 해연을 내려다보았다. 가슴에 짜릿한 전율이 이는 듯 그녀가 작게 몸을 떨었다. 눈빛도 그 어느 때보다 밝게 빛나고 있었다.

"꼭 그 아이를 손에 쥐어야만 권력을 얻을 수 있는 것이 아니지."

"차이수가 움직여 주지 않으면 A&J 그룹도 허울뿐인 허수아비라고요."

"그 아이를 네 여자로 만들어야만 가진 거라고 생각하니?"

해연의 얼굴에 은은히 퍼지던 웃음기가 사라졌다.

"여자가 아닌 너의 사람으로 만들면 되잖아."

마주 선 두 사람의 시선이 단단하게 얽혀 들었다.

무거운 침묵이 분위기를 가라앉히고 있을 때였다. 잠잠하던 집 안에 초인종 소리가 날카롭게 울려 퍼졌다. 주방에서 일을 하던 가사 도우미가 헐레벌떡 뛰어나와 인터폰을 들었다.

"누구세요?"

이 시간에 자신들을 찾아올 사람이 없는데.

해연과 안의 시선이 자연스럽게 현관문 쪽으로 향했고 동시에 인터폰에서 낯선 여자의 음성이 흘러나왔다.

―안녕하세요, 해연궁마마. 저는 한유미라고 합니다.

처음 듣는 이름에 두 사람의 눈이 의아함에 커지기 시작했다.

빗줄기가 요란스럽게 차 지붕을 때리고 있었다. 이수는 느리게 눈을 감았다 뜨며 창밖만 응시했다. 어느새 약봉지를 든 강욱이 운전석으로 돌아왔다.

"식간에 한 봉지씩. 하루 세 번. 밥 안 넘어가면 죽이라도 먹고 약 먹어."

강욱은 멍한 눈으로 자신을 바라보는 이수의 손에 약봉지를 쥐여 줬다. 그러자 이수는 대답 대신 그의 젖은 머리칼을 손으로 털어 주었다.

"왜 자꾸 비를 맞고 다녀요. 아까도 그러더니."

"아까는 너도 비 맞고 있었잖아."

"내가 맞는다고 따라 맞나?"

이수가 피식, 웃음을 터뜨리며 강욱의 커다란 손을 잡았다. 비에 젖은 손이었지만 무척이나 따뜻했다. 이수는 느리게 하품을 하며 그의 어깨에 머릴 기댔다.

"안 물어봐요? 묻고 싶은 말 많잖아, 지금."

그녀가 눈을 감으며 물었다. 그녀의 머리 위에 제 머리를 포갠 강욱이 눈을 감는다. 그녀의 말대로 묻고 싶은 말이 수없이 많았지만, 지금은 어떤 말도 꺼내기 싫었다.

그저 아픈 이수를 이렇게 바라만 보고 싶었다. 돌아오는 답이 없자 이수가 감았던 눈을 떠 그를 바라보았다. 강욱도 그녀에게 묻었던 고개를 들어 이수와 눈을 마주쳤다.

화가 난 것 같기도 하고 아닌 것 같기도 하고.

가늠할 수 없는 얼굴로 자신을 내려다보는 강욱의 얼굴에 그녀가 실토하듯 입을 열었다.

"그래, 내가 졌어."

"뭐가?"

"자수하고 광명 찾아야지."

"자수? 잘못한 건 있나 보네."

"미리 말 못 한 건 미안해요. 근데 이해해 줘."

"자수할 거라면서 왜 변명을 하지?"

"나도 아침에 갑자기 들은 거라……. 뭐라고 말해 줘야 할지 몰랐어."

이수가 미안하다는 듯 이마를 찌푸리며 그의 손을 따뜻하게 어루만졌다.

"다 해결하고…… 정말 말해 주려고 했어요. 근데 기사가 터질 줄은 몰랐지. 그래서 입궐하는 길에 후회했어. 차라리 말하고 올걸. 내 입으로 얘기해 줄걸."

"……."

"적어도 내 이야기를 다른 사람을 통해 알게 하진 말았어야 했는데."

그녀가 느리게 고갤 저으며 입술을 질끈 깨물었다. 그녀의 뺨은 여전히 빨갛게 달아올라 있었다.

강욱은 여전히 창백해 보이는 이수를 쳐다봤다.

"그래서 벌 받았나 봐. 아침부터 복통이 좀 있었어요. 그런데 시간이 빠듯해서 병원을 못 갔고요. 바로 입궐해서 태후마마를 뵙고…… 이런 저런 이야기 나누었어요."

"그 이런저런이 혹시 네 국혼 이야기야?"

적나라한 그의 질문에 이수가 숙였던 고갤 들고야 말았다. 마주한 시선이 아프기만 했다. 그녀는 강욱이 지금 자신만큼이나 아파하고 있음을 깨달았다.

"네. 어, 강욱 씨는 이해 못 하겠지만 난 아직 황실의 국혼……."

"이해해. 그러니까 그 이야기는 하지 않아도 돼, 이수야."

힘겹게 말을 이어 가는 이수를 위해 강욱이 말허리를 잘랐다. 다행이란 생각이 그녀의 가슴에 번져 가면서도 제대로 이야기해 줄 수 없는 것에 대한 죄책감과 미안함이 함께 일었다. 하지만 강욱은 정말 개의치 않다는 듯, 편안한 얼굴로 이수를 다독여 주었다.

"걱정하지 않아도 돼. 날 믿어 주는 만큼 나도 강욱 씨 실망시키지 않을 거예요."

이수가 느리게 말을 내뱉자 강욱이 조심스레 손을 뻗어 부은 뺨을 만졌다. 그 순간 이수의 가슴이 뜨끔해졌다.

"날 실망시키지 않기 위해 이렇게 된 건가, 그럼."

"강욱 씨……."

"함께 아프기로 한 내가 뭐가 돼. 넌 나한테 바라보기도 아까운 사람인데, 왜 너만 이렇게 아파야 하는데."

그러자 이수가 자신의 뺨을 쓸고 있는 강욱의 손을 잡았다.

"나만 아픈 거 아니잖아. 강욱 씨도 지금 아프잖아, 여기."

이수가 그 손을 그의 단단한 가슴 위에 얹으며 그의 눈동자를 뜨겁게 올려다봤다. 동시에 두 사람의 입술이 다시 격렬하게 얽히고 말았다.

11
또 다른 황태자비

"죽 사 줄까? 죽은 먹을 수 있겠지."

강욱이 그녀를 슬쩍 돌아보며 묻자, 이수는 피식 웃으며 고갤 끄덕였다. 이수를 태운 강욱의 차는 빠르게 빗속을 가로지르고 있었다.

"근데 나 인스턴트 죽은 별로 안 좋아하는데."

이수가 힐끔, 강욱의 눈치를 보며 입을 열었다. 그러자 강욱이 내비게이션에 근처 죽집을 검색하기 시작했다.

"요즘 죽도 집에서 끓인 것처럼 잘 나와. 괜찮을 거야."

주소가 검색되자 강욱은 곧바로 안내를 받으며 운전을 했다. 이수가 입술을 삐죽이며 그에게 고정했던 시선을 풀었다. 창밖을 향해 고갤 돌리는 이수의 모습에 강욱이 고갤 갸웃거렸다.

"왜? 입맛 없어, 이수야?"

그가 다정하게 그녀를 불렀지만, 어쩐지 이수는 입을 꾹 다물고만 있다. 강욱이 힐끔힐끔 그녀를 돌아보며 돌아선 그녀의 어깨를 툭, 툭 쳤다.

“이수야?”

“…….”

“차이수?”

여전히 대답할 생각이 없다는 듯 그녀는 창밖만 바라보고 있다.

“뭐지? 왜 갑자기 삐진 거지?”

“…….”

“이젠 대답도 안 하네. 차이수?”

고개는 여전히 창밖에 고정한 이수가 느리게 입을 열었는데 그 음성에 어쩐지 서운함이 그득하게 묻어나 있었다.

“남이 끓여 준 죽 먹기 싫은데.”

그녀가 뾰로통하게 혼잣말을 내뱉자, 강욱이 그제야 말뜻을 이해하고 웃음을 터뜨렸다.

“그럼? 다 남이 끓여 준 거지. 어머니가 끓여 준 죽 먹고 싶어? 본가로 데려다줘?”

강욱이 모르는 척, 눈치를 살피며 말을 잇자 이수가 홱 고갤 돌려 그를 바라보았다. 그녀의 동그란 이마는 ‘나 지금 섭섭해요’ 라는 말을 달고 있는 듯, 한껏 찌푸려져 있었다. 강욱은 그런 그녀가 귀여워 당장이라도 차를 멈추고 이수를 끌어안고 싶어졌다.

“아니, 뭐 남자 친구가 이래?”

“왜?”

“여자 친구가 아픈데 간호해 줘야죠. 그 맛에 연애하는 건데.”

옆구리를 열심히 찌른 덕분에 진심을 털어놓는 귀여운 투정을 본 강욱은 갑자기 유턴을 했다. 이수가 놀란 얼굴로 그를 올려다보았다.

“왜……요?”

하지만 강욱이 아무 말도 않은 채 미소만 짓자, 이수는 불안한 눈으로 그의 얼굴만 바라보았다.

"강욱 씨."

강욱이 좀 전에 그랬던 것처럼 이번엔 이수가 대답 없는 그를 연신 불렀다. 이수가 부르는 횟수가 늘어날수록 어쩐지 강욱의 얼굴엔 장난기 어린 미소가 번져 가고 있었다.

"아, 검사님!"

이수가 목소리에 조금 힘을 싣자 강욱이 살며시 고개를 돌려 그녀를 바라보았다. 운전으로 잠시 마주 본 게 전부였지만 그의 눈빛은 한없이 다정했다.

"간호해 달라며."

"네?"

"남자 친구면 간호해 줘야 한다며? 그 맛에 연애한다니까."

"그러니까, 내 말은."

"맛없어서 나랑 연애 못 하겠다고 하면 어떡해?"

"······!"

"그러니까 맛있게 해 줘야지. 죽도, 연애도."

강욱이 한쪽 눈을 찡긋하며 그녀의 반듯한 이마를 손가락으로 톡, 튕겼다. 이수가 멋쩍은 듯 웃음을 지으며 손바닥으로 이마를 슬며시 문질렀다.

"아니 뭐 꼭 그런 건 아닌데."

"그런 거 아니면?"

다음 말이 듣고 싶어서 강욱은 괜히 짓궂게 되물었다. 그의 질문에 이수가 조금 난감하다는 듯 입술을 만지작거리다, 에라 모르겠다 하는 얼굴로 입을 열었다.

"같이 있고 싶으니까 그렇죠. 하루 종일······ 보고 싶었으니까."

그녀의 귀여운 고백에 강욱은 미소를 지을 수밖에 없다.

"들어와."

강욱이 현관문을 활짝 열어 주었지만 어쩐지 이수는 선뜻 들어서지 못한 채 문 앞에서 머뭇거렸다. 또 누군가가 자신을 지켜보고 있는 것은 아닐까, 이수는 현관문에서 몇 걸음 물러난 채로 주위를 연신 살피고 있었다.

잔뜩 긴장해 얼어붙은 그녀에게 다가간 강욱이 덥석 손을 잡았다.

"간호해 달라고 할 땐 언제고 왜 머뭇거려."

긴장한 이수가 귀엽다는 듯 강욱은 피식 웃음을 터뜨리고 말았다. 하지만 이수는 편안하게 웃지 못했다. 괜한 말을 꺼낸 걸까, 그녀는 강욱의 눈치만 살폈다.

"아픈 사람은 안 덮쳐."

강욱은 순식간에 그녈 잡아당겨 집 안으로 들였다.

쿵, 닫히는 현관문 소리에 이수가 흠칫 놀라며 몸을 떨었다. 여전히 몸살 기운이 가시지 않은 듯 한기가 들어 그녀의 몸에 소름이 오소소 돋아났다.

"열이 아직 있네. 얼른 눕자."

강욱이 볼이 빨간 이수의 이마를 살며시 짚다가 자신의 방으로 안내했다. 처음 와 본 그의 오피스텔은 생각했던 것보다 훨씬 더 깔끔했다. 이수는 그를 따라 쭈뼛쭈뼛 방 안으로 향하면서도 연신 집을 돌아보았다.

"집 구경은 조금 있다가. 일단 누워, 죽 끓여 올게."

침대 위에 반듯하게 펼쳐져 있던 이불을 들어 이수를 눕혔다. 그리고 아직 열기가 가시지 않은 그녀에게 이불을 덮어 주었다.

"무슨 죽 끓여 줄까, 뭐 좋아해?"

다정한 말투로 강욱이 물어봤지만 이수는 대답 대신 그의 검은 눈동자만 빤히 바라보았다. 빨려 들어갈 것만 같은 검고 맑은 눈동자. 이수는 작게 미소를 머금었다.

"왜 그렇게 쳐다봐. 사람 심장 떨리게."

강욱이 피식 웃으며 그녀의 이마에 입을 가볍게 맞추었다. 그녀의 이마보다 더 뜨거운 그의 입술.

이수는 자신의 어깨를 사뿐히 잡고 있는 그의 커다란 손을 잡았다. 그리고 강욱의 손가락 사이사이에 자신의 손가락을 끼우며 밀착시켰다.

"죽은 나중에……. 내 옆에 좀 더 있어 주면 안 돼요?"

그녀가 애원하듯 입술을 달싹이자, 강욱은 잠시 머뭇거렸다.

"괜찮겠어?"

더 있어 주면 안 되냐고 했는데, 그가 괜찮겠냐고 묻는다.

이수는 무슨 대답을 해야 할지 몰라, 반짝이는 눈동자를 빤히 바라봤다.

"나 지금, 네 옆에 있으면 위험할 것 같은데."

그의 음성이 이상하게 가슴을 움켜쥐는 것 같았다. 그녀는 부자연스럽게 침을 삼키며 강욱의 뜨거운 눈길을 슬쩍 피했다. 강욱은 고개를 돌리는 이수의 턱을 살짝 쥐어 자신을 쳐다보게 했다.

"꼬시지 마. 그러니까."

조금 굳은 얼굴로 그 말을 하며 강욱이 이수의 어깨를 내려다봤다. 침대에 누우며 조금 뒤척인 탓에 그녀의 흰 어깨가 드러나 있었다. 강욱이 손을 뻗어 옷자락을 움켜쥐었다.

"아……."

그 행동에 놀란 이수가 흠칫 몸을 떨었다. 자신의 어깨에 닿는 뜨거운 손길에 온몸이 그의 손아귀에 잡힌 것 같았다.

"참고 있는 거야. 아프니까, 너."

야릇한 말을 아무렇지 않게 툭 내뱉던 강욱이 작게 웃어 보였다. 강욱은 이내 허리를 숙여 그녀의 맨 어깨에 쪽, 입을 맞추곤 옷을 정리해 주었다.

"조금 쉬고 있어. 금방 끓여 올게."

강욱은 어느새 다시 다정한 남자 친구가 되어 있었다. 이수는 돌아서서 방문을 닫으려는 그의 뒷모습을 바라보다 입을 열었다. 그녀의 입술이 파르르 떨리고 있었다.

"저기……!"

문고리를 쥐던 강욱이 그녀의 목소리에 등을 돌렸다.

"응?"

강욱은 혼자 얼굴이 달아올라 웅얼거리는 이수를 다정하게 보았다.

"문…… 열고 가요."

"춥지 않겠어?"

"괜찮아요. 죽 끓이는 모습 볼래요."

이수의 말에 강욱이 핏, 웃음을 터뜨리며 고개를 끄덕였다. 문을 활짝 열어 준 그가 주방으로 향했다. 재킷을 벗고 셔츠의 단추를 풀어 팔을 걷는 모습을 빤히 바라보던 이수는 그제야 강욱의 시선이 자신에게 향해 있지 않다는 걸 깨닫고 흐트러졌던 숨결을 골랐다.

"하마터면 심장 터질 뻔했네……."

이수는 좀 전의 위험했던 상황을 떠올리며 홀로 떨리는 심장을 움켜쥐었다. 그러다 오후 5시가 다 되어 가는 시계를 들여다보며 이수가 강욱을 향해 입을 열었다.

"강욱 씨, 근데 검찰청은요? 안 들어가 봐도 돼요?"

쌀을 씻던 그가 손을 멈추고 이수를 돌아봤다.

"응, 반차 썼어."

"……정말? 괜히 나 때문에."

"미안해?"

미안한 듯 이수가 입술을 슬쩍 깨물며 멋쩍게 웃어 보이자, 강욱이 물었다. 그럼 당연히 미안하죠, 하며 그녀가 주방 쪽으로 몸을 돌려 누웠는데.

"그럼 자고 가."

그의 입에서 예상하지 못했던 말이 흘러나왔다. 놀란 이수가 그대로 얼어 강욱을 빤히 바라봤다.

"자고 가라, 이수야."

그의 올곧은 시선은 이수를 옴짝달싹 못 하게 만들어 버렸다.

"누구시죠?"

해연이 솔을 벗으며 인터폰으로 다가갔다. 안 역시 의아하다는 얼굴로 인터폰 속에 담긴 낯선 여자의 얼굴을 살폈다.

일면식조차 없는 얼굴이었다. 해연 역시, 처음 보는 여자의 얼굴에 팔짱을 꼈다.

"어떡해요, 마마님? 문 열지 말까요?"

도우미가 해연을 돌아보며 인터폰을 내려놓으려 하자 그녀가 다급하게 인터폰에 가까이 다가갔다.

―선대 황제 폐하와 관련해 드릴 말씀이 있어서 왔습니다.

서둘러 내뱉은 말은 해연과 안의 가슴을 자극하기에 충분했다. 해연의 얼굴이 딱딱하게 굳었고 동시에 대문을 열었다.

"들어와요."

폭풍전야와 같은 침묵이 흘렀다. 해연은 긴장한 얼굴로 도우미를 돌아보며 차를 내와 달라 부탁했다. 안도 한껏 굳어선 현관문만 바라보았다.

잠시 뒤, 굳게 닫혔던 문이 삐걱 열리고 아담한 여자 한 명이 들어섰다.

"안녕하세요. 해연궁마마, 그리고 대군마마."

카라 꽃이 예쁘게 다듬어진 꽃다발을 안은 유미가 밝은 얼굴로 집 안에 들어섰다.

해연이 경계를 풀지 않은 채, 유미를 향해 작게 고개를 숙여 보였다.

"네, 그런데 누구시죠."

해연과 안은 분주히 유미의 행색을 살폈다. 유미는 작은 키와 가녀린 몸을 모두 가리는 루즈 한 니트 원피스를 입은 채였다.

잔뜩 긴장한 두 사람과는 달리 유미의 얼굴은 편안해 보였다. 마치, 오래전부터 해연과 안을 알아 온 사람처럼 살갑게 굴었다.

"아, 한유미라고 합니다. 이 앞에서 작은 꽃가게를 하고 있는 플로리스트예요. 이거, 제가 직접 만든 꽃다발입니다. 드리려고 가지고 왔어요."

서슴없이 꽃다발을 건네는 유미의 모습에 해연의 가슴이 찜찜해졌다. 선한 인상을 가지고 있었지만 어쩐지 해연은 그녀에게 다가가기 꺼려졌다.

"앉으세요, 유미 씨. 저는 이안입니다."

"아, 대군마마. 한유미예요."

안이 그녀를 향해 악수를 청하자 유미는 거침없이 손을 맞잡았다.

"갑자기 이렇게 연락도 없이 불쑥 찾아와 많이 놀라셨죠."

해연과 안이 소파에 앉자, 그제야 유미가 자리에 앉으며 환하게 웃었다. 해연은 입을 꾹 다문 채, 그녀의 얼굴만 빤히 응시했다.

"아, 조금요. 근데…… 아까 그 이야기는."

"선대 황제 폐하의 이야기, 말씀하시는 거죠."

안의 물음에 그제야 유미의 얼굴이 조금씩 어두워졌다.

얼마간의 침묵이 흘렀고 세 사람 앞에 차가 놓였다. 해연은 말없이 차를 들어 한 모금 들이켰다. 유미를 집 안에 들이긴 했지만, 그녀의 입에서 흘러나올 이야기가 사실인지, 아닌지는 검증되지 않은 것들이었다. 그저 자신의 집을 직접 찾은 유미에게 차나 한 잔 대접하고 돌려보낼 생각으로 그녀에게 차를 권했다.

"들어요. 제가 좋아하는 국화차예요. 플로리스트라고 하시니 꽃차도 즐기실 것 같네요."

유미는 상투적으로 말을 내뱉는 해연을 조심스레 올려다보며 슬쩍 고갤 숙였다.

"감사합니다, 마마."

"그런데 어쩐 일이시죠? 선대 황제 폐하의 이야기라면…… 굳이 우리 집을 찾지 않아도 쉽게 전할 수 있었을 텐데요."

"해연궁마마와 대군마마께 직접 전하고 싶어 실례를 무릅쓰고 왔습니다."

유미는 조금 굳은 얼굴로 말을 이어 나갔지만 해연은 여전히 탐탁지 않은 듯 차만 들이켰다.

"편하게 말씀하세요."

안이 미소를 머금고서 그녀와 시선을 맞추었다. 유미는 안과 눈이 마주칠 때마다 눈웃음을 지었다. 인위적인 웃음이었지만 밉지만은 않았다.

"선대 황제 폐하의 이야기를 꺼내기 전에 솔직하게 밝히겠습니다."

해연이 마시던 찻잔을 내려놓으며 거창하게 말문을 여는 유미를 응시했다. 해연의 눈빛이 평소와 달리 날이 서 있었다.

"저는 죽은 이강 태자 전하의 숨겨 둔 연인이었습니다."

뜻밖의 말이 흘러나오자 해연의 가슴이 바닥 아래로 곤두박질쳐지고 말았다. 잠자코 듣고 있던 안 역시, 화들짝 놀랄 수밖에 없었다.

"그리고 저는 지금도 이강 태자 전하를 죽인 용의자가…… 차이수라고 생각합니다."

이강을 죽인 용의자라는 말에 해연의 날 선 눈빛이 위태롭게 떨리고 말았다.

"왜 그렇게 생각하죠? 검찰은 차이수 씨를 일찌감치 용의자에서 배제시킨 것으로 아는데."

해연이 한껏 굳어 유미를 향해 물었다. 그러자 유미는 별로 어렵지 않은 질문이라는 듯 어깨를 가뿐히 으쓱거리며 입을 열었다.

유미와 마주하고 있는 안의 얼굴도 그다지 밝지 못했다.

"차이수만 아니었으면 그런 비극은 일어나지 않았을 테니까요."

"확정 짓는 이유, 물었습니다."

"황태자비가 되기 위해선 뭐든지 해야만 했던 여자예요. 하지만 그녀가 정말 원한 건 황태자비 자리였을까요?"

"……."

"아뇨, 전 그렇게 생각하지 않아요. 차이수는 황태자비의 자리도 필요했지만 때 묻지 않은 완벽한 것을 원했어요. 그러나 전 황태자 전하껜 제가 있었으니…… 전하의 정비가 된다고 해도 그녀는 씻지 못할 치욕을 안고 살아야 하는 상황이었죠."

유미의 말에 안은 참담한 얼굴로 해연을 돌아보았다. 굳은 얼굴로 테이블만 바라보던 해연은 어쩐 일인지, 태자의 죽음에 관한 이야기가 그녀의 입에서 흘러나오자 눈을 반짝이며 관심을 가지기 시작했다.

"그래서 이수가 황태자를 죽였다? 깨끗한 황태자비의 자리를 갖기 위해?"

"그렇게 생각해요, 전. 차이수에게 저란 존재는 그 자리를 더럽히는 오물과도 같았으니까. 그런 날 사랑하는 이강 전하는 필요치 않게 된 거죠."

"아무리 그래도 황태자를……."

"그리고 또 한 가지의 이유가 있죠. 태자 전하를 죽일 수밖에 없었던 이유."

말을 하는 유미의 눈엔 분기로 가득 차 있었다. 화를 주체하지 못하는 듯 그녀의 가녀린 몸은 파르르 떨리고 있었고 맑은 눈동자엔 뿌연 눈물이 차올랐다.

해연은 안타까운 얼굴로 유미를 응시했다. 정말 태자를 사랑했구나. 그녀는 홀로 생각하며 입술을 깨물다 유미를 향해 힘겹게 말을 이어 갔다.

"유미 씨의 아픔은 알겠지만 이수의 무고는 이미 밝혀진 일입니다. 이렇다 할 증거도 아직 발견하지 못했는걸요."

"증거? 그깟 증거는 없애면 그만입니다. 그 여자는 A&J의 딸이에요. 그러니 태자 전하를 죽였다는 증거를 인멸하려면 얼마든지 할 수 있었지 않을까요?"

결국 유미는 눈물을 흘리고 말았다. 울지 않으려 버텼지만 그녀는 눈물을 참을 수 없었다.

"안타깝지만…… 뭐라 위로의 말을 건네야 할지 모르겠네요, 유미 씨."

안은 진심으로 그녀가 가여웠다. 황태자를 사랑했지만 신분 차이를 극복하지 못하고 결국, 사랑하는 그를 잃고 만 그녀. 그녀의 가슴 절절 한 사랑 이야기는 이미 증권가 지라시 사이에서 유명한 이야기였다.

"괜찮습니다. 괜찮아야죠, 억울하게 눈 감으신 태자 전하를 위해서 라도."

그녀는 이를 악물며 눈물을 닦아 냈다. 하지만 그 모습을 보는 해연 의 얼굴이 어딘가 불편해졌다.

"그래서 제가 오늘 해연궁마마와 대군마마를 찾아온 것입니다."

"그 이야기가…… 선대 황제 폐하의 이야기와 관련이 있나요?"

"네, 저는 선대 황제 폐하의 죽음과 관련된 비밀을 하나 알고 있습니 다."

"……비밀이라니?"

"아직 황실 그 누구도 모르는 이야기. 오직 죽은 이강 태자 전하께서 만 알고 계시던 이야기."

유미의 다부진 음성이 어쩐지 위태롭게 떨리고 있었다. 안과 해연은 너무 놀라 할 말을 잃은 상태로 그녀의 얼굴만 바라봤다.

이내 유미는 숨을 한 번 고르더니 두 눈을 질끈 감았다.

"그 비밀 때문에 차이수가 태자 전하를 죽였습니다."

"……뭐라고요?"

"선대 황제 폐하께선…… 자살이 아니십니다. 자살로 위장한 타살이 십니다!"

벼락과도 같은 음성에 해연은 그만 심장을 부여잡으며 소파 위로 고 꾸라지고 말았다. 안은 황급히 해연을 부축하며 이를 악물었다. 이미 해연의 얼굴은 넋을 놓은 듯 파리하게 질리고 말았다.

"A&J 그룹. 그들이 이율 황제 폐하를 죽였습니다."

"그, 그 말이 정녕 사, 사실⋯⋯!"

"10년 전, 평온하던 황실에 드리웠던 뇌물 사건. 당연히 기억하시겠죠. 그것 때문에 한 점 부끄럼 없으시던 이율 황제 폐하께선 뇌물 수수 혐의로 검찰에 소환 당하셨고 오명을 뒤집어쓰고 극단적인 선택을 하시고 말았죠."

"⋯⋯!"

"네, 그 오명을 뒤집어씌운 것은 다름 아닌 A&J 그룹입니다. 그리고 유일한 증거를 이강 태자 전하께서 쥐고 계셨죠. 그래서 차이수가 전하를 죽인 겁니다."

조금의 망설임도 없이 말을 모조리 내뱉어 낸 유미는 지친 얼굴로 오열하고 말았고 해연 역시 믿을 수 없다는 듯 눈물을 흘리며 가슴을 쥐어뜯었다.

"대체⋯⋯ 그들이 왜⋯⋯ 그들이 뭐가 아쉬워서⋯⋯."

충격에 빠진 안 역시 눈물을 뚝뚝 흘리며 가슴을 내리쳤다.

"그 증거는, 그 증거는 지금 어디에 있습니까."

"이강 태자 전하께서 살해되던 날 밤, 사라졌습니다."

"뭐⋯⋯!"

"그것이 무엇을 뜻하겠습니까? 차이수가 진범이라는 뜻이 아니겠습니까? 자기 가문의 몰락을 막기 위해 끔찍한 살인을 저지른 거라고요!"

유미는 피를 토하듯 그 말을 쏟았다. 하지만 이성을 찾은 해연이 호흡을 가다듬으며 유미를 직시했다.

"그 증거는⋯⋯ 무엇입니까."

"녹음기였습니다. 이율 황제 폐하에게 누명을 뒤집어씌우라는 말이 담긴 녹음기."

"그 속에 담긴 이야기를 유미 씨는 들은 적 있나요?"

"아뇨, 직접 들은 적은 없고 태자 전하께서…… 술에 취하시면 늘 그 녹음기 이야기를 하며 슬퍼하셨습니다. 태자 전하께서도 갑작스러운 선대 황제 폐하의 죽음을 받아들이기 힘드셨겠죠."

해연은 그대로 자리에서 일어났다. 그러곤 눈물범벅이 된 유미의 어깨를 우악스럽게 잡아끌어 그녀를 억지로 일으켜 세웠다.

"거짓말이 아니겠죠? 이런 걸로 장난치면 안 되는 거 알죠?"

애원하듯 해연이 유미를 붙잡고 늘어지며 눈물을 쏟아 냈다. 안은 그런 해연을 말리며 분노를 삼켜야만 했다.

"어머니, 우선 진정하세요."

"폐하……! 흐윽, 황제 폐하!"

해연은 바닥을 주먹으로 내리치며 이율이 죽던 그날처럼, 목 놓아 울부짖었다. 그러자 눈물을 쏟아 내던 유미가 입술에 힘을 주어 말을 이어 나갔다.

"원하신다면 제가 기꺼이 이 이야기를 세상에 공개하죠."

그 말에 유미는 젖은 얼굴을 천천히 들어 안을 응시했다.

"그런데 부탁이 있습니다, 대군마마."

부탁이란 말에 해연이 입술을 악물며 유미를 올려다보았다. 선한 얼굴로 눈물만 뚝뚝 흘리던 그녀는 어느새 눈물을 닦아 내고 증오만 남겨 두었다.

"부탁이라면."

안이 주먹을 움켜쥔 채 유미의 시선을 피하지 않는다.

"황태자 전하가 되세요."

"……뭐라고?"

"그리고 절 황태자 전하의 비(妃)로 만들어 주세요."

갑작스럽고 위험한 발언에 해연은 비틀거리며 자리에서 일어나 안을 똑바로 응시하는 유미를 바라봤다.

"지금 뭐라고 했습니까, 유미 씨?"

믿기지 않는다는 듯 해연이 유미를 향해 다가섰다.

"황태자비, 그것을 제게 주세요. 그럼 제가 이 모든 사실을 세상에 밝히겠습니다."

황태자비란 말이 유미의 입에서 튀어나오자 해연의 눈물이 쏙 들어가고 말았다.

"어째서, 왜."

안이 믿을 수 없다는 듯 유미를 바라보았다. 진심이 무엇일까, 저 순진한 얼굴 뒤에 숨겨진 진짜 속내가 뭘까. 안은 분주히 유미의 얼굴을 살폈다.

"유미 씨는 황태자비가 왜 되고 싶은 거죠."

해연이 침착하게 유미를 바라보았다. 담담한 표정을 지어 보인 유미가 입을 열었다. 찰나였지만, 해연은 유미가 보통내기가 아니라는 것을 짐작할 수 있었다.

'황태자비'라는 원하는 것을 얻기 위해 자신이 가진 진실을 인실 삼는 그녀의 모습에서 해연은 탐욕스러운 황후의 모습이 엿보였다. 황후역시 최고의 자리에 올랐음에도 끊임없이 갈증을 느끼며 무언가를 얻고자 애쓰고 있었으니까.

해연은 유미의 검은 눈동자를 뚫어지라 응시했다. 이젠 그녀의 입에서 무슨 소리가 나올까, 겁이 날 지경이었다.

"차이수의 것을 빼앗으려고요."

울음을 터뜨리며 복수를 다짐할 때와는 사뭇 다른 목소리였다. 그녀

392

가 기민하게 눈을 치켜떴다.

"복수입니까."

해연이 차분하게 물었다.

"네, 그 여자는 가질 수 없는 것을 가질 겁니다. 상실감이 무엇인지, 허무함이 뭔지 똑똑히 알려 줄 거예요."

유미의 마음을 해연이 아주 모르는 것은 아니었다. 그녀도 남편의 죽음 앞에서 절망하며 복수를 꿈꿨다. 자신의 행복을 송두리째 앗은 이들에게 기필코 이 절망감을 안겨 주리라, 다짐했었다.

그때의 비극을 해연은 잊지 못했다. 시간이 흐를수록 상처는 더 짙어져만 갈뿐 옅어지지 않았다. 그래서 돌아온 것이었다. 황태자의 죽음에 재기를 꿈꾸며 궐이 있는 서울로 왔다. 복수하기 위해, 자신의 행복을 앗은 그들을 무너뜨리기 위해 세상에 모습을 드러낸 것이었다.

해연이 고갤 끄덕이며 한숨을 내쉬자 안이 그녀를 대신해 입을 열었다.

"하지만 유미 씨, 황태자비는……."

뒷말을 잇지 못한 채 안이 입을 꾹 다물고 말았다. 하지만 유미는 안이 삼킨 말을 짐작할 수 있다는 듯 고갤 끄덕였다.

"황태자비가 되기엔 자질이 부족하겠죠. 알아요. 그래서 황후마마께서도 저를 그토록 반대하셨겠죠."

유미는 덤덤하게 말하며 지친 얼굴의 해연을 돌아보았다.

"많이는 바라지 않습니다. 딱 3년만."

"……."

"3년만 제게 황태자비의 자리를 내어 주세요."

"3년 뒤에는 어쩌시려고요."

"이혼해 드리겠습니다, 대군마마."

이강 황태자가 이수에게 제안했던 것이었다.

이혼을 전제로 한 국혼.

유미를 위해서 또한, 이수를 위해서 이강이 선택한 방법이었다. 이젠 유미가 안에게 똑같은 제안을 하고 있었다.

안과 해연의 얼굴이 딱딱하게 굳어 갔다.

"서로 원하는 걸 가져 보자고요. 전 황태자비의 자리를, 대군마마께서는 황태자의 자리. 저는 황태자비가 된 제 앞에 차이수가 무릎을 꿇는 걸 보고 싶을 뿐입니다."

어려운 일이 아니라는 듯 유미는 쉽게 말했다. 하지만 절대 쉬운 일이 아니었다. 황태자비는 단순히 반려자의 의미에서 벗어나, 황태자의 뒤를 봐줄 수 있는 배경이 되는 자리였다.

그래서 제대로 힘을 갖추지 못한 안에게 이수는 꼭 필요한 사람이었다. 그런데 유미의 말이 사실이라면 안은 탐났지만 위험한 존재였던 A&J 그룹을 충분히 몰락시킬 수 있었다.

그의 얼굴이 고민으로 구겨져 갔다. 안의 갈등이 깊어질수록 유미의 얼굴은 환해진다.

잠시 숨을 고른 해연이 유미의 곁으로 천천히 다가갔다.

"생각할 시간을 주실 수 있으실까요, 유미 씨."

"예, 얼마든지요."

"다시 연락드리겠습니다. 연락 가능한 전화번호 남겨 두고 가세요. 그리고…… 저희의 결정이 떨어지기 전까지 오늘 한 이야기는 지금까지처럼 비밀로 해 주세요."

해연의 부탁에 유미는 얼마든지 그러겠다는 듯 고개를 끄덕였다. 가방에서 명함 하나를 꺼낸 유미가 조심스럽게 건넸다. 그녀의 이름과 전화번호가 담긴 명함을 받아 든 해연은 오래도록 눈을 떼지 못했다.

'한유미.'

그리고 그녀의 이름 세 글자를 속으로 조용히 읊었다.

"연락 기다리겠습니다, 그럼."

유미는 해연과 안을 향해 정중히 고개를 숙여 보이며 돌아섰다. 해연은 집을 나서는 유미의 뒷모습을 날카롭게 지켜봤다. 그녀를 살피는 해연의 얼굴은 처음과 다름없이 굳어 있었다.

"어머니……."

두 사람만 남게 되자 안이 혼란스럽다는 듯 얼굴을 구기며 해연을 돌아보았다.

"정말…… 차이수가 아니, A&J 그룹이 저 진실을 은폐하기 위해 이강을 죽였을까요?"

사실이 아니었으면 좋겠다는 듯, 안이 해연을 절절하게 바라보자 그녀는 이를 악물었다. 곧, 해연의 반듯한 입술이 처참하게 구겨진다.

"아니, 이수는 황태자를 죽이지 않았다."

"어머니, 유미 씨의 말이 사실이라면 A&J 그룹의 소행이 틀림없습니다."

"그렇지 않아. 황태자는……."

그때, 해연이 괴로운 듯 얼굴을 감쌌다.

"내가 죽인 거야."

✢　　　✢　　　✢

약을 먹고 곤히 잠든 이수를 한참 내려다보던 강욱이 몸을 일으켰다.

병원에서보다 훨씬 더 편안한 얼굴로 잠든 이수의 머리칼을 강욱이 몇 번이고 쓸었다. 9시를 조금 넘긴 시간. 강욱도 몰려오는 나른함에 느리게 하품을 하며 일어섰다. 그러곤 스탠드의 불을 꺼 주며 조심스레 방을 나섰다.

"잘 자, 차이수."

그녀를 향해 나지막이 인사를 하며 그가 등을 돌렸다.

소파에 앉은 강욱이 휴대폰을 손에 들었다. 부재중 전화가 몇 통이나 쌓여 있었다. 강욱이 셔츠를 벗으며 통화 목록을 확인했다.

그러다 박 계장이 보낸 메시지에 눈이 갔다.

〈검사님, 이 문자 보면 꼭 전화 부탁드립니다.〉

무슨 일이라도 생긴 걸까, 평소와 달리 많이 쌓인 부재중 전화와 메시지가 마음에 걸렸다. 강욱이 편안한 티셔츠로 갈아입으며 박 계장에게 전화를 걸었다.

"네, 박 계장님."

몇 번의 신호음이 가고 달칵, 박 계장이 전화를 받았다. 하지만 전화를 받는 그의 목소리가 심상치 않았다.

—왜 이제 전화를 주십니까, 검사님.

"무슨 일 있어요?"

—지금 어디세요? 차이수 씨랑 같이 계세요?

그걸 어떻게 안 거지. 강욱의 얼굴이 순식간에 굳었다. 그의 고개가 이수가 누워 있는 안방으로 향했다.

"그건…… 어떻게."

—지금 난리 났어요. 인터넷 안 보셨어요?

박 계장의 호들갑에 이수와 관련된 일이라는 걸 어렵지 않게 짐작할 수 있었다. 강욱은 굳은 얼굴로 노트북을 바로 켰다. 그러자 포털 사이트 메인에 뜨는 기사가 그의 시선을 잡는다.

황태자비의 남자, 그는 누구인가.

"황태자비의…… 남자, 이거 말씀하시는 건가요."

강욱이 조금 허무하다는 듯 헛웃음을 터뜨리며 입술을 질끈 물었다.

─그게 윤 검사님이라고 아직 딱 밝혀진 건 아니지만……. 이번 황태자 살인 사건을 담당한 담당 검사라는 말이 언급된 상태라. 검찰청이 지금 뒤집어졌어요. 더군다나 찍힌 사진을 보면 아시겠지만 윤 검사님이 검찰청에 없었던 시간대랑 일치해서…….

박 계장이 머뭇거리며 말을 이어 나갔다. 강욱은 담담히 그의 말을 들으며 분주히 기사를 클릭했다. 쓰러진 이수를 안아 올린 강욱의 얼굴은 모자이크 처리된 채였다. 누가 봐도 연인 사이 같은 둘의 모습에 자극적인 기사 제목들이 경쟁하듯 따라붙었고 네티즌들 역시 신난 듯 댓글을 달며 기사를 퍼 나르기 시작했다.

폭발적인 반응에 화답하듯, 실시간 인기 검색어 1위는 황태자비의 남자였다. 하지만 강욱은 예상했다는 듯 무표정한 얼굴로 기사와 댓글들을 읽어 내려갔다.

─혹시 지금 기사 읽고 계세요, 검사님?

"네, 재미있네요."

─어휴, 그걸 왜 읽고 계세요. 읽지 마세요!

박 계장의 만류에도 강욱은 마우스를 멈추지 않았다.

여론은 이수를 향한 비난으로 가득했다. 황태자 살해 혐의에서 벗어났다고는 하나 아직 진범이 잡히지 않은 마당에 황태자비 후보와 담당 검사와의 밀회를 그들이 좋은 시선으로 볼 리 없었다.

셀 수 없을 정도로 많은 악플들이 달렸으며, 개중에는 두 사람을 향한 인신공격도 많았다.

모자이크를 한 상태였지만 강욱의 피지컬은 남달랐기에 차이수의 XX 파트너니, 돈으로 검사를 매수했다는 둥 차마 입에 담지 못할 말들이 기사에 달렸다.

황태자 살인 사건 용의자로 지목되던 그녀의 무고도 검사가 수를 쓴 것이 아닌가 하는 갖은 추측들이 쏟아져 나오고 있었다.

그는 차근차근 댓글들을 읽어 내려갔다.

—어쩌실 생각이에요? 담당 검사라는 말이 이미 돌았으니……. 사진 속 검사가 윤 검사님이라는 게 알려지는 건 시간문제예요.

"최초 기사 낸 신문사 알 수 있죠?"

—그거야, 뭐. 지금이라도 당장 찾아서 기사 내리라고 할 수 있죠. 그건 이미 부장님께서 하셨다고요. 근데 반응이 너무 핫 하니까 내리고 내려도 진화가 되지 않는다는 거죠.

박 계장이 우는 소리를 냈다. 그 말에 강욱은 깊이 한숨을 내쉬며 노트북을 덮었다.

"이미 엎질러진 물인데 걱정한다고 해서 해결될 건 없죠."

—지금 그런 태평한 소릴 하실 때가 아니라고요.

"우선 내일 출근해서 이야기하죠."

—네? 지금 수습 안 하시고요?

박 계장이 믿을 수 없다는 듯 빽, 소리를 질렀다. 시간이 흐를수록 일은 점점 커질 거라는 걸 누구보다 잘 알고 있을 텐데 돌아오는 강욱의 반응은 덤덤해 놀란 모양이었다.

강욱은 피곤한 듯 눈을 감으며 이마를 문질렀다.

"감사해요, 박 계장님. 내일 출근해서 바보 될 뻔했는데, 덕분에 바보 신세는 면했네요."

─근데…… 정말 차이수 씨랑 진지하게 교제 중이세요?

그의 물음에 강욱이 힘없이 웃었다. 곧 자리에서 일어나며 이수가 누워 있는 방으로 향했다.

"네. 진지하게 그러고 있는 중입니다."

이수는 아무것도 모른 채 새근새근 잠들어 있었다.

그의 대답에 박 계장은 한숨을 푹, 내쉬었다.

─우리 윤 검사님께서 드디어 여자 친구가 생기셨다니, 참 기쁜 일인데……. 왜 하필 그분이여야만 했느냐고 묻고 싶네요. 죄송해요, 기쁘게 축하 못 해 줘서.

그 말에 강욱이 느리게 미소를 짓는다.

"왜 하필 이수였냐고……."

그의 눈동자가 두 눈을 지그시 감고 있는 이수의 얼굴 위에 머무른다.

"이 여자일 수밖에 없었거든요."

얼마 동안 잠이 든 걸까.

이수는 순간적으로 놀라 눈을 떴다. 아직 주위가 캄캄하다. 그녀를 감싸는 칠흑 같은 어둠에 가슴이 턱, 막히는 것 같다.

"강욱 씨……."

이수가 침대에서 몸을 일으키며 스탠드의 불을 켰다. 강욱은 보이지 않고 그의 침실이 눈에 들어왔다. 화이트 톤의 벽에 붙어 있는 벽시계에 그녀의 시선이 머물렀다.

자정이 조금 넘은 시간, 무서우리만큼 주변이 고요했다. 이수는 느리게 이불 속에서 빠져나와 방문을 열었다.

"강욱 씨?"

그의 이름을 불렀지만, 돌아오는 대답이 없다.

적막만이 이수를 감쌌고 그녀는 부르르 몸을 떨고 말았다. 그녀가 낯선 그의 집을 훑어보았다. 거실에도 주방에도 화장실에도 그는 없었다.

어디로 사라진 걸까, 이수는 그를 분주히 찾아 헤맸다.

그때, 거실에 놓아두었던 그녀의 가방 속에서 벨 소리가 울리기 시작했다. 강욱일까 싶어 그녀가 서둘러 휴대폰을 꺼냈다.

차 회장이었다. 아마 퇴궐 후, 연락을 하지 못했으니 그가 안달이 나 있었을 터였다.

이수가 얼굴을 굳히며 전화를 받았다. 그녀의 음성이 무겁게 가라앉았다.

"네, 아버지."

그런데 돌아오는 차 회장의 음성에 분기가 잔뜩 서려 있다.

—너, 대체 뭐 하는 짓이야!

갑작스러운 그의 호통이 이수를 멍하게 만들었다. 곧장 전화를 해 주지 않아 그런 걸까, 아니면 황태자비가 되지 않겠다고 선언한 것 때문에 그러는 것일까.

이수는 입을 꾹 다문 채, 전화기에 귀를 기울였다.

—황태자비의 남자? 기어이 네가 이 사달을 만들어?

이건 무슨 소리지…….

텅 빈 이수의 눈동자가 순간, 위태롭게 흔들리고 만다.

'황태자비의 남자'

가슴을 철렁이게 하는 두 단어에 이수는 그대로 얼어붙고 말았다.

그녀의 머릿속이 뒤죽박죽 어지럽혀지기 시작했다. 뭐가 잘못된 걸까, 자신이 무엇을 잘못했을까.

이수는 차 회장의 호통에 숨만 죽였다.

—너 지금 어디야! 집에도 없던데……. 설마 그 검사랑 같이 있는 게냐?

"아버지…… 좀 알아듣게, 차근차근……."

—너 그놈이랑 만나? 네가 정말 이 애비의 뜻을 거스르고 황태자비 자리를 포기했어?

"황태자비가 되지 않겠다고는 이미 수차례 아버지께 말씀드렸습니다."

이수는 여전히 소리를 지르고 있는 차 회장에게 단호하게 말했다. 다시 황후에게 나머지 뺨을 맞는다고 해도, 아니 차 회장에게 맞았던 뺨을 다시 맞는다고 해도 자신의 뜻을 꺾고 싶지 않았다.

그녀는 열이 가시지 않은 몸에 힘을 주었다.

—난리가 났다. 세상이 너 때문에 발칵, 뒤집혔다고!

"설마…… 검사님과 함께 찍힌 사진이 유출됐나요?"

—차라리 그게 나았다. 오늘 낮에 너 쓰러졌었다며? 그때 검사랑 같이 있었던 사진이 찍혔다. 그 사진이 인터넷에 돌아다니기 시작하더니, 기어이 지난번 사진까지 끌어와 너희 둘의 만남이 우연이 아님을 확인시켜 주는구나.

차 회장의 말에 이수가 그대로 털썩, 주저앉고 말았다.

오늘…… 그 사진이 찍혔나 보구나.

허탈함이 밀려왔다. 하지만 아프지는 않았다. 터질 게 터졌구나 싶어, 그저 멍할 뿐이었다.

마음속에 항상 준비를 하고 있었지만 속은 상했다. 이제 겨우 그와 행복하려 하는데, 이제 강욱과 사랑이라는 걸 해 보나 했는데……. 시작도 해 보기 전에, 아픔부터 밀려오니 그녀는 눈앞이 캄캄해졌다.

―윤 검사랑 정리해라. 지금 당장.

"……."

―왜 대답 않는 거지?

"검사님의 신상은…… 아직인가요."

―이 와중에도 지켜 주고 싶으냐? 그 검사를?

"저 때문에 다치게 할 순 없죠."

―그걸 아는 네가 섣불리 황태자비 자리를 내어 놓고 그놈을 만나? 누누이 말했을 텐데, 네가 평범하게 살길 바라는 순간 누군가는 죽어야 한다고.

잔인한 말이 이수의 폐부를 찔렀다. 숨이 잘 쉬어지지 않았다. 숨을 쉬려 가슴을 들썩일 때마다 아픔이 밀려왔다.

―지금은 행복하겠지. 네 뜻대로 되어 가는 것 같겠지. 그런데 네가 정말 마지막까지 행복할 수 있을까?

"아버지, 그만요. 그만 좀 하세요."

―너만 남을 거다.

"아버지……!"

―결국, 너 혼자만 남겨질 게야. 그놈이 끝까지 네 곁을 지켜 줄 것 같으냐. 아니, 절대! 그놈은 널 버릴 거다. 자기가 살기 위해.

순간, 이 커다란 집에 홀로 남겨졌다는 사실이 그녀를 괴롭게 감쌌다.

아니라고 생각하고 있지만, 그건 절대 아니라 믿고 있지만 자꾸만 자신을 따라다니는 걱정이 이수를 잠식시키고 있었다. 지금 이 현실도 충분히 그녀를 힘들게 했지만, 차 회장의 잔인한 말이 그녈 더 괴롭게 하고 있었다.

"아버지……. 그 사람은 아버지완 달라요."

―뭐?

이수가 힘겹게 고개를 들어 목구멍에 힘을 주었다.

"아버지는 엄마를 끝내 버리셨지만. 그 사람은…… 절 버리지 않을 거예요."

―황태자비가 싫으면 대군의 부인이라도 되어라. 이안이 황태자에 책봉된다면 곧 황후의 조카가 대군에 오를 것이다. 그러면 그의 부인이 되어 때를 노리자. 지금 당장 황태자비가 되기 싫으면 대군의 부인으로 있다가…….

"그만하시라고 했잖아요! 다신 전화하지 마세요!"

이수는 그대로 전화를 끊었다. 그러곤 양 무릎을 끌어안은 채 엉엉, 소리 내어 울고 말았다.

도저히 견딜 수가 없었다. 숨이 막혀 죽어 버릴 것만 같았다. 그녀를 감싸고 있는 이 어둠이 차라리 끝나지 않았으면 싶었다. 아침이 밝아오지 말길, 진심을 다해 바라고 있었다.

"싫어……. 다, 싫어."

계속해서 울리는 벨 소리가 꼭 그녀의 숨통을 옭아매고 있었다. 그녀는 가슴을 내리치며 휴대폰을 저 멀리 집어 던졌다. 쾅, 소리를 내며 휴대폰이 바닥에 떨어졌다.

끝없이 울리던 벨 소리가 그제야 뚝, 끊겼다. 다시 적막이 찾아왔다. 하지만 이수는 안정을 되찾지 못했다.

'황태자비의 남자'

그 무서운 말이 세상을 떠돌고 있을 터였다.

강욱의 신상이 아직 밝혀지진 않았다고는 하지만, 이수는 잘 알고 있었다. 이내 자신을 집어삼킨 뒤 강욱 마저 뒤흔들 것이라는 걸.

그것은 교통사고와도 같은 것이었다. 불현듯 찾아온 사고는 두 사람을 아프게 할 것이었고 누구를 탓할 수도 없을 것이었다.

고통에 젖은 이수는 무릎을 끌어안았다.

"나는 행복할 수 없어……? 그런 거야, 엄마?"

차라리 지금 이 순간, 강욱이 곁에 없는 것이 나을지도 몰랐다. 이런 비참한 모습을 보여 주긴 싫었다. 어차피 날이 밝으면 닥쳐 올 아픔이니, 조금만 더 그 고통을 유예시키고 싶었다.

그때였다. 현관문 쪽에서 도어록 열리는 소리가 들렸다. 이수는 서둘러 눈물을 닦았다.

"깼어, 이수야?"

그는 거실 한가운데 앉아 있는 이수를 발견하곤 환하게 웃었다. 그녀는 차마 강욱을 바라보지 못했다. 그를 마주하고도 울지 않을 수 있을까. 그녀는 이를 악물어 보았지만 자신이 없었다.

"왜 여기에 이러고 있……."

강욱은 저 멀리 던져진 이수의 휴대폰을 발견하곤 서둘러 그녀의 어깨를 짚었다. 코끝이 빨개진 그녀가 강욱을 돌아보았다.

"잠깐 어지러워서요. 어디 갔다 왔어!"

강욱은 그대로 이수를 끌어안았다. 놀란 이수가 그를 살짝 밀어냈지만 강욱은 그녀의 얼굴을 자신의 가슴팍에 단단히 안았다. 그리고 그녀가 묻지도 않았는데 대답을 해 버렸다.

"난 괜찮아."

"……강욱 씨."

강욱은 그녀의 머리를 따뜻하게 감쌌다.

"그러니까 울지 마, 차이수. 네가 울면 내가 미쳐 버릴 것 같으니까."

✝ ⚜ ✝

"황후마마, 차이수 아가씨의 스캔들이 일파만파 퍼져 나가고 있습니다."

늦은 밤, 잠에 들지 못한 황후는 최 팀장의 말에 눈을 번뜩였다.

"곧 그 검사가 우리 태자의 사건을 담당했던 검사라는 것도 퍼지겠지?"

"네, 지시하신 것처럼 잠자리 파트너라는 타이틀도 언론에 전달했습니다."

"고고한 A&J가 무너지는 건 한순간이겠군."

황후는 흡족한 듯 웃으며 침대에 몸을 뉘었다. 그녀의 붉은 입술이 어둠 속에서도 선명히 빛났다.

"한데 마마……. 드릴 말씀이 있습니다."

조심스레 입을 여는 최 팀장의 목소리가 옅게 떨리고 있었다. 순간, 반듯하게 누웠던 황후가 황급히 몸을 일으키며 최 팀장을 싸늘하게 바라봤다.

"무엇인데 그리 뜸을 들이는 것이냐!"

"그것이……. 혹시 한유미 아가씨를 기억하시옵니까."

한유미라는 이름이 황후의 귀에 턱, 걸렸다.

절대 잊을 수 없는 이름이다. 지난날, 차이수 만큼이나 그녀를 괴롭혔던 태자의 연인.

황후의 이마가 종잇장처럼 힘없이 구겨졌다.

"그 아이가 왜!"

"마마를 뵙기를 청하옵니다."

"뭐?"

"사실 며칠 전부터, 청을 넣어왔지만 밑에서 여러 번 거절했다고 합니다. 그런데도 포기하지 않고 계속해서 요청을 한다기에……."

"용건이 무엇인데."

"그것이……."

최 팀장의 음성이 점점 더 떨렸다. 그 얼굴은 두려움에 파리하게 질려 가고 있었다. 그녀가 머뭇거릴수록 황후의 얼굴이 일그러져 갔다. 황후가 버럭 소릴 지르며 자리에서 일어났다.

"왜 머뭇거리는 것이야!"

"선대 황제 폐하의 죽음과 관련된 이야기라……!"

최 팀장은 그대로 무릎을 꿇었다.

동시에 황후의 구겨졌던 얼굴이 팽팽하게 펴졌다. 마치 못 볼 것이라도 본 듯, 그녀의 얼굴이 충격과 경악으로 굳었다.

"이율…… 황제의 죽음?"

차라리 잘못 들은 것이길, 그녀가 떨리는 음성을 가다듬으며 최 팀장에게 되물었다. 하지만 최 팀장은 무릎을 꿇은 채 고갤 들지 못했다.

"그걸 어찌……. 그년이 왜!"

"자세한 건 소인도 잘 모르옵니다. 하지만 무언가를 알고 있는 눈치인 듯싶습니다. 차라리 불러 소상히 묻는 것이 나을 듯싶사옵니다."

"뭐? 그럴 수가……? 그럴 리가 없질 않으냐? 수 해도 더 지난 이야기다, 근데 그걸 어찌!"

"혹…… 승하하신 황태자 전하께 무언가를 들은 것이 아닐까요? 태자 전하께서 각별히 아끼셨으니까요."

최 팀장의 말에 황후는 주먹을 꽉 쥐며 침대 위에 놓인 베개를 우악스럽게 집어 던졌다.

"그년을 당장 이리 끌고 와! 아아아악!"

✠　　✠　　✠

날이 밝기 전에 이수를 집에 돌려보내는 것이 나을 듯싶어, 강욱은 그녀를 태워 이수의 오피스텔로 향했다. 가는 길 내내, 강욱은 이수가 다른 마음먹지 않도록 그녀의 손을 꽉 잡았다.

"차이수."

멍한 얼굴로 창밖만 바라보는 이수를 불렀다. 그녀가 느리게 고갤 돌려 강욱을 바라보았다.

"변한 건 없어. 그렇지."

그의 눈빛이 불안하게 흔들렸다. 이수는 아무런 대답도 하지 못하고 그를 바라보기만 했다.

"황태자비의 남자, 맞아. 나 그거야. 내 말이 틀렸어?"

"……강욱 씨."

"틀린 게 있다면 네가 황태자비가 아니라는 거, 그것뿐이고."

"미안해요. 이제 겨우 시작인데 아프게 해서."

"난 아프지 않다고, 정말 괜찮다고."

"아뇨, 괜찮지 않을 거야. 내일이면…… 아플 거야, 당신도."

이수가 담담하게 말했지만 눈동자엔 자꾸만 물기가 어렸다. 강욱은 손을 뻗어 그녀의 눈가를 닦아 냈다.

"울지 마. 안 괜찮아도 아프더라도, 내 몫이야. 내가 선택한 건데 네가 왜 짐작해."

"아니까. 내가 다 해 본 거니까, 그렇죠. 아파, 그거 무지하게 아파요."

괜찮다고만 하는 그를 이수가 걱정스럽게 바라보았다.

'우린 분명 같은 길을 가고 있는데, 꼭 다른 세상에 사는 사람 같아.'

이수는 그의 눈을 마주하며 끊임없이 생각했다.

'이 길의 끝에선 우리, 꼭 만날 수 있는 거겠죠.'

혼자 그런 생각을 하다, 울컥 눈물이 차오르고 말았다. 이수는 황급히 그에게서 시선을 거뒀다. 그러자 강욱이 조심스럽게 그녀의 손을 끌어당겼다. 강욱은 무슨 일이 있어도 잡은 손을 놓지 않겠다는 듯, 손을 깍지를 꼈다.

"난 너랑 달라."

"강욱 씨."

"안 아플 자신 있으니까 내 걱정은 하지 마."

"어떻게 걱정을 안 해요."

"울지 마. 난 네가 우는 게 더 안 괜찮아."

그가 자신의 손등으로 이수의 눈물을 닦았다.

이수도 잡은 손을 놓고 싶지 않다고 생각했다. 하지만 날이 밝아 오면 이수는 지금의 이 마음이 지독한 욕심이라는 걸 온몸으로 절감해야 할 것이었다.

그의 차가 갓길에 멈춰 서자, 이수는 그를 와락 끌어안았다. 갑작스러운 그녀의 포옹에 놀랄 만도 한데 그는 말없이 그녀의 머리를 쓰다듬어 준다. 이수가 품에 안기길 예상했다는 듯 보듬는 강욱의 손이 따뜻하기만 하다.

"이수야."

"좋아서 우는 거야. 이런 멋있는 사람이 내 남자 친구라서. 정말 좋아서 우는 거예요."

강욱은 더 깊이 그녀를 자신의 품을 끌어당겨 끝없이 쓰다듬었다.

이수는 강아지처럼 더욱 파고든다. 오랜만에 느껴보는 포근함에 그녀는 모든 것을 놓아 버리고만 싶었다.

"아파서 우는 거잖아."

그가 나지막이 이수의 귓가에 속삭였다.

그 순간에도 이수는 울고 있었고 강욱은 그녀의 머리카락과 등허리를 쓰다듬어 주었다. 다정한 손길에 이수가 눈을 감아 버린다.

"이대로 시간이 멈췄으면 좋겠어요."

나긋하지만 슬픔이 가득한 말에 강욱도 눈을 감으며 그녀의 머리맡에 자신의 뺨을 기댄다.

"아니, 난 싫어."

시간이 멈췄으면 좋겠다는 말을 강욱이 부정한다.

"난 너랑 멈추지 않고 계속 걸어갈 거야."

"무섭지 않아요?"

"친구 관두고 네 남자가 되기로 한 내 결정엔 이 길을 끝까지 가 보겠단 말도 포함된 거였어."

"후회하지 않아요?"

이수가 그의 품에 안긴 채, 강욱에게 물었다. 대답 대신 그녀를 자신의 품에서 놓으며 이수의 어깨를 짚었다. 강욱의 깊은 시선이 그녀를 뜨겁게 움켜쥐었다. 거부할 수 없는 그의 눈빛이다. 이수는 눈물이 맺힌 눈으로 자신을 따뜻한 시선으로 안아 주는 강욱을 바라보았다.

"차이수. 넌, 후회해?"

그렇게 묻는 강욱은 후회하지 않는다는 얼굴이었다. 이수의 가슴은 그의 물음에 무겁게 가라앉았다. 후회하진 않아, 절대 후회하진 않아요. 하지만 그녀는 자신의 결정으로 인해 강욱이 상처 받을 거라는 사실을 알기에 곧 후회하게 될 것만 같았다.

그녀는 느리게 고갤 저었다.

"아니, 후회 안 해요."

"차이수, 네가 그만두고 싶다고 해도 이젠 못 그만둬."

"강욱 씨."

"이젠 내가 하고 싶어, 황태자비의 남자."

어쩐지 이수는 그의 단호한 음성이 좋았다. 불안함과 혼란스러움으로 가슴이 고동쳤지만, 강욱의 단단한 목소리 하나에 잠잠해지고 말았다.

자신이 이 관계를 포기하고 싶어지더라도 강욱이 놓지 못하게 단단히 옭아매 줄 것만 같아서.

이수는 고맙다고 말해 주는 대신 그의 품에 다시금 안겼다. 지금 자신이 느끼는 이 벅찬 감정을 그도 느낄 수 있었으면.

✠   ✤   ✞

아침이 되자, 안은 곧장 해연의 방으로 향했다.

"어머니, 일어나셨어요?"

어제 들었던 그 말이 자꾸만 안의 머릿속을 헤집어 밤새 잠을 이룰 수가 없었다. 모든 걸 털어놓은 해연 역시 그럴 것 같아, 안은 날이 밝자마자 해연의 방을 찾았다.

"어머니."

하지만 방 안에서 들려오는 소리는 없었다. 그저 잠잠했다. 안은 걱정스러운 얼굴로 해연의 방문을 두드렸다.

"황태자는 내가 죽인 거야."

파르르 떨리던 그녀의 음성이 연기처럼 피어오르자 안은 입술을 질끈 깨물었다.

"그게 무슨 말이에요, 어머니……!"
"그날…… 태후마마의 부름에 입궐을 하였을 때 너에게 먼저 퇴궐하라, 했었지."
"그랬죠."
"사실 난…… 태자를 만나러 갔었단다. 그리고 한유미 씨는 태자가 네 아버지의 죽음을 안타까워했다고 했지만 그건 거짓말이야."

어제 그녀가 들려주었던 이야기들이 머릿속을 떠나지 않았다.

"태자를 오랜만에 마주했어. 처음엔 그에게 국혼을 축하한다, 말해 주기 위해 찾은 거였어. 그런데 내 기억 속 어리기만 했던 태자는 이젠 없더구나."

안의 얼굴이 구겨졌다. 그는 다시 황급히 해연의 방문을 두드렸지만 묵묵부답이다.

"태자가 먼저 내게 선대 황제 폐하의 이야기를 꺼냈어. 여전히 이율 황제의 죽음이 억울하느냐고. 하지만 억울해도 참으라 하더라구나, 그것이 권력을 잃은 패배자의 몫이라고. 자신이 무사히 황제 자리에 앉으면 이율 황제의 죽음에 대해 조사해 보겠다고……. 그러니 지금처럼 쭉, 조용히 너와 함께 죽은 듯이 없는 사람처럼 살아가라고."

해연의 방문을 급하게 두드리던 안의 손이 멈추더니 툭, 아래로 떨어지고 말았다. 문이 부서져라 아무리 두드려도 적막만 돌아올 뿐이었다.

"그래, 그건 견딜 만했어. 이 나라 황제의 아들이었으니……. 궐에서 뭣도 아닌 내게 부릴 수 있는 위엄이겠거니 했어. 그런데 어차피 선위도 포기하고 출궁해 사니 네 대군의 벼슬을 내어 놓으라 하더군. 깨끗하게 외부인으로 살아 달라, 그 정도 성의는 보여 줘야 우리의 억울함을 풀어 줄 마음이 생기지 않겠느냐고."

안은 이를 악물며 어제의 이야기를 되새겼다. 가슴이 울렁거리다 못해 터질 듯 뛰기 시작했다. 꼭 해연이 황태자를 마주하며 느꼈을 분노가 생생하게 전달되어 미칠 것 같았다.

"대군이 존재하고 추종하는 인물도 심심찮게 남아 있으니, 제 안위는 물론이고 태어날 자신의 장자 또한 무사히 황태자로 책봉되는 것이 어려울 수도 있지 않겠느냐……. 어쩌면 너를 죽여야 할 수도 있다고, 번거로운 일을 만들지 말라 하더구나. 내게도 모든 권위를 내려놓으라 했지. 그래서 난 나를 조롱하고 너를 희롱하는 황태자에게 죽으라고 했다."

그대로 안은 주저앉았다. 가슴이 터질 듯 차오르는 분노에 그는 온몸을 부르르 떨며 눈을 감으며 그대로 괴성을 질렀다.

"스스로 목숨을 끊지 않으면 염려대로 나를 추종하는 세력들과 함께 숨통을 끊어 놓으러 올 것이고 선대 황제 폐하의 죽음과 관련된 모든 인물을 처참하게 죽여 버릴 거라며 말했지. 국혼을 치르기 전 자결하라 겁박하였어."

"어머니……. 그건 어머니 탓이 아니에요! 어머니의 분노에 스스로 목숨을 끊을 나약한 황태자가 아니라고요! 그깟 겁박에 눈 하나 깜빡하지 않을 인물임을 아시잖아요!"

"네가 죽으면 난 모든 것을 깨끗하게 잊은 채 살겠다고. 지금처럼 황실을 건드리지 않고 네 어미와 네 아비를 잘, 살려 두겠다고. 그런데……. 황태자는 그날 밤 죽었다."

안은 괴로움이 발버둥 쳤다. 괴성을 지르며 자신의 머리카락을 쥐어뜯었다. 그러자 1층에서 가사 도우미와 해연이 뛰어올라 와, 괴로움에 몸부림치는 안을 붙잡았다.

"안아! 이안!"

"대군마마!"

"아악!"

해연은 그대로 안을 감싸 안으며 이를 악물었다.

"어머니……! 죽여 버릴 것입니다! 황후를! 그리고 우리를 이리 비참하게 만든 모든 이들을!"

안의 발악을 해연은 모두 이해할 수 있었다. 해연은 안을 끌어안으며 눈물을 삼켰다.

"죽었잖니……. 그래서 우리에겐 그것이 기회가 되지 않았니."

"꼭 황태자가 될 것입니다. 황후를 반드시 폐서인으로 만들어 출궁시키고 아버지의 죽음을 파헤칠 거예요."

해연의 옷깃을 붙든 안은 뜨거운 눈물을 삼키며 고개를 치켜들었다.

창문으로 아침 햇살이 흐드러지게 쏟아졌다. 모두에게 잔인한 아침이 밝았다.

✛   ✤   ✛

〈오피스텔에 가드 배치했으니 당장 회사로 나오거라. 네 오피스텔 앞, 회사 앞, 기자들 깔렸으니 처신 똑바로 하고. 그리고 내일 오후 2시에 기자회견 잡혀 있으니, 그리 알고 준비하도록 해. 이게 너에게 주는 마지막 기회다.〉

차 회장의 메시지를 내려다보며 이수는 커다란 다이아 귀걸이를 꺼내 걸었다. 그리고 어깨선을 넘은 머리칼을 반으로 질끈 묶어 드라이를 넣었다. 평소보다 더 말끔하고 기품 있는 모습을 보일 수 있게, 그녀는 신중하게 옷도 골랐다.

하얀색 셔츠에 무릎까지 오는 정장 스커트를 입고 단정한 재킷을 걸쳤다.

'황태자비'가 되지 않기로 했지만 아직 이수는 국민 앞에서는 '황태자비' 후보였다.

"내일까지만, 딱 내일까지만 품격을 지키면 되는 거야."

그녀는 마지막까지 품위를 잃지 않기 위해 애썼다. 그리고 강욱과의 스캔들을 해명하기 위해 마련된 기자 회견장에 역시, 황태자비 후보 차이수로서 참석하는 것이었다.

죽기보다 싫었지만 그것이 자신이 마침표를 찍어야 하는 일이라고 생각했다. 그녀는 표정을 굳히곤 전신 거울 앞에 서서 옷깃을 매만졌다.

매무새를 정리하던 중 휴대폰이 울리자 이수는 담담하게 전화를 받았다.

"차이수입니다."

—아침부터 정신없을 텐데……. 미안해요.

귀에 익지만 낯선 목소리에 이수가 슬쩍 입술을 깨물었다.

"누구시죠."

그녀가 한껏 긴장한 상태로 입을 열었다. 돌아오는 대답 속에 담긴 이름이 그녀를 한껏 얼게 했다.

—해연입니다. 잠깐 만날 수 있을까요.

12
황태자비가 될 거예요

이수의 붉은 입술이 조금 떨리고 있었다. 휴대폰을 쥔 그녀의 손에 식은땀이 일었다. 이렇게 직접 전화를 건 이유가 환희 대군과의 국혼 때문일까. 순간 이수의 가슴이 서늘해지고 말았다.

"해연궁마마……."

─차 회장님은 모르게 만났으면 해요.

해연의 말에 담긴 뜻을 조금은 알 것도 같아 이수는 떨리는 숨을 삼켰다.

"네, 알겠습니다."

─고마워요. 시간과 장소는 제가 따로 연락드릴게요.

"네, 마마."

평소와는 다르게 건조하게 끊긴 전화.

이수는 소나기를 맞은 듯, 얼떨떨한 얼굴로 온몸을 떨었다. 그녀와의 만남이 자신에게 득이 될까, 실이 될까. 찰나였지만 고민했다.

그녀는 깊게 한숨을 내쉬며 휴대폰을 가방에 집어넣었다. 그리고 다시금 전신 거울 앞에 서서 구겨진 셔츠 끝자락을 움켜쥐었다.

"겁낼 거 없어, 차이수. 늘 그랬던 것처럼 아무것도 안 들리는 척, 안 보이는 척⋯⋯. 그렇게 살아가면 돼."

주문을 걸듯 거울 속 자신에게 말하며 이수가 입매를 끌어 올렸다. 그렇게 해서라도 무거운 마음을 조금은 가볍게 내려놓고 싶었다. 그녀가 굳게 닫힌 문을 힘껏 열었다.

쏟아지듯 햇살이 밀려 들어왔다. 이수는 슬쩍 눈살을 찌푸리며 하늘을 올려다보았다. 구름 한 점 없는 파란 하늘, 쏟아지는 눈부신 햇살. 그녀는 넋을 놓고 하늘을 감상하다 휴대폰을 꺼내 들어 사진을 찍었다.

"완벽하다⋯⋯."

중얼거리며 그녀가 잘 찍힌 하늘 사진을 강욱에게 전송했다.

〈좋은 아침이에요, 강욱 씨.〉

그렇게 메시지까지 덧붙이고 나니 그녀의 마음이 한결 가벼워졌다. 완벽한 아침이다.

"차이수 씨, 정말 스캔들 속 검사와 열애 중입니까?"

"이번 황태자 살해 사건의 담당 검사란 말이 있는데, 사실입니까?"

이수가 지하 주차장으로 내려오자마자 어떻게 들어왔는지 벌써 기자들이 진을 치고 있었다. 쏟아지는 플래시와 질문 세례에 이수는 재킷에 얼굴을 조금 묻었다.

멀리서 대기하고 있던 경호원들이 그녀를 보호하며 차까지 안내했다. 차로 향하는 내내 기자들의 짓궂은 질문들은 그칠 줄 몰랐다.

"그럼 검찰 측과 A&J 그룹의 유착 관계라는 소문도 사실입니까?"

"이강 황태자와의 국혼이 정해지기 전부터 해당 검사와 교제 중이었다는 것도 사실입니까?"

갖은 억측과 설명할 필요도 없는 질문들이 쏟아졌다. 경호원들에 둘러싸여 차로 향하던 이수가 문득, 걸음을 멈추었다.

그 모습에 기자들이 카메라 셔터를 미친 듯이 누르기 시작했고 이수는 슬쩍 묻었던 고개를 들어 기자들을 바라봤다.

플래시 세례를 받는 그녀의 하얀 얼굴이 더욱 청초하게 빛났다. 단정하게 차려입은 투피스와 그 위로 흐트러짐 없이 내려앉은 머리카락. 그리고 과하지 않게 복장과 조화를 이루는 주얼리. 무엇보다도 차이수라는 사람 자체에서 풍기는 기품은 그 어떤 것으로도 대체할 수 없었다.

"죄송합니다만."

이수의 반듯한 입술이 작게 벌어지자 와자지껄 소리를 내지르던 기자들이 모두 입을 다물고 만다.

"이곳은 다른 주민들이 사는 생활 터전이기도 합니다. 저 하나 취재하시겠다고 개인적인 공간까지 침범하셔서 다른 주민에게 폐를 끼치는 건, 옳은 행동이 아니라 생각합니다."

조곤조곤 이어지는 그녀의 말에 기자들이 수근거리다가 하나둘 카메라를 내려놓았다.

"부디 조금만 양해 부탁드릴게요. 궁금하신 것, 그리고 제게 묻고 싶은 것들이 아주 많을 것이라 생각합니다. 모두 답해 드릴 수 있으니 지금은 조금만 자제 부탁드릴게요. 내일 기자 회견장에서 뵙도록 하겠습니다. 감사합니다."

그들을 향해 정중하게 고개를 숙여 보인 이수에게선 후광이 보이는 듯했다. 그녀의 정중하고도 반듯한 인사에 그들은 할 말을 잃은 듯, 멀어져 가는 이수의 뒷모습만 바라봤다.

대기하고 있던 차에 오르고 나서야 이수는 참았던 숨을 토해 내며 한껏 긴장했던 어깨를 내릴 수 있었다.

"차 이사님⋯⋯."

그녀의 비서가 걱정스럽게 이수를 돌아보았다.

"직접 차를 몰고 오셨네요. 기사님은 어쩌시고요."

"회장님께⋯⋯ 불려 가서. 최근 이사님 행적을 물으신다더라고요. 저도 새벽에 불려갔다가 왔습니다."

"그랬구나. 악덕 사장이다. 왜 새벽부터 사람을 불러내고 난리래요."

"이사님."

"노동청에 확 신고해 버려요. 업무 시간 외 수당 챙겨 줄 것도 아니면서."

애써 심각한 이 상황을 풀어 보고자 이수가 농담을 던졌다. 하지만 비서의 얼굴은 걱정으로 굳어져만 갔다.

"상황, 심각하죠."

이수가 고개를 묻은 채 물었다. 돌아오는 대답은 비서의 긴 한숨뿐이었다. 스스로 강해져야 한다고 마음을 다독거리던 중에 이수의 주머니에서 작게 진동이 일었다. 그녀는 피곤한 얼굴로 휴대폰을 꺼내 들었다.

〈오늘도 예쁘네, 차이수.〉

강욱에게서 온 메시지였다. 굳은 모습으로 기자들을 돌아보던 이수의 모습이 담긴 사진. 그

녀는 작게 입술을 말아 물며 기자들이 인산인해를 이룬 주차장 내부

를 훑었다.

"강욱 씨."

그가 이곳 어딘가에서 자신을 지켜보고 있을 것이었다. 그녀의 가슴이 먹먹해졌다. 이수가 서둘러 전화를 걸었고 동시에 차가 주차장을 빠르게 벗어났다.

"여보세요? 강욱 씨?"

묵묵히 운전하던 비서가 백미러로 그녀를 바라봤다. 소문으로 도는 이야기가 사실인지 궁금해하는 눈빛이었다.

—그러고 보니까, 오늘 내가 피곤해서 하늘을 못 봤더라고. 네가 준 사진 보고 나서야 오늘 날씨 끝내주는구나 싶었어. 고맙다, 차이수.

아무 일도 일어나지 않았다는 듯 그가 일상적인 이야기로 말문을 열었다.

이수가 잠시 멈칫하며 창밖을 바라봤다. 모두 무감한 얼굴로 출근하기 바빠 보였고 등교하는 학생들의 피곤한 얼굴도 보였다. 평범하게 그리고 평화롭게 일상을 시작하는 사람들을 바라보며 이수가 느리게 입을 열었다.

"오늘 날씨 참 좋죠."

—그러게. 땡땡이치기 딱, 좋은 날씨네.

"확 그래 버릴까요? 이런 날, 모자 푹 눌러쓰고 팝콘 사 들고 조조 영화 보면 딱인데."

—주로 그렇게 데이트를 했나 봐. 모자 푹 눌러쓰고, 조조 영화 보면서? 팝콘은 오리지널로 먹었나, 아님 캐러멜을 주로 먹었나?

"갑자기? 대화 주제가 그렇게 유턴한다고?"

강욱의 너스레에 이수가 핏, 웃음을 터뜨리며 창문을 열었다.

살랑이는 바람이 늦가을답지 않게 포근하고 따스했다. 이수는 작게 미소 지으며 창밖으로 손을 내밀었다. 손바닥에 닿는 바람의 감촉이 부드럽기만 하다.

"조 비서님."

그러다 문득 이수가 운전하는 비서를 불렀다.

"네, 이사님."

"나 땡땡이치면 회사 잘리겠죠."

"네, 네……?"

갑작스러운 그녀의 물음에 비서는 적잖이 당황한 듯 헛기침을 내뱉었다. 그러자 이수가 피식 웃으며 고개를 저었다.

"하긴. 이 상황에 땡땡이라니. 고등학교 다닐 때도 야자 땡땡이 한번 안 쳐 본 내가…… 지금 이 상황에 땡땡이치면 해고당할 만하지. 아무리 회장 딸이라도."

그녀의 말에 잠자코 듣고 있던 강욱도 피식, 웃음을 터뜨린다.

─지금 같이 땡땡이치자고 꼬시는 거야, 차이수?

"그렇게 들렸어요? 그렇게 들렸다면 음, 정확하게 들은 거예요. 정말 그러고 싶다."

─땡땡이의 정당한 이유를 들면 뭐 이대로 나도 차 돌리고.

"정당한 이유라…… 피하고 싶은데 정당한 이유까지 필요해요?"

아무렇지 않게 그 말을 하는 이수의 음성엔 물기가 어려 있었다.

"벼랑 끝까지 몰렸는데, 이 상황을 벗어나고 싶은 사람한테 이유를 묻는 건…… 두 번 죽이는 거 아닌가?"

─피하지 말자, 이수야.

휴대폰 너머로 강욱의 따스한 음성이 흘러나왔다. 지그시 눈을 감고 있던 그녀가 눈을 떴다.

─부딪히자. 내가 너 아프게 하는 돌, 다 맞을 테니까. 같이 가.

거창한 말도 아닌데 왜 그녀의 눈물샘을 자극하는 걸까.

이수는 왈칵, 눈물을 쏟으며 입술을 악물었다.

—떨어져 있어도 우린 같은 길을 걷고 있는 거야. 너는 네 자리에서 나는 내 자리에서.

"우리, 이 길 끝에선…… 만날 수 있어요?"

—지금도 함께 있는데, 왜 끝에서 만나.

"없잖아, 옆에."

—…….

"지금 보고 싶어 죽겠는데……. 없잖아요, 검사님."

그녀는 눈물을 닦지도 못한 채, 고개만 푹 숙이고 말았다. 정말 그가 보고 싶었다. 아니, 밤새 같이 있고 싶었다. 이수는 울음을 삼키려 주먹을 꽉 쥐어 보았다.

—고개 들어, 차이수.

그때 들려오는 강욱의 느른한 음성.

이수가 이를 악물며 눈물을 삼키고 있는데, 그의 음성이 그녀의 턱 끝을 움켜쥐었다. 이수는 놀란 얼굴로 고갤 들어 옆을 바라봤다.

"강욱 씨……."

그러자 정말 거짓말같이 강욱의 차가 그녀의 차 곁을 달리고 있었다. 강욱이 운전석의 창문을 내린 채로 그녀를 응시하고 있다. 다시 시선을 돌렸지만 분명 강욱이었다.

—또 우네. 원래 그렇게 눈물이 많았습니까, 차이수 씨?

이수는 서둘러 눈물을 닦으며 환하게 웃어 보였다. 억지로 끌어 올리는 그녀의 입매가 자꾸만 흐르는 눈물 때문에 엉망이 되려 했지만, 그래도 이수는 끊임없이 미소를 짓기 위해 노력했다.

—난 항상 이렇게 너랑 같이 가고 있어. 그러니까 겁내지 마.

“후회 안 한다고 했어요. 분명 그렇게 말했어요, 강욱 씨가.”

—널 제대로 보듬어 보지도 못하고 놓친다면 그게 나한텐 후회야.

“다신 못 물러. 나, 이대로 회사 들어가면 인정할 거예요. 나 윤강욱 검사랑 교제하는 거 맞다고. 그러니까 나 그, 거지 같은 황태자비 이젠 할 수 없게 됐다고.”

—…….

“내가 싫어서도 안 할 거지만, 이젠 세상이 날 황태자비로 받아들일 수 없게 됐다고. 그러니까 포기하라고……. 그렇게 말할 거야.”

이수가 눈물을 뚝, 뚝 흘리며 그를 향해 말했다. 강욱은 아무런 말도 하지 않은 채 그저 정면만 바라본 채, 미소만 짓고 있었다.

“그러니까 기회는 지금 한 번뿐이에요. 나한테서 도망칠 기회.”

—…….

“책임지라고 할 거야, 나. 검사님한테 책임지라고 징징댈 거예요. 그러니까…….”

—내가 솔직히 다른 건 몰라도, 이거 하나는 자신 있게 약속할 수 있다.

묵묵히 운전만 하던 그가 갑자기 이수의 말허리를 자르며 말문을 열었다.

—네 몸에 달걀 안 묻게, 잘 막아 줄게.

“……강욱 씨.”

—원한다면 대신 맞아도 줄게. 이 말은 그러니까.

“……!”

“책임진다고 내가, 너. 그러니까 그런 소리 하지 마, 마음 아프니까.”

✢　　✢　　✢

423

―마치고 전화해, 이수야. 데리러 갈게. 바람 쐬러 가자.

마지막 말을 마치고 그와 통화를 마무리했다. 꿈만 같았던 출근길의 끝에 남은 거라곤 이수를 향한 날카로운 시선들뿐이었다.

회사 앞의 사정도 오피스텔 주차장과 마찬가지였다. 차는 기자들로 인산인해를 이룬 사옥을 지나 관계자 전용 주차장으로 향했다.

그녀는 두 눈을 지그시 감은 채, 손을 모았다. 손끝에 서린 냉기가 지독하게 차갑다. 이수는 느리게 숨을 내쉬며 마음을 가다듬었다.

"이사님. 도착했습니다."

눈을 뜨니, 경호원들이 이수를 기다리고 있었고 하는 수 없이 그녀는 차에서 내려야만 했다.

"곧장 회장실로 모셔오란 지시가 있었습니다, 아가씨."

그들은 이수를 아가씨로 부르고 있었다.

지금 최 회장은 A&J의 이사가 아닌, 딸로서 그녀를 부르고 있는 것이었다. 이수는 작게 조소하며 고개를 끄덕였다.

"그래요, 알겠습니다."

고개를 곧추세우고 관계자 전용 엘리베이터로 걸어갔다. 마침 엘리베이터를 잡아 둔 경호원을 보고 몸을 실었다.

"혼자 갈 테니, 배려해 주세요."

"아가씨를 직접 모셔 오라는 지사가 있었습니다."

"회사 안에서…… 기껏해야 몸을 숨길 수 있는 곳은 화장실뿐이겠죠? 안 도망치니 혼자 가게 해 주세요. 유난스러운 차이수 인생, 드러내기 싫으니까."

차가운 그녀의 말에 경호원들은 잠시 머뭇거리다 한 걸음 물러났고 이내 엘리베이터의 문이 굳게 닫혔다.

작은 공간 안에 홀로 남겨지자 이수는 그대로 엘리베이터 벽에 기댔다.

"아직 전쟁이 시작되지도 않았는데 뭐가 이렇게 벌써 지칠까."

그녀는 피곤한 얼굴로 이마를 짚었다. 엘리베이터는 야속하리만큼 빠른 속도로 회장실을 향해 가고 있었다. 그녀는 손목시계를 들여다보았다. 빨리 날이 저물었으면 싶었다. 하루의 끝에 강욱이 웃으며 자신을 기다리고 있을 것이었다.

하지만 현실은 엘리베이터 안이다. 이사들이 굳은 얼굴로 자신을 기다리고 있을 것이며, 이수는 또다시 변명 아닌 변명으로 그들에게 자기 뜻을 전해야 할 것이었다. 쳇바퀴처럼 자꾸 같은 자리만 뱅뱅 돌고 있는 것 같았다. 무겁게 가라앉는 마음을 다잡으며 벽에 기댔던 몸을 곧 추세웠다.

동시에 멈춰 선 엘리베이터. 이내 활짝 문이 열렸고 이수는 조금 굳은 얼굴로 고개를 들었다.

"회장님, 차 이사님 도착하셨습니다."

기다리고 있던 비서가 그녀의 도착을 알리자 굳게 닫혔던 회장실의 문이 활짝 열렸다. 이수는 그 안으로 느리게 걸어 들어갔다.

"왔느냐."

의외로 차분한 차 회장의 음성이 이수를 맞았다. 그녀는 천천히 고개를 들어 회장을 바라보았는데 곁에 의외의 얼굴이 그녀를 돌아보고 있었다.

"자주 보는구나."

이수는 놀란 기색을 숨기지 못한 채, 자신을 똑바로 응시하고 있는 얼굴을 마주했다.

"황후마마……!"

황후가 차 회장의 곁에 반듯하게 앉아 이수를 덤덤하게 바라보고 있었다. 어쩐지 이수를 바라보는 황후의 눈길이 평소보다 누그러져 있었다.

✛　　✚　　✛

두 시간 전, 황실 전용 호텔 카페 안.

새벽부터 몰래 궐을 빠져 나와 먼저 도착해 있던 황후는 황실 경호원들의 비호를 받으며 은밀히 들어서는 유미를 발견하곤 자리에서 일어났다. 당장이라도 달려가 유미의 머리채를 휘어잡고 싶은 충동을 꾹꾹, 억누르고 있었다.

"황후마마, 한유미 아가씨 모시고 왔습니다."

최 팀장의 말이 떨어지자마자 황후가 경호원들에 둘러싸인 유미의 어깨를 우악스럽게 잡아챘다. 황실 전용 호텔이라 직원 모두가 궁인이기에 이곳에서 흘러나온 이야기가 외부로 새어 나갈 염려는 없었다.

"황, 황후마마!"

"건방진 것. 그래 대체 네년이 내게 무얼 말하고 싶었는지, 멍석 깔아 줄 테니 어디 한 번 지껄여 봐!"

황후는 그녀를 몰아세웠지만 유미는 표정 하나 변하지 않은 채 똑바로 응시하고 있었다.

"제가 입궐하면 되는데……. 왜 황후마마께서 번거롭게 궐을 나오셨습니까."

그녀는 미소를 머금은 채, 황후를 바라보았다. 그러자 황후는 코웃음 치며 유미의 멱살을 움켜쥐었다.

하지만 유미는 조금도 주춤하는 기세가 없었다. 오히려 독사가 머리를 치켜들 듯, 더 눈빛을 날카롭게 만들었다.

"수작 부리지 말고 하고 싶은 말만 해."

"황후마마께서 저를 며느리로 반대하셨죠."

"선대 황제의 이야기를 하고 싶다, 내게 독대를 청한 것이 아니었느냐? 그럼 그 얘기만 해. 다른 조잡한 얘기는 듣고 싶지 않으니!"

황후가 유미를 향해 호통을 쳤다. 그 모습을 비웃은 유미는 자신의 옷깃을 우악스럽게 쥐고 있는 황후의 손을 떨쳐 냈다.

"주위를 좀 물려주세요."

"그럴 것 없다. 그냥 여기서 이야기해."

"괜찮으시겠습니까? 선대 황제 폐하의 죽음과 관련된 이야기를 할 건데."

"건방진 것. 지금 네가 내게 협박이라도 할 모양이구나."

"협박이라니요. 제가 알고 있는 것이 진실인지 거짓인지 황후마마께 여쭙기 위한 것일 뿐입니다."

마주한 두 사람의 시선이 날카롭게 번뜩였다. 황후는 주먹을 꽉 쥔 채, 평온한 얼굴의 유미를 내려다보았다.

"최 팀장, 주위를 물리게."

그제야 황후는 최 팀장을 돌아보며 싸늘하게 말했다. 볕이 잘 드는 창가에 자리를 잡고 앉아, 찻잔을 쥐었다. 황후는 입술을 질끈 악물며 유미를 바라보지도 않고 입을 열었다.

"그래. 네가 알고 있는 것이 뭔데 이리 소란을 피우는 것이냐."

카페 안을 가득 채우고 있던 경호원들과 궁인이 모두 물러나고 최 팀장과 황후만 남게 되자 유미가 입꼬리를 끌어 올리며 그녀에게 다가 갔다.

427

"A&J 그룹과 황후마마께서 선대 황제 폐하께 비리를 뒤집어씌우신 것이 사실인가요?"

유미는 거침없이 말문을 열었다.

그러자 최 팀장이 기함하며 유미를 돌아보았고 황후는 어이없다는 듯 실소를 터뜨리며 냉수를 들이켰다.

"태자 전하께서 그 사실이 녹음된 증거물을 가지고 계셨다, 들었습니다. 그때 제게 말씀해 주셨죠. 대군이었던 현 황제 폐하를 황제로 앉히기 위해 황후……. 아니, 당시 미현궁마마께서 A&J와 손을 잡으셨다고."

어쩐지 유미의 얼굴이 묘하게 밝아지고 있었다. 그와 반대로 황후의 얼굴은 점점 일그러지더니 홱, 찌푸려지고 말았다. 최 팀장도 무언가를 감추는 듯, 초조한 얼굴이었다.

"우습구나. 네 입에서 그 이야기를 들으니."

황후는 담담하게 입을 열며 자리에서 일어났다. 자신은 존재조차 몰랐던 녹음기가 있다니. 황후는 주먹을 꽉 쥐었다.

"그래. 그러면 네가 말하는 이야기 담긴 증거물은?"

또각또각, 유미에게 다가간 황후는 그녀의 어깨를 손바닥으로 탁, 탁 털었다.

"태자 전하께서 살해되던 날…… 사라졌다고 들었습니다."

"그럼 방금 네 말을 증명해 줄 것은 아무것도 없구나?"

"왜 없어요, 제가 이렇게 버젓이 살아 있는데?"

유미는 피식, 웃음을 터뜨리며 재미있다는 듯 어깨를 으쓱해 보였다.

"그깟 사라진 녹음기가 대수예요? 제 말 한마디면 대한제국 검찰청이 움직여 저 대신 그 사라진 녹음기를 찾아 줄 건데?"

애써 여유를 부리던 황후가 싸늘하게 얼굴을 굳혔다.

"어디 한 번 네가 하고 싶은 대로 해 봐. 그런데 나는 세상에서 네 존재를 처음부터 없었던 것처럼 지울 수 있어. 함부로 입을 여는 게 무엇을 의미하는지 잘 생각하고 움직였으면 좋겠구나. 어리석은 것."

자신 있게 소리쳤지만, 황후의 가슴은 무자비하게 부서지고 있었다. 당당하게 소리쳤지만 실은 두려웠다.

저 말이 사실이라면 황후의 운명은 유미의 손아귀에 든 것이었다. 아니 그걸 그녀의 손에 쥐여 준 것은 자기 아들, 태자인 것이었다. 녹음기에 대체 무슨 말이 담겨 있는지, 황후조차 짐작하지 못해 불안감만 커졌다.

황후는 당장이라도 뛰쳐나가 폐쇄된 태자궁에 들어가 사라졌다는 녹음기를 찾고 싶은 심정이었다.

"본 적은 없지만, 황태자 전하께서 제게 직접 해 주신 이야기니 아예 허황한 말은 아니지 않을까요? 뭐 이 말의 사실 여부도 검찰이……."

"너 지금 그게 무슨."

"제 입을 막고 싶으시면, 차이수."

"……?"

"그 여자, 대군의 부인으로 만들어 주세요."

대군의 부인이란 말에 황후의 짙은 눈썹이 일그러지고 말았다.

대군이라면 환희 대군을 말하는 것일까. 황후는 자신을 똑바로 직시하는 유미의 눈을 응시했다. 이수와는 사뭇 다른 날 선 기세였다. 이수에겐 쉽게 다가갈 수 없는 위엄이 느껴졌다면 유미에게선 건드렸다간 베일 것 같은 살기가 느껴졌다.

황후는 입술을 악물며 표정 한 점 변함없는 유미를 내려다보았다.

"그게 무슨 말이지?"

"저는 환희 대군과 국혼을 치를 것입니다."

"그럼 네가 말하는 대군은……."

"황후마마께서 황태자로 앉히시려는 황후마마의 조카."

"……!"

"그분과 차이수를 결혼시켜 주세요."

"네가 지금 하는 그 말이, 뭘 뜻하는지 알기나 하고 지껄이는 거니?"

황후는 기가 찬다는 듯 조소를 뱉어 냈다. 하지만 유미는 그보다 더 싸늘하게 웃음을 흘리며 어깨를 한 번 으쓱해 보였다.

"못 알아들으셔서 제게 되묻는 건가요, 어머님?"

"뭐?"

"저는 황태자비가 될 거예요."

황후 옆에 반듯하게 서 있던 최 팀장 역시 파르르 떨고 말았다.

유미는 반듯한 입매를 비틀며 눈을 반짝였다.

"차이수는 대군의 부인이 되는 것이겠죠. 그 말은. 환희 대군께서 황태자가 되시고 황후마마께서 황태자로 만드시려는 조카분은 대군으로 책봉이 되는 거겠죠. 물론 이건 황후마마께서 힘써 주셔야 할 일이고요."

"너, 너……!"

황후가 벼락같이 화를 내며 그녀를 옥죄었지만, 주춤하는 기세 없이 계속해서 말을 이어 갔다.

"차이수를 내 발아래에 두고 싶어요. 전 황태자 전하를 가장 사랑했지만, 전하의 아내가 될 수 없었죠. 하지만 차이수는 태자 전하를 사랑하지 않아도 그분의 아내가 될 수 있었어요. 내가 사랑하는 남자가 다른 여자와의 결혼 준비를 하는 모습을 옆에서 지켜봐야만 했던 내 심정."

"……."

"어땠을 것 같나요, 황후마마?"

유미의 검은 눈동자에 분노로 가득찬 눈물이 차올랐다. 황후의 눈빛이 유미의 숨통을 끊어 놓을 기세였지만 유미는 멈추지 않았다.

"황태자비, 그것을 위해 살아온 차이수에게."

"……!"

"내가 느꼈던 상실감과 분노를 고스란히 느끼게 해 줄 거예요."

"한유미!"

"그러니 황후마마께서도 도와주셔야겠습니다."

어쩐지 그 말을 쏟는 유미의 가슴이 뻥 뚫린 듯 시원해졌다. 황후의 눈동자에 두려움이 그득히 차올랐다.

"황후마마와 황제 폐하 모두 지금 앉아 있는 자리를 지키고 싶으시면 환희 대군을 황태자로 책봉해 주시고 저를 그분의 비로 만들어 주세요. 황후마마가 가진 모든 것을 잃지 않고 지키는 방법은 오직, 그것뿐입니다."

마음 같아선 유미의 뺨을 한 대 시원하게 내려치고 싶었지만, 황후는 그럴 수 없었다. 그저 자신의 옷자락만 쥐며 이를 악물었다.

"내가 너의 그 같잖은 협박에 넘어갈 성싶으니?"

마지막 자존심을 세우려는 듯 황후가 입꼬리를 비틀었다. 그러나 유미는 황후가 오기를 부릴수록 더 환한 얼굴을 치켜들며 그녀의 숨통을 옥죘다.

"네, 넘어갈 성싶은데요, 어머님."

"뭐, 뭐……?"

"제가 황태자비가 되면 황후마마를 제 시어머니로 잘, 모시겠습니다."

"최 팀장, 당장 이년 끌어내!"

"그땐 못 해 드렸던 며느리 노릇, 톡톡히 해 드리겠어요. 비록 친아들의 며느리가 되는 건 아니겠지만."

유미는 독과도 같은 말을 황후에게 던진 채, 고고하게 일어섰다.

✠　　　✠　　　✠

"어째서 황후마마께서."

이수는 떨떠름한 표정을 숨기지 못하고 그 자리에 멈춰 서고 말았다. 황후는 궐에서와 달리 온화한 얼굴로 이수를 맞이하고 있었다. 그 곁에 앉은 최 회장은 어딘가 불편한 듯 연신 얼굴을 구기며 이수를 외면했다.

"왜. 꼭 못 볼 사람이라도 본 듯한 얼굴이구나."

당황하는 이수를 향해 황후가 자애로운 미소 지어 보였다. 그 미소를 외면한 이수는 고개를 돌려 차 회장을 보았다.

"설명해 주시죠, 아버지."

"아니, 설명은 내가 할게."

"황후마마. 죄송하지만 황후마마께서 저희 그룹에 발을 디디신 건 잘못된 판단이었던 것 같습니다. 지금 사원들 출근 시간이니, 관계자 전용 엘리베이터를 이용하셔서 나가시는 것이 좋을 듯합니다."

이수가 무표정한 얼굴로 황후를 바라보며 차분하게 말했다. 그러자 황후는 피식 웃으며 이수 앞으로 천천히 다가가 그녀의 어깨를 쓰다듬었다.

"폐하께서 널 왜 아끼시는지 알 것 같구나."

"아버지께선 뭐 하셨어요. 황후마마께서 오신다고 했어도 아버지께서 말리셨어야죠. 지금 회사 앞에 기자들이 가득해요. 온 국민의 관심이 A&J 그룹에 쏠려있다고요."

그녀는 황후의 말을 무시하며 차 회장을 차갑게 바라보았다. 하지만 그렇게 쏘듯 내뱉는 그 목소리는 차분하기만 했다.

황후는 입술을 악물며 이수를 응시했다.

"황태자비 후보가 일하는 회사에 황후인 내가 드나드는 것이 이상한 일이니?"

뻔뻔한 그 말에 이수는 그만 하, 탄식을 내뱉고 말았다.

"황후마마. 지금 황태자비 후보라고 하셨습니까?"

차라리 잘못 들은 것이길.

이수는 느리게 고개를 저으며 차 회장을 바라봤다. 입궐했을 때, 자신의 뺨을 내리치던 황후의 모습은 온데간데없었다. 그녀는 자신의 앞에서 미소를 짓고 있는 소름 끼치는 모습에 치를 떨었다.

그녀는 자신의 어깨를 짚고 있는 황후의 손을 정중히 내렸다. 그리고 한 걸음 물러나며 황후를 향해 고개를 슬쩍 조아려 보였다.

"돌아가 주십시오, 황후마마. 이곳은 황후마마께서 오실 곳이 아닙니다."

가만히 자리에 앉아 있던 차 회장이 자리에서 일어나 이수를 향해 다가왔다.

"환희 대군과의 국혼은 없던 일로 해 주마."

"······아버지."

"대신, 황후마마의 조카님과 국혼을 해. 방금 황후마마와 이야기를 끝냈다. 네가 입궐했을 때, 폐하께서도 네게 그리 뜻을 전하였다면서? 어찌 내겐 그런 말을 전하지 않았어."

가만히 고개를 숙인 채, 차 회장의 말을 듣고 있던 이수가 얼굴을 찬찬히 들었다.

"너도 알고 있겠지. 이강 태자 전하의 내연녀였던 한유미. 그 계집아이가 환희 대군과의 국혼을 원한다더구나. 못다 이룬 황태자비의 꿈을 이루겠다는 뜻이겠지. 네게 복수를 하기 위해."

"……."

"그 아이, 아직도 네가 태자 전하를 살해한 용의자로 생각한다면서? 방금 황후마마께 모든 것을 다 들었다. 오늘 아침에도 황후마마를 찾아와 협박하였다 하더구나. 환희 대군을 황태자로 책봉하지 않으면, 널 끝까지 물고 늘어지겠다고……. 흠흠."

차 회장은 헛기침을 내뱉으며 황후를 바라보았다. 그러자 황후도 슬쩍 냉소를 지은 채 고갤 끄덕여 보였다.

이수가 오기 전, 두 사람은 이미 말을 맞춘 상태였다.

이수에겐 유미가 이수를 끝까지 태자의 살해 용의자로 몰고 갈 것이라 협박해 어쩔 수 없이 환희 대군을 황태자로 책봉하기로 했다고 말하기로. 그리고 기회를 엿보아 황후의 조카를 다시 황태자 자리에 앉히자며 모의한 상태였다.

유미가 쥐고 있는 진실의 상자를 어떻게 해서든 손에 넣고 환희 대군과 유미를 궐에서 내쫓기로 하였다.

차 회장 역시 하락세를 타고 있는 황후와 손을 잡기는 싫었지만, 지난날 이율 황제에게 뇌물 수수 혐의란 오명을 뒤집어씌웠던 자신의 비리를 숨기기 위해선 어쩔 수 없는 선택이었다.

두 사람은 이 모든 진실을 차마 꼿꼿하고 반듯한 이수에겐 알리지 못한 채, 얼버무리듯 이 상황을 무마시켜 보려 했다. 이율 황제를 그렇게 만든 것이 차 회장이라는 것을 알게 된다면 이수는 가만히 있지 않을 인물이었기 때문에.

그때, 가만히 그 말을 듣고 있던 황후가 느리게 입매를 끌어 올렸다.

"걱정할 것 없어, 이수야. 잠시만 대군의 부인으로 살면 돼. 오래 걸리지 않을 거다. 한유미……. 그 천한 것에게 황태자비의 자리가 족하긴 할까. 하지만 그 계집애가 물러 터진 환희 대군과 해연궁을 구슬려 국혼을 약속 받아 내는 건 시간문제겠지?'

자신이 말하면서도 가소롭다는 듯, 황후는 피식 조소를 흘렸다. 그 모습을 보는 이수의 표정엔 조금의 변화도 없었다.

"얼마든지 황태자비의 자리, 앉아 보라 해. 결국 그 자리의 주인은 A&J의 징녀인 네 것이니까."

차 회장과 황후는 서로를 돌아보며 만족스러운 듯 웃음을 내뱉었다. 묵묵히 그 말을 듣고만 있던 이수가 반듯하게 입을 열었다.

"누구 마음대로…… 국혼을 정하십니까, 황후마마."

"이수야. 내일 기자 회견장에서 나와 함께 이야기를……."

"전 내일 기자 회견장에서 지금 세상을 떠들썩하게 하는 황태자비의 남자, 잘못된 소문을 바로 잡을 생각입니다."

그녀의 눈빛이 단단했다. 그리고 차 회장과 황후를 마주선 얼굴은 냉정하기 그지없었다.

"그래, 잘못된 거니 바로잡아야지. 감히 황태자비에게 남자라니."

"황태자비의 남자가 아니라 그냥 차이수의 남자라고요."

"차이수!"

"저는 황태자비가 되고 싶지도 않고 이젠 그럴 수 없는 상황에 이르렀습니다. 그리고 그렇게 되길 제일 바라시고 힘쓰셨던 분은 황후마마 아니셨나요."

이수가 무덤덤한 얼굴로 조금 놀란 황후의 얼굴을 똑바로 바라보았다. 두 사람의 시선이 차갑게 부딪혔다.

"그게 무슨 소리냐, 이수야."

"다정하게 제 이름 부르시는 거, 그리고 이렇게 따뜻한 얼굴로 저 바라보시는 거……. 불편합니다."

435

"……!"

"섹스 파트너."

이수는 건조하게 그 말을 읊었다.

동시에 차 회장과 황후의 얼굴이 우악스럽게 일그러졌다.

"그 상스러운 말을 제가 꼭 이렇게 두 분 앞에서 내뱉어야만 했나요."

"그게 무슨 불순한 말이냐, 차이수!"

"그러게요. 이 불순한 말의 출처가 궐이라면. 거기에 황후마마가 머무시는 황후전이라면."

"……!"

"이 불순한 말이 저와 윤 검사님 사이에 붙여졌던 수식어였다면. 아버지께선 그래도 황후마마의 손을 잡으실 건가요?"

그녀는 평온한 얼굴로 차 회장을 바라봤다. 차 회장의 얼굴이 붉어지더니 이내 처음 듣는 소리라는 듯 황후를 돌아보았다. 섹스 파트너라니, 차마 입에 담기도 추잡한 그 용어가 황후전에서 나온 말이라니 차 회장은 황후에게 뒤통수라도 맞은 듯 허탈감이 밀려왔다.

황후는 아차, 하는 얼굴로 차 회장과 이수를 번갈아 쳐다보았다.

"차 회장! 그건……."

"섹스 파트너가 진짜 황태자비의 남자가 되기까지. 황후마마의 도움이 컸는데, 왜 저를 황후마마의 며느리로 만드시려는 거죠?"

"……."

"무엇을 덮기 위해 두 사람께서 갑자기 이런 거래를 하셨는지, 전 이제 관심 없습니다."

당황한 얼굴로 어찌할 바를 모르던 황후는 이수의 시선에 이를 악물었다.

제발 여기서 멈추어 달라는 듯, 황후가 눈빛으로 애원하며 이수를 보았다.

"팔려 가듯 별궁에 갇혔던 건."

"……."

"그날 하룻밤이면 족합니다. 이제 더는 저 건드리지 마세요. 두 분 모두. 이제 스스로를 지키기 위해 제가 무슨 짓을 할지 모르겠거든요."

이수가 두 사람을 향해 정중하게 고개를 숙여 보이곤 회장실을 나왔다.

그리고 곧장 휴대폰을 꺼내 강욱에게 전화를 걸었다. 몇 번의 신호음이 가고 달칵, 그의 음성이 흘러나왔다.

―응, 이수야. 회사 도착했어?

그의 다정한 목소리를 듣자, 그만 참았던 눈물이 쏟아질 것만 같았다.

"나 잘했다고 해 줘요."

무너질 것 같은 마음을 움켜쥔 채 그녀가 힘겹게 입을 열었다.

"내가 지금 뭘 한 건지 잘 모르겠는데……. 무슨 말을 하고 나온 건지 모르겠는데."

횡설수설하는 이수를 향해 강욱은 그 어느 때보다 따뜻한 목소리를 들려주었다.

―잘했어, 차이수.

"내가 뭘 했는지……. 모르면서."

―왜 몰라. 넌 분명 멋있었을 거야. 안 봐도 다 보여, 난.

이수는 지금 당장 그에게 달려가 따뜻하고 너른 품에 안기고만 싶다.

"황후마마. 저게 지금 다 무슨……."

폭풍이 휘몰아치고 간 회장실 안엔 서먹한 얼굴의 두 사람이 마주하고 있을 뿐이었다.

차 회장은 어이없다는 얼굴로 황후를 바라봤다. 그러자 황후는 변명하듯 황급히 입을 열었다.

"난…… 그러니까, 그게."

하지만 수습이 되지 않았다.

이수를 궐에서 내쫓으려 한 것은 황후였다. 그런 그녀가 다시 이수를 찾은 것은 순전히 위태로운 자신의 입지 때문이었다.

"차 회장, 그건 나의 실수였어요. 인정할게요."

"황후마마! 지금 대체 무슨 짓을 벌이신 건지 아십니까? 그럼 지금 항간에 떠도는 이수와 그 검사와의 성 추문은 황후마마의 솜씨라, 이것이지요?"

차 회장은 버럭, 소리를 지르며 자리에서 벌떡 일어났다. 그러자 황후는 어찌할 바를 모르겠다는 듯 애써 차 회장을 다독였다.

"차 회장, 내 실수입니다. 그러니 내가 수습하겠다고 하잖아요."

"고작 저 둘을 갈라놓는다고 해서 해결될 일로 보입니까? 차라리 단순한 스캔들이었다면 오랜 친구 사이다, 동문이다, 갖은 핑곗거리로 무마시킬 수 있었던 일이었습니다."

"……."

"그런데 지금 저 둘 사이에 오가는 이야기가 보통 스캔들입니까? 무려 성 추문입니다. 스폰서니, 파트너니, 계약 관계니! 저딴 더러운 소리를 우리 이수와 A&J 그룹이 오롯이 받아 내야만 하고 있습니다! 이것을 어찌 수습하실 겁니까!"

황후는 괴로운 듯 얼굴을 감싸며 이를 질끈 악물었다. 그녀는 자신에게도 피치 못할 사정이 있었다고, 감정에 호소하듯 차 회장을 바라보았다.

"이것이 다, 환희 대군과 해연궁 때문입니다. 난 하루아침에 태자를 잃었어요. 아들을 잃었다는 슬픔을 채 씻기도 전에…… 나와 폐하는 궐에서 쫓겨나지 않을까, 하는 걱정 속에 살아야 했습니다."

"……황후마마, 지금 그런 얘기를 듣자는 게 아니지 않습니까!"

"차 회장과 이수가 해연궁을 만났다는 것, 내가 모를 줄 알았습니까?"

황후는 오히려 적반하장으로 차 회장을 향해 소리쳤다. 그는 어처구니가 없다는 듯 헛웃음을 내뱉으며 그녀의 시선을 외면했다.

"나도 살아야 했습니다. 네! 그래서 그런 소문을 냈습니다! 나도 가지지 못할, 황태자비. 해연궁도 가지지 못하게 하려고요!"

"쉽게 수습하지 못하실 겁니다. 이수는 지금 황태자비 후보로서 큰 타격을 입었다고요."

"어떻게 해서든 내가 수습합니다. 이렇게 손 놓고 있다간 나나, 차 회장이나 보잘것없는 한유미, 그 계집애 손에 순식간에 무너진다는 거. 아셔야 할 겁니다."

황후의 말에 차 회장은 구겨진 이마를 손바닥으로 문지르며 자리에서 일어나 책상으로 향했다. 그리고 호출 버튼을 눌러 황실 관련 긴급 이사회를 알렸다. 물론 이수는 이사회에서 제외했다.

"어째서 그날의 일이……. 이강 태자 전하에게 들어가게 된 건지, 경위부터 파악해야 합니다."

"그러게 말입니다. 그날의 일이 어째서 태자에게까지 간 건지. 대체 태자는 그 계집애의 무엇을 믿고 제 애미와 애비의 치부를 다 드러낸 건지……. 죽은 태자를 원망하고 싶진 않았지만, 오늘만큼은 너무도 원망스럽습니다."

"분명 그때……."

차 회장과 황후는 창밖을 바라보며 10년 전 그날을 회상했다.

이율 황제 즉위 10년.

황제의 10주년을 기념하기 위한 황실 행사가 열리던 날. 당시 군(君)이었던 이성의 부인, 미현은 A&J 그룹의 장녀 이수를 처음 마주했다.

어린 나이임에도 불구하고 총기가 짙고 반듯했던 이수를 본 순간, 미현은 그녀가 무던히 욕심나기 시작했다. 이미 황태자비로 내정되어 있던 그녀였기에 언감생심, 이수를 자신의 며느리로 꿈도 꾸지 못했다.

하지만 미현은 권력에 굶주린 한 마리의 맹수와 다름없던 인물이었다. 호시탐탐 황후의 자리를 노리며 군이었던 자신의 지아비, 이성을 황제로 앉히기 위해 무던히도 노력했다. 그것이 어려우면 제 아들인 이강을 태자로 앉히기 위해 기회만 엿보고 있었다. 그녀에게 이수의 등장은 가뭄의 단비와도 같았다.

차 회장 역시, 자신의 딸을 황태자비로 만들기 위해 숱한 세월을 쏟아 왔지만, 이율 황제와 해연 황후와는 신념 자체가 달라 늘 고민이었다. 게다가 권력욕과 재물욕도 없어, 그저 좋은 게 좋은 대로 유유자적하게만 살아가는 황제와 잦은 트러블이 생기기도 했다.

그런데 미현은 달랐다.

"난 차 회장님의 갈증을 알 것 같습니다."

단번에 차 회장의 가려운 곳을 찾아낸 인물이었고 차 회장 역시, 그녀의 탐욕을 어렵지 않게 마주할 수 있었다.

"차 회장의 따님을 내 아들에게 주세요. 그럼 차 회장의 따님을 황태자비로 만들어 드리죠."

"우습네요, 부인. 그렇게 된다면 내가 부인의 아들을 황태자로 만들어야 하는데. 어찌 부인께서 내 딸을 황태자비로 만들어 준다 합니까."

"대한제국의 큰손인 차 회장 손에 피를 묻히지 않겠다는 뜻이죠. 내가 하죠. 더럽고 추악한 짓은. 그러니 회장의 따님, 내게 주세요."

그렇게 두 사람은 서로의 뜻을 알아보고 각자의 욕심을 위해, 이율에게 뇌물 수수 혐의란 오명을 뒤집어씌웠다. 하지만 그 오명 뒤에 진실은 A&J 그룹과 미현의 거래였다. 그리고 그 사실을 아는 것은 차 회장과 미현, 오직 두 사람뿐이었다.

그날의 비리를 만든 곳도 바로 이곳. 차 회장의 방이었다. 그때도 지금처럼 황후와 차 회장, 두 사람만 존재한 이곳에서 주고받은 이야기가 다였다. 그런데 녹음이라니.

있을 수도 없는 일이었다. 그날의 진실을 아는 것은 두 사람이고 그날의 비리를 만든 것 역시 두 사람이었는데. 어째서 태자가 그 판도라의 상자를 쥐고 있었단 것일까.

"그럼 녹음기는 대체 어디로 사라졌단 말입니까."

"……한유미, 그년이 거짓말을 하는 거로 생각하고 싶지만. 어떻게 콕 집어 차 회장과 나의 소행이라고 할 수 있었겠습니까. 뭔가를 알고 있는 건 확실한 것 같습니다."

황후는 느리게 고개를 저으며 한숨을 내쉬었다.

그때, 묵묵히 창밖만 바라보던 차 회장이 눈을 번뜩이며 황후를 돌아보았다.

"그런데 이 사실을……. 해연궁이 알고 있습니까?"

"그냥 간단하게 회사에서 드시죠, 이사님. 괜히 움직이면 더 구설에 오를 텐데요."

비서는 외출 준비를 하는 이수를 걱정스럽게 바라보았다. 하지만 이수는 괜찮다는 듯 작게 미소 지으며 반듯하게 묶었던 머리를 풀었다.

"이참에 단발로 잘라 버릴까요? 사람들이 못 알아보게?"

이수는 거울 앞에 서서 쇄골에 닿는 머리카락을 잡았다.

"아뇨. 그래도 다 알아봐요."

"그래요?"

비서의 단호한 말에 이수가 멋쩍은 듯 어깨를 으쓱하며 모자를 눌러 썼다. 그리고 정장 차림의 투피스를 벗어 미리 가져다 두었던 캐주얼한 복장으로 갈아입기 시작했다.

"오후에 미팅 있다고 하시지 않았어요? 모자 쓰면 머리 눌러질 텐데."

"괜찮아요. 이해해 주실 분 만나는 거라."

이수가 모자를 깊이 눌러쓰다, 손을 멈췄다.

―차 회장님은 모르게 만났으면 해요.

해연의 목소리가 그녀의 귓가에 피어오르자, 이수의 마음이 다시금 착잡하게 가라앉는다.

"어쩔 땐 말이에요. 내가 아군이라 생각했던 사람이 적군이 되어 있고, 적군이라 생각했던 사람이 아군이 되어 있기도 하더라고요."

그래서 해연은 자신에게 어떤 사람일까.

이수는 착잡한 마음을 애써 지워 내기 위해 밝은 음성으로 비서를 돌아보았다. 그러자 비서는 아리송한 얼굴로 고개만 갸웃했다.

"그런가요……?"

아무것도 아니라는 듯 이수가 작게 웃어 보이며 스카프를 둘러매, 코와 입을 가렸다.

"그런데 이사님, 그렇게 무장하시고 어디 가세요? 점심 드시러 가시는 거 아닌가요?"

비서의 물음에 이수는 코를 찡긋하며 휴대폰과 지갑만 챙겨 코트 주머니에 집어넣었다.

"네. 데이트하러 갑니다. 맛있는 점심 식사하세요!"

이수는 설레는 마음으로 곧장 방에서 빠져 나와 엘리베이터로 향했다. 평소와 다른 차림으로 갈아입은 그녀를 직원들은 알아보지 못하고 곁을 빠르게 지나쳤다. 그녀는 휴대폰을 꼭 쥔 채, 강욱이 기다리고 있을 주차장에 내렸다.

먼저 와 기다리고 있던 강욱이 창문을 열어 그녀를 불렀다.

"이수야, 여기."

그녀는 반색하며 그의 차에 올라탔다.

차 안에는 그에게서 풍기던 향이 은은히 퍼지고 있었다. 이수는 생긋 웃으며 강욱의 손을 잡았다.

"보고 싶었어요."

"보자. 울었나, 안 울었나."

그는 자신의 손을 꼭 쥐는 그녀의 손을 잡아당겨, 자신을 쳐다보게 했다. 그러곤 양 뺨을 가볍게 쥐어 이수의 얼굴을 찬찬히 살폈다.

"안 울었어요. 나 이제 안 울어."

"난 아버님께 된통 혼나고 운 줄 알았지."

"참, 강욱 씨는요? 힘들었죠, 오늘. 다들 강욱 씨인 거 눈치채고 막 괴롭혔을 것 같은데."

이수가 걱정스럽게 그를 바라보았다. 그는 대답 없이 그녀의 모자를 획, 벗겼다. 그제야 훤히 드러나는 이수의 하얀 얼굴.

"부장님이 벌써 난 줄 알고 조용히 시키셨더라고."

"……그래요? 별일 없었어요?"

"응. 뭐 대충 소문이 도니까. 별말 안 해. 지검 내에서 금기어로 정해 놓았더라고."

"그래도 막 눈치는 줄 거 아냐. 흘깃흘깃 쳐다보면서 숙덕대고."

아무렇지 않게 말하는 모습이 걱정돼, 이수가 그에게서 시선을 놓지 못했다. 그러자 강욱은 피식, 미소를 흘리며 그녀의 손을 꽉 잡았다가 놓고는 차를 곧 출발시켰다.

"괜찮아. 원래 나 지나갈 때마다 지검 사람들, 흘깃흘깃 쳐다보고 숙 덕댔어."

"왜요?"

그 말에 이수가 고갤 들어 강욱을 바라보았다. 정면을 응시하고 있던 그가 담담한 표정을 지어 보였다.

"잘생겨서. 맨날 숙덕댔거든. 그래서 익숙해, 그런 거."

"아, 뭐야. 왕자병 완전 심해."

이수는 모처럼 기분 좋은 웃음을 지을 수 있었다. 두 사람은 주차를 마치고 차에서 내렸다.

"여기 완전 맛집인가 봐요. 사람들 엄청 많아."

이수는 들뜬 얼굴로 강욱의 팔을 슬쩍 잡았다. 그러자 강욱은 자신의 팔을 쥔 그녀의 손을 잡아당겨 팔짱을 끼게 했다. 이수가 놀란 얼굴로 그를 올려다보다, 생긋 미소를 짓는다.

"미안하네. 너만 모자 쓰게 하고, 불편하게."

"괜찮아요. 별로 안 불편해. 어차피 그 스캔들 아니었어도, 사람들 시선 불편했어. 그런데 모자 쓸 생각은 아예 못 했죠. 당연히 감수해야

444

하는 줄 알았거든요."

이수가 그의 팔에 얼굴을 살포시 기대며 말을 이어 갔다. 강욱은 그 순간에도 잡은 이수의 손을 따뜻하게 쓰다듬었다.

"근데 이젠 나만 감수하면 되는 문제가 아닌 게 되어 버렸잖아요. 나 때문에 강욱 씨까지 힘들어질 테니까. 그건 싫어."

그녀의 말에 강욱이 이수의 머리칼을 다정히 쓰다듬어 주었다.

"룸 있는 레스토랑으로 예약하고 싶었는데, 다 예약이 찼다고 하더라고. 미안, 내가 좀 신경 썼어야 했는데."

"아니에요. 이렇게 줄 서서 먹는 맛집도 괜찮은 것 같아요. 나 이런 건 한 번도 안 해 봤거든요."

조금 상기된 이수가 아이처럼 신이 났다. 강욱은 그런 이수의 손을 꼭 붙잡으며 조금 미안하다는 듯 미소를 그렸다.

"순대 볶음 먹어 봤어? 난 순대 볶음 좋아하거든. 그때 닭똥집 볶음 좋아하는 거 보니까 생각나서."

"어? 순대 볶음. 아뇨. 포장마차 메뉴에 있는 건 그때 봤었어요. 엄청 맛있을 것 같아요. 나 기대해도 되죠?"

작은 얼굴을 큰 모자로 가리니 얼굴이 더 작아 보였다. 이수는 강욱과 눈을 맞추기 위해 모자를 푹 눌러쓴 얼굴을 힘겹게 들었다. 그럴수록 강욱의 마음은 더 무거워졌다. 하지만 그녀에게 내색하지 않기 위해, 그는 더 환하게 웃어 보였다.

"여기 순대 볶음 맛집이거든. 입에 맞았으면 좋겠다."

"그건 알아요. 손님들이 기다리는 줄의 길이와 가게의 맛 퀄리티는 비례한다, 내 말 맞죠?"

그녀가 코를 찡긋하며 웃어 보이자, 강욱이 그녀의 코를 검지로 톡 두드렸다.

"솔직히 말해 봐. 맨날 맛집 블로그 검색해 보지?"

"저녁엔 뭐 맛있는 거 사 줄 거예요? 기대된다."

여전히 세상엔 '황태자비의 남자'를 두고 갖은 악성 루머들이 퍼지고 있었고, 지금 이 순간에도 강욱과 이수를 표적 삼아 사람들의 비난이 쏟아져 나오고 있었지만 두 사람은 행복했다.

모든 것이 완벽한, 빈틈없는 행복이다.

"어? 우리 차례다. 들어가요, 얼른."

어디까지 허락된 행복일지는 모르겠지만, 이수는 일단 달려보기로 한다.

"어땠어, 맛있었어?"

"어. 엄—청. 만족. 기대 이상이었어요."

만족하는 얼굴의 이수를 향해 강욱이 자판기 커피를 건넸다.

"이게 뭐예요?"

"식사 후 마시는 밀크 커피가 또 끝내주거든."

"밀크 커피? 카페라테 같은 건가."

"일단 마셔 봐."

고개를 갸웃하는 이수를 향해 강욱이 종이컵을 내밀자, 그녀는 두 손으로 받아 들어, 조심스럽게 맛을 봤다.

달콤하고 부드러운 커피가 그녀의 입 안을 감돈다. 이수가 눈을 동그랗게 떠 강욱을 올려다보았다.

"와, 맛있어. 신기해."

귀여운 그녀의 반응에 강욱이 기분 좋게 웃으며 그녀의 종이컵에 자신의 커피를 더 따라 주었다.

"좋아할 줄 알았어. 가자."

"바로 검찰청 들어가 봐야 하죠."

"응, 너 데려다주고 가면 되겠다."

"음……."

"왜?"

"아쉬워서."

그녀가 강욱의 손을 잡은 채, 머뭇거리자 손을 들어 이수의 뺨을 살살 어루만져 주었다.

"아픈 건, 좀 어때."

"약 꼬박꼬박 먹어서 괜찮아요."

"약 잘 챙겨 먹고. 무리하지 말고. 알았지?"

"강욱 씨나요. 난 옆에서 챙겨 주는 사람이 많단 말이야."

"누가 챙겨 주는데?"

"비서님도 챙겨 주시고, 기사님들도 챙겨 주시고."

그중에 이수의 가족은 없었다. 아무렇지 않게 말을 이어 가는 이수를 내려다보며 강욱이 그녀의 손을 단단히 잡았다. 그러자 이수의 눈빛이 의뭉스레 빛나며 그를 올려다봤다.

"이젠 내가 그중에서 첫 번째가 될 게."

"이미 첫 번째야. 몰랐어요?"

괜한 너스레에 강욱이 기분 좋게 웃으며 조수석의 문을 열어 그녀를 조심히 태웠다. 이내 운전석에 오른 강욱은 이수에게 안전벨트를 채워 주며 뺨에 슬쩍 입을 맞췄다.

"완전 연애 고수야……. 여자들의 심쿵 포인트를 너무 잘 알아."

"심장이 쿵, 했다는 말이지?"

그가 피식, 웃으며 핸들을 쥐었다.

"날 더 추워지기 전에 여행 가자, 이수야."

"여행이요?"

"응. 황태자 살인 사건만 마무리되면 바람 쐬러 가."

"얼마든지. 환영이에요."

이수가 작게 웃으며 그의 어깨에 머릴 기댔다.

"어디로 갈까? 가고 싶은 곳 있어?"

강욱이 운전을 하며 그녀에게 넌지시 물었다. 그러자 이수의 머릿속에 그려지는 단 하나의 풍경.

"프랑스요."

이수의 친모가 홀로 사는 프랑스 콜마르.

언제든지 마음만 먹으면 갈 수 있었지만, 이수는 그곳에 갈 수 없었다. 모든 것이 정리되지 않은 시점에 이수의 프랑스행은 많은 것을 뒤흔들 수 있었기 때문에 그녀는 쉽사리 향하지 못했다.

이수의 친모, 윤나 역시 이수를 무척 그리워했지만 일부러 언급하지 않았다. 그리고 연락도 잘 받지 않았다. 자신 때문에 이수의 꿈이 망가져서는 안 되기 때문에, 그리움을 안으로만 삭이며 때를 기다렸다.

이수가 황태자비가 되고 모든 권력을 쥐었을 때. 그리고 차 회장과 A&J 그룹을 스스로 부수고 나올 힘이 생겼을 때, 자신을 찾길 바랐다.

그 뜻을 이수 역시 잘 알았기에, 보고 싶다고 징징거리지도 않았고 칭얼대지도 않았다. 그저 묵묵히 때를 기다리며 그날을 위해 준비했다.

"프랑스는 왜? 바로 대답하는 걸 보니, 늘 생각했던 곳 같은데."

강욱이 넌지시 미소를 그리며 물었다.

"우리 엄마가 있거든요."

엄마란 말에 강욱의 얼굴에 그려졌던 미소가 거두어지고 말았다. 이수가 황태자비가 되어야만 했던 유일한 이유가 바로 엄마와 자신을 지킬 힘을 얻기 위해서란 말이 다시금 떠올랐다. 강욱은 묵묵히 정면을 응시하며 숨을 골랐다.

"언제쯤 가 볼 생각이었어, 프랑스?"

"이번 가을이 가기 전에 찾을 생각이었어요. 그런데 태자 전하께서 이렇게 되어서 다음으로 미뤘던 거고요."

"가자, 그럼."

"네……?"

"프랑스. 어머니 뵈러 가야지."

강욱의 말에 이수는 가슴이 두근거렸다. 그와 함께 프랑스로 가는 상상을 잠깐 해 보니, 너무 좋았다. 그건 한 번도 상상해 보지 못한 그림이었다. 언제나 상상 속의 이수는 황태자비가 된 모습이고 사랑하지 않는 황태자와 엄마를 만나러 프랑스로 간다는 건 있을 수 없는 일이었다.

그런데 강욱이라면. 이 남자라면.

이수는 대답 대신 환한 미소를 지은 채, 그의 뺨에 가볍게 입술을 쪽 맞추었다. 그리고 행복하단 얼굴을 하며 강욱의 손을 꼭 잡았다.

"있죠, 나 요즘 너무너무 행복해."

뜬금없는 그녀의 말에 강욱의 입꼬리가 곡선을 그리고 만다.

"살면서 이런 위기도 없었지만 또 이런 행복도 없었어."

"그래? 듣기 좋은 말이네."

"프랑스는…… 천천히 가요. 다 해결되면."

"곧 해결될 것 같은데."

그의 말에 이수가 놀란 얼굴로 그를 바라봤다.

"환희 대군과 해연궁마마는 알리바이가 명확하다면서요?"

"유력 용의자라 생각했던 인물들이 아니라는 결론이 났으니, 수사가 더 수월하게 진행될 거야."

"무슨 말이에요, 그게? 유력 용의자가 아니라면 수사가 더 어렵게 진행되는 거 아니에요?"

"궐 안에 있단 말이지."

강욱의 단단한 음성이 이수의 가슴을 서늘하게 만들었다. 그녀는 가만히 고갤 들어 무표정한 얼굴의 강욱을 응시했다. 정면을 응시하고 있던 그가 슬쩍 고갤 돌려 이수를 내려다보았다.

"범인은 궐 안에 갇혀 있을 거야."

"아⋯⋯."

"누군가의 종용을 받았겠지. 수사 방향을 그쪽으로 잡고 궁인 위주로 조사하고 있고, 다른 팀은 환희 대군과 해연의 마지막 조사에 박차를 가하고 있어. 조만간 잡힐 것 같아."

"내가 도울 일은 없어요?"

이수가 걱정스럽게 강욱을 바라보자 그가 느리게 고갤 저었다.

"응, 괜찮아."

"필요한 거 있음 말해요. 내가 뭐 황실 사람은 아니지만, 황실 일원처럼 자라왔으니까."

그녀의 말에 문득 강욱이 입술을 지그시 깨물며 그녀를 바라봤다.

"꼭 필요한 건 아닌데. 좀 궁금한 건 있어서."

"네? 뭔데요?"

이수가 눈을 반짝이며 강욱을 응시했다.

"태후."

"⋯⋯태후마마 말씀하시는 거예요?"

"그분은 누구의 사람인 거지?"

"누구의 사람이냐는 건⋯⋯."

"누구의 사람이란 표현이 좀 그러면⋯⋯ 누구를 지지하는지 알고 싶어."

그의 물음에 마주쳤던 두 사람의 시선이 묘하게 떨린다. 이수가 선뜻 대답하지 못한 채 머뭇거리자 강욱이 다시금 입을 열었다.

"해연궁과 환희 대군이 그날 입궐을 했어. 비공식적으로."

"네, 저도 기사 봤어요."

"태후전의 부름으로 입궐했다던데. 대체 무슨 이야기를 나눴을까 해서. 지극히 사적인 이야기라 조사 때는 말하지 않겠다고 했기에 궁금해서."

"……."

"정말, 0.1%도 황태자의 죽음과 관련이 없는 이야기를 나눴을까. 해연과 환희 대군의 무고가 드러날수록 사실 그날의 모든 일이 미심쩍어."

그 말을 하는 강욱이 고심에 빠진 얼굴이 되자 이수는 머뭇거리다, 슬며시 입을 열었다.

"태후마마는 황실에서 유일하게 속내를 내비치지 않으시는 분이세요."

이수의 목소리가 차분하게 가라앉았다. 그리고 그녀의 음성에 귀를 기울이는 강욱의 마음도 무겁게 내려앉고 있었다.

"하지만 태후마마께서 유일하게 속에 담긴 이야기를 털어놓았던 사람이."

"……."

"저였거든요."

강욱이 묘하게 눈빛을 떨며 그녀를 돌아본다.

"태후마마께서는 황후를 바꿀 준비를 하고 계셨어요."

13
차이 수답게

"태후마마께서는 황후를 바꿀 준비를 하고 계셨어요."

이수의 무겁고도 낮은 목소리가 강욱의 귓가를 떠나지 않았다. 검찰청으로 돌아와서도 강욱은 그 말을 곱씹고 또 곱씹어야 했다.

그때, 박 계장이 슬그머니 강욱의 곁으로 다가와 서류를 내밀며 그의 안색을 살폈다.

"검사님?"

그제야 강욱이 갈등을 멈추고 박 계장을 올려다보았다.

"무슨 생각을 그리 골똘히 하세요?"

"아, 아닙니다. 해연궁의 마지막 조사는 언제로 날짜 잡혔죠?"

"내일요. 검사님은 오늘 입궐하시죠?"

"네. 감찰 궁인들도 만나고 CCTV도 다시 봐야 하고. 꽤 바쁠 것 같네요."

"그나저나, 괜찮으세요?"

박 계장이 걱정스럽게 강욱을 내려다보았다. 그는 괜찮다는 듯 고갤 끄덕이며 자리에서 일어났다.

곧장 김 검사의 방으로 가 열심히 서류를 내려다보고 있는 그를 불렀다.

"선배."

"어. 왔어?"

김 검사가 피곤한 얼굴로 그를 맞았다.

"잠깐 의논할 게 있는데."

"어? 알겠어, 옥상에서 만날까."

"네, 커피는 제가 뽑아서 올라갈게요."

"좋지."

강욱이 가볍게 웃으며 김 검사의 방문을 닫고 먼저 옥상으로 향했다. 자판기에서 커피 두 잔을 뽑아, 심란한 얼굴로 난간에 기대섰는데 곧 김 검사가 옥상에 도착했다.

"안 그래도 점심 먹고 졸리던 참이었는데, 무슨 일이야?"

김 검사는 강욱에게서 커피를 건네받으며 어깰 으쓱해 보였다. 조금 심란해 보이는 강욱의 얼굴에 김 검사의 표정도 덩달아 굳어졌다.

"왜……. 너 차이수 씨 때문에 그러는 거야?"

그가 머뭇거리는 강욱을 대신해 말을 꺼내자, 강욱은 그 때문이 아니라는 듯 피식 헛웃음을 내뱉었다.

"아뇨. 그게 아닌데……. 근데 선배도 알고 있었어요?"

"인마, 그 사진 뜨자마자 중앙지검 사람들은 죄다 너인 거 알았다. 실루엣만 봐도 너던데, 뭘."

그걸 질문이라고 하냐는 듯, 김 검사가 웃으며 대답했다. 강욱도 따라 미소 지으며 길게 한숨을 내쉬었다.

"근데 사실이야? 너 정말 차이수랑 만나?"

의외라는 듯 김 검사가 강욱을 돌아보았다.

"사실이니까 쥐 죽은 듯 조용히 있는 거죠. 오해 사고, 오해 받는 거 제가 제일 질색하는 거 알잖습니까."

"그러니까. 참 무슨 일이냐……. 어떻게 연이 닿아서 차이수랑. 대단하다, 윤강욱. 근데 괜찮냐? 아무리 그래도 한땐 황태자비가 될 뻔했던 사람인데."

"황태자비였다가 아닌 게 된 사람이라 해도 상관없습니다."

"대단하네. 역시 윤강욱답다."

강욱의 시원스런 대답에 김 검사가 웃음기를 머금은 채 느리게 고개를 저었다. 강욱은 커피를 한 모금 마시며 조심스레 입을 열었다.

"황태자 살인 사건 말입니다."

"어, 안 그래도 수사에 진척이 없는 게 아니냐고 윗선에서 오늘 급하게 연락이 떨어진 모양이야. 시간을 더 끌수록 사실 진범을 찾을 확률도 떨어지고……."

"오늘 1팀이 입궐해서 2차 수색과 조사를 하지 않습니까? 그래서 제가 오늘은……."

"……."

"태후전과 황후전을 좀 조사해 보고 싶은데."

뜻밖의 말에 김 검사가 굳은 얼굴로 강욱을 돌아보았다.

"그게 무슨……?"

"그분들의 처소를 딱 꼬집어 수색하긴 좀 어려울 테니, 태후전과 황후전을 관리하는 궁인들 위주로 좀 수색을 했으면 싶어서요."

수사의 방향은 궁인들을 재조사하는 것으로 가닥이 잡혔지만 대놓고 태후와 황후의 처소를 뒤진다는 것은 전례에 없던 일이었다. 이율 황제의 뇌물 사건이 터졌을 때만 해도 황제의 처소는 건드리지 않았다.

김 검사는 한껏 얼굴이 굳어선 난관만 뚫어지라 응시하고 있었다.

"이유는?"

"우리가 놓치고 있는 부분을 찾을 수 있을 것 같아서요."

"……어려울 것 같은데."

"만약 태후와 황후가 기꺼이 처소의 문을 열어 주겠다고 하면, 가능한 일이겠죠."

"그거야 당연히 그렇겠지만, 과연 그 두 사람이 처소를 뒤지길 허락할까. 황실의 권위가 바닥에 떨어지는 것만큼은 죽어도 용서 못 할 황실 어른들인데."

김 검사는 심각한 얼굴로 이마를 매만졌고 강욱은 그를 돌아보며 확신에 찬 얼굴로 입매를 끌어올렸다.

"해 볼 수 있을 것 같습니다."

"응, 지금 나왔어요. 만나서 제가 이야기를 좀 잘 나눠 볼게요. 그날 태후마마와 무슨 이야기를 나눴는지."

이수가 강욱과 통화하며 해연과의 약속 장소로 향하고 있었다.

뉘엿뉘엿 지는 노을은 뒤죽박죽인 이 상황과 맞지 않게 참 예뻤다. 이수는 운전하며 창문을 천천히 내렸다.

―나도 입궐했어, 지금.

"태후마마께선 수사에 협조해 주실 거예요. 원래 그런 거에 꽉 막히신 분이 아니라, 그런데 황후마마는 좀 어려울 것 같아요."

―우선 양해를 구하고 황후마마와 태후마마의 최측근 궁인들 처소

부터 수색하려고 해.

"아마 황후마마를 모시는 궁인들 처소는 힘들 거예요."

―예상하고 있어. 어디쯤이야?

"다 와 가요."

이수의 차는 노을을 받으며 교외로 빠져나갔다.

빽빽하게 들어섰던 빌딩 숲이 사라지고 탁 트인 들판이 눈에 들어왔다. 이수는 모처럼 속이 뻥 뚫리는 듯한 쾌감을 느끼며 바람에 흩날리는 머리칼을 귀 뒤로 넘겼다. 밀려오는 바람이 포근하기만 하다.

―근데 해연궁마마는 왜 보자고 하신 건지, 짐작 못 하겠어?

강욱의 물음에 이수가 작게 입술을 말아 물었다.

"한유미, 그 계집애가 물러 터진 환희 대군과 해연궁을 구슬려 국혼을 약속 받아 내는 건 시간문제겠지?"

황후의 표독스러운 목소리가 이수의 가슴을 할퀴었다. 그녀는 입술을 굳게 앙다문 채 크게 숨을 들이마셨다.

"아무래도 국혼 때문인 것 같아요."

―그분은 그래도 말이 좀 통하는 편이야? 어때?

"네, 이야기 나눠 본 적이 그렇게 많진 않지만 괜찮았어요. 걱정 말아요, 괜찮을 거니까."

―황실 사람들은 정말 다 이해가 안 되니 걱정이 될 수밖에. 어쨌든 이야기 끝나는 대로 연락해. 오늘 일정은 그게 마지막이야?

"아뇨, 이야기한 후에 다시 회사 들어가 봐야 해요."

―그래, 조사 중엔 전화 못 받을 수도 있으니까 문자 남겨.

"알겠어요, 강욱 씨."

이수는 통화를 마치며 오디오 볼륨을 높였다. 흘러나오는 잔잔한 음악이 쏟아지는 노을과 잘 어울렸다. 이내 이수의 차는 느리게 커브 길을 돌며 한적한 들판 위에 서 있는 조그마한 카페 앞에 멈춰 섰다.

해연과 만나기로 한 교외의 작은 카페. 해연이 먼저 도착해 있는 듯, 그녀의 차가 카페 앞에 세워져 있었다. 이수도 그 뒤에 정차하며 차에서 내려 옷매무시를 가다듬었다.

잘 가꾸며진 정원을 가로지르자 작고 예쁜 카페의 전경이 드러났다. 그녀는 조금 긴장한 얼굴로 카페 문을 열고 들어섰다. 볕이 잘 드는 창가에 해연이 앉아 커피를 마시고 있었다.

"마마……."

이수가 그녀를 작게 부르자 해연이 환하게 웃으며 자리에서 일어났다.

"어서 오세요, 이수 씨."

"죄송해요, 먼저 와 기다리고 있어야 했는데."

"아니에요, 볕이 좋아서 일부러 먼저 와 있었어요. 어떤 음료 마실래요? 커피? 주스?"

"전 아메리카노요."

그때, 카페의 주인인 듯한 중년의 부인이 이수에게 다가와 반갑게 악수를 청했다.

"어머, 차이수 씨. 너무 예뻐요."

이수는 조금 경계를 하며 쭈뼛쭈뼛 여자의 손을 잡았다. 해연은 그런 이수를 향해 빙긋 미소를 지은 채, 편안한 얼굴로 말했다.

"내 친구예요. 긴장 풀어도 돼."

"아, 그러세요. 안녕하세요, 차이수라고 합니다."

"네, 안녕하세요. 강주연이에요. 해연이랑은 오랜 친구고. TV에서만 이수 씨 보다가 이렇게 보니까 너무 반갑다."

"감사합니다, 하하."

"음료는 뭐 드릴까요?"

여자가 환하게 웃으며 이수에게서 시선을 떼지 못하자 해연이 그녀의 팔을 슬쩍 밀며 눈을 흘겼다.

"나도 오랜만에 보는 거면서, 그렇게 안 반기더니? 아메리카노로 한잔 줘."

"기집애, 너는 내 친구고. 나 이수 씨 팬이란 말이야. 갈 때 사인해 주고 가요, 이수 씨."

"네, 감사합니다."

주연이 돌아가고 둘만 남은 해연과 이수는 서로를 편안하게 바라보며 미소를 지었다. 무슨 말부터 꺼내야 할지 몰라, 이수가 그저 물 잔만 어색하게 만지작거렸다.

"놀랐죠. 내가 갑자기 보자고 해서."

"아니에요, 그때 뵌 후로 저도 따로 연락 못 드려서 한 번 뵈어야 한다고 생각만 하고 있었어요. 먼저 연락드렸어야 했는데, 죄송해요. 마마."

"차 회장님 통해서 연락해도 됐는데 그러고 싶지 않아서."

"아, 네."

"종종 이렇게 개인적으로 연락해도 되죠, 이수 씨?"

해연이 살갑게 웃으며 이수의 손을 잡았다. 그러자 이수 역시 화답하듯 미소를 머금은 얼굴로 느리게 고갤 끄덕였다.

"여기 카페 너무 예쁘지 않아요?"

"네, 너무 예뻐요. 올 때 보니까 노을이 너무 예쁘게 지더라고요. 여기 풍경이 예뻐서 오랜만에 드라이브한 느낌이었어요."

이수가 해사하게 웃으며 답하자 해연이 고개를 끄덕이더니 창밖을 지그시 바라보았다. 노을이 붉은 그림자를 그리며 서산을 넘어가고 있었다.

"그럼 다행이에요. 이수 씨 마음 복잡할 것 같아서, 일부러 여기서 보자고 했어요. 지금 서울은 너무 시끄럽잖아."

해연이 그 말을 하며 눈을 찡긋거렸다.

"배려해 주셔서 감사합니다."

"음, 그럼 나 본론 바로 얘기해도 될까요? 이수 씨도 궁금할 거니까."

"편하게 말씀하세요, 마마."

해연이 두 손을 모은 채 조금 고민하는 얼굴로 이수를 응시했다. 해연의 검은 눈동자가 순간 반짝, 빛났다.

"이수 씨가 알고 있는 것 중, 혹시 내가 알아야만 하지만 모르는 사실이 있다면."

"……!"

"말해 줄 수 있을까요?"

해연의 단도직입적인 말에 이수가 조금 당황하고 말았다.

"어떤……."

이수가 말끝을 흐리며 해연의 안색을 살폈는데.

"예를 들어, 선대 황제 폐하와 관련된 이야기 같은 것."

"마마."

"내가 지금부터 뭔가를 이수 씨에게 들려줄 거예요."

"네?"

"이걸 듣고 혹시 이수 씨도 알고 있는 내용이라면 내게 말해 줬으면 해요."

그리고 해연이 가방 속에서 무언가를 꺼내, 이수 앞에 내려놓았다.

작은 펜 하나가 테이블 위에 올라오자 이수가 의아한 얼굴로 그것을 바라보았다. 곧 해연이 펜을 꾹 누르자 귀에 익은 음성이 흘러나온다.

—선대 황제 폐하의 이야기를 꺼내기 전에 솔직하게 밝히겠습니다. 저는 죽은 이강 태자 전하의 숨겨 둔 연인이었습니다.

✣   ✤   ✣

"황실이 미쳐 돌아가는구나! 감히 황후인 나를 의심해? 나는 태자의 생모다! 그런 내가 우리 태자를 죽였다고 생각하는 것이냐?"

예상했던 것보다 황후의 반발은 거셌다.

검찰청 사람들은 황후의 처소에 발도 디디지 못한 채, 앞마당에서 서성거리기만 했다. 그때, 감찰궁에서 CCTV를 확인한 강욱이 굳은 얼굴로 황후의 처소에 들어섰다.

"들어가실 수 없습니다."

하지만 최 팀장이 강욱의 앞을 가로막으며 세찬 눈빛을 쏘았다.

"황후마마를 뵙게 해 주시죠. 황후의 처소를 살펴보러 온 것이 아닙니다."

"황후마마께서 그 누구도 황후전 안으로 들이지 말라, 명을 하셨습니다."

"수사에 협조를 해 주셔야 합니다. 황후마마께 다시 말해 주시죠."

강욱이 지지 않고 최 팀장을 마주했고 그제야 굳게 문을 걸어 잠군 채 소리만 지르던 황후가 큰소리로 문을 열고 등장했다. 황후는 최 팀장과 마주서 있는 강욱을 발견하곤 가소롭다는 듯 냉소를 터뜨렸다.

"그래, 하실 말씀이 무엇입니까?"

비아냥거리듯 황후가 입꼬리를 비틀어 올리며 계단을 성큼성큼 내려왔다. 강욱과 검찰청 사람들은 고갤 숙여 황후에게 예를 갖추었다.

"황후마마를 뵈옵니다."

하지만 황후의 날카로운 시선은 강욱의 얼굴에 고정되어 있다.

'이 검사가 차이수와 스캔들이 터진 윤강욱이라지?'

황후는 거칠게 강욱을 위아래로 훑으며 그 앞에 반듯하게 섰다.

"내가 태자의 생모라는 것을 모르시는 모양입니다?"

"저는 중앙지검, 윤강욱 검사입니다. 감히 황후마마를 의심해서 황후전을 열어 달라는 것이 아니라, 황후마마와 태후마마를 가까이에서 모시는 궁인들의 처소를 수색하게 해 달라 청을 드리는 겁니다."

강욱은 무감한 얼굴로 딱딱하게 말을 읊으며 황후에게 한 걸음 다가갔다. 두 사람 사이엔 형용할 수 없는 냉기가 흘렀다.

"수사에 협조해 주시죠, 황후마마."

"이봐, 윤 검사. 당신이 얼마나 유능한지는 모르겠지만 이건 아니지 않아? 궁인을 조사할 요량이면 아래서부터 차근차근 조사해야지. 단계는 다 생략하고 다짜고짜 나의 궁인들을 조사하겠다?"

황후는 잔뜩 날을 세운 채 버럭 소릴 질렀지만 강욱은 눈 하나 깜빡하지 않았다. 그의 무덤덤한 반응에 황후는 이를 악물고 말았다.

"황후마마께선 빨리 진범을 잡고 싶지 않으신 모양입니다."

"뭐……?"

"유력했던 용의자 후보들이 모두 알리바이가 정확하고 수사는 다시 원점으로 돌아왔습니다. 시간을 더 끄는 것은 진범에게 증거를 없앨 시간을 주는 것과 다름없습니다."

"그래서."

강욱의 말에 황후는 눈을 번뜩이며 그를 세차게 노려보았다.

"황태자 전하를 살해한 용의자가 만약 궐 안에 존재한다면. 황태자 전하를 죽일 만한 가장 합당한 이유를 가진 궁인이 살해하였을 거고."

"……!"

"그렇다면 태자 전하를 최측근에서 모시고 담당했던 이들 중에 속해 있을 게 분명하죠. 황후마마께서 말씀하신 저 아래는 태자 전하의 얼굴 조차 보지 못했을 뿐더러 그 곁에 더더욱 다가가지도 못했을 텐데 그 궁인들을 조사해 봤자 뭐가 나오겠습니까, 상식적으로."

단어 하나하나를 끊어 가며 말하는 그의 음성이 매서우리만큼 날카 롭다.

황후는 입술을 짓이겨 물며 강욱에게 한 걸음 다가갔다. 두 사람의 사이게 위험하리만큼 가까웠다.

"상식적으로? 지금 자네가 상식적으로라고 했나?"

"태자궁 궁인들은 이미 조사를 마쳤고 별다른 것을 발견하진 못했습 니다. 그래서 저희는 황후마마와 폐하, 그리고 태후마마의 처소 궁인들 을 조사할 것입니다."

"그 말은! 이 황후전의 문을 열어라, 이 말이 아닌가! 그게 날 의심하 는 게 아니면 뭐란 말이야! 감히 황후인 나를 능멸해?"

그러자 강욱은 피식, 냉소를 흘리며 황후에게 바짝 다가가 그녀에게 만 들릴 정도로 작게 일렀다.

"능멸하는 것이 아니라 협조해 달라고 부탁드리고 있는 겁니다. 황 후마마."

"……뭐?"

"그리고 차이수."

"……!"

"그분과 제 사이에 끼워 넣으셨던 성 추문의 진상 역시 조사할 예정이니, 미리 협조 부탁드리죠."

"뭐, 뭐? 너!"

황후가 기함하며 강욱을 노려보자 그가 한 걸음 물러나며 황후를 향해 정중히 고개를 숙였다.

"이미 태후마마께서도 기꺼이 허락해 주셔서 태후전의 궁인들을 조사 중입니다."

"……!"

"황후마마께서도 부디 빠른 판단으로 수사에 협조해 주시길 바랍니다."

✝   ⚜   ✝

―서로 원하는 걸 가져 보자고요. 전 황태자비의 자리를, 대군마마께서는 황태자의 자리를. 저는 황태자비가 된 제 앞에 차이수가 무릎을 꿇는 걸 보고 싶을 뿐입니다.

해연은 녹음기를 껐다.

그 앞에 앉은 이수는 넋이 나간 얼굴로 물 잔만 꽉 쥐고 있었다. 가슴이 너무 뛰어, 터져나갈 것만 같았다. 이수는 떨리는 손으로 물 잔을 쥐었다.

"이수 씨."

"……마마."

이수가 해연의 부름에 시선을 떨며 고갤 들었다. 해연은 애원하듯 이수의 손을 맞잡았다.

"한유미 씨가 며칠 전 우리 집에 왔었어요."

"······."

"그래서 이런 말들을 내게 하고 갔죠. 우리 안과 국혼을 해 자신을 황태자비로 만들어 달라고."

"하······."

"그럼 선대 황제 폐하의 죽음과 관련된 진실을 세상에 알리겠다고."

이수는 느리게 고개를 저으며 해연의 손을 놓았다. 그리고 입술을 악물며 생수를 벌컥벌컥 마셨다.

"이걸 어떻게 녹음하실 생각을 하셨나요."

"습관이죠. 폐하께서 그리 황망하게 눈을 감으신 뒤, 난 내가 듣고도 못 믿을 모든 일들을 녹음하기 시작했어요. 그래야 언젠간 그때처럼 억울한 일을 당하게 됐을 때, 날 지킬 힘이 생길 거라고 믿었으니까."

해연의 말에 이수가 눈물을 글썽이며 괴로운 듯 얼굴을 감쌌다.

"물론 난, 지금 이 파일만으로도 폐하의 자살에 관한 진실과······ A&J 그룹의 비리를 세상에 밝힐 수 있어요. 곧장 이 녹음기를 황실 소속 언론사에 넘겨도 됩니다. 하지만 내가 이수 씨를 찾아온 건."

"······."

"이 녹음기에 담긴 한유미 씨의 말이······ 사실인지, 알고 싶어서였어요. A&J 그룹과 차 회장을 증오하지만 난, 이수 씨는 좋아하니까. 이수 씨에게만큼은 먼저 말하고 싶었어요."

이수는 악몽을 꾼 사람처럼 눈물을 뚝뚝 흘리며 가슴을 쥐어뜯었다. 황태자가 죽기 전, 자신에게 남겼던 마지막 말이 자꾸만 머릿속에서 재생되고 있었다.

"차이수, 도망 가."

괴로움에 얼굴만 감싸고 있던 이수가 고개를 들어 해연을 바라봤다.

"전…… 태자 전하를 죽이지 않았어요."

"이수 씨."

"그리고 태자 전하가 죽길 바라지도 않았어요."

"……"

"하지만 이제 조금은 알 것 같네요. 진범이 누군지는 모르겠지만, 태자 전하의 죽음에 저의 책임도 있다는 것을."

"이수 씨, 그게 무슨."

그녀는 느리게 숨을 내쉬며 자신의 볼을 타고 흐르는 눈물을 닦아냈다.

"태자 전하의 행복을 바랐습니다. 국혼은 제게도 거부할 수 없는 것이라 태자 전하께서 유미 씨를 사랑하는 줄 알면서도 강행했습니다. 전하와의 국혼엔 우리 둘만의 거래가 있었죠."

"……"

"그리고 그 거래를 하며 전하와 제가 주고받은 것이 있었습니다. 우린 서로 사랑하진 않았지만 서로의 앞날을 진심으로 응원했고 행복을 바랐습니다."

그날을 떠올리는 것만으로도 가슴이 병에 걸린 것처럼 아파 왔다. 이수의 눈에선 눈물이 멈추질 않았다.

"서로의 행복을 바라며 주고받았던 것이 결국 전하를 죽게 했군요."

"그게 뭐죠, 이수 씨?"

해연이 그녀만큼 아파하며 힘겨운 얼굴을 했다. 그러자 이수는 느리게 고갤 가로 저으며 해연을 아픈 얼굴로 응시했다.

"마마."

"네, 이수 씨."

"부디 제가 수습할 수 있는 기회를 주세요."

"이수 씨……."

"처음부터 모든 것이 저의 욕심이었나 봅니다. 부디 제 아버지와 제 가문이 저지른 만행을 제가 수습하게 해 주세요."

알아들을 수 없는 그 말을 내뱉는 이수의 얼굴은 걷잡을 수 없는 아픔으로 엉망이 되어 가고 있었다.

해연은 마음이 착잡해졌지만, 그녀를 믿어 주기로 했다.

"부디 이수 씨가 행복했으면 좋겠어요, 난."

집으로 돌아가는 길.

이수는 차마 회사로 돌아가지 못한 채, 오피스텔로 향했다. 자꾸만 녹음기에서 흘러나오던 유미의 이야기가 귓가를 떠나지 않았다. 이수는 괴로운 얼굴로 차를 갓길에 세웠다.

그리고 지친 얼굴로 핸들에 고갤 묻었다. 강욱에게서 끊임없이 전화가 왔지만 머릿속이 복잡해진 이수는 연락을 받을 수 없었다.

그녀는 긴 한숨만 연거푸 내쉬며 이를 악물었다.

〈무슨 일 있어? 걱정되니까, 전화 좀 받아.〉

강욱에게서 메시지가 도착했고 이수는 한참 동안 휴대폰 화면을 물끄러미 내려다보며 망설였다.

그때, 차 회장에게서 한 통의 메시지가 도착한다.

〈내일이 기자 회견이다. 내가 너에게 주는 마지막 기회라고 했다. 만약 네가 거기서 내 뜻을 거스른다면, 나도 윤강욱 검사 가만 못 내

버려 둔다. 이건 협박이다. 윤강욱 중앙지검에서 자르는 건 일도 아니라는 거, 잊지 말아라.〉

그 순간, 이수는 억장이 무너지는 것을 느끼며 휴대폰을 툭 떨어뜨리고 말았다.

이런 협박이 아니어도 이수는 지금 충분히 힘들었다. 그런데 차 회장의 메시지는 그녀를 숨도 못 쉬게 괴롭히고 있었다. 그녀는 쏟아지는 눈물을 닦지도 못한 채 손만 파르르 떨고 있다.

"어떡하라고! 나더러 어떡하라는 거야. 대체!"

그녀는 급기야 엉엉 소리 내 울었다. 할 수만 있다면 당장이라도 A&J가 저질렀던 지난날의 만행을 세상에 드러내고 자폭하고만 싶었다.

이수가 괴로움에 몸부림치던 그때, 다시금 울리는 그녀의 휴대폰. 그녀가 힘겹게 손을 뻗어 휴대폰을 쥐었다. 강욱의 전화였다.

"이 상황에서 내가 어떻게 받아요, 검사님 전화를……."

하지만 보고 싶었다.

이수는 정말 자신이 욕심낼수록 그가 위태로워진다는 걸 알면서도 그가 끊임없이 보고 싶었고 그와 함께하고 싶었다. 이수는 손을 파르르 떨며 휴대폰을 세게 쥔다.

―차이수, 어디야.

그리웠던 그 목소리가 흘러나오고 이수는 삼키고 또 삼켰던 그 말을 토하듯, 내뱉고야 만다.

"나 좀 데리러 와 줘. 강욱 씨."

10분 정도 흘렀을까.

핸들에 얼굴을 묻고 있던 이수는 자신의 차를 두드리는 소리에 고개를 들었다. 강욱이 한껏 걱정스러운 얼굴로 이수를 내려다보고 있었다. 그녀는 눈물범벅이 된 얼굴로 차에서 내렸다.

"뭐야. 왜 울어, 너."

그리고 곧바로 이수는 그의 품에 안긴다.

"미안해……. 미안해요, 강욱 씨."

이수는 눈물을 삼킬 수가 없었다. 눈물샘이 고장이라도 난 듯 쉴 새 없이 눈물이 쏟아지고 있었다. 품에 더더욱 파고들며 얼굴을 묻었고 강욱 역시 그런 그녀를 따뜻하게 보듬었다.

"무슨 일 있었어? 해연궁마마가 뭐라고 했는데."

"솔직하게 말할게요, 강욱 씨. 난 돌려 말하는 법도…… 그리고 내가 어떻게 해야 강욱 씨를 위하는 건지 잘 몰라. 그러니까 그냥 다 말할게요."

그녀가 젖은 얼굴을 들어 강욱을 바라봤다.

서럽게 눈물을 흘리는 그녀의 뺨을 강욱이 부드럽게 감쌌다. 그리고 안심하라는 듯 그녀를 따뜻하게 내려다보며 고갤 끄덕였다.

"말해. 들을 준비되어 있으니까."

그의 뒤로 차들이 쌩쌩 지나쳤고 어둠은 좀 전보다 더 깊게 내려 앉아 있었다. 이수는 강욱의 품에서 조금 떨어지며 눈물을 닦아 냈다.

"난 당신이 좋아."

"응, 나도 차이수 네가 좋아."

"그래서 놓기 싫어. 맞아, 이건 내 욕심이야."

"욕심, 아니야. 놓지 마."

"그런데 놓아야 해요. 놓아야만 하니까, 욕심이라는 거예요."

이수는 숨기고 싶지 않았다. 자신이 짊어져야 할 책임을 그에게 전가하고 싶지 않았지만, 그럼에도 비밀을 만들 수 없기에 말해 줘야 할 것 같았다.

"무슨 일 있구나."

"내가 당신을 욕심낼수록 당신이 힘들어져."

"무슨 일인데."

"나…… 사랑해요?"

"차이수."

"말해 줘요. 사랑해요, 나?"

이수가 애원하듯 물었다. 그러자 강욱은 대답 대신 이수를 뚫어져라 응시하며 그녀의 얼굴을 빤히 살폈다.

그러다 그녀의 입술을 삼키고 만다.

"……."

두 사람은 한데 엉겨 붙어 서로의 사랑을 끊임없이 확인했다.

강욱은 어느 때보다 격렬하게 그녀의 입술을 핥았다. 작고 탐스러운 이수의 입술을 강한 힘으로 빨아 당기며 그가 자신의 사랑을 확인시켜 줬다.

그의 커다란 손이 이수의 등허리를 거칠게 쓸었다. 그녀는 옴짝달싹도 못한 채, 그의 입술을 받아들여야만 했다. 하지만 싫지 않았다. 아니, 좋았다. 미치도록 그가 좋았다.

그렇게 두 사람의 격정적인 입맞춤이 끝나고 강욱은 느른한 눈길로 이수를 바라봤다. 그러자 이수는 아직 눈을 뜨지 못한 채, 파르르 떨고 있었다.

"내 대답, 이거면 됐어?"

강욱이 손을 뻗어 그녀의 젖은 입술을 어루만졌다. 이수가 느리게 눈을 떠 자신을 빤히 바라보고 있는 강욱을 올려다봤다.

"난 당신을 사랑하고 당신도 날 사랑하고. 우리의 사랑은 나 혼자만의 것도 아니고 당신의 몫도 있는 거니까, 숨기지 않을게요."

"……."

"내 멋대로 우리의 사랑을 판단하고 내 멋대로 당신을 위한 일이라 여기면서 내 감정을 짓밟고 당신을 떠나고 싶지 않아. 그건 당신의 감정을 내가 무시하는 거니까."

이수는 눈물이 그렁그렁 맺힌 눈동자에 강욱을 가득 담았다.

"아버지가 큰 잘못을 저질렀어요."

"차 회장님께서?"

"이 사실이 세상에 알려지면 A&J는 무너질 거예요."

"이수야."

"그렇지만 무너지지 않게 할 수 있는 방법도 난 알아요. 나만 입을 다물면 되거든."

"……."

"그런데 그러기 싫어요."

이수의 말에 강욱이 깊게 한숨을 내쉬며 그녀를 다시금 보듬었다. 짐작할 수 없는 아픔일 거라, 그가 대체 어떤 말로 그녀를 위로해 줘야 할지 몰라 그저 너른 품에 보듬을 수밖에 없었다.

"이수야, 괜찮아."

"내가 무너지면 강욱 씨도 내 옆에 있단 이유로 타격을 받을 거예요."

"그것 때문에 이렇게 우는 거야? 대체 그게 어때서."

"하지만 강욱 씨. 그거랑 상관없이 내일 기자 회견장에서 내가 당신과의 관계를 부정하지 않으면."

"……."

"당신은 검사복을 벗어야 할지도 몰라요."

그 말을 내뱉는 이수의 가슴이 찢어지는 것 같았다.

자신의 모든 것을 앗아 간다 해도 상관없을 거라 생각했는데, 자신이 사랑하는 이가 가진 것을 빼앗는다고 하니 못 견디게 괴로워졌다.

이수는 눈물을 애써 삼키며 그의 옷깃을 놓았다. 그리고 허망한 얼굴로 강욱을 올려다보며 느리게 고갤 저었다.

"가관이야, 그렇지? 내가 생각해도 정말 어처구니가 없는 일이네요."

"차이수, 그게 무슨."

"그러니까 내가 말한 욕심이 뭔지 알겠어요?"

강욱은 충격 받은 얼굴로 이수를 내려다봤다. 그의 얼굴이 굳어갈수록 이수의 심장도 딱딱해지는 것 같았다.

"강욱 씨는 그저 날 사랑한다는 이유만으로 당연하게 상처를 받을 거예요."

"……."

"아무것도 하지 않아도 당신이 가진 모든 것을 잃을 수도 있어요. 아니, 잃어요. 내가 내일은 뭐 어떻게, 당신과의 관계를 부정하며 고비를 넘긴다고 해도. 난 내 아버지를 용서할 수 없고, 그렇게 되면 A&J 그룹은 무너질 거고. 당신도 내 사람이란 이유로 같이 무너질 거예요."

"차이수."

"당신이 어떻게 얻은 자린데. 난 알 수 있어. 당신이 입은 그 검사복은 당신의 청춘이 모두 담겼을 거고, 당신의 꿈이었을 거고, 당신 인생의 모든 노력이 담겼을 건데."

"……."

"나 때문에 빼앗겨선 안 되잖아. 그것만큼 억울한 게 어디 있어."

그녀는 그를 대신해서 울었다. 강욱의 찢어지고 있을 가슴을 대신해 자신의 가슴을 몇 번이고 내리쳤다. 이수는 그에게 물러나며 고갤 숙이고 말았다.

"그러니까 강욱 씨."

"……."

"우리, 오늘까지만 사랑하고. 그만할까요?"

차마 이 말을 그의 눈을 바라보며 할 순 없었다.

"그게 돼?"

"아뇨. 안 되니까 말하는 거잖아요. 도와 달라고."

"난 못 해."

"맞아요, 나도 못 해. 그런데 해야만 해. 안 그럼 당신이 빼앗기고 말
아요."

"같이해. 빼앗겨도 넌 내 옆에 있을 거잖아."

"나 때문에 모든 걸 잃은 당신 옆에 내가 서 있을 자격이 있을까요?"

"도망치지 마."

"강욱 씨."

"멀어지지 마. 왜 멀어져."

"……."

"이리 와, 차이수."

강욱은 자신에게서 떨어지는 그녀의 허리를 잡아챘다. 그리고 그녀
가 달아날 수 없게 단단히 잡았다.

"고마워, 이렇게 말해 줘서."

"고맙다고 하면 어떡해. 난 미안해 죽겠는데."

"혼자 판단하고 떠나지 않아서. 끙끙 앓다가, 떠나 주는 게 날 위한 거
라 생각하지 않아서. 내게 통보하듯 이별을 떠넘기고 사라지지 않아서."

온힘을 다해 그가 진심을 전하고 있었다. 그녀는 내쳐야 하는 걸 알
면서도 강욱의 곁에 머무르고 싶단 욕심을 떨치지 못하는 자신을 원망

했다.

아픔이 아픔을 낳는 순간이다. 이수는 울음을 참으며 그의 손을 잡았다.

"네 말대로 우리의 사랑에 내 몫도 있고 책임도 있어."

"나 때문에 당신이 져야 할 책임이 더 커. 우리가 나눠 가진 사랑은 동등할지 몰라도, 당신이 나 때문에 아파해야 할 몫은 공평하지 않아요. 난 그게 싫다는 거야."

"아니, 좋아. 난."

"왜 이렇게 고집을 부려요. 윤강욱, 당신 똑똑하잖아."

놓고 싶지 않은데, 그래도 놓는 연습은 해야만 할 것 같았다.

차라리 그와 헤어지고 자신을 탓하는 것이 덜 아플 것 같았으니까. 이수는 자신 없다는 얼굴로 강욱을 바라보다 결국 시선을 외면하고 말았다.

"너야말로 왜 말도 안 되는 소리를 해. 차이수, 너 똑똑하잖아."

"사랑에 눈멀어서 우리끼리만 동화 속에 사는 거. 그게 주는 후유증이 얼마나 클지, 짐작조차 되지 않아요. 당장은 못 놓겠다고 하지만 그 이후가 두려워요."

"……."

"결국 우리의 선택을 후회하지 않을까요?"

현실적인 이수의 말에 강욱이 잠시 고민하는 얼굴을 한다.

그의 갈등이 길어질수록 이수는 애가 탔다. 호기롭게 이 사랑을 되돌아보자 얘기한 건 자신이었지만, 곧바로 후회하는 것도 자신이었다. 강욱은 이내 고갤 들어 이수를 바라봤다.

"지금 내가 부리는 게 고집일까, 정말 차이수 네 말대로 당장 사랑에 눈이 멀어 이성적인 판단을 하지 못하는 걸까."

강욱이 말문을 열자, 이수는 꼭 판결을 기다리는 사람처럼 초조해졌다.

"그런데 난 아무리 생각해도."

그가 이수를 향해 손을 내밀었다.

"너 때문에 받아야 할 아픔까지 감내할 수 있을 만큼 네가 좋아서 못 놓을 것 같다."

"강욱 씨."

"이젠 네가 선택해. 이건 내가 내린 결론이야."

"……."

"네 말대로 사랑은 너랑 나, 둘이서 하는 거고 함께 결정을 내려야 하는 거잖아. 네가 못 하겠다면 그만둘게."

"……."

"강요하지 않아. 너 때문에 힘들어질 내가 걱정되고 안쓰럽고 그래서 이 사랑의 결말이 행복이 아니라 미안함만 남을 것 같다고 생각하면, 그만두자."

그의 말에 이수가 숙였던 고갤 들어 그를 올려다보았다.

"하지만 네가 그만둔다고 해도 난 기다릴 거다."

"……강욱 씨."

"그건 내 마음이잖아. 이건 오롯이 내 몫이니까, 그것까지 네가 멈추라고 할 자격은 없어."

단단한 그의 음성이 잠시 흔들렸던 이수를 꽉 안아 든다.

"그러니까 네가 말한 그 동화 속에서 나오고 싶지 않으면 이 손 잡아, 차이수."

잠시 말이 없던 이수는 그의 커다란 손을 빤히 내려다보며 입술을 열었다.

"우리만 너무 예쁜 이야기 속에 사는 것 같아요."

"……."

"현실은 지옥인데 말이야."

머뭇거리던 이수가 결심한 듯 그의 손을 잡았다.

"후회는 나중에 할래. 욕심 부리다가 벌 받는다고 해도 상관없을 것 같아요. 지금이 너무 아름다우니까."

그 말에 강욱은 그녀가 잡은 손을 잡아 당겨 품에 안았다.

"벌 안 받아. 벌은 내가 줄 거야, 그 사람들한테."

"……같이 잘래요, 오늘?"

이수가 그를 올려다보며 말했다.

"자자. 나 강욱 씨랑 자고 싶어."

강욱의 오피스텔.

빛은 거두어졌고 어둠만 선명한데 서로의 눈에 담긴 모습은 또렷했다.

강욱은 벽에 기대선 이수의 뒷덜미를 뜨겁게 쥐었다. 어렴풋이 이수 머리 위로 쏟아지는 달빛은 미세한 떨림까지 고스란히 비추고 있었다. 언제나 반듯했던 그녀를 한껏 헝클어뜨리는 기분이라 강욱의 기분이 묘해졌다.

이수의 작은 몸이 파르르 떨린다.

"이수야."

강욱이 나지막이 그녀의 이름을 부르자, 이수가 살며시 깨물고 있던 입술을 풀며 올려다보았다.

"사랑해."

그러자 강욱이 그녀의 모든 걱정을 해소시켜 주듯 사랑한다, 이야기하고 있었다. 이수가 긴장한 얼굴로 작게 미소를 그렸다.

"나도 사랑해."

그녀의 입에서 대답이 흘러나오자마자 강욱과 이수는 떨어질 줄 몰랐다. 그가 과감하게 입술을 삼켰고 이수 역시, 기다렸다는 듯 그의 목을 끌어안으며 몸을 밀착했다.

강욱은 그녀의 입술을 탐하면서 원피스의 지퍼를 내렸다. 그리고 그녀의 원피스를 벗기기 시작했다.

격렬하게 키스하던 두 사람이 동시에 떨어졌다. 강욱이 거칠게 날숨을 내뱉으며 느른한 눈길로 이수의 눈을 바라봤다. 그와 이런 위태로운 상황에서 시선을 맞추자 이수의 가슴이 무자비하게 떨렸다.

"괜찮겠어?"

강욱이 그녀를 지그시 내려다보며 부드럽게 물었다. 이수는 괜찮다는 듯 작게 고갤 끄덕이며 그의 가슴팍에 얼굴을 묻었다.

순간, 이수의 몸을 싸매고 있던 원피스가 발 아래로 툭 떨어졌다.

"하."

긴장한 듯, 이수의 붉은 잇새로 숨이 흘렀다. 속옷만 적나라하게 걸친 상태가 된 이수의 몸을 강욱이 빤히 내려다보았다. 그의 자극적인 시선이 그녀를 달아오르게 했다.

"날 봐."

강욱은 부끄러움에 고갤 숙인 이수를 불러 자신을 바라보게 했다. 그러자 그녀는 긴장감에 창백해진 얼굴을 들어 그를 바라보았다.

두 사람의 닿은 시선에 불꽃이 일었다. 강욱은 한 손으로 그녀의 뒷덜미를 지그시 잡아 자신 쪽으로 잡아당겼다. 도톰하게 부은 그녀의 입술을 한입에 삼켰다.

강욱의 따뜻한 혀가 이수를 농밀하게 적셨다.

"……하아."

그는 움직이지 못하게 한 손으로 허리를 단단히 움켜쥔 채 끓는 욕

망을 그녀의 입술 위에 퍼부었다. 이수는 본능적으로 몸을 웅크렸고 강
욱은 그런 그녀를 곧추세웠다.

"예쁘다, 차이수."

강욱의 시선이 그녀의 반듯한 쇄골에, 하얗게 부푼 가슴 위에 닿았다.
이수가 부끄러워 몸을 웅크릴 때마다 강욱이 강한 힘으로 그녀의 등허리
를 쓸었다. 그러자 그녀는 몸을 움찔거리며 그의 품으로 파고들었다.

하얗고 몰캉한 살결이 강욱의 세포를 자극했다. 그는 집요하게 목덜
미를 훑다, 다시금 이수의 입술을 입 안에 물었다.

벽으로 몰아세웠던 그녀를 따뜻하게 감싸 안아 침실로 몰아붙였다.
강욱은 거침없이 자신의 재킷과 셔츠를 벗어 던졌다.

"강욱 씨."

그의 몸은 상상했던 것보다 훨씬 근사했다. 탄탄한 근육들은 성이
나 한껏 부풀어 있었다. 이수는 놀라움을 숨기지 못해 그의 단단한 가
슴팍을 응시했다. 커다랗고 야릇한 몸집이 자신을 짓누를 거란 생각을
하니 벌써부터 숨이 턱, 막혀왔다.

"긴장 풀어. 아프지 않게 해 줄게."

이수는 저도 모르게 입술을 물며 주먹을 꽉 쥐었다. 숨이 자연스럽
게 쉬어지지가 않아, 애가 탔다.

바지 후크를 풀던 강욱이 긴장한 그녀의 입술을 검지로 훑었다. 그
러곤 그녀의 하얀 이마 위에 입을 가볍게 맞추며 그녀의 눈을 지그시
응시했다. 깊고 맑은 눈동자에 자신의 얼굴이 가득 담겼다.

"하아, 강욱 씨."

강욱은 그녀의 긴장을 풀어 주기 위해 입가에 곡선을 그리며 다른
한 손으로 그녀의 허벅지를 쓰다듬었다. 오소소 소름이 돋은 그녀의 살
결에 따뜻하고 부드러운 손길이 닿는다.

"괜찮아."

그 말을 끝으로 강욱의 커다란 몸이 쏟아졌다.

강욱의 달아오른 손이 그녀의 몸 곳곳을 예민하게 쓸었다. 이수는 입술을 악문 채, 눈을 질끈 감았고 터지려는 신음을 애써 참으며 길을 받아들이고 있었다.

"소리 내, 이수야."

동시에 이수는 본능적으로 참았던 신음을 내뱉었다. 은은히 쏟아지는 달빛이 그녀의 몸을 아름답게 비추고 있었다. 강욱은 참을 수 없어, 그녀의 목과 쇄골에 자신의 흔적을 뜨겁게 남겼다.

"으윽……."

이수는 목을 젖히며 그의 욕망을 온몸으로 받아 냈다. 이내 강욱의 달아오른 입술은 그녀의 예민하게 솟은 곳을 물며 부드럽게 달랬다.

"사랑해요, 강욱 씨."

이번엔 그녀의 입에서 먼저 사랑고백이 흘렀다. 강욱은 그녀를 꽉 안으며 고개를 뒤로 젖혔다.

"나도, 사랑해. 차이수."

강욱의 입에서도 더는 참을 수 없다는 듯 숨이 흘렀고 자신의 몸을 그녀에게 더욱이 밀착시켰다.

✛　　✛　　✛

희붐한 새벽이 밝아오고 먼저 잠에서 깬 강욱이 잠든 이수를 내려다 봤다.

"우리만 너무 예쁜 이야기 속에 사는 것 같아요, 현실은 지옥인데 말이야."

어젯밤 그녀가 울먹이며 했던 말이 떠올라 가슴이 미어졌다. 강욱은 손을 뻗어 곤히 잠든 이수의 머리맡을 쓰다듬었다. 그러다 그녀의 희고 부드러운 등에 가볍게 입을 맞추며 끌어안았다.

"네 현실도 내가 예쁘게 만들어 줄게."

강욱은 그녀의 머리에 얼굴을 묻었다. 그때, 이수가 작게 몸을 뒤척이며 등을 돌려 품에 안겼다.

"깼어요?"

잠이 덜 깬 목소리로 물었다. 강욱은 그녀를 따뜻하게 감싸 안으며 그녀의 머리를 끊임없이 쓰다듬었다.

"응, 일어났어?"

"아니. 나 아직 잠 덜 깼어요."

"좀 더 자, 아직 새벽이야."

"잘 잤어요?"

이수가 눈을 비비며 느리게 눈을 떠, 그를 올려다보았다. 헝클어진 머리도 잠이 덜 깨 풀린 눈도 모두 한없이 예뻐 보였다. 강욱은 미소를 그리며 그녀의 이마에 입을 쪽, 맞췄다.

"잘 잤지. 넌? 잘 잤어?"

"응. 잘 잤어요."

대답을 하며 이수가 다시금 그의 품을 파고들었다. 맨살에 닿는 그녀의 살결이 보드랍고 따뜻해 강욱은 품에 안은 그녀를 놓치기 싫었다. 두 사람은 떨어지지 않겠다는 듯, 서로를 꽉 보듬었다.

"아침으로 뭐 해 줄까?"

"아침?"

"밥 먹어? 아님 빵?"

"저 아침 잘 안 먹어요."

"오늘은 먹고 가. 오후에 기자 회견 있잖아."

기자 회견이란 단어가 이수의 가슴에 가시처럼 턱, 걸린다. 강욱 역시 마음이 미어지는 것 같아 자꾸만 눈썹이 일그러졌다. 하지만 그녀에게 슬픈 얼굴을 보여 주기 싫어 그가 애써 입매를 끌어올렸다. 이수가 그의 품에 가만히 안겨 있다, 고갤 들어 그의 얼굴을 올려다보았다.

부딪힌 두 사람의 시선에 서로를 향한 깊은 애틋함이 스며있다.

"강욱 씨, 나……."

그녀가 머뭇거리듯 입을 열다, 차마 말을 끝맺지 못하고 다시금 입을 다물고 말았다. 그러자 강욱은 그녀를 품에 보듬으며 모든 걸 이해한다는 듯 고갤 주억거렸다.

"괜찮아. 다 이해할게."

아무런 말도 하지 않았는데 강욱은 이미 그녀의 말을 들은 것처럼 그녀를 다독였다. 이수는 깊게 한숨을 내쉬며 그의 목에 팔을 둘렀다.

"미안해요. 내가 무슨 선택을 하든, 그건 우리 관계를 위해 내린 선택이라는 거, 알죠?"

차마 이수는 그의 눈을 바라보며 말할 수 없어, 그의 가슴팍에 얼굴을 묻은 채 말을 이어나갔다. 하지만 그 순간에도 강욱은 그녀를 따뜻하게 쓰다듬어 주었다. 모든 것이 다 괜찮아질 것만 같은 그의 손길에 그녀의 얼었던 가슴이 녹아내리는 것 같다.

"알아. 난 괜찮으니까 난 신경 쓰지 마."

"어떻게 신경 안 써. 이젠 내가 내 인생에서 제일 신경써야 할 사람이 당신이 되어버렸는데."

"나 버리지만 마, 차이수."

"강욱 씨."

"네가 무슨 결정을 내리든, 다 존중해. 이해하고 따를게. 근데 버리지만 마라."

"어떻게 버려요. 내가 당신을. 못 버려."

이수가 눈물을 글썽이다, 울지 않기 위해 입술을 악물었다.

"네가 물었었지, 어제. 너 때문에 내가 모든 걸 잃게 되어도 네가 내 옆에 있을 자격이 있겠냐고."

그의 말에 이수가 묻었던 고갤 들어 그를 올려다보았다. 강욱의 단단한 눈빛이 이수를 흔들리지 않게 강하게 움켜쥐는 것 같았다. 순간 바람이 불어, 휘청였던 그녀의 가슴이 그의 시선에 견고하게 굳어졌다.

"충분해. 너니까."

"충분해요?"

"너 때문에 모든 걸 잃어도 난 괜찮아. 그런데 나는 그렇게 쉽게 잃어버리지 않아."

"강욱 씨, 하지만."

"그게 뭐라고 해도 나는 무너지지 않을 거고 뺏기지도 않을 거야. 그러니까 내 걱정은 하지 마."

이수는 차오르는 슬픔을 견디지 못하고 숨결을 떨며 눈물을 흘렸다. 그러자 강욱이 그녀의 젖은 뺨에 입을 맞추며 그녀의 허릴 끌어안았다.

"차이수답게. 하고 싶은 거, 다 해."

집으로 돌아온 이수는 혼자만의 시간을 가졌다.

오후에 있을 기자 회견을 준비하기 위해 그녀는 두 시간째, 고뇌에 빠져 있었다. 어떤 선택을 내리는 게 모두를 지킬 수 있는 방법일까.

차 회장과 A&J 그룹에선 그녀의 기자 회견을 기다리고 있는 눈치였다. 아무래도 그녀가 고집을 꺾고 모든 스캔들을 부인하며 황태자비가 되기 위해 준비 중이라고 말하리라 믿고 있는 것 같았다. 하지만 이수는 그럴 생각이 없었다.

그때, A&J 전담 변호사가 이수가 오늘 기자 회견장에서 읽을 의견문을 메일로 보내왔다. 메일함에 뜬 표시를 내려다보며 이수가 건조한 얼굴로 노트북을 덮었다.

"부디 이수 씨가 행복했으면 좋겠어요, 난."

순간, 해연의 따뜻한 목소리가 이수의 시린 가슴을 다독였다.

"차이수답게, 하고 싶은 거 다 해."

동시에 강욱의 다정한 목소리도 갈등하는 그녀를 감싸 안고 있었다. 이수는 괴로운 듯 연거푸 마른세수를 했다. 어떤 선택이 모두를 위한 것일까, 고민하고 있었지만 실은 답을 알고 있는 이수였다.

그때, 휴대폰이 울렸고 이수는 지친 얼굴을 들어 휴대폰을 쥐었다. 차 회장이겠거니, 굳은 얼굴로 액정을 내려다보았는데 그녀의 가슴이 철렁 내려앉고 말았다.

"여보세요? 엄마!"

몇 달 만에 윤나에게 온 전화였다. 그녀는 '엄마'라는 두 글자에 눈물을 글썽이며 자리에서 일어났다. 한껏 긴장한 이수의 귓가로 윤나의 목소리가 안온하게 퍼졌다.

─이수야, 힘들지? 기자 회견, 소식 들었어.

먼 타지에 있는데 어떻게 알았을까. 윤나의 포근하고도 따뜻한 위로에 그만 이수는 눈물을 터뜨리고 말았다.

"엄마! 흐윽."

이수는 어깨 들썩이며 이를 악물었다. 몇 달 만에 듣는 엄마의 목소리에 강인한 척 견뎌 내야 했던 지난 시간들이 와르르 무너지고 말았다. 그녀는 바닥에 주저앉아 가슴을 움켜쥐었다.

—힘들 거야, 우리 딸. 엄마가 미안해. 너한테 모든 걸 다 떠넘기고 엄마 혼자 도망치듯 여기 와 버려서.

"엄마, 잘 지내지? 아픈 곳은 없고?"

—응, 엄만 잘 지내. 그동안 연락 못 해서 미안해. 엄마 마음 알지?

이수는 그런 윤나의 마음을 모두 헤아리고 있었다. 자신만큼이나, 아니 자신보다 더 아프고 외롭고 힘들었을 그녀였지만 오로지 자신을 위해 그 고통의 시간을 견뎌내고 있는 것이라고.

누구보다도 이수를 사랑하고 그리워하고 있지만, 이수의 행복을 위해 참고 기다리는 것이라고. 모든 것을 알고 있었기에 이수는 담담히 자신에게 위로를 건네는 윤나의 목소리에 주저앉고 말았다.

"알지. 알아, 엄마. 그래서 나도 전화 안 했어. 엄마 힘들게 할 것 같아서. 근데 나 오늘은 정말 엄마가 보고 싶었어."

—그랬구나. 프랑스에서 종종 네 소식 들었어. 황태자 전하의 소식도 들었고. 네가 많이 힘들고 아플 것 같아서 전화를 걸어 볼까 했지만 괜히 내 전화 한 통에 네가 더 힘들어질까봐.

"아냐, 엄마. 나는 괜찮아. 정말 괜찮아."

이수는 이를 악물며 눈물을 닦아 냈다. 마치 윤나가 옆에 있는 듯한 포근한 느낌에 애써 미소를 그리며 주먹을 꽉 쥐었다.

—엄마는 이수가 좀 더 강한 사람이 되기 위해 지금 알을 깨는 과정이라고 생각해.

"엄마……."

—비록 이 엄마가 못나서, 널 감싸고 있는 그 껍질을 깨 주지 못했지만 엄마는 이수를 믿어. 잘해 낼 수 있을 거야.

"내가 잘할 수 있을까, 엄마?"

자신이 없다는 듯 이수가 작게 목소리를 떨자, 윤나는 그녀를 향한 목소리에 힘을 주었다.

—넌 이미 답을 알고 있어, 그렇지? 이젠 네 삶을 살아, 이수야. 그러기 위해 견뎌 왔던 시간이었잖아. 이제 때가 온 것 같아.

"엄마. 내가 어떤 선택을 내려도 날 믿지?"

—그럼, 오늘 엄마도 여기서 응원하고 있을게. 우리 이수 잘해 낼 수 있을 거야.

자신의 삶을 살라는 윤나의 말에 이수가 힘차게 고갤 끄덕였다. 그녀의 말대로 이수는 이미 답을 알고 있었다.

"해 볼게, 엄마. 지켜봐 줘."

이수는 자신의 볼을 타고 흐르는 눈물을 닦아 내며 입술을 악물었다. 그녀가 무슨 선택을 하든, 이젠 그녀는 그녀의 삶을 살 것이었다.

✣   ✤   ✣

"이게 뭐지?"

그 시각, 어렵게 얻어 낸 황후전의 CCTV를 돌려보고 있던 강욱의 눈이 묘하게 번뜩였다. 지친 얼굴로 지난 3개월간의 녹화 영상을 훑어보던 그가 황태자가 살해되던 날, 황후전에서 빠져나오는 궁인의 수상쩍은 행동에 시선이 멈추고 만다.

강욱의 곁에서 함께 CCTV를 보고 있던 동료 검사의 눈동자도 커졌다.

"여기, 이 부분. 확대해 주세요."

황후전을 빠져나오던 궁인은 주위를 몇 번 훑은 뒤, 뒤편의 작은 밀실로 향하는 것이 보였다.

사각지대라 CCTV에 잡히진 않았지만 궁인이 그곳으로 향하고난 뒤 정확히 5초 후, 궁은 정전이 되었다. 그리고 황태자가 살해당하던 그날처럼 정확하게 모든 빛이 거두어지고 다시 불이 밝혀졌다.

강욱과 동료 검사들은 숨을 죽인 채, CCTV 영상에 집중했다. 그리고 그 순간.

"아!"

다시금 정전이 되었다. 그들은 동시에 자리에서 일어나 무언가 크게 얻어맞은 얼굴로 서로를 바라보았다.

"황후전 근처에 이런 곳이 있었어? 황실 전기를 이쪽에서도 다룰 수 있었던 거야? 우린 왜 이런 보고를 받지 못했지?"

동료 검사는 황실 도면을 크게 펼쳐 황후전 근처의 밀실을 다시금 살폈다. 하지만 이곳은 황후의 서재로 이용되는 공간이었다. 강욱의 얼굴이 묘하게 반전되었다.

"이 궁인, 신상 파악해 주시고요. 저희는 이쪽 황후전 밀실, 지금 수색하도록 하겠습니다."

강욱은 곧장 자리에서 일어나 사람들과 함께 황후전으로 향했다.

그래서 황후가 황후전 문을 꼭꼭 걸어 잠근 채, 열어 주지 않았구나. 강욱은 헛웃음이 흘러나왔다.

그날, 정전의 이유는 단순 누전이라고 밝혀졌었다. 황실의 전력을 담당하는 곳을 감식한 결과 외부의 힘이 아닌 내부 전선의 문제로 일어난 정전이란 결론이 났다.

그런데 황후가 쓰는 밀실에 한 궁인이 들어서고 얼마 뒤 황실의 모든 전기가 나가고 만 것이었다. 분명 밀실에 황실의 전력을 조정할 수 있는 장치가 숨겨져 있을 것이다. 강욱은 굳은 얼굴로 걸음을 재촉했다.

절대 황후전을 뒤질 수 없다던 황후의 호통이 그 순간, 묘하게 강욱의 귓가에 맴돌았다. 곧 모든 비밀을 풀 수 있을 거란 기대감이 일었다.

✛　　✚　　✛

이수는 조용히 눈을 감은 채, 호흡을 가다듬었다.

기자 회견이 열리는 제우스 호텔에 들어선 이수는 대기실에 앉아 마지막으로 생각을 정리하고 있었다.

〈이수야, 이 엄마를 봐서라도 한 번만. 딱 한 번만, 눈감고 아버지의 뜻에 따라 줘. 그럼 그 뒤론 네가 원하는 대로 엄마가 다 해 줄게. 그 검사가 좋다면, 엄마가 책임지고 지켜 줄게. 그러니까 황태자비만 돼. 5년, 아니 3년만 황태자비로 살다가 그 검사한테 가. 엄마가 약속할게〉

조 여사에게서 온 문자가 눈앞에 아른거렸다. 이수는 살갑게 자신을 '엄마'라 지칭하는 조 여사의 문자가 다시금 떠올라 힘없이 입술을 일그러뜨리고 말았다.

"단 한 번도 내게 진짜 엄마였던 적, 없었잖아요."

이수는 감았던 눈을 떠, 거울 속 자신의 얼굴을 들여다보았다. 그 어느 때보다 단정하고 우아한 모습의 이수. 그녀는 떨리는 손을 뻗어 자신의 뺨을 쓸어보았다.

"이젠 단 몇 초도 싫어요."

그녀는 느리게 눈을 깜빡이며 A&J 그룹 측에서 써 준 입장문을 손에 들었다. 모든 스캔들을 부인하고 황태자비로 살겠다는 간단명료한 말이 담긴 종이를 물끄러미 바라보던 이수는 무감한 얼굴로 자리에서 일어났다.

대기실의 문을 누군가가 두드렸고 이수는 무표정한 얼굴로 고개를 돌렸다.

"이사님, 손님이 찾아오셨는데……."

비서가 난감한 얼굴로 이수를 바라보았다. 곧 기자 회견이 시작될 텐데, 누가 찾아왔단 건지 이수는 조금도 짐작하지 못하겠다는 얼굴로 입술을 세게 물었다.

"못 해 준 말이 있어서요."

문 앞을 단단히 가로막고 서 있던 비서를 우악스럽게 젖히고 유미가 또각또각 들어섰다. 유미를 마주한 순간 이수의 얼굴이 무자비하게 일그러지고 말았다. 동시에 그녀의 손에 쥐어졌던 입장문이 힘없이 구겨졌다.

"한유미 씨."

"황태자비가 왜 되려고 했어요, 차이수 씨는?"

무례한 그녀의 태도에 이수의 비서가 그녀를 제지하려 했지만, 이수는 괜찮다는 듯 손을 들어보였다. 어쩐지 당당해 보이는 유미를 지그시 응시했다.

"대답해야 합니까?"

"뭐, 하기 싫으면 마시고요."

"용건만 간단히 말해 주세요. 지금 기자 회견을 해야 해서."

"환희 대군과의 국혼은 제가 합니다."

"……."

"뭐 이미 황후마마께 들어 다 알고 있다는 얼굴이네요?"

유미가 코웃음을 치며 이수를 향해 한 걸음 다가갔다. 하지만 이수
는 그녀의 걸음을 피하지 않았다.

"윤강욱 검사랑 스캔들, 인정하지 마세요."

"내 입에서 무슨 말이 나오길 기대해요?"

"당신이 지금. 윤 검사와의 스캔들을 인정하고 황태자비가 되지 않겠
다고 선언하는 순간, 나 A&J 그룹과 당신 가족들 모두 주저앉힐 거야."

"뭐?"

"이율 황제, 왜 죽었는지 당신은 알아?"

"한유미."

"난 알고 있거든. 맞아, 나 지금 네 약점 쥐고 흔드는 거야."

유미는 온몸에 힘을 준 채, 이수를 죽일 듯 쏘아보았다. 순간 이수의
가슴이 철렁 내려앉으며, 숨이 턱 끝까지 차오르는 것 같았다.

결국 그것이 자신의 발목을 움켜쥐는 순간이 오고 만 것이었다. 늘 예
상했던 순간이었지만 막상 이렇게 자신을 덮쳐 오니 가슴이 갑갑해졌다.

"너만 네 사랑이 소중하다고 지킬 요량이야? 지고지순한 그 사랑. 나
에겐 없었을 거라 생각해? 나 역시 너 때문에 포기해야 했던 사랑이었
어. 그런데 이제 와 넌 가지겠다고? 고고한 척, 재수 없게 굴던 네가 이
제야 모든 걸 내려놓고 사랑을 택하시겠다고?"

유미는 그 순간, 우악스럽게 이수의 멱살을 움켜쥐었다.

"절대 못 하지. 너도 내가 겪어야만 했던 모멸감과 상실감. 똑똑히
느끼길 바라. 내 발 아래에서 말이야."

14
황태자비의 남자

"황후마마, 밀실을 열어 주십시오."

벼락처럼 들려오는 강욱의 목소리에 이수의 기자 회견을 기다리고 있던 황후는 화들짝 놀라며 자리에서 일어났다. 최 팀장 역시 얼굴이 창백해져선 황후를 바라보았다.

"저게 무, 무슨 소리야!"

황후는 최 팀장을 돌아보며 소리쳤다. 그러자 밖에서 강욱의 단호한 목소리가 다시금 들렸다.

"CCTV 돌려보던 중, 황후마마의 서재에서 수상쩍은 행적을 발견했습니다. 긴급 수색해야 하니, 문을 열어 주십시오."

서재란 말에 황후의 얼굴이 파리하게 질리고 말았다. 애써 평정심을 유지하던 그녀의 숨결도 한순간에 흐트러지고 말았다. 황후전 밖에 선 강욱은 확신에 찬 얼굴로 머뭇거리는 황후를 향해 다시금 소리쳤다.

"황후마마! 수사에 협조해 주시지 않으면 강제로 문을 부술 수도 있습니다!"

"감히, 감히!"

황후가 화를 참지 못하고 씩씩거리자 최 팀장이 그녀를 황급히 가로막으며 이를 악물었다. 최 팀장의 목숨도 황후의 손에 달려 있었기에, 필사적으로 막아섰다.

"아니 되옵니다, 황후마마! 밀실은 절대 안 됩니다!"

"밀실에 누가 들어가기라도 했단 말이야? 그럴 리가 없지 않으냐? 그 밀실은 내 허락 없이 누구도 들어갈 수 없어!"

황후는 이를 악물며 최 팀장을 밀어내곤 황후전 문을 벌컥 열었다. 그리고 자신을 싸늘하게 내려다보고 있는 강욱 앞에 바짝 다가서며 악을 내질렀다.

"무엇 때문인데! 대체 무엇 때문에 내 개인적인 공간의 문을 함부로 열라, 말라 명령질인 것이냐?"

악을 내지르는 그녀를 담담히 내려다보던 강욱은 느리게 입을 열었다.

"황태자 전하께서 살해당하시던 밤, 정전의 이유를 그곳에서 찾을 수 있을 것 같습니다."

"……뭐? 정, 정전?"

정전이란 말에 황후가 무언가를 감추는 듯 황급히 얼굴에서 당황함을 지워 냈다. 하지만 강욱의 시선이 집요하게 그녀의 얼굴을 훑고 있었다.

"황태자 전하의 살인 사건과 관련된 일이니 너무 노여워하지 마시고 문을 열어 주시죠."

"그곳은 내 명령 없인 누구도 문을 열 수 없는 곳이야! 내가 그날 밤, 밀실 근처를 얼씬도 않았거늘 왜, 내 아들의 죽음과 그곳이 관련 있다고 하는 거지?"

"황후전의 지밀 궁인. 한 나인."

강욱의 입에서 '한 나인'이라는 호칭이 나오자 황후의 눈이 의아하다는 듯 커졌다.

"그 궁인이 그날 밤 정전이 되기 5초 전, 밀실에 들어섰습니다."

"……한 나인이라면."

그 말에 황후가 최 팀장을 돌아보았고 그녀 역시 모르겠다는 듯 고개를 느리게 저었다.

"그리고 그 궁인이 밀실에 들어간 뒤 황실은 정전이 되었고 황태자 전하께서 살해를 당하신 것이죠."

"뭐라고?"

"그러니 밀실의 문을 열어 주시죠, 황후마마. 저의 말을 믿지 못하시겠다면 지금 감찰궁으로 가서 CCTV를 확인하셔도 좋습니다."

강욱의 말에 하늘이라도 무너진 듯 황후가 기함하며 털썩 바닥에 주저앉고 말았다.

"뭣들 해. 지금 당장 황후마마를 모시고 밀실로 가지 않고."

묘한 미소를 입에 건 강욱이 쓰러진 황후를 향해 반듯하게 인사를 하곤 싸늘하게 돌아섰다.

유미에게 멱살을 잡힌 이수의 얼굴엔 어쩐지 조금의 동요도 없었다.

오히려 당황한 쪽은 그녀의 멱살을 움켜쥐고 있는 유미였다. 유미는 얼굴을 일그러뜨리며 그녀를 향해 말을 씹어 뱉었다.

"장난 같아?"

이해할 수 없다는 듯 유미가 고갤 사선으로 비틀어 그녀를 쏘아보았다. 그제야 무덤덤하게 유미를 내려다보고 있던 이수가 느리게 입을 열었다.

"아뇨. 진심 같습니다."

"뭐야, 그게 끝?"

"장난 같냐고 물어서 그에 대한 답을 한 겁니다."

"뭐라고?"

"그리고 이거 놓고 얘기하셔도 충분히 알아들으니 놓으시죠."

이수가 자신의 멱살을 쥐고 있는 유미의 손을 고갯짓으로 가리켜 보였다. 유미는 이상하게 기선을 제압당한 것 같은 찝찝한 느낌을 안고서 그녀의 멱살을 놓아주었다.

"한유미 씨가 황태자비가 되길 갈망하고 있다는 건 이미 알고 있습니다."

침착한 이수의 어조에 유미가 입술이 피가 날 정도로 악물며 그녀를 응시했다.

"저는 유미 씨의 소망을 깨뜨리고 싶은 생각은 없습니다."

"소망이라고 했어, 지금?"

유미는 어처구니가 없다는 듯 얼굴을 일그러뜨리며 반듯한 그녀를 올려다보았다. 아직 해소되지 못한 분노가 유미를 끝없이 괴롭게 했고, 이수를 무너뜨리게 종용했다.

하지만 끝없는 욕망의 소용돌이에 휩싸인 유미와 달리 이수의 얼굴은 편안해 보였다. 그게 죽을 정도로 싫었다.

"누구나 가슴에 그런 소망 하나 쯤은 품고 사니까요."

"내 말이 아직 와 닿지가 않는 모양이구나. 네가 너의 모든 것을 지키려는 순간, 난 너와 A&J를 무너뜨릴 거라니까?"

다시금 유미가 으박을 지르며 이수를 향해 경고했다. 이내 이수는 그녀의 말에 담담하게 고갤 끄덕였다.

"네, 그렇게 하세요."

"뭐, 뭐⋯⋯?"

"무너뜨리세요. 타깃을 그렇게 잡은 모양인데, 미안하게도 제가 원하던 바입니다."

"그 말의 뜻이 아직 뭔지 모르겠어? 넌 모든 걸 잃을 거고, 네가 사랑한다는 윤강욱 검사도 결국 무너질 거란 말이야. 몰라?"

"압니다. 그러니까 하세요."

이수는 물러서지 않으며 유미를 향해 또각또각 걸어갔다. 그러자 유미는 본능적으로 뒷걸음질 치며 시선을 피하고 말았다. 이수에게서 뿜어져 나오는 강한 기운이 그녀를 움츠러들게 했다.

"그런데 그거 알아요, 유미 씨?"

"⋯⋯."

"나를 밟고 부수고 무너뜨려도 갖지 못할 거예요, 그건."

"뭐?"

"황태자비."

싸늘하게 말을 내뱉은 이수가 고개를 느리게 저었다. 그러곤 유미가 가엾다는 듯 손을 뻗어 그녀의 어깨를 작게 토닥였다. 그 행동이 유미를 미치게 만들었다.

"손 치워."

"왜 하필 황태자비였나요."

"너 따위는 질문할 자격 없어. 태어나자마자 모든 걸 가진 너 같은 애들은 죽어도 모를 감정이니까."

"이젠 제가 묻고 싶네요, 유미 씨께."

"⋯⋯."

"당신은 정말 이강 황태자를 사랑했나요?"

이수의 날카로운 질문에 순간, 유미의 눈동자가 파르르 떨리고 말았다. 숨길 수 없는 당혹감이 그녀의 얼굴에 짙게 일었다. 이수는 안타깝다는 듯 입술을 물며 한숨과 함께 말을 쏟아 냈다.

"아니면 제가 가졌던 그 자리가 탐이 났던가요."

"차이수, 난 너와 달라. 날 너와 같은 취급 하지 마!"

"황태자비는 누구의 것도 아닙니다. 그러니 뺏을 거란 그런 욕망을 가지고서 덤빌 자리가 아니라는 거죠."

"가르치려 들지 마. 재수 없으니까."

"갖고 싶다면 그에 맞는 품격을 지니세요. 황태자비는 빼앗아 얻는 자리가 아닌 그에 맞는 품격을 지닌 사람이 오를 수 있는 곳입니다."

정중하게 말을 하며 이수가 그녀에게서 한 걸음 물러났다. 이내 자기가 손에 쥐고 있던 기자 회견에서 보일 입장이 적힌 입장문을 들어 그녀에게 보였다.

"그리고 전, 그 자리를 누군가에게 빼앗기는 것이 아닙니다. 제 스스로 포기하는 겁니다."

그리고 A&J 그룹의 욕망으로 써 내려간 입장문을 보란 듯이 찢어 버린다. 순간 유미의 동공이 걷잡을 수 없이 커지고 말았다.

"네, 전 유미 씨와 다릅니다. 유미 씨는 지키지 못했지만, 전 꼭 지킬 거거든요."

"차이수!"

"내가 사랑하는 사람. 그러니 유미 씨도 그 소망만큼은 꼭 지키시길 바랄게요. 건투를 빕니다."

비수 같은 말을 남기고 이수는 돌아섰다. 반듯한 자태로 대기실을 빠져나갔다. 홀로 남겨진 유미는 이를 악문 채, 그녀를 따라 나섰다.

기자 회견이 열리는 장내로 들어선 이수를 유미가 물끄러미 바라봤다.

"죽어도 가질 수 없는 자리라고 했지."

하지만 유미는 이수가 A&J 그룹을 포기할 수 없을 거라 생각했다. 그녀에게서 그것을 지워 낸다면 무너지는 한순간일 테고, 똑똑한 이수가 그걸 모를 리 없을 것이었다.

유미는 자신 앞에서만 센 척을 하는 것이라 생각하며 기자들 틈에 섞여 앉아 회견장으로 들어서는 이수를 바라봤다.

이수는 그 어느 때보다 단정한 모습으로 기자들 앞에 섰다. 그녀가 들어서자 장내는 술렁이기 시작했고 그녀를 향해 카메라 셔터가 쏟아졌다. 위협적인 기세의 플래시에도 이수는 눈 하나 깜짝 하지 않고 등허리를 꼿꼿하게 폈다. 그리고 자신을 거칠게 바라보는 기자들의 시선을 외면하지 않고 하나하나 응시했다.

"안녕하세요, A&J 그룹 이사 차이수라고 합니다."

간단한 소개가 끝나고 이수가 자리에 앉았다. 그녀의 기자 회견은 생방송으로 카메라에 담겨 미디어로 송출되고 있었고 그녀의 기자 회견을 A&J 그룹의 이사들 역시 지켜보고 있었다.

"우선 소란을 일으켜 죄송하단 말씀 전하고 싶습니다. 죄송합니다."

카메라를 향해 느리게 고갤 숙이는 이수의 얼굴이 조금은 경직되어 있었다. 그녀의 숙인 머리 위로 카메라 플래시가 억수같이 쏟아진다.

"한땐 국민의 지지를 받는 황태자비 후보로서 이번 스캔들은 저에게도 큰 충격을 다가왔고 동요하는 국민 여러분을 보며, 그 자리가 주는 무게가 얼마나 무거운지 통감했습니다. 정말 죄송하게 생각합니다."

그 자리에 있는 모든 이들이 긴장한 얼굴로 그녀의 입술만 바라봤다.

그때 조금은 누그러뜨린 눈빛으로 말을 이어 가던 이수가 고개를 단단히 치켜들고 조금은 날 선 눈빛으로 정면을 보았다.

"지금부터 저를 둘러싼 스캔들에 대해 하나하나 해명하도록 하겠습니다. 황태자 전하의 사건을 담당하는 담당 검사와 황태자비 후보 차이수는 스폰서 관계이고 밤에만 만나는 파트너라는 소문에 대한 저의 입장입니다."

제일 궁금했던 사안에 대해 먼저 입을 여는 이수를 향해 모든 이목이 집중하는 순간이었다.

그녀는 무거운 얼굴로 입술을 조금 깨물다, 이내 입을 열었다.

"결코 사실이 아닙니다. 담당 검사님과 저는 조사로 몇 번 마주친 적은 있었지만 그런 불순한 관계로 마주한 적은 단 한 번도 없고 그런 마음을 먹은 적도 없습니다. 또한, 황태자 전하와 국혼을 약속하기 전부터 알던 사이란 것 역시, 사실이 아닙니다. 저는 담당 검사님을 조사 받으면서 처음 알게 됐습니다. 그리고……."

이수는 조금 머뭇거리며 기자들을 바라보았다.

"황태자비의 남자라는 것도 사실이 아닙니다."

A&J 그룹이 원하던 대답이 흘러나온 순간이었다. 유미 역시 그녀의 말에 너도 별수 없구나, 하는 얼굴로 고개를 느리게 저으며 마음을 놓던 그때, 이수가 다물었던 입을 다시 벌렸다.

"황태자비의 남자가 아니라, 그냥 차이수의 사람일 뿐입니다."

밀실 앞에 선 황후는 부들부들 떨며 선뜻 문을 열지 못하고 있었다. 자꾸만 자신의 뒤에 선 강욱을 바라보며 머뭇거렸다. 강욱은 그녀를 재촉하지 않고 느긋하게 바라보며 눈빛으로 압박하고 있었다.

"황후마마."

최 팀장은 이건 아니라는 듯 문고리를 쥐는 황후를 향해 느리게 고개를 저었다. 황후 역시 뻗은 손끝이 파르르 떨리고 있었다. 굳게 달힌 밀실 문을 바라보던 황후가 천천히 몸을 돌려 강욱을 응시했다.

"만약 이 문을 열었는데도 아무것도 나오지 않는다면, 그땐 어쩔 생각이죠. 윤강욱 검사?"

황후의 분노가 고스란히 강욱에게 닿았다. 하지만 그는 여전히 무감한 얼굴로 황후를 물끄러미 내려다보고 있었다.

"감히 황후인 나를 의심한 것으로도 모자라, 태자 생모인 날 능멸한 것이니 그 책임을 질 각오는 단단히 되어 있겠지?"

마지막 발악이라도 하듯 위협적인 그녀의 태도에도 강욱은 무심하게 눈만 깜빡거리고 있었다. 묵묵히 말을 듣고 있던 강욱이 입을 열었다.

"어떤 식으로 책임지시길 바랍니까?"

"검사직을 내놓아야 할 것이야. 다신 당신의 입에서 법이 거론되는 일 없게."

황후의 종용으로 검사직을 내놓게 된다면 강욱은 앞으로 법조계에 발을 디딜 수 없을 것이었다. 그녀의 협박이 얼마나 크고 무거운지 잘 알았지만 그는 동요하지 않았다. 오히려 동료 검사들이 강욱을 할 정도로.

"네, 그러죠."

"윤 검사!"

"기꺼이 내려놓겠습니다. 그러면 이제 열어 주시겠습니까."

영장을 발부해 얼마든지 이 밀실의 문을 강제로 열 수 있었지만 강욱은 황후에게 기회를 주는 것이었다. 하지만 황후는 끝까지 자신의 자존심을 내세우며 강욱과 맞서고 있었다.

강욱은 알고 있었다. 이렇게 시간을 끌수록 황후만 바닥을 칠 것이었다.

강욱에겐 더 잃을 게 없는 싸움이니, 그녀의 협박에 동요하지 않았다.

"윤강욱 검사, 후회하지 않을 자신 있나?"

황후가 애써 평정심을 유지하며 입술을 비틀자, 강욱도 그녀의 눈길을 피하지 않은 채 마주했다.

"그럼요. 여시죠, 이제."

황후는 더 물러날 수 없다는 듯 최 팀장을 돌아보며 고개를 끄덕였다. 최 팀장은 하얗게 질린 얼굴로 문을 더듬더듬 열었다.

그리고 이내, 굳게 닫혔던 밀실의 문이 열리고 희뿌연 먼지가 일었다. 황후는 두 눈을 지그시 감고 밀실 앞에 서 있었고, 강욱은 동료 검사들과 함께 밀실로 들어서려 우르르 몰려들었다.

그때, 황후가 밀실 안으로 들어서려는 자신의 곁을 스치는 강욱을 향해 나지막이 일렀다.

"이수와 연애를 한다지. 감히 황태자비 후보를 건드려."

그러자 강욱은 처음으로 흔들리는 얼굴로 그녀를 돌아보았다.

"가질 수 없는 꽃을 넘보는 군. 자네가 품으려는 그 꽃의 가치가 얼마나 큰지 이제부터 뼈저리게 느끼게 될 것이야."

황후의 싸늘한 음성이 강욱의 발목을 잡았지만, 그는 한껏 얼굴을 굳힌 채 황후를 내려다보고 있었다.

가슴이 무너지는 듯 흔들렸지만 그 모습을 황후에게 드러내고 싶지 않았다. 자신이 흔들리는 모습을 보기 위해, 황후가 자극하고 있다는 걸 이미 알고 있었으니까.

강욱은 단조로운 목소리로 입술을 벌렸다. 입을 여는 강욱의 얼굴은 그 어느 때보다 싸늘했다.

"차이수가 꽃이라고 생각합니까."

"내 말에 토 달지 말지, 윤강욱 검사."

"그럼 차라리 둘 중 누군가가 꽃이 되어야 한다면 제가 차이수 씨의 꽃 하죠."

"뭐?"

"그런 식으로 차이수 씨의 품격을 깎아내리지 마십시오, 황후마마."

"윤강욱 검사!"

"제가 품고 싶다고 해서 꺾을 수 있는 분이 아닙니다. 그런 식으로 취급하지 마시죠."

강욱은 그녀에게 날카롭게 말을 쏟아 뱉으며 등을 돌렸다. 당장이라도 밀실 안으로 들어서는 뒷덜미를 잡아채, 자신의 마음대로 패악을 부리고 싶었지만 그럴 수 없어 황후는 자신의 치맛자락만 구겨지도록 쥐고 있을 뿐이었다.

"네가 그 밀실 나서는 순간에도 그 고개를 빳빳이 치켜들 수 있는지 두고 보마."

황후는 이를 악물며 강욱의 뒷모습을 쩌려보았다. 어느새 가까이 다가온 최 팀장이 밀실 안을 뒤지기 시작하는 검사들을 바라보며 황후 곁에 바짝 붙었다.

"대체 누가 그날 밤, 이 밀실에 들어섰다는 걸까요."

"그날 밀실 관리 궁인이 누구였던가."

"그날은 국혼 하루 전날이라 더욱이 조심해야 할 듯싶어, 밀실 근처엔 아무도 얼씬하지 못하게 했습니다."

"쥐새끼 같은 년이 숨어 들었나 보군. 곤란하게 됐어."

"그래도 그건 발견하지 못할 겁니다. 그저 평범한 서재로 보일 뿐이니까요."

최 팀장과 황후는 검사들이 수색 중인 밀실을 들여다보았다. 정말 그들 말대로 평범하기 그지없는 서재였다. 오래된 서책들과 짐들이 켜

켜이 쌓인, 오래도록 발길이 끊인 듯한 창고.

하지만 내부를 훑는 검사들의 시선이 날카로워질수록 황후와 최 팀장의 속이 타들어 갔다.

강욱 역시, 매의 눈으로 밀실 안을 둘러보았다. 이상하리만큼 평범한 서재의 모습을 갖춘 곳이었다. 황후가 필사적으로 막아설 이유가 없는 곳. 강욱은 밀실 안을 뒤지는 동료 검사들에게서 한 발자국 떨어져 물끄러미 밀실 내부를 돌아보았다.

그의 눈에 밀실의 전체적인 광경이 들어왔다.

'이상해. 저런 반응을 보일 필요가 없이 평범한 곳이야. 그래서 더 수상하단 말이지.'

찬찬히 내부를 훑던 강욱의 눈에 책장 옆 작은 틈새의 빛이 들어온다. 책장과 책장 사이의 틈이라고 하기엔 벌어진 간격이 이상했다. 오른쪽 책장이 조금 비틀어진 것 같은 느낌도 들어 강욱이 그곳으로 바짝 다가섰다.

뒤에서 그를 지켜보고 있던 황후와 최 팀장의 가슴이 철렁 내려앉는다.

"이게 뭐지?"

강욱은 미간을 일그러뜨린 채, 손을 뻗어 미세한 빛이 들어오는 틈으로 손을 뻗었다. 순간 황후는 본능적으로 소리를 내지르고 말았다.

"윤강욱 검사! 잠깐……!"

하지만 강욱의 손은 이미 책장을 힘껏 밀어 버린 뒤였다.

"차이수의 사람일 뿐입니다."

말이 떨어지자마자 셔터 누르는 소리와 동시에 터지는 플래시가 이수의 가녀린 몸을 감쌌다. 위협적으로 쏟아지는 카메라 세례에도 이수는 조금도 떨지 않은 채, 정면을 응시했다.

그것을 지켜보던 유미도 그리고 A&J의 사람들도 기함하며 주먹을 말아 쥐었다. 덤덤하게 그 말을 내뱉었지만, 이수 역시 자신이 뱉은 말의 무게가 얼마나 무거운지 절감하고 있었다.

그녀의 눈앞에 강욱의 얼굴이 그려졌다. 강욱은 지금 자신의 선택을 어떻게 받아들일까. 이수는 호흡을 가다듬으며 다시 말을 이어 나갔다.

"그 검사님과 저 사이에 붙는 갖가지의 억측들을 하나하나 읽어보았습니다. 억장이 무너지더군요."

"……."

"제가 소중하게 생각하는 사람들이 고작 저라는 사람 때문에 그런 오해를 받으며 손가락질을 받아야 한다는 것에 괴로웠습니다."

차분하게 말을 이어 가는 그녀의 목소리에 슬픔이 뚝뚝 묻어났다. 이수를 향해 쏟아지던 카메라 세례도 주춤, 잦아들고 있었다.

"언론에 거론되고 있는 분은 저의 사람 중 한 분일 뿐입니다. 몸과 돈이 얽힌 관계도, 또한 비즈니스적인 관계도 아닌 저, 차이수의 소중한 사람입니다."

"……연인 관계란 말씀이신가요?"

날카로운 질문 하나가 날아들었다. 이수가 질문을 내뱉은 기자를 돌아보며 반듯하게 입을 열었다.

"아닙니다."

아니란 말에 유미의 동공이 커졌다.

"그저 제가 소중하게 생각하는 사람입니다."

"차이수 씨가 혼자 그분께 호감을 느끼고 있단 말입니까?"

"제가 지켜 내고 싶은 사람으로 대답을 마무리하죠. 더 이상 그분과 관련된 자극적인 질문은 삼가 주시길 바라겠습니다. 그분과 저의 관계와 그분을 향한 저의 입장은 이정도면 충분히 설명이 되었으리라 생각합니다."

이수는 단칼에 강욱과 관련된 질문을 끊어 냈다. 그러자 동시에 여기저기서 이수가 답하기 곤란한 질문들이 쏟아졌다.

"그럼 차기 황태자의 비는 포기하신 겁니까?"

"다음 국혼은 어떻게 되는 겁니까?"

"황실은 차이수 씨의 국혼을 준비하고 있단 입장을 오늘 아침 밝혔습니다, 그렇다면 차이수 씨의 입장은 황실과 다르단 말씀이십니까!"

잠시 생각에 잠긴 듯, 이수가 마이크에서 떨어지며 두 손을 가지런히 모았다. 장내의 모든 시선이 그녀의 입술로 향해 있었다.

지금 그녀는 무슨 생각을 하는 걸까. 사람들은 아무 색깔 없는 얼굴로 테이블 위만 바라보는 이수를 뚫어지라 응시했다. 잠시 멈춰 있던 이수가 천천히 입을 열었다.

"제가 다시 황태자비가 될 자격이 있을까요."

"……!"

"이강 황태자 전하의 비로 간택이 되어 국혼을 준비했습니다. 그런 제가 태자 전하께서 변고를 당하셨다 하여, 다른 분의 비로 자리를 이어 간다는 것이 무슨 의미가 있을까요. 전 이미 많은 분들이 저의 황태자비 자격에 대해 결론을 내렸으리라 생각합니다."

이수는 고개를 단단히 들어 다시금 얼굴을 무덤덤하게 굳히며 말을 이어 나갔다.

"저는 더 이상 황태자비가 되기 위한 어떠한 노력도 하지 않을 것이며, 그것이 승하하신 이강 태자 전하와 국혼을 약속하며 나누었던 의리를 배반하지 않는 것이라 생각합니다. 또한, 저는 지금 이 시간부터 황태자비 후보도 아니고 다른 황실의 일원 그 누구와도 국혼을 치르지 않을 것입니다. 황태자비 후보 또는, 황태자비 차이수가 아닌 대한제국의 국민 차이수로 돌아가 황실의 안녕과 번영을 기도하며 힘을 보태겠습니다."

그 순간 이수의 말을 잠자코 듣고 있던 유미가 자리에서 벌떡 일어나 이수를 죽일 듯이 노려보았다. 이수도 자신을 차갑게 쏘아보는 유미의 눈을 피하지 않고 똑바로 직시했다.

"그럼 차이수 씨의 황태자비 자리를 포기한다는 것이 A&J 그룹의 최종 입장입니까?"

상황을 정리하는 듯한 물음에 이수는 자리에서 일어나 유미를 똑바로 바라보았다. 그리고 시종일관 굳은 얼굴로 회견에 임했던 이수가 입매를 조금 끌어올려 미소를 머금었다.

"아니요."

"……?"

"A&J 그룹의 황태자비 자리를 돌려드리겠다는, 제가 세상에 처음 내어놓는 차이수의 입장입니다."

유미는 믿을 수 없었다. 소중한 것을 해치겠다는 협박에도 저렇게 흔들리지 않고 자신의 입장을 세상에 내어놓다니.

이수의 발언에 그 회견을 지켜보고 있던 대한제국이 왈칵 뒤집히고 말았다. 황실은 물론이고 A&J 그룹 역시, 이수의 발언에 충격을 금하지 못했다.

믿었던 차이수의 황태자비 포기 선언과 검사 윤강욱과의 애매모호한 관계. 내내 황태자비가 되기 위해 악착같이 살아왔다고 생각했던 차이수의 인생은 그녀의 마지막 말로 인해 모든 게 뒤집히고 말았다.

'A&J 그룹의 종용으로 황태자비가 돼야만 했던 차이수의 반란.'

'영원한 황태자비 후보 차이수의 삶, 재조명.'

이수가 기자 회견장을 떠나자마자 강욱과 이수의 이름 앞에 따라붙던 더러운 단어들이 거둬졌다. 대신 원하지 않던 황태자비가 되기 위해 살아온 그녀의 인생에 대한 갖가지의 추측과 응원이 뒤따랐다.

영원한 황태자비 후보로서 많은 이들의 동경과 지지를 받아 왔던 이수였기에, 그녀의 갑작스런 발언은 충격 그 자체였다.

"이사님."

이수가 지친 몸을 이끌고 대기실로 돌아오니 비서가 어쩔 줄 몰라 하며 그녀를 기다리고 있었다. 당황하는 모습에 이수가 짐작했다는 얼굴로 주먹을 굳게 말아 쥐었다.

"차 회장님, 와 계신가요."

"그게……."

대답 대신 말끝을 얼버무리는 비서를 바라보며 이수가 괜찮다는 듯 작게 미소 지어 보였다. 그리고 굳게 닫힌 대기실 문을 열며 조심스럽게 안으로 들어섰다.

"차이수, 너!"

예상한 대로 차 회장이 성난 얼굴로 그녀를 기다리고 있었다. 이수는 대기실 문을 굳게 닫으며 아무렇지 않게 가방을 챙겼다.

"집에서 기다리고 계시면 제가 갈 건데, 왜 미리 오셨어요. 날도 추운데."

"그놈 지키고 싶어 용케 만나는 사이는 아니라고 했더구나?"

"제게도 끝까지 지켜 내고 싶은 게 있으니까요."

가방을 챙기던 이수가 손을 멈추고 차 회장을 돌아보았다. 자신을 싸늘하게 내려다보는 그의 눈빛이 느껴졌다. 그는 이수의 뺨이라도 내려치려는 듯 손을 번쩍 들어 보였지만 차마 그녀의 뺨을 때리진 못하고 손만 부들부들 떨었다.

이수는 그런 차 회장의 시선을 피하지 않으며 고개를 더욱 빳빳하게 치켜들었다.

"이젠 그 사람의 검사직을 두고 절 협박하실 건가요, 아버지?"

"그럼 네 말에 대한 책임을 얼렁뚱땅 넘길 셈이었느냐?"

"하지만 어쩌죠? 이젠 그 협박, 제겐 안 통하게 됐거든요."

"뭐?"

"선대 황제 폐하께 왜 그러셨어요."

고저 없는 목소리로 이수는 차 회장을 궁지로 몰았다. 그녀의 입에서 흘러나온 뜻밖의 말에 차 회장은 번쩍 들었던 손을 툭, 내려놓을 수밖에 없었다.

그의 주름진 이맛살이 힘겹게 구겨졌다.

"너 지금 뭐라고……."

"선대 황제 폐하를 죽이실 것까진 없었잖아요."

"그게 무슨 소리야! 선대 황제 이야기가 왜 나와!"

"아니라고 하기엔 너무 확고한 사실이고, 맞다고 하기엔 지워 내고 싶은 기억이니 이러시는 거겠죠."

"차이수."

"이해해 보려 무던히도 노력했지만, 끝내 아버지를 이해할 수 없었어요."

어느새 이수의 눈동자엔 희뿌연 눈물이 차오르고 있었다.

"죽기보다 싫어, 부정도 해 보았고 원망도 해 보았습니다. 하지만 지옥보다 더 잔인한 현실은 그런 저를 오히려 비웃고 있었죠."

"대체 무슨 말을 하는 거냐!"

파국이 점점 다가오고 있었다. 이수는 부서지기 시작한 마음을 굳게 움켜쥐며 고갤 치켜들었다. 당황한 듯 차 회장의 눈빛이 사시나무처럼 떨리기 시작했다.

"왜 그러셨어요! 대체 왜!"

이수는 고통스럽게 소리를 지르며 주먹을 움켜쥐었다.

"결국 이렇게 되리라, 예상하지 못했던 건가요?"

"이수야!"

"이건 아버지가 쏘아올린 작은 공이에요."

"……!"

"그 작았던 공이, 더 큰 욕망과 탐욕으로 몸집이 커져 아버지께 돌아온 거라고요. 그러니 아무도 원망 마세요."

"너……."

"황후마마와 저를 두고 거래하셨던 것, 그리고 그것으로도 모자라 선대 황제를 죽음으로 내몬 것."

"……."

"선대 황제 폐하께 뇌물 혐의 누명을 씌운 배후에 아버지와 황후마마가 계시다는 걸 제가 모를 거라 생각했습니까?"

이수는 핏대를 세우며 차 회장을 향해 피를 토하듯 말을 쏟아 냈다. 그러자 차 회장은 아무런 대답도 하지 못한 채, 그저 고개만 절레절레 저으며 이 현실을 부정하고 있었다.

"검사님, 건드리지 마세요. 저도 제 마음을 잘 모르겠으니까요. 정말로."

"이수야, 그건……!"

"또 저를 위해서였나요? 이제라도 솔직해지세요! 저를 위한 자리도, 약속도 아니었잖아요! 저를 황후로 세워 황실을 장악하려는 아버지의 욕망이 결국 지금의 파멸을 만든 거예요. 그러니까 이젠 발버둥 쳐도 소용없어요."

더는 좌시할 생각이 없다는 듯 그녀가 차 회장에게서 한 걸음 물러 났다.

그는 애원하듯 아무 말 없이 이수의 손을 잡았다. 그러나 이수는 그의 손을 싸늘하게 뿌리치곤 가방을 움켜쥐었다. 한 번도 본 적 없는 그녀의 분기어린 모습이 차 회장을 벼랑 끝으로 몰고 있었다.

"생각해 보니 이 집에서 태어난 이후로 난 행복했던 적이 단 한 번도 없었어요."

"……이수야, 제발."

"황실도 두려워하는 대한제국의 A&J 그룹, 그리고 그 그룹의 장녀로 태어나 황태자비가 되기 위해 살아왔던 지난 세월. 남김없이 모조리 다, 지옥이었다고 하면 이젠 조금은 제 결정을 이해하시려나요?"

"이수야. 이제 와서 네가 이러면 모든 것이 다 무너져! 그러니까 이번 한 번만!"

"제가 바라는 게 그거라면요?"

"이수야!"

"무너졌으면 좋겠어. 차라리 다, 물거품이 돼서 사라졌으면 좋겠어. 그럼 적어도 끝은 행복할 것 같아요."

그녀는 자신의 가방에서 늘 품고 다녔던 엄마 윤나의 사진을 꺼내 차 회장의 떨리는 손에 쥐여 주었다.

"기회를 드리겠습니다. 아버지가 선택하세요. 엄마의 남편으로 그리고 차이수의 아버지로 남을 것인지."

"……이수야."

"아니면 끝까지 황실의 손아귀에서 벗어나지 못하는 A&J 그룹의 차 회장으로 남을 것인지."

차 회장은 자신에 쥐어진 윤나의 사진을 내려다보았다. 그의 텅 빈 눈동자가 윤나의 얼굴을 담아 냈다. 순간, 속이 울렁거리다 못해 헛구역이 치미는 듯했다.

이수는 괴로워하는 차 회장을 담담히 내려다보며 말을 이어 나갔다.

"제가 어렵게 얻은 기회예요. 그래도 아무리 미워도 아버지니까. 난 아버지의 딸이니까. 이대로 용서조차 받지 못하고 아버지가 무너지는 건 보기 싫어 제가 그분께 애원하며 얻어 낸 기회입니다."

"그분이라니?"

"해연궁마마께서도 이 모든 사실을 알고 계십니다."

"뭐, 뭐?"

해연도 알고 있단 말이 차 회장의 남은 희망을 처참하게 짓밟고 있었다. 그는 현실을 부정하며 고개만 휘휘, 저었다.

"아니다, 그럴 리가 없다······!"

"그분께 용서를 구할 기회를 얻은 겁니다. 아버지의 손으로 수습하지 않으면 끝내 그분들에게 용서받지 못할 거예요. 그것만큼 비참하고 처참한 결말이 어디 있겠어요."

"하······."

"용서를 비세요. 그리고 아버지의 손으로 수습하세요. 제발."

이수가 눈물을 뚝뚝 흘리며 차 회장에게서 등을 돌렸다. 동시에 차 회장은 윤나의 사진을 굳게 움켜쥐었다.

"다 왔어, 이제 다 왔다고."

욕심을 버리기 어렵다는 듯 그가 힘겹게 말을 토해 내자 이수는 등을 돌린 채 입을 열었다.

"저는 기꺼이 제 손으로 비극을 만들어 낼 준비가 되어 있습니다."

이수의 말에 괴로움에 몸부림치던 차 회장이 고갤 들어 이수의 뒷모습을 바라봤다.

"아버지를 자식인 내가, 기어이 무너뜨리고야 마는 비극."

"……차이수!"

"아버지께서 끝내 못 하신다면 제가 그 비극을 만들 겁니다."

그리고 그녀는 눈물을 삼키며 대기실을 벗어났다.

"아니. 이게 다 무슨!"

강욱이 밀어 버린 책장 뒤엔 어마어마한 공간이 나타났다.

평범한 서재인 줄로만 알았는데, 책장을 치워 버리자 또다른 공간이 생겨났다. 황후는 고함을 내지르며 밀실 안으로 뛰어들어 갔고 밖에서 대기하고 있던 경찰들이 황후를 제지했다.

"이거 놔! 이거 놓지 못해?"

강욱은 충격으로 일그러진 얼굴로 책장 뒤, 공간으로 조심스레 들어섰다. 그곳엔 어마어마한 수의 CCTV가 녹화되고 있었다. 공식적으로 황실의 보안을 담당하는 경비팀이 아닌, 황실 내부에 존재하는 CCTV가 담지 못하는 사각지대를 담아 내고 있는 곳이었다.

검찰청 사람들은 기함하며 CCTV를 바라보았고 강욱은 그대로 빙그르르 돌아, 포박당한 황후를 응시했다.

"모함이야, 모함이라고!"

"대체 이 공간은 뭡니까, 황후마마."

"여긴! 내 사적인……!"

"공식적으로 설치된 것 외의 CCTV. 그것도 밀실 안에 존재하는 비밀스러운 공간에서 녹화되고 있다라니. 이걸 그저 사적인 공간이라 치부하고 넘길 일이라 생각하십니까?"

비밀스러운 공간을 수색하던 검사 한 명이 웬 서류 꾸러미를 발견해 소리를 지르자 포박당한 황후는 괴성을 내지르고 말았다.

"윤 검, 여기!"

"아악, 그건 안 돼!"

황후가 자신을 막아서는 경찰들을 뿌리친 채, 밀실 안으로 달려가 서류 꾸러미를 필사적으로 뺏어 들었다.

"황후마마!"

강욱은 그녀가 겨우 뺏어 든 서류를 우악스럽게 잡아챘다. 동시에 겉봉투가 찢어진 서류 꾸러미는 공중에 뿔뿔이 흩어졌고 그녀가 감추고 싶어 했던 것들이 적나라하게 드러났다.

"이게 다 뭐……!"

황후의 차명 계좌의 정보가 담긴 서류들과 재계와 주고받은 알 수 없는 계약서들. 그리고 그중 눈에 띄는 것은.

"이건, 선대 황제 뇌물 사건 때 증거로 제출되었던 차명 계좌 사본 아닙니까?"

"아니야, 아니라고! 이건 나도 모르는 거야!"

황후는 서류를 찢어 버리려 손을 뻗었지만 무리였다. 강욱이 강한 힘으로 황후를 밀쳐 냈다. 동시에 황후는 바닥에 널브러졌고 최 팀장만이 그런 그녀를 부축하며 소리를 질렀다.

"감히 황후마마에게 뭐 하는 짓입니까!"

하지만 최 팀장의 외침은 그대로 묵살당하고 말았다.

"선대 황제가 뇌물 수수 혐의를 받게 되었을 때 검찰청에 제출되었던 차명 계좌 사본이야."

"이게 왜 여기에 있지?"

비밀스러운 공간에서 나온 황후가 갖고 있지 말아야 할 서류.

강욱은 눈빛을 번뜩이며 황후를 뚫어지라 응시했다. 황후는 파랗게 질린 얼굴로 아니라고, 부정하고 있었다. 하지만 이제 그녀가 내뱉는 말을 믿어 줄 이는 아무도 없었다. 그저 최 팀장만이 애처롭게 떨고 있는 그녀를 감싸고 있을 뿐이었다.

"지금부터 선대 황제 폐하에게 씌워졌던 뇌물 수수 혐의, 재수사합니다."

청천벽력 같은 말이 황후를 향해 내리쳤고, 그녀는 그대로 자리에서 벌떡 일어나 강욱의 뺨을 세차게 내리쳤다.

갑작스럽게 날아든 따귀에 강욱이 어처구니없단 얼굴로 황후를 바라봤다. 밀실 안의 사람들은 충격 받은 얼굴로 황후와 강욱을 번갈아 쳐다보았다. 하지만 그는 고개가 돌아가도록 세게 얻어맞은 따귀에도 조금도 눈살을 찌푸리지 않았다.

"건방진 것. 네가 뭔데? 네가 수석 검사라도 돼? 아니면 부장 검사라도 되는 거야? 감히 말단 검사 주제에. 뭐? 선대 황제의 뇌물 수수 혐의를 재수사하라고? 감히 네까짓 게, 그런 걸 지시할 주제가 돼?"

하지만 황후의 표독스러운 외침에도 강욱은 덤덤한 눈으로 그녀를 지그시 억누르고 있을 뿐이었다.

"차이수가 놀아 주니, 눈에 뵈는 게 없어? 황실을 네 손에 주물러도 된다, 그런 생각이 들어?"

"차이수 씨도 이렇게 때리셨습니까."

"뭐?"

"그날, 이렇게 때렸느냐고요."

"이 봐!"

"대한제국 검사는 법 안에선 모두 동등한 자격을 갖고 있습니다."

"윤강욱!"

"또한 모든 검사는 정의를 실현하고 구현할 의무가 있죠. 저는 대한 제국의 검사로서 마땅히 해야 할 일을 하는 것뿐입니다."

강욱은 황후에게 바짝 다가가 상체를 숙여, 그녀의 귓가에 속삭였다.

"그리고 분에 못 이기면 손부터 드는 버릇, 고치셔야 할 겁니다."

"……뭐라고?"

"뜻대로 되지 않는다고 해서 폭력부터 행사하시면 아주 곤란한 일을 치르게 되실 겁니다."

그 말을 남긴 채 강욱이 황후에게서 등을 돌렸다. 동시에 경찰들이 우르르 들어서선 황후를 에워쌌다.

"여기 이 밀실을 폐쇄하고 집중 수색 들어갑니다. 한 나인이란 궁녀는 어떻게 되었죠?"

강욱의 물음이 떨어지자마자 저 멀리서 감찰부 궁인들이 궁녀 하나를 포박해 이쪽으로 끌고 오고 있었다.

"CCTV 속 한주은 궁녀가 이강 황태자 전하를 살해했다는 것을 자백했습니다."

자백이란 말에 모든 이의 시선이 집중됐다. 앳된 얼굴의 궁녀 하나가 창백하게 질린 얼굴로 고갤 들어 강욱을 올려다보았다.

두 사람의 시선이 부딪히자, 그는 얼굴을 찌푸리고 말았다. 대체 왜, 한낱 궁인이 황태자를 죽인 것일까.

믿을 수 없다는 듯 검사들은 서로를 돌아보며 당혹스러움을 감추지 못했다. 그러자 그 궁녀가 머뭇거리며 입을 열었다.

"제가…… 죽, 죽였습니다. 태자 전하를……."

황후 역시, 그대로 얼어붙은 채 궁녀를 빤히 바라보고 있었다. 낮이 익은 얼굴에 황후는 그녀 앞으로 휘청휘청 다가가 겁에 질린 듯한 그녀의 얼굴을 움켜쥐었다.

"너는 대체 왜."

그러자 그 궁녀의 얼굴을 유심히 살피던 최 팀장이 조금 놀란 얼굴로 황후 곁에 바짝 다가갔다.

"황후전의 지밀나인입니다."

"뭐?"

"평소 이곳 밀, 밀실을 관리해 왔던……."

궁녀의 자백이 끝남과 동시에 그녀의 손목에 수갑이 채워졌고 강욱을 비롯한 검사들은 서둘러 그녀를 조사하기 위해 감찰궁으로 향했다.

그러다, 강욱이 걸음을 멈추곤 경찰들에게 작은 목소리로 지시를 내렸다.

"황후마마도 긴급 체포해 주세요. 도주 우려가 있고, 증거 인멸 우려가 있습니다."

"예, 검사님."

동시에 황후의 손목에도 수갑이 채워진다. 이내 돌아서서 감찰궁으로 향하는 강욱의 등 뒤로 황후의 비명이 들려왔다.

"뭐라고요? 용의자가 자백을 했다니요?"

이수의 기자 회견에 태후가 급히 그녀에게 입궐하라는 연락을 보냈다. 하여 궐로 향하던 중 연이어 황태자 살해 사건의 용의자가 자백을 했단 소식도 들려왔다.

그녀는 경악을 금치 못한 채, 입을 틀어막았다. 비서는 굳은 얼굴로 백미러를 통해 놀란 이수를 바라봤다.

"진짜 예상치도 못한 인물이라고 합니다."

"······누구인데요? 설마 황실 안의 사람입니까?"

"황후전의 지밀나인이라고 해요."

"네? 황후전의 지밀나인이라고요?"

이수 역시 그 소식을 듣자마자 알 수 없다는 듯 얼굴을 일그러뜨렸다. 이강 황태자와 전혀 일면식조차 없을 황후전의 궁인이 왜, 그런 처참한 짓을 저질렀을까.

이수의 머릿속이 뒤죽박죽 어지럽혀진다.

"이름이 뭔데요?"

이수가 혹시나 하는 마음에 진범의 이름을 물었다. 그러자 비서는 가물가물하다는 얼굴로 입술을 지그시 깨물었다.

"이름이 뭐더라. 한주, 한주은?"

"한주은?"

들어 본 적이 있던 이름인가, 이수는 안타까운 얼굴로 분주히 궁인들의 얼굴을 헤집었다. 워낙 어린 시절부터 궐을 제집처럼 드나들었던 이수였기에 웬만한 궁인들과도 인사를 하며 지내왔지만, 주은이란 이름의 궁녀는 생소하기만 했다.

"왜 그랬대요? 대체 황태자를 왜."

이수는 깊은 한숨을 내쉬며 얼굴을 쓸었다. 그녀의 살해 동기를 이해할 수도 없었지만 무슨 악한 감정이 있었기에 무고한 목숨을 죽이기까지 했을까. 이수의 가슴이 두근거리기 시작했다.

어느새 이수를 태운 차가 궐 앞에 도착했고 조금은 굳은 얼굴로 그녀가 차에서 내렸다. 오늘은 자신에게나 그리고 강욱에게나 여러모로 의미 있는 날이었다. 이수는 크게 숨을 내뱉으며 옷매무시를 가다듬으며 궐 안으로 들어서기 위해 발걸음을 옮겼는데.

"얼른 태워!"

막 궐에서 빠져나오는 한 무리의 사람들이 보였다. 용의자 검거 소식에 웅성웅성 궐 앞에 모여든 사람들이 갑자기 괴성을 지르기 시작했고, 이수 역시 자연스레 그곳으로 시선을 옮겼다. 기자들이 우르르 몰려들어 사진을 찍어 댔다. 그곳엔 용의자인 듯한 어린 궁녀 한 명이 고개를 푹 숙인 채 경찰들에게 둘러싸여 궐을 빠져나오고 있었다.

사람들의 비난이 쏟아지는 것은 당연했다. 고개를 푹 숙인 채, 애써 얼굴을 가려 보려 궁녀가 힘겹게 몸부림을 쳤지만 무리였다. 사람들의 시선에 적나라하게 노출된 채였다. 그 모습을 바라보던 이수의 가슴도 시큰거렸다.

지난날의 자신을 보는 것 같아, 마음이 무거웠다.

"비키세요! 비키세요!"

그리고 그 속에 굳은 얼굴의 강욱도 보였다. 순간 두 사람의 시선이 스치듯 부딪혔다. 강욱이 그녀를 다시 돌아보았고 이수는 그를 바라보다, 자신의 앞을 지나치는 용의자라는 궁녀에게 시선이 머무르고 말았다.

무슨 이유 때문이었을까.

그녀의 얼굴은 범죄를 저지른 사람의 것이라기보다는 죄를 뒤집어쓴 사람의 얼굴 같았다. 억울함과 두려움이 한데 섞여 엉망이 된 얼굴이었다. 이수는 멀어져 가는 궁녀를 바라보며 피어오르는 의구심을 애써 억눌렀다.

"이수야."

한참 그 모습을 보는데 그녀의 곁을 스쳐 지나가던 강욱이 나지막이 이수의 이름을 불렀다. 넋을 놓고 궁녀를 바라보던 이수도 그의 부름에 서둘러 고갤 들었는데.

"수고했어. 조금 이따 보자."

주위 사람들의 시선을 의식한 듯 그 말만 남긴 채 강욱은 서둘러 차에 올라타고 있었다. 이수는 고개를 끄덕이며 멀어져 가는 모습을 응시했다.

"어휴, 저 새파랗게 어린애가 황태자 전하를 죽였다는 거야?"

"간도 크지! 무슨 일이래?"

사람들의 웅성거림에 이수 역시 서둘러 고개를 숙이며 등을 돌렸다. 때마침 태후전에서 그녀를 마중 나와 있던 궁인들이 이수의 곁에 우르르 몰려들었고, 이수는 최대한 얼굴을 가린 채 궐 안으로 들어섰다.

"이거 놔! 내 발로 간다고 했잖아!"

궐에 들어서자마자 들려오는 황후의 울음 섞인 목소리에 이수는 놀란 얼굴로 고개를 들었다. 그런데 거짓말처럼 황후가 수갑을 찬 채, 이쪽으로 오고 있었다.

이건 대체 무슨 일인가. 이수는 얼떨떨한 얼굴로 손끝을 파르르 떨고 말았다. 순간 끌려가는 황후의 곁에서 말없이 울음만 터뜨리고 있던 최 팀장이 이수를 발견하곤 황급히 뛰어와, 그녀의 발아래에 무릎을 꿇고 고개를 조아렸다.

"황태자비마마! 제발, 황후마마를 살려 주세요!"

황당한 최 팀장의 말에 이수는 입을 다물지 못한 채, 자신을 향해 무릎을 꿇은 그녀를 어이없다는 듯 내려다보았다.

"그게 무슨 말입니까. 일어나세요, 뭐 하는 거예요."

"제발요! 지금 우리 황후마마를 살려 주실 분은 황태자비마마밖에 없습니다!"

지난날, 책봉도 받지 못한 이수에게 황태자비가 웬 말이냐고 비아냥거리던 모습은 온데간데없었다. 이미 황태자비가 되지 않겠다고 포기를 한 그녀에게 이제 와 최 팀장은 황태자비마마란 극존칭을 쓰며 애원하고 있었다.

그 모습을 멀리서 지켜보고 있던 황후도 이수를 발견하곤 반색하며 달려왔다. 그리고 수갑 찬 손으로 이수의 손을 맞잡았다.

"이수야!"

자신의 이름을 다정히 부르는 황후의 목소리에 이수가 헛웃음을 터뜨리며 고갤 돌렸다.

"내가 다 책임질게, 내가 모두 다 책임질 거야……! 내가 독단적으로 한 거니까, 넌 걱정할 것 없어. 그러니까 차 회장님께 가서 이 말 꼭 전해. 내가 모두 다 책임을 질 테니까, 날 꼭 살려 달라고. A&J 그룹에 피해 갈 일 절대 없게 만들 테니까. 나, 살려만 달라고."

황후의 뻔뻔함에 이수는 대답조차 하지 못한 채 그녀의 손을 뿌리쳤다.

"아뇨. 책임지지 마세요. 왜 혼자 뒤집어쓰세요? 모든 걸 다 밝히세요. 제 아버지는 황후마마를 더 못 살려 드립니다. 저 역시도 마찬가지고요."

"이수야!"

"이제 A&J 그룹은 황후마마께 동아줄 아니에요. 그 동아줄, 이미 끊어졌습니다."

태후전에 들어서서도 이수는 허한 마음을 떨칠 수가 없어 온몸을 떨기만 했다. 태후 역시, 착잡한 마음에 찻잔을 들지도 못한 채 멍하니 테이블만 바라보고 있었다.

"태후마마."

그런 태후가 걱정되어 이수가 그녀의 손을 맞잡았다.

"이수야. 내가 네 얼굴을 볼 면목이 없다."

"아니에요. 제가 더 태후마마를 뵐 면목이 없습니다."

"권력이 그리고 탐욕이 이토록 모두를 멸망시킬 줄은 몰랐구나."

"탐한 자들이 그 대가를 치르는 것뿐입니다."

의연한 모습의 이수가 태후는 오히려 더 안쓰러웠다. 태후는 손을 뻗어 그녀를 안아 주었다. 태후 역시 오늘 기자 회견을 모두 보았던 터라, 더욱이 그녀가 가엾어 견딜 수 없었다.

"얼마나 힘들었니."

"……죄송해요, 태후마마. 제가 조금 더 마음을 다잡았어야 했는데. 그래야 저희 그룹이 황실을 더 뒷받침해 줄 수 있었을 텐데요."

"그게 왜 네가 죄송할 일이야. 그건 우리의 몫이란다. 너 하나를 볼모 삼아, 권력을 주고 돈을 받는 거래는 이제 멈추어야 하지 않겠니."

"태후마마."

"원하는 자들이 직접 정당한 방법으로 황실을 일으켜 세우고 또한, 권력을 얻어야지. 거기에 왜 널 이용해. 못난 것들."

태후의 말에 이수는 그제야 목을 놓아 울음을 터뜨릴 수 있었다. 종일 터지려는 울음을 참느라 애를 먹었던 그녀는 이제야 태후의 품에 안겨 눈물을 흘릴 수 있었다.

"그래, 울어. 울어도 돼. 이수야 그동안 얼마나 힘들었니. 이 할미가 미안하구나. 나라도 너를 그 지옥에서 구해 줬어야 했는데. 방관했어."

"아니에요……. 흐윽, 아니에요. 태후마마."

태후는 가엾은 이수를 보듬고 또 보듬었다.

"배후가 누구죠."

검찰청으로 옮겨진 궁녀, 주은은 한 시간째 물음에 묵묵부답으로 일관했다. 지친 동료 검사들은 한숨만 내쉬며 고개를 내저었다. 하지만 강욱은 포기하지 않고 주은을 압박했다.

"자수, 좋습니다. 그런데 자백도 말이에요. 무턱대고 내가 범임이니 잡아가세요, 한다고 쉽게 잡아넣을 수 있는 게 아닙니다."

"……"

"그쪽 생각처럼 법이 쉬웠다면 우리 같은 사람이 필요가 없겠죠?"

"제가 독단적으로 저지른 짓입니다."

"그러니까 우리가 그 말을 이해할 수 있게 동기를 대란 말입니다."

강욱은 목소리를 더 굳힌 채, 싸늘한 눈빛으로 주은을 움켜쥐었다. 그러자 주은이 얼굴을 들어 그를 똑바로 바라보았다. 어쩐지 그녀의 날선 눈빛이 묘하게 눈에 익었다. 강욱은 한숨을 내쉬며 주은의 눈빛을 받아들였다.

"증거가 충분하잖아요? 그냥 싫었다고요. 잘난 척하는 황태자가 꼴 보기 싫어서 죽여 버렸다고요."

"그럼, 왜 차이수 씨가 머물렀던 별궁에 그 약물을 놓아두었던 거죠?"

"차이수가 범인으로 몰렸으면 했으니까."

"그래서 태자궁에도 차이수 씨의 립스틱을 놓았던 거고?"

"똑같은 말을 몇 번을 얘기해야 하는 거죠?"

주은은 눈물을 뚝뚝 흘리며 소리쳤다. 그러자 강욱도 지지 않고 주은을 향해 호통을 쳤다.

"그럼 지금 왜 자백을 하는 겁니까! 이제 와서!"

강욱의 고함에 주은이 아차, 하는 얼굴로 이를 악물었다. 동료 검사들은 그녀의 처소에서 발견 된 범행에 쓰였던 칼과 약물을 꺼내며 한숨을 내쉬었다.

"증거는 충분한데, 동기가 불충분하다 이거지."

"주은 씨. 괜찮으니까 털어놓으세요. 왜 죄를 뒤집어쓰려고 해요."

주은을 구슬리 듯 동료 검사들이 조금 유순한 얼굴로 그녀를 달랬다. 하지만 주은은 고집을 꺾지 않았다. 아예 두 눈을 질끈 감은 채로 입까지 꾹 다물고 있었다.

그때, 강욱에게 전달된 서류 한 장. 얼굴을 일그러뜨리던 강욱은 서류를 받아 들고 분주히 읽어 내려갔다. 이내 그의 얼굴이 점점 굳어진다.

"하……."

강욱은 서류를 모조리 읽고 나서야 이제, 이해가 간다는 얼굴로 냉소를 터뜨렸다. 동료 검사들은 그의 반응에 호기심 어린 얼굴로 그의 손에 쥐여진 서류를 받아 들어 읽어 내려갔다.

"한주은 씨."

강욱이 두 눈을 반짝이며 주은을 향해 상체를 구부렸다.

"언니가 한유미 씨네요?"

그의 목소리가 자극적이리만큼 낮고 깊었다. 강욱의 말에 주은이 눈꺼풀을 파르르 떨며 눈을 떴다. 두 사람의 시선이 허공에서 얽혔다.

"이제야 좀 주은 씨 범행의 동기가 이해가 되려고 하네. 그럼 다시 시작해 볼까요, 한주은 씨."

자정에 가까워진 시간.

이수는 지친 얼굴을 핸들에 묻고 있다, 12시를 알리는 소리에 흠칫 놀라 고개를 들었다.

여전히 검찰청의 불빛은 꺼질 줄 몰랐다. 한 시간 전에 강욱에게 메시지를 보냈지만, 아직 그에게선 답이 없었다. 아무래도 진범이 자수를 했으니, 이른 퇴근은 불가능할 거라 생각했다. 그럼에도 이수는 슬슬 걱정이 됐다.

차에서 내려 검찰청 앞까지 가 보고 싶었지만, 오늘도 무리였다.

여전히 기자들이 검찰청 앞을 장악하고 있었고 오늘 기자 회견으로 세상을 발칵 뒤집어 놓은 이수였기에 선뜻 그들 앞에 나설 수 없었다.

"걱정되네, 윤강욱."

그녀가 혼잣말을 중얼거리며 차에서 내렸다. 그리고 차 옆에서 멀리 떨어지지 못한 채, 차 근처만 어슬렁거리며 휴대폰을 내려다보았다.

마침 휴대폰에 작은 진동이 일었고 그녀는 서둘러 화면을 켜 내용을 확인했다.

〈기다리지 말고 먼저 자, 조금 늦을 것 같아. 퇴근하면 문자 남겨 놓을게.〉

"아……. 나 이미 검찰청 앞인데."

이수는 그의 문자에 어깨가 절로 축 늘어졌다. 쓸쓸함을 지워 내지 못한 채 이수는 차에 등을 기대곤 입술을 작게 물었다. 한창 바쁠 시기니 이해가 되었지만 그래도 섭섭함은 떨칠 수 없었다.

"벌써 12신데. 더 늦으면 몇 시에 퇴근한단 거야. 밥은 먹고 하는 건가."

혼자 중얼거리던 이수가 주머니에 손을 넣으며 어둠이 내려앉은 하늘을 올려다보았다. 온통 깜깜해서 보이는 것은 아무것도 없었지만 이수는 눈을 뗄 수 없었다.

꼭, 무겁게 가라앉은 자신의 마음 같아 그녀는 분주히 어둠을 헤집었다. 주머니에서 다시금 그녀의 휴대폰이 울렸다. 이수는 한숨을 내쉬며 휴대폰을 내려다보았다.

〈벌써 자는 거야? 답이 없네.〉

뭐라고 답장을 해야 하는데, 사실 실망감이 커 무슨 말을 해야 할지 몰라 머뭇거렸다.

"아니 아직 안 자."

그렇게 쓰다가 다시 휙 메시지를 지워 버렸다. 이수는 차에 기댄 채, 하염없이 강욱의 메시지만 내려다봤다.

"보고 싶은데. 언제 마치냐고 그때까지 기다린다고 하면 너무 질척대는 걸까."

이수가 입술을 삐죽이며 혼잣말을 하는데 갑자기 등 뒤에서 익숙한 목소리가 들렸다.

"하나도 안 질척대."

놀란 이수가 황급히 뒤를 돌아보니, 강욱이 달게 웃으며 자신을 바라보고 있었다. 이수의 건조한 눈동자가 갑자기 밝아졌다.

"강욱 씨!"

그리고 곧장 그에게 달려가 그의 품에 쏙 안겼다. 강욱은 강아지처럼 자신의 품을 파고드는 이수를 와락 끌어안았다.

"왜 기다리고 있었어. 오늘 힘들었을 텐데."

강욱은 흐뭇한 미소를 떨치지 못한 채 그녀를 꼭 끌어안으며 머리를 따뜻하게 감쌌다.

"뭐야, 거짓말했어요? 왜 여기에 있는 거야?"

그제야 이수는 강욱이 보낸 문자가 생각난 듯 그의 품에서 떨어지며 뾰로통한 얼굴로 올려다보았다. 강욱은 그런 그녀의 부푼 볼을 손가락으로 살살 문지르다, 그녀의 삐죽 내민 입술에 쪽 입을 맞췄다.

"아, 뭐야. 여기서 이러면 어떡해요!"

이수가 화들짝 놀라며 자신의 입술을 손바닥으로 가렸다. 그러곤 황급히 주위를 휘휘 둘러보며 몸을 웅크렸다.

"아무도 안 봐."

"근데 왜, 거짓말했냐고 하니까 뽀뽀를 해?"

"내려오자마자 너밖에 안 보이더라. 이 넓은 주차장에서 신기하게 너만 보이더라고. 그래서 반가워서 서프라이즈, 해 봤지."

"……피곤했죠, 오늘. 어떻게 됐어요? 그 한주은이라는 궁인."

자신보다 더 지쳐 보이는 강욱의 얼굴을 바라보던 이수가 조심스레 질문을 하다, 이내 아니라는 듯 고개를 휘휘 저어 보였다.

"아니다. 퇴근해서까지 일 얘기 하는 거 싫겠다, 그렇죠."

이수가 느리게 미소를 지으며 강욱의 손을 잡았다.

"피곤할 것 같은데 내 차로 가요. 괜찮죠?"

그러자 강욱은 이수가 잡은 손을 휙, 잡아당겨 한 손으로 그녀를 품에 다시금 안았다. 이수가 놀란 눈으로 올려다보았는데 강욱이 미소를 지어 보인다.

"안 피곤해. 내가 운전할게. 수고는 오늘 네가 더 했어."

강욱은 그대로 그녀의 어깨를 포근하게 감싸며 차로 향했다. 그러곤 그녀를 조수석에 태우고 운전석에 올랐다. 이수는 얼떨떨한 얼굴로 안전벨트를 매는 강욱을 응시했다. 이내 그거 미소를 머금은 얼굴로 이수의 안전벨트를 직접 매 줬다.

"아, 내, 내가 할……."

"됐어. 내가 해 줄 거야."

"고마워요."

"뭘 이런 걸 가지고."

새삼스럽게 고맙단 말을 하는 이수를 향해 강욱이 눈을 찡긋했다. 그러곤 핸들을 쥐며 크게 숨을 내쉬었다. 이수는 입술만 잘근잘근 깨물었다. 정면을 응시한 채, 조금 생각에 잠긴 얼굴로 손가락을 까딱거리던 강욱이 이수를 홱 돌아보았다.

"한주은, 한유미 동생이야."

뜬금없는 말에 이수는 조금 놀라 입을 벌리고 말았다.

"한유미 씨 동생이라고요?"

"입을 계속 꾹 다물고 있긴 하지만, 내일 조사 때는 아마 말할 것 같아. 진짜 범행 동기."

"자기가 독단적으로 살해한 거라고 주장하나 봐요, 그 궁녀는?"

"응, 그렇지. 뭐. 그래도 그렇게 얼렁뚱땅 넘길 사건 아니잖아."

"곤란하게 됐어요. 안 그래도 나 때문에 힘들 텐데."

"아, 맞다. 기자 회견."

강욱은 이수를 다정한 얼굴로 바라보고 있다, 기자 회견이 떠올라 시선을 조금 굳히며 고갤 바로 세웠다. 그리고 이수가 피하지 않도록 그녀의 뒷덜미를 한 손으로 감싸며 자신을 바라보게 했다.

"네?"

한껏 긴장한 이수가 커다란 눈을 깜빡이며 강욱을 바라봤다.

"누구 마음대로 연인 사이 아니래."

"아, 그건……."

"변명할 생각 마. 나 무지 상처 받았거든?"

"치, 그래도 소중한 사람이라고 했는데?"

"함께 소중한 사람이라고 해야지. 왜 너 혼자 그런 사람이래?"

"무서웠어요. 내 사랑이 당신 힘들게 할까 봐. 그건 싫어요. 차라리 우리 관계를 남들에게 드러내지 않은 채, 꽁꽁 숨기며 살아가야 한다고 해도.”

“……”

“난 당신이 행복하게 내 옆에 오래오래 머물렀으면 좋겠단 말이야.”

그녀의 간절한 진심이 강욱의 가슴에 닿자 그는 참을 수 없다는 듯 붉은 입술을 질끈 깨물었다.

“그래도 멋있더라. 역시, 내 차이수.”

“……강욱 씨.”

“사랑해.”

“갑자기?”

갑작스러운 그의 고백에 이수는 부끄러운 듯 볼을 붉히며 피식 웃음을 터뜨렸다.

“우리 오늘도 같이 잘까?”

강욱이 느른한 눈길로 이수의 달아오른 얼굴을 훑었다. 그러자 이수는 환하게 미소를 지으며 손을 뻗어 그의 머릴 두 손으로 감싸 자신 쪽으로 당겼다. 그러곤 강욱의 입술 위에 자신의 입을 맞추는 것으로 대답을 대신했다.

그녀의 키스에 강욱 역시, 이수를 따뜻하게 보듬으며 입술을 부드럽게 삼켰다.

대한제국 그리고 차이수

　몇 주의 시간이 흘렀고 그들은 모든 것을 제자리로 돌려놓기 위해, 여전히 고군분투 중이었다. 오늘도 어김없이 아침이 밝아 오자, 이수와 강욱은 나란히 주차장으로 향했다.

　함께하기로 한 순간부터 하루도 빠짐없이 매일같이 밤을 보내는 두 사람. 어제는 강욱의 집이 아닌 이수의 오피스텔에서 잠이 들었던 탓에 강욱이 미처 옷을 갈아입지 못하고 어제 차림 그대로 이수의 차에 올라 탔다.

　"옷 못 갈아입어서 어떡해요? 오피스텔로 데려다줘요?"

　"아니, 괜찮아. 방에 슈트 한 벌 있어."

　강욱이 타이를 고쳐 매며 중얼거리자 그의 곁에 나란히 걷던 이수가 걸음을 멈추곤 그를 바라봤다.

　"봐요."

　그러곤 강욱의 타이를 직접 매 주며 이수가 그와 시선을 맞췄다.

　"검찰청에 왜 슈트가 한 벌 더 있어요?"

"야근이 잦아서 여분으로 뒀거든."

아무렇지 않다는 듯 강욱이 어깨를 으쓱해 보이자, 그의 타이를 깔끔하게 매어 준 이수가 입을 삐죽이며 그를 밉지 않게 흘겨보았다.

"이건 거짓말 아니죠? 진짜지?"

"그럼, 외박이 잦아서 나뒀을까 봐?"

"어머, 난 외박에 외자도 안 꺼냈는데. 뭐야? 도둑이 제 발 저린 것 같은 이 찝찝한 기분은?"

이수가 눈을 동그랗게 뜨고선 허리춤에 손을 올리자 강욱은 그녀의 질투가 귀여워 소리 내 웃어 버렸다. 이수는 그런 강욱을 올려다보며 헛웃음을 터뜨렸다.

"왜 웃어요? 내 말이 웃겨?"

"아니, 귀여워서."

"이런 식으로 자꾸 얼렁뚱땅 넘……!"

그녀가 의심의 눈길을 거두지 않고 말을 이어 가자 강욱이 참을 수 없다는 듯 그녀의 입술에 입을 쪽, 맞췄다.

"귀여워 죽겠네, 차이수."

"또! 매번 이런 식이야……!"

다시금 그녀의 입술에 가볍게 입을 맞추는 강욱. 이수는 빨개진 얼굴로 자신의 입술을 손바닥으로 가렸다.

"종알종알 거리는 게 왜 이렇게 병아리 같아."

"버릇을 단단히 고쳐 놔야겠어. 자꾸 이렇게 뽀뽀하니까 내가 화도 못 내고……!"

다신 뽀뽀를 하지 못하게 자신의 입술을 손바닥으로 가렸건만, 강욱은 그 손마저 치워 내고 그녀의 입술에 다시금 입을 맞췄다.

"딸은 낳지 말자."

"……네?"

기습 뽀뽀를 세 번이나 해 놓고선 이젠 낯간지러운 말을 아무렇지나 않게 툭 내뱉고 있었다. 아침부터 혼을 쏙 빼놓는 그 때문에 이수는 정신이 없다.

"너 닮은 딸 낳으면 나 회사도 때려치우고 집에서 딸만 볼 것 같거든."

"뭐요?"

"예뻐서 밖에 내놓을 수가 있어야지."

"아직 낳지도 않은 딸한테 질투가 나려 하네?"

강욱의 너스레에 이수도 농담으로 대답하며 그의 손을 잡았다. 강욱은 그녀가 잡은 손을 깍지 끼며 이수의 차로 향했다.

"근데 낳아 줄 거야?"

"……생각해 보고요?"

"딸 하나 아들 둘 어때. 아들 둘을 오빠로 낳고 딸은 막내로. 그래야 오빠들이 지켜 줄 거 아냐."

"벌써 거기까지 생각했어요, 혼자서?"

두 사람은 서로를 바라보며 행복한 웃음을 지었다. 비록 여전히 현실은 지옥일지라도 서로를 바라보는 순간만큼은 동화 속이었다.

✞　　✠　　✞

이수는 굳은 얼굴로 긴장한 듯 땀이 찬 손바닥을 연신 닦아 냈다. 그때, 굳게 닫혔던 철문이 열리고 수갑을 찬 주은이 무표정한 얼굴로 터덜터덜 걸어 나왔다. 동시에 이수는 자리에서 일어나 주은을 응시했다.

"……무슨 일로 보자고 하셨나요. 전 차이수 씨에게도 드릴 말씀이 없는데."

일주일 뒤면 한주은의 마지막 재판이 열리는 날이었다. 주은은 계속해서 유미의 개입 없이 독단적으로 저지른 범행이라 주장하고 있었다. 하지만 살해의 동기가 여전히 불투명했기에 공판은 계속해서 진행이 되어 왔다. 이수는 착잡한 마음으로 자신의 눈을 바라보지 않는 유미의 눈을 집요하게 바라봤다.

"한주은 씨, 나 알죠."

이수의 건조한 물음에 주은은 느리게 고갤 들어 이수를 바라봤다.

"대한제국에서 차이수 씨 모르는 사람도 있나요."

"그럼 한유미 씨는요? 한유미 씨, 얼마나 알아요?"

"……말장난 하시러 오셨어요?"

"난 한유미 씨를 아주 잘 알아요. 한유미 씨는 지금 황태자비가 되기 위해 무던히 노력 중이죠. 주은 씨는 유미 씨의 동생이니까 이미 알고 있으리라 생각이 들어요."

"……."

"두 분은 어려운 가정환경에서 서로를 의지하며 자라왔다고 들었어요."

"벌써 뒷조사까지 끝내셨나요? 하긴……. 차이수인데, 뭘 못 하겠어."

주은은 피식, 헛웃음을 터뜨리며 그녀의 시선을 외면했다.

"하실 말씀만 간단히 하고 가세요."

일관되게 무표정한 얼굴로 자신을 대하는 주은을 향해 이수가 상체를 숙였다. 그리고 자신을 외면하는 주은의 눈을 맞추기 위해 고개를 비스듬히 꺾었다.

"잘못된 방법이라는 거, 주은 씨는 이미 알고 있죠."

"……."

"누구보다 지금 이 비극을 멈추고 싶은 사람은 주은 씨라는 것도 난 잘 알아요."

"이봐요, 차이수 씨."

"근데…… 주은 씨는 다 알면서 왜 그것만 몰라요?"

"……."

"이 모든 걸 끝낼 수 있는 사람 역시, 주은 씨뿐이라는 걸요."

하지만 그녀의 애원에도 주은의 얼굴엔 변함이 없었다.

"어머니가 과연…… 이런 걸 원했을까요?"

엄마의 이야기에 차갑게 얼굴만 굳히고 있던 주은이 버럭 소리를 지르며 자리에서 일어났다.

"네가 뭘 안다고 내 엄마를 들먹여? 네까짓 게 뭘 알아! 재벌집에서 태어난 네가, 알기나 해? 지옥 같은 삶을 끝없이 살아도, 어둠은 걷히지 않고 빛 한 점 스미지 않았어. 가난에 끝없이 허덕이고 외로움에 몸부림쳐도…… 그 누구도 도움의 손길 한 번 내밀지 않았어. 네가 그런 지옥을 알아? 그 절망을 헤아릴 수 있다고 생각해?"

주은이 악을 내지르자 이수 역시 눈물이 그렁그렁 맺힌 얼굴을 치켜들며 자리에서 일어났다. 그리고 자신을 죽일 듯이 노려보는 그녀의 눈빛을 피하지 않으며 꼿꼿하게 허리를 세웠다.

"왜 모른다고 생각해요?"

"……뭐?"

"왜 내가 모든 걸 다 가졌다고 생각하나요?"

"……."

"한유미 동생이라면 그쪽도 내가 사는 삶이 얼마나 지옥일지, 짐작하고 있을 거 아냐."

"차이수."

"네 언니가 그토록 갖고 싶어 몸부림치는 황태자비 자리……. 내겐 죽었다 깨어나도 갖기 싫은 자리였고, 그것을 가져야만 겨우 지옥에서 벗어날 수 있었기에 어쩔 수 없이 그 자리에 앉겠다고 몸부림쳤고."

"……."

"그리고 결정적으로……. 엄마를 버리면서까지 욕심을 놓지 못해, 결국 스스로 파멸의 길로 걷고 있는 차 회장까지. 모르지 않잖아. 한주은 씨, 당신도 다 알고 있잖아. 나보다…… 비참한 내 삶을 더 잘 알고 있잖아."

이수가 눈물을 뚝뚝 흘리며 주은을 바라보자, 그녀 역시 불편한 얼굴로 이수를 물끄러미 응시하고 있었다. 이수의 숨결이 흐트러질수록 주은도 눈앞이 흐려지는 것 같았다.

"이제 무너질 일만 남은 나보다 그래도 올라갈 길이 있는 당신들이 더 낫지 않을까."

"이봐요……!"

"막아. 당신이 막아야 해."

"……."

"당신들은 그래도 살리고 싶어서, 이 지옥 같은 삶에서 벗어나게 해 주기 위해서 밤낮 가리지 않고 새벽 장사를 하시다, 불의의 사고로 돌아가신 당신 어머니께서 바란 게 고작 이거라고 생각해?"

울분이 섞인 이수의 목소리에 결국 주은은 그대로 무너지고 말았다. 주은은 가슴을 내려치며 목을 놓아 울부짖고 말았다. 짐승 같은 그녀의 울음에 이수 역시 이를 악물며 온몸을 부르르 떨었다.

"아닐 거야. 한없이 무너져 가는 딸들의 모습을 보면 하늘에 계신 어머니께서 속상해 하실 거야."

이수의 말이 비수처럼 주은의 가슴에 꽂혔다.

"멈춰. 당신이 언니의 폭주를 막아 줘요. 황태자비, 그것을 가진다면 과연 당신 언니가 행복해질 수 있을까?"

"……흐윽, 흑."

"아니. 더 불행해질 거야. 누군가를 아프게 하고 얻어 낸 자리를 끝까지 지켜 내기 위해 마지막까지 몸부림치다, 불행하게 눈감을 거야."

이수는 흐르는 눈물을 차분하게 닦으며 주은을 향해 애원했다.

"그러니까 우리 그만해요. 한주은 씨."

"……"

"우리 이젠…… 행복해지자. 그럴 자격, 있어요. 한주은 씨는."

"잘 만나고 왔어?"

"네……. 뭐, 내 진심이 잘 전해졌을지는 모르겠어요."

주은과의 면회를 끝내고 중앙지검에 잠깐 들러, 강욱을 만났다. 이수는 느리게 한숨을 내뱉으며 두 손을 모았다. 그러자 강욱이 그녀의 손을 따뜻하게 감싸 쥐며 위로했다.

"이제 다 끝나가잖아. 조금만 더 힘내자."

"……마지막 재판엔 한주은 씨가 입을 열겠죠?"

"그래서 한유미를 증인으로 채택했어. 한유미와 한주은이 거주하는 집에서도 증거물이 발견 됐거든."

"한유미, 나온다고 해요?"

"……나와야지, 동생 재판인데. 그래도 언니라면 나와야 하지 않겠어?"

강욱의 말에 이수가 힘겹게 고개를 끄덕거리며 억지로 미소를 지어 보였다.

"마무리 되면 프랑스 가자. 알았지?"

"그런데 나, 강욱 씨한테 말 안 한 거 있는데."

어깨를 감싸 안으며 다독이던 강욱은 이수의 뜻밖의 말에 조금 굳은 얼굴로 그녀를 돌아보았다.

"뭔데?"

강욱이 한껏 긴장한 채, 그녀의 붉은 입술을 빤히 바라보았다.

"나…… 오늘."

이수의 목소리는 한껏 가라앉아 있었지만 어쩐지 그녀의 얼굴이 밝아 있었다. 강욱은 떨리는 눈으로 그녀를 물끄러미 바라보았다.

"선대 황제 폐하의…… 뇌물 수수 혐의에 관한 재수사 재판에."

"……?"

"증인으로 참석해요."

아니겠지, 어째서 네가 왜.

강욱의 눈이 불안하게 흔들리더니 이수를 와락 끌어안고 말았다. 그의 가슴이 곤두박질 쳤다. 선대 황제의 사건에 증인으로 참석한다는 말은 간단했지만 그에 담긴 뜻은 너무도 무거웠다.

스스로 자신의 가문을 무너뜨리겠다는 말이었다. 강욱은 이수를 꽉 안은 채, 그녀의 머리칼을 몇 번이고 쓸어내렸다.

"이수야."

"이젠 내가 내 방식대로……."

"……."

"이 비극을 끊어 낼 차례예요."

"차 회장님은 네가 아니라도 벌 받을 수 있을 거야. 물론 그런 누명을 씌운 건 잘못한 일이지만……. 지금 죄를 인정한 상태라 네가 나서지 않아도……."

강욱이 넋이 나간 사람처럼 말을 이어 갔지만 이수가 그의 품에서 떨어졌다. 그리고 괜찮다는 얼굴로 그의 떨리는 눈동자를 한참 동안 응시했다.

"얄팍한 자존심 때문에…… 이러는 거 아니에요."

"이수야."

"해연궁마마께 씻지 못할 죄를 저질렀고, 그분께서 직접 내 손으로 해결할 수 있게 기회까지 주셨어요."

"인정하셨잖아, 차 회장님이."

"그렇지만 황후가 인정하지 않고 있잖아요."

이수가 담담하게 말을 이어 갔다. 하지만 그 얼굴은 어느 때보다 위태로워 보였다.

"황후는 여전히 탐욕을 버리지 못했어요. 자신이 독단적으로 벌인 일이라, 법에 호소하고 있대요. 이렇게 가다간 아버지의 자백만으론 두 사람 다, 제대로 된 벌을 받을 수 없어요. 황후는 어떻게 해서든 형량을 줄여 감옥에서 나오려 할 테고, 아버지는 처벌을 받지 못해서 A&J 그룹을 이어 갈 거예요. 황후는 그걸 노리고 있어요. 자신의 숨구멍을 아버지에게서 찾는 것. A&J 그룹을 살리고 자기도 거기에 빌붙어 살아남기."

"……."

"자백의 보강 법칙에 따르면…… 추가 증거가 없어서 아버지의 죄는 유죄로 인정이 되지 않을 거래요."

"그건 그렇지만."

이수의 말에 강욱은 할 말을 잃은 채 한숨을 내쉬고 말았다. 그러자 그녀는 애써 미소를 지으며 입을 열었다.

"그러니 제가 스스로 증거가 되려고 해요."

✢　　　✤　　　✢

"황실 변호인, 공소 사실을 인정합니까."

황후의 재판이 열리고 있었다. 이수는 호흡을 가다듬으며 재판장 안으로 들어섰다. 그때, 황실 변호사가 자리에서 일어나 황후의 죄를 인정함을 판사에게 알렸다.

"공소 사실을 인정합니다. 하지만⋯⋯."

그러나 변호사는 냉소를 입가에 머금은 채 검사 측을 바라봤다.

"황후마마께서는 독단적으로 벌인 일임을 강력하게 주장하고 계십니다. A&J 그룹의 회장인 차성준과는 결코 관련 없는 일이라는 주장엔 변함이 없습니다."

변호사의 뻔뻔한 말에 재판장이 술렁거리기 시작했다. 검사 측도 허탈한 얼굴로 주먹만 꾹 쥐고 있었다. 재판을 지켜보던 해연과 안 역시, 분노를 지워 내지 못한 채 탄식만 내뱉고 있었다. 피고인석에 앉은 황후는 두 눈을 지그시 감고서 여유로운 미소마저 그리고 있었다.

검사가 서류를 넘기며 자리에서 일어나 비어 있는 증인석 앞에 섰다.

"판사님, A&J 그룹의 대표 이사 차이수 씨를 증인으로 채택합니다."

"증인, 나와 주세요."

차이수라는 이름에 장내가 다시금 술렁이기 시작했다. 여유롭게 미소를 지으며 두 눈을 감고 있던 황후는 화들짝 놀라며 눈을 떴다.

이수는 여전히 흐트러짐 없는 모습으로 걸어 나와 증인석에 앉았다. 그녀의 등장은 해연과 안을 놀라게 하기에도 충분했다.

"증인의 이름 말해 주세요."

"차이수입니다."

"증인은 왜 이 자리에 나와 있죠?"

검사의 물음에 이수의 반듯한 시선이 천천히 황후에게로 향했다.

"제 아버지 차성준 회장님의 자백에 따른 증거를 제출하기 위해 나왔습니다."

황후는 의자를 발로 차며 주먹으로 탁상을 내리쳤다.

"차이수! 어떻게 네 아버지를⋯⋯!"

"피고인, 조용히 하세요!"

발악하는 황후를 사람들이 제지했고 이수는 그녀에게서 눈길을 거두곤 판사를 똑바로 응시했다.

"존경하는 판사님, 부디 죄인들이 합당한 죗값을 치를 수 있도록 현명한 판단 내려 주시길 바랍니다."

그 말을 끝으로 이수가 미리 검사 측에 제출한 오래된 휴대폰이 증거물로 채택되어 화면에 띄워졌다. 사람들의 이목이 휴대폰에 집중됐고 이수는 천천히 입을 열었다.

"10년 전, 고등학생이었던 저는⋯⋯ A&J 그룹에 아버지와의 저녁 약속 때문에 들른 적이 있었습니다."

"⋯⋯."

"아버지께서 잠깐 외출 중이셔서 저는 회장실에 들어가 기다리고 있었습니다. 그리고 아버지의 책상에 앉아 깜빡 잠이 들었는데, 그때 밖에서 들려오는 황후마마⋯⋯. 그러니까, 그 당시 이성 대군의 부인이셨던 피고인의 고함에 놀라 잠에서 깨 책상 밑으로 숨었습니다."

"네, 계속 말씀해 주세요."

이수가 말을 이어 갈수록 황후의 얼굴은 엉망이 되어 가고 있었다. 그것을 참관석에 앉아 지켜보던 해연은 그만 두 눈을 질끈 감고 말았다. 이수의 가슴이 지금 얼마나 무너져 내릴지, 짐작조차 되지 않아 그녀는 억장이 무너졌다.

강욱도 조심스럽게 재판장 안으로 들어서서 이수의 증언을 직관했다.

"그리고 이어 아버지께서도 노발대발하시며 회장실 안으로 들어섰습니다."

"……."

"당시 저는 황태자비가 되기 위한 교육을 받고 있었고, 이강 태자 전하가 아닌 이안 태자 전하의…… 비가 되기 위해 준비 중이었습니다. 그런데 아버지와 피고인이 나누는 대화가 너무도 충격적이었기에 녹음을 하게 됐습니다. 어린 나이에 두 분이 나누시는 이야기가 얼마나 엄청난 이야기인지는 짐작하지 못했지만, 혹시나 하는 마음에 녹음해 두었습니다."

"아니야, 아니야……!"

"피고인, 조용히 하세요!"

"아니라고!"

"피고인!"

이수의 증언이 이어지자 황후는 울부짖으며 발악했다. 하지만 이수는 담담하게 황후를 응시하며 말을 이어 갔다.

"제가 제출한 휴대폰 속에 모든 것이 담겨 있습니다. 그날, 두 분이 나눈 대화의 내용이 녹음되어 있습니다. 이율 황제 폐하에게 뇌물 수수 혐의를 뒤집어씌워 끌어내리고 이성 대군을 황제에 앉히겠다는……. 그래서 저를 이안이 아닌 이강의 황태자비로 만들어야겠다는 이야기가 담겨 있습니다."

순간 강욱의 얼굴이 처참하게 일그러지고 말았다. 그제야 그녀가 예전에 했던 말의 뜻을 헤아릴 수 있을 것 같았다.

하지만 이어지는 그녀의 말은 황후를 쓰러지게 만들기에 충분했다.

"황후마마⋯⋯."

"아니라고!"

"제 눈을 보십시오."

이수의 눈엔 어느 때보다 뜨거운 눈물이 차오르고 있었다. 황후 역시 눈물이 범벅된 얼굴로 이수를 원망스럽게 바라보고 있었다.

"이강 태자 전하를 고통 속에 살게 하신 건, 황후마마십니다."

"⋯⋯뭐?"

"제가 그 모든 비리가 담긴 파일을 복사해 이강 태자 전하께 드렸습니다."

"이, 강, 강이⋯⋯!"

"태자 전하께선 모든 것을 알고 계셨습니다."

충격적인 말에 술렁이던 사람들은 모두 입을 꾹 다물고 말았다. 힘겹게 말을 이어 가는 그녀가 걱정되어 강욱은 자리에 가만히 앉아 있을 수가 없었다.

"저는 국혼을 앞두고 태자 전하께⋯⋯. 황후마마의 비리가 담긴 그 녹취 파일을 건네며 이 모든 것을 세상에 밝힐 것이라고 말했습니다. 황후마마와 내 아버지의 비리를 폭로할 것이니 지금이라도 나와의 국혼을 취소하고 A&J 그룹을 놓지 못하는 황후마마와 황제 폐하를 대신해 우릴 버려 달라고요."

"⋯⋯!"

"그랬더니 전하께선 제게 2년의 시간을 달라고 했습니다. 2년만 황태자비로 살아 달라고 하셨습니다. 자기가 아무런 재계와 배경 없이 스스로 세상을 살아갈 힘이 생기면 그때, 전하께서 직접 이 비리를 세상에 밝히며 저와 이혼해 주시겠다고요. 그러니 그때까지 기다려 달라고 했습니다. 하지만 전, 그럴 수 없다고 했어요. 그래서 태자 전하께서 각서를 써 주셨습니다."

"……."

"국혼을 치르고 난 후, 이 모든 것을 세상에 밝힐 것이라고요. 그리고 저는 그런 태자 전하의 곁을 2년 동안 지켜 주기로 했습니다. 황태자의 자리를 박탈당하고 궐에서 쫓겨나더라도 그의 곁을 지켜 주기로. 결국, 허울뿐인 자리였겠지만 그래도 그분과의 의리를 지키고 싶었습니다."

그 말에 황후가 풀썩 주저앉고 말았다.

동시에 해연 역시 화들짝 놀라며 자리에서 일어나고 말았다. 그제야 이수가 했던 말의 뜻을 헤아릴 수 있었다. 모든 것이 자신의 탓이니 자신이 수습하게 해 달라던 그날의 말이 무얼 뜻하는지 해연은 알 수 있었다.

그리고 국혼을 앞둔 이강을 찾아갔던 날, 그가 자신에게 왜 그토록 모진 말을 쏟아 냈었는지도 알 수 있을 것 같았다. 모든 것을 자신의 손으로 되돌려 놓고, 자신이 살기 위한 것임을 해연은 이제야 짐작할 수 있었다.

"그런데 이강 태자 전하의…… 연인이었던 한유미 씨가 그 모든 사실을 알게 되었고. 결국, 전하께서 변을 당하시자 이젠 그것을 인질 삼아 황태자비의 자리를 내어 놓으라 위협하고 황후마마까지 겁박했죠."

"……!"

"이 모든 것은 황후마마께서 자처하신 일입니다. 그러니…… 이제 그만 몸부림치시고 모든 죄를 인정하고 죗값을 치르세요."

"차이수……! 차이수, 너……!"

539

황후는 그대로 쓰러지고 말았고 해연은 주저앉아 울음을 터뜨릴 수밖에 없었다. 권력의 소용돌이에서 힘겹게 살아남은 이수가 안쓰럽기도 하고 대견하기도 해, 강욱은 당장이라도 달려가 그녀를 껴안아 주고 싶었다.

"그것만이 승하하신 태자 전하를 마지막까지 고통 속에 내버려 두지 않는 길입니다."

재판이 끝나고, 모든 사람들이 돌아갔지만 이수는 증인석에서 일어날 수 없었다. 결국 그녀가 바란 것처럼 자신의 증언과 증거로 인해, 차 회장의 자백은 받아들여졌고 황후와 함께 합당한 죗값을 치를 것이었다.

모든 것이 끝났지만.

이수가 바라던 대로 결과를 얻어 냈지만…… 그녀는 어쩐지 행복하지 않았다.

A&J 그룹은 한순간에 무너질 것이고 차 회장은 돌아오지 못할 강을 건너게 될 것이었다. 이수는 괴로움에 얼굴을 감싼 채 고갤 숙였다.

뒤에서 묵묵히 지켜보던 강욱이 느리게 자리에서 일어나 그녀 곁으로 다가갔다.

갑작스러운 인기척에 이수가 화들짝 놀라며 고갤 들었다.

"……강욱 씨."

강욱이 말없이 무릎을 굽혀 그녀를 끌어안았다.

"잘했어, 차이수."

하지만 그의 위로에도 그녀의 눈물이 멈추지 못했다. 간신히 울음을 삼킨 줄 알았는데, 그가 위로하자 다시금 눈물이 차오르고 말았다.

"강욱 씨……. 나, 어떡해요……. 흐윽."

"잘한 거야, 차 회장님께서도 네 말대로 법의 심판을 받기 위해 자백을 하셨던 거잖아."

"……."

"그런데 황후의 욕심에 그마저도 마음대로 용서를 구할 수도 없으셨는데 네 덕분에…… 그분들께 용서를 구할 수 있게 됐으니 얼마나 다행이야."

이수가 그의 목덜미에 얼굴을 묻으며 입술을 악물었다. 그녀의 흐느낌이 커질수록 강욱의 가슴도 부서지고 있었다. 그는 말없이 이수의 등을 토닥이며 다정하게 위로해 주었다.

"이 순간이 오길 매일매일 꿈꿨어요. 마음속에 자꾸만 짐처럼 남았던 것을 드디어 벗어 던지는 순간이 왔는데……. 그런데, 나 왜. 울고 있죠?"

강욱은 자신의 품에 쓰러지듯 안긴 그녀의 뺨을 조심스럽게 감싸, 자신을 바라보게 했다. 그리고 하염없이 눈물이 흐르는 그녀의 볼에 천천히 입을 맞추었다. 이수의 눈물에 그가 가볍게 키스하며 다시금 품에 안았다.

"울어. 이제라도 마음껏 울어, 차이수."

"강욱 씨."

"대견하다. 정말 대견해……. 우리 이수."

"……."

"근데 딱 여기까지인 걸로 하자."

그의 말에 이수가 고개를 젖히며 강욱의 얼굴을 바라봤다.

"대견한 차이수가 모든 걸 짊어지고 이겨 내며…… 혼자 싸우는 건 오늘 여기서 끝."

"……."

"이젠 내가 대신해. 널 대신해서 싸울 거고. 널 대신해서 짊어질 거고…… 널 대신해서 울어줄게."

하지만 이수는 그의 말에 웃음으로 답해 줄 수 없었다. 그녀는 그의 품에서 떨어지며 자신 없단 얼굴로 고개를 푹 숙이고 말았다. 마음이 미어져 차마 강욱을 똑바로 바라볼 수 없어 그녀는 입술만 잘근잘근 깨물었다. 그 머뭇거림에 강욱이 다시금 이수의 손을 잡았다.

"누릴 만큼 누리면서 살았어요……. 하지만 여기 이 마음은 늘 허전했어."

"……"

"그런데 정말 거짓말같이 강욱 씨를 만나고 나서…… 구멍이 난 듯했던 이 마음이 채워졌어요. 행복했고 이제야 살아가는 게 얼마나 아름다운 건지, 알 수 있게 됐어요."

"이수야."

"난 당신에게 너무 많은 걸 받았어요. 과분한 사랑, 넘치는 행복……. 그런데 강욱 씨."

"말하지 마."

"들어요……. 들어줘."

"차이수."

강욱은 자신의 손을 놓으려는 이수의 손을 단단히 붙잡았다.

"나 이제 아무것도 없어."

"……"

"가진 거라곤…… 재력과 권력과 명예뿐이었던 내가 이젠 다 내려놓았어요. 그러니 내가 이제 당신에게 해 줄 수 있는 게 아무것도 없어. 오히려 나 때문에 손가락질 받을 거야."

이수의 말에 강욱이 조금은 화난 얼굴로 이수를 바라보았다.

"그래도 괜찮아요? 나 지금 진지하게 묻고 있어요."

그러자 이수가 그를 향해 편안한 얼굴로 천천히 물었다. 그녀의 목소리가 강욱의 가슴에 촉촉하게 젖어 들었다. 그는 피식, 미소를 그리며 언제나처럼 그녀의 머리를 따뜻하게 감쌌다.

"결혼하자."

"……강욱 씨!"

"나도 진지해."

"농담하지 말아요."

괜찮으냐고 물었는데, 결혼을 얘기하는 강욱 때문에 이수는 울음을 삼킬 수가 없다.

"나 가진 거 많아. 돈, 명예, 그리고 권력은 없지만 힘은 세."

"……."

"그러니까 결혼하자, 이수야. 내가 가진 게 너무 많아서 네가 아무것도 없다고 해도 상관이 없거든."

"……."

"그리고 난 너만 있으면 되니까. 너 하나만 있으면 되니까."

강욱의 부드럽고 따뜻한 목소리에 이수가 두 눈을 질끈 감고 말았다.

"세상에서 제일…… 혹하게 만드는 프러포즈다."

"이수야."

"빈털터리가 된 여자한테 돈 많다고 결혼하자는 남자."

"농담 아니야."

"사랑해요."

"차이수."

"다 잃은 줄 알았는데……. 다 잃을 거라 생각했는데, 아니었네."

이수는 아직 젖은 눈으로 그를 찬찬히 훑다 그의 목덜미에 손을 둘렀다. 두 사람의 숨결이 살포시 포개졌다.

"윤강욱……. 나도 너만 있으면 돼."

"사랑해. 사랑할 수밖에 없어서, 사랑한다."

두 사람은 또다시 뜨거운 키스를 나눴다.

✛ ⚜ ✛

일주일 후, 이수의 증언으로 대한제국엔 새로운 바람이 불었다.

대한제국이 무너져도 쓰러질 것 같지 않던 대 A&J 그룹은 허망하게 부서졌고 차 회장의 전 재산은 압수되었으며 황후와 나란히 감옥살이를 하게 됐다. 또한, 황후의 비리가 밝혀지자 이성 황제는 자진해서 황제 자리를 내어놓고 출궁 절차를 밟아 갔다.

그에겐 아무런 죄가 없었지만 자신의 아내인 황후가 저지른 악행을 함께 통감하며 책임지기 위해 전 재산을 내어놓고 빈 몸으로 궐을 떠날 준비를 했다.

황실 제일 어른인 태후의 권한으로 차기 황제로 '이안'을 추대했고 태후는 자신의 자리를 해연에게 물려주며 자신은 태황태후로 물러났다. 선대 황제였던 이율에게 씌어졌던 오명 역시 깨끗하게 벗겨졌다.

이 모든 것은 단 일주일 만에 이루어졌다. 영원히 일어날 것 같지 않은 일들이 이수의 용기로 일어났고 모두가 제자리를 찾아간 것이었다.

다만, 이수는 한 순간에 모든 것을 잃었다.

영원한 황태자비 후보였고 A&J 그룹의 이사였고 대한제국 최고의 재벌 상속녀였던 이수는 그저 평범한 '차이수'가 되었다.

하지만 이수는 행복했다. 이 세상에서 제일 빛나는 '윤강욱'을 가졌으니까.

"이수야."

편안한 얼굴로 하늘을 바라보던 이수를 향해 누군가가 다가섰다. 이수가 환하게 미소를 지으며 뒤를 돌아보았다.

"태후마마……!"

이젠 진짜 태후의 자리에 앉은 해연이 이수를 따뜻하게 끌어안았다.

"추운데 왜 여기서 기다리고 있어. 안에서 기다리고 있지."

그때, 주차를 마친 안이 코트를 여미며 이쪽으로 성큼성큼 다가왔다. 경호원들은 저 멀리서 해연과 안을 비호하고 있었다. 오랜 궐 밖 생활로 궐 생활이 익숙지 않은 두 사람은 경호원들과 대동하며 외출하는 것이 어색해 되도록 멀리서 경호해 주길 바랐다.

안은 해연과 포옹을 나누고 있는 이수를 바라보며 작게 미소를 머금었다.

"이수 씨."

"……폐하. 납시셨나이까."

"그냥 안이라고 해요. 이수 씨."

"제가 어떻게 폐하께 그럴 수 있겠어요."

이수는 안의 너스레에 웃음을 터뜨리며 해연의 손을 잡았다. 안 역시, 여전히 이수를 향한 사적인 감정을 지워 내진 못했지만 그녀가 너무도 행복해 보여 더는 욕심낼 수 없었다. 해연의 말대로 이수를 진심으로 아꼈기에, 행복을 빌어 주는 것으로 그녀를 향한 사랑을 대신하기로 했다.

"윤 검사님은 어디 계세요?"

안이 검찰청 주차장을 두리번거리며 강욱을 찾았다.

"아, 지금 오고 계세요."

"어째 황제인 나보다 더 바빠?"

"마지막 재판 준비 때문에 바쁘겠지. 얼른 들어가자."

해연은 이수의 손을 꼭 맞잡고 검찰청 안으로 들어섰다. 오늘은 황태자 살해 사건의 마지막 공판이 열리는 날이었다. 한주은이 모든 것을 실토할지가 관건이었다.

하지만 이수는 주은을 믿었다. 자신의 용기로 모든 것이 제자리를 찾아가는 것을 두 눈으로 지켜봤을 그녀가 자신과 마찬가지로 스스로 무너질 용기를 내주리라고.

"태후마마, 폐하. 오셨습니까."

저 멀리서 강욱이 서둘러 뛰어와 해연과 안을 향해 고개를 꾸벅 숙여 보였다.

"윤강욱 검사, 왔어요?"

해연이 강욱을 향해 따뜻하게 미소를 지어 보였다. 안 역시, 강욱을 반갑게 맞으며 그에게 악수를 청했다. 그도 안이 내민 손을 맞잡으며 편안한 얼굴을 해 보였다.

"오늘 재판, 어떨 것 같아요?"

안이 강욱의 팔을 툭 치며 장난스레 묻자 그가 곤란한 얼굴을 하며 이수를 돌아보았다.

"어떨 것 같아, 좋은 꿈 꿨어?"

그러자 이수가 환하게 웃으며 고개를 끄덕이며 엄지를 척 내밀었다.

"잘할 수 있을 거예요, 강욱 씨."

깨가 쏟아지는 두 사람을 흐뭇하게 바라보던 해연이 이수의 팔을 감싸며 애틋한 얼굴을 했다.

"우리 이수…… 이제야 좀 웃는 모습을 많이 보는구나."

"태후마마께서도 편안해 보이십니다."

"우리 안이, 장가를 들어야 더 편안하게 웃을 텐데."

해연은 슬그머니 안을 흘겨보며 이수를 향해 눈을 찡긋해 보였다. 그러자 안이 멋쩍게 머리를 긁적이며 슬쩍 등을 돌렸다.

"참, 저는 아직 결혼 생각이 없다고요……."

그때, 검찰청 밖에서 황실 차 한 대가 더 멈춰 서고 경호원들이 우르르 쏟아져 내리며 차를 경호했다. 이수는 눈을 동그랗게 뜨고선 의문의 차를 빤히 바라봤다.

이내 그 차에서 곱게 차려입은 태황태후가 천천히 내리고 있었다. 해연과 이수는 서둘러 건물 밖으로 달려가 태황태후를 부축했다.

"마마. 날도 추우신데 궐에 계시죠. 황실에 재판이 생중계 된다고 했는데."

해연의 걱정에 태황태후는 괜찮다는 듯 미소를 지으며 이수의 팔짱을 꼈다.

"우리 이강 태자 전하의 억울함이 풀어지는 이 기쁜 날. 궐에만 있을 순 없지요."

태황태후의 말에 이수가 조금은 슬픈 얼굴로 그녀를 부축했다. 강욱은 자신이 짊어진 무게가 무거웠지만 반드시 이들을 위해서라도 최선을 다할 것이었다.

"윤강욱 검사라고 했나?"

태황태후가 넌지시 이수의 팔짱을 끼며 강욱을 돌아보았다. 강욱은 흠칫 놀라며 고개를 숙였다.

"네, 태황태후마마……."

"오늘 이수는 내가 좀 빌립시다."

"아? 네……."

"그리고 이수랑 종종 입궐해, 궐 밖 이야기 좀 들려주도록 하세요."

"네?"

"이수가 요즘 연애를 한다고 통, 입궐을 안 하니 같이 입궐해서 궐 안에서 데이트를 하던가 하세요. 이수 보고 싶어서 이 늙은이 수명 줄 어듭니다."

태황태후의 귀여운 질투에 이수가 웃음을 터뜨리며 강욱에게 눈짓을 해 보였다. 그러자 강욱도 이수가 황실에서 사랑받고 있다는 것이 안심 되기도 하고 대견하기도 해, 그녀를 흐뭇한 얼굴로 바라봤다.

"자, 들어갑시다. 들어가요."

태황태후의 선두로 강욱과 이수를 포함한 사람들이 검찰청 안으로 들어섰다. 조금 긴장한 얼굴의 강욱을 향해 이수가 주먹을 쥐어 파이팅 하라는 듯 흔들어 보였다.

✝   ⛭   ✝

"피고인 한주은은 2019년 10월 31일 밤 9시 50분 경, 대한제국 황궁 의 태자궁에서 피해자 이강 황태자를 유인, 수면제가 든 와인을 마시게 한 후 날카로운 흉기로 피해자를 살해하였습니다. 이에 피고인 한주은 을 형법 250조 살인죄로 기소합니다."

마지막 공판이 시작되고, 검사복을 입은 강욱은 덤덤한 얼굴로 주은 을 바라봤다. 하지만 주은의 얼굴은 어딘가 불편해 보였고 연신 여유로 운 모습으로 재판에 임하던 모습은 사라지고 사람들의 시선을 피하고 있었다.

이수도 강욱도 모두 그녀의 불안해 보이는 시선을 빤히 응시했다. 그리고 때마침, 그녀의 단독 범행임을 확실시하기 위해 증인으로 참석 하기로 한 유미가 슬픈 얼굴로 재판장 안으로 들어섰다. 그러다 이수와 시선이 마주친 유미는 그녀를 여전히 죽일 듯이 노려보고 있었다.

"변호인은 공소 사실을 인정합니까?"

판사가 무감한 얼굴로 주은의 변호사를 바라봤다. 그러자 변호사는 자리에서 일어나 굳은 얼굴로 강욱을 응시했다. 마주한 두 사람의 시선이 묘하게 날카로웠다.

"아니오, 피고인은 공소 사실을 부인합니다."

그때였다.

늘 일관되게 주은의 범죄 사실을 인정하던 변호인이 처음으로 공소 사실을 부인했다.

"피고인 한주은의 독단적인 범행이 아닌……."

"……?"

"공범이 있음을 피고인이 자백하였습니다. 또한, 피고인은 피해자를 직접 살인한 것이 아닌 공범이 살인을 저지를 수 있도록 환경을 마련해 주었고 살인을 방조하였습니다. 때문에 250조 살인죄는 인정하지 않습니다."

변호인의 말에 조용히 자리에 앉던 유미가 얼어붙고 만다. 동시에 강욱은 자리에서 일어나 서류 하나를 들고 판사를 향해 저벅저벅 걸어갔다.

"존경하는 판사님, 어젯밤 급하게 피고인 한주은은 변호인과 저를 불러 모든 것을 털어놓았습니다."

"……!"

"피고인 한주은은 피해자 이강 황태자를 직접 살해하지 않았습니다. 이것은 피고인 한주은이 직접 제출한 증거물입니다."

강욱은 판사에게 증거물을 제출했다.

"재판장님, 피고인 한주은의 자백이 늦은 시간 이루어졌고 그에 따른 증거물을 수집, 혈액을 채취한 감식 결과가 늦어져 추가로 증거를 제출하는 점, 양해 바랍니다."

판사는 느리게 고갤 끄덕이며 강욱이 내민 증거물을 받아 들었다.

"증거물로 채택합니다."

이내, 강욱은 주은에게로 저벅저벅 다가가 느리게 입을 열었다.

"피고인. 어젯밤, 저와 변호인에게 해 주었던 이야기를 지금 여기서 다시 해 줄 수 있습니까."

그의 냉정하고도 차분한 어조에 주은은 숙였던 고갤 들어 참관석에 앉아 있는 유미를 바라보았다. 주은의 시선에 제게로 향하자 유미는 소스라치게 놀라며 이를 악물었다.

"저는…… 이강 황태자를 살해하지 않았습니다."

"……!"

"이강 황태자는 저의 언니 한유미가 죽였습니다."

"아니야! 한주은, 너 미쳤어?"

동시에 참관석에 앉아 있던 유미가 버럭 소리를 지르며 자리에서 일어났고 모든 이의 시선이 그녀에게 집중됐다.

이수는 조금 예상했던 일이라는 것처럼 입술을 악문 채 눈을 질끈 감았고, 곁에 앉은 태황태후와 해연이 그녀의 손을 굳게 맞잡으며 다독였다.

"저와 언니는…… 어린 시절 홀어머니 밑에서 힘겹게 유년 시절을 보냈습니다. 그러다 어머니께서 새벽 장사를 하시다 트럭에 치여 세상을 떠나고 저희 둘만 덩그러니 남아, 배를 곯아 가며 지옥 같은 나날을 보냈습니다."

주은이 힘겹게 말을 이어 가며 눈물을 참아냈다. 그녀의 아픔과 고민의 흔적이 고스란히 느껴져 이수는 듣고 있기 괴로웠다.

"그래서 언니와 저는 배를 곯지 않고 남부럽지 않게 살 수 있게 도와
줄 수 있는 황실에 들어가 궁인으로 살아가기로 마음먹고 입궐을 하였
습니다. 그런데 황실의 빡빡한 생활에 견디지 못하고 언니는 한 달 뒤
바로 퇴궐을 했고, 저 홀로 남아 궁인으로 살아가게 되었어요."

어느새 경찰들에게 포박당한 유미는 부들부들 떨며 주은의 자백을
강제로 듣고 있어야만 했다. 말을 이어 가면서도 버거운 듯 주은은 자
꾸만 마른침을 삼키며 힘겹게 입을 열었다.

"하지만 찢어지게 가난했던 우리에게 궐은 다른 의미로 닿았던 거예
요. 전 궁인으로서도 충분히 돈을 벌며 남부럽지 않게 살 수 있다고 생
각했지만…… 언니는 그것으로 부족했어요. 황태자비가 되려고 했죠."

그 말에 이수의 굳게 다문 잇새로 신음이 흘렀다.

"그래서 이강 황태자 전하께 의도적으로 접근해 그분의 연인이 되었
습니다."

주은의 말이 끝나자, 강욱은 주은의 휴대폰을 증거품으로 제출하며
포박당한 채 버둥대고 있는 유미를 싸늘하게 응시했다.

"지금까지 피고인 한주은의 자백을 뒷받침해 줄 증거, 제출합니다.
이 휴대폰 속에 담긴 피고인 한주은과 한유미가 나눈 메신저를 보면 지
금까지의 이야기가 고스란히 담겨 있습니다."

강욱의 말이 끝나자마자 화를 안으로 삭이던 태황태후가 자리에서
벌떡 일어나 유미의 뺨을 가차 없이 내리쳤다.

"이 나쁜 년……!"

태황태후에게 뺨을 맞은 유미는 눈물이 그렁그렁한 얼굴로 버럭 소
리를 질렀다.

"날 왜 때려! 감히 네들이 날…… 이렇게 아프게 할 자격 있어?"

유미의 발악에 통한의 눈물을 흘리던 주은은 이를 악물며 자리에서

벌떡 일어났다.

"언니! 이제 그만해!"

그리고 강욱을 돌아보며 주은은 울분을 토하듯 말을 쏟아 냈다.

"하지만…… 이강 황태자에겐 차이수 씨가 있었기에 언니의 황태자비 꿈은 쉽게 얻을 수 있는 것이 아니었습니다. 앞서 차이수 씨가 선대 황제 폐하의 뇌물 수수 혐의 공판에서 증언하였듯, 이강 황태자는 차이수 씨를 2년이란 시간 동안 황태자비로 맞이하려 하였고 아무리 발버둥 쳐도 황태자비가 될 수 없다 생각한 언니는……."

"……그만해! 그만하란 말이야, 한주은!"

"이강 황태자를…… 국혼 하루 전날, 살해했습니다."

그제야 이수는 이강이 죽기 전, 자신에게 피와 함께 쏟아 냈던 그 말의 뜻을 헤아릴 수 있었다.

"도망 가……. 제발. 궐에서 멀리멀리…… 그래야 네가 살아."

온몸에 피를 묻힌 채, 숨을 헐떡이던 그의 마지막 모습이 눈에 선했다. 이수는 괴로움에 얼굴을 감싸곤 고갤 숙여 버렸다. 해연이 그런 이수를 품에 꼭 끌어안았다.

"이수야……. 괜찮아, 이제 다 괜찮아."

강욱은 충격적인 말을 연이어 뱉어 내는 주은을 차갑게 바라보며 고개를 몇 번 끄덕였다.

"그렇다면 그 살해의 방법을 말씀해 주실 수 있겠습니까."

"황실에는…… 세상에 드러나지 않은 밀실과 비밀 통로들이 숱하게 있습니다."

"……."

"이번 황후마마의 밀실에서 발견되었던 CCTV 방 역시, 황후마마께서 독단적으로 궐의 사각지대에 CCTV를 설치해 황제 폐하와 황태자 전하, 그리고 태후마마까지 모든 궁인을 감시하고 있었죠. 그리고 자신의 권력을 어떻게든 이어 가기 위해, 끝없이 밀실과 비밀 통로를 만들며 궐 안에 자신의 사람들로 채워 갔습니다."

예상보다 더한 황후의 탐욕이 참관석에 앉아 있던 황실 사람들의 얼굴을 찌푸리게 했다. 해연 역시, 황후의 잔인한 욕심에 자신의 남편을 죽음으로 내몰고 결국 그녀의 아들까지 죽게 했다는 사실에 소름이 돋았다.

"황후전에서 일을 하던 저는 자연스럽게 그 밀실의 존재를 알게 됐고, 그곳 CCTV를 통해 궐에 존재하는 비밀 통로를 언니에게 전달했으며 언니는 종종 그 비밀 통로로 입궐해 황태자 전하와 밀회를 나누곤 했습니다."

"……계속하세요."

"황태자 전하 역시, 비밀 통로의 존재는 알고 있었지만 황후마마의 밀실은 모르고 있었습니다. 언니는 그걸 악용해, 황태자 전하를 살해할 계획을 세웠습니다."

"어떻게 말이죠?"

"밀실에서 황실의 전력을 조정할 수 있었습니다. 그 사실을 알게 된 언니는 국혼 할 전날 밤에도 어김없이 태자궁에 들어 태자 전하와 밀회를 즐겼죠."

"……."

"미리 준비해 둔 수면제를 와인에 풀어 태자 전하에게 마시게 한 후, 궐의 모든 CCTV를 멈추게 하기 위해 저에게 정전을 명했습니다."

"……."

"제가 불빛을 짧게 껐다가 켜면, 준비가 다 된 것이니 살해를 하란 뜻이었고 언니는 저의 암호를 읽어 낸 후 두 번째 정전이 났을 때."

"……!"

"태자 전하를 살해하고 비밀 통로로 급하게 빠져나갔습니다."

이수는 주은의 설명에 그날 밤의 기억이 생생히 되살아났다. 그날, 정전이 두 번 일어났다. 자신이 여동생과 통화를 하던 중, 첫 번째로 불이 꺼졌을 때 이수는 단순히 정전이라 생각했었다. 그런데 그것이 이강을 죽여도 좋다는 암호였다니.

그들의 잔인한 살인 계획에 이수를 비롯한 장내 사람들은 치를 떨고 말았다. 그리고 두 번째 정전이 일어났을 때, 태자궁에서 들려오던 이강의 처절한 비명이 다시금 이수의 귓가에 들렸다.

"이것을 뒷받침해 줄 증거는요."

강욱은 침착하게 재판을 이어 나갔다. 그의 물음에 주은은 어젯밤 그에게 털어놓았던 것처럼 냉정한 얼굴로 강욱을 응시했다.

"검사님께 드린…… 언니가 제게 이 모든 살해 계획을 알려 주기 위해 자필로 써 내려갔던 편지입니다."

"왜 살해 계획을 자필로 써서 편지 형태로 피고인에게 준 거죠?"

"……혹시나 모를 상황에 대비해 읽고 태워 버리라고요."

"그럼 태자궁에 있던 차이수 씨의 립스틱과 별궁의 수면제는요."

"그것 모두 언니의 종용으로 제가 가져다 놓은 것입니다."

주은의 자백이 끝나자 강욱은 걸음을 옮겨 판사를 바라보았다.

"존경하는 재판장님, 피고인 한주은의 자백과 그 자백을 뒷받침해 줄 모든 증거 제출합니다. 그리고 이 자리에서 증인을 참석하기로 했던 피고인의 친언니이자, 이강 황태자 살인 사건의 진범인 한유미에게."

"……!"

"긴급 체포를 명하여 주십시오."

강욱이 비수처럼 말을 내뱉으며 하얗게 질린 유미를 돌아보았다. 변명 따윈 사치라는 걸 알아차린 듯 유미는 허망한 얼굴로 눈물만 쏟아 내고 있었다. 그때, 이수가 그녀를 향해 느릿느릿 걸어갔다.

마주 선 두 사람.

황태자비가 되고 싶었던 여자와 황태자비가 되고 싶지 않았던 여자가 마주한 순간이었다.

"내가 우습지? 가엾지? 근데 착각하지 마. 다 끝난 것 같아도 아니야. 넌 계속 무너질 거고 나는……!"

마지막까지 발악하는 유미를 향해 이수가 피식, 힘없이 냉소를 터뜨리며 그녀의 손을 우악스럽게 잡아챘다.

"난 계속 무너지고……. 넌 부서지겠지."

"……!"

"부서지고 망가져 회생할 수 없겠지. 다신 일어설 수 없겠지. 너 같은 추악한 쓰레기는 그래야 마땅한 거니까!"

"……차이수."

"그래도 조금은 네가 진심이길 바랐어. 태자 전하를 향한 마음 말이야."

"……!"

"사랑이라고 했잖아, 넌."

이수는 그녀의 손을 거칠게 내려놓으며 유미의 턱 끝을 강하게 움켜쥐었다. 그리고 눈빛으로 그녀를 짓누를 기세로 차갑게 쏘아보았다.

"네 사랑이 이거였니?"

"차이수!"

"이 세상 사람 그 누구도 널 용서하지 못 할 거야."

"······!"

"매일매일 그분께 용서를 빌면서 살아. 그래도 끝내 용서받지 못하겠지만."

"아아아악!"

"가엾냐고 물었어? 응, 그래."

이수는 눈물을 뚝, 뚝 흘리며 움켜쥐고 있던 유미의 턱을 거칠게 뿌리쳤다.

"정말 가엾다, 너란 인간."

✠   ✣   ✠

"곳곳에 눈발이 아름답게 날리고 있어요, 올해는 화이트 크리스마스네요. 여러분, 메리 크리스마스, 그리고 해피 뉴이어입니다!"

이수는 손을 호호 불며 발을 동동 굴렸다. 이미 그녀 머리 위엔 하얀 눈발이 소복이 쌓여 가고 있었다. 이러다 곧 눈사람이 되겠다며, 이수는 혼잣말로 입술을 삐죽이고 있었다.

그때였다. 그녀 곁을 맴돌던 여고생 무리가 이수를 향해 와락 달려들었다.

"황태자비 언니 맞죠······!"

황태자비, 라는 익숙하고도 낯선 단어에 이수가 놀란 얼굴로 여고생들을 돌아보았다. 그러자 그 말을 내뱉은 여고생의 친구가 그녀의 팔을 툭 치며 미간을 찡그렸다.

"황태자비 아니고, 차이수 언니거든?"

"맞다, 죄송해요. 언니."

"아니에요. 괜찮아요."

이수가 환하게 웃으며 여고생들을 향해 눈을 찡긋해 보였다. 그들은 기다렸다는 듯 이수의 곁에 옹기종기 모여 휴대폰을 만지작거렸다. 아무래도 사진을 찍어 달란 모양이었다. 이수는 쭈뼛쭈뼛 자신의 눈치만 보는 여고생들의 어깨에 다정하게 손을 둘렀다.

그러자 여고생들은 심장이 쿵, 내려앉은 얼굴로 이수를 돌아보았다.

"찍어요, 사진."

"아, 언니……! 진짜 예뻐요!"

"그거 앱 뭐더라? 얼굴 좀 보정해서 나오는 거 있잖아요, 그걸로 찍어 줘요."

이수가 환하게 웃으며 포즈를 취했다. 여고생들도 이수가 다정하게 대해 주자 신이 나, 카메라 셔터를 눌렀다. 그 순간, 빨간 장미 꽃다발을 든 남자가 갑자기 대열에 끼어든다.

"같이 찍읍시다!"

놀란 이수와 여고생들이 남자를 돌아보았는데.

"어……? 황태자비 남친이다!"

강욱이 근사하게 차려입은 모습으로 이수를 향해 생긋 웃고 있었다.

"강욱 씨……."

이수가 반한 얼굴로 뚫어져라 보자, 강욱은 손을 뻗어 그녀의 머리맡에 쌓인 눈을 털어 냈다.

사진으로 볼 때보다 멋진 강욱의 실물에 여고생들이 넋을 놓고 바라보고 있자 강욱이 피식, 웃음을 터뜨리며 이수의 어깨에 다정하게 손을 둘렀다.

"황태자비 남친 아니고, 차이수 남친. 알겠어?"

"아, 맞다. 죄송해요. 제가 자꾸……."

"애가 인터넷 너무 많이 해서 그래요."

강욱의 너스레에 이수가 웃음을 터뜨리며 여고생들을 돌아보았다.

"사진 다시 찍을까요, 우리?"

그러자 여고생들이 다정한 두 사람의 모습에 고개를 절레절레 저으며 휴대폰을 들었다.

"저희가 두 분 찍어 드릴게요!"

그 말에 강욱과 이수가 서롤 넌지시 바라보다 이내 환한 웃음을 지으며 포즈를 취했다.

"고마워요."

"감사합니다!"

그렇게 우르르 몰려왔다, 순식간에 사라지는 여고생들.

강욱은 꽁꽁 언 이수의 손을 따뜻하게 잡으며 호호 불어 주었다. 이수가 밉지 않게 그를 흘겨보며 그의 품에 안긴 꽃다발을 고갯짓으로 가리켜 보였다.

"이거 사느라 늦었어요?"

"어, 어떻게 알았어? 꽃다발 구하기가 얼마나 어렵던지. 크리스마스라고 죄다 꽃다발 사 주나 봐."

"눈사람 될 뻔했어요. 딱 10분만 더 기다리다가 안 오면 가려고 했어요."

이수가 뽀로통하게 입술을 삐죽였다. 강욱이 그런 이수의 입술을 손가락으로 쭉 늘렸다.

"아!"

이수는 소리를 지르며 자신의 입술을 손바닥으로 문질렀다. 아릿한 고통이 입술 위에 퍼져 이수가 이번엔 밉다는 듯 강욱을 흘겨보았다.

"변했어. 예전엔 뽀뽀해 줬으면서 이젠 손가락으로 꼬집어."

그녀의 말에 강욱이 소리 내 웃음을 터뜨리며 이수의 입술에 자신의 입술을 가볍게 맞췄다.

"뭐야, 병 주고 약 주고야?"

"맞아. 어떻게 알았어."

"몰라, 나 배고파. 뭐 먹으러 가지?"

이수가 강욱의 팔에 얼굴을 기댔다. 그러자 강욱이 손을 뻗어 그녀의 어깨를 따스하게 감쌌다.

"이수야."

"응?"

하얀 눈이 꽃비처럼 쏟아졌고 그 아래로 두 사람이 나란히 걸어간다.

"프랑스는 언제 가지?"

"……이제 안 가도 돼, 프랑스."

"무슨 말이야, 그게?"

이수의 말에 강욱이 조금 놀란 얼굴로 이수를 내려다보았다. 이수가 빙긋 미소를 지으며 그의 앞에 쪼르르 달려와 섰다.

"엄마 오시기로 했어요, 한국."

"뭐? 정말 잘됐다!"

"응, A&J 어제 마지막으로 정리할 거 다 정리하고, 부도 처리 했어요. 그리고 남은 돈으로 엄마랑 나랑 살 집, 마련했거든요."

"……정말 잘됐다. 정말로."

"엄마는 프랑스에서 하던 꽃집, 여기서 계속 하기로 했고. 난…… 늘 배우고 싶어도 못 배웠던 미술. 그림 다시 그리기로 했어요."

조금 들뜬 얼굴의 이수를 가만히 바라보던 그가 그녀의 머리카락을 쓰다듬어 주었다. 그의 커다란 손이 이수의 머리칼을 몇 번이고 쓸어내린다.

"아쉽지 않아? 모든 게 다, 끝났잖아."

"날 괴롭히던 것들 모두 끝. 이제 진짜 차이수 인생 시작. 뭐가 아쉬워요."

"행복해 보여서 다행이다."

"강욱 씨가 있어서 그런 거지."

이수가 환한 웃음을 지으며 까치발을 들어 그의 뺨에 입을 쪽 맞췄다.

"그런데 그 집에 방 하나 더 없어?"

"……왜요?"

"나도 들어가 살게. 어머님 오시는데 그냥 바로 살림 합칠까?"

"무슨 말이야. 제대로 프러포즈도 안 했으면서?"

"그때 했잖아! 기억 안 나?"

이수가 피식 웃으며 그에게서 멀어졌다. 강욱은 강아지처럼 그녀의 뒤를 쫄래쫄래 따라갔다.

뒤에서 쫓아오는 그의 걸음이 빨라지자 이수의 걸음도 자연스레 빨라졌다. 빙판길 위를 아슬아슬하게 종종걸음으로 뛰어가는 이수와 그 뒤를 따라가는 강욱.

"그렇게 얼렁뚱땅 넘기듯 하는 프러포즈는 싫은데?"

"아님, 제대로 준비해서 할게. 그럼 바로 결혼해? 어? 차이수!"

"생각해 보고요!"

"어, 뛰지 마! 넘어져, 이수야."

"그럼 왜 자꾸 그렇게 뛰어와……! 무섭게! 으악!"

"차이수! 괜찮아?"

"아, 아파."

"그러니까 왜 뛰어. 봐봐, 무릎 깨진 거 아냐?"

행복은 멀리 있는 것이 아니었다. 네가 있고 네 옆에 내가 있고, 그거면 충분한 거다.

'우리, 이 삶이 끝나는 순간에도 함께 있자. 많이 사랑해, 차이수.'

'당연하죠. 내가 더 많이 사랑해요, 강욱 씨.'

다정하게 서로를 바라보는 두 사람의 머리 위로 하얀 눈발이 꽃비처럼 쏟아졌다.

뜨겁게 끓인 물에 보이차 티백을 띄웠다. 찻잔을 책상 위에 반듯하
게 놓고 이수는 손끝을 만지작거리며 책장을 넘겼다. 찻잔 안에선 차가
뽀얗게 우러나고 있었다.

이수는 포스트잇 한 장을 꺼내 짧은 메시지를 써 내려갔다.

엄마, 다음번 여행은 여기 어때요? 실은 여기서 살고 싶어.

은은한 미소를 머금은 이수가 그 메모를 물끄러미 내려다보며 턱을
괬다.

"스위스라……."

상상만 해도 마음이 평화로워졌다.

이수는 엄마와 함께 1년에 한 번씩 여행을 떠났다. 올해도 새해가 시
작되자마자 엄마와 함께 뉴질랜드로 여행을 떠났었다. 그곳에서 그동
안 못다 풀었던 회포를 풀며 이런저런 추억들을 많이 만든 이수는 엄마

가 한국으로 돌아오기 전까지, 세계 곳곳을 여행해 보기로 했다.

다음 여행 목적지를 '스위스'로 잡은 이수는 그곳을 여행한 유명 소설가의 에세이집을 들여다보고 있었다.

"음, 여기도 좋겠다."

그러고는 둘러보고 싶은 여행지를 체크해 포스트잇을 붙였다. 이대로 엄마에게 택배로 보낼 참이었다.

이수가 차를 한 모금 마시며 책장을 천천히 넘기던 그때, 그녀의 휴대폰 벨소리가 울렸다.

"여보세요?"

—이수야, 뭐 해?

강욱의 따뜻한 목소리가 귓가에 퍼졌다. 이수는 보고 있던 책을 덮으며 환하게 미소를 지었다.

"강욱 씨. 마쳤어?"

—방금. 작업실이야?

"응, 나 배고파. 밥 아직이죠?"

이수는 자리에서 일어나며 코트를 들었다. 창밖을 바라보니 어느새 눈이 소복히 쌓이고 있었다.

"눈이 많이 쌓였어요. ……차 움직일 수 있을까?"

이수가 걱정스러운 얼굴로 창밖을 내다보다 창문을 닫았다. 그리고 난로를 끄고 문을 닫으며 그녀가 작업실을 나섰다.

"글쎄."

그런데 강욱의 목소리가 휴대폰 속이 아닌 등 뒤에서 들려왔다. 놀란 이수가 뒤를 힐끔 돌아보았는데 거짓말처럼 강욱이 서 있었다. 그것도 환하게 웃는 얼굴로.

"뭐야, 강욱 씨! 놀랐잖아!"

이수가 환하게 웃으며 그에게 달려갔다. 그러자 강욱은 그녀를 따스하게 끌어안으며 이수의 손을 자신의 주머니에 집어넣었다.

"어때. 더 반갑지 않아?"

"맞아, 더 반가워."

"밥을 여태 안 먹은 거야?"

"과외 끝나고 바로 대회 준비하느라 시간이 없어서 빵만 조금 먹었어."

"빵? 그때 내가 사 줬던 케이크 말하는 거야? 그게 언제인데 아직 다 안 먹었어?"

강욱이 걱정스러운 얼굴로 그녀를 내려다보았다. 그 모습을 보던 이수가 피식 웃으며 그의 품을 더욱 파고들었다.

"음……. 따뜻해."

"잔소리 시작하려고 하니까 애교 부린다, 차이수?"

강욱은 그녀가 강아지처럼 자신의 품을 파고들자 졌다는 얼굴로 그녀를 보듬었다.

"자꾸 빵으로 끼니 때우면 안 된다고 했잖아. 알았지?"

"알겠어. 잔소리는 정말 우리 엄마보다 더 해."

"아, 장모님은? 언제 귀국하셔?"

"잘 모르겠어. 이번 겨울에 온다고 했었는데. 아직 말이 없네?"

"오기 그러시면 우리가 가자. 작년에 가고 못 갔잖아. 여름에 한 번 가기로 했었는데 자기 대회 때문에."

"응. 내가 연락 한 번 해 볼게."

강욱과 이수는 어느덧 함께 세 번째 새해를 맞았다.

지난 1년 동안 이수는 A&J그룹 이사직을 사퇴하고 그와 관련된 모든 것을 내려놓고 일반인으로 살기 위해 무던히 애썼다.

그림을 제대로 배우기 위해 1년 동안 입시를 준비한 후에 작년에 유명 미대에 합격했다.

이수가 새 삶을 살도록 곁에서 강욱이 많은 도움을 줬다. 그 덕분에 이수는 빨리 자리를 잡게 됐다. 어느덧 햇수로 두 사람의 만남은 3년째 접어 들어가고 있었다. 그리고 그만큼 둘의 사이는 더욱 깊어졌다.

"장인어른 면회는 다녀왔어?"

차 회장은 뇌물 혐의와 문서 위조 혐의로 구형을 받아 수감 생활 중이었다.

황후 역시 자리를 박탈당하고 벌을 받는 중이었다. 물론 황태자를 살해한 유미와 그녀의 동생 역시 세상과 격리되어 각자에게 내려진 벌을 받고 있었고.

이수는 느리게 고갤 끄덕이며 강욱의 손을 잡았다.

"대회 준비는 잘 하고 있고?"

"응. 이번엔 예감이 좋아."

"1등 노려 볼 만해? 저번 대회 아쉽게 2등 했잖아."

"이번엔 이 악물고 열심히 준비하고 있으니까 기대해도 좋을 것 같아."

이수가 생긋 웃으며 그의 어깨에 머릴 기댔다. 두 사람은 발을 맞춰 걸으며 작업실을 빠져나왔다. 이제 작업실 건물 밖으로 그녀를 보기 위해 몰려들던 이들은 사라졌다.

항상 과분한 관심을 받으며 지내다, 이렇게 평범한 삶을 살려고 하니 어색하기만 했지만 이 또한 적응되리라. 이수는 어깨를 으쓱하며 코 끝을 문질렀다.

"왜, 섭섭해?"

"……뭐가?"

그런 그녀의 마음을 읽은 듯 강욱이 넌지시 물었다.

"언니 예뻐요, 누나 예뻐요! 사인 해 주세요, 사진 찍어 주세요! 이런 환호성이 안 들리니까?"

"에이, 아냐. 그냥 뭔가 허전하긴 한데. 좋아. 누군가의 관심을 받는다는 건, 그만큼 내 진짜 모습을 숨겨야 한다는 의미기도 하니까?"

"그래도 차이수. 황태자비 후보 타이틀 벗어 던지고 난 뒤로는 네 진짜 모습 안 숨기고 살았잖아."

강욱이 대견하다는 듯 이수를 돌아보며 미소를 지었다.

"그래서 네 진짜 모습을 응원해 주는 사람들도 꽤 많았고?"

"그래도 그거 알아? 나 진짜 모습인 척했지만……. 종종 연기할 때도 있었다?"

"뭐? 어떻게?"

이수가 눈을 찡긋하며 강욱을 올려다보자, 그는 이수가 귀엽다는 듯 빤히 내려다보고 있었다.

두 사람 사이로 찬 바람이 휙 불어 왔고 둘은 자연스럽게 딱, 달라붙어 걸었다.

"걸을 때도 걸음걸이 신경 쓰고 하품 나오는데도 꾹 참고. 혼자 동영상 보면서 진짜 웃긴데도 괜히 웃음 삼키면서 헛기침하고. 한동안 그렇게 되더라. 아무래도 황태자비 후보로 살아온 시간이 있어서 쉽게 사라지지 않나 봐."

이젠 정말 추억을 얘기하듯 이수는 편안한 얼굴로 말을 꺼냈다.

그리고 강욱 역시 그녀의 지난날을 존중해 주기 위해 말없이 이수의 손만 쓰다듬었다.

"고생했어. 차이수."

3년이 지났어도, 이수에겐 큰 상처와 아픔으로 남았을 그날의 일들일 테다. 강욱은 쉽게 아물지 않은 상처라는 걸 잘 알고 있기에 더욱 그 이야기를 꺼낼 땐 유독 조심스러웠다.

"고생했단 말은 언제 들어도 좋다."

이수가 길게 숨을 내뱉으며 어깨를 으쓱해 보였다.

어느덧 길거리에 소복하게 쌓인 눈은 밟을 때마다 뽀득뽀득 소리가 났다. 수많은 사람들이 두 사람의 곁을 무심하게 지나쳤다.

이수는 자신을 스쳐 지나가는 사람들을 돌아보았다. 각자 무표정한 얼굴로 갈 길을 바삐 가는 사람들.

여전히 이젠 자신에게 무관심한 세상이 낯설었지만 이것이 앞으로 자신이 누릴 일상인 것만 같아 묘하게 기분이 좋아지기도 했다.

✣　　✤　　✣

"이수, 불러야 하지 않겠습니까. 태후?"

태황태후는 느긋하게 찻잔을 내려놓으며 태후와 황제를 보았다. 해연은 찬찬히 고개를 끄덕이며 태황태후를 바라봤다.

모처럼 한 자리에 모인 세 사람은 오랜만에 담소를 나누고 있었다. 이수의 이야기는 그들에게 있어 빠질 수가 없는 화두였다. 오랜만에 꺼낸 이수의 이야기에 해연이 맑은 웃음을 머금으며 안을 돌아보았다.

"폐하께서 며칠 전, 이수의 작업실을 몰래 다녀오셨다고 합니다."

"뭐요? 몰래? 황상! 또, 이 할미 눈을 피해서!"

태황태후가 어이없다는 듯 안을 바라보며 피식, 웃고 말았다.

"할마마마께 말씀 올리면 당연히 안 된다고 하실 거잖습니까?"

안이 태황태후의 팔짱을 끼며 애교를 부렸다.

"왜 안 된다고 하겠습니까? 이 할미가 언제 황상께 안 된다는 말을 한 적이 있습니까?"

"경호원 대동해라, 목적지는 어디냐, 몇 시쯤에 환궁하느냐, 꼬치꼬치 캐물으실 거잖습니까?"

"그 정도도 말 못 해 주실 거면 당연히 안 되지요……! 그래도 이수 만나러 간다고 했으면, 이 할미가 함께 가자고 했을 텐데요."

태황태후가 아쉽다는 듯 입꼬리를 축 늘어뜨렸다. 그 모습을 본 안이 태황태후를 향해 바짝 다가가 앉으며 휴대폰을 꺼내 그녀에게 건넸다.

"여기, 아니 그래도 할마마마께서 섭섭해하실 것 같아 이수 씨 사진 많이 찍어 왔습니다."

그 말에 태황태후가 반색하며 휴대폰을 내려다보았다. 화면 속에는 이수와 안이 환하게 웃고 있는 모습이 찍혀 있었다.

"이수 씨, 작업실에서 초등학생들 과외를 하고 있더라고요. 그래서 슬쩍 찍어 왔습니다."

"예쁘네. 우리 이수."

"그리고 두 분 마마, 깜짝 놀랄 소식도 가져왔습니다."

안의 말에 태황태후와 해연이 눈을 동그랗게 뜨고선 그를 돌아보았다. 그러자 안은 빙글빙글 웃으며 입술만 슬쩍 깨물고 있었다.

"이 할미 숨 넘어 갑니다, 뭡니까?"

태황태후가 안의 옆구리를 콕 찌르자 안이 활짝 웃으며 입을 열었다.

"이수 씨 어머니께서 곧 입국하신다고 합니다."

"윤나가 입국을 한다고!"

듣던 중 반가운 소식이었다.

태황태후는 잘됐다며 눈을 반짝였고 해연 역시 마음을 쓸어내리며 기뻐했다.

"할마마마께서도 잘 아시는 분이시지요?"

"그럼, 알고말고요. 우리 이수 아주 어렸을 때는 자주 봤었지. 유능한 발레리나였는데……. 그때 내가 얼마나 예뻐했었다고. 결국 이수를 여기 두고 혼자 프랑스로 떠났을 때도 얼마나 가슴 아파했었는데……."

그때 생각이 나는 듯 태황태후가 눈가를 훔쳤다. 앞에 있던 해연이 그녀에게 손수건을 건네며 따스하게 손을 맞잡았다.

"이제 우리 이수, 행복할 일만 남았어요."

"그러게요. 이수가 행복해져서 다행입니다."

그 말에 안 역시 가슴이 따뜻해지는 것을 느꼈다.

여전히 그녀에 대한 감정이 남달랐지만 그는 이제 그 누구보다 그녀의 행복을 바라고 있었다. 세 사람은 휴대폰 액정 속, 환하게 웃고 있는 이수의 얼굴을 한참이나 바라보았다.

"어, 여기는……."

청담동 포장마차, 예전에 이수가 홀로 술잔을 기울이다 강욱과 맞닥뜨렸던 곳. 그곳에 도착한 두 사람은 약속이라도 한 듯이 픔, 웃음을 터뜨리고 말았다.

"옛날 생각나서. 우리 그때 그러고 한 번도 안 와 봤잖아. 앉자."

강욱이 의자를 빼 주며 그녀의 코트를 받아 들었다.

"아……. 이상해."

"뭐가 이상해?"

이상하다며 몸을 잘게 떠는 이수를 강욱이 귀엽다는 듯 바라보았다.

"그땐 혼자였는데, 지금은 둘이 되어 다시 오니까 좀 묘한 기분이네요."

"말은 똑바로 하시죠, 차이수 씨? 그때도 혼자였다가 둘이었거든요?"

"에이, 그땐 내 남자 아니었잖아."

"그래도 네 마음속에 내가 살고 있었지 않아?"

강욱이 다정하게 이수를 바라보며 턱을 괬다.

그러자 이수 역시 그와 똑같이 턱을 괴며 강욱을 지그시 바라보았다. 두 사람은 서로를 응시하며 행복한 미소를 지었다.

"글쎄요?"

이수가 어깨를 으쓱하며 빙그레 입매를 끌어 올리자, 강욱이 손을 풀며 조금 굳은 얼굴로 그녀를 바라봤다.

"아니라고 하면 나 되게 섭섭할 것 같은데?"

"에이, 또 그런다. 장난이잖아."

"장난이어야지. 그때 내 마음속엔 차이수 너 하나였는데."

뜬금없는 그의 말에 이수가 눈을 동그랗게 떴다. 이수가 뭐라 말을 하기 전에 불쑥, 어묵 국물과 단무지가 두 사람 사이에 놓였다. 여전히 놀란 얼굴로 그를 바라보고 있던 이수가 황급히 주문을 했다.

"이모님, 여기 닭똥집하고 우동 한 그릇이랑……."

"라면도 하나 주세요. 소주 한 병 하고요."

그녀를 대신해 강욱이 주문을 마치며 다시 이수를 응시했다.

"무슨 말이야? 그때 내가 마음속에 있었다니?"

"그때부터였던 것 같아서. 내가 너 좋아하기 시작한 거."

"정말? 그럼 왜 말 안 했어?"

"그런 거 쉽게 말하면 쓰나. 생각하고 또 생각하고, 신중하고 또 신중해야지?"

강욱이 피식 웃으며 이수에게 수저를 건넸다.

그녀의 뺨이 붉게 물들어 가기 시작했다. 혼자 강욱을 짝사랑하고 있다 생각했는데, 그게 아니었단 말일까.

이수가 호기심 어린 얼굴로 강욱을 빤히 바라보았다.

"왜 그렇게 봐?"

강욱이 피식 웃으며 이수의 뺨을 쓰다듬자, 이수가 그의 손을 덥석 쥐었다.

"나 언제부터 좋아했어요?"

"갑자기 그런 질문을 한다고?"

"응, 솔직하게 말해 봐. 나 언제부터 좋아했었어?"

이수가 눈을 반짝이며 그에게서 시선을 놓지 못했다. 포장마차 위로 눈발이 소담히 쌓이는 소리가 들려왔다. 사각사각, 하는 소리가 포근하게 두 사람 사이로 내려앉았다.

강욱은 이수의 질문에 고민하더니 이내 대답 대신 미소를 지어 보였다.

"웃음으로 넘기려고? 궁금하단 말이야."

"그럼 넌 언제부터였는데?"

"나는……."

돌이켜만 보아도 가슴이 따뜻해지는 추억이었다. 이수는 강욱의 얼굴을 빤히 바라보며 그와의 추억을 하나하나 되새겨 보기 시작했다. 처음 쿨에서 그를 마주했을 때, 조사실에서 남자 친구가 되어 달라 말했던 때, 그리고 달걀 테러를 당할 때.

그와 함께했던 여러 날을 떠올려보던 이수가 입을 열었다.

"언제부터 좋아했는지는 잘 모르겠어. 그런데 그날이 자꾸 떠올라."

"언제?"

"강욱 씨가 나한테 처음으로 손 내밀면서 같이 나가 드릴까요, 했던 날."

"아. 그건 우리 맨 처음 만난 날 아니야?"

강욱이 의외라는 듯 이수를 빤히 바라보았다.

그러자 이수는 그날을 떠올리자 어김없이 심장이 두근거리는 것 같아, 슬쩍 미소를 머금으며 고개를 숙였다. 양 뺨이 살짝 붉어진 이수가 입술을 살포시 말아 물었다.

"그러게, 그날이 제일 기억에 남아."

"첫눈에 반한 거야, 그럼?"

강욱이 피식 웃으며 이수의 잔에 소주를 따랐다. 두 사람은 환하게 웃으며 서로의 잔을 부딪쳤다.

"글쎄? 그런 건가?"

이수는 미소를 여전히 머금은 채로 소주를 입에 털어 넣었다.

"난 서서히 당신이 내 안에 스며든 것 같아."

강욱의 포근한 목소리가 이수의 귓불을 쓰다듬었다. 그 어떤 말보다 가슴을 따뜻하게 데웠다. 이수는 느리게 고갤 끄덕이며 두 손을 모았다.

"좋은 말이다. 나도 그랬는데."

"언제라고 딱 꼬집어 말할 순 없는데, 언제부턴가 정신을 차리고 보니까 차이수란 사람이 내 온몸을 차지했더라."

조금은 짐작할 수 있을 것만 같은 그 마음에 이수는 입술만 다소곳이 다문 채 귀를 기울였다.

강욱은 따뜻한 눈으로 앞을 바라보았고, 이수 역시 행복한 듯 말없이 미소만 짓고 있었다. 지난 시간 모두가 그녀와 함께할 수 있음에 감사하고 감격했던 나날이었다.

이젠 자신의 인생에서 이수를 덜어 낼 수가 없었다.

그녀가 없는 자신의 삶은 상상조차 할 수가 없게 됐으니까.

여전히 자기 앞에서 세상에서 제일 아름다운 미소를 짓고 있는 이수를 가만히 바라보던 강욱은 자리에서 일어나 그녀의 입술에 입을 맞췄다.

갑작스러운 그의 입맞춤에 이수가 놀란 얼굴로 강욱을 바라봤다.

"강욱 씨."

강욱이 피식 웃으며 그녀의 머릴 헝클어뜨렸다.

"고맙잖아, 너란 사람이."

듣기만 해도 기분 좋아지는 그 말에 이수도 이내 배시시 미소를 터뜨리고 말았다.

턱을 괸 채, 자신을 뚫어지랄 응시하는 강욱을 향해 이수도 가볍게 입을 맞췄다.

"많이 대담해졌어, 차이수?"

"뭐 어때? 다들 이렇게 하는데?"

그녀가 능청을 부리며 어깰 으쓱했다. 이렇게 별것 아닌 일상을 함께 살아간다는 것이 두 사람은 여전히 꿈만 같았다.

"아, 취했다!"

이수는 배시시 웃으며 강욱의 어깨에 기댔다.

그는 분주히 그녀의 어깨에 쌓이는 눈을 털어 내며 그녀를 더욱 보듬었다.

"내일 과외 몇 시라고 했지?"

"저녁 6시!"

"괜찮겠어, 그때까지?"

"에이, 하루 이틀 마셔?"

"음주 과외는 위험한데?"

"강욱 씨는 내일 아침 출근이잖아."

"나랑 너랑 같아?"

"다를 게 뭐야? 나도 이제 술 잘 마시는 차이수인 걸?"

그녀의 너스레에 강욱이 웃음을 터뜨리고 말았다.

"아, 입궐은 언제 해?"

강욱은 그녀의 손을 꼭 잡아 호호, 입김을 불어 주었다. 취기가 오른 듯 이수의 손끝에 냉기가 쉽게 가시지 않았다.

그의 물음에 이수가 조금 생각하더니 휴대폰을 주섬주섬 꺼냈다.

"언제더라? 황제 폐하께서…… 입궐할 날짜 알려 주셨는데."

그러자 강욱이 눈을 동그랗게 뜨곤 이수를 바라봤다.

"황제 폐하? 너 폐하 만났어?"

의외라는 듯 그의 목소리가 높아졌다.

동시에 이수도 아차, 하는 얼굴로 입을 떡 벌렸다.

"……뭐야, 차이수. 그 표정?"

"아, 까먹었다. 말해 준다는 걸."

이내 그녀는 빙그레 미소를 지으며 머릴 긁적였다.

"뭐? 너 지금 이거 애교로 넘길 생각 마. 확실하게 해명해. 언제! 어디서 만났는데!"

강욱이 미간을 찌푸리며 잡고 있던 이수의 손을 놓았다. 그러자 이수가 그의 품에 달려들며 애교를 부리기 시작했다.

"까먹은 거야 정말, 속일 생각은 없었어. 폐하께서 궐 소식 전한다고 작업실에 오셨었어. 나 애들 가르치고 있었을 때."

"나는 뭐 했지, 그럼? 오전 수업 있었을 때야?"

여전히 강욱은 심통 난 얼굴로 이수를 내려다봤다.

"응. 미안……. 진짜 말 안 해 주려고 그런 건 아니었어. 폐하께서 강욱 씨도 보고 싶다고 하셨어."

"난 별로 안 보고 싶은데?"

"에이, 왜 그래."

"입궐도 너 혼자 해."

"애기처럼 또 왜 심통 났어, 응?"

"하여튼 차이수, 내가 지켜본다고 했어."

강욱이 믿지 않게 이수를 흘겨보며 그녀의 볼을 가볍게 톡 쳤다. 이수는 그런 강욱이 귀엽다는 듯 풉, 웃음을 터뜨리며 그의 양 볼을 꾹 늘어뜨렸다.

"아니, 질투할 사람이 없어서 폐하를 질투해?"

"아, 아아! 이거 안 놔, 차이수?"

"귀여워 죽겠어, 정말."

이수가 강욱의 팔짱을 끼며 그가 들고 있던 우산을 대신 들었다.

"잘못했으니까, 내가 강욱 씨 집까지 데려다주고 갈게."

"괜히 질투하는 거야, 내가? 폐하께서 널 얼마나 좋아했는데."

"아니라니까? 그 정도는 아니었어."

"그럼 어느 정도였는데?"

강욱이 걷던 걸음을 우뚝 멈춰선 이수를 바라봤다.

입을 삐죽이며 투덜대는 그 모습마저 사랑스러웠다.

"또 얘기하면 말꼬리 물고 늘어질 거면서? 강욱 씨는 꼭 그러더라? 폐하 이야기만 나오면."

"알면서 말 안 해 주고? 폐하, 너 이성으로서 좋아했었던 거야. 남자가 딱 보면 몰라? 네가 그런 거에 무감해서 모른다고 해도 내 눈엔 다 보였다고."

그 말에 이수가 대수롭지 않다는 듯 어깨 으쓱하며 앞서 걸었다.

거센 눈발은 좀 전보다 잦아들어 있었다. 별 하나 없는 까만 밤인데도 사방에 쌓인 하얀 눈 때문에 꼭 희붐한 새벽이 밝아온 듯 주위가 은은히 빛나고 있었다.

"근데 나도 알아, 그건."

"……뭘?"

"폐하께서 날 여자로서 좋아했다는 것."

"뭐? 그걸 어떻게 알아? 혹시……. 설마?"

강욱이 두어 걸음 앞에 서서 고개를 갸웃거리고 있는 이수를 향해 눈을 동그랗게 떴다.

"맞아, 강욱 씨 지금 생각하고 있는 거."

"고백했었다고? 폐하가?"

"응. 근데 왜 이렇게 놀래? 고백하실 수도 있지?"

"언제? 어쩐지 느낌이 안 좋다고 했어. 이 자식 볼 때마다."

강욱은 입술을 지그시 깨물며 주먹을 움켜쥐었다.

그 모습에 이수가 피식, 표정을 풀며 그에게 다가가 우산을 씌워 주었다.

자신보다 한참 더 큰 그에게 우산을 씌워 주려 이수는 까치발을 들었다.

"이 자식이 뭐야, 그래도 대한 제국의 황제 폐하신데."

"사랑 앞에선 국경도 나이도 성별도 그리고…… 신분도 없는 거야."

"치, 예전 일이잖아. 신경 안 써도 돼."

"내가 널 바라보는 동안 폐하도 널 바라봤을 걸 생각하니까, 기분이 좋진 않네."

"그럼 뭐해? 난 지금 윤강욱 여자 친군데."

그 말에 강욱은 그녀의 손에 있던 우산을 뺏어 들며 이수에게 상체를 기울였다.

슬쩍 고갤 숙인 그에게서 시원한 향이 풍겨져 왔다. 이수는 눈을 반짝이며 그의 검은 눈동자를 빤히 응시했다.

"근데 차이수."

강욱이 나지막이 그녀의 이름을 불렀다. 어쩐지 진중한 목소리에 이수의 몸이 절로 움츠러들고 있었다.

"응?"

그녀가 조금 긴장한 얼굴로 강욱을 올려다보았다.

"이제 내 아내 될 때도 되지 않았어?"

갑작스러운 강욱의 말에 이수가 조금 놀라 얼고 말았다.

"네 말대로 아직 네가 너의 온전한 삶을 찾지 못해서…… 시간을 두고 기다려 주는 게 예의라 생각했었어."

"강욱 씨."

"그런데 이젠 함께해도 되지 않을까 싶어서."

강욱이 느리게 눈을 깜빡이며 이수와 오래도록 눈을 맞추었다.

그에게서 진심이 오롯이 전해졌다. 이수는 뭐라 대답해야 할지 몰라 그저 진지한 그의 얼굴만 살폈다.

이수의 주저를 눈치챈 강욱이 자신을 믿어도 좋단 얼굴로 그녀의 손을 잡았다. 두 사람의 맞잡은 손 위로 눈송이가 톡, 톡 떨어졌다.

"강욱 씨, 난 아직 자리도 제대로 잡지 못했고……. 결혼이라는 건, 단순히 우리가 지금 하는 연애랑은 다르잖아. 일상을 함께 공유한다는 것과 일상을 함께한다는 건 아예 다른 걸."

그와 결혼을 하고 싶은 것은 이수도 마찬가지였지만 아직은 두려웠다. 이제 겨우 주체를 찾고 나아갈 방향을 잡은 이수에게 '결혼'이란 쉽게 내릴 결정이 아니었다. 자신의 불안정한 삶에 강욱이 함께한다면 그 역시도 불안정해질 수 있기 때문이었다. 더 행복해지고자 한 결혼을 불행으로 만들 순 없었다.

하지만 이수의 그 마음을 잘 알고 있던 강욱에게 이 결혼은 이수와 달리 어려운 문제가 아니었다. 강욱은 주저하는 이수를 조심스레 안으며 그녀의 머리칼을 쓰다듬었다.

"내 옆에서 잠아가면 안 될까."

주저했고 머뭇거렸던 시간이 그리고 그녀를 그렇게 만들었던 고민들이 순식간에 날아가는 듯했다. 그는 진심을 다해 원하고 있었다.

"내 옆에서 나와 함께…… 네가 걸어갈 길을 정했으면 좋겠어."

"강욱 씨."

"너에게 짐이 되지 않을게."

"강욱 씨가 짐이 될 리가 없잖아."

"칭얼거리지도 않고 조용히 네 곁에 있을게."

"그래서 내가 머뭇거리고 있는 거, 아닌 거 알잖아."

"함께하고 싶어. 너의 고민도 그리고 너의 일상도…… 네가 걸어갈 길도 함께 바라봐 주고 싶어."

결혼하자, 사랑해.

그 달콤한 말보다 더 달콤한 보드라운 말이었다.

'함께하고 싶어.'

그녀의 고민이 눈 녹듯 사르르 녹고 말았다.

"강욱 씨."

"나랑 함께해 줄래?"

강욱은 그녀를 품에서 놓으며 따뜻한 눈빛으로 내려다보았다. 그러자 이수는 까치발을 들어 그의 입에 자신의 입술을 맞췄다.

"그럼, 해 볼까?"

이수의 대답이 떨어지자마자 강욱은 그녀의 허릴 잡아 당겼다. 그러곤 달콤한 그녀의 입술을 단숨에 삼켜 버렸다.

다음 날, 커튼 사이로 눈부시게 밀려오는 햇살에 이수는 눈을 떴다. 그녀는 헝클어진 머리카락을 한 손으로 쓸어 넘기며 옆을 바라봤다. 아직 잠이 덜 깬 강욱이 뒤척이며 슬쩍 눈살을 찌푸리고 있었다.

"강욱 씨."

이수는 그의 이름을 나지막이 부르며 그의 뺨에 입을 맞췄다. 강욱은 눈을 감은 채, 손을 뻗어 그녀의 목덜미를 끌었다. 그러곤 그녀의 입에 입술을 진하게 맞추며 이수를 이불 속으로 잡아 당겼다.

"좀 더."

"강욱 씨 늦을 걸?"

"아……. 싫다."

혼자 꿍얼대던 강욱은 눈을 떠 초롱초롱하게 눈을 반짝이는 이수를 응시했다.

"아침에도 예쁘네, 차이수."

"치, 얼른 일어나. 씻고 와, 밥 차려 줄게."

이수가 그의 품에서 벗어나려 하자, 강욱이 그녀를 더욱 안았다. 맨살에 부딪히는 그의 뜨거운 살결이 이수의 심장을 저릿하게 한다.

"퇴근도 여기로 했으면 좋겠다."

그러다 강욱은 감았던 눈을 떠, 자신을 내려다보고 있는 이수와 눈을 맞췄다.

"올까? 이리로?"

이수는 그 말에 웃음을 터뜨리며 그의 머리칼을 부비부비 흐트러뜨린다.

"결혼하기로 했다고 얼렁뚱땅 살림을 합치시겠다?"

그의 품에서 쏙, 빠져나오며 이수가 주섬주섬 옷을 챙겨 입었다. 그리고 바닥에 널브러져 있던 그의 셔츠를 주워 그에게 건넸다. 순간 두 사람의 시선이 부딪혔고, 둘은 서로를 진득이 응시했다.

"여전히 꿈같은데 난."

"우리가 한 공간에 있다는 게?"

"응. 그리고 차이수가 이렇게 내 앞에 있는 것도."

강욱의 따스한 눈빛이 이수의 얼굴에 포근하게 닿았다. 밀려오는 햇살도 두 사람의 살결 위에 보드랍게 내려앉고 있었다.

"행복하자, 함께."

"지금도 충분해."

한 달 뒤, 황궁.

황궁 대화원에는 파티 준비로 한창이었다. 오랜만에 황궁 안에 생기가 도는 듯했다.

황제도 모처럼 업무를 일찍 끝내고 대화원으로 와 파티 준비를 지켜보고 있었다.

"꽃은 그쪽으로 배치해 주세요. 태황태후마마께서 좋아하시는 꽃입니다."

마침 태황태후와 태후가 나란히 파티장 안으로 들어섰다. 분주히 움직이는 황실 사람들을 바라보며 태후가 온화한 미소를 지어 보였다.

"폐하, 오늘은 업무가 일찍 끝났나 봅니다. 친히 연회장까지 나오시고요."

"어마마마와 할마마마께서 신경 쓰시는 연회이니 소자가 직접 나와 살펴야 하지 않겠습니까."

"우리 폐하께서도 좋은 배필을 만나 이런 좋은 날, 황후와 함께하면 얼마나 좋았을까요."

태후가 아쉬움이 가득한 얼굴로 태황태후를 바라봤다. 그러자 태황태후 역시, 조금은 쓸쓸한 미소를 머금고서 황제를 돌아보았다.

석양이 아름답게 지는 하늘 아래로 주황빛이 찬란하게 쏟아진다. 세 사람은 편안한 웃음을 지으며 동시에 하늘을 올려다보았다.

"그래도 소자에겐 두 분 마마가 계시질 않사옵니까?"

"예끼, 늙어 거동도 힘든 이 뒷방 늙은이가 무슨 힘이 있다고."

"그러니 오래오래 천수를 누리셔야지요."

그때, 도란도란 이야기를 나누는 세 사람의 뒤로 한 여자가 나타났다. 황실 사람들은 하던 일을 멈추고 모두 그 여자에게 시선을 고정했다. 태후와 태황태후 역시, 뒤를 돌아 이쪽으로 조심스레 다가오고 있는 여자를 응시했다.

"아!"

그런데 가만히 여자를 바라보던 태황태후의 입이 벌어졌다.

이내, 태황태후의 눈시울이 뜨거워지기 시작했다. 곁에 있던 태후 역시 조금 놀란 얼굴로 여자를 빤히 바라보았다.

"너……!"

그러다 여자를 묵묵히 바라보며 눈가를 적시던 태황태후가 단숨에 달려가 그녀를 끌어안았다.

"태황태후마마……!"

"윤나야, 대체 이게 얼마만이야. 응?"

윤나, 이수의 친모가 드디어 한국 땅을 밟은 것이었다.

프랑스에 있을 때부터, 입궐해 얼굴 좀 보자는 태황태후의 말에 윤나는 귀국하자마자 황궁으로 온 것이었다. 황실에서도 태황태후의 명을 받아 그녀의 귀국 파티를 준비하고 있었다.

태황태후는 흐느끼며 윤나의 등을 다독여 주었다.

"얼마나 외롭고 힘들었느냐."

"소인이 무엇이 힘들었겠습니까. 우리 이수가 고생이 많았지요."

"미안하구나, 윤나야. 내가 너와 이수를 더 보듬었어야 하는걸. 그 아이가 외로운 길을 걸으려 했을 때, 친할미의 마음으로 이수를 말렸어야 했는데."

"이수가 선택한 길이었지 않습니까. 본인이 황태자비가 되길 자처하여 한국에 남은 것이었지요."

두 사람은 애틋한 눈길로 서로를 바라보며 손을 꼭 맞잡았다. 태황태후는 손을 뻗어 윤나의 야윈 얼굴을 감쌌다. 그 따뜻한 손에 윤나는 편안한 미소를 지으며 태황태후를 지그시 바라보았다. 맞닿은 두 사람의 시선은 평온하기만 했다.

"이수는 너를 닮아 참으로 영특하고 지혜로운 어른으로 자랐어."

"어미 노릇 제대로 하지 못한 못난 사람입니다. 저를 닮은 것이 아니라, 우리 이수가 그렇게 잘 자라 준 것이지요."

"보고 싶지 않았니?"

"보고 싶지 않았다고 하면 거짓말이겠지요?"

이수 이야기에 윤나의 눈가 역시 젖어 가고 있었다. 그 모습을 바라보던 태후도 눈물을 훔치며 애틋한 눈으로 그녀를 바라보고 있었다.

그때, 윤나가 고개를 돌리며 태후의 시선이 마주쳤고 두 사람은 서로를 향해 정중하게 고개를 숙였다.

"먼 길 오느라 수고하셨습니다."

"태후마마를 뵈옵니다."

재벌가의 사람답지 않게 검소하고 늘 소박한 삶을 원했던 사람.

태후의 기억 속에 윤나는 A&J그룹과 황실 일원 사이에서 언제나 어두운 얼굴을 하고 있었다. 그리고 그들과 어울리지 못한 채, 어린 이수의 손을 잡고 서 있던 모습, 그것이 전부였다.

결국 그녀는 재벌가의 며느리, 재벌 2세의 아내라는 자신에게 맞지 않은 옷을 벗어야만 했고 자신이 목숨보다 더 아꼈던 딸과 생이별을 해야만 했다. 끝까지 이수를 지키려 했지만, 차 회장과의 기나긴 이혼 소송 끝에 윤나는 이수를 보듬을 수 없었다.

그렇게 쫓기듯 한국을 떠나 정착한 프랑스.

윤나의 지난 세월이 눈물과 고통과 외로움이었음을 태후 역시 잘 알고 있었기에, 그녀의 귀국을 누구보다 환영하고 있었다.

"얼마만입니까."

"마지막으로 태후마마를 황실에서 뵌 것이 엊그제 같았는데……. 그때 태후마마께선 황후마마셨지요. 프랑스에서 소식을 들었습니다. 진심으로 감축 드리옵니다."

윤나의 인사에 담긴 뜻을 태후는 잘 알았다. 어쩌면 윤나 역시도 A&J그룹과 차 회장과 끝없이 이수와 자신을 옥죄었던 선대 황후의 몰락을 바라고 있었던 건지도 몰랐다.

그녀가 젖은 눈으로 태후를 바라보며 은은한 미소를 지었다. 그녀를 바라보던 태후 역시, 눈시울이 점점 더 뜨거워졌다.

"더 아름다워지셨습니다, 윤나 씨는."

"태후마마에 비하겠습니까."

"난 이수를 누구보다 아끼며…… 사랑하고 있습니다. 그래서 실은 이수를 나의 식구로 맞이하고 싶다, 욕심을 낸 적도 있었지요."

"이수를 아껴 주시고 사랑해 주셔서 감사합니다, 태후마마."

"하지만 그것을 윤나 씨도 바라지 않았겠지요. 무엇보다 우리 이수가 그러길 원치 않아 그 욕심은 버렸습니다."

"이수를 생각해 주시는 마마의 마음이 저에게도 온전히 느껴져 그저 송구하고 또 감사할 따름입니다."

"이젠 이수와 행복하게 사세요, 윤나 씨."

"여부가 있겠사옵니까. 이젠 이수의 곁에서 오래도록 황실의 안녕을 바라며 지지하고 응원하며 살겠습니다."

차근차근 말을 이어 가는 두 사람을 바라보던 황제의 눈도 그윽해졌다. 이지적이고 언제나 차분하던 이수는 아무래도 자신의 엄마를 닮은 듯싶었다. 윤나를 바라보는 황제의 코끝이 어쩐지 찡해지고 있었다.

태황태후와 태후는 윤나의 귀국을 축하하며 꽃다발을 건넸다. 윤나는 꽃다발을 품에 안으며 그들의 안내를 받아 황실 산책로를 걷기 시작했다.

"처음 인사드립니다, 여사님."

"황제 폐하를 뵈옵니다."

황제는 윤나의 곁에 다가가 발걸음을 나란히 맞춰 걸었다. 윤나는 그를 올려다보며 살며시 고개를 조아렸다.

새 황제, 이안.

윤나는 안의 어린 시절을 떠올렸다. 해연의 손을 잡은 채, 궐에서 쫓기듯 떠났던 소년이 이렇게 어엿한 성인이 되어 한 나라의 황제가 되어 있었다. 그의 성장이 대견하면서도 그가 겪어야 했을 지독한 성장통이 애잔하기도 했다.

'폐하께서 우리 이수를 비(妃)로 맞으시려 하셨다지.'

윤나는 차근히 황제의 얼굴을 살폈다. 해연을 많이 닮은 듯 온화하고 부드러운 인상이 눈에 띄었다.

"폐하께선 소인을 잘 모르시지요? 소인은 폐하의 어린 시절을 본 적이 있습니다."

"그러셨습니까. 제가 너무 어린 시절이라 기억을 못 하나 봅니다."

"우리 이수와 어린 시절을 함께하셨지요. 해서 소인은 폐하를 잘 아옵니다."

"이수 씨를 볼 때마다 여사님이 늘 궁금했습니다."

"소인을요……?"

황제의 말에 윤나가 옅은 미소를 머금은 채 그를 돌아보았다.

생각에 잠긴 듯 그가 깊은 눈을 하고서 먼 하늘을 응시하고 있었다.

황제의 검은 눈동자에 석양빛이 곱게 물들어 갔다.

"네, 궁금했습니다. 이수 씨를 그렇게 예쁘고 지혜롭게 낳아 주신 분은 어떤 분이실까."

"이수에게 폐하의 이야기는 많이 전해 들었습니다. 소인이 못나, 이수를 곁에서 지켜 주지 못했을 때 폐하와 태후마마, 그리고 태황태후마마께서 우리 이수를 많이 보살펴 주셨다고요."

"보살필 것이 무엇있겠습니까. 그저 이수 씨가 지혜롭고 영민하여 스스로 잘 헤쳐 나간 것을요."

황제는 느리게 고갤 끄덕이며 윤나를 바라보았다.

두 사람이 함께 있는 모습을 지켜보던 태황태후가 윤나의 손을 따스하게 잡았다. 윤나가 겪었을 지난날의 서러움을 다 헤아리지는 못하여도 조금은 보듬어 주고 싶었다.

"기억하니, 늘 네가 입궁할 때마다 이수와 저기 못가에 앉아 두런두런 이야기를 나누곤 했었지."

"……태황태후마마께서 그걸 어찌."

"지겨운 황실 이야기 지긋지긋한 권력 싸움에 지친 네가 네 딸을 데리고 그 못가에 앉아서 다정하게 이야기를 나눌 때면……."

"……."

"내 마음이 참 착잡해지곤 했었단다."

"태황태후마마……."

태황태후의 말에 윤나의 코끝이 찡해지고 말았다. 그리고 그날의 기억이 어렴풋이 떠오른 듯 그녀는 젖은 눈으로 저 멀리서 반짝이는 연못을 응시했다.

"그곳에서 너는 이수의 자유와 평범한 삶을 꿈꿨겠지."

"그땐 소인이 어리석어…… 이수가 황실의 일원이 되는 것이 무척이나 싫었지요."

"어리석은 것은 네가 아니야."

"마마."

"우리였단다."

태황태후의 코끝도 빨개지고 있었다. 두 사람은 손을 맞잡은 채 같은 곳을 바라보았다. 숱한 세월에도 또한, 지독한 비리와 고통에도 저 연못은 시간의 결을 따라 흘렀으리라.

지옥 같았던 지난날이, 무색할 만큼 변함없이 그대로인 그곳. 둘은 잠시 잊었던 기억을 되새기며 못가를 응시했다.

"그것을 일러 준 것이 우리 이수고."

"……."

"이수는 이 궁과 어울리지 않은 아이이야."

"그리 말씀해 주시니…… 부덕한 소인의 이 마음이 가벼워집니다."

"이수는 너를 많이 닮았어."

그 말을 하며 태황태후가 윤나의 등을 따뜻하게 다독였다.

윤나는 그런 태황태후를 돌아보며 그래도 자신이 없던 시간 동안 이수의 곁에 좋은 사람들이 있었던 것 같아, 안심이 되었다.

"그러니 이수는 너와 같이 자유로운 삶을 살아야 하지 않겠니?"

태양은 어슴푸레한 주황빛을 길게 늘어뜨리며 서산을 향해 지고 있다.

이젠 모든 것이 제자리로 돌아간 듯 하나둘 안정을 되찾고 있었다.

"태황태후마마, 이수 아가씨 입궁하였사옵니다."

그때, 이수의 입궁을 알리는 소리가 들려왔다. 이수라는 말에 윤나는 화들짝 놀라며 태황태후를 돌아보았다. 그러자 윤나를 제외한 모든 이는 이수의 입궁을 알고 있었다는 듯 미소를 지은 채 고갤 끄덕였다.

"이수가 어찌……."

"이 좋은 날 진정 보고 싶은 이는 이수가 아니겠습니까."

"……제가 이수에겐 미처 연락을 못 하였었는데."

윤나가 조금 당황한 듯 말끝을 흐리며 입술을 작게 말아 물었다. 태황태후와 태후가 윤나를 데리고 발걸음을 옮기기 시작했다.

"이쪽으로 오시지요."

태후가 윤나의 손을 슬며시 잡으며 미소 지었다. 그리고 네 사람은 파티가 열리는 대화원으로 다시금 발걸음을 옮겼다. 가는 내내 윤나는 얼떨떨한 얼굴로 황실 사람들을 바라보았다. 이수를 이곳에서 보게 된다니, 윤나의 가슴이 작게 뛰기 시작했다.

예상지도 못한 곳에서 이수를 본다는 것이 믿기지 않아 얼떨떨했지만, 이내 도착한 대화원에서 사람들이 북적대는 것을 보니 조금씩 실감 나기 시작했다.

"황제 폐하 납시오!"

황제의 등장을 알리는 소리가 대화원에 울려 퍼지자, 모든 사람들이 고개를 조아리며 황제를 맞았다.

그리고 그 가운데엔 이수도 반듯한 모습으로 고개를 조아리고 있었다.

"이수야······."

이수를 발견하자마자 윤나는 가슴이 벅차오르기 시작했다. 순간, 이수와 윤나의 시선이 본능적으로 포개졌다. 윤나는 이수를 향해 환하게 웃어 보였다. 이수의 곁엔 강욱이 든든한 모습으로 서 있었다.

"엄마······!"

눈물이 차오르는 것은 당연했다.

늘 그리웠던 사람.

함께 하고 싶었지만 그럴 수 없어 안타까웠던 사람.

만감이 교차하는 순간이다.

엄마의 빈자리는 그 무엇으로도 채울 수 없었기에 이수는 그 빈자리를 그대로 내버려 두었었다. 새로운 사람이 '엄마'라는 이름으로 그 빈자리를 채워 주려 했지만, 이수는 원하지 않았다. 그저 자신의 아버지의 아내로만 살아 주길 원했다.

그랬기 때문에 이수의 지난 시간은 외롭기만 했고 쓸쓸하기만 했다. 그것을 윤나 역시 잘 알고 있었기에 그저 미안하고 고마울 따름이었다. 자신 없이 악의 구렁텅이에서도 저렇게 반듯하게 자라 준 것만으로도 대견했다.

스스로 그 악을 뿌리치고 무너뜨려, 자신이 나아가야 할 곳을 정확하게 바라보고 걷고 있으니. 윤나는 이수의 대견함에 고맙다는 말조차 하기 미안했다.

두 사람은 천천히 서로를 향해 걸어왔다.

"이수야."

"엄마!"

그리고 마침내 둘은 뜨겁게 포옹했다.

"이제 아주 온거니, 윤나야."

"예, 태황태후마마. 이젠 이수와 함께 살아야죠."

원형 식탁에 모두 마주앉은 사람들.

이수와 윤나는 손을 꼭 잡은 채, 아직 이 꿈같은 현실이 믿기지 않는다는 듯 미소만 짓고 있었다. 그리고 이수 옆에 묵묵히 앉아 있던 강욱이 윤나를 향해 슬쩍 고개를 숙여 보였다.

"아……. 윤 검사님. 오랜만이에요."

작년 여행 때 뵙고는 처음이었다. 두 사람은 편안한 미소를 나누며 서롤 향해 고개를 주억거렸다.

"어머님, 입국을 축하드려요."

"축하받을 것이 무엇이 있어요. 그저 프랑스에서 이수의 고통을 방관하기만 했던 사람인데."

여전히 이수에게 미안한 듯 윤나는 말끝을 쉽사리 맺지 못하며 고개를 숙이고 말았다. 그런 윤나의 손을 이수가 따뜻하게 어루만지며 눈짓으로 말했다.

다 괜찮아요, 모두 다.

이수의 눈빛은 그렇게 말하며 반짝였다.

"이제 제가 어머님 잘 모시겠습니다. 이수도요."

강욱이 너스레를 떨며 웃음을 지어 보였다. 이수는 그런 강욱의 팔을 조심스럽게 쿡, 찌르며 입술을 작게 말아 물었다.

"강욱 씨. 태황태후마마도 계시는데……."

이수가 강욱을 향해 곤란하다는 듯 속삭이자, 태황태후가 빙그레 미소를 지었다.

"그럴 것 없어, 이수야."

"태, 태황태후마마."

"보기 좋아. 삭막한 이 황실 안에서 그래도 이수 너와 윤 검사가 오는 날이면 이렇게 활기가 생기잖니."

그 말에 이수가 멋쩍은 듯 미소를 머금은 채로 황제를 돌아보았다.

아무 말 없이 찻잔을 쥐던 황제와 이수의 눈이 마주쳤다.

"폐하께서는 아직 혼인 생각은 없으신 것입니까?"

조심스럽게 입을 여는 이수를 향해 태후가 말 한 번 잘했다는 것처럼 어깰 들썩이며 찻잔을 내려놓았다.

"그러니 말이야. 폐하께서도 적적하실 터인데. 어찌 저리 혼인 생각이 없으신지. 이수 네가 좋은 사람 있으면 폐하께 소개라도 시켜드려."

"어마마마. 소자는 아직 생각이……."

가만히 이수를 바라보던 강욱이 슬쩍 웃음기 어린 얼굴을 돌려 황제를 바라보았다.

"폐하께서 바쁘시니 생각이 없으신 겁니다. 그래도 자꾸 생각을 하고 노력을 하셔야지요. 폐하께서 이리 홀로 지내시는 시간이 길어지시니 황후마마를 기다리는 목소리가 점점 커지는 것이 아니겠습니까?"

강욱의 뼈를 때리는 말에 황제는 웃음을 참으며 괜스레 입술을 삐죽여 보였다.

"윤 검까지. 정말 내 편은 아무도 없나 봐."

"그럴 리가요. 저는 언제나 폐하의 편입니다."

강욱도 터지려는 웃음을 참으며 황제를 응시했다. 그는 강욱의 능청스러움에 피식, 웃음을 터뜨리며 고래를 저었다.

"노력해 보겠습니다. 다들 저의 혼인에 이리 관심이 많으시니."

"윤 검사와 이수를 보세요. 얼마나 예쁩니까. 보는 사람도 기분 좋게 만드는 커플인데. 아이고, 이 할미 죽기 전에 손주 한 번 안아 볼 수 있으려나 모르겠네요."

태황태후는 눈을 게슴츠레 뜨며 아고고, 앓는 소리를 냈다. 그러자 황제는 난감하다는 듯 얼굴을 붉히며 머리를 긁적였다.

어느덧 황실엔 어둠이 내려앉았다.

창 너머로 보이는 황궁의 야경은 무척이나 아름다웠다. 우거진 풀숲 사이로 보이는 찬란히 반짝이는 서울의 전경.

연회를 위해 만들어진 대화원의 전각은 서울의 경치가 한눈에 보이는 곳에 자리 잡고 있었다. 태황태후는 냅킨으로 입을 조심스레 닦으며 분주히 반짝이는 창 너머를 응시했다.

"이곳은 야경이 참으로 아름답습니다."

태황태후의 말에 네 사람은 말없이 창밖을 응시했다.

"네, 참 예쁩니다. 자연과 도심의 조화가 이토록 아름답게 어우러질 수 없지요."

황실 특유의 웅장한 자연의 틈으로 서울의 화려한 도심의 전경이 은은히 피어오르고 있었다.

황제는 와인 잔을 들어 자리에서 일어났다. 그리고 홀린 듯 창밖을 바라보는 사람들을 향해 건배를 제안한다.

"자, 한 잔씩 할까요?"

황제의 말에 사람들은 그에게 집중했다.

"이렇게 좋은 날, 좋은 분들과 함께할 수 있어서 행복합니다."

황제가 웃음기를 머금은 채 입을 열었다. 그러자 태황태후와 태후, 그리고 이수와 강욱, 윤나는 모두 와인 잔을 든 채 그를 올려다보았다.

"음……. 이수 씨와 여사님의 재회를 축하하며, 그리고."

"……."

"연애 초보인 이 황제의 연애 성공을 위하여!"

연회장 안에 은은한 음악이 흐르고 어둠이 자리 잡은 밤하늘엔 제법 큰 달이 떠올랐다.

이수는 말없이 와인을 삼키며 여전히 아름다움을 뽐내는 야경을 응시했다. 마음이 이제야 안정을 되찾은 것 같았다.

그녀를 찾은 건지 황제가 이수의 곁으로 느리게 다가왔다. 멍하니 창밖을 바라보던 이수는 창문에 비친 황제의 모습에 조금 놀라 고개를 조아렸다.

"폐하."

"축하해요, 이수 씨. 강욱 씨한테 들었어요."

"……네?"

"결혼, 하기로 했다면서요."

황제가 부럽다는 듯 미소를 지으며 이수를 편안하게 내려다보고 있었다.

이수는 얼굴을 붉히며 슬쩍 강욱을 돌아보았다. 강욱은 윤나와 태후와 함께 담소를 나누느라 정신이 없었다.

"예, 폐하. 그러기로 했어요."

"두 분은 정말 행복하게 잘 사실 거예요. 그간 함께해 온 시간이 누구보다 소중할 테니까."

"폐하께서도 얼른 짝을 찾으셔야 할 텐데요. 마마님들께서 걱정이 많으신 것 같았어요. 제게 종종 전화를 하실 때면 늘 폐하의 혼인 문제를 꺼내곤 하셨거든요."

"아무래도 혼기가 차는데도 제가 관심이 없어 그러는 모양입니다."

두런두런 이야기를 나누는 두 사람을 태황태후가 넌지시 바라보며 미소를 지었다. 그리고 자신의 뒤를 따르고 있던 비서실장을 향해 느리게 입을 열었다.

"내 욕심이 컸던 것 같아."

"……예, 마마?"

"저리 예쁜 아이를 좁은 궐에 가두려 했으니."

"하지만 폐하와 이수 아가씨도 제법 잘 어울리지 않습니까."

비서실장의 말에 태황태후는 씁쓸한 듯 입매를 끌어 올리며 느리게 고갤 저었다. 두 사람을 바라보는 태황태후의 눈빛이 깊어진다.

"우리 폐하께서 이수를 많이 아꼈지. 하지만 대견하지 않은가."

비서실장 역시 이젠 서로 편안하게 바라보며 간간히 웃음도 짓고 있는 두 사람의 모습을 바라봤다. 보기만 해도 훈훈한 두 사람의 모습이었다.

"오늘의 이 행복은 우리 폐하가 만든 것이야."

"욕심내지 않으시고 절제하실 줄을 아는 분이십니다."

"그것이 꼭 황후를 닮지 않았느냐. 그칠 때를 알고 멈추며 나아가지 말아야 할 것은 쳐다도 보지 않으며, 욕심내지 말아야 할 것은 손에 쥐지도 않는."

"모처럼 궁이 평안하기만 합니다."

그때, 강욱이 자리에서 일어나 황제와 함께 있는 이수에게로 다가갔다. 자연스럽게 어울리는 세 사람의 모습을 보니 태황태후의 가슴이 울렁거렸다. 저렇게 어울려 있으니 안도 꼭, 황제의 모습을 벗어 던진 저 또래의 혈기왕성한 청년 같았다.

"이제 나는 죽어도 여한이 없네."

"……마마. 어찌 그런 말씀을 하십니까."

"우리 이수도 그리고 폐하도, 또 황후도 윤나도 모두 제자리를 찾지 않았는가."

"원래 이렇게 되었어야 할 일인 것을요. 너무 오랜 시간을 돌아왔습

593

니다."

한시적으로 빛나다 스러질 행복이 아니었다. 이건, 오래도록 반짝일 완벽한 행복이었다.

"돌아왔으니 더 견고해지지 않았겠는가."

"엄마, 학교 다녀오겠습니다!"

이번 겨울은 그리 춥지 않았던 것 같다.

기분 탓이었을까. 눈도 제법 잦게 내렸고, 대설특보도 꽤 자주 발령되었던 것 같은데. 이수에겐 유난히 올 겨울은 포근하기만 했었다.

아직 퉁퉁 부은 눈을 겨우 치켜뜬 채, 이수가 현관문 앞에 섰다. 자신의 운동화를 찾기 위해 두리번거렸다.

"이수야, 잠시만!"

그때, 주방에서 윤나의 목소리가 들려온다. 현관 근처에 찬 기운을 머금은 햇살이 밀려들어 왔다. 겨울이 사그라들자, 봄을 기다렸다는 듯 총천연색 꽃들이 지천에 피어올랐다.

이수는 더듬더듬 운동화를 찾아, 서둘러 발을 끼워 넣었다. 윤나가 이내 뛰어나오며 이수에게 생과일주스가 든 컵을 건넸다.

"오늘도 작업실 바로 가지? 오전 내내 수업이라며. 이거라도 마셔."

"고마워요, 엄마."

"오늘은 몇 시 과외야? 엄마가 작업실로 도시락 싸서 갈까?"

"저녁 6시인데 괜찮아요. 강욱 씨가 싸서 오기로 했어요."

이수가 눈을 찡긋거리며 윤나가 건넨 주스를 단숨에 마셨다. 바빠서 머리카락도 제대로 말리지 못한 채 집을 나서는 이수가 안쓰러워 윤나가 그녀를 와락 끌어안았다.

"내 딸, 고생 많네. 공부하랴, 결혼 준비 하랴."

"아, 결혼 준비하니까 생각났다. 나 내일 강욱 씨랑 드레스 보러 가기로 했는데."

"어쩌지? 엄마 내일 발레 강의 있는데."

"아, 어쩔 수 없죠. 그럼 강욱 씨랑 둘이 고르고 올게요. 사진 많이 찍어서 보내 줄게, 엄마."

"그래, 내 딸. 오늘도 수고해."

윤나의 인사를 받으며 이수는 힘차게 대문을 열고 나섰다. 제법 찬 바람이 그녀의 몸을 에워쌌지만 이수는 개의치 않는다는 듯 재킷을 여미었다.

버스를 타러 가기 위해 그녀가 서둘러 몸을 돌렸는데, 등 뒤에서 클랙슨 소리가 들려왔다. 이수가 흠칫 놀라 뒤를 돌아보자 언제 온 건지 강욱의 차가 서 있다.

"어? 강욱 씨."

"타, 늦었지?"

강욱이 창문 사이로 고개를 빼꼼 내밀며 환하게 웃고 있었다.

"어떻게 알았어? 나 늦잠 잔 거?"

"어제 나랑 신혼 집 때문에 이야기 나눈다고 잠도 얼마 못 잤잖아. 늦을 거 같아서 대기하고 있었지."

"역시…… 윤강욱, 최고야."

이수는 다행이라는 얼굴로 강욱의 차로 뛰어갔다. 그리고 조수석에 올라타며 그녀가 숨을 골랐다.

"근데 나 데려다주고 출근해도 되는 거야? 늦을 것 같은데?"

"조금 지각하지, 뭐."

"……그러다 밉보여서 잘리면 어쩌려고?"

"절대 나 못 자르지. 몰라? 나 황실에서 아끼는 검사인 거."

"윤 검사가 아니라 윤강욱을 아끼는 거지."

이수가 작게 미소 지으며 안전벨트를 맸다. 강욱의 차가 천천히 움직이기 시작했다. 이른 아침이라 그런지 출근하는 사람들과 등교하는 사람들로 거리는 분주했다.

이수는 창문을 한껏 내려 찬 바람을 쐬었다.

"감기 걸려, 이수야."

"아직 잠이 덜 깨서."

"결혼 준비하기도 힘든데 학교도 힘들지?"

"아냐, 그래도 행복해."

강욱의 걱정 어린 목소리에 이수는 괜찮다는 듯 웃으며 그를 돌아보았다. 강욱은 이수의 손을 따스하게 잡았다.

"어머님은 내일 뭐라고 하셔?"

"아, 내일 강의 있으시대. 우리끼리 드레스 보고 오래."

"그래? 그럼 내일 집 앞에 데리러 갈게."

그의 말에 이수는 대답 대신 고개를 끄덕였다. 살며시 입술을 말아물며 창밖으로 고갤 돌렸다. 결혼이라는 게 이제 조금씩 현실이 되어와 닿기 시작했다.

드레스를 보러가고, 함께 살 신혼집을 고르고, 그 집에 채워 갈 물건들을 하나씩 담고.

막연하게 머릿속에 둥둥 떠다니던 것들이 하나둘, 눈앞에 그려지니 이수는 만감이 교차했다. 강욱과의 결혼이 결코 머뭇거려지거나 걱정되는 것은 아니었지만 이상하게 명치끝이 아려왔다.

이수는 조금 먹먹한 눈으로 밖만 빤히 바라보았다.

강욱은 그런 이수의 조금 가라앉은 모습이 걱정되기 시작했다.

"이수야."

나지막한 강욱의 목소리.

이수는 붉어진 눈으로 강욱을 천천히 돌아보았다.

두 사람의 맞닿은 시선.

이상하게 이수의 젖은 눈을 보니 강욱의 가슴도 저려오는 듯했다.

"왜 울어……."

"그냥. 행복해서."

행복하다며 눈물짓는 그녀를 강욱은 한참이나 응시했다. 그러다 그 역시 먹먹한 마음으로 정면을 바라보며 그녀의 눈가에 맺힌 눈물의 의미를 헤아려 본다.

"아버님 때문에 그래?"

그가 조심스럽게 물었다.

그러자 이수는 아무런 대답도 하지 못한 채, 그저 고개만 푹 숙이고 말았다.

"네 잘못 아니야. 늘 얘기했었잖아."

"안타까워서 그래……. 이제야 힘겹게 지냈을 우리 엄마도 가엾게 느껴지고."

"지금이 중요하잖아. 함께하는 지금."

"아버지의 결정을 결코 이해하는 건 아니지만, 그렇다고 이해할 수 있는 것도 아니지만."

"……."

"가끔은 꼭 그랬어야만 했을까 하는 원망보단 이젠 안쓰러움이 더 커."

"……이수야."

"그땐 그럴 수밖에 없었겠지. 그게 아버지가 생각했을 때의 최선이 었겠지. 그런 생각이 드니까…… . 너무 숨이 막혀."

시간이 지나도 무뎌지지 않는 단 하나.

자신의 사람이 저지른 죄악은 아무리 잊으려 발버둥 쳐도 씻기지가 않았다. 쉽게 잊으려는 것조차 피해를 입은 그들에겐 미안할 일이니 감히 잊어버리고 싶단 생각은 한 적 없었다.

하지만 모처럼 숨통이 트이고 행복하다 싶을 때마다 불현듯 떠오르는 그 기억들은 이수를 못살게 굴었다.

행복해도 될까. 아버지란 사람은 많은 이들에게 상처를 주고 죗값을 치르고 있는데, 내가 감히 혼자 이렇게 웃어도 될까. 이수는 갖가지의 감정들로 머릿속이 복잡해졌다.

"행복해도 돼, 차이수."

그때, 이수의 그 마음을 읽은 듯 강욱이 그녀를 위로했다. 따뜻한 목소리가 그녀의 곤두선 마음을 다독여 주었다.

"네가 감히라는 그런 생각 마."

"강욱 씨."

"모두들 바랄 거야. 그리고 아버님께서도 모든 걸 뉘우치며 후회하고 계시니까."

강욱의 차가 학교 앞에 천천히 멈춰 섰다. 주차를 마친 그가 손을 뻗어 그녀의 달아오른 뺨을 쓸었다. 강욱을 응시하는 이수의 눈이 슬프게 젖어 있다.

"너니까 충분히 행복할 수 있는 거야."

이수는 선뜻 말을 잇지 못한 채, 머뭇거렸다.

"너 역시 잃은 것도 많아. 상처도 많이 받았고."

"난 견딜 만한걸."

"그들도 같은 마음일 거야. 스스로를 괴롭히지 않아도 돼."

"그럴까."

"결국 네 손으로 모든 것을 되돌려 주었잖아."

"……."

"그분의 딸이란 이유로 오롯이 네가 스스로 마음에 상처를 내며 모든 것을 되돌려 놓았어."

이수의 어깨에 짊어진 책임감을 조금은 덜어 주고 싶었다. 그게 어렵다면 적어도 그 짐을 함께 들고 싶었다. 강욱은 손을 뻗어 그녀를 끌어안았다.

"그 사람들에게 삶을 되돌려 주었으니까 이젠 네가 행복해질 차례야."

정말 이젠 그래도 될까.

강욱의 말에 이수는 두 눈을 감았다. 그러자 이내 이수의 머릿결을 보드랍게 쓸어내리는 강욱의 손길이 느껴진다.

"내가 행복하게 해 줄게, 너."

그 말에 무언가 가슴 언저리가 딱딱해지는 느낌이 든다. 이수는 감았던 눈을 뜨고 그의 허리를 꽉 끌어안았다.

"응, 행복해질게. 윤강욱."

주말 오후.

해결되지 못한 사건으로 토요일 아침부터 출근해 일하던 강욱은 이수와의 점심 약속을 위해 자리에서 일어났다.

오늘은 이수와 함께 가구를 보러 갈 생각이었다. 절로 콧노래가 흘러 나와 강욱은 흥얼거리며 가방을 챙기기 시작했다. 그때, 문이 벌컥 열렸다.

"윤 검, 결혼 축하해."

"축하해요, 검사님!"

퇴근 준비를 하던 강욱은 갑작스러운 동료들의 인사에 멍한 얼굴로 그들을 돌아봤다. 주말이라 집에서 쉬고 있는 줄 알았던 동료 검사들이 자신의 방으로 들어서고 있었다.

아직 청첩장이 나오지 않아 결혼 소식을 알린 적이 없는데, 어떻게 알고 이야기를 꺼내는 걸까 순간 당황한 강욱이 손을 멈췄다.

그 사이에서 케이크를 들고 나오는 박 계장.

"계장님……."

"제가 다 말했어요! 잘했죠!"

박 계장이 능청스럽게 웃으며 그의 앞에 섰다. 케이크 위에 켜진 초를 바라보는 강욱의 얼굴이 조금은 상기된 것 같았다. 동료들은 그의 곁으로 모여들며 축하 인사를 한마디씩 건넸다.

"축하해. 잘 살 거야."

"잘 살아요, 검사님!"

"응원할게요, 언제나."

결혼 준비는 일사천리로 진행 되고 있었다. 함께 살 집도 그리고 그 집에서 함께할 미래도 두 사람은 차근차근 준비해 나가고 있었다. 하지만 여러 이유로 최대한 조용히 준비하고 있었기에 막상 주위 사람들의 축하를 받으니 강욱도 묘하게 울컥하는 감정이 치솟았다.

정말 결혼하는구나, 이수와. 내가 정말 그녀의 남편이 되는 구나.

강욱은 깊은 눈으로 초를 응시하다 후, 바람을 불어 껐다. 그 순간 그는 진심으로 이수와의 행복을 기도했다.

"두 사람 너무 잘 어울려요."

"맞아, 멋있는 커플이야."

사람들의 축하를 받으며 강욱이 멋쩍은 듯 이마를 만지작거렸다.

"강욱 씨."

그 순간, 생각지도 못한 얼굴이 강욱의 방으로 들어섰다.

"이수야……?"

이젠 그의 아내가 될 이수. 꼭 봄날의 어여쁜 신부처럼 하얀 원피스를 입은 이수가 강욱을 바라보며 환하게 웃고 있었다. 그녀의 머리 위에 온 세상의 빛이 쏟아지는 듯한 착각이 일었다. 강욱은 넋을 놓은 채 이수를 바라봤다.

"어쩐 일이야, 말도 없이."

"우리 결혼을 강욱 씨랑 함께 일하시는 검사님들이 축하해 주고 싶다고 하셔서……. 박 계장님이 부르셨어."

그 말에 동료 검사들은 모두 손뼉을 치며 부럽다는 얼굴을 했다. 박 계장 역시 미리 준비한 장미 꽃다발을 강욱에게 건넸다.

강욱은 여전히 어안이 벙벙한지, 쭈뼛거리며 꽃다발을 건네받았다.

"두 분 행복하신 모습, 마음껏 보여 주세요."

"부러워요……. 정말."

동료 검사들은 눈을 반짝이며 두 사람을 응시했다. 수줍게 서로를 바라보는 두 사람의 눈엔 꿀이 뚝뚝 떨어졌다.

강욱은 아랫입술을 슬쩍 깨문 채 손에 들고 있던 꽃다발을 그녀에게 건넸다.

"차이수, 이렇게 놀라게 하기 있어?"

"강욱 씨는 늘 그랬으면서."

"여기서 보니까 또 새롭네."

"나도⋯⋯. 이상해."

두 사람은 속삭이듯 그 말을 주고받으며 피식 미소를 터뜨렸다. 강욱은 손을 뻗어 이수의 허리를 따뜻하게 감쌌다.

"그런데 그러고 보니 제대로 된 프로포즈도 못 해 줬네."

"일상이 프로포즈였잖아?"

그 말에 동료 검사들은 부러운 듯 소릴 질렀다.

"그래도. 하나뿐인 결혼인데."

"당신이 내게 와 준 것만으로도 벅차."

이수는 진심을 다해 강욱에게 말했다. 그러자 강욱은 그런 그녀를 더욱 품으로 끌어안으며 그녀의 눈, 코, 입을 하나하나 사랑스럽게 내려다봤다.

"사는 내내 너에게 모두 돌려줄게. 지금 네가 주는 이 벅찬 감정."

그리고 이내, 동료 검사들을 향해 슬쩍 고개를 숙이며 입술을 열었다.

"고맙습니다. 잘 살게요. 축하해 줘서 고마워들."

곁에 있던 이수도 예쁘게 웃어 보이며 그들을 향해 꾸벅 인사를 했다.

"감사합니다. 잘 살겠습니다."

두 사람의 인사에 동료 검사들은 폭죽을 터뜨리며 소릴 질렀다.

오후가 되자 햇볕이 유난히 쨍했다.

강욱은 이수를 데려다주고 집이 아닌 서울 구치소로 향했다. 오늘은 이수의 아버지인 차 회장을 면허하기로 한 날이었다.

그는 조금 가라앉은 얼굴로 차에서 내려, 접견실로 조심스럽게 걸음을 옮겼다. 이수는 오늘 강욱이 차 회장을 만나러 온 것을 몰랐다. 그리고 차 회장 역시, 모르고 있었다.

"윤강욱입니다."

강욱은 조금은 긴장된 얼굴로 접견실 안으로 들어가 차 회장을 기다렸다.

오랜만에 만날 차 회장에게 첫 인사는 어떻게 건네야 할까, 강욱은 두 손을 모은 채 고개만 푹 숙이고 있었다.

때마침 접견실의 문이 조심스레 열리고 수갑을 찬 차 회장이 모습을 드러냈다.

"아버님⋯⋯."

강욱은 느리게 자리에서 일어나며 조금은 수척해진 차 회장을 마주했다. 오랜만에 보는 강욱의 모습에 차 회장 역시, 반갑기도 하고 창피하기도 한지 만감이 교차하는 얼굴로 수갑을 차고 있는 손을 슬쩍 내렸다.

"자네."

"오랜만입니다. 자주 찾아뵀어야 했는데⋯⋯. 죄송합니다."

"여기 있는 나까지 신경 쓸 게 뭐 있어. 괜찮네."

두 사람은 마주 보고 앉아, 오래도록 시선을 맞추었다. 하지만 서로가 아무 말도 꺼내지 못하고 한참을 보냈다. 선뜻 말을 꺼내기가 어려워 강욱이 쭈뼛거리며 주저하자, 차 회장이 먼저 말문을 열었다.

"그래 우리 이수는⋯⋯ 잘 지내고?"

이수의 이름을 말하는 차 회장의 목소리가 잘게 떨리고 있었다.

"네, 이수 씨는 잘 지냅니다. 그리고 어머님도 오셨어요."

"⋯⋯그렇군."

오랜만에 듣는 윤나 소식에 차 회장은 할 말을 잃은 듯 고개를 숙이고 말았다.

"아주 귀국하셨어요. 지금 이수 씨와 함께 살고 있습니다."

"그것 참, 잘되었군."

"그리고 아버님."

강욱의 차분한 목소리에 차 회장이 슬퍼 보이는 얼굴을 하고서 고개를 들었다.

"저 이수 씨와 결혼합니다."

결혼이란 말에 차 회장의 핏발 선 눈에 물기가 어리고 말았다.

"다음 달에 할 예정입니다."

"정말⋯⋯. 정말 잘되었군. 정말 잘되었어."

그러다 차 회장은 저도 모르게 툭, 떨어지는 눈물을 손등으로 황급히 훔쳤다.

"어머님은 저희가 모시고 살기로 했습니다."

"자네를 볼 면목이 없어."

"그런 말씀 않으셔도 됩니다, 아버님."

"⋯⋯나 같은 것도 장인어른이라 생각하고 꼬박꼬박 아버님이라 부르며 찾아 주는 자네에게 늘 고마웠어."

"⋯⋯."

"그런데 내가 해야 할 일까지 자네가 나서서 해 주니. 뭐라 할 말이 없네."

차 회장이 느리게 고개를 저으며 강욱을 올려다보았다. 마주친 두 사람의 시선이 뜨겁게 젖어 가고 있다. 강욱의 가슴에도 차 회장의 통한의 눈물이 스미고 있는 듯했다.

"많이 후회하고 있네. 나의 어리석음을."

"⋯⋯이수 씨가 그래도 지금은 많이 누그러진 상태입니다."

"그 아이의 용서를 받고 싶은 마음은 없네. 다만, 그 아이가 상처를 받지 않았으면 해. 그리고 그럴 수 있도록 자네가 옆에서 많이 애써 주고 있다는 것도 잘 알고 있고."

차 회장의 말에 강욱이 휴대폰을 꺼내 드레스를 입은 이수의 사진을 보여 줬다. 그러자 예쁘게 드레스를 차려 입은 이수의 사진을 본 차 회장은 그만 엉엉, 소리 내어 울고 말았다. 말로는 형용할 수 없는 벅찬 감정이 눈물로 터진 것이다.

"예쁘구나, 우리 이수."

저 눈물은 한 아버지가 흘리는 눈물이었다. 그룹의 회장도 아닌, 욕망에 사로잡힌 권력가도 아닌 딸을 사랑하는 평범한 아버지가 흘리는 눈물.

강욱은 울지 않기 위해 입술을 꽉 깨물며 애써 입매를 끌어 올렸다.

"다음엔 꼭 이수 씨와 함께 오겠습니다, 아버님."

이수가 자신을 보려고 할지는 모르겠지만, 말만으로도 차 회장은 가슴이 벅차올랐다.

"그래, 그래 주면 고맙고."

그를 더 마주하고 있다간 눈물이 주체할 수 없을 만큼 쏟아질 것 같아 차 회장은 서둘러 자리에서 일어났다.

"살펴가게."

간단히 그 말을 남긴 채, 차 회장은 돌아섰다. 강욱은 그런 그의 뒷모습을 말없이 바라보다 떨어지지 않는 발길을 돌렸다. 그런데 강욱의 등 뒤로 조금은 자신 없는 듯한 목소리가 툭 떨어졌다.

"우리 이수, 그리고 이수 엄마도 잘 부탁하네."

"네, 아버님. 믿고 맡겨 주세요. 꼭 행복하게 해 주겠습니다."

"염치없이 끝까지 이리 부탁만 하는 신세라 자네에게 너무 미안하지만 내가 지금 이런 상황이다 보니……."

"아닙니다."

"그리고 결혼…… 축하해. 잘 살아. 잘 살아야 하네."

당부하듯 연신 잘 살란 말을 덧붙이던 차 회장은 그렇게 돌아섰다.

계절은 봄에 성큼 다다랐지만, 아직 차 회장은 겨울 속에 사는 듯 춥고 외로워 보였다.

✝　　✤　　✝

한 달 뒤, 이수와 강욱의 결혼식이 열리는 날.

"신부님, 부케! 여기요!"

"신부님, 여기 보세요, 여기!"

"어머, 너무 예쁘다. 차이수 씨!"

이제 공인도 아닌 그녀였지만, 그녀의 결혼은 대한제국을 떠들썩하게 했다. 황태자비가 될 뻔했던 그녀의 제2의 인생이 시작되는 날.

많은 이들은 이수와 강욱의 결혼을 축하했다. 물론 황실 사람들도 제 일처럼 달려와 그녀의 결혼을 빛내 주고 있었다. 덕분에 식이 열리는 호텔 안팎엔 황실 호위대와 그를 취재하기 위한 취재진들로 인산인해를 이뤘다.

고층 건물 창밖으로 보이는 구름 같은 인파에 하얀 면사포를 쓴 이수는 그만 굳고 말았다. 거기에 여기저기서 자신을 부르는 소리에 이미 넋이 나간 듯 정신을 차릴 수가 없었다.

다행히 구세주처럼 근사하게 턱시도를 차려 입은 강욱이 이수의 곁으로 다가와 그녀의 어깨를 감싸 쥐었다.

"차이수. 왜 이렇게 넋을 놓고 있어."

"강욱 씨!"

얼이 나간 얼굴로 한참 서 있던 이수는 강욱의 등장에 그제야 안심이 된다는 듯 긴장을 풀었다.

"예쁘네. 우리 이수."

"나 지금 정신이 없어 죽겠어."

이수가 입술을 삐죽 내밀며 칭얼댔다. 곧 하객들이 신부 대기실로 몰려올 거라 함께할 시간이 별로 없었다.

"어이구, 얼굴이 더 하얗게 질렸네. 보자. 괜찮아?"

강욱은 이수의 차가운 손을 따뜻하게 움켜쥐며 허릴 구부려 그녀와 시선을 맞추었다. 다정한 그의 시선에 이수가 빙그레 웃으며 강욱의 입술에 쪽, 하고 입술을 맞췄다.

"아, 뭐야."

그녀의 기습 뽀뽀에 놀란 강욱이 눈을 동그랗게 떴다.

"힘 좀 얻으려고. 아, 나 너무 떨려. 조금 있다 식장 안에 들어가면 기절할 것 같아."

"내가 옆에 있을 건데, 뭘. 긴장 풀어."

"응. 엄마는? 밖에 계셔?"

"응, 지금 우리 어머니랑 하객 맞이하고 계셔."

"황실 어르신들은? 폐하께서도 오셨어?"

"어, 다들 너 기다리고 계셔. 대기실 밖에서 첫 번째로 줄 서서."

그때, 신부 대기실 문이 열렸다.

"신부님, 하객분들 들어갈게요."

상냥한 목소리가 들려왔고 강욱은 서둘러 맞잡은 손을 놓으며 그녀의 면사포를 정리해 주었다.

"잘하자. 우리."

"……응. 강욱 씨."

강욱은 아쉬운 듯, 그녀에게서 눈을 떼지 못했다.

"왜? 나 이상해?"

이수가 배시시 웃으며 볼을 쓸었다. 그러자 강욱은 두어 걸음 물러나다, 안 되겠다는 얼굴로 다시 성큼성큼 다가가 그녀의 입술을 뜨겁게 삼켰다. 가지런히 부케를 쥐고 있던 이수의 손이 툭 떨어졌다.

한 손엔 부케를 그리고 나머지 한 손은 강욱의 허리를 감싸 쥐는 이수. 둘은 처음 키스를 나누는 사람처럼, 뜨겁고 격렬하게 서로의 숨결을 나누었다.

이내, 강욱의 입술이 느리게 떨어졌고 이수는 눈꺼풀을 파르르 떨며 눈을 떴다.

"화장 다 망가졌겠다……."

이수가 느른한 눈길로 그를 바라봤다.

"그래도 예뻐."

"사랑해요."

속삭이듯 이수는 그에게 사랑을 고백했다.

"나도, 많이 사랑해. 차이수."

사랑을 속삭이는 달콤한 두 사람의 머리 위로, 화려한 크리스털로 꾸며진 샹들리에의 조명이 눈부시게 쏟아진다.

완벽하게 아름다운, 봄날.

오늘은 그보다 더 아름다운 두 사람의 사랑이, 마침내 결실을 맺는 날이다.

— *end*